冷湖

Ⅱ

宿主

程婧波　罗隆翔　王诺诺　等　著

A Collection of
the 2nd Lenghu Award
Winner Stories

第二届冷湖科幻文学奖获奖作品集

中信出版集团｜北京

图书在版编目（CIP）数据

冷湖. Ⅱ, 宿主/程婧波等著. --北京：中信出
版社，2019.11
ISBN 978-7-5217-1035-9

Ⅰ.①冷…　Ⅱ.①程…　Ⅲ.①中篇小说–小说集–中
国–当代　②短篇小说–小说集–中国–当代　Ⅳ.
①I247.7

中国版本图书馆CIP数据核字（2019）第205554号

冷湖Ⅱ·宿主

著　　者：程婧波　罗隆翔　王诺诺　等
出版发行：中信出版集团股份有限公司
　　　　　（北京市朝阳区惠新东街甲4号富盛大厦2座　邮编　100029）
承 印 者：中国电影出版社印刷厂

开　　本：880mm×1230mm　1/32　　　印　张：15　　字　数：340千字
版　　次：2019年11月第1版　　　　　　印　次：2019年11月第1次印刷
广告经营许可证：京朝工商广字第8087号
书　　号：ISBN 978-7-5217-1035-9
定　　价：59.00元

目录

宿　主

文/程婧波

引子

在阳光无法抵达的海洋深处，一粒珍珠般大小的半透明球体随着洋流浮沉游弋。

它在珊瑚礁附近打了个旋儿，又朝着铺满沙粒的海床俯冲下去。一股向上的气流吹动了它所在的水域，它颤动着，忽快忽慢地上升，游过一尊尊人形的物体——这些物体站立在海底，手拉着手，从头到脚覆盖着海藻和藤壶——在更接近海面的地方，阳光透过碧色的海水，仿佛一根根金丝银线在操纵着这粒小小的微尘，这个漂游在无垠世界里的傀儡。

然而，它是有生命的。

当一群鱼类经过的时候，它那看似漫无目的的漂游便结束了。它轻柔地靠近一条鱼，无声无息地钻进鱼鳃。

这之后发生了什么？

它苏醒了。那莹白的、珍珠般半透明的身体从内部开始成熟，如同上帝在伊甸园里造出亚当，又用亚当的一根骨头造出了夏娃——它在鱼鳃这片方寸之间的伊甸园里首先成为一个雄性个体，接着又成为一个雌性个体。它雌雄同体，与自己交配。

现在，它已经是一只黄玉色的成年缩头鱼虱了。它伸出了许多带钩的触爪，攀在了鱼舌根部，好似新生的婴儿一般贪婪地吮吸着鱼的血液。几天之后，鱼舌萎缩了。

无论那条鱼同不同意，缩头鱼虱已经找到了自己的生存之道，取代了原本的器官，成为鱼的舌头。

它和鱼共同遨游在大海里，直到一艘人类的渔船经过此地。

渔船上撒下一张巨大的网。鱼对危险的来临毫不知情。

渔网慢慢收拢。连同着别的鱼、虾、蟹、藤壶，还有棕色的泡沫，它们有生以来第一次离开了海水，被带到了空中，又重重地落在了甲板上。

一双双手开始分拣、装箱、运送。鱼被送往码头，运到城市。缩头鱼虱静静地躺在鱼紧闭的大嘴中，它听着由空气传导到自己甲壳上的种种声响，那些声音来自人类的集市和街道——这一切都和它曾经熟悉的、由海水传导的声响如此不同。

终于，鱼再次见到了天空。一个伙计站在饭店的后巷，从刚刚停稳的摩托车后座上打开了泡沫箱。伙计抓起鱼，双手握住它，匆忙跑进后厨。

厨子已经等在那里。

伙计把鱼放在砧板上，厨子麻利地用刀背敲了敲鱼的头骨。在烧得滚烫、冒着青烟的油锅前，鱼的嘴巴一张一翕着。

厨房里有明亮的灯光、氤氲的烟火气，但它根本看不见这些。缩头鱼虱生来就没有视觉。

所以，当一种无比陌生的、油下锅时的"滋滋"声响起时，这便是它所听到的来自这个世界最后的声音。

第 1 天

3 月 29 日

● **视频 1**

湛蓝的天空下，一望无际的黄沙和风蚀岩。

镜头自动对焦，扫视着这片无人之境。

拍摄者画外音："媳妇儿，你说想要个特别的求婚。你瞅瞅这儿怎么样？像不像你那天说的那什么，火星？"

镜头又扫视了一圈。四周除了无际的黄沙和大自然鬼斧神工雕琢而成的风蚀岩，别无他物。

录像结束。

● **视频 2**

一阵螺旋桨的噪声。镜头从地平线上摇摇晃晃地升起，好像是摄像机绑在了无人机上。

空气干燥，视野清晰。

在无数赭色沙丘之外，远方地平线上出现一个渺小的人影。

无人机呼啸着飞向人影，俯冲，镜头放大。

那是一个穿着泛黄的宇航服的人。他浑身臃肿，黑色的宇航面罩上映照出黄沙与风蚀岩。他抬起头，朝着无人机挥手。

无人机飞近，他俯身从地上拾起一块大约一米长、半米宽的纸板。

镜头对焦，纸板上用黑体字写着：

顾夕同学

他将这块纸板放到脚边，双手举起第二块纸板朝无人机方向展示：

我已老大

接着第三块：

你也不小

第四块：

认识这么久

第五块：

想请你帮个忙

他停顿了一会儿。空气中充满了螺旋桨搅动空气的声音，但又仿佛整个世界此时鸦雀无声。

他举起最后一块纸板，久久地举向天空：

嫁给我，好吗?

无人机绕着"宇航员"盘旋了一圈。

在盘旋到第二圈时，影像仿佛受到某种信号干扰，突然扭曲，持续三秒。黑屏。

无人机的螺旋桨声渐渐变成了越野吉普车的引擎声。

顾夕在颠簸的吉普车副驾驶位上醒了过来。她睁眼看看窗外，夕阳正悬垂在远方的地平线上。一望无际的赤红色戈壁就是整个世界，远远近近只有沉默的风蚀岩和它们脚下同样沉默的浓烈阴影。

收音机里传来断断续续的声音："今年两者距离仅为5 760万公里，是15年来最近的一次。火星和地球每15年靠近一次，最远时相距4亿公里……"

顾夕的脸此刻看起来憔悴而狼狈。车窗外，在她与夕阳之间横亘着的那片不毛之地，一如视频中的景象。

顾夕定了定神，仔细回忆着。不，那不是视频，那只是她支离破碎的梦境。

她听到后座传来老宋和大宽儿的声音，两人似乎在讨论着头天晚上在西宁吃坏肚子的事。顾夕扭头瞄了一眼驾驶座上正在专心开车的顾北。她的大脑慢慢恢复了过来，眼前的一切终于变成了某种可以被理解的事实——三天前，顾夕的丈夫周扬失踪了。而他们这一车人，是来这片戈壁寻找周扬的。

在无人区寻人，听起来似乎很讽刺。但她必须走这一趟。

3月27日是个周二，顾夕早上醒来就发现周扬不见了。她拨打周扬的电话，无人接听。

清晨6点45分，顾夕照常坐上去大兴校区的校车，当天她一共要给大二和大三的学生上八堂选修课。可直到她下班回家之后，周扬也一直没有出现。

3月28日早上，顾夕依旧联系不上周扬。这很反常，因为自打两人认识以来，周扬从来没有不告而别这么长时间过。

顾夕打算在周扬失联满24小时后就去派出所报案，顾北却觉得她小题大做，两人起了争执。

"你俩是不是吵架了？"顾北在电话那头试探着问。

"没有。"顾夕挂断了电话。

他们没有吵架，他们只是不再主动和对方说话。结婚几年来，两个人的沟通越来越少。这几年，顾夕一直说想要个孩子，周扬却觉得还没有准备好。吵过，两个人都吵累了，不知不觉就不再吵了。相处是一种惯性使然，较真只会落得两败俱伤。

周扬的突然失联，打破了这种得过且过的相处模式。就像原本凑合着往前划的一艘小船，突然失掉了一支船桨。

周三上午，顾夕整个人都有些恍惚。她这天正好没课，一早就出门去寻找。周扬是个程序员，交际简单。她去了周扬的单位，也找了周扬可能会去的其他地方。

在观音庵胡同里，周扬的发小大趸儿守着一块挨着自家院墙，拿大芯板搭出来的两平方米左右的铺子，只够容下一张玻璃展示柜和他那两百来斤的身躯。展示柜里是一些手机零件和摄像器材。

顾夕向大趸儿说明来意，大趸儿拿钥匙锁上玻璃柜，从柜子和墙之间的缝儿中艰难地挤了出来，领着她去了几个地方——她原本从不关心，也不曾知晓的那些地方，可还是没有周扬的身影。

她的心就这样起起伏伏，一会儿充满希望，一会儿又跌落谷底——她找遍了大街小巷、犄角旮旯，就差把北京城翻个底儿朝天了，连半个影子都没找着。

这时顾北才告诉她，周扬其实是去了青海。

"姐夫没说去干吗，只说了如果有什么急事就让我联系他。"顾北解释说——周扬出发前专门叮嘱过顾北不得泄密。

顾夕觉得这解释说得通。七年前，她和周扬就是在青海旅行时认识的，之后两人的关系也水到渠成，很快谈婚论嫁。

顾夕没有想到，激情和好感会在日复一日的生活中飞速地耗尽。但到底是什么导致她和周扬的关系变成现在这样，她自己也说不清楚。

因为鸡毛蒜皮的琐碎小事吗？

似乎是，也似乎不是。

因为她想要孩子而周扬不想要吗？

似乎是，也似乎不是。

在这个"七年之痒"的节骨眼儿上，周扬突然不告而别，他可能是想去两人第一次见面的地方寻找什么，挽回什么，也可能是想对过去的美好回忆做个告别，画上句点。

顾夕意识到，虽然这是两人第一次分开，但她却从来没有了解过周扬的内心。七年的时光如白驹过隙，他们在日常生活中形影不离，心思却已经如同两粒浮尘，在人世间被风吹散。

她找不到周扬了。

早就找不到了。只是这一次，当周扬不告而别，她才恍然大悟。

顾夕、顾北、大疍儿，轮番拨打周扬的手机。周扬的手机没有关机，也没有"不在服务区"。只是不管是谁拨过去，听到的永远都是忙音。

3月28日这天中午，大疍儿几番尝试，终于定位到了周扬手机的实时位置，柴达木盆地北部。

顾北和大疍儿交换了一下眼神，大疍儿告诉顾夕，那个地方他们哥儿几个曾经去过。几年前，周扬的求婚视频就是在那附近拍的。

顾夕看着手机地图上那一团小小的红色气球，那就是周扬此时此刻的位置所在，一个叫冷湖的镇子——顾夕这样盯着看了一分钟，很快做出了决定，买了当天下午飞西宁的机票。她跟印刷学院的领导请了周四、周五两天假，又打了几个电话安排好了其他老师代课。

顾北担心姐姐，也觉得这件事自己多多少少有一些责任，所以也准备跟着去青海找姐夫。顾夕同意了，她简单地收拾了行李，驱车赶往首都机场。

到了首都机场T3航站楼，顾夕发现等着她的一共是三个人：顾北、大趸儿，还有顾北的女朋友老宋。老宋是个瘦瘦小小的女孩子，南方人，说话娇滴滴的。三月底的北京依然有些寒意，他们带着大包小包的行李，里面有羽绒服、洗漱用品和零食。大趸儿头上别着一个发卡一样的东西，仔细一看，是头戴式摄像头，他正拿着手机操作控制摄像头的App（手机应用程序）。

顾夕问："你们这是去度假还是去找人？"

顾北连忙立正站好，大趸儿也收起手机，两人异口同声地赔着笑脸应道："找人，找人，姐。"

当晚，一行四人抵达西宁曹家堡机场。他们匆匆吃了点儿酿皮和血肠填肚子，怕德令哈不好租车，他们在西宁当地租了辆越野吉普车，连夜开往海西去。

不知是28日夜里几点，或者更准确地说是29日凌晨的某个时间，吉普车突然一个急刹车，停在了空无一人的老315国道上。坐在副驾驶位置的大趸儿和后座上的顾北、老宋都惊醒过来。只见顾夕大口大口地喘着气，抓着方向盘的手微微颤抖。

"怎么了，姐？"大趸儿睡眼惺忪地问。

顾北没系安全带，刚才整个人猛地往前一滚，这会儿一边揉着撞得生疼的脸和胳膊一边说："哎哟我去。"他旋即转身把手放在老宋腿上查看，老宋一把打开他的手，表示没事。

顾夕打开车内灯，顾北、大趸儿他们这才发现，挡风玻璃上爬着几道喷溅型的污迹，像浓血，又像鸟屎。

远远地，一束黄色的远光灯映入吉普车后视镜，一辆十二轮的大货车从后面开来。

它缓缓地驶过吉普车，往前开去，再消失在黑夜中。顾夕终于缓过劲儿来。

"我……好像撞着人了。"顾夕眼神直愣愣地说。

顾北打开车门，跳了下去，前后查看了一番。

"撞了鬼了吧？"顾北自言自语，"这路上没人啊。"

老宋在车上打趣："顾北，你不是人？"

顾北笑着猫腰钻回开着暖气的车里，"啪"一声关上车门。顾夕扭过头来，平静地说："我刚才，看到周扬了。"

另外三人不禁一愣。

"别介，姐！"大冠儿一撸袖子，露出胳膊，"你看我这鸡皮疙瘩都给你吓出来了。"

顾北二话不说，又拉开车门跳到公路上。他站在车外拍拍驾驶位的玻璃窗："你歇会儿吧，高原反应加疲劳驾驶，都出幻觉了。我来开。"

顾夕和顾北换了位置，吉普车在黑沉沉的夜里继续前行。

四个人此时已经睡意全无，但都沉默着不说话，只有雨刮器规律的咯吱声和干燥寒冷的高原空气中汽车引擎吃力运转的嗡嗡声。

车前窗上来历不明的污迹被清扫干净了，雨刮器却因为卡住了什么东西而停了下来。车里变得越发安静。

顾北靠路边停了车，走到车前查看，发现雨刮器与挡风玻璃的缝隙里似乎藏着什么东西。他伸出右手拇指和食指，想把那个东西给拈出来。老宋从包里掏出一张湿纸巾，摇下车窗递出去："顾北，这黏糊糊的你别拿手直接抓啊！"

顾北没有接湿纸巾，他已经徒手把那东西捏在手里，借着车头的灯光仔细端详起来。

坐在副驾驶位的大冠儿揉揉眼睛，等他看清顾北手上的东西，不禁叫了一声："啊！"

那是一只长相丑陋、体态巨大的蛾子，通体棕黄色，有一大一小两对翅膀。大的那对翅膀上，各长了一只"眼睛"。

顾北掏出手机拍了一张蛾子的照片。他把蛾子扔到路边，顺道走到车后小解。海拔接近三千米的高原公路上，氧气稀薄，冰刀似的夜风猎猎地吹着。尿液带走了不少热量，顾北打了一个冷战，赶紧又钻回了车里。

大廵儿突然想起了什么："对了，我可能拍到了刚才那玩意儿。"他指指头上的摄像头，"这摄像头一直开着，相当于行车记录仪。"

大廵儿打开手机，查看录像。看完之后，他把手机递给顾夕。

确实是一群夜间飞蛾。

它们突然成群结队地从黑暗中冲向吉普车，像深海中翩然游动的鱼群撞向潜艇。被车灯照亮的那一瞬间，飞蛾群以某种极为巧合的形态组成了一幅"图画"，恍惚间像是一张人脸。一瞬间之后它们就噼里啪啦砸在了汽车挡风玻璃上，留下残缺不全的肢体和黏液。

● **视频3**

虚焦：看似是某种残缺不全的肢体和黏液。

对焦：镜头辨识出了昏暗的阶梯教室里讲台上的投影幕布。

那摊看起来恶心可怖的东西原来只是一幅画的局部。虽然投影效果不佳，但幕布上的画显现出的全貌仍让人为之震撼。

那是文森特·凡·高的自画像。画中的画家割掉了自己的右耳，一如他在现实中所做的那样。

顾夕站在投影光束外的暗影里，对学生们介绍说："1881年，28岁的凡·高开始了绘画创作；1890年，37岁的他开枪自杀。凡·高一生中留给绘画创作的时间只有不到十年，其中，用来进行后印象派绘画创作的时间仅有四年。但这并不妨碍他成为一名天才的后印象派绘画大师。"

幕布上的画从《自画像》换成了《麦田群鸦》。

顾夕说:"和他的自画像一样,这幅《麦田群鸦》也被认为是凡·高毕生的杰作之一。它似乎是一个不祥的预言——画作完成后不到一个月,凡·高就走进麦田,开枪自杀。枪声响起,惊起群鸦,与这幅画作形成了一种十分诡异的呼应。

"巧的是,以上画作都创作于凡·高生命的最后两年,也正是他生活在阳光明媚、色彩浓烈的法国南部,却同时饱受精神疾病困扰的时期。

"凡·高的传记里提到,在他开枪自杀前的18个月里,他一直承受着身体和精神上的折磨:胃痛、便秘、出现幻觉、精神恍惚、记忆汹涌,还有莫名其妙的气愤和迷惘。"

幕布上的画从《麦田群鸦》换成了《星空》。

从学生的反应来看,这是他们最熟悉的一幅画。

顾夕点点头,继续说:"大家对这幅《星空》应该并不陌生。然而很少有人知道,这幅画的诞生,与凡·高的疾病有着密切的关系。

"换句话说,如果凡·高没有病,那么他可能就创作不出《星空》了。这是人类的幸运,凡·高的不幸。

"按照曾经护理过他的一位精神病院护工的说法,凡·高在绘画时经常出现癫痫发作的症状。世界上每100个人里,就有5个人有癫痫发作的经历,这不是什么疑难杂症。然而正是'癫痫画家'的身份,让凡·高成为绘画史上一位无可取代、独一无二的画家。谁能告诉我,你从这幅画中看出了什么?"

学生们窃窃私语。

顾夕问:"你们在盯着它看时,是不是感觉到星空中的旋涡在转动,星星在闪烁?"

学生们开始大声讨论起来，教室里像飞舞着一群马蜂一样嗡嗡作响。

幕布上的画面切换了一下，依旧是《星空》，但加上了若干条辅助曲线。

顾夕说："这是进行过数字化处理的《星空》，这些白色的辅助线清晰地标出了流体力学中的'紊流'。凡·高是怎么做到用如此精准的旋涡状笔触来描绘出只有精密仪器才能捕捉到的'紊流'的？这一直是一个难解的谜。但如果把这一切和他的癫痫患者身份联系起来，似乎就能找到答案。

"癫痫患者，尤其是光敏性癫痫患者，他们的大脑在处理光影时的运作方式，和正常人是不同的。凡·高正是利用了能够'欺骗'正常人大脑视觉皮质的强弱色彩，使他的《星空》在画布上转动起来。

"在本学期第一课讲色彩关系时我们已经讲过，我们的视觉皮质中有两条处理信息的线路，一条用于判断光影的运动轨迹，但是它对颜色不予以判断；另一条用于分析光线的颜色，但是它无法混合色度不一样的光影。当我们看那些印象派大师的作品时，我们的大脑就在同时处理这两条线路传回的信息。结果就是，在我们看来，那些画作好像动了起来。

"在凡·高生命中最后的日子，在他癫痫不时发作、饱受精神疾病折磨的日子里，他创作了很多这样谜一般的作品。"

悦耳的下课铃声响起。

"今天就到这里吧。下课。"顾夕关掉了投影，阶梯教室里的日光灯管依次闪烁着亮了起来。

学生们稀里哗啦地收拾书本，离开教室。

镜头抬升，移动，走下阶梯，走向讲台。

顾夕发现了镜头，露出意外的神色，笑着问："咦，你怎么来了，周扬？今天不上班啊？"

画外音："来看看我媳妇儿上课呗。讲得太好了！"

顾夕露出不好意思的神情，抬眼扫过几个从自己跟前经过的学生。

周扬画外音："你们搞美术的，是不是看什么画都能看出大道理啊？"

顾夕已经收拾好了讲义，她把手里的文件夹一挥，扇向镜头："得了吧，少埋汰我了。走，我请你吃食堂去。"

录像结束。

顾北拍拍顾夕："都是错觉，你就是神经太紧张了。"

大冟儿在一旁附和道："这咋看咋不像人脸啊。姐啊，你们搞美术的就是……怎么说来着，看啥都能看出名堂……"

"那不是美术，那叫艺术。"老宋取笑大冟儿。

吉普车继续在空无一人的国道上行驶。然而，"真相大白"并没有让车里的气氛轻松多少，反而给四个人的心里蒙上了一层不祥的阴影。

又开了大约一百公里之后，前面出现了越来越密的亮光，路牌上显示到德令哈市了。在顾夕的坚持下，顾北将车泊入国道边上的一家招待所门前。

"大家先住下来休息几个钟头。"顾夕说，"夜里开车不安全。"

招待所老板睡在前台背后的一个值班室里。深夜被叫醒，他明显有些不快。顾北给老板递了一支甘肃白沙，要了三间房。老板自己掏出打火机点了烟，脸色也和气起来。

201房：大冟儿一进房间，倒床就睡，不久便鼾声如雷。

202房：老宋想洗澡，但看了看简陋的卫生间，只得作罢。她见顾北靠在床头玩手机，便骑到顾北身上，逗起顾北来。顾北笑道："你不怕高反啊，大姐？""我不怕，你怕啦？""我也不怕。"说着顾北翻身把老宋压在了身下。床单上，一只卷曲的虫子苏醒了，它慢慢爬向不知是谁的赤裸脚踝。无声无息地，它头顶的吸盘朝着脚踝上的皮肤吸了上去。

203房："啪"的一声，顾夕拍得一手是血。她原本正坐在床沿上拿手机查看那种蛾子。原来它的学名是"蝙蝠蛾"，此地常见。蝙蝠蛾的卵被真菌寄生之后，就成了青海有名的"冬虫夏草"。这种蛾子有背光性。顾夕盯着手机上"背光性"这三个字，怎么都不明白为什么它们要成群结队地冲向亮着强光的吉普车。突然她觉得后脖子一阵痒，伸手往脖子上一拍，从衣领下拈出来一只血肉模糊的小虫子，大约是跳蚤之类。她从床上猛地站起来，把被子一掀，只见床单上还趴着几只别的虫子，有的蜷曲成一团，有的翻着肚皮，不知是死是活。

顾夕用手扫开那些虫子，理了理床单，眼角瞥见刚才在手机上查找出来的蝙蝠蛾照片。飞蛾扑火，覆水难收。她觉得自己也像这蛾子，明明已经和周扬渐行渐远，却非要来到青海寻找周扬……

而周扬呢，他到底为什么突然不辞而别？

她就这样胡思乱想着，和衣而卧，一夜无眠。

清晨上路时依旧是顾北开车。顾夕一夜之间仿佛老了几岁，她的心里被一个个巨大的疑问塞满了。而现在，越接近目的地，这疑问越是沉重、不祥，让她如鲠在喉。

坐在副驾驶位上的顾夕没多久便昏昏沉沉地睡着了。睡梦里，周扬还是刚刚相识时的样子。

等顾夕再次醒来时，已经是3月29日傍晚了。

"还有多远？"顾夕在副驾驶位上坐直了身子，探身去看导航仪。

导航仪屏幕上，代表着吉普车的绿色圆点，正朝代表着周扬的红色热气球一点点接近。

距离目的地还有12.4公里。

顾夕脑子里一片空白。

见到周扬，和他说些什么呢？

即使每天都能见面，他们之间也无话可说。

在这次短暂的分别之后，她更加不知道和他说些什么了。问他为什么不告而别？他会像从前那样沉默以对吗？

顾夕突然觉得一切都不重要了。她不需要和周扬说什么。她只是想找到他，仅此而已。

本来久久悬垂在地平线上的夕阳，在这最后的12.4公里路途中，终于沉入远方的黄沙之中。天再次黑尽了。

顾北打开车头大灯。吉普车像一把利刃，割开沉沉夜幕下粗粝而昏暗的道路。这个世界并不允许真空存在，潮水般的黑暗很快又在他们身后合拢了。

路的尽头出现了一个镇子。冷湖就要到了。

顾夕扫了一眼手机上的提示，距离目标还有不到一公里。

她望着那片影影绰绰的灯光出神，不知道哪一扇亮着光的窗户里，有她要找的人。

● **视频 4**

一个男人在大声说着："蓦然回首，那人却在灯火阑珊处。"

白色和蓝色的光斑由模糊到清晰。

镜头对准台上的婚庆司仪。他继续说着："下面有请新郎周扬先生。周扬先生为我们美丽的新娘准备了一首歌。"

几个简单的和弦响起，镜头来回寻找了一番，对准了话筒架前弹着吉他的新郎。新郎唱的是郭顶的《想着你》，现场有些嘈杂。

顾北画外音："哟，我姐夫还会唱歌。"

新郎拨着琴弦，开口唱道："就这样轻易，因为你，我也能试着，写一首歌给你听，是关于你。"

人们安静下来。他放下吉他，取下话筒，一边轻声唱着，一边沿着挂满蓝白气球的道路走向一个巨大的白色圆球。

"没什么准备，一张琴，合着这声音，我只是想告诉你……"

聚光灯打在新郎和白色圆球上。

"我爱着你。"

白色圆球变戏法似的突然破开，白色绸缎徐徐落下，里面站着新娘。

两人对视一眼，新娘没忍住，哭了起来。

宾客们鼓起掌来。

新郎单膝跪地，抬头看着新娘。

新郎问："顾夕同学，今儿嫁给我，你高兴吗？"

新娘接过话筒，还不等她回答，新郎突然就栽倒在地。新娘目瞪口呆地看着躺倒在自己裙边、浑身抽搐的新郎。

不久大家都反应过来，这不是彩排过的剧情，而是突发情况。

几个离得近的人上去帮忙。

其中有大趸儿的身影，大趸儿朝向镜头，招手道："顾北，来来来，搭把手！"

录像结束。

吉普车驶入冷湖镇。整个镇子只有两条长街，交会于镇中心。

大趸儿摁开头上的摄像头，和老宋一左一右，把脸贴在车窗上，望着沿途经过的那些建筑。黑黢黢的夜幕下，这些黑黢黢的房子高高低低地耸立在黑黢黢的街道两侧，偶有一些亮灯的窗户点缀其间，越发让人看不真切。行道树的黑影在夜风中依次向后退去。

　　镇上最亮的光，来自一家叫"国友"的招待所。

　　导航仪提示那就是目的地。

　　车刚一停好，顾夕就打开车门跳了下去。但她并没有马上走进招待所大门，而是倚靠在车门上，低着头发了一会儿呆。

　　暴露在夜风里不多一会儿，人就会冻得难受。古人形容大西北是苍茫云海，长风万里，诗里的远方总是很美好，现实却很骨感。

　　顾北、老宋和大尥儿已经各自背着行李，快步走进了招待所。

　　顾夕缓缓吐出一口白气，朝着亮灯处走去，轻轻推开了门。

● **视频5**

　　虚掩的门被推开。

　　沙发上，顾夕正抱着膝盖哭得稀里哗啦，婚纱还没来得及脱。

　　男声画外音："哟，怎么回事呀这是？"

　　镜头推进，仰视着顾夕哭花了妆的脸。

　　男声画外音："谁欺负我媳妇儿啦？"

　　顾夕抽泣着说："我怎么……怎么之前就……没听你说过癫痫的事儿啊？"

　　男声画外音："你不是说那个画画的谁，那癫痫画家，是全人类的幸运吗？怎么到我这儿了，你就不乐意了？"

　　"周扬，癫痫是不能生育后代的你知道吗？你知道问题的严重性吗？"

　　男声画外音："我这又不遗传，不怕，媳妇儿。咱遵医嘱，啊？"

　　顾夕嗔怪道："我就是医生！"

　　男声画外音："对对对，我们家顾老师就是医生。"

　　"别这样叫我，那是我爸！"

　　男声画外音："好好好，那，小顾老师，您今儿结婚，辛苦了。肚子饿不饿？想吃啥？”

顾夕不哭了，用浓浓的鼻音说："番茄鸡蛋面。"

男声画外音："得嘞，这就煮去。"

录像结束。

不知道为什么，这段录像受到了一些损毁，全程都充斥着噪点干扰和间歇黑屏。

走进招待所，一股夹着油烟的热浪扑面而来。原来这楼还兼小饭馆儿，墙边坐了一桌，一男一女。两人互相敬着酒，脸红扑扑的，也不知道是酒劲儿上头，还是生来就是这样的高原红。

老板娘热情地问四人吃没吃晚饭，听口音是重庆人。不过墙上大字写着的几个菜天南海北，什么都有：青海炕锅羊肉，新疆大盘鸡，兰州拉面，武汉热干面，万州烤鱼。

照例是顾北张罗着点菜，四个人在中间一张桌子旁落座。

菜上得比想象的快，待上到热腾腾的炕锅羊肉时，老板娘满面笑容地问："来点儿啥子酒？"

顾北答："开车呢，不敢喝。"

老板娘讪笑了一声，但马上又恢复了热情和蔼的神色。

顾北顺势问："跟您打听个人成吗？周扬，瘦高个儿，三十来岁。"

听到"周扬"两个字，顾夕突然一怔，拿筷子的手停住了。老宋和大莐儿也对视了一眼，没想到顾北就这么直截了当地问了出来。

这时靠墙那桌的男人放下酒杯，向着老板娘说："年轻啊，太年轻了。"

老板娘扫了一眼四人凝重怪异的神色，似乎斟酌了一番，说："你们是头一回来冷湖找人的吧？"

这问题问得没头没脑，又似乎切中要害，顾北和大疙儿都连连点头。

"今天太晚了。"老板娘说，"明天早上再去吧，反正从这儿过去也没好远。"

"从这儿去哪儿？"顾北丈二和尚摸不着头脑。

"四号公墓啊。你们是错峰出行来冷湖的吧？"

"公墓？"

"过几天清明了，每年清明小长假，内地人来得多，都是来冷湖石油公墓的。年年有像你们这样的生客，来找几十年前埋在这边的长辈。"

顾北正诧异，邻桌的那个男人却打开了话匣子，和他攀谈起来。男人告诉他，自己父亲曾在镇上的卫生院当会计，如今他子承父业，干了几十年卫生院的会计，也到了退休的年纪。他父亲是1958年来的，对冷湖当时盛极一时的繁华景象记忆犹新。

"我父亲刚来没两个月，1219钻井队就在地中四井钻到了油。原油连喷了三天三夜，当时还死了几个人。活着的几个，后头也出了怪事。"

说到这里，他止住话头，呷了一口酒。

"什么怪事？"老宋好奇地问。

"这个啊，你们去翻镇志……"男人不紧不慢地说，"是翻不到的。只有亲眼见过的人，才晓得。"

他见几个人都认真地支棱着耳朵，又呷了一口酒，微醺地说道："1958年9月13日，1219队在地中四井打眼子，突然打到油龙了。你们没见识过，油龙就是黑色原油，刺啦一下从井里喷上来。那龙是周身带了气的，普通人怎么近得它身旁。第一次冲上去的六个人还没走近就被冲倒了；第二次上了十二个人，井口还是按不住；第三次上了二十五个人，六个人负责对扣井盖，剩下十九个拿身体硬压上去，这才盖上了。"

"张老师，你是不是喝醉了？"坐男人对面的女人问他。

男人摆摆手："醉没醉，我晓得。我父亲当时在卫生院，井喷的事当场就死了人。这个是镇志写的，我没有乱说。但是后头发生的事，就是他亲眼见到的了——镇志里没写。井喷过了两月，卫生院突然接了二十来个急诊病人，是在井上干活的工人，不晓得因为啥子，浑身抽起来了。重的是倒地上吐沫子，轻的是喊脑壳痛、心烦想喝水。当然，这个事情没有死人，卫生院也就没有上报，哪里都没写。那天的天气很异常，我父亲说，当天从冷湖东北方向传来几道闪光，接着响了一串旱天雷。听说同一天，青海湖也发生了龙吸水的怪事。这些都不算离奇，最最离奇的是，这二十来个工人有一个共同点：他们虽然是从各个队送来卫生院的，但刚好都是9月13日那天去地中四井帮过忙的，冲在最前头的那一批。"

"这故事有意思。不过您误会了。"顾北说，"我们找的周扬，是一大活人。"

"我还以为你们是来扫墓的。"老板娘终于插进话了，她爽快地说，"叫周扬的，没得。瘦高个儿，三十来岁，这两天倒是来了一个。"

男人见老板娘和他们聊上了，便往嘴里扔了一粒油酥花生米，又和女人互相敬起酒来。

"他住几号房？"顾北连忙问。

"走啦。"老板娘一摆手。

"走了？"

"27号来的，住了两晚，今早退房了。"

顾夕心里咯噔一下。

她进一尺，真相就退开一丈。

然而连顾夕自己都没想到的是，此时此刻她心里反倒是松了口气。她和自己所追逐的真相之间，似乎形成了某种心照不宣的默契。

"他是你朋友？"老板娘好奇地问顾北，"怪头怪脑的。昨天晚上，哦不，今天早上，他从外头回来喊醒我退房……"老板娘说着，从腰间挂的钥匙串上找出一把"103"号钥匙，嘬了嘬嘴："喏！那会天都没亮，我看他穿得像杨利伟一样，差点儿还当是我没睡醒。"

四人面面相觑，更加确定周扬曾经到过这里。他住了两晚，然后离开了。离开时，穿着几年前在戈壁上向顾夕求婚时穿的那套宇航服。

那一次陪他来青海的，是顾北、老宋和大冠儿。到冷湖拍求婚视频是周扬的主意，因为他和顾夕就是在戈壁上相识的。为这个，顾北还特意找一个常年跟剧组的朋友收了一套拍戏用的宇航服。

顾北负责开车，大冠儿负责操作无人机。仨人合起伙来骗顾夕说是出差。老宋那时是周扬单位的新人，跟着出来玩，很放得开。戈壁之行结束，回到北京之后，顾北女朋友就变成了前女友，老宋成了他的女朋友。

从老板娘的描述来看，一切都吻合了。

真相似乎呼之欲出。

现在唯一的问题是，周扬离开冷湖，又去了哪里？

顾夕面对眼前的情形，脑子飞快地运转着，猜测着周扬来青海的动机。

她毫无头绪。

同一屋檐下的夫妻，是什么时候，不知不觉成了两个陌生人？就连周扬这次毫无征兆地离家出走，她也一头雾水。

七年。还没来得及了解对方，他们就已经对望两相厌。

就在顾夕踟蹰于周扬为何出走的这一分钟里，她身体里的一亿个细胞死亡了，同时又有一亿个细胞诞生。

七年。周扬就是这样一分钟，一分钟，又一分钟，变成了现在的样子的吧？枕边人的改变就如涓涓细流，不舍昼夜。顾夕和周扬每天形影不离，却每分每秒都在相互远离。

一开始，是一个全身上下，从头到脚，每一个细胞都百分之百爱着顾夕的周扬。

一个成年人身体里的细胞总数为50万亿到75万亿个。只消一年时间，人体98%的细胞就会被更新一次。但女人身体里有一种细胞是永远不会更新的，那就是卵细胞。这就是男人和女人的区别吧。当男人从头到脚都变了时，女人身体里却还是有始终如一的地方。

七年。七年前认识的那个周扬，他身上的每一个细胞都已经死亡了。而她现在寻找的这个周扬，还是七年前那个周扬吗？顾夕心里有个声音告诉自己：不，不是了。

可是这个周扬如果不是那个周扬，又是谁呢？

"你们咋找到这儿的？"

老板娘的声音把顾夕从纷乱的思绪中拉回了现实——

她此时此刻在这里，中国西北一个鸟不拉屎的高原小镇，试图从险象环生的戈壁和黄沙中大海捞针一般找到一个故意离家出走的人，挽救自己那岌岌可危的婚姻。

"你们咋找到这儿的？"老板娘又笑吟吟地问了一遍。

大凫儿答："追踪手机定位。"

"哦，对了，今天上午打扫房间时捡到了个……老赵！老赵！"老板娘话说了半截，一拍双手，转身往厨房方向喊。

"啥嘛？"厨房传来一个惊雷般的声音。

"你捡的那个，放哪儿了？人家屋头来人了。"

一个圆脸的汉子从厨房的小门钻了过来，伸手在裤兜里掏了一阵，递给老板娘一部手机，又嘟嘟嚷嚷地从小门钻回了厨房。

老板娘把手机啪一声拍到顾北手里："解锁。"

顾北一头雾水。

老板娘说："那人在我这儿住了两天，登记的名字叫王子轩。但除了他没别人是三十来岁，瘦高个儿了。你要能解开锁，就证明他是你们找的人，这手机就还给你们。我也做成一桩拾金不昧、物归原主的美事。"

顾夕突然扑哧一声笑了出来，扭头看了一眼大趸儿。

老宋问："姐，你笑什么啊？"

大趸儿老老实实地答："我就叫王子轩。"

老宋也扑哧笑了出来："认识你这么多年，还以为你身份证上的名字就叫王大趸呢。"

顾北问顾夕："你知道姐夫手机的密码吗？"

顾夕摇摇头。

顾北为难地把手机递给顾夕："那你试试几个可能的组合？"

"这……试错了手机会被锁上的吧。"老宋说，"万一锁个一百年，那姐夫不就成千古之谜了吗？"

顾北瞪了老宋一眼，老宋不甘示弱地给瞪了回去："顾北，你的手机密码没换吧？拿过来我看看！"

顾北赶忙说："还是关心关心眼前这手机怎么打开吧。"

老宋不依不饶："现在最棘手的问题，就是姐不知道姐夫的手机密码。所以你赶紧的！手机拿来！"

两人磨嘴皮子的这当口儿，大趸儿说："要不，咱们明天找地儿刷个机？"

顾夕摇摇头："刷机会丢失手机里存储的照片和视频，那是我们找到周扬的线索。"

她思忖一番，从顾北手上拿过了手机。

手机刚到她手上，屏幕就亮了。

"哟，高级货！摸一把就解锁了。"老板娘弯下腰看了一眼，"我这人说到做到，手机归你们了。"她旋即转身钻过通往厨房的小门，把刚才发生的事讲给老赵听去了。

顾夕低下头，在手机屏幕上划拉着，查看"照片"。

顾北、老宋和大趸儿立刻把头凑了过去。

整个手机里，只存了一张照片。

那是夜空中璀璨的银河。

● **视频 6**

镜头调试。

夜空中的银河逆时针旋转起来，一颗颗星划出一条条线。

镜头重新对焦完毕。

原来是一张脑部核磁共振的成像图。

一位医生模样的老者拿圆珠笔在成像图上画了个圈，摇摇头说："没有发现器质性病变，暂时确定不了病灶的位置，还得再做进一步检查。"

镜头上下晃动，表示点头。

"爸，那这是遗传病吗？"

镜头顺着声音找到一张忧心忡忡的脸，顾夕。

"不排除。"顾父说，"癫痫的可能成因有很多，包括遗传、病毒，甚至是光敏刺激。"

顾夕问："那对健康有影响吗？怎么治啊？"她旋即抬头看着镜头，伸出手来："周扬你别拍了！"

录像结束。

这段录像同样受到了一些损毁，全程都充斥着噪点干扰和间歇黑屏。

顾夕向顾北要了一根烟，走出"国友"招待所的大门。

即使裹着厚厚的羽绒服，她还是感觉被夜风洞穿了身体。

顾夕深深吸了一口，烟头在干冷的空气里无声地闪烁着。

她吐出一口白烟。

烟雾变幻着形状，朝着她头顶的星空飘去。

顾夕抬头，不经意间就看到了苍穹如瀑，星辰如钻。

七年前，她和周扬就是在这样的星空下相识的。

太奢侈了。

顾夕心里冒出一个声音。

她轻轻笑了一下，不明白自己是在说什么太奢侈了。

是这样纯净璀璨的夜空奢侈，还是人生中愿得一人心是奢望。

招待所的门在她身后咯吱一声打开，一道温暖的黄色光柱照着顾夕的背影，在她身前投下斜斜的剪影。门很快又关上了，黄色的光柱和地上的影子也随之消失不见。

顾北走到顾夕身旁，搓了搓手。

"进去吧。"顾北说。

● **视频 7**

俯视镜头：沙滩。白浪带着泡沫，冲上沙滩，又哗啦啦退回大海。

镜头抬起：一轮赤红的太阳悬在海平面上。

顾夕画外音："我悄悄来漳州啦！这里是周扬老家。我就是想来看看他长大的地方。"

镜头朝着天空反复对焦。火烧似的晚霞。

顾夕画外音："周扬说他以前每天放学都来这个海边。"

顾夕大喊："周——扬——你——看——，我和小时候的你看过了同一片夕阳！"

录像结束。

　　顾夕点点头，在近旁的一棵钻天杨的树干上摁灭了烟头。

　　她跟在顾北身后往回走，突然扭头看了看夜空，问："你说，今天的我和昨天的周扬是不是看过了同一片星空？"

　　顾北转过身来，若有所思地问："你说什么？"

　　"没什么。"

　　"你说，星空……"顾北突然有些激动，转身一把推开门，朝屋里的人喊，"我有办法了！找到周扬的线索，我想到了！"

　　顾夕跟在顾北身后一路小跑进了招待所。四个人重新在饭桌前坐下。

　　顾北让顾夕把周扬的手机重新解锁，打开了那张星空图。他拿右手食指和拇指不停在屏幕上划拉着，星空图被不停放大。

　　顾北举起手机，指着屏幕问另外三人："你们看出来了吗？"

　　"看出来什么啊？"老宋问，"顾北你快说吧，别卖关子了。"

　　"大趸儿，你能查到这张星空图是在哪儿拍的吗？"顾北扭头问大趸儿。

　　"我试试。"大趸儿说着，掏出手机忙活起来。

　　"啧啧啧！行啊，大趸儿，黑客啊！"老宋在一旁用手支着下巴说，"顾北，到底怎么回事？"

　　"这张星空照片应该是在青海拍的，但不一定是在冷湖。"顾北说，"因为就照片的清晰度来说，不是拿手机直接对着暗夜拍摄，而是连接了别的天文观测设备——你们看，像这几颗星，普通手机是拍不出来的。"

　　顾夕听了恍然大悟："如果你的猜测没错的话，周扬应该是昨天晚上，在一个距离冷湖几小时车程、具备天文观星设备的地方拍了这张照片。"

　　"比对了一下3月28日夜间各地天文观测站对外公布的星空图，那张照片的拍摄地点应该是东经97°33.6′，北纬37°22.4′，紫金山天文台青海站。"大冠儿的手机上显示出了结果。

四个人互相看了看。

半晌，大冠儿试探着说："在德令哈的野马滩，离这儿五小时车程。那里有架中科院的微波射电望远镜，还寄放了国家天文台的三架光学望远镜和中科大的一架七百毫米望远镜。"

"你们太厉害了吧，竟然这都找到了！"老宋说。

顾北笑着说："这话我爱听。"

"可是，这也不能说明姐夫现在还在那什么……紫金山天文台青海站啊？"老宋又说。

说完，她和顾北、大冠儿一齐狐疑地看向顾夕。

28日晚上，周扬曾经在德令哈。而那个时候，顾夕正在前往冷湖的路上。那时他们之间的距离如此之近，却还是擦肩而过。

"不，他还在那儿。"顾夕很笃定，"就算他不在那儿了，他也一定在那儿留下了线索。"

● **视频8**

打开的置物架上，治疗癫痫的药物瓶一字排开。瓶子都是统一的黄色，瓶身贴着白色标签，不同的是标签上的字，"开浦兰""苯巴比妥片"之类。

顾夕的画话音："我藏好啦！"

周扬拖得长长的画外音："好嘞！"

一只手取下两个药瓶，单手拧开，把药片倒进嘴里。

同样这只手，把药瓶放回置物架上，关上柜门。门上是一面镜子，但一张贴着的照片挡住了镜中的面孔。

照片上是玻璃花瓶和一幅挂在墙上的画。凡·高的《星空》。

一只手从镜面上扯下照片。

视频切换。

一只手上举着刚才那张照片，摆出和屋内真实的摆设一模一样的角度。

镜头四处转动一圈，显示此刻观察者所在的位置是书房的台灯旁。

一只手在台灯的灯罩里摸索，找到第二张照片。

照片是一盆绿植。

视频切换。

一只手举着绿植那张照片，摆出和屋内真实的摆设一模一样的角度。

镜头四处转动一圈，显示此刻观察者所在的位置是客厅的沙发上。

一只手在沙发的缝隙里摸索，找到第三张照片。

照片上是一片灰白色，只在角落里有一块青灰色的印渍晕染开。形状像只小狗。

视频切换。

翻箱倒柜。

视频切换。

翻箱倒柜。

视频切换。

翻箱倒柜。

视频切换。

一只手拉开厨房岛台下方的柜门。柜门内侧是灰白色的，左下角有一块青灰色的印渍晕染开。形状像只小狗。

顾夕弯着腰，抱着膝坐在里面。

她抬起头说："周扬你怎么这么慢啊？我都快闷死在这儿了。"

男声画外音："谁让你藏得这么难找？我媳妇儿英明神武，连橱柜门板都能拿来当线索。"

一只手伸向顾夕，把蜷缩成一团的她从橱柜里拉了出来。

顾夕开心地大笑。镜头定格。

录像结束。

这段录像的损毁程度比之前两段更为严重，全程都充斥着噪点干扰和间歇黑屏，同时闪烁着不明曲线。

像昨晚一样，他们要了三间房，各自拿了钥匙。因为约定好3月30日一早七点启程出发前往德令哈，所以大家都早早进房间休息了。

连日来的奔波让顾夕疲惫不堪，她也顾不得招待所条件简陋，一进房间就拧开了浴室里的热水开关，准备好好冲个热水澡。

这时，有人敲房门。

顾夕走到门口，拉开房门。

门外没有人。

她左右看看，楼道两侧也空空荡荡，只有昏暗的灯光照着地上褪色的廉价地毯。

也许是听错了？

顾夕想着，回到了房间。这时她突然瞥见房门上趴着一只巨大的黄棕色蛾子。

顾夕吓了一跳。这只蛾子就趴在房号"103"的标牌下方，和她之前开车撞到的那种蝙蝠蛾一模一样——展开的巨大翅膀上，各有一只"眼睛"，仿佛在盯着她看，吓得她赶紧砰的一下把房门关上了。

顾夕从背包里拿出换洗衣服，走进浴室。氤氲的热气已经在这狭小的空间里弥漫开来。

她再次怔住了。

在浴室的椭圆形镜子上，有一个手写的单词：

bye（再见）

这是四五线小城镇旅馆里常见的那种普通镜子，镜框仿铝合金色泽，但其实是塑料材质，镜面上密密麻麻布满热水蒸腾起来的水蒸气。"bye"这个词，看起来像是曾经有人用手指在镜面上一笔一画、反复写下的。

顾夕伸手去触碰那行字迹。隔着玻璃，她的手指和镜中的手指，却永远无法贴在一起。

为什么字迹看起来那么眼熟？

会是周扬昨晚给她的留言吗？

顾夕脱掉衣服，走到淋浴喷头下。热水顺着她的脸往下淌。

她伸出双手，捂住眼睛，无声地哭了起来。

她心里清楚，那就是周扬的字迹。不仅是周扬的字迹，连说话风格都是周扬的。他有个习惯，写"终止"命令时，不用"quit"，也不用"exit"，而是用"bye"。这是作为程序员的周扬特有的表达方式。

无论周扬是真的在和她告别，还是警告她停止寻找，这个"bye"都像是一个欲盖弥彰的说辞，阻挡在她和他之间。

如果说之前她还曾经对要不要去德令哈有一丝犹豫，现在她已经下定了决心。

不找到周扬，她是不会停手的。

这一夜，顾夕做了一个梦：

蝙蝠蛾把卵产在泥土里，卵慢慢长成如蚕般的幼虫。一种真菌侵入幼虫体内，菌丝一点点充满了幼虫的身体——

在来年雪化之前，细长的子座便从那已经僵死的幼虫头顶钻出地面。

第 2 天

3 月 30 日

1988 年的一个雨夜，24 岁的海子孤身前往西藏，途经荒漠之城德令哈。在草原的尽头他两手空空，却写下了诗句："姐姐，今夜我不关心人类，我只想你。"

人们对 1988 年保有各种各样的记忆。海子的诗句是其中之一。

1988 年其实还发生了很多其他事情。人们总是善于记住那些小事，却鲜有人能记得那些宏大的事实，比如这一年，地球和火星相距 5 880 万公里。在那之后，又过了 15 年，直到 2003 年它们才再次向对方靠近。这一次，两者相距 5 576 万公里，是 6 万年来离得最近的一次。

在写下《姐姐，今夜我在德令哈》数月后的 1989 年 3 月 26 日，海子卧轨自杀。

人们说诗人是心碎而死的，德令哈那个雨夜是他忧伤的证明。

此刻，顾夕正驾着车，行驶在通往德令哈的省道上。后视镜里，"弘扬柴达木石油精神，奉献千万吨发展作业"的巨幅路牌渐渐远去。

诗意和现实，并存在这片望不到尽头的广袤戈壁之中。

● **视频 9**

录像的画质有些年头，身着浅蓝色西装的女播音员在介绍发生在邻国日本的一则新闻。

画面上，一名儿童全身颤抖、口吐白沫地躺在病床上。几名穿着白大褂的急救人员把病床从救护车上抬下来，推入医院急救室。

女主播用 20 世纪八九十年代特有的播音腔说道："数月前，由任天堂公司出品的儿童动画片《口袋妖怪》第38集《电脑战士3D龙》在日本播放，引发大量观众癫痫发作。当晚有近700名儿童因为观看了该动画片而受到强烈的闪光效果刺激，被送医就诊。该动画片也遭到禁播。"

录像结束。

这就是被戏称为"任天堂癫痫"的光敏性癫痫。顾夕怎么也想不到，她童年时代不经意间看过的一则新闻里的怪病，若干年后竟然发生在了自己丈夫周扬的身上。

自从婚礼上的那次发作之后，周扬就需要用药物来控制他的光敏性癫痫。他不再开车上下班，而是选择坐地铁。因为开车时，哪怕是透过梧桐树的枝叶射进他眼里的阳光，也会和那些有着特定的闪光频率的人造灯光一样，成为引发癫痫的诱因。

阳光，灯光，甚至是楼宇外立面的反光，如同十面埋伏，周扬只能谨慎地前行。渐渐地，生活不再安全，每分每秒都充满了意想不到的危险。

每当癫痫发作，周扬整个人就会断片儿。他听不到任何声音，也看不见任何东西，只是朝着一个光明的深渊坠去。在那深不可测的底部，恐惧、愤怒、幻觉伸出千万只手来，紧紧抓住他的脚踝。

好在周扬的老丈人，顾夕和顾北的父亲顾老师，是位医生，他给周扬介绍了协和医院的癫痫专家。周扬却拒绝手术，选择了保守治疗，也就是每天吃药。

顾夕看在眼里，却无能为力。无论关系多么亲密，人们对他人的痛苦总是无法真正感同身受。

也许周扬这次不辞而别的原因没有那么复杂——也许他只是厌倦了危机四伏的城市生活，而不是厌倦了她。

至少在青海的这片戈壁上，道路笔直，黄沙满地，他不再担心在众目瞑瞑之下，这一秒还是清醒的，下一秒就坠入不可控制的深渊。

顾夕一边开车，一边摇了摇头，否定了这个自欺欺人的想法。

跟癫痫无关吧。婚姻中的问题很复杂，归结在任何因素上，都只是替千疮百孔的两性关系找了个替罪羊而已。

事实是，她有她的轨迹，他呢，也有他的。

他们相遇时离得很近，但终归是要渐渐远离。

就像……地球和火星。

● **视频 10**

一张靠玻璃幕墙的餐桌，对面坐着顾夕。

玻璃幕墙外，华灯初上，银河 SOHO 大厦流光溢彩。

顾夕笑着，开心地说着什么。

服务生端上来一道菜，XO 酱①烩海鱼。

顾夕用刀切开鱼头与鱼身，把大块的鱼肉放进周扬的盘子里，又把鱼头放进自己的盘子。

她一面拿叉子去拨弄面前盘子里的鱼头，一面看向窗外。

餐厅内的大红灯笼映照在玻璃幕墙上，显现出天上同时悬着三个红色巨星的奇观。

"看，周扬！"顾夕指着窗户上的幻景说，"火星！"

周扬画外音："我就是打那儿来的。"

顾夕扑哧一声笑了："行——您啥时候回母星啊？地球太危险了，您看这顿饭得吃您半个月工资吧？"

"男人都来自火星，我们要是回去了，你们这些留在地球上的女人怎

---

① 用精选干贝、火腿肉和海虾米制成的一种高档酱料，多用于粤菜。——编者注

么办？"

顾夕翻了一个白眼："我们女人就回金星呗。《男人来自火星，女人来自金星》，是不是有这么本书？"

周扬画外音："好像是有这么本胡说八道的书。对了，顾夕同学，麻烦你个事儿啊。"

顾夕一边使着兰花指弄鱼头，一边毫无防备地问："什么事儿，你说！"

周扬画外音："我出四块五，你出四块五，咱俩一起投资一本儿结婚证，终身持有那种，你看怎么样？"

顾夕一愣，抬起头来看着周扬，突然爆发出一阵笑声。

餐厅里的其他客人都纷纷朝她看过来。

顾夕笑得上气不接下气："周扬，没这么便宜的事儿啊！你得给我一个特别的求婚！特走心那种！"

周扬画外音："我这半个月工资都豁出去了，还不走心？"

顾夕还在止不住地哈哈大笑。画面定格。

录像结束。

收音机里传来断断续续的声音："火星和地球每15年靠近一次，最远时相距4亿公里……当地球和火星运行到各自轨道的远端时，从地球到火星即使以光速飞行，也需要20多分钟；而今年两者距离最近时，仅需要192秒，不到4分钟。"

顾夕听出这跟昨天是同一个广播节目，主持人话锋一转，开始和嘉宾聊起了冷湖地区的一座"火星营地"。她伸手扭动旋钮，换到了一个音乐电台。音乐响起，车子一骑绝尘。

马海的蚊子，冷湖的风。

虽然离开了冷湖镇，但风却越来越大。不时能看到巨大的风车，在戈壁上静默地站立着。白色叶片反射着太阳的光芒，徐徐转动。

她轰了一脚油门，看着碧蓝如洗的天空下道路远方升腾的水汽，不禁想：如果没有人工铺设的道路和那些风车，在这条路上跑车的司机们大概真会发疯发狂，以为误入了荒凉的火星腹地。

朝东刚开出了50多公里，收音机里的声音从断断续续变成了毫无意义的杂音。

关掉收音机，又开了一两公里，吉普车先是突然发出"砰"的一种类似爆炸的响声，接着是一阵刺耳的急刹车声，然后就像个醉汉一样，一骨碌侧翻在了路边。

顾夕和顾北、老宋、大逴儿相互搀扶着从吉普车里爬出来。四个人都灰头土脸的。

老宋的左胳膊和右手虎口都挂彩了，鲜血直流。顾北拿出一件干净的衬衫给老宋包扎了一下，又用一条毛巾拴在她胳膊上止血。

顾夕检查了下吉普车，只见右后侧的车胎已经完全瘪了。应该是急速行驶下的爆胎引起了侧翻。她突然感到一阵耳鸣和目眩，可能是翻车造成了脑震荡。她绕到车屁股后面去，吐了一地。

顾北摸出手机，发现这地方一格信号也没有。

顾夕、老宋和大逴儿也各自掏出手机，没一个人的电话能打出去。

顾北说："记得刚才路过了一个基站，我往回走走，看看能不能打通电话。你们仨在这等会儿。"

顾北说完，往西走去。

顾夕叫住他，跑上去叮嘱了几句。

"在西宁租车的时候我检查过车胎，完全没有问题。"顾夕小声对顾北说，"这胎爆得有点儿奇怪，不排除是人为造成的。"

"你是觉得有人做了手脚？"顾北问。

顾夕点点头："你注意安全。"

她没有向顾北解释太多，怕顾北担心——招待所浴室镜子上的字迹，还有昨夜那个关于蝙蝠蛾的栩栩如生的梦境。

顾北拍拍顾夕的肩："知道了。帮我看着点儿老宋，别让她乱跑。"说完转身就走了。

他的身影越来越小、越来越小，最后消失在地平线上。

在他的身后，黑色沥青浇筑的道路伸向遥远的天边，越来越细、越来越细，最后消失在正在升起的、硕大的红色朝阳之下。

顾夕回到车边，尽力收起忧心忡忡的表情。找周扬是她的事儿，她不想再出什么岔子，怕连累了顾北、老宋和大茓儿。但这一路上发生的怪事越来越多，说不清、道不明。

她隐约预感到还会发生危险的事情。就像当你俯身去看一口散发着恶臭的井，你根本无法预计看到的会是一汪长满绿藻的水，还是一具尸体。

顾夕觉得，空气中，仿佛已经有了一丝这样令人不安的味道。

等在原地的老宋和大茓儿百无聊赖。大茓儿拿出头戴式摄像头，开始拍摄车外的景象。

● **视频 11**

呼呼的风声，鬼哭狼嚎一般。

镜头绕着吉普车环扫一圈，笔直的省道把荒芜的戈壁从中间劈开，从东到西，没有尽头。

即使是在白天，远远近近的土堆土堡，依然显得阴森诡异。

录像结束。

● **视频 12**

大趸儿画外音："你男人怎么去了那么久？"

老宋："这是高原！普通人走两步就喘，不然让你去？你去，天黑了都回不来。"

大趸儿画外音："哟，真维护你们家老爷们儿。"

老宋一翻白眼："那当然。"

录像结束。

● **视频 13**

大趸儿画外音："咦，那是什么？"

镜头放大，北边似乎有什么东西。

大趸儿画外音："喂喂，你们来看看。"

镜头继续放大，戈壁尽头似乎有一排建筑物。

录像结束。

漫长的等待之后，一个小小的黑点出现在西面。

顾北回来了。

"我给'国友'老板娘打了电话，她说帮咱们叫个拖车过来，先把这车拖回镇上修理。"他说。

"我们得马上租辆新车。"顾夕说。

"拖车师傅的徒弟会开辆越野车过来，价钱都已经谈好了。不过他俩昨晚出去接活了，咱们得等七八个钟头。"

"那中午是赶不到德令哈了。"顾夕皱了皱眉，"老宋的胳膊得找地方消毒，重新包扎一下。"

"那边好像有个休息站。"大趸儿指了指北面，"说不定是个卫生站。

要不就是加油站，要是有热水就再好不过了。"他说着，从倾倒的吉普车后备厢里拽出了自己的行李，打开来，翻找出一盒方便面，坦然面对着其他人诧异的目光。

没有掩体，暴露于越来越晒的太阳底下，干燥寒冷的风和灼热刺目的阳光轮番折磨着他们。这条荒无人烟的省道上，通常半天也见不到一辆车经过。几个人最终达成一致，先去大趸儿说的那个地方给老宋包扎一下，如果还能在那里搭上前往德令哈的顺风车或者租到车更好。

一望无际的戈壁上，任何一个看起来并不遥远的物体，实际步行距离都远得超乎想象。

● **视频 14**

一阵螺旋桨的噪声。镜头从地平线上摇摇晃晃地升起，好像是摄像机绑在了无人机上。

空气干燥，视野清晰。

在无数赭色沙丘之外，远方地平线上出现一个渺小的人影。

无人机呼啸着飞向人影，俯冲，镜头放大。

那是一个穿着泛黄的宇航服的人。他浑身臃肿，黑色的宇航面罩上映照出黄沙与风蚀岩。他抬起头，朝着无人机挥手。

无人机飞近，他俯身从地上拾起一块大约一米长、半米宽的纸板。

镜头对焦，纸板上用黑体字写着：

顾夕同学

他将这块纸板放到脚边，双手举起第二块纸板朝无人机方向展示：

我已老大

接着第三块：

你也不小

第四块：

认识这么久

第五块：

想请你帮个忙

他停顿了一会儿。空气中充满了螺旋桨搅动空气的声音，但又仿佛整个世界此时鸦雀无声。

他举起最后一块纸板，久久地举向天空：

嫁给我，好吗？

无人机绕着"宇航员"盘旋了一圈。

在盘旋到第二圈时，影像仿佛受到某种信号干扰，突然扭曲，持续三秒。黑屏。

黑屏结束之后，"宇航员"站在原地，和无人机保持着刚才的距离。面罩上的反光让人无法看清他的表情。

突然，他转身朝着身后海拔四千多米的赛什腾山跑去。

大昵儿画外音："喂，周扬！周扬你干吗？"

他既没有回答，也没有回头。臃肿的外套并没有阻止他的脚步，他大步大步地飞奔着。

顾北画外音："周扬这是干吗啊？"

无人机摇摇晃晃地降落在戈壁上，镜头被一块风化石挡住。

黑屏。

镜头再次开启，对焦。

一只手把无人机从地上拾起来。

老宋带着哭腔问："他去哪儿了啊？"

顾北外话音："充好电了。"

无人机再度起飞，镜头俯视着地面，能看到顾北、老宋、大趸儿三人的头顶。

无人机朝赛什腾山方向飞去，茫茫的戈壁上空无一人。

录像结束。

他们走了足足两个钟头才走到。

令人失望的是，那并不是什么休息站，而是被游牧民遗弃的一个蒙古包群落。海西州的游牧民驱赶着牛羊沿水草丰美的地方迁徙，这里只是他们往年迁徙途中的一个临时落脚点。

蒙古包里没有供电设施，也没有床铺，只剩几床被虫蛀烂了的棉絮。他们找到几桶浑浊的液体，可能是水，也可能是油。

大趸儿捧着那盒没开封的方便面欲哭无泪。

顾夕因陋就简地帮老宋重新包扎了一下伤口。

顾北打开随身携带的水壶，把仅剩的一点儿水分给另外三人喝了。他建议大家分散开来，在几个蒙古包之间继续搜寻有用的东西。

不知道为什么，顾夕总感觉这里似乎还有第五双眼睛，正在注视着他们。她四下环顾，明晃晃的阳光下，并没有别人。

顾夕问顾北，拖车师傅走到哪儿了，什么时候能到。顾北搜寻了一番信号，走到蒙古包背后去给"国友"老板娘又打了个电话。

顾北打完电话，四个人分成两组在几个蒙古包之间继续搜寻可用的东西。只要稍微抬高音量，即使看不见人影，也能互相听见声音。

"拖车师傅昨天晚上给人跑车去了，花土沟有人娶亲。他要中午喝了喜酒再过来。我把这儿的定位发给他了，咱们不用再走回省道上去。"

"他不怕酒驾？"老宋问。

"他徒弟开车。"

"奇了怪了，什么人半夜娶亲？"大疤儿也问。

顾北无可奈何地说道："老板娘说青海这边的蒙古老乡都是半夜娶亲，因为害怕遇到民间说的一种不吉利的东西。"

老宋一听，抱紧了胳膊往顾北身上靠过去："别说了，吓人。"

"什么不吉利的东西？"顾夕高声问。

"一种瘴鬼。总在有亮光的地方出现，伸手不见五指的夜里反而不出现。"顾北说，"它一出现，就会附在人身上，让人发疯，学羊叫什么的。"

"呸呸呸，顾北你别吓人了。"老宋真被吓得不轻，使劲儿拧了顾北的胳膊一把。

"青海的蒙古族管被瘴鬼附身的人叫'乌瓦达丹'，就是'鬼奴'的意思。"顾北说，"也许这种'瘴鬼'只是某种引起人疾病发作的寄生虫。沿海一带的蟹农不是也有'蟹奴'的说法吗？老宋老家就有。"

"蟹奴？"顾夕还是第一次听到这个词。

"蟹奴寄生在螃蟹身上，就像一颗种子长在花盆里，它生出的根须会爬满螃蟹全身。原本的螃蟹就成了个空壳。"老宋说，"然后蟹奴的卵巢就从螃蟹肚子那里爆出来，黄灿灿一坨，好些不懂的人还当那是蟹黄给吃掉了。"

顾夕听得想吐。

她发现不知什么时候，和自己组队的大疤儿不见了踪影。

"被蟹奴寄生的螃蟹不脱皮，也不交配繁殖，更不能吃。所以我们那儿的蟹农遇上这样的僵尸螃蟹一般只能扔掉。"老宋说。

"你们看没看过一个讲亚马孙雨林里的'僵尸蚂蚁'的纪录片？"大趸儿突然插话进来，听声音他应该是在离顾夕十米开外的地方，"那个更有意思。有一种真菌，专门寄生在蚂蚁身上。它先控制蚂蚁的腿，让蚂蚁离开地表的巢穴去流浪。这时蚂蚁还是活的，还有自己的意识。被寄生的蚂蚁会反常地朝着树冠爬，虽然它本性是喜阴的，但这会儿它的脚已经不听话了。等蚂蚁爬到树冠上，它就会使劲儿咬住一片向阳的树叶，再也挪不了窝了。这蚂蚁肯定是不愿意的，但无奈身体里面都是菌丝，自个儿控制不了自个儿了。"

"它就慢慢在那等死吗？"老宋问。

"不然还能咋的？"大趸儿说，"这种真菌的真正营养来源是鸟粪。知道它为什么要操纵蚂蚁爬到树冠上吗？为了便于被鸟类发现啊。鸟吃了蚂蚁，再把鸟屎拉到地上，真菌就发育了。一到晚上，把孢子到处这么一喷，地上那些个倒霉路过的蚂蚁，不就又变僵尸蚂蚁了吗？"

这种真菌的寄生策略，形成了一个完美的闭环。

顾夕听得有些入神，她想起了自己那个关于"冬虫夏草"的梦。

"僵尸螃蟹、僵尸蚂蚁算什么？"顾北问，接着他换了一种口气，似乎是故意想吓唬老宋，"青海这边的瘴鬼更厉害，会附身在人身上，把人变成僵尸，让人倒地上吐舌头，说胡话。"

老宋嗔怪道："你这说得也太玄乎了。"

"那只是本地人的说法。"顾夕走过一个小毡篷，顺手掀开门帘朝里打量，"这什么'瘴鬼'附身，说不定就是光敏性癫痫之类的。"

顾北正要接话，这时老宋在他身后紧走两步，上前猛地拉了一把他的袖子。顾北这才想起他姐夫周扬也是光敏性癫痫患者，便不再和顾夕争辩。

"可是，为什么这里会有瘴鬼的传说和半夜娶亲的传统呢？"顾夕自言自语，"光敏性癫痫的发病率高得有点儿反常了，而且是从古至今发病率一直都很高。"

小毡篷里空空如也，顾夕又朝前走向另一座较大的蒙古包。她刚一拉开蒙古包的门帘，便闻到里面传出一股密闭空间特有的恶臭。

她把门帘搭在一边，走了进去。

乍一进入，似乎跟盲了一样，什么都看不清楚。

等到眼睛适应了微弱的光线，顾夕才发现这座蒙古包里沿墙根摆着一排矮几，矮几上都是瓶瓶罐罐。蒙古包中间是一把木椅子。

不知道为什么，这样的摆设让顾夕心里瘆得慌。

她走近那把木椅子，不禁一哆嗦：椅背和把手上沾着一些暗色的东西，像是陈年的血迹。两个扶手上还装着用来固定手腕的尼龙套索。椅背和椅子脚上也有，看起来是固定脖子和脚踝的。

鬼使神差地，顾夕朝着墙边的瓶瓶罐罐走去。

她弯下腰，打量着其中一个玻璃瓶。这是一个像泡菜坛子一样的玻璃瓶，但里面泡着的，却是从中间剖开的一匹未足月的小马。小马的外面包裹着切开的半个深红色子宫。

顾夕倒吸了一口凉气。

突然门帘夺拉下来，黑暗瞬间席卷了整个室内。

这不期而至的黑暗，让顾夕失声叫了出来。

她像突然失明的人一样，分不清东南西北，什么也看不见。

顾夕凭着记忆往出口跑，却重重地撞在了什么东西上，连人带物地一起跌到了地上。

是那把木头椅子。

恐惧，拽紧了她的心脏。有那么一瞬间，她以为自己就要死在这里了。

——直到有人一把掀开了门帘。

顾夕的双眼又重新获得了光明。

顾北大步走近，把她搀起来。顾夕拽着顾北的胳膊，踉踉跄跄地出了蒙古包。老宋站在门口，拿手撑着门帘，似乎不敢往里看。大冠儿在不远的地方捧着方便面，目瞪口呆地看着顾夕——面条只吸溜到一半。可能他从来没见过一个人脸上有如此惊恐的表情吧。

不知道为什么，在重新站在阳光下的这一刻，顾夕想到了周扬。

虽然对刚才的经历心有余悸，她却又隐约感到一丝莫名的慰藉。她和周扬，是不是因此而多了一次相似的经历？周扬在强光的刺激下坠入光明的深渊，她也经历过在漆黑一片中坠入黑暗的深渊了。

● 视频 15

夜。

大冠儿画外音："老乡，见没见过这人？"

一个蹲在蒙古包前拿煤球生火的人接过大冠儿的手机，看了看，然后摇摇头说："莫见过。"

顾北往那人手里塞了一包烟："我们见着他进你的蒙古包了，是不？"

那人把烟推回给顾北，摆摆手："莫有！"

顾北说："老乡，帮帮忙。人肯定在里头，你这样我们要报警了。"

那人停下手里正在点的煤球，站了起来，打量了顾北和大冠儿一番，一言不发地转身走进了蒙古包。

黑屏。

刚才的人从蒙古包里出来了，对顾北说："恁个鞭娃中了瘴鬼。夜来晚夕窜到这跟，咬了我的大肚儿母马。今春就要下崽子了，咋个赔？"

"赔，赔。"顾北说着，掏出一叠纸币递到牧民手里。

"瘴鬼医不好的。"那人接过钱，沾着唾沫数了数，转身掀开帘子，让出一人宽的入口。

镜头探向蒙古包内部，在蒙古包的中间放着一把木椅。

木椅上绑着的人，正是周扬。

周扬的半张脸上，都是血迹。

他低垂着眼，一串涎液混着新鲜浓烈的血迹，沿着他的嘴角流了出来，滴落在木椅扶手和他脚下的毡子上。

录像结束。

顾夕站在蒙古包的门口，在她的身后，没有系紧的门帘在狂风中摇摆不定。

"你们三个是不是以前来过这里？"她问。

顾北、老宋和大兔儿回避着彼此的眼神，大兔儿更是把头摇得像拨浪鼓。

"你是不是根本就没有打过电话给'国友'老板娘？"顾夕问顾北。

顾北默不作声。

"那就是说，等到天黑也等不到拖车了？"顾夕继续说，"没人会来修吉普车，也没人会开越野车来接我们。"

"你们为什么带我来这儿？"顾夕平复了一下情绪，问道。

"你猜的都对，"顾北说，"怎么猜到的？"

老宋在一旁小声说："顾北，这叫女人的直觉。"

"你们一直故意把我往这里带，傻子都猜到了吧。"顾夕说，"老宋，我真没想到你胆子这么大，敢在车胎上动手脚。给你包扎的时候我发现你右手虎口的伤不是新伤，而是二次撕裂。我猜是昨晚你用工具动轮胎的时候伤的。但是我还是不能确定……顾北，老宋这是你教坏的吗？你看看她那胳膊，差点儿就废了！翻车多危险你们心里有数吗？还有，顾北，我看出来你对我撒谎了！从你说拖车师傅去喝喜酒，半夜娶亲的是蒙古老乡，我就觉得不对。我也不是第一次来青海！半夜娶亲这个传统不是蒙古族的，是汉族的！"

老宋和顾北无言以对。

顾北低下头，默默朝顾夕伸出右手大拇指。

"可是我还是不敢相信……不敢相信你们三个合起伙来骗我。"顾夕说，"最后让我确定这一点的，是大趸儿。"

大趸儿一脸无辜地看着顾夕，指指自己的脸："我？"

"以我对你的了解，如果你没有来过这里——"顾夕说，"你是根本不可能找到用来泡方便面的饮用水的。"

顾北、老宋和大趸儿彻底蔫儿了，垂头丧气地面面相觑。

"说吧。"顾夕没好气地说，"你们这闹的是哪一出？"

顾夕站在蒙古包的门口，看着顾北、老宋、大趸儿，欲言又止。终于，她把"你们三个是不是以前来过这里？"这句怀疑的话吞进了肚子里。刚才的一番诘问都是幻觉吗？都只发生在想象里？她觉得脑袋胀得生疼。在她的身后，没有系紧的门帘随着狂风摇摆不定。

肆无忌惮的风在他们的四面八方穿梭来去，卷起飞沙走石。

不知不觉，太阳已经朝着西边落了一大截。阳光不再炙热刺目，它把原本白色的云、黄色的沙、灰色的蒙古包，全部镀上了一层金色。

这片土地有一种神奇的魔力，把她变得不像她自己了。她现在头痛欲裂、敏感多疑，甚至分不清时间的流逝，分不清幻觉和真实。

石头，青稞，草原，戈壁。所有事物的影子都朝向东边。

那金色越发浓郁，那影子就拖得越长。

德令哈在蒙古语里正是"金色的世界"之意。然而今天，顾夕恐怕没法如期抵达那个金色的世界了。

连同周扬留给她的谜底，这一路总是看似唾手可得，却也遥不可及。

终于，顾北突然开口道："姐，难道你真的以为……姐夫是光敏性癫痫那么简单？"

● 视频 16

镜头调试。

夜空中的银河逆时针旋转起来，一颗颗星划出一条条线。

镜头重新对焦完毕。

原来是一张脑部核磁共振的成像图。

一位医生模样的老者拿圆珠笔在成像图上画了个圈，摇摇头说："没有发现器质性病变，暂时确定不了病灶的位置，还得再做进一步检查。"

镜头上下晃动，表示点头。

"爸，那这是遗传病吗？"

镜头顺着声音找到一张忧心忡忡的脸，顾夕。

"不排除。"顾父说，"癫痫的可能成因有很多，包括遗传、病毒，甚至是光敏刺激。"

顾夕问："那对生活有影响吗？怎么治啊？"她旋即抬头看着镜头，伸出手来："周扬你别拍了！"

顾父问："老汪，有什么办法吗？小夕他们正打算要孩子……"

原来室内还有一位坐在医生办公桌后面的转椅上的老者。他的头发焗成黑褐色，看起来比顾父年轻些。

老汪说："癫痫说白了，就是大脑里面的神经元异常放电。有的异常放电还伴发有肿瘤，或者其他异常病灶，这样的都好办，手术切除就行了。"

他从转椅上站了起来，拿右手食指点了点脑部核磁共振的成像图："怕就怕这样什么都看不出来的。我可以开点儿药，先试试药物控制？"

顾父有些犹豫："老汪啊……"

老汪看了一眼顾父，沉吟道："周扬得的是光敏性癫痫，如果想根治，也不是没办法，只是解铃还须系铃人。"

顾夕问："什么办法？"

老汪说："导入光敏蛋白，在神经元细胞膜上表达，通俗点儿说就是给神经元装上'开关'。然后通过特定波长和频率的光线照射激活光敏蛋白，发出'关闭'的指令，抑制神经元异常放电，也就根除癫痫了。"

顾夕有些担心："这安全吗？"

老汪笑了："十年前就已经在大鼠身上试验成功了。不过这手术，协和目前还做不了。患者有这个要求的话，我们都是先登记，大概等到明年就可以在临床上接诊了。"

顾父："小夕，你看呢？"

顾夕："汪伯伯，那请您给周扬登记一下吧。"

录像结束。

这段录像全程都充斥着噪点干扰和间歇黑屏。

夕阳刺得顾夕睁不开眼睛。她的大脑嗡嗡作响。

"顾北，你什么意思？"

"这几年他只吃药，不手术，你想过是为什么吗？"顾北说，"你真的以为姐夫是光敏性癫痫？"

顾夕不是没想过为什么周扬不愿意手术治疗。

感情淡了，没有话题了，不想要孩子……顾夕能想出一大堆理由，但此刻她却一个字也说不出口。

"他来冷湖拍求婚视频那次，惹上瘴鬼了。"顾北说，"周扬被附身了，中邪了，他已经不是你认识的那个周扬了。"

顾夕想笑，她不敢相信这话是从顾北嘴里说出来的。可是当她看到老宋和大冠儿的表情，就笑不出来了。他们脸上写着复杂的情绪：恐惧、同情、担心、为难——这表情让顾夕几乎要相信顾北的话是真的。

"你可以看看这个。"顾北掏出手机，点开一段视频递给顾夕。

是那一次无人机拍到的周扬在求婚中途突然转身跑掉的视频。

顾夕把手机还给顾北："这说明不了什么。"

顾北急了，他冲顾夕吼："怎么就跟你说不明白呢？"

大冠儿在一旁犹豫地说："要不……我这儿还有一段视频……"

顾北和老宋的表情有些异样。

顾夕朝大冠儿伸出摊开的左手："我看看。"

大冠儿手机里的是那段星夜里顾北、老宋、大冠儿三人寻找周扬的视频。

顾夕认出了视频里的蒙古包就是眼前这座，认出了那把带血的椅子。但当她看到坐在椅子上的周扬时，她打心里不愿意承认那是他。

她看着半张脸都是血的周扬，觉得那就是一个怪物。怪物低垂着眼，一串涎液混着新鲜浓烈的血迹，沿着他的嘴角流了出来，滴落在顾夕的心坎上，让她止不住战栗。

震惊。恐惧。如释重负。

一直以来，她所有的疑问似乎都找到了答案。可是，一个答案却又引发了千万个新的疑问。

她从来没有后悔过在青海和周扬相识，也没有后悔过这次来青海找周扬。但是她万万没有想到会是这样的结果。就是这个从戈壁归来的怪物，向自己求婚的吗？就是这个被瘴鬼附身的怪物，扮演着自己丈夫的角色吗？他的激情退去、言不由衷，原来都只是邪魔入体、身不由己？

年复一年，冬去春来，她就这样和一个怪物住在同一屋檐下而不自知。她的辗转反侧，她的痛苦难耐，她的隐忍失望，她的歇斯底里，仿佛全都找到了合理的注脚，也都变得毫无意义。

她回想起自己这几年和周扬之间的关系，也随着周扬的病情时好时坏。好的时候，周扬还是周扬；坏的时候，周扬就变得像个完全陌生的人。

良久，顾夕问："你们早就知道了？"

顾北、老宋和大趸儿一言不发。

夕阳悬在戈壁的尽头，即将沉入黄沙之中。

顾北说："我们一开始也没信。我要知道他真的中了邪，怎么也得拦着你俩结婚啊。只是这次周扬突然跟我说他要背着你再来一趟青海，我就觉得有点儿不对劲儿。"

大趸儿点点头："谁承想这世上还真有这么邪门儿的事儿呢。"

老宋一会儿看看你，一会看看他，不敢说话。

"他应该是消失了，不会回来了。"顾北说，"别找了。"

周扬消失了。不会回来了。像那些不再蜕壳和繁殖，被蟹农丢弃在阳光下暴晒的僵尸螃蟹一样；像那些意识尚存，却控制不住地要背离巢穴爬上阳光普照的树冠的僵尸蚂蚁一样。

所有的一切都串在一起，形成了一条令人匪夷所思，却又坚不可摧的逻辑链条。

周扬向她描述过的，发病时脑子里绽放的千万个明亮的太阳，315国道上撞向吉普车挡风玻璃的蝙蝠蛾群，青海当地高得惊人的发病率和关于瘴鬼由来已久的民间传说……一切都说得通了。

顾夕看着没入地平线的夕阳。它最后金光一闪，戈壁便换了色彩。

　　眼前的世界不再是金色，而是灰蓝色的了。顾夕看着这个灰蓝色的世界，不禁有些悲哀地想：这片土地上的某种东西，寄生在周扬体内，慢慢把他变成了另一个人。一个披着周扬的皮囊的陌生人。

　　远远地，从南边射出了两束灯光。那是一辆朝蒙古包疾驰而来的汽车。随着在戈壁上的颠簸前行，车头的远光灯也不住地颤动着。

　　她突然感到一阵天旋地转，晕倒在地。天空像柔软的蓝丝绒，盖在粗犷的灰蓝色戈壁上。

　　"那是拖车师傅的徒弟来接咱们了吧？"

　　"这车看起来怎么有点儿不对啊？"

　　在失去意识之前，她模模糊糊地听到老宋和顾北的对话。

第3天

3月31日

　　顾夕在颠簸的货车副驾驶位上醒了过来。

　　大货车驾驶室里，电视屏幕上是一片雪花噪点——那是宇宙背景辐射的成像，来自从创世之初就游荡在整个宇宙中的辐射。

　　屏幕映着两个人影，一个是她，另一个是正在开车的人。

　　她扭头看了一眼身边，不禁吓了一跳。

　　驾驶位上坐着一个浑身臃肿的人——怎么可能不臃肿呢？他穿着一套泛黄的宇航服。

　　"周扬？"顾夕捂着嘴叫了出来。

　　那人没有回答，只是扭过头看了她一眼，黑洞洞的宇航面罩里毫无表情，看得顾夕心里发怵。

车窗外，天已经完全黑了。她四下打量，透过大货车驾驶室和货厢之间的小窗，窥见货厢里躺着三个人。

顾夕心里咯噔一下……那应该是顾北、老宋和大戬儿。他们躺在那里，一动不动。

前面出现了一座收费站。

周扬放慢了车速，大货车发出咯吱的响声，徐徐地停靠在收费站前。

顾夕深深地吸了一口气，在大货车完全停稳之前，她用尽浑身力气，一把推开车门，跳了下去。

顾夕两脚刚一落地，便飞奔到收费窗口，拼尽全力大喊着："救命！救命！"

收费窗口里根本没有人。这是条二级公路，收费站早已经全部撤掉了。

顾夕回头看到周扬打开了车门，他也跳下了车，朝收费窗口走过来。

顾夕赶紧去拧收费室的门把手，门锁上了，怎么也拧不开。她想跑，可是这里除了一条笔直的公路就只剩下开阔的戈壁，根本不可能逃脱。

她转身，直视着步步逼近的周扬。

海拔三千米的高原之夜，氧气是如此稀薄。周扬还没有走近，她就已经觉得脖子像被人牢牢掐住了一样。

这时周扬开口了，他的声音是从头盔上的扩音器传出来的，听起来有些怪："跑什么啊，跟见了鬼似的？"

顾夕大口大口地喘着气，止不住地战栗着。她望着那黑洞洞的宇航面罩，半晌才问出一句："你是谁？"

"是我啊。"周扬说。

"你想干什么？"

"我想……"周扬说着，抬起了双手，取下头盔，"在这儿停个车，好把这身儿衣服脱掉。"

摘下头盔的周扬，声音变得正常了。他接着又脱下了身上的宇航服。

顾夕完全没有想到会和周扬在这样的情形下见面。她已经马不停蹄地奔波了好几天，就为了找到周扬——结果却是周扬找到了她。

周扬想给顾夕一个拥抱，却被她一把推开。

"你为什么招呼也不打就走了？"顾夕问，"为什么不接我电话？"

"我就知道你会来给我添乱。"周扬笑着，半是责怪，半是宽容。

"你把顾北他们怎么了？"

"没事，他们晕过去了，我有办法治好他们。几年前，我和他们仨一起来青海。没想到，他们在这儿中了邪。"

顾夕的后脑勺传来一阵凉意。明明是顾北他们说周扬中邪了啊？到底该相信顾北、大菟儿和老宋，还是该相信面前这个枕榻边的陌生人？

接着，周扬把那次到冷湖录求婚视频的事从头到尾讲了一遍。因为发现了顾北、老宋和大菟儿的异常，他才录到一半就转身跑走；而大菟儿录下的那段在蒙古包找到周扬的视频，其实是周扬癫痫发作，被牧民当成"瘴鬼附身"给救了。发作的时候他咬破了自己的腮帮子，流了不少血。如果顾夕细心留意过两段视频的时间顺序的话，会发现蒙古包那段视频的录制时间在求婚视频之前。他没有伤害过任何人。

这和之前顾北他们的说法完全相反。

"中邪的不是你？"

"也有我。"

顾夕彻底糊涂了。

"我们都中邪了，只是他们三个还没意识到而已。"周扬说，"上车说吧，这儿太冷了。"

顾夕跟着周扬回到车上。大货车继续朝东驶去。

"我们这是去哪儿？"

"野马滩。"

"周扬，你说的中邪，到底是什么意思？"

"你可以把这理解为一种寄生虫。"

"那你现在和我说的这些话，你身体里的虫子能听到吗？"

周扬笑了："不是你想的那回事。我也是这次来青海才终于彻底搞清楚的。"

"那你为什么突然想到要来青海？"

"还记得你在汪伯伯那里帮我做的手术登记吗？"周扬说，"我和他联系了，说我愿意手术。术前检查的时候，他发现我的病不是光敏性癫痫那么简单。"

周扬竟然一声不吭地决定了去做手术。顾夕看着周扬的侧脸，觉得恍如梦境。此时此刻的周扬，就和他们刚认识的时候一样。那中间的几年呢？被周扬口中的"寄生虫"横刀偷走了吗？

"你看。"周扬说。

顾夕朝前看，笔直的沙石路。朝窗外看，无垠的大戈壁。四野寂静，空无一物。不知道周扬让自己看什么。

"这大西北啊，乍一看什么都没有，什么都缺，"周扬说，"可就是不缺石油。这种寄生虫，就是从石油里来的。"

这种"虫子"是数百万年前还是数亿年前就出现的，没有定论。目前能够知道的是，它们可以存活在石油里。也许最初的时候，它们寄生在史前海洋中的动物和藻类身上。随着这些生物死亡，尸体中的有机物和海床中的淤泥混合，被埋在厚厚的沉积岩下。

数百万年的高温和高压，让这些有机物慢慢变成一种黏稠的、深褐色的液体，它就是各种烷烃、环烷烃、芳香烃的混合物——石油。那些巨大的动物和渺小的藻类已经不复存在，然而一种靠消耗烃而生长的微生物却顽强地存活下来。"虫子"也就寄生在这种微生物的蛋白中。

我们一直以为生物存在的必要条件是适宜的温度、氧气和水分，然而这些对于这种"虫子"来说，都无关紧要。它只需要蛋白。

能置"虫子"于死地的只有真空，因为目前还没有哪种蛋白能在真空中存活——然而在真空中，虫子也能够存活数分钟之久。

1958年，冷湖石油井喷，当时有二十五个工人接触到了最初喷发出来的原油。这种"虫子"立刻告别了它寄居多年的石油蛋白微生物，进入人体这个更大的"蛋白供应者"，寄生在大脑蛛网膜下的灰质以及人体脊柱的脊髓灰质中。

这种"虫子"其实不是虫子，而是一种光敏蛋白。它在蛰伏于地下的几百上千万年间，一直都处于休眠状态。而现在，它被激活了。人体中几乎所有的细胞都有更新周期——除了大脑灰质和脊髓灰质中的神经元。所以，这种寄生在灰质中的"虫子"永远是安全的，只要它躲过了总是会进行细胞更替的那些器官，比如大脑中掌管嗅觉和记忆的海马体，人体器官和组织细胞的新陈代谢就不会危及它；因为它本身就是一种蛋白，人体蛋白酶也无法识别到它的异常——人体的防御机制在这种虫子面前完全失灵了。

人类中枢神经系统约含1 000亿个神经元，仅大脑皮质中就有约140亿。也就是说，一旦被"虫子"寄生，那你脑子里可能已经有了上百亿条"虫子"。

人类的中枢神经系统中有大量抑制因子，抑制神经元再生。为了生存下去，"虫子"会麻痹宿主体内的巨噬细胞，刺激星形胶质细胞——前者由小胶质细胞转变而来，通过吞噬作用清除衰老、病变的神经元及其细胞碎片，后者则通过增生繁殖，填补神经元死亡后留下的破损。宿主的神经元细胞每分每秒都在更替和再生，这在普通人体内是不可能发生的。增生过度的结果就是神经元异常放电，也就是医生们所说的"癫痫"。

几年前，周扬一行人就是在冷湖拍摄求婚视频的时候经过一处废弃油厂，接触到了原油残余物，被"虫子"寄生的。

周扬、顾北、老宋、大趸儿，他们都发作过癫痫。这成了他们四个人心照不宣的秘密。但那时的他们还没有意识到原来一切都和石油里这种看不见的光敏蛋白寄生生物有关。

这次青海之行，周扬终于解开了谜团。而顾北他们还依旧蒙在鼓里。

"你是怎么找到我们的？"顾夕问。

"我给手机装了定位啊。你们能通过定位来找我，我就不能通过定位找你们？"

"那你是不是也是通过控制货车车头灯光，让他们仨癫痫发作晕过去的？"

"对。"

"这么说，你已经找到对付'虫子'的办法了？"

"没错，我有一个计划。等到了野马滩，你就知道了。"

公元前5世纪，生活在西西里岛上的古希腊哲学家恩培多克勒提出世界由火、气、土、水四种元素构成。他还相信人类的眼睛是爱情女神阿佛洛狄忒用这四种元素所造。女神在人眼中燃起火焰，万物被这种火焰照亮，于是人得以看清我们所置身的世界。关于恩培多克勒的传说非常多，但有一点是确定的，他最后跳进埃特纳火山口，从此杳无音信。

1727年，英国科学家牛顿去世，墓碑上用拉丁语镌刻着"他以几乎神一般的思维力，最先说明了行星的运动和形状、彗星的轨迹和大海的潮汐"。

　　1881年2月9日，俄国作家陀思妥耶夫斯基准备写作《卡拉马佐夫兄弟》第二部。他的笔筒掉到地上，滚到柜子底下。在搬动柜子的过程中，他用力过猛，导致血管破裂，于当天去世。

　　与陀思妥耶夫斯基几乎同时代的英国作家刘易斯·卡罗尔，于1898年1月14日因为肺炎去世。

　　1890年7月27日下午，荷兰画家凡·高走进麦田，开枪自杀。子弹穿过他的脊柱。第二天早上，在弟弟提奥的看护下，他安静地离开了人世。

　　以上这些人来自哲学、科学、文学、艺术等各个领域，生活于人类文明的各个时代。他们有的选择了自杀，有的活到了耄耋之年，有的则死于疾病或者意外。

　　但他们都有一个共同点：他们都是光敏性癫痫患者。

　　恩培多克勒患有"圣病"，那是一种对"癫痫"的委婉说法；牛顿的癫痫比较神秘，在他死后，科学家们依旧众说纷纭；陀思妥耶夫斯基一生所著的书中有三十多个人物都患有癫痫，因为他自己就长期饱受癫痫的困扰；刘易斯·卡罗尔在他的日记中记录了癫痫发作的种种感受，正是因为亲身经历过，他才能写出掉进兔子洞的故事；而文森特·凡·高，这位"癫痫画家"的故事已经广为人知。

　　在这背后，是寄生虫对宿主的利他主义。那种来自数百万年前甚至上亿年前的光敏蛋白，让人向往刺目的光明，并且获得了一种能够洞悉宇宙秘密的洞察力。无论是火山口之于恩培多克勒，还是光的原理之于牛顿，抑或是明媚的法国南部之于能以人类之眼目睹宇宙"紊流"的凡·高，都是无法抵挡的诱惑。

　　对于人类癫痫的历史，我们还可以列出一条长长的名单，包括恺撒大帝、亚历山大大帝、彼得大帝、苏格拉底、达·芬奇、但丁、莫泊桑、狄更斯、拜伦、贝多芬、肖邦、柴可夫斯基、林肯、海明威、帕斯卡、诺贝尔……

从帝王到艺术家，从诗人到作曲家，从作家到科学家……在这之中，有多少人是光敏性癫痫？其中，又有多少人只是被误诊为癫痫，实则是被"虫子"寄生，而获得了非同常人的洞察力？

清晨时分，野马滩到了。

顾夕从宽大的车前窗看到远远的前方，那里有一排灰色平房，平房上方是一个巨大的白色圆球，好似她结婚当天的布景。车行的道路是泥路，两旁是疯长的野草，虽然已到三月的尾声，积雪却还没有化，白皑皑的雪地映着白皑皑的天文台。

她不知道，野马滩气候干燥，水汽含量低，是亚洲最好的毫米波射电天文观测站址。而那个让她颇有好感的白色圆球里，是中国唯一一台毫米波段的射电天文望远镜。它是一只窥探宇宙的眼睛，可不是什么新娘。

她亦不知道，冷湖是亚洲日照最多的地方，在全世界仅次于撒哈拉沙漠和安第斯山。在这片土地上，刺目的光亮和宇宙星辰的秘密，对被光敏蛋白寄生的宿主有着致命的吸引力。

也许冥冥之中，周扬就这样来到了青海。

也是在这冥冥之中，他解开了自己身上光敏性癫痫的真相。

周扬对自己的不辞而别没有解释，没有道歉——他大概觉得这都犯不着吧。而顾夕呢，她在这几天跌宕起伏、百转千回的心路历程，只能暂时先搁在肚子里了。

货车停在了天文台那排灰色平房跟前。

顾夕问："顾北他们怎么办？"

周扬说："他们可能一会儿就能醒了。我不拔车钥匙，开着暖气，他们冻不着。"

　　他俩打开车门，跳下了车。泥路边的积雪细碎而脏，在荒草深处则是洁白无瑕的样子。他们的脚步惊起两只灰羽的小鸟。它们短促地叫了一声，朝着鱼肚白的东边飞去。

　　周扬领着顾夕进入灰色建筑，里面有一个大学生模样的人在值班。看周扬管那人叫"小李"的样子，顾夕猜到周扬应该在之前来这儿的时候就和大学生打过交道了。

　　"徐站长跟我说了，您把波段告诉我，我来配合工作。"小李态度极好。

　　在他身后的墙上挂着一张图表，密密麻麻画满了小方格，那代表着对银河各个天区的观测进度。目前已经完成一多半了。

　　白色圆球其实直径有二十多米，是个天线罩。圆球里面就是直径13.7米的微波射电望远镜。为了绘制出一幅完整的银河结构图，紫金山天文台一直在给这台望远镜加装其他频率的波束接收机。周扬此行的目的，就是要借用这只"眼睛"，寻找冷湖上空某种肉眼看不见的光波辐射。

　　不知道周扬使了什么法子，居然可以调用这台天文望远镜。当然，绘制银河的工作本来也只能晚上进行，白天没什么任务，况且目前这台改造过的天文望远镜可以同时监测9种频率的光波辐射，周扬只需要天文望远镜在一个特定频率上监测十分钟。

　　"你怎么确定冷湖上空就一定有这个频段的光波辐射？"顾夕问。

　　"我不确定。"周扬小声说着，朝顾夕挤了挤眼。

　　"频率多少？"小李走到操作台前，问道。

　　周扬掏出一张纸条递给小李。小李接过纸条看了看，操作起仪器来。房间里静得只剩下扩音器里传出来的白噪声。

　　周扬似乎有些紧张地等待着结果；顾夕不知道他葫芦里卖的什么药，便在值班室里找了把椅子坐下来。

她一落座，眼前桌子上的一摊资料表格就映入了眼帘。表格上一行行清晰的数字让她一个激灵，似乎想到了什么。

那是一堆记录太阳系行星运行周期的表格。其中一张是火星的运行数据，记录了从1899年到2018年每一年的近日点、远日点，以及和地球的距离。

这时扩音器里突然传来一段有规律的谐振声。

"找到了！"小李喊。

被他声音里的激动所感染，顾夕连忙站了起来。值班室里毫无变化，除了那段突然出现了几秒钟的声音之外，看不出有什么值得激动的事情发生。

"冷湖上空果然有一段异常光波辐射！"小李调大了扩音器的音量，刚才那种规律的谐振声又响了起来，从蝴蝶振翅般的轻微连续的"噗噗"，变为了掷地有声的"咚咚"。

"光波辐射不是用来看的吗？怎么还有声儿啊？"周扬问。

小李顾不上解释，一把抓起值班电话，向徐站长报告了这个发现。过了一会儿，电话铃声响了，不是徐站长，是中科院紫金山天文台。

紫金山天文台指示小李把刚才截获的那段异常光波辐射的数据发到南京做进一步分析。

顾夕走到周扬身边，指了指小李放在操作台上的纸条："谁给你的？"

"汪伯伯。"

"汪伯伯？"

"猜不到吧？"周扬说，"我不是去协和做了癫痫手术的术前检查吗？汪伯伯发现我的神经元增生就是这种光敏蛋白引起的。他还推测这种光敏蛋白是一种寄生生物。他记下了这种蛋白内部的微波频率。我猜，这种光敏蛋白既然在富含石油的地方大量存活，应该也会在油田周围产生同样频率的光波辐射……"

顾夕打断了周扬的话："可这跟治好你们有什么关系？"

"汪伯伯说过的话，你忘了吗？"

"哪句？"

"解铃还须系铃人。"周扬说，"这种光波辐射就好像是'虫子'的思维或者灵魂。知道它们想什么，我们才能写出'关闭'它们运行的代码。我一开始还没有想到这招，但就在我到了冷湖'国友'招待所住下的第二天，这个主意一下子出现在了我的脑海里……"

"你不会是在拉屎的时候想到的吧？"顾夕恍然大悟。

"你怎么知道？"

"你是不是想到之后，还伸手在马桶对面的镜子上写下了'bye'，然后你连夜开车来了德令哈的天文台？但是因为微波射电望远镜晚上要工作，只能对准星空观测银河，所以你当天铩羽而归。一回去你就紧锣密鼓地收拾了行李，喊醒老板娘退了房，还把手机给落在房间里了。对吧？"

"你开天眼了吗？仿佛就在现场！"周扬唏嘘不已。

"那你好好地退房呗，穿着宇航服干吗啊？把人老板娘吓得半死。"

"我这不是安全第一吗？要是我的推测正确，那整个柴达木盆地上空可能都充满了'虫子'发出的异常光波辐射。你想想，柴达木盆地的石油储备可是有好几亿吨！那'虫子'的数量不就……"

"周扬——"顾夕摸摸周扬的额头，"你没发烧吧？你那是拍电影用的道具服。真有什么光波辐射，根本防不住。再说了，你不是早就被'虫子'感染了吗？'虫子'都住你脑子里了，你还怕'虫子'的灵魂污染你纯洁的精神吗？"

这时值班室的电话铃声又响了。

小李接起来，一连串的"哦哦哦""好好好""是是是"。

他挂断电话，脸上还带着抑制不住的兴奋："紫金山天文台的六个观测站都观测到了这个频段的异常光波辐射！江苏盱眙天文观测站、江苏赣榆太阳观测站、黑龙江洪河天文观测站、山东青岛观象台、云南姚安天文观测站，全都收到了。现在六个站之间要共享一下信息，互相比对。"

"另外五个地方有大油田吗？"周扬连忙问。

小李一脸茫然地看着他，摇了摇头。

周扬百思不得其解："我觉得有什么不对劲儿……'虫子'的光波，怎么到处都是？不仅仅是在青海，在其他地方也出现了。"

这时门外突然响起了一阵尖利的汽车喇叭声。

顾夕三步并作两步奔向门边，打开门一看，大货车正在倒车。

顾北坐在驾驶座上，老宋和大冠儿挤在旁边的副驾驶位，大冠儿的脸都给挤得贴到车窗上了。大货车车头下方像是躺着一个人，仔细一看，是周扬之前脱下来放在驾驶位上的那身宇航服，一定是被顾北给扔地上了。

"完了，周扬！你没拔钥匙！"

顾夕和周扬对看了一眼，飞奔出了值班室。

顾北一边倒车，一边伸出脑袋来冲着顾夕喊："上车！快上车！"

顾夕跑到泥路上，猛一回头，看到周扬正站在灰色平房的门口。她再转身，顾北他们一行人已经调转了车头，正把大货车停在前方等着她。

车喇叭一个劲儿地响着。

"顾北！顾北！"顾夕跑向大货车，一边跑一边喊，"你听我说！周扬找到办法了！他找到救你们的办法了！"

周扬也追了出来。顾北看到周扬，就好像见了鬼似的，他松开手刹，踩下油门，大货车碾过那身宇航服，沿背离天文站的方向，朝东开去。

大货车后视镜里，顾夕一边跑一边喊着什么。很快，就只剩下一个小小的人影和呼呼的风声了。

车上，老宋轻声说："顾北，那是你姐啊。"

顾北脸色阴沉，眼泪却夺眶而出，他咬着嘴唇说："她已经被感染了。"

事情到此，就是一个罗生门。每个人看到的真相，都只是盲人摸象。

即使爱情女神阿佛洛狄忒在人眼中燃起火焰，照亮万物，世人还是难以看清我们所置身的世界。

古希腊哲学家所设想的"火焰"，其实就是一种光波。光波本身就是从原子、分子内辐射出的电磁波，它构成了世界，也充满了宇宙。

而生命，则是绽放在宇宙某个不知名角落里的惊喜。

这一次，这个不知名的角落有一个名字。不是地球，而是火星。

很难说清这种光敏蛋白到底是火星上曾经有过的文明生物的一部分，还是它本身就是一种独立的生命体。

如果是前者——"虫子"是来自火星智慧生物的基因碎片，那么也许我们以为贫瘠荒芜的火星，其实曾经孕育过文明。火星文明发展到某一天，火星生物造访了地球。它们在经过地球大气层时坠毁，同几十亿年来造访地球表面的很多彗星和陨石一样。火星生物基因的碎片进入地球原始的海洋，在那里，它们融入了古菌、真菌和藻类中。基因中的光敏蛋白因为能够应答光信号而进行光合作用、储藏能量和促进生物生长，被选择性地保留了下来，科学家们将之命名为"视蛋白Ⅰ"。

这些原始的生命形态在海洋中演变得日益复杂，接着它们走上陆地，进化出了各种形态。光敏蛋白分布在脊椎动物的视网膜、脑、睾丸和皮肤中，让人能够感知光线，科学家们将之命名为"视蛋白Ⅱ"。

女神阿佛洛狄忒在人眼中燃起火焰，照亮万物，其实只是让生物体中的光敏蛋白感知到宇宙中某个波段的光波。

上帝说要有光，火星生命就给地球带来了光敏蛋白。它们的基因碎片融入地球生命——甚至在人类的血管里，也流淌着来自夜空中那颗红色星星上的血液。

如果是后者——"虫子"本身就是一个独立的生命体，那么它们更像一群浪迹太阳系的蝗虫。在凡 · 高的《星空》中闪烁着和流动着的，充满了宇宙的那些"光"里，就穿梭着这样的寄生生物。

宇宙是一个巨大的电磁场，只要以光为载体，虫子们立刻就能被充满宇宙的电磁辐射加速到每秒30万公里。这就是它们在星际间旅行的秘密。脱离蛋白质宿主，它们可以在真空中存活数分钟之久。然后它们抵达一个行星，俯冲而下，四处寻找。一旦这个星球上存在蛋白质，那么它们的寄生生涯就开始了。

很难说清它们到底是什么时候抵达火星，并且发现这里的地层之下含有水和蛋白质的。谁知道呢，也许它们本来就起源于火星。

顾夕从那些癫痫病人身上发现了一个秘密。

癫痫并没有阻止伟大的牛顿发现万有引力，除此之外，在1703年他还完成了集大成之作——《光学》，并于次年发表。

陀思妥耶夫斯基9岁第一次癫痫发作，在1868年完成了以拿破仑和沙俄卫国战争为背景的《白痴》，拿破仑本人也是历史上一位著名的癫痫患者。

刘易斯 · 卡罗尔的第一本日记是从1853年开始写的，他在其中详尽地记录了自己癫痫发作的感受，然而这本日记在他去世后却失踪了。

文森特 · 凡 · 高1880年春游奎姆，住在当地一户矿工家中，之后他突然就开始走上了绘画创作的道路，也许正是在那里他遭到了"虫子"的感染，而他的身体也从1883年开始每况愈下。1883年是凡 · 高画作的一个分界点。

冷湖地中四井井喷那一年，是1958年；海子前往西藏途经青海是1988年；而现在，是2018年。

"今年两者距离仅为5 760万公里，是15年来最近的一次。火星和地球每15年靠近一次，最远时相距4亿公里……"大货车上的电视屏幕中，主持人正在和嘉宾聊着什么。接着画面变得扭曲。信号消失了，只剩下雪花噪点。

现在我们知道，那是宇宙背景辐射的存在证据。

顾北关上了电视开关，车子一个急刹车停在了荒无人烟的公路上。

他沉吟片刻，调转车头，一路向着野马滩方向而去。

"火星和地球每15年靠近一次，最远时相距4亿公里……当地球和火星运行到各自轨道的远端时，从地球到火星即使以光速飞行，也需要20多分钟；而今年两者距离最近时，仅需要192秒，不到4分钟。"

顾夕回想起在吉普车的电台里收听到的内容。

1703、1853、1868、1883、1958、1988、2018……它们之间相差的年份，正好都是15的整数倍。

她对照着那张记录了从1899年到2018年火星运行轨迹的表格，发现这些年份都正好是火星距离地球最近的年份。

不到4分钟，对于那些可以在真空中存活数分钟的寄生生物来说，足够了。它们就像亚马孙雨林树冠上，从僵尸蚂蚁头顶菌丝喷射出的孢子，从火星飞向地球。不过这种"孢子"拥有宇宙间其他寄生生物无法比拟的速度：每秒30万公里。

天文台监测到的，是它们进入地球大气时发出的切连科夫辐射。数以亿计的孢子以高能粒子的形态穿越地球大气，没有损耗掉的那些，则开始在陆地和海洋中寻找理想的宿主。充满生命的地球就像一个诱人的培养皿，培养着供这些生物寄生的蛋白质。

每隔15年，轮回一次。

周扬在天文台值班室一台没有连接外网的电脑上，噼里啪啦地编写着一段指令。

终止一个计次循环，是他写过无数遍的代码。他的代码总是很简洁，设置条件为真时可以从任何一个语句后面直接退出循环。只是在搞清楚真相之前，他不知道设置什么条件为"真"。现在，他要做的就是把这个"真"藏在代码里。

顾夕看着正在专注编写代码的周扬，脑海里回想起汪伯伯的话："导入光敏蛋白，在神经元细胞膜上表达，通俗点儿说就是给神经元装上'开关'。然后通过特定波长和频率的光线照射激活光敏蛋白，发出'关闭'的指令，抑制神经元异常放电，也就根除癫痫了。"

解铃还须系铃人。

周扬需要一个故事，一个讲起来可信的故事，去骗过"虫子"，让它们读取这段指令，运行代码，然后自动关闭。

一旦关闭，这些光敏蛋白将进入休眠，成为人类身体里的一段垃圾基因。我们身体里有如此之多的垃圾基因，有的来自上古病毒，有的来自未知历史。至少这一次，我们知道这段垃圾基因来自火星。

语句 1

如果真（坠毁）跳出循环

语句 2

如果真（能源）跳出循环

语句 3

如果真（救援）跳出循环

语句 4

如果真（火星）跳出循环

……

只要使用特定的光波照射，"虫子"们就会开始运行这条代码。当它们迷失在似曾相识的故事里，"火星"这个条件就会突然跳出来。

判断为真。

跳出循环。

结束程序。

周扬现在已经知道了光波频率和代码指令，万事俱备。他扭头看了一眼顾夕。

顾夕正抱着双臂站在值班室的窗户边，望着外面空荡荡的泥路出神。泥路延伸向遥远的天边，野草在风中摇曳。她只是想来寻找突然失踪的丈夫，没想到却翻出了宇宙洪荒中的一个秘密。

周扬走到顾夕身边，轻声说："都弄好了。"

顾夕回过头来，她故作轻松地问："人家天文台可是国家单位，凭什么相信你一个程序员啊？"

周扬笑笑，不置可否。他以纸条上写的同样的频率发射了他写的这段代码，这段光波辐射会从中国青海的德令哈穿过大气层，射向宇宙深处。在光波所及之处，"虫子"都会纷纷进入休眠。

"接下来怎么办？"顾夕问。

"接下来，"周扬说，"回家。"

顾夕看了看周扬，笑了。

作为一个有知识有文化的已婚妇女，她才不关心什么百战天虫、宇宙奥义。

她来青海找丈夫，丈夫找到了。

现在，是该一起回家了。

第 4 天

4 月 1 日

● **视频 17**

赤红色的天空。

周扬坐在镜头左侧，这次的视角应该是顾夕的。

他们都穿着一身臃肿的宇航服，一起坐在绵延到天边的戈壁上，远远近近那些形状各异的风蚀岩宛若出自某位疯狂的神之手。

这是世界的尽头。

也是冷酷的仙境。

顾夕低下头，看到自己戴着手套的双手。

她端详着这双手，觉得是那么陌生，仿佛那不是她的。

周扬牵起顾夕的手，放进自己手心里。

世界倾斜了。

碎裂了。

顾夕突然觉得宇航服的面罩上破开了一条缝，氧气急速地外泄。

很快，一种窒息感让她失去了知觉。

● **视频 18**

天空像柔软的蓝丝绒，盖在粗犷的灰蓝色戈壁上。

在如瀑的星光下，天文台的灰色平房和白色天线罩静默着。

突然，天文台的值班室里响起刺耳的警铃声。

小李从平房里跑了出来，朝着站在雪地里的顾夕挥手："快跑！"

小李一脸错愕地从顾夕身边跑过，他不明白她还愣在那里干吗——他用尽吃奶的力气顺着泥路往东跑去。

顾夕看到周扬走出天文台值班室的门，沿着泥路朝自己走来。

皑皑白雪和蓬乱的野草仿佛在夹道欢迎。

周扬身后，是那颗夜幕下反射着月光和星辉的白色圆球。

顾夕站在雪地里，一动不动。

刺耳的警铃声中，她像个等待骑士的公主一样，等待着周扬朝自己走来。

报警器的响声渐渐变成了心电监控的嘀嘀声。

顾夕在铺着淡蓝色床单的病床上醒了过来。她睁眼看看窗外，夕阳正悬垂在远方的天际线上，从摩天大楼的背后照射出金色的光芒，勾勒出大厦高低起伏的轮廓。收音机里传来断断续续的声音："北京市启动重污染蓝色预警，明日有望空气好转；美国各界批评特朗普对华贸易保护措施；俄就'毒杀双面间谍案'向英法连发24问；菲律宾一载人汽车坠入10米山崖，致中国乘客1死3伤……"

顾夕抬起头，看着灰白色的天花板。天花板上有一块青灰色的印渍晕染开，形状像只小狗。

她听到床畔传来老宋和大趸儿的声音，两人似乎在讨论着一会儿上哪儿吃饭的事。顾夕扭头，瞄了一眼坐在椅子上正专心玩手机的顾北。她的大脑慢慢恢复了过来，眼前的一切终于变成了某种可以被理解的事实：几天前，顾夕的丈夫周扬失踪了。顾夕去了一趟青海，找到了周扬。

一切都像一场梦境。

然而，她还是自己回来了。

周扬消失了，不见了，在大西北的那片戈壁上人间蒸发了。

顾北、老宋和大疙儿开着大货车回来找她时，在路上遇到了小李。按照小李的说法，周扬擅自把一段自己写的代码，以仪器几乎无法承受的大功率朝着宇宙深处发射了出去。这个举动触发了天文台值班室里的报警器。超过仪器承受极限的异常光波辐射，带着周扬用密码写成的某种指令，拔地而起，射向夜空。直到七分钟后，天文台自动断电。

等光波辐射过去之后，他们一起回到了野马滩的天文站。在漆黑一片的值班室里只找到了一个装在宇航服里，昏迷不醒的顾夕。周扬早已经不知去向。

对顾夕来说，唯一合理的解释就是——她猜错了"虫子"真正的寄生策略。

还记得亚马孙雨林里的僵尸蚂蚁吗？爬上树冠并没有完成一次循环，它们必须咬住一片向阳的树叶，等待鸟类捕食。鸟吃了蚂蚁，真菌随着鸟类粪便落到林地上，发育，成熟，繁殖，在夜间喷撒孢子，再次寄生到蚂蚁身上，开启新的循环……

人类只是蚂蚁，"虫子"的真正目的，是让人类爬上高高的树冠，暴露在向阳的树叶上，便于被捕食者发现。当那束光波从地球射向宇宙深处时，其中的代码已经不再重要了。重要的是，任何一个"捕食者"都能从那束光波追踪到地球的实际坐标。捕食者掠食地球，然后离去，"虫子"的孢子就被散布到了各个行星系。在路途中，它需要地球生物充当"蛋白质宿主"供给它养分；而一旦发现合适的行星，它们便以光速降落在那些有生命的星球上。

这才是一个完美的闭环。如果不是这样，它们永远都无法离开太阳系。

"虫子"的企图，并非每隔15年向地球喷发一次孢子，而是静静地等待这个星球上的生物发展出文明。

它让他们向往光明，向往星空，向往宇宙的秘密。

它们来到地球，蛰伏在进化的必经之路上，等待了几百万年，终于，这一天来了。

宿主把带有地球坐标的信息发射向宇宙，接下来，"虫子"就只需静静地等待鸟类捕食者的来临。

而这一切和周扬有什么关系呢？

周扬或许有意无意地为"虫子"完成了这样一个完美的闭环。

在德令哈的天文台，他曾答应过要和顾夕一起回家。他没有做到，唯一的解释就是，他的家不在这里。不在地球上。

那些带有噪点的画面，不是视频，而是周扬眼中的世界，是他在地球上和顾夕一起生活的记忆。

只有在光敏蛋白无法寄居的海马体，他才能把对顾夕的记忆的点点滴滴都保留在那里。

Bye。

第4天
4月1日
及后来

报警器的响声渐渐变成了心电监控的嘀嘀声。

顾夕在铺着淡蓝色床单的病床上醒了过来。她睁眼看看窗外，夕阳正悬垂在远方的天际线上，从摩天大楼的背后照射出金色的光芒，勾勒出大厦高低起伏的轮廓。收音机里传来断断续续的声音："北京市启动重污染蓝色预警，明日有望空气好转；美国各界批评特朗普对华贸易保护措施；俄就'毒杀双面间谍案'向英法连发24问；菲律宾一载人汽车坠入10米山崖，致中国乘客1死3伤……"

顾夕抬起头，看着灰白色的天花板。天花板上有一块青灰色的印渍晕染开，形状像只小狗。

她听到床畔传来老宋和大逗儿的声音，两人似乎在讨论着一会儿上哪儿吃饭的事。顾夕扭头，瞄了一眼坐在椅子上正专心玩手机的顾北。她的大脑慢慢恢复了过来，眼前的一切终于变成了某种可以被理解的事实：几天前，顾夕的丈夫周扬失踪了。顾夕去了一趟青海，找到了周扬。

一切都像一场梦境。

"周扬呢？"顾夕虚弱地问。

顾北见她醒了，赶紧收起手机。老宋和大逗儿也围了过来。顾夕眼角的余光瞥见密密麻麻的人影晃动着朝病床靠近。

"想喝水吗，姐？"老宋麻利地拧开一瓶矿泉水。

顾夕摆摆手。她努力要从围拢过来的人群中寻找出周扬的面孔。

"你可醒了。"顾北的下巴上尽是青色的胡茬儿，"这都已经昏迷两天两夜了。"

"手机……"顾夕连忙说，"我今儿有课呢……得给学院领导打个电话。"

"今天4月1日，星期天。"顾北说，"你从30号晚上一直昏迷到现在。刚醒就这着急忙慌的，能不能好好躺着别动？"

老宋和大逗儿也连连点头。

"4月1日？"顾夕有点儿生气，"你骗谁呢，顾北……你真当是愚人节啊？"

　　这时人群中有一个声音说："顾北说的没错，小夕。"

　　顾夕听见父亲的声音，转动眼睛，从人群中找到了父亲的脸。

　　"爸……"顾夕有些哽咽地叫了一声。

　　"好好休息吧。"顾父紧紧地拉住顾夕的手，"你3月30日晚上在冷湖镇往东50公里处的戈壁上晕过去了。是小北他们连夜把你送回北京的。"

　　顾夕不敢相信："我已经……昏睡了两天？"

　　顾父点点头，用宽大的手掌包住顾夕的手，拍了拍，不再说话。

　　那周扬呢？

　　在青海和周扬的最后一次相遇，都是幻觉吗？

　　如果从30日晚上起就陷入昏迷，那31日和1日的记忆本该是断片儿了……但顾夕却清晰地记得周扬，记得野马滩，记得那座仰望银河的天文台，记得那个白色圆球，像极了她婚礼那天的布景……她记得芨芨野草和皑皑白雪，记得草丛中飞出的鸟儿身上灰白的羽翼，记得周扬牵起她的手，对她说"回家"。

　　"12号床加液体了。"护士走了进来，拿出配置好的针管，"12号床，姓名顾夕？"

　　顾夕怔怔地，没有回答。护士又问了一次，顾父替她答道："是。"

　　护士翻了翻输液记录，核对了药瓶上的标签，往顾夕床头的吊瓶里注入了三管药水。她伸手弹了弹输液管说："孕8周，注意静养啊。"

　　顾夕恍惚间回过神来。

　　她没有露出吃惊的表情。她做了一场大梦，终于因为有了新的羁绊，如梦初醒。

　　顾夕很快出院了。她独自回到家，家里处处都有周扬生活过的痕迹。但周扬已经不住在这里了。

她度过了一段悲伤寂寞的时光，直到有一天，当她放了满满一盆洗澡水，走进浴室，突然一怔。

浴室的镜子上，是一个手写的短语：

go on（继续）

看起来像是曾经有人用手指在镜面上一笔一画、反复写下的。

顾夕伸手去触碰那行字迹。隔着玻璃，她的手指和镜中的手指，却永远无法贴在一起。

在那之后，她又去了一次曾经跟周扬一起吃饭的那家餐厅。

这一次，靠玻璃幕墙的餐桌旁，只坐了顾夕一个人。

玻璃幕墙外，华灯初上，银河SOHO大厦流光溢彩。

服务生端上来一道菜，XO酱烩海鱼。

顾夕用刀切开鱼头与鱼身，把鱼头放进自己的盘子。她拿叉子拨弄着面前盘子里的鱼头，有些索然无味。

张开的鱼嘴里，一只被炸得焦黄的甲虫似的怪虫似乎正盯着她看。那鱼已经没有了舌头，这只怪虫就是它的舌头。

顾夕心里泛起一阵恶心，突然捂住嘴，转身跑向了卫生间。

她撞开卫生间的门，朝马桶里呕了起来。接着，她按下马桶的冲水按钮，扶着厕所隔间的墙站起来，打开门，走到洗手台前，两手支在黑白大理石台面上，看着镜子里的自己。

顾夕伸出左手理了理头发，然后抬起右手，放在了腹部。

在青海的时候，她竟然没有意识到自己身体里已经孕育着一个新的生命。

冥冥之中，这是老天的安排。按照产检医生的说法，胎儿也是一种寄生生物，从在子宫里着床起便开始吸食母体的营养，直到呱呱坠地的那一刻。

顾夕转身走出了洗手间。她重新坐回了餐桌前，抬起头，看向窗外。

餐厅内的大红灯笼映照在玻璃上，显现出天上同时悬着三个红色巨星的奇观。

顾夕看着天空中并不存在的火星，泪水慢慢模糊了眼睛。

她心里释然了。

周扬离开了，她找过了。他没有再回到她的生活，而她必须"go on"下去。

"看，周扬！"她曾指着窗户上的幻景对周扬说，"火星！"

"我就是打那儿来的。"

当时，周扬是这么回答的。

就像地球和火星。在相距最近的那一刻之后，又开始渐渐远离。终于，在这一刻，她原谅了周扬，也原谅了自己。

就这样轻易　因为你

我也能试着　写一首歌给你听

是关于你

没什么准备　一张琴

合着这声音　我只是想告诉你

我爱着你

也许有一天我们　终究会面对分离

也许有一天我们　会在老地方相遇

——郭顶《想着你》

高考侠

文/王诺诺

1

我不知道你们生命中是不是都存在这样一个人——别人家的孩子，天选学霸，父母心中的完美孩子，老师口中永远的标杆。

刘营就是这种人。

从高中入学的第一天开始，他就从未展示出任何学业上的弱点，无论是理科，还是文科都没有。无数次大考小测，他的数学、物理、化学、生物都会以几近满分的状态傲居榜首，虽然英语和语文偶尔会因为作文扣掉几分，但他依然是无可争议的第一。

我和我的同学们不喜欢他，但也说不上多讨厌他——当一个人比你强一点点时，你会讨厌他，但当他碾压式地强于你时，你只会自觉地把他算作另一个物种。

何况，刘营真的很像另一个物种。他不是那种把手举得老高吸引老师注意力的好学生，大多数时间里，他都安静地坐在自己的座位上，有时候看一本习题集，有时候望着窗外发呆。他对一切青春期男孩儿感兴趣的东西都很冷淡，包括游戏、漫画、女团、篮球、科幻小说。他似乎对学习也没有多大热情，他的课堂笔记我看过，只记了一些黑板上的基本纲要，作业我也看（抄）过，大题都作答得特别简单，甚至有一点儿潦草，除了必不可少的解题步骤外，就是一个数字答案。

"这说明刘营用对了学习方法！谁有他那样的分数，不交作业也可以！"

对于他偶尔不交作业、迟到、上课睡觉和作业潦草，班主任常用这样的说辞来打圆场。也难怪，他是冲着清华北大去的人，在我们这种五线小城的高中，所有老师都愿意在自己的权限内为他偶尔的出格做一些掩护，好在带下几届学生时可以说："前两届那个刘营你们都知道吧？他上次回校还专门来看我……"

只有一个老师不同。李老师毕业没两年就来我们学校教生物，她头发很长，常穿一件衬衫配筒裙，不出意料地，班上男生有一半明目张胆地迷恋她，另一半嘴上不说但实际上也暗恋她。我觉得刘营属于后一半。

有一次，我们上生物课，刘营在后排乱动实验柜，打翻了一个盛有黄色物体的培养皿。李老师狠狠地训斥了他，叫他出去罚站。他和我们一样，用不可思议的眼神盯着李老师，过了好一会儿，才收拾好自己的文具走了出去。

那是我印象中唯一一次刘营受到老师批评，据说那盘培养皿里的东西李老师养了很久，原本是要给我们来做黏菌饲养实验的。后来实验是泡汤了，不过一个选修的实验也没人在乎。

也许那次罚站给刘营造成了不小的创伤，他在紧接着那周的生物随堂小测上只得了75分，错了将近1/4的题目。这也可以理解，被一个自己暗恋的女老师当众赶出去，谁都会有些厌学情绪。

不过刘营就是刘营，在这次短暂的波动后，他似乎克服了对女老师的某种心结，下了课时常去生物老师的办公室门口等候，是在等她讲题吧？在接下来的考试里，刘营的生物成绩又重新回到了第一名。

除了这次小插曲之外，他都以绝对的王者姿态称霸了高中整整3年。每当第二名或其他偶尔奥数赛得奖的同学企图挑战这个排位时，刘营总是用持续稳定的输出告诉他们，人和人的差距并非后天努力能够弥补的。

青春时光总是过得很快，高考前的誓师大会到了。我记得那是一个气压特别低的六月天，我们的身体在那段紧张的时间里都呈病态，血糖永远偏低，睡眠永远不足，脸色惨白，眼圈深邃。

刘营还好，他依然是那个淡定的样子，把眼镜往鼻梁上推了推，走上台代表所有毕业生发言。几千只带着血丝的眼睛聚集在他身上，如果目光有热量，他此时一定会像阳光里凸透镜后面的那张白纸一样冒起焦黑的烟雾。

我还记得他不疾不徐的声音回荡在操场上：

"这是我们人生中的第一次考验，三天之后，无论结果如何，都要相信，未来有很多种，我们一定能到达自己想要的那个。"

扑通一声，主席台边的一个矮个子女生倒了下去，嘴唇苍白，脸上挂着米粒一样大的汗珠。他们班的几个同学围上去，老师叫来了校医，从人群中疏通了一条路，边往前挤边叫着："让一让，同学低血糖，需要新鲜空气！让一让！"

所有人的注意力都被骚乱吸引过去，刘营依旧独自站在台上，只有我向他的方向瞥了一眼，他双手垂下，嘴巴离开了麦克风，直勾勾望向操场后排的教师席。原本该有个穿着白衬衣和筒裙的长头发女老师坐在那一排。

而这一天，她的位置是空的。

2

刘营高考分数是719，单科成绩里数学148，英语147，语文124，理综300。这意味着他数学和英语答卷几乎全部正确，可能只在某道大题里因为答题不规范扣了一点儿程序分，语文作文似乎没有超常发挥（让一个理工男去写抒情的八股散文实在是太强人所难了）。当然最剽悍的还是理综满分——100道选择题，400个选项，他一概都选中了正确的那一个。

放榜当天他的分数就全城皆知了，因为这是我们这座小城市里诞生的第一位省高考状元。曾经，老师们都猜测过刘营会是上清华北大的料，但谁都没想到他会是这个中国第一人口大省、高考地狱模式省的理科状元——比省城重点高中的第二名还高出了近10分。

地方电视台、报纸、杂志的记者蜂拥而至，刘营的家被里里外外围了好几圈。他的父母被逼问了无数次教子秘方，但也只能实话实说："我们没有特别培养他，主要是这个孩子比较自觉。"

眼见着从父母那儿套不出什么吸引眼球的新闻话题，记者们转向刘营：

"请问你理综的300分的成绩是怎么达到的？要知道一场考试一分不扣是很难的，是因为平时学习有什么秘诀吗？"

刘营皱了皱眉头，似乎对记者全堵在他们家客厅里有些不爽："理综啊……那都是选择题，选择题的四个答案里总有一个是对的，只要记住别选错的就好了啊。"

记者听见这样的回答异常兴奋，连忙追问："也就是说，你每次做题都会把错误的选项记录下来，时常复习，下次再遇到了就不会犯错，总是选择正确的选项了，对吗？"

"这么说……也算对吧。"刘营咽了口口水，回答得有些勉强，但记者得到这样的回答明显是满意的，连忙在笔记本上匆匆书写。

"那么，知道了你是全省理科状元之后，你是什么心情呢？有没有什么鼓励的话想和学弟学妹们说？"

"当时是什么心情？"这个问题似乎让刘营觉得值得思考，他沉思了一阵，"你不觉得这只是一个概率问题吗？每年总有一个人会成为状元的，只是今年的这个人恰好是我。对于每个考第一的人来说，这件事情的发生概率都是百分之一百，而他们中的每个人也都会接受采访，回答一样的问题。"

"所以你的意思是，只要努力，每个人都有成为状元的可能？"

"我想说的重点不是这个，但如果你硬要这样说……似乎也没有什么不对。"

"那么，有没有想特别感谢的人呢？对你帮助特别大的人？父母？老师？同学？"

"我的生物老师吧，虽然自从高考结束，我就找不到她人了。但她确实改变了我看待世界的角度，我们的未来不是一个定数，它是一个概率，任何未来都可能发生，也都正在发生。"

原本正在奋笔疾书的记者没有听明白，抬起头困惑地望向刘营：

"都正在发生？未来？什么意思？"

刘营微微叹了一口气，终于放弃了和媒体沟通的尝试：

"我的意思是，感谢我的生物老师，她的谆谆教诲我时刻铭记：'只要拼搏，梦想就会实现。'希望每一位学弟学妹都能够为梦想拼搏！"

刘营遇到的真是一位勤奋的记者，第二天市晚报的特别专栏就以刘营为主题："719分高考状元分享学习秘诀，只要努力梦想定能成真"。特别报道占了一整版，标题下是一张刘营在书房里看书的照片，文章详细描述了老师心中、邻居眼里、同学口中的刘营是多么地好学，多么地勤劳勇敢。

刘营的父母、老师、所有长辈亲友们都对这篇报道赞不绝口，也对报道里塑造的那个认真勤奋的状元形象十分满意。

但只有我清楚，那写的根本不是真正的他。

3

据说，刘营的传说在学弟学妹中间火了好多年，因为直到今天也没有人能够打破他高考理综满分的神话。

高考之后，他被全国排名前二的清华大学录取了。719分的变态分数，即使在清华也是可以随意挑选专业的，刘营丝毫没有犹豫（一如他做选择题从不犹豫一样），选了生物。我猜想，那很可能是因为他听信了"21世纪是生物的世纪"那句名言。

那个年代真的不像现在，大家好歹还是有些理想的。如今所有理科尖子生挑灯夜读拼尽全力考出来，成绩最好的都去学商科了，最崇拜的人都是马运，毕业后要么是进咨询公司或券商工作，要么忽悠投资人创业。有人说，如今要是在清华的经管学院、北大的光华学院扔一块石头，能砸死三个高考状元。

而刘营高考的那年，最优秀的学生还是会考虑清华的建筑系，立志为人类设计出最棒的建筑。或者就像刘营，学基础科学，然后往科研的道路上走，去改变人类的未来。

可是后来刘营真的改变了人类吗？相比于"高考状元"这种具有时代特色的英雄形象，学弟学妹们并不是很关心这一点。不过我是个有心人，在刘营离开小城市去了北京之后，我曾拜访过那位教生物的李老师。

没有别的目的，我就想和她聊聊刘营。

"刘营说他在高考后就没有再见过你？"

"可能他是这么觉得的吧，但在我看来，我俩可是见过好多次了。"或许是在生物实验室里待得时间久了，李老师脸上有一种仿佛多年没有被阳光暴晒的苍白，她的马尾辫用橡皮筋束在脑后，乌黑发亮，跟我说话的时候，她正打包整理箱子，刘海被细细密密的汗珠濡湿贴在额头上，我想难怪那么多男同学暗恋她。

"你收拾箱子，是要去哪儿吗？"

"嗯，换工作。"

"在这儿教生物不好吗？"

"该教的人已经教完了。"李老师理着箱子回应我道。

"你是说刘营？他是天才这没错，但难保以后会不会再遇到一个有天赋的学生……"

"他不是天才。他只是把错的选项都排除了。"李老师抬起头，我忽然发现她长着一张并不算有特色的脸，在白皙的皮肤上，五官似乎就像若隐若现的山水画，好像画家怎么画都可以，好像什么都不画也可以。

"那他至少知道哪些是错误选项吧？光这一点，也比百分之九十九的人强了。收拾箱子需要我搭把手吗？"

"不用。"李老师蹲下，从陈列柜底部掏出一个箱子，我原本以为那是她即将寄走的行李，但她把它打开了。

里面是一片诡谲的金黄色。

似乎是液体，却牢牢地粘在箱底。如果是一种胶质的话，那这颜色也太恶心了，很难想象一个妙龄女郎会把这种半凝固的黏稠垃圾藏在陈列柜下面。

她给我看这个干什么？还有，这到底是什么东西？

"黏菌，"李老师说，"把嫌弃的表情收起来，这表情我看了太多次了。"

"黏菌？是当年我们原本要做的那个细菌实验吗？后来被刘营弄砸的

那个？"

李老师摇摇头，纠正我道："黏菌不是细菌，它是一种原生生物，算是变形虫的亲戚。在自然界中它的形态就是一整团的原生质，像这样。"

她把箱子凑到我面前，这下我看清了，这一大摊黏糊糊的东西似乎是有生命的，就像液体一般，形成"潮汐"，推进它的本体一缩一进，以肉眼几乎无法察觉的速度缓缓在箱底挪动。

"它居然在动！像动物一样！"我惊呼，"这细菌太恶心啦！"

"都说了这不是细菌，是黏菌。单细胞数以百万计地聚集在一起就成了一大摊，这时候它会呈现出高智慧的生存模式，有点儿像动物，会沿着地表'爬'行、寻找水源、吞噬食物……"

"我庆幸当初刘营把那盘黏菌打翻了，让我们不用做那么恶心的实验。"

李老师白了我一眼。

我只好讪讪地说："所以，这是黏菌，不是细菌！但这跟刘营又有什么关系？"

"黏菌永远可以找到最优路径，"李老师说道，"至少在我们看来是这样。"

"这是什么意思？"

"科学家们曾将黏菌培养在一个迷宫中，在迷宫起点和终点都放了它们爱吃的燕麦。迷宫里共有5条长短不一的路线，它们都可以连接到这两个食物源。实验开始后，黏菌会伸展自己的细胞质，覆盖住几乎整个迷宫平面。但只要接触到食物了，它们就开始慢慢缩回多余的部分，最后只剩下最短的路径。而无论这实验重复多少次，黏菌总能呈现出那条消耗体力最少又能获得食物的道路。"

"也就是说它们会用最省力的方式找吃的？可谁不是这样呢？"

"不仅如此，科学家还利用燕麦片模拟东京附近的几十个地铁站，黏菌进入模拟日本地形的培养皿中生长，只用了几十个小时就求出了最短的连通路径图。要知道为了达到同样的效果，城市规划师可是用了几十年！"

我有些疑惑："所以你是说，这些黄色的小黏菌挺聪明的？"

"恰恰相反，它们是最笨的。在二维平面上，它们走完了每一条可能的路，最后才找到最优解，再缩回多余的路径。这是穷举法。"

李老师把手上的盒子向我递来，我犹豫了一下。黏菌黄色的经络里汩汩流动着的原生质正向四周缓慢扩散着，生机勃勃又嗷嗷待哺，我想生命是不是都有这样令人观感不适的脉动。

"这个交给你养，我也不方便带走。"

"可是，你还没有告诉我关于刘营……"

李老师终于停下手中的收拾工作，她第一次认真地看着我的眼睛："你想过这个问题吗？为什么你对刘营的一切都那么感兴趣？"

我竟然一时间接不上话。

是啊，我为什么要对他那么在意呢？

4

饲养黏菌特别考验人的耐性。首先，黏菌喜欢湿润凉爽的环境，不能放在太阳底下暴晒。我为它（们）找了一个干净的培养皿，垫上了一层中速滤纸，再放到暗箱里，免得它们被外界光线过度打扰。然后，我用几粒燕麦引诱黏菌从李老师给我的旧箱底里爬出来，定居在新家。

整个过程持续了一个晚上，黏菌原生质团中的一股细小涓流像叶脉开叉一般，拱到了滤纸边缘。但这对于它们来说是一块凶吉未卜的处女地。它们将自己的原生质散开，一点点往滤纸中心扩散开去。由于这股力量实在是太弱小了，我十分担心它们无法坚持找到放在培养皿中心的燕麦，生怕在那之前它们就判定这是一块贫瘠的土地，然后集体缩回原生质母体中。

好在几个小时后，它们触碰到了燕麦。黏菌黄色的"触角"先是试探性地点了点燕麦，确定那是可以吃的食物后，身后庞大的原生质团仿佛收到了一个信号，它们收回了正往其他方向尝试的"触角"们，一大股黄色黏稠洪流裹挟而来，目的明确，再无半点儿犹豫。不到半个小时的时间，金黄色的黏菌军团就全体攀上了滤纸，把所有燕麦包裹起来，它们要开始享用饕餮大宴了。

在那之后，观察黏菌成了我生活中的一件乐事。

它们除了爱吃燕麦、米饭这些谷物之外，也爱吃菌类，蘑菇、木耳都对它们胃口，只不过在包裹住菌类并且消化它们的时候，原生质会散发出一种腐臭木头的味道，而不是吃燕麦时散发出的爆米花儿一样的香甜气息。它们对豆类感觉平平，总是磨蹭好一会儿才不情愿地爬到豆子上，蔬菜则是绝对不碰的，除非蔬菜里的含糖量特别高。

黏菌越养越大，培养皿渐渐装不下了。我从后山捡来了几块腐木，又买了一个暗色玻璃水族箱，把黏菌放了进去。腐木对于黏菌来说无疑是更加棒的生长环境，它们先将树皮表面自带的白腐菌包围，好好地饱餐了一顿，再转向我放进箱子的平菇和香菇，爬上去细细品尝。

当它们把一个蘑菇吃得差不多了，它们就会从上面退下来，留下一个干瘪萎缩的菇类躯壳。这个时候，黏菌会把刚刚得到的营养物质吸收为己有，细胞加速分裂，那团黄色的原生质在这个循环中逐渐增大、增肥。

在饲养黏菌的过程中，我也没有忘记留心刘营的状况。不出所料，他在清华大学的学业比较顺利，大三那年就被本校直博项目录取，其他的似乎也没有什么可担心的了，未来大概率是按部就班做实验、发论文，或许在几年之后能在核心刊物上发文章，再有一些国外访学经历后，回到本校就能够顺利得到一份非常不错的教职。

这一次，连我都能清晰地知道，刘营人生的最优解应该是什么。

5

我的黏菌饲养在一年之后遇到了瓶颈。

它（们）似乎没有胃口了。无论我喂它们以前最喜欢的碳水化合物，还是把它们放在阴凉潮湿的角落里，它们好像都兴致不高，对食物只是蜻蜓点水般地碰一碰，再也懒得挪动了。

我怀疑这是因为它们要繁殖了。我查过的一些资料说，当周遭的食物条件不符合黏菌的需求时，它们就会不吃不喝，聚集在一起，结成籽实（变成一个个小颗粒的球体）。籽实里的孢子会随风或水传播，在适宜的条件下又萌发为新鲜的黏菌细胞。

我猜想，换一些食物可能会让情况改观，又想起李老师告诉过我刘营也养黏菌，就给他打了个电话。

这是毕业以后我第一次和刘营通话，他真是记忆力惊人，一听到声音就认出了我。对于许久不见的人找着莫名其妙的由头给他打电话，他也丝毫不觉得奇怪。要知道，大部分人在这种情况下都会觉得对方是来卖保健品或者借钱的。

"哦，是你。"他说。我察觉到他的声音有些疲惫，看来清华大学的博士项目果然不是好混的。

"我养的黏菌现在好像遇到了点儿问题，不太吃东西，似乎是要结籽实了。我听李老师说过，你也从她那儿拿了一些去养，想来问问你的经验。"

"你为什么不直接去问她？"

"因为在那之后，我就再也找不到李老师了。她换工作了，电话不接，信息也不回复。"

"好吧……那说回黏菌，它应该快增维了，试试给他换些东西吃吧。"

"什么意思？增维？"我有些摸不着头脑，看了一眼身边的水族箱，黏菌们扁平地趴在枯木枝干上，感觉都有些懒。

"嗯，黏菌在二维平面上的进食模式你已经熟悉了。它爬完所有地方，找到了连接食物的最短路径后，就会撤回多余的线路，留下最优解。"

"我明白这个。"

"对，"刘营说，"但如果你喂养得好，温度湿度也都适宜，在特定的条件下，它会开始准备增维。现在它长大了，想尝试些新的东西，想要去三维的空间里开辟新天地。"

"你的意思是，它要开始往墙上爬了？"

"不是，墙虽然垂直于你家地板，但对于匍匐前进的黏菌来说，还是连贯的二维平面。现在它要增加一条坐标轴，在有纵深的空间里继续生长。当然这也需要新的食物品种和一些适应时间。"

"如果我不满足它的条件，会怎么样？"

"它会和所有普通黏菌一样，结束自己黏稠的生长状态，聚集在一起形成颗粒状的籽实，开始传播孢子。"

"那么我到底该喂它吃什么呢？现在它不爱吃燕麦了，我该试试肉类吗？是不是把肉切小一点儿它会更加喜欢？"

"当年，我也用了很长时间，才搞清楚它在这个阶段的口味：它吃焓。"

"啥？"

电话这边的我一头雾水。

6

其实，说它们吃焓，是不太准确的。

因为焓值只是表明物体状态的一个数字，状态量是无意义的，变化量才是有意义的。根据热力学第二定律，我们无法把物质的全部热力学能（也就是焓）拿出来用，甚至拿出其中一大部分也是不现实的。只有知道了你具体能从中拿多少，也就是热力学能变化量（焓变），才能界定其中有用的部分。

黏菌增维后，吃的东西其实是焓变。

这个需求倒是不难满足，因为这种东西处处存在，而且黏菌的胃口也不大。我需要思考的，只是怎么让黏菌在我出门时，也能顺利而持续地吃饱。

我做了一个装置，将一袋膨化食品里的干燥剂（氧化钙）放入口径细小的漏斗中，漏斗下方放着一碗水。漏斗使得氧化钙缓慢落入水中，二者反应生成氢氧化钙（熟石灰），焓变为负，放出热，黏菌很喜欢。

偶尔漏斗的速率没有控制好，内能就会进一步转化成机械能，让滚烫的熟石灰浆料喷薄而出，飞溅到天花板和吊扇上。如此大的能量波动，黏菌一下就感受到了，它们从水族箱中迅速立起来，凑到这一团剧烈变化的能量附近，将这片空间包裹，然后尽情享用。

为了避免偏食导致的营养不良，让它们的食谱多样化，我也会亲自"下厨"，喂它们一些手工制作的"小零食"。比如我会用一个最普通的打气筒往气球里打气，气球会一点点膨胀，这一过程中气球对外做功，以排出原有的空气。黏菌还是像过去一样，伸出伞状黄色触角，它们发现了周遭空气密度的变化，就慢慢挪移过来，像一层薄膜一样，全方位覆盖整个逐渐膨胀的气球。这个能量逐渐变化的界面，对于它们来说就是完美的餐桌，随时可以满足地大吃一顿。

在我的悉心照料下，增维后的黏菌生长迅猛，不仅原生质团的体积迅速膨大，它们还显示出了独立性，很快就不需要我来照料了。看得出来，它们已经适应了三维世界的生存方式。

通常在黄昏之后，阳光变弱，气温下降，黏菌就会在水族箱里蠢蠢欲动，无数条"触手"伸出，在水族箱上方交织成一片网格。一旦那片网格感受到剧烈的能量扰动，原生质就会倾巢而出，在空中像一团不透明的雾气一般飘过去。这听起来有些吓人，但我已经习惯了，加上我对它们其实也很放心，因为只要等到太阳出来，黏菌就会乖乖地缩回水族箱。

但有一个晚上，我忘了关窗，黏菌似乎被窗外的什么新鲜事物吸引，自己飘了出去。等我早上起来检查水族箱，才发现除了一些黏液痕迹之外，它们已经不知所踪了。

这是我与黏菌相遇后最难熬的一天。我十分担心它们被光线直射，会影响健康，也担心这样一摊巨大的黄色胶体会被路人注意到。被当成垃圾扫走还算好的，或许晚上它们能够自己回来，更糟的是它们可能还会被关在实验室里供人研究。

好在从中午开始，天上下起了小雨，我不用太担心黏菌会被空气和光线蒸干了。坏天气也意味着路上行人稀少，它们被发现的概率大大降低了。

我怀着忐忑不安的心等了整整两天。两天后，黏菌回来了。它们的体积大了整整一倍，黄色的身体上还掺杂了一些其他杂菌。我不知道它们到底经历了什么，只觉得有点儿心疼，就用抹布沾水为它们清理了身上的脏东西，它们似乎也意识到了自己的错误，乖乖回到水族箱里躺好了。

从那以后，我晚上睡觉就不再关窗了，黏菌会隔三岔五地溜出去。作为一个合格的"家长"，我给予它们足够的空间，从不细究它们在外面交了哪些"朋友"，只是为它们准备好一顿顿丰盛的焓变晚餐，等它们回来。

此时它们已经完全不依赖我准备的食物了，但依旧会美美地把我做好的大餐"吃完"，这算是我们之间的小仪式。

7

后来，我也听说过一些刘营的故事。临近博士毕业了，他并没有像人们所料想的那样，进入学术的高速轨道。有传闻说他要转行，也有传闻说他要出道做说唱歌手。

这段时间里，黏菌的生长放缓了，它们又出现了那种疲态，对于我放在它们面前的气球无动于衷，只是病恹恹地缩成一团，满满当当地挤在水族箱里。我知道，它们这是又要增维了。

我想给刘营再打个电话，但考虑到现阶段他正面临职业和人生的重大转变，我看着手机里存着的号码，迟迟没有按下呼叫键。

但就在这时候，电话却自己响了，吓了我一大跳。

"是我，刘营。"

"啊？这也太巧了吧！我刚要……"

"你所遇到的一切都不是巧合。黏菌是不是最近不太好？"

"你是怎么知道的？我猜它们可能又要增维了，你养的黏菌这次是怎么增维的？需要喂什么新的食物吗？"

"我养的还没有增维，"他停顿了一下，"不过也快了，电话里说不清楚，你来找我一次吧。"

毕竟一直是我有求于他，所以他要求我去他在的地方见面，我也一口答应下来：

"哦好，你在哪儿？北京吗？"

"不，我在冷湖，具体地址是青海省海西蒙古族藏族自治州冷湖行政区。"

我迅速在电脑上检索了一番，回复他道："那里不是一片大戈壁吗？年降雨量只有十几毫米的地方。你不好好待在北京，去那儿干吗？"

"这些等见面再说吧。坐飞机飞敦煌再转越野车可以到冷湖镇上，别忘了带上你的黏菌。"

黏菌喜欢湿润，而冷湖是最干燥的地方，这令我很担心。我抱着一水族箱的黏菌出现在敦煌机场，还时不时掏出便携式护肤加湿器，向箱内喷水，来来往往的旅客大约都觉得我是个疯子。

从敦煌坐车去冷湖，要在戈壁滩上走将近5个小时。路上看不到任何绿色，也罕有人烟。过了当金山口后，窗外除了干涸龟裂的盐碱土地之外，就剩下巨人似的风车，横纵连成一望无际的一片，这是供给电力的风力发电场。

第二天中午，我在冷湖小镇的旅馆里见到了刘营。

毕竟大家都不是中学生了，他比原来要成熟了些，脸上那种水嫩的好气色已经褪去，取而代之的是一种略显疲惫的沉稳。除此之外，和许多年前一样，他依旧戴着一副眼镜，穿着干净却有些过时的衣服，体态也没太多变化，在这点上时间对他还是很仁慈的。

"怎么样，这个地方？"

"还行吧。反正我平常是不会有机会到戈壁里来的。你怎么想起来这里？清华的科研需求？"

"不是。地质系在这边还有些项目，关于磁性地层学的。生物系在这里没有，而且我博士毕业之后也不会继续做科研了。"刘营边吃着桌上的一盘驴肉黄面边和我说道。

"为什么？这不是最适合你的路吗？"

"什么是'最适合'呢？"他停下筷子。

"就是那种工作做起来最不心累，获得回报最高，又比较受人尊敬的道路啊。从小到大，你一直以效率最高的方式生活，包括你在每一个选择节点上的表现，从每次小测、高考、专业选择，再到直博，在我们看来，你的答案都是最优解！"

"最优解啊……"他沉默了一会儿，"等会儿跟我一起去一趟俄博梁雅丹吧，我的黏菌要增维了。"

"在这儿增维？在冷湖？"

"对。"

8

我们进入了戈壁深处。两个小时的颠簸下来，窗外风光发生了一些变化，越野车开始在林立的雅丹之间穿梭。所谓雅丹，也叫风蚀城堡。千万年前沉积在水底的淤泥因为地质运动被渐渐抬升，曾经的湖海变成了一片戈壁，而这些水底土层暴露在空气之中，渐渐被风力侵蚀，风的纹路在上面雕刻出了一座座形状瑰奇的巨大城堡。

"这里的雅丹有多少？"我问道。

"没人具体统计过，这一片的面积为2.1万平方公里，大约为北京市的一倍多吧，雅丹数目或许是百万数量级的。"

"这太神奇了，这么多、这么壮观的形状都是大自然塑造出来的！"我感叹道。

"我们到了，"刘营停下车，"这里是雅丹地貌的正中央。"

我打开门，车子正停在一块矩形的雅丹旁边。夕阳为它投下了巨大又狭长的阴影，那影子就像一块方尖碑，直戳戈壁深处。由于饱受侵蚀作用，雅丹大多有随时倒塌的风险，为了避免被砸伤，我和刘营找了一块相对空旷的地方站着。这时，我们看到太阳正一点一点在西边消失，从温暖明亮的光球，渐渐变成了粘在地平线上的一块血色的痂，最后气化成云霞。

"你不是说你的黏菌要开始增维吗？你把它们放哪儿了？我怎么一路上都没见到？"

刘营双手合十，快速地搓动起来，一缕金黄色烟雾就从远处飘来了。我低头看了看我抱在怀中呵护得很好的水族箱，又看看人家的黏菌，忽然有些惭愧：

"它们跟了我们一路？"

"是的，现在它们的速度已经很快了，你不要过度溺爱，增维之后的黏菌比你想象的坚强。"

"那下一个形态的黏菌又是怎么样的生存模式呢？"

"四维黏菌，它对世界的看法会变得截然不同。"刘营顿了顿，开启了一个看似毫不相关的话题，"你还记得吗，我高中的时候特别会做选择题？"

"记得，我们私下叫你高考侠啊！我还记得你考完接受采访的时候说：'选择题的四个答案里总有一个是对的，只要记住别选错的就好了啊。'当时我就觉得这个人怎么拽兮兮的。"

"是啊，只要别选错就好了，难道不是这样吗？"刘营格外真诚地说道，"如果我告诉你，在考试中，我每一个错误选项都选过，我每一个分数都考过，从0分到100分我都考了，你会相信吗？"

"嗯？不可能啊，你一直都是题目全对，分数满分，哪儿来的0分啊！"

"那只是你看到的世界罢了。从刚上小学开始，每当考试面对四个选项时，只要我盯着它们看，就能看到分别选择它们之后，我遭受的经历，有的让我得分了，有的让我失分了。"

"什么意思？你能未卜先知？"

"后来，这个能力拓展到了考场之外，面对任何选择，我都能感受到它会给我带来的后果。我曾经也以为自己有预测未来的超能力，但后来发现并不是这样，我只是可以把每一个错误的选择都选一次，把每一个失败的人生都活一次。我的特殊之处在于，在另一个支线世界发现自己做了错误的选择后，能够迅速退缩到原来的选择节点。因为保留着分叉世界里的一些记忆，我这一次就知道不可以选什么了，一次次的排除法之后，我总能找到对的选项。"

"但这样的选项可能有无穷多个！你或许可以用这样的方式做选择题，但遇到了写作文怎么办？要选择谁做自己的老婆又怎么办？你不可能把世界上所有的汉字都用穷举法在文章里试一遍，也不可能跟世界上所有的女人都约一次会、谈一次恋爱！"

"这倒也是有可能的。"刘营淡淡地说。

"什么有可能？你是指找老婆还是写作文？"我感到十分崩溃，但刘营没有理我，自顾自地说了下去。

"退出选了错误选项的宇宙后，我并不会保留所有记忆，所以一开始我只凭着朦朦胧胧的直觉运用我的能力。直到我遇到了李老师，她给了我这些黏菌，她说我对世界的认知方式就类似于这些黏菌，用穷举法过完每一条路径，然后回过头找到正确的解。"

"那她又是怎么发现的？"

"我也不知道，可能她也有着跟我一样的能力吧。这些年我一直想找她，但好像除了你外没人记得她。在初次跟她谈完话后，我发现自己的感知能力又进了一步，现在世界是以概率的形式扑面而来的。所有事情对我来说都不再是一个确切的结果，而是类似于一个矩阵，每个事件后面都跟着它可能发生的概率，而我在不同宇宙中都看见过它们的发生。"

"你……这是天方夜谭吧！"我拼命摇头。随着时间的流逝，戈壁渐渐降温，温度一点点从指尖流逝，我感觉到了立毛肌的收缩，当然这也可能是刘营给我讲了个毛骨悚然的故事的缘故。

刘营指了指一旁的黄色烟雾："你也把你的放出来吧。"

我打开水族箱的盖子，面对陌生的环境，黏菌一开始有些缩手缩脚，但过了一会儿就生长出网格状脉络，从箱底漫溢出来了。

"这里没有食物也没有水，它们活不下去的。"我无比担忧。

"没关系，黏菌现在要换新的食谱了，这也是为什么我选择了这里——冷湖雅丹。"

"它们吃雅丹？还真吃土啊？"

他撇了撇嘴："要进入四维世界里生活，它们现在需要吃熵。准确地说，是吃熵增。"

"吃熵增？"我觉得自己此时的反应非常浮夸，"熵我理解啊，熵越大的宏观状态，出现的概率越大。比如说抛一万个硬币，全体硬币中正面朝上的硬币数就符合高斯分布——两边概率很小，中间概率很大。所谓熵值小，指的就是那些处于分布的两端，特别难出现的情况，比如一万枚硬币全是正面，或一万枚硬币全是反面。而熵值大指的就是那些处于分布中间的，大概率会出现的混乱状态。"

"你说得没错，熵增指的就是从有序而稀少的状态，转化为混乱而常见的状态。黏菌就好这口。"

"但我们为什么要来这儿呀！回家抛硬币不行吗！"如果不是因为现在身处戈壁深处，我要靠着他的越野车回到镇上，我真想痛骂他脑子不正常。

"这里的沙堡都有着类似的形状，它们规则地拢成一堆，整齐地排列在这一片区域里。要知道这种体量的沙子在自然界中最可能出现的状态应该是松散混乱的一大摊，而沙堡因为地质运动和风力的青睐，居然成了这样独特的形状，从熵的意义上讲，这些雅丹的熵值很低。"

"你的意思是……"

"让这些雅丹回到高熵值的散乱沙堆状态，会产生巨大的熵增，黏菌就刚好能够饱餐一顿，进而完成它们的增维！"

话音落下，我的黏菌和他的慢慢交汇在了一起，成了稀薄、半透明的一大股，向最近的一座雅丹上靠近。在朦胧的暮色中，我看见它们标志性的黄色渐渐沾染了整座沙堡。成网格状的触角没有因为这次的攻城略地而感到满足，很快又向周遭蔓延，用同样的方式和速度占领了第二座、第三座……

它们分裂和爬行的速度太过惊人，从近到远，放眼望去的所有雅丹上都布满了黄色的、规律蠕动的黏菌。

"它们这是要做什么？"我喃喃自语道。

天已经完全黑下来了，漆黑的夜里只有头顶一轮月亮投射出一些幽蓝的冷光。我望向远处，忽然一座沙堡闪烁了一下，那是一种明黄色的荧光，只持续了不到1秒，我以为自己看错了。但很快，所有的沙堡如同收到了信号般，都开始闪烁。成千上万布满黏菌的雅丹，变成黑夜里一座座发出荧光的城堡。我抬起头望向天空，在无数光源的作用下，它染上一种墨绿通透的颜色，地面上四处散发的辉光，似乎随时要把天照射个透亮。

"接下来我们也不知道四维黏菌会去哪儿，或许它将穿梭在分叉的世界里。"

"那不就像你一样吗？哈哈……说不定你就是它们进化而来的呢！"我开玩笑道。

可是刘营却没有笑，他认真说道："这也并不是没有可能……今天它们增维后，有了在不同宇宙之间的退行能力，很可能就会退到过去的某个节点，可能是几千万年前，可能是上亿年前，成为进化树的鼻祖，成为你我的祖先。"

"那它们为什么要这么做呢？"

"因为那样就是到达今天这个状态的'最优解'啊！"

"这不是强行因果律吗……"我不屑地说道。

黏菌们闪烁的频率越来越高，我和刘营就如同身处一个晶莹闪烁的世界之中。在一阵特别刺眼的光亮后，雅丹纷纷崩裂，像从内部被重击一般，垮塌下来，沙堡变成了一堆杂乱无序的沙子，也失去了原本覆盖在上面的一层光亮。

世界一下子暗沉了，荧光黄色的黏菌原生质变成雾状，逐渐消弭在干燥的空气中。

"它们完成增维了？"我问。

刘营没有回答。

我转过头去，发现刘营站着的位置空无一人。

"你是要去找你的同类吗？"

依旧没有人回答。

他就像从来没有出现在这个冷湖的夜晚，从来没有出现在世界上一样。

9

我从俄博梁雅丹回到了冷湖小镇，刘营的房间里还保存着他简单的行李。

我认真思考了一下到底要不要报警，就在我准备行动的时候，我发现他房间的书桌上凭空出现了一张字条：不要报警，他们都不记得我了。

后来事实证明他说的是真的，无论是家乡的邻居，还是学校的老师，都不记得有刘营这个人。我回到图书馆想查阅报道过他的报纸，也都没有找到任何线索。

但那张旅馆里的纸条为什么会突然出现呢？我理解成那是在不同分叉宇宙里自由穿梭的刘营给我留下的信号。

我曾经在对于他来说效率最优的宇宙里，而在那个荧光闪烁的冷湖之夜之后，我与他的世界分叉了。他能偶尔回来看我，我却不能自如地去找他，只能在我所在的世界的横截面里偶尔发现一星半点儿他的痕迹。

比如有一次我等红绿灯，分明在马路对面的人群里看见了他，但等一辆大巴从我们之间穿过后，我飞快地跑过斑马线，却怎么也找不见他了。

还有一次我读一本书，一本概率论科普书《上帝怎样掷骰子》，我看到里面有一张书签，上面记了一些公式，字迹分明就是刘营的。怎么可能呢？这本书是我刚刚从书店买来的啊！

但我定睛一看，又发现书签上什么都没有写。

我把书签取出来，自己找了支笔，在上面写道：

"你大约是世界上智力最低的高考状元吧？"

还没等墨迹干掉，书签上又出现了一行字：

"但我有特殊的解题技巧。"

风城玫瑰

文/沈屠苏

1

他从噩梦中惊醒，现实并不比噩梦好上多少。

屏幕的亮光在黑暗里不啻一线生机，手机在离他不远的地方嗡嗡震动。他花了点儿时间认清处境：手脚没有被绑着，后脑勺鼓了个包，挺疼。可能是因为受了重物的打击，身体的协调性不如以往，他捡了两次才把手机抓到手里。

来电显示"老婆"。他努力回想，怎么也想不起来老婆的样子。不知何时，她的音容笑貌已离他的记忆远去。植入他脑海的是盖尔·加朵，一个好莱坞女星。

红绿两色的圆形标志在屏幕上持续地闪烁，他必须立刻做出抉择。

接听。

手机"嘟"了一声，像死前的哀鸣，电量不足百分之一，在他有所动作的刹那转入黑屏。

发生了什么？他敲打脑袋，就像在敲榆木疙瘩。嗅了嗅，衬衫上有股宿醉的味道。

　　光从门底下透了进来，他下意识地往里缩了缩身体。很快，他发现光是恒定不变的，只是刚才的注意力都在手机上，所以忽略了门外的光。

　　他得救般撞向那扇门。

　　咣当。

　　外面的光刺激得他的眼睛眯成了一条缝。

　　一望无垠的世界，天空是湛蓝的颜色，地表因为富含铁和锰，显现出大片的红，但干旱让它开裂如龟甲。风能轻易地把尘土刮起来，目力所及处，荒无人烟。回望困住自己的建筑——哪是什么建筑，一个集装箱而已。

　　他不辨方向地走着，空旷的荒野似乎在嘲笑他的孤单。走了很久，都像在原地打转，他开始担心横纹肌会不会溶解。要知道，人类赤手空拳能存活一天的地方，仅占地球表面的15%。他因害怕自己身处另85%而感到绝望，直到他发现了地上的车辙印。

　　这是一条车轮碾出来的路，甚至可以看出印在地表的胎纹。

　　如果有车路过，他就能得救。

　　意念催生了希望，就像共时性原理。迎面过来一辆彼得比尔特389型（Peterbilt 389）卡车，"擎天柱"的原型，后面挂着长长的拖厢。他像搭车人那样伸出手臂，跷起大拇指。

　　尽管没有把握，但总要试一试。

　　卡车如他期望的那样停了下来。他打开副驾那侧的车门："能捎我一程吗？"

2

　　司机是位成年女性，齐耳短发，穿着背心、短裤、皮靴，戴着工装手套。墨镜推到额头，画出来的眉毛十分浓密，眼睛像闪亮的黑榛子。她的表情充满了敌意，目光集中在他的白衬衫上。他低头看了看，衬衫上有看似血渍的痕迹。

"是酒，威士忌。"

女司机这才歪了歪脑袋："上车。"

驾驶室的重心很高，视野开阔，开这种车，让人有一种自由驰骋的情怀。但情怀不能止渴。

"有水吗？"旱地里的跋涉让他损失了不少水分。

"后座有。"

后座有瓶水，但是瓶身的标志让他忌惮——硝基乙烷。

他说："你想喝死我？"

"放心，里面装的是水。"

他半信半疑地拧开瓶盖，嗅了嗅，无味，舔了一口，确实是水，放心地灌进肚子。由于喝得太猛，水溢出嘴角，顺着瓶身淌下，沾湿了他的手指。

"你结婚了？"

她的问题让他意识到自己左手无名指上的戒指，卡地亚万足金，在指腹的地方留下锐角的缺口，以及姓名的首字母——M和W。因为戴在左手上，阅读的习惯是M在前，W在后，像波浪纹，又像锋利的锯齿。

"马文？"他试着叫出自己的名字，对，这个名字很熟悉。解决了"我是谁"的问题，他继续盯着字母符号，看看能不能拼凑出一段过往，好让自己想起经历了什么。

她以为他在自报家门，于是也不打算隐瞒芳名："蕾贝卡。"

"你好，蕾贝卡。"马文用衣领蹭了蹭嘴角，看着驾驶座上神秘又极具吸引力的女人，骨相不错。虽说美人在骨不在皮，但她皮肤也不错，有没有经过保养不知道，但毛孔紧致差不离。

"我们这是在哪儿？"

"冷湖。"蕾贝卡没好气地按了下喇叭，惊走了前方一头大角羊。

什么湖？这鬼地方别说湖，臭水沟都没有，怎么可能是冷湖？虽然冷湖听起来萧条，但这里更像荒无人烟的美国西部。

"那这条路……"

"茶冷公路。"

"我是问，通向哪里？"

"魔鬼城。"蕾贝卡稳稳地握着方向盘，脚下不断地踩油门。

"魔鬼城？"

"就是一个地名。"蕾贝卡懒得解释。她一边开车，一边摇手扇风。车里确实热，开了窗也不行。

"车上有手机充电线吗？"他强调了一下品牌，"苹果的。"

"没有。"

"魔鬼城有吗？"

蕾贝卡意味深长地看了他一眼，心说你连乌尔禾的风都不知道，那儿除了奇形怪状的土丘，什么也没有。如果不是接了因果司的单，如果不是为了追查自己的死因，她才不去。沉默七进七出，挑落无数瞬间。不出声意味着"没有"，马文被失望笼罩。他很想通过手机跟外界取得联系，但可悲的是，他现在连几点都不知道。两人都没有说话。

这种氛围不尴不尬，实在讨厌，马文很想摆脱它。

"几点了？"他忍不住哼唧一声。

任何人都无法撇开时间单独存在。蕾贝卡的双手离开方向盘，把右手的工装手套往下扒拉，露出一只金表。

时针指在下午3点。

马文眼尖，一眼看出秒针正不紧不慢地逆时针转动。这是什么鬼，时间在倒退？

眼神出卖了他的思绪。

"抚今追昔，"蕾贝卡把时针对准太阳，那颗恒星在她眼中，散发着金色的光芒，"欢迎搭上追昔的车。"

3

时针和12点的中间，就是南方。

车在往南开。日头诡异地上移。所到之处，云朵会知趣地散开。

"我不明白……"马文惊诧不已，他觉得"追昔"的说法科幻色彩太过浓烈。他无法认可这种解释。

蕾贝卡白眼翻向车顶："我管你明不明白，我只管把货送到魔鬼城，你要不爱坐，可以下去。"

马文被她噎得够呛，但又不便发作。外头仍是荒漠景象，几株仙人掌崛起于龟裂的大地之间，但也只有几株。弃车步行的话，等待他的，除了渴死就是累死。

卡车的烟囱吐出黑色的烟，烟的形状好像一只秃鹫。马文的屁股明显感到发动机在怠速抖动，缸体懒洋洋地病吟，片刻就罢工了。

蕾贝卡发动了几次都无济于事。

"怎么了？"马文幸灾乐祸不起来，抛锚在这荒野，他的命运一样未卜。

蕾贝卡一脚踢开车门，攀上突出的车眉，支起厚重的前盖，探头往里看。

"水箱没水了，"她指着挡风玻璃后的马文，"你过来。"

马文反指自己的鼻子："我？"

"这儿还有第二个人吗？"蕾贝卡反问。马文只好乖乖地出来，但一再声明："我不懂车。"

蕾贝卡熟练地把水箱拆下来，扔给他："有尿吗？往里面撒泡尿。"

马文一脸不爽："没有水吗？"心说你怎么不撒，就是撒，也得有哇。

"最后一瓶水被你喝了。"

"那你早说……我、我可以留点儿。"

无奈之下，他们背倚拖厢，并排坐在拖厢制造的荫地上。

"你真的只带了一瓶水？"马文怀疑蕾贝卡没说实话。

蕾贝卡赏他一个纯度极高的白眼："因果司只配了一瓶水。"

马文一愣："什么司？"

"因果司，"蕾贝卡重复了一遍，"我的甲方，那种隐藏在人类社会里的神秘组织。我和他们签了份协议，他们同意把我送来这里'追昔'，而条件就是帮他们送货。"

"好吧，我不管你的那个因果司是干吗的，可这么热的天，这么旱的地，这么长的路，就给一瓶水说不过去吧。"

这句话体现了风雨同舟的共情，蕾贝卡的眼神温和了许多："你也觉得？"

"当然。"马文看着荫地的边缘，随着太阳高度角的变化，荫地的面积越来越小，但膀胱怎么也挤不出哪怕一滴尿，"咱们这么干等着也不是办法。"

"你有主意？"蕾贝卡抱膝，眉眼间尽是丧气。马文打起了拖厢的主意，拍拍车子的尾门："里面装着什么？"

"我不知道。"

"打开看看，也许有我们要的急救物资。"

眼下只能这样。从外面看，尾门锁是嵌入式的机械锁。锁孔像一爿尚未开垦的处女地。

马文摊开手掌，问她要钥匙。

蕾贝卡晃晃脑袋："钥匙只有收货的人才有，货到付款。"

马文四下找石块，想把锁砸开。蕾贝卡制止他："千万别，那样做会触发GPS报警器，因果司就会取消交易。"

马文看了看天，一只盘旋云端的秃鹫似乎正在监视自己。

"交易……就是你说的'追昔'？"

"是的，也叫时间回溯。我要找到害死我的那个人。"

"害死你……你已经死了……难道我……"

一场精神海啸。

4

"至少在我追昔的这个时段，站在你面前的我，是个活生生的人，站在我面前的你，也是个活生生的人。"蕾贝卡的各项生命体征都很正常，除了芳唇发白——那是口渴造成的。她用手折起柔软的耳骨，给马文看耳根的邮戳，从里面映出肉眼可辨的荧光：16–07–2027.M.05:15:11 AM。

"这叫时间戳。任何与因果司交易的人都会被盖上时间戳，它记录着你的交易时间，如果你是追昔者的话，你也会有。"

莫非这里真的属于另一个时间体系？马文茫然又不安，六神无主地让她检查。

"没有，两边都没有。"

马文放下心来："我大概明白了。有人害死了你，你不知道他是谁，但你跟因果司做了交易，回溯到时间轴上的某个区间，为的是找到当时害你的人。我的理解对吗？"

"不能更对。"

"那我算什么？我不记得害过你，也没有和因果司做交易，为什么我会在这个鬼地方？你能告诉我为什么吗？"马文的情绪略显激动。

"也许你和害死我的人有某种联系，也许你只是在错误的时间来到了错误的地点。"蕾贝卡一手叉腰，一手搭着凉棚，往来时的方向眺望，希望有顺风车。

"你怎么不说我就是害死你的凶手？"

"我也想，那样能节省我不少时间。但你没有时间戳，害死我的人有时间戳。"

马文耸了耸肩，把注意力移到了尾门锁上。他有一种强烈的预感，拖厢里有他需要的东西。

淡水，食物，还是真相？

与太阳的走向对照，金表那叫准得出奇。时针指向两点一刻，温度越来越高，光线的穿透力也越来越强，荫得快容不下一个人了。

没有顺风车。

马文沉不住气了，他寻了块石头要砸开尾门，但砸之前他还是要慎重地问一问："如果取消交易，你会怎么样？"

"我会死。"蕾贝卡瞳孔收缩，像猕猴桃的籽，"立刻死。"

马文慢慢垂下了手和手里的石头。除非"取消交易"带来的好处远超失去蕾贝卡的坏处，比如让他回到自己的时段，否则他不会轻易冒险。他颓丧地挠头，仿佛能拨去脑子里涌出的无限烦恼，左手的指环在阳光下闪着动人的光芒。

仿佛神灵在暗中指引，蕾贝卡露出惊诧的神态，只一瞬就收起。

"你的戒指……"她好像发现了什么。

马文取下指环，举到眼前反复掂量，然后做出了一个决定，把它掰直。他这才看到戒指内侧有凹凸的痕迹，将自己的无名指箍出了白印。

掰直后，指环就像一把钥匙。两侧坑坑洼洼的点和横，如同密钥。

马文跃跃欲试地看了看蕾贝卡，得到后者的默许后，把"钥匙"捅进了锁孔。

先是嘀嘀嗒嗒的声音，看来还不是机械锁，是带电子识别的复合锁，接着一声长"嘟"，蕾贝卡脸色都白了。然而，她并没有死在当场，拖厢内部传出"顿、顿、顿"的撞击声，听着像锁栓一对对被拔出。

成了。

马文与她的目光相交，顿时喜上眉头。他捏住把手，将门轻轻拉开。

5

如闪电划过云海，刹那间冒出的耀眼白光将人和物全部淹没。那种感觉很奇妙，好像电影里的闪回。

八年前，深切治疗部，负压病房——床上的植物人安静地躺着，眼皮下的眼珠却一刻不停地转动。他的手臂插着输液管，黄色的是营养液，保持体力用，无色的是芬太尼，镇痛用。呼吸机罩住了鼻孔和嘴巴，监护仪实时捕捉着心电、血压、脉搏、体温等指数，插入式的脑机接口（BCI）则把病人的光头打扮得像个菠萝。

菠萝头上海藻般繁多的光纤通向病房的隔壁，那是机房，还是什么不具名的秘境，马文一直想探个究竟，但身为实习医师的他，权限只在于每天例行查房时记录病人的体征，如有波动，对症下药。

"哗——哗——"

监护仪报警，心跳、血压、脉搏还在，可是脑电波监测不到了，α、β、θ、δ四种脑电波都监测不到了。他扒开病人眼皮，用手电筒照射，瞳

孔的对光反射彻底消失。他如实记下脑电波消失的时间：01–10–2019，
11:59:41 PM。

光芒转瞬即逝。

"你就是收货人。"蕾贝卡颤抖的嗓音泄露了她的兴奋，也把马文从闪
回里拉回。

"可我并没有订货，尤其是因果司的货，"马文探头往拖厢里看，黑漆
漆的，只有一束跋扈的光突破遮盖物透了出来，"也没有钱付款，一分钱
都没有。"

"货不重要，钱更不重要，"蕾贝卡弯腰登上拖厢，将遮盖物掀起，"你
能给我带来什么才重要。"

映入马文眼帘的是一辆杜卡迪"大魔鬼"（Diavel）两轮摩托，金属原
色，十分带感。

蕾贝卡情不自禁地跨上去，一键启动，"轰隆隆"的低鸣席卷了整个
拖厢。她拨开脚撑，旋动手柄，"大魔鬼"鱼跃冲出。蕾贝卡驾车疾行了
老远一段距离，才侧倾机身，原地转弯，呼啸着回到马文身边。

"上车。"

"去哪儿？"

"魔鬼城。"

"可是你的货已经送到了啊。"马文拔出金光闪闪的"钥匙"，重新把
它变回了戒指，也许它还有用。

"我还没找到害我的人，"她轰了轰油门，催他上车，"你也不想渴死
在这里吧。"

马文觉得她说得在理，当即不再迟疑，坐到她的后面。

"抱紧了。"

蕾贝卡放下墨镜，松开刹车，摩托开始疾速飞驰。轮子扬起了齐膝的

红色尘土，滚滚不息。

"看，秃鹫！"马文贴着她的耳垂喊道。前方的高空，有一个大大的黑点在云端翱翔，时而隐没，时而出现。

蕾贝卡不理会，发狠地拧油门，让自己纵情于速度之中。

一个小时过去了，时间从14:15来到13:15，"大魔鬼"的油表也从F走到了E。太阳更烈，地表的温度也更高。蕾贝卡的目光落在加油站的广告牌上。红色的牌子上挤着"××石油"四个白字，简洁得过分。

0号柴油每升6块8毛，90号汽油也才7块。

她不仅要加油，也要加水。活着的人都需要加水。

马文早已渴得不行了，踉踉跄跄地寻找水源。他看到了洗车房的水龙头，奔过去张口对准喷嘴，手使劲儿地拧着。但他的忙碌只换来一嘴铁锈。

"该死。"

他"呸呸"地吐着，又好像听到了砧板剁肉的声音。有人！

有人就有水。他循声找过去，看到贴在玻璃推拉门上的"停车吃饭"的字样，斑驳不堪，但大体能看明白。

"你好，有水吗？"

6

狠劲儿掺在剁骨的刀声中，处理完最难搞的头部，剩下的就好办多了。

大角羊趴在肉案上，骨头和肉被分开剔好。案上摆放着各种刀具，有剔骨刀、割肉刀、斧头刀……大大小小好几把，其中一把剁骨刀在屠夫的手里攥着。他充满敌意地打量马文，嘴角的烟烧掉了半支，烟灰烧了老长。

屋顶吊扇一吹，那灰直接掉在了肉上，像撒了层胡椒面。

"有羊汤，要吗？"屠夫的口气并不友善。刀重重剁下，羊腿骨咔嚓断裂，气氛可怖。

马文忽然不渴了，屠夫手上的金指环吸引了他，跟自己左手无名指套着的式样相同。这时蕾贝卡也找了过来，寻求水和躲避烈日的庇身处。

"那来碗羊汤。"

屠夫盯着她的胸猛看了一会儿，似乎想透过贴身的背心看到肉里去。

蕾贝卡被他瞅得发毛，不客气地凶道："两碗羊汤。"

屠夫悻悻地放下刀，双手在皮围裙上反复擦拭，确定擦干净了，猛吸一口烟。烟燃得只剩下屁股。他走进里间，没多久端了两碗羊汤出来，搁到肉案旁边的折叠桌上。

汤面漂着白白的油花，膻味很浓。

马文顾不得讲究，一碗入肚，胃袋就跟翻江倒海似的，真想找个墙角吐个痛快，但他努力把那份恶心压了下去。

蕾贝卡捏着鼻子，往嘴里倒着，仿佛碗里盛的是中药。喝完，也是一副作呕的样子。

两碗羊汤把他们喝得汗流浃背。本想补水的，结果流失得更多。

"一碗250块。"屠夫等着收钱。

"这么贵？加个油才多少钱。"马文吐槽道，心里暗说你把我们当二百五了吧。

"水贵，"屠夫冷眼相加，"在这儿，水就是钱。"

马文看着蕾贝卡，他身无分文。蕾贝卡摊了摊手，没一丁点儿顾虑。马文明白了，不得已拿出手机："支付宝？"

这鸟不拉屎的地方能用支付宝才怪。

"可以。"屠夫用刀把肉案切好的羊肉推开，露出油腻的二维码。

马文心花怒放，可还有一个问题。

"我的手机没电了，有充电线吗？"

屠夫拉开肉案下方的抽屉，里面除了零钱还有各式各样的充电线，但就是没有苹果的。马文的开心立刻变得寡味。

"你们是没钱给吧？"屠夫面色不善，某种情绪被放大了。

马文觑着剁骨刀，连连摆手："不不不……"他摘下了指环："我有这个。"

屠夫一把抢过来，放在掌上掂掂，拈到眼边瞅瞅，还算满意。

蕾贝卡好不容易把呕吐物镇压下去，问屠夫："这儿离魔鬼城还有多远？"

"这儿就是魔鬼城，但我们都叫它乌尔禾风城。"屠夫的答案出人意料。他套上马文的指环，放在阳光下欣赏。

两枚指环并列，谜一样的感觉。

"这儿就是？魔鬼城……不该是这样。"蕾贝卡比画了一下。在她久远的记忆里，魔鬼城还是地地道道的俄博梁雅丹地貌。

"风城已经好久没有来过像你这样娇嫩的玫瑰了。"屠夫欣赏完了戒指，又用下流的目光欣赏她，"瞧瞧，快枯萎了，来吧，让哥哥滋润滋润你……"

啪！一个耳光招呼在屠夫脸上，正是蕾贝卡的杰作。

屠夫燃起一股怒火，剁骨刀蓄势待发。马文脸都白了，但蕾贝卡毫无惧色，挺着胸脯跟他对峙。屠夫瞄了一眼那胸脯，败下阵来，敛了怒容，换上一副切齿的阴笑："还是朵带刺的玫瑰。"

马文一刻也不想多待，他不喜欢这里的气氛和味道，他拉了拉蕾贝卡："走吧。"

肉案又响起了熟悉的"咚咚"声。骨头在刀声中分崩离析。

"你们会回来的。"

他盯着骨头说，仿佛是说给骨头听的。

7

巉巉如锯的白光，步步紧逼。蕾贝卡骑着"大魔鬼"驶进魔鬼城，后座的马文以好奇的目光环视着四周。

一道巨型的拱形壁将魔鬼城割裂成东西两半。东边的土丘就像月球表面的陨坑，红色的岩土隆出地表，扭曲出极具震撼力的地貌，其形状让人想起亚利桑那州的羚羊谷。钻井塔鹤立鸡群地矗立着，一座座矿井星罗棋布，还有几辆矿车倾颓在碎石间，叙说着末日景象。

拱形壁的西边，主体垂直如峭壁，顶上隐没在风沙里，腰部往下可以看到泄洪孔，锯齿状分布，像字母M与W连接起来的样子。两端劈出哥特式的岬角，然后如乳房般缓缓下垂，宛若"王座"的扶手，似乎在表明，谁拥有"王座"，谁就能主宰魔鬼城的生死。

不出所料，那应该是一座水坝。

道钉阻止了"大魔鬼"的前进。

"你们是什么人？"有人出现在道钉那头，灰色制式工装，矿工帽，脸上蒙了一层阴影。

"我们……"马文犹豫着是说真话，还是编个瞎话搪塞过去。

"你好，我是蕾贝卡，"蕾贝卡伸出了问候之手，"我们是来送货的。"

"对，送货。"马文接了一句，虽然收货人就是他自己。

"丧狗，大家都叫我丧狗，你也可以这么叫，"矿工打扮的丧狗伸手与蕾贝卡轻轻一握，"我是矿工，不过，有出息的都去了水坝那边。"他难为情地笑了笑："像我这样没出息的，不多。"

丧狗的这段自嘲并未让蕾贝卡觉得幽默，反倒令她充满了忧虑。

"水坝什么时候建的？"

"镇长失踪以后，该死的水坝就建起来了。"

"镇长，冷湖镇的镇长？"

"是的。水坝建起来以后，我们用水用电都成了难题，然后有人对我们说，魔鬼城底下埋着一种矿产，用它可以跟水坝交换。所以，镇上的人都来这儿挖矿了。"

蕾贝卡吃惊的表情如假包换："这不对，我死的时候……"她猛地住嘴，因为对方看她的眼神就像在看一个神经病。偏偏马文神经大条："你死的时候怎么了？"

"镇长还在。"

"你是说，时间没有回溯到你生前的时段。"

蕾贝卡抬头看了看天，太阳像切开的溏心儿蛋，仿佛马上要化掉了。

"时间有连续前行的实线，也有偶尔跳脱的虚线。追昔让我站在了实线与虚线的交叉点上，所以，我即使遇到过去的人，他们表现出的状态也是在我死后的轨迹线上。"

"你们俩说什么呢？"丧狗的眼睛不停地转圈，面前一男一女对白的信息量很大，难以消化。别说他，马文到现在也只是一知半解："你死后的轨迹线？平行宇宙？"

蕾贝卡支好脚撑，从车上下来，她捡起一枚道钉，依着车辙画起了圈圈："把时间比作一条车辙，车辙上画出的每个圈圈代表你人生的某一时刻。不管在哪个时刻，你都在做选择题，不同的选项会让你的人生轨迹呈现出不同的走势，但只有你选择的那个走势才是实线。"道钉在某个圈圈处突然一折，引出新的轨迹，她用脚把那个圈圈之后的车辙擦成虚线："而没有选择的那些，也就是所谓的'平行宇宙'，它们像数学概念里的

'子集'，陈列于时间这个'集合'，却并不发生，只是以'可能'的身份存在而已。实线与虚线的叠加，构成米什内尔空间，就像重影一样，是我的人生轨迹以及派生其中的无限可能的集合。它们并不是严格意义上的平行，它们在某些位置存在着交叉。"

"如果把圈圈理解为量子，从子宫到坟墓，我们的生命和时间就是量子轨迹。你无法在这一刻知道下一刻，但回溯上一刻的话，你要做好与这一刻交叉的准备。"

马文大体上懂了，蕾贝卡在她的"过去时"，却跟魔鬼城的"现在时"纠缠在一起。

"因果司居然能让时间倒流？"

"听说过因果律吗？它的本质就是时间折叠和量子纠缠，可以把28岁的我和20岁的我关联在一起。我瞬间回到了8年前，因为对时间流速的感知不同，我觉得我的相貌还是28岁，你或许觉得是27岁，而周围其他人眼里，我应该是20岁。"她说着说着，完全沉浸在时间旅行的兴奋当中。

马文与丧狗面面相觑，两人的眼神在空中来回交替。

丧狗：你的妞有毛病吧。

马文：她不是我的妞。

丧狗：你相信她的鬼话？

马文：说实话，我不信，但我找不到比信她更好的出路。

丧狗：你们都有病……

马文能感受到丧狗的内心在咆哮。对于蕾贝卡言之凿凿的因果律，他的理解也是停留在隐约之间。

"你想我怎么帮你？"他很清楚，帮她，就是帮自己走出囚徒的困境。她需要分辨出哪些是"过去时"的人和事，而哪些又是"现在时"的人和事，不能让现在的东西干扰了她对过去的判断。

但蕾贝卡只是奋力地把手上那枚道钉扔向遥不可及的水坝。

"带我去那里。"

8

矿车像陷入沼泽的困兽，缓缓下沉。

丧狗扭开矿帽上的照明灯，光柱射亮了漆黑的矿井。和他一起窝在矿车里的还有蕾贝卡和马文。

地下的世界一点儿也不美妙，阴森森的。任何人都免不了幽闭的恐惧。

"我们不是没试过往深处挖，但地下水都被抽光了，他们垄断了水源，卖给我们的水比油还贵。"丧狗控制着矿车下降的速度。

"他们是谁？"马文问道。

"他们就是他们，"丧狗嘟囔着，"躲在水坝后面的幽灵。"矿车平稳地转入水平坑道。"我们也试过挖水坝的墙角，但你们看——"

前面，数盏矿灯发出暗淡的光，探矿钻和凿岩机精疲力竭，有几个矿工不死心地把手中的铁镐挥向石壁，火星直冒。混凝土的部分剥离，暴露出里层的防护钢板。

蕾贝卡摘了墨镜，走到矿工中间，上前摸了一下钢板，质量不逊于全球顶级的银行保险库。

"直来直去行不通，有没有想过迂回？"

"你的意思……绕过去？"丧狗抠着鼻孔，不以为然，"前些日子有工友贴着地基一路开挖，揣的也是绕过去的心思，但挖到现在，还没挖到头。"

马文异想天开："炸药呢？"

　　对马文的无知，蕾贝卡和丧狗都给予了鄙视。很明显，炸药除了震塌坑道把自己活埋，对防护钢板一点儿用没有。矿工们也发出一阵哄笑。马文面子有点儿挂不住："好好好，这也不行，那也不行，我看还是老老实实交钱赎水最靠谱。"

　　他说的是赌气的话，却入了蕾贝卡的心。"'赎'字用得好，"她问丧狗，"你们有钱吗？"

　　"你说呢？"丧狗白了她一眼，心说这不是秃子头上的虱子，明摆着嘛，"水坝让我们挖矿来换水。开始我们以为是挖铁和锰，结果不是。"他取过矿工手上的一个头骨说："喏，这就是他们要我们挖的东西。"蕾贝卡一开始不忍直视，但看到天灵盖位置泛着莹莹微光，惊讶道："奇怪，这不是时间戳吗？"

　　马文定睛一看，可不是嘛，轻轻念出："16-04-2027.M.12:00:01 AM，没错，今天是2027年7月16日，这是三个月前的时间戳。"

　　丧狗一脸茫然："什么时间戳？我不明白。"

　　蕾贝卡看着丧狗，像打量一个被时代抛下的弃婴："你大概混币圈的时间不长，不知道时间戳已经超越了比特币，成为当今最热最火的虚拟货币。它是时间赠予投资者的玫瑰。"

　　"我也混过币圈啊，我咋不知道。"马文紧锁眉头，加入了时代弃婴的阵营。

　　"如同比特币使用哈希算法加密一样，时间戳也有属于它的单向加密算法——因果律。先有'生成时间戳'这个果，而后才有了'由于生成时间戳所以交易必然有效'这个因，交易的双方既无法抵赖也不能撤销，因此时间戳深受各路资本的追捧。"蕾贝卡炫足了见识，话锋一转，"我也是道听途说。"

　　水坝要时间戳，而因果司有时间戳，两者之间是不是可以画等号？马文灵机一动，问丧狗："你们挖到了时间戳，怎么交易？"或许水坝就是因果司，他们从矿工手里回收时间戳，再用于"追昔"，形成一个闭合的产业链。

丧狗如实作答："通过中间人。"

马文略感失望，但还是耐着性子追问："中间人？谁？"

"魏一禾。"

"谁是魏一禾？"

"在风城，我们都管他叫屠夫。"

屠夫……马文眉心皱起，蓦地展平："加油站那个屠夫！"

9

再过五分钟，交易窗口就开启了。魏一禾叼着烟，挥刀剁骨。然而一刀下去，差点儿砍到手背，只因外面传来摩托的引擎声。

我说过，你们会回来的。

他把刀钉在肉案上，等着蕾贝卡送上门来。

引擎声渐熄。那辆金属原色的"大魔鬼"缓缓停在了门前。

"啊，怎么是你？"魏一禾很是意外。阳光给丧狗黝黑的皮肤镀上了光泽，只见他打好脚撑，潇洒地跃下车座。

"为什么不能是我？"

吊扇上了年纪，咻咻地转着。秃鹫在肉案上啄食着鲜红的羊肉，一见有人进来，扑棱棱地飞起，仓促间还掉了根羽毛。

"我来交易……"

"去他妈的交易，"魏一禾在乎的可不是交易，"这车原来的主人呢？"刀面反光，与他的声线叠加共振，在丧狗的左颊一晃一晃，刺眼。

丧狗愣了一下，马上意识到了问题所在。

"怎么，你迷上那个女人了？"

屠夫不再接他的话，当他是透明的。丧狗一抬腕子，金色的光芒直刺他的眼底。

这不是蕾贝卡的金表吗？

丧狗经验老到地摘下金表，在屠夫眼前晃了晃。表针嘀嗒嘀嗒，像蚕咬桑叶的声音。

"金子比女人靠谱。"

魏一禾扔掉烟头，一把将表攥到了自己手中，戴在腕上。左看右看，说不尽的满足。

丧狗趁热打铁："可以交易了吗？"

魏一禾懒懒地从肉案下的抽屉取出手机，连上无线网。交易窗口期，网络快速稳定。

"头骨呢？"

丧狗把头骨扔上肉案，时间戳如甲骨文般刻在上面。魏一禾不动声色地往交易系统的提示框里录入时间戳，点击确认。

沙漏的符号上下来回转动。

"好了没有？"丧狗对线上交易一窍不通，可是从魏一禾的脸上，他捕捉到了不安。

"有点儿异常……"

本该是"交易成功"的界面变成了一堆乱码。

"有异常就对了。水坝指定你做中间人，你身上一定有我们没有的'长处'。"

魏一禾没觉着话里有话，还在努力地刷新界面。

丧狗继续说："我想，这个'长处'不是你好色、贪财，而是你有某种我们代替不了的特质，比如时间戳。"

魏一禾停止了尝试，眼光邪恶地抬起，表情变得古怪。他所认识的丧狗，智商没这么高，心眼儿更是少得可怜。

"谁教你的？"

"这还要人教吗？"丧狗并不畏惧，首先他个头比魏一禾大，真打起架来不吃亏，"我怀疑你不是一天两天了，只是到了今天才下定决心求证。"

"求证不求证，你又能改变什么呢？"魏一禾把手机放下，手偷偷地摸向嵌入肉案的剔骨刀，"你不是第一个有疑问的，在你之前也有过……"

"哦？"丧狗洗耳恭听，但他眼疾手快，在魏一禾摸上刀把的刹那，将后者的手连刀一块儿按住，"别耍花样。"

魏一禾的后背像搓衣板，挺得笔直。他根本没想过会有人在他的地盘威胁他，而且这人还是他的老主顾丧狗。可他也在思考，如果用剔骨刀、割肉刀、斧头刀，能不能摆脱困境。

谚语告诉丧狗，先下手为强。他抄起割肉刀抵在魏一禾的下颌。刀锋抖抖霍霍，他想用紧张来暗示自己的不可控。

魏一禾打了个冷战："给我一根烟，什么都告诉你。"

丧狗一怔："烟？"

魏一禾表现出烟瘾犯了的病态表情，不知道的人还以为他毒瘾犯了。

"没有烟……我的脑袋会……疼。"他近乎哀求道。

丧狗只好腾出一只手摸向裤兜，那儿有半包烟。

魏一禾突然扑向了他，穷凶极恶的虎扑，目标明确，既锁住他持割肉刀的右手，又按住他掏烟的左手，顺便把他整个人也撞进了墙壁。

之所以说"进"，是因为墙壁的材质是三合板，虚的。身体的厚度被嵌入了二分之一，加上有魏一禾这个外力抵着，丧狗很丧。

10

"你就是……这么把第一个有疑问的人……搞定的？"血丝好像红色的葡萄藤，爬上了丧狗的眼球。

魏一禾拿出宰羊的全部力度，油亮的片唇全无操守地咧开："要不怎么叫挂羊头卖人肉呢？"

丧狗木了，他确认了一遍魏一禾的眼神，像素不相识的陌生人。

在这个时间点，一阵呕吐声插足进来，一声紧似一声。

魏一禾心虚道："谁？"目光从丧狗脸上滑开，掠向门口。男的还在扶门吐着，女的已经擦掉嘴角的秽物，捂着肚子走过来，路过肉案的时候，不忘拿了把娇小的剔骨刀。"你们串通好了。"魏一禾苦于自己没有三只手，只能眼睁睁地由着蕾贝卡打破他好不容易取得的优势。

"是的，我们串通好了，"蕾贝卡面孔紧绷，"但事情超出了预想，我们原本只打算进入水坝，没想到会揪出一个杀人犯。"

魏一禾不介意被冠以"杀人犯"之名，可是说到水坝，他正色说道："进入水坝？你们别痴心妄想，那不可能……"剔骨刀让他的发言匆匆收尾，蕾贝卡夺回话语权："我问你，第一个有疑问的是谁？"

"镇长。"魏一禾简短答道。

蕾贝卡的嘴像被针线缝住，喘不上来气。墙壁却在这一刻开始晃动，粉尘模糊了丧狗的赤脸，却壮大了他的愤怒："原来镇长不是失踪，是被你这个兔崽子给杀了！"

晃动的幅度之大令整间店都在晃。魏一禾快摁不住了，他余光一扫蕾贝卡的剔骨刀，离自己尚有那么零点几厘米，歹意忽起，他骤然放开丧狗，转而偷袭蕾贝卡。他甚至算好了从这儿到门口放倒马文的时间，最多不超过三秒，他可以抢在丧狗反扑之前逃出去。

但他想多了，就蕾贝卡这一关他都过不了。蕾贝卡抱头蹲下的瞬间，他才明白，"胸大无脑"安在她身上并不合适。她不是打女，也没什么格斗技巧，力量和速度绝对处于下风，可是她赢了。赢在吊扇。那吊扇在墙体的不安中放飞了自我，扇叶如螺旋桨般旋转下落，正削在他的脖子上。谁让你个儿高呢。

血浆洒成了十四行诗。

扇叶犹不过瘾，一路砍瓜切菜，直撞到贴着"停车吃饭"的玻璃推拉门才罢休。蕾贝卡等一切消停了，慢慢起身。没了脑袋的魏一禾终于和她等高了，可她开心不起来。

金表在他的腕子上闪闪发亮。蕾贝卡摘下来，擦了擦上面的血迹。

时间停顿了。仿佛有两股力量一左一右地争夺秒针。

"他也有……时间戳。"

闻声回头的蕾贝卡，看到一颗血淋淋的脑袋。那脑袋是魏一禾的，不巧飞到了马文手里，吓得他魂飞天外。

但蕾贝卡并未吃惊，她甚至无视了人头，只是淡淡说道："时间到了。"

然后倒了下去。

11

魏一禾的时间戳：01-10-2019.M.11:59:41 PM。

马文面色铁青，薄汗渐渐包围了他的额角。这与八年前的记录只有一个字母之差，负压病房的那个植物人就是今天的魏一禾。如果时间真的在回溯，那为什么有些经历和记忆并未因时间的逆流而被覆盖？是不是天太热产生的错觉？

丧狗从墙里挣扎而出，无头魏一禾恰好倒进他的怀里，吓得他一蹦老高。

"滚滚滚……"

人这种生物很怪，头脑发热的时候巴不得把对方碎尸万段，冷静下来又是另一副心情。推开无头尸的丧狗看到马文捧着魏一禾的头若有所思，口中不停地念叨着"时间戳"这个词，以为他吓傻了，伸出五指准备把他扇醒。指尖还没碰到呢，马文像是触电般一惊，继而大叫："你听——"

轰隆隆，像非洲草原角马的迁徙，又像钱塘江大潮的风号浪吼，震天价响。无论听上去有多少种可能，在乌尔禾风城，这声音只有一种可能——开闸放水！丧狗一激动，情不自禁地握住马文的手，全然忘了中间隔着死人头。

"成功了，交易成功了。"丧狗欢呼雀跃，不顾马文的神情中有着不合拍的忧伤。

"可惜了蕾贝卡。"

"蕾贝卡？"丧狗举目四顾，发现她躺在地上，"她怎么啦？"

马文拨开蕾贝卡的头发，眼睛眯起，他看到蕾贝卡耳根的微光消失了。他知道了，蕾贝卡送的货不是摩托车，而是她自己，收货人是水坝。

因为魏一禾刚刚录入系统的时间戳来自蕾贝卡。

"蕾贝卡生成的时间戳不是一般的时间戳，是携带病毒的时间戳。所以，把她的时间戳录入交易平台，便等同于向电脑植入病毒，扰乱了水坝的管理系统，由此打开闸门。"

丧狗用一副"你是认真的吗"的眼神扫射他。

马文闭上了眼，一股思路流入脑海，打开了他贫瘠的脑洞。

"你不信很正常。在你的认知里，这里是魔鬼城，你是一名矿工，"马文从无头尸上摘下属于自己的戒指，"但你知道吗，魔鬼城极有可能只是现实的副本，或者是成千上万副本中的一个。我把副本理解为噩梦。对你来说，副本是最好的'现实'，因为现实中你可能不存在，也可能在做着噩梦。"

"我们这儿是你的噩梦，你们那儿就是我的现实？"丧狗语带不屑，"我打小就在魔鬼城长大，从没离开过这里。"言下之意是"你能不能别扯淡了"。

马文缓缓抱起双臂，耐心开导："你打小的时候，太阳就是从西边升起的吗？"

丧狗认真回忆了一下，以十分肯定的口吻说："当然。"

"你不觉得太阳应该从东方升起吗？"马文决定用常识刺激丧狗的脑回沟，期待丧狗能够找回点儿"过去时"。在失去了蕾贝卡之后，丧狗是他离开这里的希望。

"太阳从东方升起？"丧狗复述了一遍，好比大脑受到了电刺激一般，双手抱头插进发中，"好像在我的梦里出现过……"他的表情不痛苦但绝对纠结，仿佛δ脑波和β脑波在交锋中此消彼长。

马文趁热打铁追问道："你的梦里出现过我吗？"

"你？"丧狗视线飘忽，飘向了远方，似乎在重温旧梦，然后郑重地摇了摇头，"没有，梦里只见过盖尔·加朵。"

盖尔·加朵！好莱坞明星里，马文最迷她的大长腿了。难得他乡觅知音，马文正要打开话匣子，突然心头无端一紧，在看到老婆来电话那一刻他的脑海也闪过盖尔·加朵的形象。

这就对了。马文一拍大腿，所谓梦，就是潜意识的反射。他和丧狗身处同一时空，大脑又都有盖尔·加朵的潜在反射，可见盖尔·加朵一定在他们的生命里扮演了重要角色。他刚得出这么个结论，鞋底便湿了，不一会儿，水就没过鞋面，向上挺进。

"怎么了这是？"马文跋涉到外面，水已涨到了胫骨。红土辉映水色，他们仿若置身红海。丧狗跟了出来，难掩激动："看，都是水！"

马文却没有看水，他扶起倒在水中的"大魔鬼"，试着发动。

"突突突——"车况还凑合。

丧狗问他："你去哪儿？"

马文眺望远处的水坝，坝身正发射出耀眼的光芒。他转动油门把手，给油，加速。

"那不是普通的光，每一次出现都意味着神的指引。"

车轮扬起无畏的水花，载着他一头扎入洪流之中。

水入七窍，现实与副本的界限越来越模糊了。

<h1 style="text-align:center">12</h1>

破水而出的马文，双手攀住的，却是浴缸的壁沿。

扶手边摆着喝剩的威士忌。

这是……脑后枕着真实的痛感，不像回忆杀。他看到盖尔·加朵向他走来。不对，这不是现实宇宙。在现实宇宙，他和盖尔·加朵不可能有交集。

他打算坐直、起身，却发现下半身竟无知觉。

"我这是怎么了？"

盖尔·加朵指着杯中残酒："在给你动手术之前，我已经在酒里下了点儿'吸血鬼之吻'。"

氟硝西泮，美其名曰"吸血鬼之吻"，一种夜店麻药。马文与她对视，那双眼简直在碎剐自己，尤其和她手上的环锯交相辉映的时候——那是开颅打孔用的，外形像大号的红酒开瓶器。

"你是谁？你想做什么？"马文声音发颤，双臂发力，试图将自己撑起来。

"我是你老婆呀，你说你喜欢盖尔·加朵，我就整容成盖尔·加朵的样子，"她走到浴缸边，摆弄他的头调整环锯，"至于我想干什么，你不是明知故问吗？我要消除你头骨上的时间戳。"

"胡说，我没有时间戳。"马文不干，至少他还能控制上半身，但双手没能组织有效的抵抗，只感到一股强大的脉冲在四肢百骸间乱窜，电得他头晕目眩，口吐白沫……

"还是这个好使。"老婆用了电击器。

电晕马文后，她将环锯套上马文的头部。

马文的意识还没有全部消失："老婆，你是不是……外面有人了……"

"你就这么看我？"老婆用一种不满的口吻说道，她把手按在了旋柄上——只要按照顺时针旋转，钻头就可以钻透马文的颅骨，"我是为了救你。"

钻头开始钻了，疼痛像蛆一样爬进马文的脑袋。

现实变得比噩梦冰冷，他的眼神开始涣散。

"马文，马文。"

有人在按压自己的胸部，连吐了几口水后，马文睁开眼来。

丧狗。

一见并不如故。

"我这是……"马文看了看四周的环境，陌生得令他不安，"在哪儿？"

红色的汪洋，放眼所及，只有冒出水面的钻井塔，而身下，是彩钢瓦搭的平房屋顶。

"我看你一头扎到水里，以为没救了，结果又被水冲了回来，"丧狗的亚洲蹲相当标准，"命大呀你。"

马文怔住，水坝那边异常的光波仍在散发辐射，他又毅然扑入水中。

"你疯了！"丧狗想把马文捞上来，无奈水势不允，只得作罢，但他想不通马文这么做的意义。

早些时候，马文也想不通，但现在他想通了，现实与副本就像区块，被一条名叫因果的链环捆绑在一起。从这头走到那头，并不困难，只是需要一种向死而生的勇气而已。

13

死与生只是时间的状态，唯有时间能抵消时间。涣散的瞳孔刹那间凝聚，马文一把抓住了老婆瘦弱的胳膊，迅速拉倒她，并将她的头摁进浴缸。

水淹口鼻，老婆张牙舞爪地扑腾，指甲挠过的地方都是伤痕，但马文坚决不松手，几十秒后，老婆的反抗变弱，慢慢不动了。

马文放开了她，后者的脑袋无力地浮在水里，一晃一晃的。

他有点儿吓坏了，我杀了人，在……现实里。他紧张地搓手，似乎想搓掉杀人的事实。

"出什么事了？"突然有人闯进来。

完了，还有目击者。

一看那人，马文愣住了。魏一禾！手臂跟着心脏打战，马文本能地想逃，但他想到自己也是个男人，立刻鼓起勇气，趁对方也处于惊乍状态，摘下头上的环锯，扔了过去。

魏一禾身子一偏，没打着。马文想扑过去把他放倒，但刚出浴缸，腿就不听使唤，扑通一下跪倒。

魏一禾走过来，看到女人的死状，歉疚与遗憾杂糅成一种复杂的情感。

"你不该杀她的，不该……"他抓起马文的头发，强壮的肩膀在衣服里耸动，像橡胶轮胎一样套住了他的脖子。马文以为他要下死手，但魏一禾没有。嗒嗒嗒……马文不管他在想什么，果断拿起从老婆手中缴获的电击器。

货真价实的火花。魏一禾被结结实实地电翻在地，马文抽下皮带把他的手反向捆瓷实了，然后扒下他的衣服换上，大小合身，再简单处理了一下头部的伤口，终于感觉好点儿了。

"你也跟因果司达成了'追昔'的交易？"

这时，魏一禾肩部以上已经从电击中恢复。

"追昔？不是吧，你信这个？哪有什么追昔，所有的一切都是镜像，懂吗？冷湖是镜像宇宙，所以它的时间轴是反的。反的！"

"镜像宇宙？"马文并非物理白痴，但这个名词还是第一次听说。

"宇宙从奇点开始，"魏一禾胸部以上开始正常化，"奇点在大爆炸时发射出光锥。圆锥的中心轴是时间轴，以时间轴为主宇宙，其他发散出去的射线便是平行宇宙。这样说是不是比现实与副本的比方更贴切一些？但很多人不知道，时间轴的反方向还存在一个宇宙，那就是镜像宇宙。在主宇宙，魔鬼城是魔鬼城，但在镜像宇宙，它可能变成美国西部。"

"所以你不是魏一禾？"

"不，我是。"他的视线在马文和自己的戒指间不断移动，大写字母反射着不同寻常的光，"我想你应该明白，M是mirror（镜子）的意思，冷湖的那个魏一禾只是我的镜像。"

"噢，这么说你是本体？"

魏一禾点了点头，继续说："时间轴并不像我们认为的那样一直是直线。随着光锥底面越来越大，时间轴会发生弯曲，反方向的时间轴也一样。它们最终会闭合成一个环形，相交的那个点，我们叫他爱因斯坦-罗森桥，也叫'虫洞'。"

"你们？"马文的关注点显然不在这个名词上，他看了看趴在浴缸壁的老婆，剩下的嘴型好像说，婊子配狗。

"你误会了，我跟你老婆没什么。"魏一禾黯然长叹，"她是真的想救你，而我，是真的想帮她。"

"别扯了，我的头骨上没有时间戳。"

时间戳会由内而外散发荧荧微光。蕾贝卡检查过他的耳根，没有。他找到盥洗台的镜子，照向耳根处。还是没有。

"谁说时间戳一定在耳根的位置？"魏一禾目光灼灼，腹部已有了知觉，"你的，就在天灵盖上。"

马文想起丧狗展示给他看的头骨，那个时间戳就在天灵盖的位置。因为头发的遮盖，谁都注意不到。

"即便我有，那……那又能怎么样？"

"你知道时间戳的字母和数字代表什么吗？那是把一定长度的人生压缩成固定的数字+字母+符号的交易协议，生成即生效，"魏一禾给他扫盲，"不过，我可以帮你把它取出来，那样脑机就无法追踪你，你也不会一直活在过去。"

14

"活在过去"的说法让马文脑子一激灵——深切治疗部，马文工作了八年的地方。对这个地方从陌生到熟悉，他用了八年，但只用一个夜晚，他又从熟悉回到陌生。所谓的深切治疗，对象都是濒死之人，但从魏一禾的口中，马文得知，只要病人死亡时间不超过24小时，因果司都能赐予他生命，以时间戳的形式。那些确诊死亡的病人都通过脑机接口进入了镜像宇宙，他虽然在深切治疗部干了多年的值班医生，却对此一无所知。

一无所知。"因果司，对外称深切治疗部，实际上用脑机扫描人的大脑，转化成算力，来生成时间戳。八年前，因果司找到我，用虚拟货币诱惑我奉献大脑，我没经得住诱惑。在你眼里，我是个深度昏迷的植物人，但其实我很健康。当我发现我在镜像宇宙的人生只是个压缩包，只能周而复始地活在过去时，我厌倦了。是蕾贝卡的扰动，让我的镜像激活了本体的意识。那天你查房时，我偷偷拔掉了自己的脑机接口，造成脑电波消失的假象，然后趁你记录死亡时间时，打晕你逃了出来。"

马文摸了摸后脑勺，那个包还没消。

"我把你连上了脑机，代替我的位置。但我逃出来后又觉得愧疚，你可能并不知情。于是我找到你老婆，决定告诉她真相，把丈夫还给她，尽管那个丈夫来自镜像宇宙。"魏一禾的话令马文深感震惊，"是的，我告诉了她，可遗憾的是……"他指了指马文的老婆。

"不可能，我连她的名字都不知道……"马文不相信，或者不愿相信。

"脑机接入的数据覆盖了你原先的记忆，很多时候，'似曾相识却又想不出来'就是数据复制、粘贴、覆盖制造出的错觉。有的人，覆盖已有数据的是编辑过的数据，而你则是空白，"魏一禾放缓语速，以便腿部的神经网络彻底复苏，"时间戳不管在这里，还是在冷湖，拥有它的人都在无形中铸成了因果之链，把命运拴在了一起。巧合与荒谬往往无处不在。"

马文想反驳，却又像一下被人点醒，他的记忆确实被抹除了大部分，出现了断档。

"你可能忘了她的名字，"魏一禾同情地看着他，"我来告诉你，她叫——"

尾音曳长，马文还在等着后续，魏一禾猛然用双腿以剪刀的姿势锁住他的脖子。

"把时间戳给我，你这白痴。"

马文猝不及防，被锁了个正着，想挣开，可惜胳膊拧不过大腿，魏一禾加速锁死。

"你说那些……屁话……只是为了拖延时间……"马文如梦方醒。

"冤枉，"魏一禾铆足了劲儿，"我说的绝大部分都是实话，除了一点，我并非出于愧疚去找了你老婆，而是因为你的老婆是蕾贝卡。"听到蕾贝卡的名字，马文的嘴巴一翕一张，想要说什么，却只呼出一口沉重的空气。

是魏一禾把蕾贝卡送上了脑机，是他"复活"了蕾贝卡，才会有扰动，才会有水坝的崩溃，才会有向死而生……谁是现在，谁是过去，真他妈难以分辨。勒晕马文，魏一禾自己也脱了力，瘫在地上。时间看似简单，却有着比人类身体更为繁复的结构，它支配了人的恐惧和欲望。下一步，他要用环锯剥下马文的时间戳。从躺倒的角度望过去，马文的头顶泛着莹莹的光，16–07–2027.W.11:55:01 AM。主宇宙的时间戳。这印证了他的猜想，主宇宙与镜像宇宙并不直接相连，中间可能还有一个缓存宇宙，用来协调时间吞吐速度，使之一致。如果判断得不错，脑机的位置应该就在那个缓存宇宙。

他需要马文的时间戳，就像需要一块石头，砸开命运之缸。

"你一直活在你熟悉的宇宙，这一次，就当是时间赐予你的玫瑰。"

15

生前何必久睡，死后必会长眠。

马文在噩梦中惊醒。但他确定那不是噩梦。他能回忆起每一处细节。宛如昨日。

无时之丘

文/山濛

异常平常

2019年8月14日，今天对科学界，甚至整个人类社会来讲都是个重要的纪念日，但南无一点儿都感觉不到兴奋。距离地球第一次发生空间异常事件已经过去五年整了，全球关于异常空间的研究毫无进展。

南无拉开了厚重的连体防护服，把衣服半脱至自己手肘的位置，又厚又硬的衣服在他身边形成了一圈颇有形式感的大褶皱。由于是在荒漠中工作，所有靠近异常空间的户外工作人员都需要穿着荧光绿色的防护服进行作业，这样他们在灰棕色的荒漠中一眼就能被看到。

南无手肘后撑，疲惫地半躺在基地角落堆叠成山的仪器箱上。仪器箱靠着墙呈阶梯状往上堆了有十几米高，像一座只有一半的金字塔，南无坐在"金字塔"的顶部，在这里可以把整个基地大厅尽收眼底，比大厅里的四个监控探头都清楚。他敞着胸，冒着热汗，呼呼地喘着粗气，像一个刚刚打完仗的山大王。

摘下防护镜后，荧绿色的防护服亮得有些刺眼，他眯着眼熟练地点起了一根薄荷烟，向远方望去。

　　暴烈的阳光灼烧着远处的公路，灼热的空气使光线在路的尽头产生了折射，形成一片缥缈的水纹。公路尽头，一行黑色轿车正从水纹中歪歪扭扭地向基地驶来。

　　各国领导人分批到达了基地，原本空旷的基地大厅很快被黑压压的西装填满了。尽管室内所有灯都打开了，但还是感觉一下子暗了许多。

　　漫长的等待总是无聊的。人类开任何大大小小的会议前，好像总有这样一段漫长而毫无意义的等待时光。南无抽了一口烟，往身后啐了一口痰，回想起了这里的往事。

　　五年前的今天，8月14日22点22分，中国柴达木盆地监测到了一组异常光波辐射，数据来源是中国科学院云图天文台青海观测站。空中的风云四号气象卫星也监测到了这组光波辐射。

　　光波持续发射了五分钟，有部分频段被重复强调。没人知道这些光波表达的含义，但有一点可以确定：监测到的光波辐射能量非常大，在一片荒漠的柴达木盆地里几乎不可能人为产生。

　　由于情况异常，青海观测站第二天一早就派了几名科研人员前往事发地点进行勘察调研。他们到达事发地点时，发现了诡异的一幕：一座老旧的木房子飘浮在地面上。

　　"太无聊了，飘浮的房子、飘浮的人、莫名其妙的光线、凭空出现的石碑，几十年前的科幻小说就这么写。如果作为一个科幻小说的开头，这也实在太无聊了，外星人不会这么无聊的。我要是写科幻小说一定得整个更酷炫的开头。"南无这样想。

　　人群骚动了起来，基地大厅里嗡嗡的低语声逐渐被掌声淹没。

　　掌声拉回了南无的思绪，他深深地呼出了最后一口烟，熟练地用手指把烟头弹向窗外，烟头像一个头发着了火的跳水运动员，在空中完成了翻转720度加转体360度的高难度动作后，带着一缕青色消失在了通风窗口的视野里。

掌声中走出来一位穿着白大褂的老者，他健步走上演讲台，和蔼地笑着向台下挥手致意，接着瞥了一眼左上方的南无。南无和他对视了一眼，瞬间激灵了一下。南无立马脱下了下半身的防护服，一把揉在怀里，像只熟悉地形的猫一样安静而利索地从"王座"上爬了下来。

老者清了清嗓子，敲了两下话筒，开始说道：

"尊敬的诸位来宾，尊敬的各国领导、各位科学界人士以及媒体朋友们，大家上午好。

"今天是一个意义重大的日子，也是人类历史上的重要日子。有的朋友已经来过这里很多次了，也有的朋友是第一次来，我再次向大家简单介绍一下这里。

"各位目前所处的位置位于中华人民共和国，青海省，茫崖市，柴达木盆地，冷湖实验基地。就如各位所知道的一样，五年前地球上出现了一个异常空间，这一状况给人类社会带来了巨大的冲击，冲击中有惊喜、有好奇、有恐慌、有暴乱，而这里就是异常空间的研究基地，代号——"

老者停顿了一下，向右瞥了一眼大屏幕上正在播放的异常空间监控画面，然后缓慢而有力地念出了四个字："无时之丘。"

南无站在基地门外抽着烟静静地听着。说实话，这里和他想象的不太一样，一切都平常得异常，没有混乱的磁场，没有异常的天气，没有外星舰船，也没有外星生物出没，有的只是这座飘在地面上的破木房子、无尽的风沙和荒野。

南无每天都重复着类似的工作，多年以来一成不变，时间对于南无和周边的风景来说好像从来不曾存在过。

唯一变化的是基地旁边这个原本被废弃的边陲小镇，因为大量科研人员的到来，它又重新兴旺了起来。镇子通上了高速公路，报废的石油开采厂被改装成了高档宿舍，白色的梯形房子整齐地矗立在荒漠中，显得有些突兀，相比异常空间现场，这里才更像是被殖民的外星人基地。

老者继续说："但如果与地平线成23°26′的角度，向下俯视观测时空泡，则会发现时空泡边缘有彩色的色散现象，能隐约看到其轮廓。

"一、时空泡的外层比目前地球上已知的任何物体都坚硬，任何外力都不能使时空泡产生任何形式的形变。

"二、时空泡中的所有物体都处于凝滞状态，不发生任何物理和化学上的反应。唯一能穿透以及在时空泡内自由活动的是电磁波，也就是光，这也是我们能看见时空泡内物体的原因。

"三、时空泡只接受人类亲自送入的东西。我补充一下，这里的'亲自'意思是说真的直接用手送入。借助外力，例如利用机械杆等，都无法让任何东西进入时空泡内。"

老者举起右手在空中挥舞示意了一下。

"另外，根据我们的观察以及推测，除人类之外的任何物体，包括有机物、动植物生命活体，都无法主动进入时空泡内。

"四、时空泡只可进不可出。

"得益于我们研究过程中的谨慎，和上级领导给予的正确指示，无时之丘空间研究项目一直稳定安全地进行着，五年以来没有造成任何人员伤亡。实验持续至今，我们只损失了4个钳子和8副手套。"

大厅里发出了一阵欢快的笑声。

老者也微笑了一下，继续说道：

"今天是发现异常空间五周年的日子，我们将要在这里举行一场重要的实验，这个实验或许将会改变地球的历史。我们将会在今天向无时之丘输送第一个大型生命活体——小白鼠'巧巧'。"

"你觉得巧巧进去后会怎么样？"在门口和南无一起抽烟的同事问他。

"和其他东西一样凝滞住呗，屁大点儿事说得这么矫情。唉，走了，干活儿！"

南无和同事一起掐灭了烟，紧抱着防护服，向发动机轰鸣的运输车走去。

"太……下没……事！"

"什——么——？"同事疑惑地喊道，发动机的巨响淹没了南无的声音。

"太阳——！底下——！没——有——新——鲜——事——！"南无指着天上的烈阳，扯着嗓子大喊道。

同事没有张嘴回应，向南无竖了竖大拇指。二人穿上了笨拙的防护服，像两个刚学会站立的大头婴儿，相互搀扶着登上了运输车。

断指夜谈

"太阳底下没有新鲜事啊……"南无嘟囔着打开了宿舍的门。

实验结束，南无还掉防护服，做完常规的身体检查和心理评估，回到基地宿舍时已经是深夜。尽管防护服内有自主降温系统，但他还是捂出了一身痱子。

南无飞快地脱光了衣服，胡乱地扔在地板上，挠着背，兔子一样一个箭步冲进浴室，泡在了特制的清凉浴液中，发出了一声舒爽的长叹。

洗完澡，头发还没擦干，宿舍门就被敲响了。南无打开门一看，正是上午演讲的那位老者。

"哟，丁教授，您怎么上这儿来了？"

"哦，小南刚洗完澡呀，打扰了。我宿舍热水器坏了，来你这儿洗个澡，方便吗？"

"方便方便！您快请进，随便洗！"南无赶紧把丁教授请了进来，"这还真奇怪，全国最高级的实验基地宿舍竟然还会坏热水器，哈哈。"南无一边和丁教授寒暄，一边倒退着用脚后跟钩起散落在地板上的脏衣服。

丁教授洗完澡打开门，发现餐桌上放着两杯威士忌，南无正坐在一旁等候。

"来一杯吗，丁教授？"

"臭小子，整天没个正形，基地不准带酒来知不知道？明天就去理事会举报你，这个月奖金给你扣光！"丁教授用手指了下南无，笑骂着走到桌边。

南无没说话，憋着笑，直愣愣地看着丁教授。丁教授环顾四周，房间已经被收拾得很干净了。

丁教授坐下抿了一口酒，身体后靠在椅子上，整个人放松了下来："最近怎么样？"

"还行，都挺好的。"

"是吗？那我怎么老见你一个人抽闷烟呀？"

"年纪大了，可能多愁善感了吧。"

"臭小子，我都没嫌自己年纪大，你倒说上了。都愁啥呢，说来听听。"丁教授又抿了一口酒。

"丁教授，您觉得无时之丘到底是个啥？"

"不知道。"丁教授无奈地摇了摇头，"你来这儿的时间没比我晚多少，相关的研究项目你也都全程参与了，你知道的和我一样多，我没什么惊天秘密瞒着你。"

"这我知道，我倒不是问这个。再说了，就算真的有什么机密瞒着我，出于这份工作的特殊性，我也完全可以理解。我只是觉得这里和我想象的不太一样。"

"怎么个不一样法？"

"我在这里待了四年多了，虽然做了大量的研究工作，但是从本质上讲我们对时空泡仍然一无所知。时空泡到底是自然现象还是外星文明的干扰？说是自然现象我实在不相信，这玩意儿太奇怪了，完全不符合任何自然规律。如果是外星人搞的，那它们的目的是什么？总不会是为了入侵地球吧？在荒郊野外弄个大气泡结界，在地球上一搁就是五年？这没有意义！"

"宇宙就是宇宙，存在就是存在，毁灭就是毁灭，宇宙没有义务对你有意义，人类所有的意义都是为了生存下去而给自己主观下达的一串可笑的指令，不过是给自己活着找个理由罢了。"丁教授仰头喝光了杯子里的酒，示意南无再倒一些，"不过你说的也有点儿道理。从直觉上讲，我也不觉得这是自然现象。就算是外星人弄的，那我也觉得它们不一定是想弄什么大新闻，或许真的就只是想弄个泡泡在这儿放着。谁知道呢？在有足够证据解释它们的意图前，这就是我的猜测。"

"您一点儿也不好奇吗？"

"好奇啊，就是因为好奇我才在这儿工作这么久，不然我早回大学教书去了。"

"我可感觉不到，您的猜测也太没想象力了。"

"那是你太年轻，太不懂生活，平淡的生活才是世界的真谛啊。"

"哈哈，好吧，不过这倒没什么，我只是觉得我们的进展太慢了。二十一世纪以来，人类的基础科学研究就没什么重大突破，前阵子公布的人类第一张黑洞照片也是，研究了好几年，结果弄出来一张好像高度高斯模糊过的电脑合成图。当然这也可以理解，毕竟黑洞离我们那么远，但时空泡就这么摆在我们面前，鼓捣了好几年也没什么本质上的突破，我觉得有些乏味，或者说——我对人类的未来有点儿没有信心。”

“不至于吧，这就没信心了？二十一世纪的确没有相对论那种重量级的科学发现，但小突破一直都有啊。再说了，虽然对时空泡的研究还没有突破性进展，但我们到现在不还是连大脑的工作机制都讲不清楚吗？你有大脑，我有大脑，全世界六十多亿人都有大脑，同样是就在眼前的东西，不还是研究不明白？科研得一步一步来，所有东西都是细水长流的，不要想着一口吃成个胖子，这不现实。”

丁教授继续说：“科研也好，宇宙也罢，对我来说都像生活。大部分人对宇宙的感觉都是壮丽、雄伟、宏大，但我更喜欢它的另一面：静谧、细腻而精准，越弱越暗，就越美丽。科幻也是一样，你当然可以把飞舰、爆炸、行星毁灭、星球大战都安排上，这些我都不反对，但这些东西看多了总有点儿审美疲劳，科幻应该也可以是清淡的、细腻的、生活化的、有余味的。所以说我不爱去电影院看科幻片呢，来回就这么两下子，他们那些呀，才是真的没有想象力。”转眼丁教授的酒杯又空了，他又伸手示意南无再倒些酒。

“丁老，您不能再喝了，您都开始说胡话了，别到时候喝醉了真把我带酒来基地的事说出去。”

丁教授噘了下嘴，无奈地轻摇了下头，脸上泛起了红晕，呆呆地盯着手里的空酒杯。

有些微醺的南无也呆呆地盯着丁教授的酒杯，房间陷入了短暂的沉寂。

南无回想着丁教授刚刚说的那番话。残存的酒液在杯子上形成了一层半透明的挂壁，形状奇怪，就像时空泡在能观测角度下的样子。

"今天的实验感觉怎么样？"丁教授打破了房间的沉寂。

"还行，和理论阶段的预测差不多。巧巧的头部进入时空泡的一瞬间，仪器就监测不到它的脑电波了，心脏部位进入时心跳信号也立即消失，但是它的两条后腿在外面挣扎了41秒后才完全失去生命迹象，比我想象的时间要长，这点挺意外的。

"就是有点儿可怜的巧巧，我推它进去的时候还真有点儿不忍心。最后，它外面的半截身体还是我让采样科的同事帮忙切下来的。采样科同事切下来时就说后肢部分有血栓，这点在之前也预测到了，详细报告要等明天做完解剖后才能拿到。"

"是啊，可怜的巧巧。"

"好好一只白老鼠，来到这个世界上，浑身插满了仪器，最后还被腰斩了，然后谋害它的两个凶手现在还坐在桌前喝着酒，假惺惺地祭奠它，我们人类真的好可笑啊。"

"呵呵，是啊。来，敬巧巧！感谢它为人类科研工作做出的重大牺牲！"丁教授朝南无晃了晃空酒杯。

"老家伙，要酒套路还挺深。"南无无奈地笑了下，只得给丁教授又添了些酒。

"敬巧巧！"丁教授大喊了一声，把酒一饮而尽。

"您喝慢点儿！"

"没事儿，我有分寸。"丁教授的脸越来越红，双手撑着桌子站起身，长吁了一口气，"走吧，差不多了，出去散个步散散酒气。"

"不去了。戈壁晚上凉，您老也早点儿回去休息吧。"

"嗐，那算了。本来还想带你去看个东西呢，不过我这些小秘密不听也罢。"

"好的，丁教授，那咱们走吧，我换个鞋子。"

"喊——"丁教授邪笑了一下，咂着嘴，摇着头走出了屋子。

"怎么个散步法，丁教授？"南无叉手抱在前胸，踮着脚，冻得有些发抖。

"往丘儿走呗，反正不远。"

夜晚的戈壁被蓝色笼罩，寒风萧瑟。基地外耀眼的巨型高压钠灯把二人的影子拖出了十几米长，活像科幻片里长手长脚的外星怪物，他们便踏着脚下的怪物向无时之丘走去。

"丁教授，有个问题一直想问您。"

"什么？"

"这次的活体实验的项目怎么批得这么快？我记得之前的时空泡外应力测试项目，一群外行在那儿讨论来讨论去，搞了半年才批下来。难道上头开始变开明了？"

"这叫什么话！所有的科学实验在开始之前都应该进行充分的讨论，这是应该的，尤其是我们这种可能决定人类命运的重大科研工作，每一步更得小心，经过社会舆论的充分讨论是很有必要的！"

"哎呀行了，丁老，您就别在这儿打官腔了，领导们都回宾馆享福去了。这儿只有我跟大戈壁，别跑题！"

"嘿嘿嘿，"丁教授笑了起来，"我这可不是打官腔，这的确是我的心里话。不过，这次活体项目的审批还真有点儿你不知道的东西。"

"是什么？"南无两眼放光。

"这次审批的确比以前快，主要是因为我出面做了担保人。我们小心翼翼地对时空泡研究了五年，把各种不同物质塞进时空泡研究，但其实，在发现时空泡的第一天就已经发生过活体进入的情况了。"

"什么？哦——我猜到了，难道是那几个第一批去勘查的天文台观测员？谁进去了？"

"呵呵,"丁教授笑着摇了摇头,"没人进去。当时发现无时之丘的木房子时,勘探队的队员都吓傻了,但有一个叫秦勇的队员,可能是属猫的,太好奇了,于是凑近了时空泡,把右手食指插了进去。"

"那他没事?"

"没事啊,巧巧都撑了四十秒呢,更何况他这么大一个人,也没触及人体关键器官。其实他的指尖刚刚触碰到时空泡时就发现情况不对,拔不出来,于是立马跟见了鬼一样大喊大叫,左手拽着自己的右胳膊使劲儿往外抽。队友见状赶紧围了上去,情急之下用短刀把他的手指切了下来。其实也没什么,就切了指甲盖那么大一块,那队友刀法还挺厉害的,是个狠人。

"秦勇当场晕倒在地,队员连夜把他送去医院。结果一查,除了右手食指第一节指骨缺失,其他啥事都没有,晕倒也只是因为惊吓过度。

"当时这件事只有那几个队员、天文台台长和我知道。后来,为了推进项目进度,我把这件事情报告给了上面,上面派了评估小组下来,总部也找到了那个被切掉手指的哥们儿,他应该是人类历史上第一个体验'第三类接触'的人吧。"

"后来呢?他后来怎么样?"

"没怎么样啊。总部给他从上到下做了个大体检,估计把他折腾得够呛,结果没查出任何异常,没变异、没变色、没长爪子、没吃人,手指的伤口愈合正常,DNA序列也和从前一样,甚至还戒了烟……这算变异吗?"

"嗯……"

"后来,继续观察了一个月以后,他就被放出来了。现在在家,身体健康,儿女双全。他放出来后,我和天文台台长各吃了一个知情不报的处分,但没过一个礼拜,活体实验同意书也跟着批下来了。"

"嚯,晚汇报也算知情不报啊?"

"哎，无所谓。这个情况总部也不敢公开，怕又引起不好的社会舆论，这个处分也约等于没有，功过相抵嘛。前面就是戒严区了，我们没穿防护服，往回走吧。"

戒严区门口的两个高压钠灯同时照向了丁教授和南无两人，丁教授一只手半遮着眼睛，另一只手挥舞着向射灯旁的执勤人员打招呼。

二人回过头，和来时一样，踏着十几米长的外星人影子往回走。

"嘿，我总算想明白了。丁老啊，我说你怎么敢请那么多大领导来基地看实验呢。时空泡内部属性还没研究明白，你也不怕弄出个黑洞来把领导们给吞了，到时候你可就是千古罪人了！没想到你早就知道实验结果了，你个糟老头子坏得很！"

"哈哈哈哈，去！不准没大没小的！哎呀，多叫些领导来说些场面话，以后批科研经费也更容易些嘛。"

"没想到还藏着这种事，亏你之前还说没事情瞒着我呢。"

"我说的可是没什么'惊天秘密'瞒着你。"丁教授着重强调了几个字，就像他白天介绍无时之丘时一样，"这顶多只能算个小秘密，对弄清时空泡的本质也没什么帮助。你不就想知道关于宇宙存亡的大秘密吗？我这儿可没有。"

"这些事儿都挺有意思的，还有什么有趣的，我不知道的？"

丁教授微笑着迟疑了一秒钟："挺多的，不过一下子想不起来了，下次再说吧。"

"那您刚刚不是说要带我去看一个东西吗？"

"哎呀，对哦！"丁教授啪的一下拍了下自己的大腿，回头望了望，"哎，算了，聊天聊忘了，在靠近戒严区那块儿呢，这都快走到基地了，也不是什么重要东西，下次再给你看吧。"

"行，那早点儿回去休息吧。"

"我可跟你说，这些事情你可别出去跟那些媒体乱说啊，到时候再惹出什么乱子。我倒不是怕真相流出去，关键是那帮媒体，报道东西总喜欢掐头去尾的，尽搞些麻烦事。"

"知道了，丁教授，我又不是三岁小孩。再说了，我可没忘记无时之丘刚被公布出去时的场景。"

丁教授意味深长地望了一眼南无，边点头边拍了拍他的肩膀。

琥珀恋人

"你们这些做新闻媒体的人啊，净喜欢搞些麻烦事。"

南无故意将一口烟直直地吐在了钟娅脸上。

"你有完没完？一个大男人跟我在这叨叨了一下午了，我是过来跟你吵架的？请你配合我的工作！呸，臭死了，女生面前抽烟，你可真是个渣男。"钟娅不耐烦地骂道，并扇手驱散烟味。

"我渣你又不是第一天知道。托你的福，我来这里工作陆陆续续签了几百份保密协议，随便漏出去一条，我都能把牢底坐穿，你的工作我没什么好配合的，您另请高明吧。"

钟娅大大的眼睛在眼眶中转动了一个整圈，狠狠地白了南无一眼："我可不是那些无良媒体，我做新闻报道全靠真凭实据，可不是为了夺人眼球！"

"随你怎么说吧，你现在可是大名人，全国十佳青年，普利策新闻奖获奖人，人类历史进程的推动者啊，钟娅女士。"

"行了行了，你可别酸我了，那事算我不对还不行？我向你道歉。"

"不不不，是我不对，您可没有做错任何事情，我哪敢说您的不是啊。'地球出现异常空间这种关乎人类历史进程的大事，每一个人都理应有知情权！'你把发现异常空间的新闻第一时间报道出去是完全正确的做法！不就是带走了三千多条人命加上我唯一的亲人吗？他妈的！值！"

"可是我也没想到会……"

"可是个屁！"南无压低了声音，狰狞着脸，蛮横地盯着钟娅，发出像巫婆念咒般扭曲而诡异的声音，"你就是个阴毒的女人，婊子，贱货！"

钟娅眉头微皱，看着南无扭曲的脸沉默不言。

二人就这么一动不动地对视了将近一分钟，气氛凝重。

"扑哧，哈哈哈哈哈哈……"钟娅终于没能忍住，大声笑了起来。

随后南无也跟着笑了起来，狰狞的巫婆气息瞬间从他脸上消失得无影无踪："哟，长进了，现在这招没用了。"

"你少来这套，说脏话谁不会呀，你他妈的。"钟娅不屑地说道，然后转头望向窗外。

"你会说个锤子的脏话，应该是'你他妈的少来这套'，还中文系硕士呢，丢人。"

"去你的，我们中文系可不研究脏话。"钟娅再次狠狠地白了南无一眼。

"时间不早了，我送你回去吧，班车快走了。"

"哎，打住。今天你张嘴的第一秒起我就知道你是想假装跟我吵架，把我气走，别以为完事儿跟我贫两句嘴就能把我哄走，你以为我是来看你的？老娘可是来干正事的。"

"啪"的一声，钟娅把一份文件扔在了桌上。

南无接过来一看，文件抬头赫然写着：

联合国新闻发言处

关于【"无时之丘"实验基地深度采访】的审批意见书

　　南无抬眼瞥了一眼钟娅，快速翻看到文件最后一页：

审批人员签名（共32人）：
……
【联合国异常空间安全委员会委员长】：Joanna Smith
【联合国新闻发言处负责人】：Jonson Bliss
【无时之丘实验基地负责人】：丁立仁
审批结果：【同意采访】
采访期限：【30天】
基地通行级别：【A】

　　"可以啊，把丁教授都请出山了。神通广大啊，钟小姐。"南无合上文件，扔回了桌上。

　　"呜——呜——"基地的警报突然响了起来，整个房间变成了暗红色，钟娅被突如其来的警报声吓得整个身子痉挛了一下。

　　随后基地广播传出了AI机器人温柔平和的女声："注意，注意，基地进入特殊警戒状态，请所有武装执勤人员子弹上膛。注意，注意，基地进入特殊警戒状态，请所有武装执勤人员子弹上膛……"

　　"怎么了？怎么了？"钟娅一下坐直了身子，惊慌地问道，身体不由自主地靠向了南无。

　　南无不慌不忙地打开宿舍门走出门外，双手撑在走廊栏杆上四下观察。钟娅也紧随其后跟了出来，她缩在南无背后，一只手紧紧攥着南无背后的衣服，神色慌张地看着周围。

　　"不会来坏人了吧？"钟娅颤颤地问道。

　　南无皱着眉头神色凝重，突然，他双手一下抓住了钟娅的肩膀，慌张地对她说："比来坏人情况更糟，来外星人了！快跑！"

"什么？"钟娅瞪大了眼珠子盯着南无，用力扯着南无的衣服。

"那那那，那该怎么办？我是不是要去拿相机？我我我，我能拍吗？采访授权书上没写能不能拍外星人呀！"钟娅被吓得连说话都结巴了起来。

"哎呀，来不及了！快跑！"南无一把抓起钟娅的手就往楼下飞奔而去。

南无拉着钟娅边跑边紧张地对她说道："听我说，一会儿你用联合国发你那张A级通行证和我进入装备室，女更衣室在右边，男左女右，进去后找一个空着的装备槽站进去，系统会自动给你穿上防护服，然后去门口的武器柜拿把枪，同样刷A级通行证就行，之后在门口和我会合，听明白了吗？"

"呜——呜——"AI播报员已经不再重复播报语音了，只剩警报声不停地在整个基地回荡，每一下警报都敲击着钟娅的神经，令她头脑发昏。

"嗯……嗯……"钟娅已经被吓得没力气说话了，只是轻哼了两声，她满脸通红，双手冰凉，泪水在眼眶里直打转。

换完衣服的钟娅稍微冷静了一些，但防护服内右侧的虚拟屏幕上显示她的心率还是很高。她拎着枪，步履笨重地走出了更衣室，刚一出门就被南无一把拽走了。

"快走。"

"去哪儿啊？"

"无时之丘啊。"

"不是跑吗？"

"不跑了，外星人都来了，看一眼再走吧，你一个记者难道不好奇吗？生死有命，富贵在天。"

钟娅沉默了一会儿，挽起了南无的手，坚定地望着他。南无微笑了一下，拉着钟娅走向了运输车。

无人运输车很快就把他们送到了无时之丘实验地，钟娅安静地坐在一旁，一路无语。

下车后，南无熟练地把食指搭在了大门的一个暗格上。"嘀"的一声，大门上方的指示灯由红转绿，大地微微震动并伴随着一阵低沉的巨响，十米高的大门缓缓打开。

南无进入大门，转身对钟娅说："我是高等级实验人员，所以我用生物采样就能进。你是外来人员，直接按指纹门禁会触发警报，你需要拿着你的A级通行证，去旁边填信息、录指纹、录虹膜。"说着指了指大门左边的电子屏。

钟娅撇了下嘴，有些不耐烦，但还是按照南无的指示一一在屏幕上操作了起来。

进入大门后，四周空间豁然开朗，大门后面并不直接就是空间异常区域，而是一片有足球场那么大的空旷区域。四周的高墙上，穿着棕色迷彩防护服的武装执勤人员正在来回巡逻。

南无把头往上仰，盯着高墙上的一个执勤人员，防护服的视窗自动锁定了那个人，在他身边形成一个橙色的描边光圈。

"通信频道已接通。"防护服内响起了语音提示。

"老宋，老宋，我在你下边，有情况吗？"

高墙上的那名执勤人员突然停下了脚步，望向下面的南无，向他竖了竖大拇指。

南无也向他回敬了一个大拇指，然后拉着钟娅向前走去。钟娅回头看了一眼高墙上缓慢踱步的执勤人员，感觉情况有些不对。

"那儿就是无时之丘了，和你最早见到的不一样吧？"南无指着前方说道。

场地中间是一个巨型的白色帐篷，远远望去层层叠叠，像一棵被雪覆盖的圣诞树，透露着一股莫名的神圣感。

"这个帐篷高三十米，设计得很巧妙，整体由上、中、下、底四层构成，每一层又由六组不同的叶片嵌套而成。

"每一大层帐篷都螺旋式上升，一层套一层，层与层之间都有间隔，保证足够的采光和通风，但又不会漏雨，原理有点儿像中国古代建筑上的瓦片。下雨时，落在最上层的雨水往下滑，被中层的帐篷接住继续往下滑，再被下层接住，最终滑出帐篷外，一滴水都流不进帐篷里。

"而且这个帐篷不是死的，是活的，它会自动测算当前的风向、风级、雨量等信息，据此改变自身的形态。如果遇到沙尘暴等极端天气的话，它的叶片会全部收紧，形成一个圆锥形的全封闭帐篷。帐篷布是一种新型高分子材料，既柔软又坚韧，收缩起来后即使外面刮二十级强风，它都纹丝不动。

"现在只有微风，所以它呈均匀舒展状态，你看，每层帐篷的尾部都微微上翘，像花瓣。"

"嗯，挺好看的。"钟娅面无表情，心不在焉地附和了一声。

"是啊，好看吧！"南无说得兴起，完全没注意钟娅的脸色，又滔滔不绝地讲了起来，"当时联合国请来了一个外国团队给无时之丘做实验基地的设计规划，结果在草案阶段就受到了丁教授的强烈反对。"

"'你们做的什么狗屁东西？方方正正，骨灰盒吗？'"南无扯着嗓子模仿着丁教授说话时的声音，"'除实验期间，应该尽量地让时空泡处于一个自然状态，保持自然的温度、湿度等，而不是把它闷在一个骨灰盒里！'那段时间丁教授像个暴躁的老疯子，后来他把那个外国团队赶跑了，独自一人完成了无时之丘外围的帐篷设计。"

　　说着，二人就来到了帐篷门口，伫立在帐篷脚下往上看，这棵"圣诞树"显得更加雄伟了。太阳早已西沉，蓝色统治着大地，帐篷也幽幽地散发着淡蓝色的光泽。

　　"身份信息扫描完成，允许进入。"通告话音刚落，二人面前的底部帐篷叶面就开始动起来，露出一道弯弯的门。

　　帐篷内就是真正的无时之丘。说实话，如果你带着巨大的好奇心来到这里，你一定会感到无比失望和无聊，因为它的主体就是一个老旧的破木屋子。木屋子高四米，长六米，宽三米，有一个尖尖的屋顶，一扇窗，一扇门。门口有两层木台阶，台阶下面连着一片沙土，沙土大约有五十厘米厚，再往下约三十厘米才是大戈壁真正的沙石地面。屋子就这样浅浅地悬浮在地面上，这就是刚发现无时之丘时它的全部样貌。

　　随着实验的进行，时空泡内多了一些东西：屋子顶部有好几层不同颜色的圆球悬浮在上空，那是早期在对无时之丘进行性状研究时塞入的各种不同元素的单质球体。

　　南无两手叉腰，端详着眼前这个他已看过千百遍的木屋。无意间一回头，他发现钟娅正在恶狠狠地盯着自己。

　　"外星人呢？"

　　南无呆呆地看着钟娅，假装无辜地鼓起了腮帮子。

　　钟娅皱着的眉头忽然舒展开来，好像突然明白了什么。她嘴角微微一笑，两手一松，把枪扔在沙地上，然后快准狠地朝南无的背部使劲儿捶了一拳。

　　"去你妈的，又耍我！"钟娅骂道。

　　"啊啊啊，疼疼疼！"南无揉着背叫了起来，边叫边往后退。

　　南无每退一步，钟娅就慢慢向他逼近一步："老实交代！你葫芦里卖的什么药？"

"没……没什么呀，你不是要做深度采访吗，我这不是带你进来看真正的无时之丘了嘛。"

"那基地的警报呢？怎么回事？"钟娅眯着眼睛怀疑地看着南无。

"嗯……警……警报……"南无退无可退，身体紧紧地贴在帐篷上，触发了帐篷的AI系统。

"您是否要离开无时之丘，并上传本次实验数据？"AI语音打断了南无的话。

"不需要！"钟娅生气地大喊道。

"系统检测到您的体温过高，已为您启动自主降温系统，请您注意休息。"

"快说！"钟娅手指用力戳了戳南无的前胸。

"嗯，我交代，我交代。基地的警报是因为今天基地在进行基础设施维护，更换备用电源，一年一次。系统重启期间有些区域的监控可能会关闭，所以基地会进入特殊警戒状态，其实根本没有外星人来……我待这儿好儿年了，连外星人的一根毛都没见过。"

"那你为什么还让我拿枪？"

"嗯……没什么，情节需要嘛，反正广播都喊了枪械要上膛。虽然的确没什么必要，但是烘托一下紧张的气氛嘛，顺便让你体验一下战地记者的感觉，反正你通行级别是A，不拿白不拿。"

"我去你……"钟娅举起拳头又要捶南无，拳头和那些元素球一样悬在半空中，"说！还有什么事瞒着我？"

"没了，没了，真没了。"南无怂怂地说道。

钟娅放下拳头转过身，又着腰气呼呼地看着无时之丘。

"哦，还有件事。"

"嗯？"钟娅转过头，凶狠地看着南无。

"就是……进门的时候其实你刷完Ａ卡再采个样也能进，不用那么烦琐，那套老的验证系统已经被淘汰了，放在那儿只是作为备用。"

"我……你妈！"钟娅刚想冲过来再打南无一拳，警报声就又响了起来。

"呜——呜——注意，注意，无时之丘进入特殊警戒状态，请所有武装执勤人员子弹上膛。注意，注意……"

帐篷外响起了"喊里咔嚓"的枪械上膛声。

"这又他妈怎么了？"

"冷静，冷静，主基地那块儿的维护结束了，现在换无时之丘维护，这里和主基地的电源是两个独立的系统。"南无双手举在胸前，呈投降状。"这回全是真话。"他补充道。

钟娅咬着唇，将信将疑地盯着南无。

帐篷内的ＡＩ语音播报了起来："温度：17℃；湿度：7%；风向：西南；风级：2级；符合维护条件，系统重启中。嘀——"

随着一声长鸣，灯光骤暗，整个帐篷活动了起来。

钟娅抬头向上望去，借着月光，她隐约看到帐篷顶部的白色支撑骨架开始变形收缩，室内的帐篷顶部看上去像一把大伞，只不过这把大伞的伞骨是螺旋形的，收缩时骨架产生的螺旋运动轨迹令她眩晕。

伞骨收缩一部分后，上中下三层的叶片开始逐个像毛巾一样折叠收缩起来，这时底层的三根巨型支柱也开始移动起来。

这三根巨型支柱的每一根底部都有三米宽，向上逐渐变细，它们是撑起帐篷的主要力量。巨柱与地面成60度夹角向上延伸，就像搭起篝火的三根木棍。不过与篝火不同的是，这三根巨柱顶部相互不触碰，这也让帐篷内有了更大的空间。巨柱以逆时针的轨迹收缩靠拢，整个场地充斥着大型电机工作的震动声，巨柱的角度也逐渐变得垂直起来。

巨柱铲起了地面的沙土，后方露出几道黑色的金属痕迹，这些痕迹逐渐连成一个圆圈，那是巨柱移动的轨道，无时之丘被这个黑色的圆圈包在其中。由于巨大的震动，地面上细碎的沙石在低空跳跃着，黑色的圆圈内棕色的沙砾来回飞舞，就像一个刚刚倒满可乐的杯口，但无时之丘内却毫无动静，仍然一片安静祥和，外面的这一切好像都与它无关。

钟娅并不关心收起后的帐篷，她像个雕塑般站在原地一动不动，直愣愣地抬头仰望着上方。

收起的帐篷就像百老汇剧院拉开的帷幕，帷幕中间，深色的天空中一道壮丽的银河横跨天际，一眼望不到尽头，像一条巨型抹香鲸的肚皮。钟娅望着绚烂的银河入了迷。

"真美呀，城市里可看不见这景色，我一定是在火星吧！"

"是呀，可以说你就是在火星，这儿的地貌的确和火星有着相似之处。之前丁教授觉得科研经费不足，还向上面提议说在基地五公里外建个旅游开发区，叫火星小镇，结果直接被上面否了。再说了，火星又有什么好看的，说不定头顶那些星球上比这大戈壁还荒凉呢。"

"它一定有着它背后的壮丽，但平淡的真实才是生活。"不知道为什么，南无脑中响起了丁教授的声音。

"你讨不讨厌？"钟娅厌烦地回头看了一眼南无，发现他正打着手电蹲在无时之丘的警戒线外左摇右晃。

"看什么呢你？"钟娅走上前去问道。

"没什么。"南无敷衍了一句。

"这是啥？"钟娅也好奇地蹲了下来。

"真想知道？"

"真想知道。可你不准骗我。"

"行，你自己说的，听完可别吐。这是一节人类的右手食指，没什么大故事，算是个事故。"

"事故？无时之丘不是没有出现过人员伤亡吗？"

"这是发现时空泡第一天留下的，那时这儿还不叫无时之丘呢。"南无回头看了下屁股后的地面，"哦——原来是这样，肉色的手指和无时之丘内部底层红棕色的沙石混在了一起，很难被发现；帐篷展开时这里又刚好是大柱的位置，把手指挡住了，不知道是不是丁老头儿设计的时候故意的，可算被我给找着了。瞧，中间这个白色的小点就是骨头，这刀法，切得真齐整，是个狠人。"

"哼，不就是个断手指吗，就这么一小截有啥可吐的。"钟娅不屑地说道。

"哦？是吗？那这个呢？"

南无的手电往左上方一抬，钟娅"啊"的一声叫了起来："这是什么？"

"巧巧啊。你没看新闻吗？就是前阵子的活体实验，这就是巧巧的半截尸体。"

"咦——啧啧啧。"钟娅皱着眉头端详着。

正面看去，尸体的截面是一片血红色的肉片，所有器官的截面都清晰可见，像是一张细节丰富且逼真的彩色CT（计算机断层扫描）照片。从侧面看上去，巧巧毛发柔顺，两只前爪微微向后，通红的眼睛泛着光泽，就像还活着一样。

"来，给你看看时空泡。"

"时空泡？不是要什么俯视23度才能看到吗？"

"你等我一下。"说罢，南无从腰间的工具带上拆下一把折叠的工兵铲，在地上刨了起来。

没一会儿，地上就刨出了一米见方的小坑，小坑是个斜坡，一处浅一处深。

"角度应该差不多，来躺下去试试，头顶着深的地方。"二人并排躺入了坑中。

"哎？好像看到了！我看见彩色的边缘了！原来不光俯视，仰视23度也可以啊！"

"23度26分，是地球的黄赤交角。这还是我有一次干活晕倒在地上时发现的。"

"颜色好淡，有点儿看不清，看得好吃力。"钟娅说道。

南无沉默了几秒钟，抓住了钟娅的手说道："钟娅，你相信我吗？"

钟娅一把推开了南无的手："相信个屁，你下午耍我的账我还没跟你算呢，别以为带我看个星星我就原谅你了。"

"我说真的。"南无语气严肃。

"相信呀，怎么了？"钟娅费力地拖着头盔转过头去看着南无。

南无也把头盔转了过来："把头盔摘下来。"

"什么？在这儿摘头盔，没关系吗？不是说实验区里不能……"

"刺——"，还没等钟娅说完，南无就一把把头盔摘了下来，头盔内的输氧管断开连接嗤嗤作响了几秒钟，随后停止了工作。

南无微笑地看着钟娅，钟娅见状便也不再说什么，一起摘下了头盔。

"哇，看见了，看见了！原来这么亮！哇，原来木房子上面还有一个这么大的空间。"

七彩的荧光在无时之丘边缘缓慢流淌着，好像一个巨大的肥皂泡。包裹无时之丘的时空泡其实是由一大一小两个扁椭球组成，下方包住木屋的是较小的椭球，木屋上方还有一个更大的椭球，整体的形状像一个倒着的葫芦。实验一般在上面那个较大的椭球中进行。

"头盔的面罩会阻挡一部分波长的光线，所以戴着头盔会看不太清。"

时空泡里映照着闪耀的银河和木屋黑色的剪影。钟娅歪着头，闭上一只眼，另一只眼睛微微眯起，不断调整着角度。终于，她的视角把边缘流动着的彩色荧光和背后的银河重叠在了一起，银河瞬间变成了彩色，熠熠生辉，好像精灵们在天空中举办着一场盛大的舞会。

"这也太美了。"钟娅不禁感叹道。

"是啊，如果时间能永远停留在这一刻就好了，那就什么事情都不用烦恼了。"南无附和道。

"时间……时间，到底是什么呀？"钟娅盯着彩色的银河，眼神迷离地问道。

"你啊，怎么跟文盲一样。"

"去你妈的，不说拉倒！你活该单身一辈子！"

"啧啧啧，你好歹也是个中文系硕士，知名新闻工作者，普利策奖获奖人，总是口露粗鄙之语，我对你真的好失望哦。"南无语气挑衅地说道。

"对什么人说什么话！"钟娅站起身来就要走，南无一把拉住了她的手不放，穿着防护服的南无像死猪一样沉，钟娅拽了一会发现拗不过他，只得又躺了下来。

"时间啊，宇宙其实没有时间，空间就是时间。在宇宙不同的地方，空间曲率不同，时间的流速也不同。'时间'这个词其实是人类定义的，是用来衡量物质运动的标尺。你——作为一堆由碳、氢、氧、钙等元素组成的物质，从一个屋子移动到另一个屋子，这当中流逝的就是时间，如果你以同样的速度走向更远的屋子，就需要花费更多的时间。

"如果你在一个空间中全身上下的每一个原子的原子核都停止振动，每一个电子都停止轨道运动，处于理论上完全静止的状态，那时间对你而言就是不存在的，你就是永恒的。

"我们猜测时空泡内的物质就处于这种状态，所以丁教授才管它叫无时之丘，这是他的愿景。当然这个猜测可能站不住脚。"

"为什么站不住脚？"

"光可以在时空泡中运动，也可以自由出入时空泡，这就是为什么你能看见时空泡背后的银河。如果光子在进入时空泡时也会凝滞住的话，那时空泡应该和黑洞一样，是没有任何反光的深黑色。"

"噢，不太明白，不过听着好像挺酷的。"钟娅似懂非懂地点了点头。

"想不想玩点儿刺激的？"南无突然问道。

"什么刺激的？"

南无拉着钟娅站起身："想不想摸一下时空泡？"

"摸？怎么摸？我可不想断只手在里面。"钟娅摸着自己的手腕不由得往后退了一步。

南无像哆啦A梦一样，不知从腰间的哪儿摸出两副白色的手套来："戴上。"

他把一副手套分给了钟娅，继续说道："这是高分子材料做成的特殊手套，和制作帐篷的材料一样。造这个大帐篷的时候发生了一次小事故，大风刮倒了两个脚手架，一片高分子布料盖在了时空泡上，一个工作人员从脚手架上摔了下来，掉在了布料上，身下就是时空泡。他吓得够呛，以为自己要英勇就义了，结果啥事没有，但把布料扯下来时，人们发现被他隔着布料压在身下的一颗螺丝钉进入了时空泡。

"后来实验发现，虽然时空泡只接受人类本体和人裸着双手直接触摸的东西，但只要戴上这种高分子布料做成的手套，一样可以把东西送入时空泡中，而且可以毫无顾忌地往里推送，当手套碰到时空泡时就推不动了，此时东西也已经完美进入时空泡里。最重要的是，再也不用担心手指误入时空泡拔不出来了。"

"你看上面，"南无用手电扫了扫上方的时空泡顶端，"那儿是最早做实验的地方，实验人员把物品推进去做实验，所有东西都只敢推一半，生怕把自己的手推进去。这副手套可以说是无时之丘这么多年来没出过人员伤亡事件的秘密武器，不然我这些年做这么多实验，千手观音也不够我用啊。"

说罢，南无拉起钟娅戴好手套的右手，慢慢地贴在了时空泡上。

开始时钟娅有些紧张，右手总是本能地往后缩，好像在触摸一个随时会把自己吃掉的猛兽。

"别怕，把眼睛闭上，感受一下。"南无另一只手搂着钟娅的肩温和地说道。

钟娅闭上眼睛，深吸了一口气，把手掌完全贴在时空泡上。黑暗中，钟娅好像什么都没有感觉到，时空泡好像一块没有温度的弧面玻璃，均匀地承接了她手掌的压力。渐渐地，钟娅好像连自己的手掌也感知不到了，整个世界都逐渐在她面前消失不见，只剩下一片虚无。

她吓得赶紧睁开了眼睛，发现一切都还在，自己的手掌仍然紧紧地贴在时空泡上，时空泡里的木房子也还在，南无也在身旁温柔地凝视着她，一切如常。

过了一会儿，钟娅终于彻底放心了，她发现手的确陷不进去，便开始用双手在时空泡上大胆地摸索起来。

南无在一旁微笑地看着钟娅，摸着时空泡的钟娅又喊又跳，兴奋得像个孩子。他真希望现在就有一个比地球还大的时空泡降临，把地球罩住，让整个世界永远停留在这一刻。

欢快的日子总是过得很快，转眼间，一个月就过去了。

就在钟娅采访权限到期，准备打道回府的那天，噩耗传来。

"小南，节哀顺变，我给你批一个月假，回去看看吧。"丁教授拍着南无的肩膀安慰着他。

"没关系的，丁教授，我知道这一天早晚会来，我早有思想准备。我没问题的，今天还有个实验要做，我先去准备了。"说完，南无撕掉了手中的纸，理了理衣服，利索地走回了宿舍。

"怎么了，丁教授？"待南无走远后，躲在后面看着的钟娅悄悄上前向丁教授问道。

"他哥哥，本来今天出狱，结果狱警一早上发现他在自己的牢房里上吊自杀了。"

"哦……"钟娅低下头轻轻说了一声，声音轻得只有她自己能听见。

"钟小姐，请你再在基地待一段时间吧，陪陪他。"

"可是我的采访权限就要过期了，这样可以吗？在基地非法停留是要……"

"规矩是死的，人是活的。"丁教授打断了钟娅，"没事，就一两天，出了事情我担着。上面问起来你就直接说是我强行把你留下来的。"说罢，丁教授从上衣口袋里掏出一张卡交给了钟娅。

"这是我的通行卡，你的通行证到期后先用这张，这样就可以在基地自由活动了。我还有张备用卡，你不用着急还我。"

"行，我知道了，谢谢您。"钟娅站起身来向丁教授鞠了一躬，然后也向南无宿舍走去。

"咚咚咚。"

"进。"南无回头看了一眼宿舍门，"嚯，太阳打西边出来了啊，钟大小姐什么时候学会敲门了？"

钟娅站在门口愣了一会儿，还是走进了房间，在南无的床边坐了下来。

"哎，给你看啊，今天这个实验样品有意思，铯！"南无兴奋地把一个密封的玻璃管在钟娅面前显摆了一下，玻璃管中有一摊树状发散的有着金属光泽的结晶。接着南无把玻璃管握在手中，另一只手在拳头上方来回移动，做着魔术师施法时的动作。

"看！"南无拿手一指，手掌摊开，只见玻璃管中的结晶物一下子变成了流动的液体，泛着金黄的色泽，"厉害吧？"

钟娅点点头，没有说话，脸上勉强挤出了一个僵硬的微笑。

"铯！世界上最活泼的金属，液体黄金！这玩意儿可贵着呢，这一小管就要大几千，可惜这东西只能放在玻璃管里欣赏，遇到空气就会炸。不知道把它放进时空泡里会怎么样，说不定能形成历史上第一例暴露在空气中而不自燃的铯的奇观呢！到时候你回去又能写个大新闻了。我得想想把这玩意裸露着推进时空泡的操作步骤。对了，你说我……"

南无和往常一样滔滔不绝地讲着，但钟娅一眼就看出来南无在假装，用力过猛的演技在她的眼里太明显了。

"你是不是想进去？"钟娅打断了南无兴奋的演说。

南无的声音戛然而止。他顺手关掉了音乐，热闹的房间一下子沉寂了下来。"嗒，嗒，嗒……"，南无摆弄着手中的玻璃管，在桌子上敲出声响。

"你不必自责，那件事我其实早就不怪你了。"南无首先打破了沉默，"我其实早就知道这一天会到来，早晚而已。普通人有些迂腐不化的思想确实怎么也扭转不过来。人类啊，真是奇怪，我其实真没你想象的那么难过，虽然他是我唯一的亲人……真的，我现在比任何时候都冷静，我……"

"如果你想进去，我陪你。"钟娅用温柔而坚定的语气再次打断了南无，她把手搭在了南无的手上。

南无深情地看了看钟娅，摇了摇头说："没有必要的，这对你不公平，你没必要来陪葬。"

"不，这很公平！这是我唯一能弥补你的方式。"钟娅的语气更加坚定了，"我不是给你陪葬，你不是说时空泡内的时间是停止的吗？我们进去后又不一定会死，死尸的身体还会腐烂、生虫，不断地变化呢。我们不会，我想和你永远在一起，我们进去后就永远在一起了，我们是永恒的。"

南无用拇指抚摸着钟娅细腻的手背，泪水悄无声息地滴在了她柔嫩的肌肤上。

"扑哧，"南无突然笑了出来，眼泪鼻涕流了满脸，"你可真是个疯子。"

"呵呵，我疯你又不是第一天知道。"钟娅站起身帮南无擦了擦泪水。

基地大厅里人们步履匆匆，集结在这里的都是科学界精英中的精英，大家都在忙着推动自己的项目进度，没有人会在意装备室外那台老旧昏暗的液晶显示器上多出了几行字。

【装备室登记记录】

2019/10/11 13：21：36

南无——高级研究员

通行级别：A++

防护服 × 1

电击警卫棍 × 1

状态：[租赁]

2019/10/11 13：21：40

丁立仁——所长

通行级别：S++

防护服 ×1

电击警卫棍 ×1

状态：[租赁]

"进无时之丘要进行生物信息采集验证，我就算拿着丁教授的卡也没用，怎么办？"

"下车先等等，会有人来的。"

不出意料，过了十分钟，一辆运载车卷着扬尘疾驰而来。

"哟，老宋，换班哪？"

"哟，南哥，是啊，换班。干吗呢，站外头不进去，晒日光浴啊？哈哈，上城墙来呗，我陪你晒。"谈笑间，老宋熟练地把手指放入大门的暗格中。

"唉，这小家伙非得体验一下采指纹、录虹膜，说这他妈有仪式感。一不小心把时间磨没了，她的A卡中午12点过期，进不去了，死缠烂打说非要进去，有个采访任务没调研完。这姑娘撒起娇来谁顶得住呀，这不就给困在这大戈壁上了。我又不能一个人进去丢她一个姑娘在外边，你说这事儿弄得。"

钟娅面露着阳光般的笑容，一只手伸向南无后背，使劲儿掐着他腰部的肉，尽管隔着防护服，南无还是疼得扭了下。

"哦哦，钟小姐，久闻大名，如雷贯耳啊，"老宋殷勤地迎上前来和钟娅握了下手，"最后一天还来考察，敬业呀，钟小姐。"

"不好意思哈，宋大队长，实在是给您添麻烦了，不过我真的很需要再进去看一眼无时之丘，今天晚上就要回去交差了。您能帮帮我吗？"钟娅娇声说着，说完她把过期的A卡塞到了老宋手里。

南无转过头去吐了吐舌头，心说这语气太做作浮夸了。

"哦哦，这样啊。"老宋满脸不好意思，"嗯，的确是刚过期，没什么问题。嗯……这样！我破例给你们开个后门，带你们走狗洞。"

"狗洞？"

"嘿嘿，"老宋坏笑了一下，"这是我和丁老才知道的秘密，你们俩把头盔的透光度调到1%，南哥你抓着我的手，钟小姐，您搭着南哥的肩走。"

二人就这么像盲人一样跟着老宋走了约有十分钟。

"来，听我口令，蹲下，往里爬，不准调亮头盔偷看啊！……来，爬爬爬，站起来，走，往左拐，走，一直走，立——定！好，听我口令，3——2——1，睁眼吧。"

二人调亮头盔，发现自己已经奇迹般地站在了无时之丘的巨型帐篷内，而老宋早已不见了踪影。

南无赶紧走出帐篷一看，发现三秒前还在跟自己说话的老宋，已经在十几米高的围墙上巡逻了，老宋看到从帐篷里探出头来的南无，对他竖起了一个大拇指。

"嘿，我今天算是见到外星人了。"南无暗自嘟囔道。

午后的帐篷内光影斑驳，帐篷顶部的叶片根据风向不断调整着姿态。尽管外边风声大作，但帐篷里始终只有微风荡漾。今天是修整日，帐篷内一个工作人员都没有。

钟娅坐在沙地上静静地看着无时之丘里的木房子，南无则熟练地给帐篷内三个监视器接上了模拟信号，基地监控室的人员毫无察觉。

"想什么呢？你要是后悔了可以回去。"

"放你的屁，我决定了，不会后悔。只是……"

"只是什么？"

"我们进去以后会发生什么状况？"

"我不知道，最好的状况就是我们和巧巧一样，永远地凝固在里面了。"

"那最坏的情况呢？"

南无摇了摇头没有说话。

过了一会儿，南无向钟娅问道："你想用哪种方法进去？"

"这我不知道，您是专家，您推荐吧。"

"那你是想要温和的方式还是刺激的方式？"

"当然是刺激的！"

"绝对刺激。"南无说完用手比了个OK的手势。

"无时之丘，报告天气状况。"

"温度：31℃；湿度：4%；风向：西北；风力：6~7级。"

"风有点儿大，不过无所谓。"南无嘟囔了一句，接着大喊道，"进入手动操作模式。"

"请验证您的身份。"

南无把手紧紧贴在了帐篷的传感器上。

"身份信息已确认，进入手动操作模式，无时之丘现在由高级研究员南无接管。"

AI话音刚落，头顶花瓣状的叶片就停止了运动。南无在操作屏上开始调整叶片状态。钟娅坐在一旁安静地看着，一声不吭。

不到五分钟，南无就调整完了帐篷姿态。调整完的帐篷下层叶片呈水平状，中层叶片呈外高内低的15°倾斜状，这是中层叶片运动角度的极限，顶层叶片由于最小巧，可以往里翻折很大的角度，最终呈外高内低的45°倾斜状，在顶上形成一个漏斗状的洞。

远远望去，整个帐篷的三层顶几乎被翻了过来，像一朵完全盛开的白色莲花。监控帐篷外部状态的基地人员很快察觉到了这一奇怪的现象：

"快去把丁教授叫来！"

"我们要怎么进去？"钟娅盯着头顶帐篷奇怪的形状问道。

南无指了指头顶："从最上面的漏斗，滑下来。"

"酷，那我们怎么上去？"钟娅又问道。

"你来看。"南无坏笑着说。

南无走到帐篷外，后边有一辆用棕色迷彩布遮着的卡车，卡车上装载着一个十米长、五米宽的圆柱体，从圆柱体的头部还能看到里面有很多同心圆。

"这是当时给时空泡做外应力测试的撞针，像一个巨大的、可以伸缩的甩棍，拿来撞时空泡用的。是不是有点儿搞笑？我们竟然会用这样的方式来研究。如果人们遇到了完全无法理解的事物，本能的动物性反应就是——敲敲看，就像婴儿发现玩具车不响了的时候、普通人遇到电视机花屏的时候，以及科学家遇到时空泡的时候。"

说罢，南无在巨型撞针顶部钩上了一个用高分子材料做成的软布吊椅："一会儿我们就坐这个飞上去，应该比游乐场的刺激。"

"警告！警告！防护帐姿态异常，外部风力增强，有结构损害风险，是否转回自动控制模式？"

"否。"南无毫不犹豫地答道，"报告天气状况。"

"温度：29℃；湿度：2%；风向：西北；风力：9~10级。"

顶部几个叶片开始剧烈地颤抖起来，就像是好几条刚刚被捞上岸的大鱼，抽搐着白色的肚皮。无时之丘此时就像一艘无根的大船，而翻转的叶片就像是在船上撑起的几十张大大小小的帆。整个帐篷都承受着平时数倍以上的风力，狂风夹杂着沙尘和碎石不断卷入帐篷内，恨不得把帐篷连根拔起。唯独帐篷中间无时之丘里的木房子和沙丘依然安静祥和，纹丝不动。

"来不及了，风越来越大了，我们要快点儿发射。"南无大喊着，拉住钟娅就往帐篷外面跑。

"警告！警告！无时之丘防护帐有结构损害风险，请注意！警告！警告！……"主基地大厅里也响起了警报声。

丁教授闻讯赶到了指挥大厅："怎么回事？帐篷怎么搞的？谁在里面？"

"嗯，今天是修整日，出入记录里显示下午只有老宋一个人进入外围区域执勤换岗，实验室里应该没有人。"

"放你娘的屁！那帐篷会自己抽风啊？"

"是没人啊。"监控员有些不服气地把脸凑在监控帐篷内的三个显示器前，仔细查找着人影。

"赶快去装备室查查有没有少东西，把最近拿装备的人的名单调出来！"

"已经派人去查了。"

"丁教授，丁教授！"一个科员急急忙忙跑到丁教授跟前，喘着粗气，"最……最近借过装备的人是南哥和您，显示还没归还。"

"什么？南无和我?！"

突然，丁教授眉头一皱，使劲儿拍了一下桌子，大喊道："不好，赶紧派人去无时之丘！马上给老宋打电话！小王，拉警报！快拉警报！"

"老宋联系上了！"

"喂？老宋，你在哪儿？帐篷怎么回事？"

"帐篷？"接电话时，老宋正哼着歌，背对着帐篷，他才在高墙上巡逻了半圈。

"天哪，怎么成这样了？"回过头的老宋惊讶地看着后面的帐篷。

"你是不是偷偷把南无和那个女记者给放进去了？"

"嗯……我……"

"你什么你，赶紧把那两个人给我逮回来！"

"好好好！"老宋穿着防护服往回一路飞奔，跑得比不穿防护服时都要快。

整个基地乱成一锅粥，毕竟谁也没遇到过这种情况，警报自基地建成以来，除了演习和维护从来没有真正意义上派过用场。

……

"你还有什么想问的吗？"南无问道。

"我们为什么要以这么奇葩的方式进去？"

"我之前做实验把物体推入时空泡中时，发现时空泡的阻力是恒定的。安全起见，我们得有足够大的速度来冲破阻力，这样才能完整地进入时空泡，我还想留个全尸。想象一下，你面前的时空泡是一大块果冻一样的凝胶，你可以靠身体的力量或者助跑把自己的一条手臂或者半个身体插入其中，但是很难一下子把整个人塞入其中，而且插进去的部分是凝滞的，无法借力。如果一半在里一半在外的话，到时候就会跟巧巧一样，成为一个切片标本。我计算过，从帐篷顶部掉下去有十几米的落差，靠重力加速度足以完整冲进时空泡了。"

"说真的，进去后最坏的结果是什么？"

"最坏的结果——我们掉进时空泡后触发了某些东西，例如生成了黑洞或者其他什么足以导致地球毁灭的东西。最终我们因为一己私情致地球毁灭、人类文明灭亡，我们成为谋害全人类的凶手，人类文明的千古罪人。"

"这么一想我还真是个自私的烂人，一个从小到大品学兼优、常常捍卫社会正义、得过普利策奖但又因为寻求正义而害死了三千多个人的——烂人。"钟娅喃喃道。

"呵呵，彼此彼此，我只是冥冥之中觉得时间到了。丁教授和我说，自时空泡出现的第一天起，他就知道人类可以进入时空泡，后续一系列的实验也都表明时空泡就是一个为人类本身量身打造的容器。那些什么能把人类以外的物质亲手送进时空泡的狗屁发现，我们竟然还拿着当个宝贝，其实只是人家同意让我们多带上几条换洗内裤而已。

"我们一直在逃避着本质问题，测这测那，却始终不敢承认时空泡就是给人类准备的。别看我们已经开始做活体实验了，可还不是用人手推进去的！批准人体进入时空泡做实验的那一天永远也不会到来，因为没人敢批，没人敢担这个责任，没人知道人体进入后会怎么样，会不会弄出个什么奇怪的东西把人类毁灭，没人会冒风险去背负'人类杀手'的罪名，他们会告诉你的只有——这个还需要充分讨论。

"但讨论又有什么意义呢？你给会钻木取火的原始人一块火石，他可能很快就能掌握用火石生火的技巧，因为技术门槛低、技术壁垒不高。但是如果你给只会钻木取火的原始人一个打火机，那他过一百年、一千年可能都造不出一个打火机来！

"现在，我们就是那个只会钻木取火的原始人，时空泡就是丢在我们面前的打火机。

"反过来想，既然所有实验线索都指向钥匙就是人类本身这一点，时空泡一直在那儿放着，那么人类进入时空泡也只是早晚的事，合法进入、非法进入，这都没有差别。总有第一个吃螃蟹的人，就算不是我，将来也会有人和我做同样的事情，而我这次想赌一把。"

"嗯，我理解。我有点儿冷，我想带条围巾进去。"

"好。"

南无放起了皇后乐队的《莱国的七片海》(*Seven Seas of Rhye*)，给发射装置做最后的调整。他编写了一个简单的算法，可以根据当前风向自动测算撞针弹出去时的角度，以使他们到达帐篷顶部的洞口。

♪

Sister—I live and lie for you

姐妹们，我为你们生活，为你们说谎

Mister—do and I'll die

先生们，我愿意为你们死亡

You are mine I possess you

你们是我的，我拥有你们

Belong to you forever—

我也永远属于你们

"Forever（永远）——ever——ever——eeeeee——啊啊啊啊啊啊啊！"
当歌曲唱到高潮时，南无按下了发射键。

空中飞起了两个裸露的人体。

"南——哥——你——干——吗——呢！"跑来的老宋摘掉头盔，疯了似的朝着空中的南无大喊。

"老——宋——对——不——起——咦——噫——"南无的声音在空中由于多普勒效应变了调。

老宋眼睁睁看着南无像个被丢弃的烟头掉进烟灰缸一样，翻转着掉进了帐篷顶部那个漏斗状的入口。

南无和钟娅在空中分离开，南无按照计划掉在了最顶层的帐篷上，他向洞里径直滑去，钟娅被强风吹偏了一些，她掉落在左侧中层帐篷上，只能沿着斜坡往下滑。

"速度不够了，进不去了。"钟娅绝望地想着。

南无正从顶部的帐篷洞中上下翻滚着垂直落下，一阵混乱的光线在他眼前乱舞，他完全不知道哪儿是哪儿。

就在掉到第二层帐篷的高度时，钟娅正好滑到边缘，冥冥之中，南无正在空中乱舞的手一把拍到了钟娅的胳膊。

"啪"，空中响起骨头碎裂的声音，钟娅被狠狠地往下拽了一下。

下落中的钟娅看见了南无的脸，南无也看见了她，二人伸着手想要互相拉住对方。

南无在下方，率先碰到了时空泡，钟娅看见他的肩膀处好像泛起了一阵阵涟漪一样的水波纹，还没等她看清，几乎就在一瞬间，她也跌入了无时之丘的时空泡中。

他们两个就像九千万年前跌入树脂里的两只小虫子，渺小，但永远地在一起了。

丁教授到达现场时，一男一女两个裸露的人体已经成了凝固的琥珀。

南无沉入了无时之丘底部，面朝上，背部离沙地只有五厘米左右，他左手向上伸，右手拿着破碎的玻璃瓶，瓶内金黄的铯流出了一半，手心可以看见小块红色的灼烧痕迹，但大部分铯没来得及氧化就凝滞住了。

钟娅在上方的空旷地带，头朝下，右手也朝下伸向南无，一条粉色的丝巾围绕着她的胴体。

整个场景像是一幅竖起来的《创造亚当》。

工作人员挤满了帐篷，但一个敢说话的都没有，或者说没有一个人知道面对这样的场景应该说些什么。

那天丁教授在无时之丘的警戒线旁待了一整夜，喝着从南无宿舍里拿出来的酒，喝得酩酊大醉。

这是你的选择，我尊重并接受它。

这是你的选择，我尊重并接受它。

这是你的选择，我尊重并接受它。

……

直到第二天早晨，丁教授都在不停地重复着这句话。

……

随后，无时之丘基地的所有研究项目都被叫停。无时之丘被封存，从此只做日常观察，不再进行任何形式的实验。

这是你的选择，我尊重并接受它。

一次闲谈

"你在想什么？"钟娅问道。

"没啥，不是什么重要的事情。只是……"南无托着下巴。

"只是什么？"

"丁教授来我房间洗澡的那天晚上，我们聊得很愉快。但中间好像有几秒钟，不知道为什么突然就沉寂了一下子，我们谁也不说话，一同盯着他手里那个空空的酒杯。

　　　所以我在想，
　　　当我们都盯着空酒杯的时候，
　　　我，
　　　丁教授，
　　　是否在思考着同样一个问题？

蝼蚁之城

文/马传思

第一章　神秘光波

已经到了日暮时分，落日的余晖洒在茫茫沙海中。

经过十多个小时的高强度日照之后，戈壁上的热度并没有随着太阳下山而迅速降低，四处依然热浪滚滚。

但沙漠中的生灵们已经纷纷开始活动，比如眼下的这个行军蚁群。

这是一支由数百万只行军蚁组成的迁徙大军，正浩浩荡荡地沿着一条干涸的河道前进。它们就像草原上的游牧部落一样，四处流浪。

在行军蚁的前方，是一片面积五六平方公里的草甸，和方圆百里之内仅有的一座戈壁咸水湖。远处当金山上的雪水终年不断，形成纵横交错的地下径流，最终汇聚成了这个咸水湖，滋养着戈壁中的众多生灵，也滋养着那个叫作冷湖镇的沙漠小镇。

那个孩子叫马思齐。

不过，他奶奶不这样喊他。在马思齐出生之后，奶奶就依照戈壁部落的习俗，给他取名叫"卡勒玛"。

"卡勒玛呀，你已经六岁了。我在你这个年纪，经常和家里那头坏脾气的公羊打架，刚开始我打不过它，后来它怕我了，见到我就一溜烟地跑开。"

"卡勒玛呀，你已经十岁了。我在你这么大时，每天早上都要去放羊了。那头公羊已经老了，它的一个崽成了新的领头羊。每天早上，当第一缕阳光照耀在领头羊的犄角上时，我就骑着它，带着羊群离开村庄。"

马思齐就是在奶奶的念叨声中，一天天长大的。这一点，和我们见过的大多数孩子比起来，并没有什么不同。

几十年前，一支地质勘探队在这片戈壁上发现了石油。于是，他们在一座由地下暗流汇聚成的湖泊旁安营扎寨。从此，这个叫作冷湖镇的戈壁小镇就建了起来。在小镇最繁盛的那段日子里，这里聚集了四五万人口，整日人声鼎沸，街头巷尾到处是欢声笑语。

但马思齐没赶上小镇的那个黄金时代。在他出生后，小镇的油田就已基本枯竭，石油公司的员工都陆续被调去了别的地方。马思齐八岁那年，身为工程师的爸爸被调去了德令哈，原本在镇医院工作的妈妈也跟着去了，把他和奶奶留在了老家。

他们准备在马思齐读完初中后，就把他也转学到德令哈去，奶奶自然也要跟着一起去。

或许是由于没有在身边照顾自己的儿子而心里愧疚的缘故吧，妈妈每次回来时，都表现得特别热情。她总是用手摸着马思齐的头顶，比画几下他的身高，然后嘴里"啧啧"个不停，用非常满意的眼神看着他。

马思齐觉得，妈妈的这番行为实在有些做作，而且她那种眼神，估计和看她养的那条金毛的眼神差不多。

妈妈还喜欢黏着马思齐，和他聊天。用她的话来说，叫"畅想美好的未来"：你要努力读书，争取能考上德令哈最好的高中，然后考上一所北京的大学，或者去上海也行；等你大学毕业之后，再找份好工作——接着，娶一个漂亮贤惠的老婆。

每次听她聊到这个话题，马思齐都在心里哀叹："老天，这个老妈居然面不改色地和我谈论未来儿媳妇的事儿！"这让他总有种想落荒而逃的感觉。

为了这事，马思齐还经常被自己的同伴苏姆和刘小菀嘲笑。赵妍并不嘲笑他，但每次听苏姆和刘小菀聊起这个话题，也会忍不住抿着嘴笑。

这个周末，妈妈又回来了。她给马思齐带了一大包牛肉干。马思齐把牛肉干分成了几份，送了一些给赵妍和刘小菀，又送了一份给自己的死党苏姆。

从小学开始，他们四个人关系就很好。到了初中，四个人还是经常一起，谁有好吃的好玩的，都会相互分享。

在苏姆家玩了一阵之后，看着太阳快要落山了，马思齐才与大家告别。他走出门，顺着通往镇子东边的道路信步走去，一直走到东边那座巨大的弧形拱门旁，才停下了脚步。

这座拱门就是小镇东边的边界。再往前走，出了小镇，就是茫茫沙海了。

阵阵晚风吹来，带来沙海深处的气息。他抬眼远眺，落日余晖给沙海镀上了一层绚丽而神秘的色彩，让这连绵起伏的沙海仿佛变成了一片真正的海洋；而远处莽莽苍苍的群山，就像是大海上的岛屿，正在翻飞的海浪中若隐若现。

看着眼前的景象，他觉得心情舒畅无比。看得久了，他甚至产生一种神奇的感觉，似乎就连自己的身体也如同空气一般，在慢慢消融，融入这天地之中。

马思齐从来没亲眼见过大海，但他一直都有种强烈的感觉：这片戈壁并不像别人以为的那样，是一个死气沉沉的生命禁区；相反，它和远方的大海一样，隐藏着众多欢腾的生命。

他见过蝎子像武士一般，高高举起尾部的利剑，在月光下巡游；屎壳郎像个勤奋的搬运工，推着粪球一路前行；野骆驼一边在戈壁中踱步，一边咀嚼着干草；他还见过风滚草从沙地上掠过。甚至有几次，他还觉察到黑颈鹤在半空中起落时翅膀扇起的微风。

这个时候，他的脑海里总会浮现一段不知道在哪里看过的话：

"这里曾经是一片原始海洋，是所有生命的起点，也会是所有生命的归宿。如今沧海桑田，海洋已经变成戈壁。但大海从来没有远去，因为在飘荡的风里，在漫天的沙尘里，处处都残留着大海的气息。"

正是这段话，让马思齐很早就有了一个心愿：如果有一天，他要离开这片戈壁，他一定要去海边，吹一吹带着腥味的海风，任咸咸的海水溅进嘴里；他还要去海里抓水母，去寻找美丽的珊瑚礁，寻找梦中的大鲸鱼，寻找大海与戈壁曾经融为一体的秘密。

马思齐正在远眺时，突然，一道光波从远方的草甸里升起。

光芒出现的时间很短，转瞬即逝，以至于他以为是夕阳的余晖在沙海中引起的光线折射。

他揉揉眼睛，再次朝那里望去——几秒钟后，那里又是一道光波闪现。

马思齐脑袋里"嗡"的一下，那个在小镇上流传很久的关于沙丘魔怪的传说，马上涌入他的脑海中。

几十年前的一天，一个牧民赶着羊群，去寻找戈壁深处的水源地，结果迷路了。直到天黑下来，他都没有找到回去的方向。

牧民只好把羊群聚拢在一小块洼地中，然后自己钻到羊群中间，想借助羊群的温暖，熬过这个夜晚。

半夜时分，牧民突然被什么惊醒了。他一睁眼，看到一道道光芒从天而降。牧民壮起胆子，朝光芒降落的地方走了一阵，然后，他看到一个个通体发光的半透明影子状的生物。这些奇怪的生物一边在风中朝前飘荡，一边发出一些奇怪的旋律，可能是在唱歌，也可能是在进行某种交流。

牧民简直被吓破了胆，他连滚带爬地躲回羊群中。等到天一亮，他就赶着羊群逃离了那个地方。从此，关于沙丘魔怪的传说就在沙海中流传开来。

"难道传说中的沙丘魔怪，真的出现了？"

这个念头让马思齐心里一阵激灵。他伸手揉了揉眼睛，再定睛朝草甸的方向望去，但刚才的光波已经消失得无影无踪了。

第二章　草甸搜寻

太阳已经落到了地平线以下，暮色在天地间一点点弥漫开来。

行军蚁大军还在向前移动，数百万对触角探寻着四周的任何蛛丝马迹。沙砾在颤动，在鸣响。在看似平静的沙海中，一股杀气正在弥漫，足以让那些躲藏在岩石后或者洞穴中的生灵感到心惊胆战。

突然，一阵信息素信号在蚁群中散播开来："前方的朽木下有食物。"

整个大军陷入一种嗜血的狂热情绪之中。它们如同雨季时漫盖过戈壁的洪水一般，朝着前方的朽木冲去。

果真，在朽木之下，有一个蚁群巢穴。那里的蚂蚁已经探听到了行军蚁大军来犯的消息，正纷纷从巢穴中涌出。它们挥舞着大颚，准备迎击来犯之敌。

于是，在这棵朽木前的方寸之地上，一场生死大战正悄然开启。

那道神秘的光波让马思齐念念不忘。

回到家中以后，他想找个人说说这件事。但跟谁说呢？他可不想告诉妈妈。他早就受够了妈妈的大惊小怪了。再说了，她明天下午就要回德令哈，就算她要操心，也帮不上什么忙。

或许可以跟奶奶聊聊，奶奶一辈子都待在这片戈壁中，知道茫茫沙海里很多神奇的事情。不过奶奶有个习惯，吃完晚饭就喜欢坐在她那张铺着羊皮褥子的椅子上，伴着电视的声音，迷迷糊糊地打盹儿。

看来，只能和苏姆聊聊了。

想到这里，马思齐打了个电话给苏姆。

苏姆的全名叫呼和苏姆，他是个蒙古族孩子，有着一副典型的蒙古人的长相：圆脸，笑起来就眯成一条缝的眼睛。他和马思齐同龄，身材虽然不高，但非常壮硕。

马思齐奶奶经常这样评价他们两个："你们两个娃站在一起，就像一头熊旁边站着一只小鸡崽。"

苏姆对读书实在不感兴趣，所以成绩只是勉强过得去。他经常对马思齐说，他的理想是成为走遍世界的探险家，去破解这个世界上的各种未解之谜。

　　苏姆拿起电话时，马思齐能听到那头传来的电脑游戏声。但当马思齐说完了自己的遭遇后，游戏声猛地停了，苏姆兴奋的叫声传了过来：

　　"哈，我们破解未解之谜的机会到了！这样吧，明天早上我去找你！"

　　马思齐放下电话，瞅了瞅正在电视机前面打盹儿的奶奶，准备回到自己的房间去。这时，电视里播报的一条新闻引起了他的注意：

　　"据国家天文台消息，一场太阳耀斑将在近日爆发。这场耀斑的强度将达到X9.8级，是近20年来强度最高的一次。据悉，耀斑将引发太阳质子事件和日冕物质抛射，对地球的无线电通信和卫星导航系统造成一定的干扰。"

　　看完这条新闻，马思齐心里猛然一动：莫非自己刚才所看到的"沙丘魔怪"，跟耀斑爆发有什么关系？

　　但这个想法只是一闪而过。毕竟，如果真的是那样的话，也未免太巧了。

　　第二天一大早，马思齐还没起床，就听到了苏姆的大嗓门。之后，苏姆大踏步地走进了他的房间，急吼吼地说："快起床，我们去你昨天说的地方！"

　　不到半个小时，马思齐和苏姆就一起来到了弧形拱门旁。他们放眼望去，在熹微的晨光映照下，一座座沙丘散落在空旷的沙海中。一切都那么安静，连空气似乎都凝固了。

　　"我们回去吧，或许我昨天只是眼花了。"马思齐有些泄气地说。

　　"那你还那么肯定地跟我说可能是沙丘魔怪？"苏姆一边说，一边伸出一只脚，把一颗小石块踢出老远。最近他在练习足球，所以见到什么都想伸脚去踢。

"我是说可能——可能，perhaps，maybe。这是什么意思，你知道吧？"马思齐说道。

"哟，你就显摆吧，"苏姆耸耸肩，"你知道成为一个优秀的探险家的第一条原则是什么吗？"

马思齐摇摇头："这个你可以显摆。我又不想当探险家，我怎么知道。"

"第一条原则就是永不放弃，直到找到任何蛛丝马迹为止，"苏姆信心满满地说，"如果你说的事是真的，我们就一定能在这里找到一些蛛丝马迹。"

说着，他捋起袖子，走到拱门外，仔细地搜寻起来。

过了一会儿，他似乎真的发现了什么，弯腰从地上小心地捡起一个东西，回头冲马思齐喊道："快过来，我找到了！"

马思齐凑过去，仔细端详他手里的那个东西，调侃道："请教一下，你们这些'探险家'会把这个叫什么？我们普通人一般把这东西叫作石头呢。"

苏姆没理会他的玩笑话，接着说："这可不是一块普通的石头。这是一块风蚀岩，跟草甸那边的一样——这说明，沙丘魔怪可能就在草甸那边！"

马思齐看看他："你这可真是个重大发现。不过，顺便说一下，我昨晚就告诉你了，我看到那道光出现的地方，就是在草甸那边。"

苏姆没理会马思齐的挖苦，他兴奋地一扬手，把石头丢到地上，又伸脚一踢，说道："你在这儿等等我，我回去骑车，我们到草甸那边去。"

说完，不等马思齐反对，他拔腿就朝镇上跑去了。

过了不到十分钟，一阵轰隆隆的摩托车引擎声从街道那头传过来。马思齐转头一看，骑摩托车的正是苏姆。

摩托车飞速地朝马思齐冲来，直到离他两三米远时，苏姆才一个急刹车，停了下来。

"你从哪里搞来一辆摩托车？"马思齐惊问道。

苏姆一脚撑地，取下头盔，挤眉弄眼地说："你呀，现在都是初中生了，也得学学我。要不然等你上了高中，连摩托车都不会骑，是找不到漂亮女朋友的，你老妈的心愿就实现不了啦。"

说完，他继续挤眉弄眼了起来。马思齐没接他的话茬，接着问道："你不是偷了谁家的车吧？"

"当然不是，这是从我家隔壁的兰州菜馆借过来的，我答应下次有游客过来，就带去他家店里用餐。上来吧，我们去草甸！"

马思齐耸耸肩，坐在摩托车后座上，苏姆一踩油门，两人顺着305国道，离开了小镇，朝五六公里外的草甸而去。

没用太长时间，他们就到达了草甸的边缘。

两个人先是在靠近湖边的盐碱地搜寻了一番，但那里四处都只有一片暗白色的盐霜，此外什么都没有。

接着，他们在远离盐碱地的骆驼刺和莎草间骑行搜寻，依然什么收获都没有。他们继续前进了一段距离，直到被前方一堵风蚀岩拦住了去路，才停了下来。

"我们回去吧。"马思齐打量着风蚀岩和另一侧的一条河道，对苏姆说道。

苏姆摇摇头："这么一块石头就把你难住啦？这样吧，我们分头行动，我爬上岩石看看，你顺着河道找找。"

　　说话间，他小心地爬到了岩顶上，取下挂在脖子上的望远镜，往四周瞭望。

　　马思齐顺着一处不太陡的斜坡，爬下河岸，站在干枯的河床中。他擦擦额头的汗水，抬头看了看天。这个时候虽然还不到上午十点，但气温已经越来越高了。

　　他突然想起来昨晚电视新闻上说的太阳耀斑爆发的消息。

　　"难道现在这么热，跟太阳耀斑有关系？"他暗自寻思，边想边信步朝前走去。

　　走着走着，一棵朽木横在他的前方。那是一棵倒塌的沙柳。

　　马思齐走到沙柳前，用手轻轻一剥，就剥下了一块树皮，稍一用力，树皮就在他手里碎掉了。

　　看来，这棵树已经倒塌很久，经过戈壁里的风尘侵蚀，早已腐烂了。

　　马思齐正想离开，突然，他发现在树身的下方，有一群蚂蚁正在来回奔走，那些蚂蚁动作急匆匆的，其中有一些似乎受了伤，正在挣扎。

　　这勾起了马思齐的好奇心，他凑过身去，小心地推动那棵朽木，直到朽木慢慢被挪开了一些。

　　这时，他看到了更多的蚂蚁正在朽木下的一个巢穴入口，相互不停地撕咬。

　　"原来，这是两个蚁群之间在战斗。"他猛然明白过来。

　　战斗不知道持续了多久，但似乎已经接近尾声，巢穴入口外的沙地里散布着很多蚂蚁的尸体。

　　马思齐打量着那些蚂蚁的尸体，发现大部分死去的蚂蚁体形都比较小，但六只脚很修长，体色接近沙砾的颜色，又带着一种金属的光泽。而发动进攻的蚁群，体色黑亮，体形较大，正不停挥舞着巨颚，就像挥舞着锋利的镰刀。在离战场大约四五米远的地方，一大群担任防守任务的大蚂蚁正聚成一团，在这一团蚂蚁的中心，有很多白色的卵，还有一只体形臃肿的大蚂蚁。现在，蚂蚁群正搬动着卵和大蚂蚁，朝巢穴入口移动。

"原来这群大蚂蚁是入侵者，想入侵小蚂蚁的巢穴。"马思齐陡然明白了过来。

蚁群簇拥着蚁后，浩浩荡荡地进了巢穴入口，就好像一支获胜的军队簇拥着他们的君王，进入战败者的城池。

这场景让马思齐不寒而栗。头一次，他目睹了这种微小的昆虫活动背后的残酷。

他咽了咽口水，小心地朝后退了回去。

第三章　巨型胚囊

在屠城之战中，行军蚁将对手悉数歼灭，然后堂而皇之地霸占了对方经营了数年的地下巢穴。接下来几天里，蚁后让大军集中在巢穴的中央大厅里暂时休整，而它则利用这个时间持续不断地产卵，好及时补充兵源。

几天过后，在巢穴深处侦察的巡逻兵回来了，给蚁后带回了一个很费解的消息："前方发现巨型胚囊。"

蚁后并没有多加琢磨，它的大脑并不擅长对各种问题做过于深度的思考，而是喜欢简单的行动方式。于是，一个带有蚁后特定气息的指令在大军中传播开来："向胚囊进发。"

在那几只巡逻兵的带领下，行军蚁大军进入巢穴深处——那是一个巨大的空间，在那个空间的中央地带，它们看到成百上千的胚囊紧密地排列在一起。比起蚁群的卵囊来，这些胚囊巨大无比。胚囊的表层皱巴巴的，看上去似乎因为存放时间太久而干枯缩水。

星期一早上，马思齐如同往常一样去学校上学。他走到校门口，突然看到操场上很多人都在抬头仰望。他连忙也一抬头，远远望见天上有一只怪鸟的身影在翱翔。它有着苍鹰般的身体，和光秃得有些丑陋的脑袋。

马思齐心里一动，虽然他第一次在小镇的范围内看到这种鸟，但还是能认定，这是一只秃鹫。

因为他曾听奶奶说过，在西南方向的青藏高原上，有时候能看到秃鹫在巍峨的群山间飞翔。

"这只秃鹫一定是嗅到戈壁中某一头死去的野骆驼的气味，然后飞了过来。"

这么一想之后，马思齐并没有对这只大鸟多加注意。

马思齐来到班上，看到一群同学聚成一团，正在激动地讨论着什么。赵妍和刘小菀就在这群同学中间。

马思齐一边慢腾腾地整理书本和作业，一边竖起耳朵听他们的议论。原来，他们正在讨论天上出现的怪鸟。

"我觉得，这件事八成跟太阳耀斑有关系。大家记得这两天少用手机，少看电视，少玩电脑。耀斑爆发可能会导致磁场和辐射异常，干扰电器设备的运作。"刘小菀肯定地说。

"我昨晚看电视，新闻上说，耀斑要到明天才爆发啊。"一个男生反对她的意见。

"这可不好说，说不定这场耀斑就像地震一样，地震发生之前，很多动物都能提前感知到一些征兆。"赵妍将了将她的刘海，说道。

"一只鸟说明不了问题。不过我猜，接下来说不定会有更多鸟群飞过来。"苏姆刚走进教室，就听到了大家的议论，他一边把书包往桌子里一塞，一边大声嚷嚷。

在大家议论纷纷的时候，上课铃响了。

第三节课上课期间，马思齐突然听到教室另一头传来一阵躁动。他闻声往那边看去，发现大家的目光都聚集在窗外。

原来，就在这个上午，越来越多的鸟儿出现在小镇上空：一群在电线上排成整齐队列的灰雀，几只黑颈鹤，还有几只乌鸦似的黑鸟在学校围墙上探头探脑。

"瞧，被我说中了吧！"苏姆兴奋地喊了这么一嗓子，结果被正在上课的数学老师狠狠地瞪了一眼。

那节课接下来的时间，马思齐发现苏姆和坐在他前排的刘小菀一直在小声嘀咕个不停，看起来像在争论什么。

这两个人经常为了一点儿小事争吵，对于这一点，马思齐早就习惯了，也就没多在意。

中午即将放学时，外面起风了。这时，班主任来班上通知：一场超强沙尘暴即将来临，今天下午学校临时停课。

听到这个消息，班上立刻爆发出一阵欢呼声。苏姆兴奋地猛捶桌子，结果被班主任批了一通。

回去的路上，马思齐看着几只停在被风吹得摇摇摆摆的胡杨上的鸟儿，对苏姆说："我现在越来越觉得鸟群的聚集，还有这场沙尘暴，应该都跟即将发生的耀斑爆发有关系。"

"你的说法和刘小菀那个小妞一样，难道你们是串通好的？"苏姆双手揣在衣服兜里，不怀好意地对马思齐眨眨眼睛。

"你们两个吵架，不要把我扯进去。我只是觉得，这些事情每一件都很反常，那它们之间一定有某种联系。"

"我倒觉得，这些鸟，还有这场沙尘暴，跟耀斑爆发一毛钱关系都没有，这纯粹是偶然。偶然间，你眼花了，以为看到了什么沙丘魔怪；偶然间，一些鸟被秃鹫追赶着跑到了沙海中来；偶然间，发生了一场沙尘暴。"

"你怎么这么肯定？"马思齐怀疑地看着苏姆，"一句话就这么轻松地把所有事情都否定了？"

苏姆神秘地一笑："为了这事，我可是跟刘小菀打了赌。她就仗着自己是学习委员，跟我扯一大堆什么地球磁场变化，导致鸟群大脑中的什么导航系统受到干扰。我偏偏不服气，就跟她打了这么个赌。"

"你跟她赌啥不好，偏要赌这个，她上次地理考试可是100分啊。"马思齐说道。

苏姆还想争辩，不过这时，他们已经走到了路口的镇汽车站旁。苏姆的家和马思齐的家分别位于汽车站的两个不同方向。两个人分别后，马思齐转身朝着自己家走去。

正当他快走到家门口时，他突然发现，北边的天幕上出现了几道极光，在灰蒙蒙的天幕上流动，不停变换着形状。那些无法描述的流光溢彩，散发着惊心动魄的美。

这时，远处的群山，连绵的沙丘，辽阔的戈壁，镶嵌在茫茫戈壁上的这座小镇，小镇上的一草一木，还有那些从天上飞过的鸟群，都在极光的映照下，蒙上了一层神秘的色彩。

在这无言的神秘之中，仿佛有什么沉寂已久的事情正在慢慢逼近。

马思齐的心里不由得一阵激灵。

他回到家不久，沙尘暴就来了。狂风携带着沙砾，在整个天地间扫荡，四处弥漫着一阵阵滔天巨浪般的轰鸣声。

沙尘暴持续了整个下午，等到外面的风声逐渐停歇之后，已经是晚饭后。

马思齐看着外面灰蒙蒙的天色，准备走出门去散散步。

但他一走出家门，就发现不知何时，外面的街道上已到处都是飞蛾，和其他很多种少见的昆虫。街旁的路灯更是成为昆虫聚集的场所，它们不停地围着路灯飞舞，不时有虫子撞上路灯外罩，然后掉落在地上。

马思齐赶紧走回家里，把门窗都关好了。即便这样，那些昆虫还是从各种意想不到的缝隙里钻进来。

马思齐连忙跑去杂物间，翻找了一阵，找出了一把电蚊拍。

他弄出的乒乒乓乓的声音惊动了奶奶，奶奶刚在厨房收拾完，蹒跚着走到客厅门前，看着马思齐，说道：

"卡勒玛，或许这些虫子只是迷路了，就像在沙海里迷了路的旅人，在黑暗里寻找一点儿光亮。"

马思齐愣了愣，放下了手中的电蚊拍。

往常这时候，奶奶应该是坐在电视机前打瞌睡。但这天晚上，她似乎谈兴来了，走到那张铺着羊皮褥子的椅子前坐下，缓缓开口道：

"卡勒玛，你是我们戈壁人的后裔。你要记得，我们这个戈壁部落已经在这片沙漠里流浪了几百年。这几百年的生活，让我们尝尽艰辛，也让我们有了一双和外面的人不同的眼睛。"

马思齐点了点头。

奶奶接着说道："每个外来的游客都说这里不适合生存，镇上的人也这样想，所以镇上出生的孩子，只要翅膀硬了，第一件事就是从这里飞走。"

听了这话，马思齐心想："爸爸妈妈大概就是这样吧？"

奶奶接着说："但是，只有一直在这里生活着的真正的戈壁人，才能看到另一种真相——在这荒凉之地，就连一只虫子，都是一个完美的生命。"

"奶奶，这个我懂，"马思齐拖长了声调说道，"以后我见到那些虫子，不踩死它们就是了。"

"卡勒玛，事情还不止这样。你还得明白，你见到的每一只虫子，每一匹荒原狼，每一头在春天里苏醒的马熊，不管它们是大还是小，是柔弱还是凶狠，那些看起来稀奇古怪的身体里都有另一个你。"

马思齐怔住了。虽然他已经是个初中生了，但奶奶有时候说出的话还是让他觉得有些费解，他只好无言地点了点头。

到了睡觉的时候，那些四处窜动的爬虫才慢慢不见了，但另一件怪事发生了。

马思齐正睡得迷迷糊糊，突然被一阵奇怪的声响惊醒了。他睁开眼，伸头朝窗外望去——街边的路灯正发出一圈圈朦胧的光晕，衬托得夜空更加黑暗。

他又侧耳细听了一阵，那声音还在持续，好像是某种旋律奇怪的哼唱，在月光下戈壁沙海的神秘与空旷的气息衬托下，显得非常缥缈。

马思齐心里猛然冒出一个念头："莫非那些沙丘魔怪又出现了？"

他眼前不由得浮现出这样一幅场景：那些"沙丘魔怪"一边在沙海深处飘荡，一边轻声哼唱着。

他被自己想象的情景吓得一阵哆嗦，赶紧钻进了被窝。"这一定是风声，风吹过那些沙砾和风蚀岩层发出的怪响而已，我怎么自己吓唬自己呢？"他这样安慰自己道。

第四章　耀斑攻击

凭借着生来就有的对食物的敏感，蚁群相信在这皱巴巴的皮囊之下，是美味的营养液。

一群工蚁早已按捺不住，冲上前去，爬到胚囊上，张开巨颚，想咬开表皮。

突然之间，一道道隐约的幽光在那些胚囊中闪现，似乎里边有什么沉睡的活物被惊醒了。

但这点异常并没有引起蚁群的注意。它们就跟被血腥味吸引的饥饿狼群一样，排山倒海地蜂拥而上，向胚囊发起一次次攻击。

奇怪的是，在行军蚁大军镰刀般的锋利大颚的一次次进攻下，那些胚囊始终纹丝不动。

马思齐目睹了耀斑爆发出的第一道光芒。

当时，他正走在去学校的路上，突然发现前方的汽车站上空亮起一道闪电。

"太阳耀斑爆发了！"马思齐猛然醒悟过来。

灼人的光芒笼罩着天地，他的双眼剧烈刺痛。这时他才下意识地觉察到情况不妙，赶紧摸索着跑到路边的屋檐下躲避。

他再次望向天空，发现天空已经开始燃烧起来了，满天都是猩红的烈焰，伴随着震耳欲聋的爆炸声。而他身旁的一栋栋房子都颤抖不已，就连脚下的大地深处，也在传出呻吟般的怪响。

气温在迅速上升，一股热浪铺天盖地地袭来。热浪中传来"扑棱"的几声怪响，那是几只从半空中掉落下来的鸟儿，它们在地上扑腾了几下翅膀，就不再动弹了。

马思齐甚至隐隐闻到一股焦煳味。

他想拔腿逃走，却发觉全身的力气都仿佛被抽光了。

一种巨大的恐慌感向他袭来，仿佛一座深渊正在天空开启，吞噬着整个宇宙。

等到后来，这场灾难的真相才慢慢浮出水面。原来，这次太阳耀斑的爆发远超过各国天文组织之前预测的强度。第一波猛烈的电磁辐射之后，高能带电粒子流也接连对地球发动了攻击。天空中的火焰和猛烈的爆炸，是臭氧层被粒子流撕裂后，空气中的甲烷燃烧爆炸导致的。而等到两天后，来自太阳的快速等离子体云也到达了地球，引发了第二波爆炸。

当时的马思齐并不知道这些。他不过如同其他无数的地球生灵一般，被天空中出现的巨大变故吓破了胆，陷入精神恍惚之中。

幸亏，一阵熟悉的呼喊声让他清醒了过来："马思齐！快离开那里！"

马思齐一转头，看到苏姆正站在前方的汽车站门廊下朝他大喊，并伸手指着他的身后。马思齐猛一回头，眼前所见的一幕让他再一次惊呆了——

一群黄羊蜂拥着朝这边冲了过来。黄羊后方，居然是两匹很少见的荒原狼。

"快过来这里！"苏姆大喊。

马思齐拔腿朝苏姆那边跑过去。这时，那群动物已经气势冲天地从他刚才站立的地方冲了过去，掀起滚滚的灰尘。

就在它们经过时，马思齐和那两匹狼打了个照面。即使这时他精神恍惚，也不由得心中猛然一顿。

因为在这些狼的眼睛里，他看到的不是凶残和饥饿，而是恐惧。

不过十几秒，又是一阵强光从天而降。马思齐听到身后传来一阵哀号声。他一回头，看见刚才那两匹狼就像燃烧起来了一般，化作两团火焰，挣扎几下，倒地不动了。

强光瞬间笼罩了整条街道，并朝他这边扫荡过来。

马思齐竭力拖着发软的双脚朝前狂奔，就在他感觉自己无法逃脱的千钧一发之际，苏姆的手从前面伸了过来，一把拽住了他，将他拉到自己躲藏的角落里。

"快进去！"苏姆指了指旁边身后的汽车站售票厅。

两个人冲了进去。

就在进门的一瞬间，马思齐看到镇子西边的锅炉厂大烟囱晃动了几下，然后在空中解体，坍塌下来。紧接着，一阵轰隆隆的震动声从大地深处传来。

售票厅里有三个工作人员，正失魂落魄地蜷缩在大厅中间的柱子后。看着马思齐和苏姆跑进来，他们也没有动静，只是木然地看着，似乎已经被这场突然降临的灾难吓蒙了。

马思齐一屁股坐在椅子上，大口大口地喘息着，身子一阵阵地颤抖。过了好一阵子，才慢慢回过神来。

时间一分一秒地过去，他和苏姆一次次朝外张望，但天空中的烈焰丝毫没有减弱的迹象。更让他忧心忡忡的是，镇上不停传来房屋倒塌的声响，以及此起彼伏的爆炸声，连汽车站停车场的那三辆中巴也都燃烧了起来。

就这样过了一个多小时，天空中的爆炸声变弱了，更像是云层深处远远传来的雷鸣声。

这时，那三个工作人员中的一个女售票员站起身来，戴上一顶不知道从哪里找出来的大盖帽，又用一块黑纱巾蒙住了脸，念叨着："我要回家，我不能留在这里。"然后朝外面走去了。

她的两个同伴犹豫了一阵，也跟着出门去了。

马思齐看着他们顺着一栋栋房子边缘朝前走去。那个走在前面的女售票员已经走到了汽车站的门卫室旁，她犹豫地望了望前面——前面就是没有任何遮蔽的大路。

售票员看来下定了决心，朝大路跑去了。

可她才跑出不到十米，身子就一阵摇晃，瘫倒了下去。

马思齐不由得惊叫起来。幸好，另外两个人已经跑过去拖走了女售票员，一起躲进了门卫室里。

马思齐这才松了一口气。他转头看看苏姆，苏姆的脸色苍白得吓人。

"我们不要冒险离开，就留在这里等着吧。"苏姆无力地说着，他的声音小得像蚊子在哼哼。

售票大厅里的气温越来越高了。

马思齐从大厅的门边走回大厅深处。但不管他走到哪里，都感觉到无处可逃的酷热。

他使劲儿地吞咽着口水，滋润一下热得快要冒烟的喉咙，对苏姆说："外面会不会变成一个大熔炉？"

"一切都完了，要是再这样下去，我们现在躲藏的这座房子，还有我们两个，都会慢慢熔化。"苏姆垂头丧气地说道。

这还是头一回，从来天不怕地不怕的苏姆说出这样消极的话来。

马思齐转头往售票窗口后面看了看，他想看看能不能找到几瓶水。但他只看到一些平常的办公设备。

这时，苏姆指了指大厅右侧，说："我们到后面去找找水，我记得上车通道那边有个小摊。"

两个人离开了售票大厅，经过安检口，果真，在大厅的另一个出口处，有一个小摊。

他们连忙跑过去，揭开覆盖在那个旧冰箱上的废纸箱，里边满满一冰柜的水。两个人各自拧开一瓶，咕咚咕咚地灌下去，然后才长长地出了口气，又打了一阵饱嗝。

就在这时，一阵叫喊声从远处传来："马思齐，苏姆！"

两个人循声望去：越过闪耀着光芒的停车场，在对面一两百米处，是一排小房子，看上去应该是司机和车站员工的休息室。

最右边的一间休息室里，窗户敞开着，有两个人影一边朝这边挥手，一边不停地大叫。

"是赵妍和刘小菀！"马思齐惊喜地说道。

这个时候，猛然见到另外两个同伴，马思齐和苏姆的心里别提有多高兴了。他们急不可耐地想飞奔过去，但想想刚才见到的那三个车站工作人员的遭遇，却不敢轻举妄动。

于是，他们只能耐着性子，和那头的两个同伴相互喊话。喊了一阵之后，他们大概明白了赵妍和刘小菀遇到的事。

这天早上，她们原本不应该出现在这里。只是她们在去学校的路上，当走到车站后边的围墙旁时，刘小菀眼尖，发现围墙缝隙里开出了一朵小花。别看她们平时和马思齐、苏姆一起玩时，就跟两个男生一样，但只要见到花花草草，两个人顿时就少女心爆发。于是，这两个女孩子硬是蹲在墙角研究了十几分钟。

就是这么一耽搁，让她们没有像往常那样早早到学校。

当灾难发生时，两个人先是吓得惊声尖叫，但赵妍很快冷静了下来，发现相比五六百米外的学校，近在咫尺的汽车站是一个更容易抵达的避难所。

两个人不知道从哪里来的力气，居然爬上了将近两米高的围墙，又从另一侧跳下去，躲进了车站的休息室。

听完赵妍和刘小菀的叙述，马思齐和苏姆不禁咋舌惊叹，觉得她们两个身上发生的事实在惊险。

当然，等到灾难过去之后，他们听到了更多幸存者的故事。那时他们就会明白，每一个幸存下来的人，都有一番惊险的经历。

当时他们还没有想那么多，因为一个新的问题摆在了他们面前：赵妍和刘小菀急需补充水分。

在那两间休息室里，其实都装有自来水龙头，但自来水管早已破裂，水龙头里流不出一滴水。

随着时间的推移，两个女生的情况越来越严重了。刚开始，她们两个还在不停地说话，到后来，赵妍说她们的嗓子都干哑了，不能再说了。

马思齐和苏姆心急如焚，他们身旁就有水，却没有办法穿过停车场，把水送过去。这短短不到两百米的距离，居然成为一道难以逾越的屏障。

苏姆急得不停地来回踱步，说如果实在不行，他只好冒险带着水冲过去。这话他说了好几遍，可看看外面，虽然只是不到两百米的距离，但要冒险冲过去，就好比是要赤脚从火堆上跑过去。

苏姆在念叨时，马思齐却一直看着外面的天空，陷入了沉思。过了一阵子，他猛地一拍巴掌，大叫道："耀斑减弱了，快，我们准备冲过去！"

苏姆转头一看，果真，满天高强度的光亮在一点点变弱。

苏姆抓起几瓶水就想往外冲，被马思齐拉住了。马思齐四处搜寻了一番，从一旁堆满杂物的角落里找出了一条脏兮兮的棉被，看起来像用来遮盖冰柜的。

苏姆一拍脑袋，叫道："对了，我们把棉被浸湿，盖在头上，这样应该能帮我们顶住一阵子！"

两个人做好准备后，看看外面，耀斑似乎又进一步减弱了。苏姆喊了一声，两个人一前一后顶着棉被朝外面冲了出去。

没跑几步，马思齐就感觉到一股热浪瞬间将他包围，全身的毛孔迅速张开，汗水从每一个毛孔里往外流淌，却瞬间被吸干了。而头顶上的棉被，原本因为吸足了水分而重得像木头，现在迅速变轻，水分快速蒸发时发出的声音，就像一个人的呻吟声。

马思齐感觉呼吸变得越来越困难，那些干热的空气吸进肺里，有种灼烧的感觉。

就在他的身体摇摇晃晃地快要倒下时，前方伸过来一只手，猛地拉住了他。

站在他面前的是赵妍和刘小菀。这两个女生又惊又喜，眼泪正啪嗒啪嗒掉个不停。

第五章　迷雾

当第一道耀眼的光芒刺破灰蒙蒙的天空时，就连蚁群身处的地下空间，都笼罩在强烈的光波之中。

蚁群这才停止了对胚囊的进攻，纷纷转身朝蚁后拥去，想带着蚁后逃离。

但是，一切都已经晚了。

在一阵阵的颤动中，巨型空间的顶部迅速塌陷，耀眼的强光和猩红的烈焰自上方喷涌进来。

那些暴露在强光和烈焰中的士兵迅速化作灰烬，连挣扎都来不及。

这次攻击持续的时间不过短暂的数秒，却让行军蚁大军损失过半。

那些侥幸活下来的士兵，再也顾不得别的，纷纷四散而逃。

它们并没有意识到，就在已经坍塌的巨型空间中央，那些胚囊正在发生变化：随着强光的照射，原本纹丝不动的胚囊开始缓缓膨胀，表皮变得越来越亮，似乎它们是在戈壁深处蛰伏了很久的生命，一直在等待着来自天空的召唤。

"嘭——"，伴随着一阵沉闷的微响，胚囊裂开了，一股雾气状物质飘散出来，很快就扩散到了正在奔逃的蚁群中。

带着狂暴杀机的太阳终于落山了，笼罩在天地之间的强光逐渐暗淡下来，到处弥漫着一种浑浊的气息。

马思齐一直在观察天色的变化，这时他站起身来，对同伴们说："我们赶紧回家去，看看家里都怎么样了。"

不知道是哭泣导致的，还是强光照射的结果，刘小菀的眼睛肿了。她眨巴着红肿的双眼，喃喃地说道："我不出去，我家里人会过来找我。"

赵妍紧紧地握着她的手，也说不出话。

苏姆打破了沉默，说道："就算你家里人要找你，他们怎么知道你在这里？不要怕，我和马思齐会先送你们回家。"

赵妍和刘小菀犹豫了一阵，才点了点头，相互搀扶着站起身来。

马思齐跨出他们容身的屋子，站在停车场的空地上抬头仰望了一阵。终于，在昏暗的天幕上，他依稀看到了北极星微弱的光芒。

一瞬间，他猛然感觉一阵热流从心里涌过。还能看到星光是一件多么美好的事！它就像是一种指引，指引着这个混乱的世界重归于平静。

但这个念头转瞬即逝，很快，对奶奶的担忧和思念让他一刻也不想停留。

　　他们一路小跑着离开了汽车站的大门，跑过一栋栋居民房。那些残破的房子里不时传出呻吟声和哭泣声，这让他们更加心急如焚。

　　他们来到了赵妍和刘小菀家所在的街道。万幸的是，这个街区受损还不太严重，只有街尾处原本是两栋房子的地方，现在已经没有房子了，变成了一片废墟。有几个人影正在废墟间徘徊。

　　"我们快到家了，你们回去吧。"赵妍回头对苏姆和马思齐说道。

　　苏姆和马思齐点了点头，然后两个人各自朝着自己家的方向拔腿狂奔。

　　马思齐跑到离自己家不过三四百米的地方，突然，他看到一个陌生的影子一闪而过。

　　马思齐觉得那个影子好像是一只大猫。他猛然想起耀斑发生时从街头逃窜的那群动物，现在也不知道它们怎么样了。马思齐犹豫了一阵子，拔腿朝着影子离开的方向追了过去。

　　追出了一段路后，影子消失在路的拐角处。

　　马思齐未加思索，也朝拐角处冲了过去。他拐过弯，突然发现一幕奇怪的景象，不由得目瞪口呆：在拐角后有条弯曲的小路，通往镇子边缘，现在，小路正笼罩在一片迷蒙的雾气中。

　　马思齐伸头朝小路那头望去，发现雾气还在源源不断地从戈壁中顺着小路涌过来。

　　如果这时候他多一个心眼，或许他会意识到事情不对劲儿：在持续了将近十个小时的太阳耀斑攻击之后，任何一个暴露在外的活物恐怕都早已被烤干了，怎么会有雾气呢？

　　但当时马思齐并没有想到那么多。所以他只是犹豫了一下，然后朝雾气一路小跑了过去。

　　可是，他刚跑了几步，就觉得身上越来越没力气，仿佛在四周的迷雾中有某种看不见的力量正在吞噬着他的身体。他又坚持走了几步，脚下一阵发软，身子摇晃了几下，差点儿摔倒在地。

就在这时，他突然感觉到一道光芒一闪而过——没错，就是在这一切变故发生之前，他曾经见过的熟悉的光芒。

接着，他看到了沙丘魔怪。

它们仿佛悬浮在离地半尺高的位置，身体外蒙着一层云气般的物质，这让它们的面目显得模糊不清，只有点点微光在不断聚拢又流散的云气中闪烁。

马思齐突然想起，以前曾在电视上看过的某种深海怪鱼，就有一层透明的膜裹着内部发光的身体器官。眼前的这些魔怪和深海怪鱼很相似，只不过裹在它们身体外面的不是透明的膜，而是朦胧的云气。

那些飘浮的光芒在他身边逐渐围拢，把他包围在中心。突然，那些光芒暴涨，马思齐顿时感觉到自己的身体像是被一阵电流穿透。

在一阵痉挛之中，马思齐感觉到自己的身体变得支离破碎，仿佛化作一粒粒原子、一颗颗微尘，随风飘起。

他的意识也跟着飞了起来。这时，他用意识之眼朝四周观望，发现自己的视线变得前所未有地清晰：他看见响尾蛇在不远处的土丘上盘旋，黄羊在草间跳跃前行，荒原狼的眼睛里闪着幽光，鸟群正从远古的天空中飞来……

这是头一回，他模糊地意识到，这些都是他的鸟群、黄羊、荒原狼。它们正纷纷赶来和他会合。

这个念头让他忘记了恐惧。

他的视线往前延伸，发现在那些动物的身后，苍穹深处的星辰正在急速地向后退去，退往宇宙的尽头，退往他意识的边缘。

然后，他缓缓沉入一片意识的深海之中……

第六章　避难所

蚁后终于从昏迷中逐渐清醒了过来，就好像从一场漫长的沉睡中睁开眼睛。

当然，对于一只蚂蚁来说，"睁开"这个词是没有意义的。可当时，蚁后确实有这样的感觉——在它的意识里，一双"天眼"被打开了。

蚁后茫然地摆动触角，频繁挥舞着如同镰刀般的巨颚，想要了解清楚身边的形势，但它只感知到一片灰暗的迷雾。它能接收到一些信息素，但都支离破碎，让它无所适从。

蚁后感到一丝恐慌——这是它以前从未有过的感受。但蚁后很快冷静了下来，它释放出了指令："军队集结，最高等级！"

那些散落四处的子民们接收到这个信号后，纷纷做出回应，从迷雾中纷纷朝它集中过来。

这个时候的蚁后还想不到，在它和它那些幸存的子民身上，已经发生了某种变化。这个已经在地球上生存繁衍了数亿年的物种，从此踏上了一条新的进化之路。

马思齐逐渐清醒了过来。他茫然四顾，眼前依然是残破不堪的小镇，身后依然是笼罩在昏暗暮色中的沙海，雾气还在热烘烘的空气中不断扩散。

但那些沙丘魔怪已经不见了。

马思齐用手揉着昏沉的脑袋，回想刚发生的事，他越来越感到疑惑：刚才是真的遇到了沙丘魔怪，还是那仅仅是自己在意识迷糊之际出现的幻觉？

他强打起精神，朝家的方向走去。

　　马思齐来到家门口时，发现奶奶正站在门前屋檐下，一只手拄着拐杖，四处张望。

　　看到奶奶安然无恙，马思齐心里的石头也落了地。但他朝奶奶身后看了一眼，却发现他家的两层小楼已经坍塌了，只剩下客厅似乎还在。

　　早上他出门时，这里还是自己的家；仅仅一个白天的时间，家就没有了。

　　这个念头让马思齐感觉到手脚一阵冰凉。

　　奶奶看到了马思齐，原本憔悴的脸上浮出一丝喜色："卡勒玛呀，你终于平安回来了。"

　　"奶奶，我们的房子……"

　　"卡勒玛，你回来就好。其他的都不重要。"

　　这天晚上，镇上已经停电了，奶奶还是想办法做了一盆羊肉汤。闻着羊肉汤的香味，马思齐才意识到，自己快要饿扁了。

　　马思齐吃完了感觉到睡意蒙眬，迷迷糊糊中，他睡着了，连奶奶怎么给自己盖上了一条毯子，都不太记得了。

　　第二天一早，太阳刚跃出地平线，烈焰就在天空中燃烧起来，凌晨时分刚刚降低的气温又迅速回升，股股热浪铺天盖地席卷而来。

　　马思齐正透过残破的窗户看着这一切，他隐约意识到，或许是昨天的耀斑攻击和天空中的爆炸导致大气层遭到严重破坏，已经失去了对地球的保护作用。

　　但他来不及多加思考，这时，苏姆和刘小菀朝他家跑了过来。

　　苏姆一边呼哧呼哧喘着气，一边说道："马思齐，大家都去礼堂避难了，快带上你奶奶，我们也赶紧去吧。"

　　马思齐往苏姆和刘小菀身后望了一眼，问道："赵妍呢？"

"她已经过去了，在医疗队帮忙呢。"刘小菀说着，转头看了看马思齐的奶奶，"奶奶，我们一起去吧，现在全镇的人都过去了。"

苏姆在一旁补充了一句："要是再出现耀斑爆发，就来不及了。"

马思齐来不及多想，跟奶奶一起简单收拾了些物件细软，在两个同伴陪同下，朝避难所走去。

他们到达了礼堂，发现里边一片嘈杂，似乎全镇的居民都聚集了过来。马思齐有些担心，这么多人都聚在一起，日常活动该怎么进行？

他们几个正站在大门口，不知道接下来该怎么办时，在里边忙活的赵妍看见了，朝这边招了招手，走了出来。

"我带你们去报到。"说着，她走过来搀扶着马思齐的奶奶。

报到处就在大门口的接待室，里边有两个派出所的女民警正在进行登记造册。等基本的信息登记完了后，一个女民警递给每个人一张金属标牌，说道："老年人的住宿地在B区；女生的住宿地在C区；你们两个男孩子，住宿地在D区。这个牌子可别弄丢了，这是领取食品和水的凭证。"

然后她又对赵妍说："小妍，你帮帮忙，带他们去各自的营区吧。"

赵妍勤快地点点头，又帮马思齐的奶奶拿好了金属牌。

马思齐还懵懵懂懂，想问问到底是怎么回事。这时，又有两拨人从外面进来了，赵妍连忙领着大家朝外面走去。

马思齐边走边问赵妍："为什么让我和我奶奶分开？我得照顾她。"

"现在是特殊时期，全镇的幸存者都集中到了这里，所以按照大人、小孩和老人分成不同的群体，暂时生活在这里。要不然，根本没办法照顾到这么多人。"赵妍简单地解释道。

走廊的尽头，是通往地下车库的入口。

　　地下车库里空间巨大，被简单地分成了几个区。马思齐有些不愿意和奶奶分开，但奶奶和其他老人生活的区域有专门的护理人员在照料，那些人大部分是镇医院的医生和护士，这让马思齐放心了一些。

　　马思齐和苏姆来到了分配给他们这些男孩子居住的D区。出乎他们意料的是，这里聚集的人数很少，才三四十个男生。虽然在以前大家相互之间都有交往，但男生之间总是有各种群体。马思齐和苏姆过来时，被安排在他们对面的一个满脸青春痘的男生很不情愿。这是个高中生，素来有些瞧不起初中生，而且他之前和苏姆发生过好几次冲突。

　　他们简单地收拾了一下，然后就去对面的C区外面，等着赵妍和刘小菀出来。

　　到了C区后，他们发现里边聚集着很多人，正在讨论着眼前的这场灾难。马思齐和苏姆本来也满肚子狐疑，连忙凑过去，想探听些消息。

　　有人在问上级政府的救援什么时候能过来，马上有人说，目前小镇与外地的联系方式都中断了，暂时无法和市里、省里联系上；不过，有两批人已经做好了准备，等到时机合适，就分别开车赶往德令哈和西宁，找上级政府汇报情况，并请求援助。

　　这个消息让大家心安了一些。但接下来，对于为什么发生这场灾难，大家又陷入了争论。

　　有人说这是一次饱和性核弹攻击，来自太平洋彼岸那个一直处心积虑想要摧毁中国的强盗大国。也有人说，这是宇宙大爆炸再次发生了。还有人说，这一定是几亿年前导致恐龙灭绝的小行星撞地球事件的重演。

　　这时，一个瘦削的中年男子走了进来，加入了大家的讨论。马思齐模糊记得，这个人是镇外一家钾肥公司的技术员，还是一个观星团体的联络人，经常带着一帮外来的游客，在暗夜星空保护区观星。

这个人激动地对大家说，这是一次超级猛烈的太阳耀斑爆发，第一波猛烈的电磁辐射之后，高能带电粒子流也接连对地球发动了攻击。天空中的火焰和猛烈的爆炸，是臭氧层被粒子流撕裂后，空气中的甲烷燃烧爆炸导致的。他还说，估计再过两三天，来自太阳的快速等离子体云将到达地球，从而引发第二波爆炸。

他的话说完，原本嘈杂的人群变得沉默了起来，每个人都一脸心事重重的模样。

马思齐茫然地看着四周的人群，看着自己身处其中的这个显得陌生的空间，突然有种预感：这个世界再也回不到从前了。

就在这时，他猛然感觉到体内出现一股奇怪的力量，就像一股气血上涌，冲到嗓子眼，让他喘不过气来。

他摇摇晃晃地离开人群，走到大厅的墙壁边上，手扶着墙壁坐了下来。

过了好一阵子，那股在他体内窜动的力量才平息了下去。这时，他才发觉，自己的额头已经冒出了冷汗。

"会不会跟昨天的迷雾有关系？迷雾里有某种东西，被我吸入了体内，才会这样？要真是这样的话，我该怎么办？"

这个念头让他感到一阵恐慌。

第七章 苏干湖畔

蚁后带着它的族群，再次踏上了迁徙之路。不知道过了多长时间，它们来到了一个巨大的多面体之前。

当蚁后看着眼前这个奇怪的多面体时，它脑海中的一个个神经突触如同被电光击中了一般，猛然发出一阵颤动。突然间，似乎一个结论从模糊的意识深处浮现了出来："这个东西是两脚兽建造的。"

　　这是一个开端。随着这个意识的涌现，一个新的问题出现在蚁后那针尖般大小的大脑中："难道两脚兽遭遇了比我们还大的灾难，已经在光焰的攻击下灭绝了？"

　　住进避难所的头几天里，马思齐总是感觉昏昏欲睡，体弱乏力。

　　有一天，赵妍发觉了他的异常，就硬逼着他去了医疗队，找了她熟悉的一个医生。医生给他做了一番简单的检查，并没有诊断出什么异常，只是让他多休息。

　　马思齐还是感觉得到自己体内那种奇怪的东西的存在，它们一直在生长，似乎要占据他的身体，可他又没办法描述出来那到底是什么。

　　这让他感觉很烦躁。

　　有一天，他来到避难所深处一堵阴暗的石墙前，看到上面长满了褐色的霉菌，他猛然一个激灵：或许从迷雾中进入他体内的那些东西，就像眼前这些霉菌一般，在他体内蔓延滋长。

　　这个念头让他心情更加沉重。也是从这时开始，他强迫自己不去想这件事。

　　接下来的一段日子里，每个人都有一个共同的愿望：期待着世界能从这场灾难中恢复过来。

　　但情况却始终没有改善。每天，只要太阳一出，烈焰就布满天空；到了晚上，原先那种月光洒满沙海的夜色再也没有出现了，天空中弥漫着一种灰蒙蒙的色调，不时有一道极光出现，给这晦暗的天色增添了几分诡异。

　　看来，在未来很长一段时间内，幸存者们只能生活在这个临时避难所中了。

避难所里的幸存者虽然不多，也有三百多人。这三百多人的生存，成为避难所里的首要问题。

万幸的是，这座小镇之前是国家级油田的后勤基地，当年为了保障数万人的后勤供应，政府在这里建了两个大型战略储备粮库。由于这里位于戈壁之中，饮用水也是一个始终存在的大问题，所以还有一个大型地下储水池。这两个粮库和储水池都是国家级战略物资，建设得很坚固，能承受六级以上大地震。

现在，大家逐渐习惯了一种新的生活方式：白天辐射猛烈时，大家躲在避难所里昏昏欲睡；到了晚上，人们可以离开避难所，到已经日渐变成废墟的小镇上活动一段时间。

虽然搬进了避难所，很多人还是遭受了辐射病的侵袭。马思齐早就听赵妍说过，但刚开始他还没意识到情况有多严重，直到避难所里陆续有人去世。

苏姆的爷爷奶奶也出现了辐射病的症状。刚开始，他们身上出现了一些红斑和疮，后来越来越严重，两个老人的身体迅速消瘦下去。

虽然护理人员一直都积极治疗，但没有外面世界的支援，镇医院用于抗辐射的药剂早就用完了。后来，连基本的消炎药都用光了。

两天前，两个老人就已经无法进食了。到了这天早上，他们终于走了。

他们走的时候，马思齐并没有过去，而是和赵妍、刘小菀一起，静静地听着从B区传来的苏姆的哭喊声。

马思齐想要去安慰苏姆，却怎么也鼓不起勇气。他看看赵妍和刘小菀，她们两个更是一脸惊惶。

这个白天剩下的时间，马思齐一直没睡好。他还是头一回这么强烈地思念爸爸妈妈。

自从搬到避难所之后，他就挂念着远在德令哈的爸爸妈妈。他曾经一再期盼着能看到妈妈的小车出现，就像以前的很多个周末，妈妈从德令哈赶回家，把车停在家门口一样。

但日子一天天过去了，外面一点儿消息都没有传过来，更不要说爸爸妈妈了。

终于到了晚上，苏姆和马思齐离开了避难所。

他们准备骑着摩托车，到镇外去逛一圈。

这辆摩托车原本是苏姆从他家隔壁的兰州面馆借来的。但灾变发生后，面馆里发生了猛烈的爆炸，估计是厨房煤气爆炸。面馆的主人，一个三十来岁的回族青年，一条腿受伤严重。在缺乏外来医疗支援的情况下，虽然镇医院的医生们竭尽全力保住了他的性命，但估计他以后再也没有办法骑车了。

不过，那个面馆主人倒是很乐观，他说那么多人都不明不白地死了，自己能活下来，已经是万幸。于是，他大方地把这辆车送给了苏姆。

现在，马思齐坐在摩托车后座上，风在耳旁呼呼地吹着，这让他的心情稍稍舒畅了一些。

他们的车顺着305国道一路飞奔，不知不觉间，苏干湖出现在前方。苏姆把摩托车熄了火，停在路边。

马思齐从车上跳下来，抬头向前方远眺。灾变发生前，苏干湖畔的草甸里经常有黄羊和黑颈鹤出没，不时有猎人到这里来捕猎。而如今，在他目力所及的范围内，只是一片死寂的戈壁，一直延伸到远方，融入混沌的天空。

苏姆解开绑在后备厢上的一个袋子，从里边取出一副弓箭。

这副弓箭很简陋，弓臂是用一根胡杨树枝做成的，弓弦是一条牦牛筋，箭则是用削尖的胡杨树枝做成，前端嵌进了一块锋利的铁质矛头。

马思齐记起来，苏姆的这副弓箭是他爷爷以前教苏姆做的。他爷爷是个很有趣的老人，每次喝了酒之后，总是醉醺醺地对苏姆和马思齐说，他们蒙古人的祖先，当年就是骑着青鬃马，腰挎弓箭，手擎猎鹰，在草原和沙海里策马奔驰，生息繁衍了下来。

苏姆把弓箭挎在肩膀上，然后掉头朝湖边走去。

马思齐连忙跟着过去了。

苏干湖原本宽阔的湖面已经严重干涸，萎缩得只剩下湖心一小片灰褐色的淤泥。马思齐和苏姆在近岸区裸露的砾石间小心穿行。那些砾石就像一张张干枯的脸庞，茫然地望着天空。

走了一阵，苏姆突然回头对马思齐说："你知道吗？我爷爷可是条好汉，不管遇到多大的痛苦，他都从来没哼过一声。"

马思齐默默地点了点头。

苏姆朝横在路上的一块小石头踢了一脚，"我奶奶离开之前，她伸出手，挽着已经停止呼吸的爷爷的胳膊……我以前从来没见他们这样手挽着手。"

马思齐的心里一阵颤抖，他想了很久，才想出一句安慰的话："别伤心了，你爷爷奶奶一定希望你好好活着。"

苏姆点点头："那当然。我一定要好好活下去。"

然后，他越过前方一片早已干枯的草甸，朝一座湖畔沙丘快步走去。他爬到沙丘顶上，仰起头来，冲着前方空旷的湖面发出一阵长啸，像受伤的野狼发出的狼嚎。

第八章　发电厂惊魂

蚁后再次打量眼前的多面体，它的体内突然涌起一股奇怪的感觉，口腔变得黏滑起来。

如同鬼使神差般，蚁后挪动着臃肿的身躯，爬到城墙前，张开巨颚咬了过去。巨颚和坚固的城墙碰撞的刹那，发出一阵颤响。

这种声音，这种感觉，和咬在猎物的血肉、骨头上的感觉完全不同。

蚁后能感觉到口腔里涌出一股唾液，喷射在它咬住的地方。很快，原本坚固无比的城墙像被熔化了一般，在它口中变成了稀泥。

伴随着一种奇异的快感，蚁后又产生了一个疑惑：两脚兽建立的城市，居然这么不堪一击？

它对身旁的蚁群发布了一股新的信息素："摧毁多面体。"

蚁群顿时沸腾了起来，纷纷冲上前去。

这个晚上剩下的时间，马思齐和苏姆一直待在苏干湖边。

苏姆的心情平复下来后，就想着来一次狩猎。他一边在沙丘和草甸间搜寻，一边在畅想如何用手上的这副弓箭捕猎到一只高原兔或者戈壁狐。

马思齐听着苏姆的絮絮叨叨，心思却在别处。

虽然这些日子自己的身体没有出现什么异常，但马思齐隐隐感觉，那些迷雾中的物质还一直潜伏在自己体内。这个念头总让他恐慌不已。

苏姆朝马思齐示意了一下，然后悄无声息地在一棵干枯的沙柳旁半蹲下来，凝神屏气，悄悄地张弓搭箭。

兔子似乎没有意识到危险，身子跳跃着，朝他们这边过来了。

随着距离不断缩短，苏姆手上猛一发力，把箭射出去。"嗖"的一声，箭破空而去，紧接着，一阵挣扎声传了过来。

苏姆一声欢呼，站起身朝那边飞奔了过去。

他兴冲冲地返身回来时，手上已拎着一对毛茸茸的兔子耳朵。

马思齐把兔子接过来掂量了几下，估计也就一斤来重。

他突然觉得心里有些不忍，说道："我们或许不应该杀它，它能从那场灾难中活下来，已经很不容易了。"

"你别忘了，我可是猎手，连只兔子都下不了手，那干脆以后跟你去庙里当大和尚好了。"苏姆半开玩笑地说道。他拎着兔子，转身朝摩托车停放处走去："我们得赶紧回去，天快亮了。"

马思齐加快脚步跟了过去。

走了一段路后，突然，草甸东边的一块洼地里有什么东西引起了他们的注意。

苏姆以为有新的猎物，他把兔子递给马思齐，再次张弓搭箭，猫着身子朝洼地走去。

等他走到洼地边上，看清了前方的物体时，他不禁"啊"了一声，似乎看到了什么不可思议的东西。

马思齐连忙也跑过去，一看，原来是一个奇怪的多面体。

多面体的直径大概有一米，看起来像是由某种特殊的金属制造的。多面体的中央有个像车子轮毂中间的圆盖般的凸起。在多面体不远处，还散落着几块大小不一的金属碎片，看上去一片焦黑，好像是这个多面体的外壳。

"这好像是人造卫星，我以前在电视上看过。"马思齐说道。

"难道是太阳耀斑导致人造卫星纷纷从轨道上坠毁了？"苏姆说到这里，突然弯下腰，凝视着某一处。

"快看！"他喊道。

马思齐凑近了一些，发现在卫星残骸的下方，有一群蚂蚁正在忙碌着。

"这是切叶蚁吗？它们居然能把这些卫星残骸切开！"苏姆惊讶地叫道。

没错，就像切叶蚁把树叶一点点切割下来一样，这些蚂蚁正在不停地咬噬着卫星残骸，想把这个庞然大物分解成碎片。

"就算是切叶蚁，也不可能切开卫星啊，这可不是树叶。"马思齐说着。他脑海里猛然冒出一个念头：莫非这些蚂蚁的怪异行为，也跟那场迷雾有关？

马思齐还想继续观察一阵，但天空已经越来越红了，就像被烧得通红的烙铁，或许过不了多久，它就会变成铁水，浇灌在大地上，熔化一切。

于是，两个人小心地离开了这群蚂蚁，回到摩托车边。

他们骑上摩托车，朝返回小镇的路开去，把蚁群远远地抛在了身后。

两个人到达小镇边缘时，马思齐突然远远望见一辆小货车正沿着公路朝这边驶来。

"难道有人想要离开这里？"他心想。

他还记得十天前，镇上安排了两批人，各搭乘一辆车，一批人前往德令哈，另一批人前往西宁，想要去了解情况，并取得上级政府的救援。但奇怪的是，那些人离开后就再也没有回来，上级的救援也迟迟未到。这种情况搞得全镇上下人心惶惶的。

苏姆也注意到了那辆从对面驶来的小货车，于是把摩托车开到路边，停了下来。

小货车越来越近，马思齐发现，这辆货车加装了防辐射装备，前车窗看起来像涂上了一层滤光物质，两侧的窗户外也似乎加装了一层碳纤维隔热板，车厢顶上还有一个冷却泵一样的东西。

货车在他们前方猛地一个减速，一侧的车门打开了，有人探出头来，朝他们叫道："你们这两个小子，怎么自己乱跑，不要命啦？"

马思齐一看，不由得暗自头痛——那个人是镇长，赵妍的爸爸。

苏姆憨憨地笑着敷衍道："我们出来看看外面的情况，这不正赶回去吗？"然后又打量着小货车，问道："你们是准备逃去别的地方吗？你可是镇长，怎么能弃你全镇的居民不顾呢？"

"这孩子说话真是没大没小的。"驾驶室里另一个声音传来。马思齐发现，那是镇上供电所的一个电工，镇上的人一般都叫他刘师傅。

"刘师傅，"马思齐打了声招呼，"你们这是要去哪里啊？"

"要不是为了去发电厂，我们怎么会冒着危险出来？你俩赶紧回去。"镇长说道。

苏姆惊喜地问道："发电厂不是已经爆炸了吗？难道还能修好？"

"发电厂是爆炸了，但如果我们能找到些有用的组件，或许能让供电所里的几台发电机恢复运转。"

马思齐恍然大悟，他想起来了，在供电所旁边，还有一台作为备用的小型太阳能发电机组，虽然没办法给全镇供电，但提供小范围电力供应，看来还是可能的。

苏姆自告奋勇道："太好了！我们也一起去吧，我们能给你们帮忙！"

镇长沉思了一会儿，对刘师傅说："天色不早了，我们得赶紧，多两个人或许会快一些。"

苏姆和马思齐兴奋地击了个掌，两人重新骑上摩托车，苏姆一踩油门，跟在小货车的后面朝发电厂开去了。

发电厂在小镇西北方向，离镇子大约十五公里。没用太长时间，他们就到了发电厂的大门口。

马思齐早就听说，在灾变发生时，发电厂发生了爆炸，里边的员工无人生还。所以，他已经做了充分的思想准备。但当他们的车辆开进那扇敞开着的大铁门后，眼前的景象还是让他错愕不已——

偌大的厂区里，到处都是断壁残垣，布满大火烧过的焦黑痕迹。

他还想多看看，镇长回头对他和苏姆说："不要乱窜，免得惊扰了他们。"

"他们？"苏姆疑惑地问道，"他们是谁？"

刘师傅叹了口气："这里曾经有三十多名员工，都在那一瞬间没了。当时，这里的爆炸是最猛烈的。"

马思齐心里一沉，他听懂了镇长和刘师傅的言外之意。

两个人跟在镇长和刘师傅身后，朝发电厂后边的仓库走去。

他们的运气很好，找到了三块保存完好的太阳能电池板，两套蓄电池组，还有一些零配件。

刘师傅说，还有一些组件也保存完好，可以带回去备用，不过现在时候不早了，为了能尽快把小发电站启动起来，这些备用组件就暂且存放在这里，等到以后需要时，再过来取。

等到他们把配件装上车之后，天色已经微微发亮了。

小货车再次开动了，镇长本想让苏姆和马思齐把摩托车放在货车厢里，让两个人在驾驶室里挤一挤。但苏姆和马思齐却觉得挤在驾驶室里，没有骑车兜风那么舒服，于是拒绝了。

这个时候的他们，当然想不到，这差点儿引来大祸。

当他们到达半路时，马思齐觉得越来越不对劲儿：太阳才刚刚从山头上升起一半，气温就迅速上升；很快，他感觉到从身上掠过的风越来越热了，仿佛在下一刻，四周就会变成一片火海。这种情况在前几天可都没有出现过。

马思齐连忙提醒苏姆，苏姆抬头看了看天，把车速提得更快。

过了几分钟，行驶在他们前方的小货车突然一个急刹车，镇长从车窗里探出头来，大叫道："你们把车扔了，赶快躲进来，热浪已经来了！"

马思齐慌忙中一抬头，望见一大团猩红的热浪正铺天盖地席卷而来。

他心头一阵发沉，赶紧跳下摩托车，拉着苏姆朝小货车跑去。

两个人刚一上车，镇长就"嘭"地关上车门，又把车窗摇了上去。与此同时，刘师傅摁下了一个加装的按钮，车顶棚上传来一阵呜呜的引擎轰鸣声。

"防辐射装置启动了，冷却泵也开到了最大，我们一定能扛过这波攻击。"镇长虽这样说，脸上的神色却异常严肃。

热浪已经袭来了，车身开始颤动起来，一阵阵怪响充斥着车内狭小的空间。冷却泵和引擎发出的轰鸣声，热浪炙烤发出的呼呼声，夹杂着各种无法描述的嘈杂声，都交织在一起。马思齐感到一阵毛骨悚然，他仿佛看到地狱正降临人间。

第九章　地图

行军蚁大军沉迷于啃噬多面体，直到长夜将尽，东边的天幕上隐约透出太阳的光芒。

这时，蚁后才猛然清醒过来，它赶紧释放出最高级别的警戒信息："挖掘洞穴，全体躲入洞穴中。"

蚁群如梦初醒，经过一阵短暂的慌乱之后，迅速开始在金属残骸之下挖掘洞穴。

每一只蚂蚁都全力投入，在进行一场和太阳之间的赛跑。

太阳缓缓溢出了地平线，顿时，携带着超强辐射的阳光在整个天地间弥漫开来。一股热浪迅速形成，远远地袭来，沿途所经之处，苟延残喘的生灵纷纷化为灰烬。

蚁后的侍卫们抬起它臃肿的身躯，朝刚挖出来不到二十厘米深的洞穴里拥去。其他的蚂蚁有的纷纷围上来帮忙，有的主动退到蚁后的后方，想用自己微小的身躯帮蚁后多抵挡一阵。

"呼"的一声，热浪席卷了过来。

就在这一瞬间，蚁后被身旁的士兵们拖进了刚挖掘出的洞穴中，躲过了一劫。

那天早上，热浪的袭击持续了十来分钟，才稍稍缓和了一阵。

趁这个时机，刘师傅赶紧驾驶着货车，加快速度朝镇上飞驰而去。

苏姆想着自己的摩托车，还有车里的那只兔子，却毫无办法，只能任由它们留在原地。

他想着，或许到了晚上，他可以过来把车骑回去。但刘师傅告诉他，经过一天的曝晒之后，摩托车肯定会发生自燃，等他回来时，恐怕只剩下烧焦的一副车架子了。

苏姆被说得有些郁闷，回到避难所之后，他简单收拾了一下，吃了几口饭，就上床睡觉了。等他一觉醒来时，已经到了傍晚。这时他发现马思齐的床铺上空荡荡的。

他以为马思齐是去找赵妍和刘小菀了，于是也朝C区走去。

赵妍和刘小菀正在捣鼓桌上的两个小盆景，旁边还摊开着几本书。

"马思齐没过来吗？"苏姆问道。

"他陪着他奶奶回去老房子那里了。"刘小菀抬头看了他一眼，说道。

"真是热爱学习的孩子，"苏姆讥笑着走了过去，"世界都快毁灭了，读再多的书，又有什么用？"

"只有那些伟大的书才会一直提醒我们，哪怕世界到了毁灭的边缘，我们的文明也依然存在。"赵妍淡淡地说，然后莞尔一笑，"我刚记起来的一句名言。"

苏姆愣了一下，做了个举手投降的姿势："好吧，我输了，大哲学家。"

刘小菀一边在摆弄着盆景里的几棵小植物，一边扑哧笑了起来。

"你在干吗呢？"苏姆问她。

"我在研究这些植物的生长形状。"刘小菀头也没抬，接着说道，"这些植物在现在这种强辐射的环境下，正在一点点地发生改变，最后会变成什么样，现在还不知道。"

苏姆夸张地咳嗽了两声："看来，辐射也能改变人的性情。我以前可不知道，原来我身边生活着一个哲学家，和一个生物学家。"

刘小菀扬起眉毛："哟，总比有人变成杀手的好。听说你残忍地猎杀了一只兔子，结果扔在半路上了。"

苏姆哼了一声："只许你们当哲学家和生物学家，就不许我当一名猎手吗？"

"你算什么猎手，分明就是刽子手！"刘小菀挖苦道。

"猎人和刽子手是两码事！"

"你是个心理阴暗的杀手！"赵妍也补充了一句，然后转过头偷笑。

"好啦好啦，好男不跟女斗，我懒得跟你们说。"苏姆说着，转身往外跑去。他准备去镇外找找自己的摩托车和弓箭。虽然刘师傅说摩托车和弓箭肯定早化成了灰烬，但他还是有些不死心。

苏姆的摩托车果真变成了一副焦黑的车架子，他的弓箭也早已燃烧殆尽，只剩下一小截黑炭。

但苏姆有了新的计划。他琢磨着，在小镇的废墟上好好找寻一番，总能找到几根合适的胡杨树枝，这样他就可以重新制作一副弓箭了。

这之后，他准备把空余的时间都花在练习箭术上。

他爷爷临终前，曾经告诉过他："苏姆，我的孩子，我不知道该不该这样跟你说。这个世界从来就不是一个柔软又温暖的地方，而现在，它变得更糟糕了。你要快快长大，变得更有力量，激发你的血管里隐藏的蒙古人的血性，这样你才能在这个糟糕的世界里活下去。"

这天晚上，苏姆一边念叨着爷爷的话，一边在小镇的废墟上游荡，寻找合适的材料。他走得越久，心里越感到荒凉，因为曾经矗立在街边的一栋栋房子，逐渐变成了一座座沙丘。

这些日子里，太阳风越来越频繁地在不同时段出现。太阳风消退后，沙尘暴接踵而至。苏姆听到过一些人的议论，说可能是因为大气层的自平衡机制已经瓦解了，就好比一个人，在接连几场大病之后，身体的免疫力防线被彻底破坏了。所以，那些来自太阳的等离子体云的侵袭和沙尘暴才变得越来越频繁。

如果是这样，他所生存的这座小镇虽然没有在耀斑攻击中被彻底摧毁，但也只是在苟延残喘，未来必然会在太阳风和沙尘暴的一次次侵袭中消失。

这个念头让他心头一阵阵发慌。现在，他只想早点儿找到合适的材料，然后返回避难所。

幸运的是，他最终找到了一棵还没有死透的胡杨。胡杨树的旁边有一堵围墙，倾塌下来之后，正好形成一个"帐篷"，对胡杨树起到了部分保护作用。否则，这棵树也早就和其他的同类一样，迅速干枯，变成朽木。

苏姆想把树上仅存的几根树枝折下来，带回避难所再慢慢加工。

他手边并没有刀具，只能是抓住树枝，使出全身力气，连扭带掰。

就在他脚下不停使劲儿地往后蹬时，意外发生了：他踩在脚下的沙砾堆，原本很坚固，却在他不停使劲儿的作用下，变成了流沙。

苏姆赶紧朝旁边挪开脚步，但已经来不及了——他的脚下哗啦啦一阵响，身子不由自主地陷落下去。

原来，这座沙丘的下面是一个房间，而他刚才站立的地方，就在屋顶处。

幸运的是，虽然房间外面被沙砾掩埋住了，但流沙并没有完全将里边的空间填满。

现在，由于苏姆踩踏了房间的顶部，上面的流沙又哗啦啦地补充进来，堆成了一个直到顶端的沙堆。

苏姆挣扎了一阵，终于从沙堆中爬起身来。这时他才稍稍能分出心思来打量一下身处的房间。他发现房间里有几排书架式的橱柜，上面的那些隔层里还堆放着一些陈旧的书册。

苏姆在那些书架间搜寻了一番，很多书册都已经彻底干燥失水，碰一下就散落开来。

他隐约感觉这应该是镇上的一间档案室之类的房子。

"我还是赶紧出去吧。"这么想着，他准备沿着沙堆爬上去。

但刚走到沙堆旁边，他又转身走回那些架子前，翻了翻几本保存得比较完好的书，随便挑了两本，塞到腰间，这才小心翼翼地顺着沙堆爬了出去。

苏姆回到避难所，就去找赵妍和刘小菀。他到了C区，发现马思齐也正好在那里。

苏姆把怀里的两本册子拿出来，扔到赵妍和刘小菀面前。

"这是什么？"赵妍一边问，一边伸手拿起了一本。刘小菀和马思齐也凑了过去。

"你们不是嫌我没文化吗？我看不懂，你们自己看。"苏姆得意扬扬地说。

赵妍翻了一阵子，突然"咦"了一声，说道："这是一本手绘地图呢。"

"还有手绘地图？早知道我不给你们，自己看好了，说不定那是一幅藏宝图。"苏姆说着，把头凑了过去。

刘小菀一边伸手把苏姆的脑袋推开了一些，一边说："哟，现在就算是一幅真的藏宝图，谁还稀罕啊。"

"我觉得这好像是一幅地质图。"马思齐看了几眼，猜测道。

赵妍也点点头："看这上面标注的时间和地形，应该是几十年前的地质勘探队留下的。"

"不可能！"苏姆把头摇得跟拨浪鼓似的，"就连我这种没文化的人也知道，地质勘探队不至于落后到把地图用笔画在本子上。"

"你这可就说错了！"刘小菀尖声说道，"我爷爷就曾经跟我说过，当年他们第一次来这片沙海里勘探石油时，装备简陋得可怜。"

"是这样的，"赵妍接着说，"这可能是当年某个勘探队员带在身边的一个记录本，把勘探的情况随手画在上面。"

苏姆叹了口气："好吧，就算你们说得对。你们这么爱研究，这幅地质图就送给你们了。"

说完，他转头对马思齐说："我要做两副新的弓箭，你要不要来帮忙？"

马思齐站起身来，跟着苏姆一起走了出去。

他们在自己的生活区里忙活了好一阵子，对那些胡杨木枝进行剥皮、砍削等一系列加工。等忙得差不多了，也到了开饭时间，两个人去领了自己的配额。这时，夜晚已经过去了，对于习惯了避难所生活的他们来说，休息时间到了。

正在他们准备入睡时，外面突然传来一阵急促的脚步声，接着，刘小菀气喘吁吁地出现了。

"快，快！你们快跟我来，发生了一件大事！"她兴奋地说道。

"怎么回事？"马思齐一边问，一边连忙起身。

"那幅地图，有了重大发现！"刘小菀忙不迭地说，"你们快点儿，跟我去镇长办公室，很多人都已经赶去那里了！"

第十章　地下城

一座蚁族城堡出现在荒漠中。那是用钢铁和沙土混合砌成的城堡。

就在城堡即将封顶之时，一只工蚁攀上高高的城堡顶端。它放眼望去，发现自己的视野如此开阔，四面八方那些荒凉而辽阔的景象，朝它眼中汹涌而来。

还是头一回，这只工蚁感受到一种无法描述的强烈震撼。这种震撼在它的大脑回路中引起一阵电流，让它的触角不受控制地摆动起来，它的肢体也因为痉挛而扭曲。

在这阵痉挛之中，工蚁从高高的塔顶摔了下去。

马思齐和苏姆到达镇长办公室时，惊讶地发现，那里已经聚集了五六个人，除了镇长和赵妍之外，还有几个似乎以前是石油工作队的成员。

原来，马思齐和苏姆离开后，赵妍和刘小菀一直在研究那幅手绘地图。她们越来越确信：这是当年的一支地质工作队来勘探石油时绘制的。不过这本地图并不完整。于是镇长让工作队的几名成员冒险去了那间塌陷的档案室，终于找到了另外几本相关的地图册。

她们把那些分散在不同页面的手绘地图拼接起来，发现了一些有趣的信息：地图显示，小镇大部分地区的地表之下都是玄武岩层；而就在镇政府礼堂西边三百多米远的地方，也就是现在的镇招待所的地下，则是一片砾岩层。

赵妍非常激动，因为她早就从她爸爸那里听到，由于环境的持续恶化，仅仅依靠避难所已经没办法阻挡越来越严重的辐射。幸存者中间，病患率持续在上升，而医院的各种药物已经快要消耗光了；在派出去寻求救援的几批人都有去无回的情况下，镇政府在做第二手准备——修建地堡。

但这个方案提出后，也遇到了难以克服的困难：现在适合进行扩建的，只有大家现在容身的这个地下车库；但这个地下车库的下方，是坚固的玄武岩层，不要说现在没有挖掘设备，就算有了大型挖掘机，作业难度也大到难以想象。

而现在的这幅地质图，对于修建地堡来说，说不定正好可以起到一些帮助作用。

于是，她带着地图去了镇长办公室找她爸爸，又让刘小菀去通知马思齐和苏姆。

马思齐和苏姆到达办公室时，里边的那些人正围着地图在激烈地讨论。于是，他们两个人安静地待在角落里听了一阵。

苏姆听得一头雾水，就低声问马思齐，到底咋回事。

马思齐一边听一边向苏姆解释：砾岩层比较容易进行挖掘作业，但有可能蕴含着卤水和石油，于是大家打算在现在已经开挖的礼堂下面挖一口深井，把砾岩层里的卤水引流过来，然后在砾岩层那里建造一个大型地堡。

这样做的工程量很大，技术难度也不小，比如需要合适的挖掘设备和防水材料，还需要打下足够数量的支撑架等。但大家讨论的结果是，大部分人都认为还是值得去做。

听到这里，苏姆眼珠子一下瞪圆了："也就是说，我们所有人都要住到地下去？"

一旁的刘小菀回应道："住在地下又不是多么稀罕的事。这些日子里，我们不就是住在地下吗？只不过接下来会住得更深一些。"

赵妍点了点头，补充道："在人类历史上的很多战乱时期，为了躲避战争，有人躲入深山，有人躲上荒岛，也有人躲进地下。我记得以前就曾经在书上看到过，在很多地方，都有留存了几百年的大型地下城。"

"看来，我们得为一个漫长的黑夜时期做准备了。"马思齐心里默念着。

他不想住到深深的地下。只是想一想，都觉得有些莫名地可怕。但如果大家都同意建一座地下城，然后全体搬进去，他还能怎么办？

突然之间，他感觉自己仿佛身处于某种洪流之中，就算有心挣扎，却怎么也无法从这种强大的力量中挣脱出来，只能任凭它裹挟着自己一步步朝不可知的前方奔去。

就在他浮想联翩时，突然，一阵抽搐从他体内传来。这段日子里，他的身体一直没有什么异常，但现在，随着抽搐的加剧，他才恐慌地意识到，那些迷雾中的神秘物质一直都潜伏在他体内，只是在某些时候才会苏醒过来。

只是，为什么它们现在才苏醒过来呢？

马思齐的脑海里冒出一个奇怪的念头："难道它们并不是普通的病毒，而是拥有某种意识的生物，所以才会挑选一些特别的时刻？"

比起体内的抽搐来，这个念头更让他感到恐慌。

在一番激烈的争论之后，修建地下城的方案被通过了。

现在，大部分幸存者都被安排到了某个岗位上。成年人是主力，而马思齐和他的几个朋友，以及其他的孩子们，也要轮流参加一些搬运工作。

B区的那群老人们一开始激烈反对，后来也慢慢平息了下来，甚至帮忙做一些做饭之类的后勤工作。

地下城的修建工作在持续推进：挖掘作业，夯实地基，铸筑墙体，打井引流……人们从上次修好的供电所里牵来了电线，地下城建筑工地上日夜灯火通明。随着时间一天天推移，地下城也在一点点显露出雏形，而从地下搬运出来的泥土已经在避难所前面堆成了小山。

随着地下城接近完工，每个人脸上都洋溢着喜色，就连苏姆以前的邻居，那个瘸腿的兰州面馆老板，也一瘸一拐地来回转悠。

自从参加建筑队的工作后，马思齐每天都累得腰酸背痛。他很少去找赵妍和刘小菀，连去看望奶奶的次数也少了很多。他宁愿回到自己的床铺倒头大睡。

不过，大多数时候，他睡得并不沉，总是做梦。有几次，他梦见耀斑再次来袭，而等到耀斑消失后，迷雾又出现了，迷雾里的那些神秘物质像霉菌一样，漫山遍野疯狂滋长，开出一朵朵怪异的小花。

幸好，有时候他也会做一些美好的梦。有几次，他梦见了大海，海风徐徐吹着，海浪轻轻涌动，仿佛一首悠缓的乐曲在天地间流淌，他在沙滩上信步前行。

他还会梦见许多人。有时候会梦见爸爸妈妈，他们就陪着自己在沙滩上玩耍。但有一次，他在梦中和爸爸妈妈走丢了。他在沙滩和码头上到处寻找，来到沙滩上的一群陌生人中间，突然看到一个似曾相识的身影。

那是一个年轻的女孩子，看起来似乎是将近二十岁，但也好像是三十来岁。当时她正独自站在海滩上，细碎的浪花在她脚边纷然落下，海风吹得她的长发轻轻飘扬。她一回头，马思齐看到月光在她长长的眼睫毛上闪动。

等马思齐醒来后，他突然明白了过来：那是赵妍，不过不是现在的她，而是长大了的她。

马思齐觉得这件事很好玩，于是，有一天休息时，他把这个关于"成年版的赵妍"的梦告诉了赵妍。不料，赵妍却似乎一点儿都没觉得好笑，她眨巴了几下眼睛，然后严肃地对他说："不许把这件事告诉别人，不管是谁，都绝对不许说出去，要不然……以后我就再也不理你了。"

马思齐看着她的背影，觉得这女孩子真是大惊小怪。

过了一天，就在马思齐去地下城工地的半路上，他又看到了赵妍。赵妍走到他面前，对他说："我以前在水族馆看过一次，那些水母漂啊漂啊，身体散发着梦幻般的光泽。从那以后，我就一直想着去大海里亲手抓几只呢。"

马思齐愣愣地看着她，小心翼翼地说："你昨天还不让我再提起这事呢。"

赵妍瞪了他一眼："我是不让你——说，可现在是我说呀，这当然不一样。怎么连这个道理都不明白？男孩子果然都很笨！"

说完后，她忍不住"扑哧"笑了起来，然后转身走了。

地下城的建设还在持续进行，幸存者们中间弥漫着一种越来越乐观的情绪。但就在这时，一件偶然的事发生了。

第十一章　重返发电厂

钢铁城堡终于建成了，但蚁后遇到了一件难解的事。

有一天，风特别大，沙子从城堡的各个入口倒灌进来。

对于这一点，蚁后并不担心。但从那天的风里，蚁后搜集到了一些奇怪的信息素。

很明显，那些信息素是从戈壁深处释放出来的，借助风力传播到了这里。

蚁后凭借其特有的能力，可以对其他蚁族的信息素进行解密。而随着解密的信息越来越多，它也越发感到不安，因为这些信息素里包含着一些奇怪的内容，让它回想起很多事。

它想起自己的最初，那时，它还只是被包裹在乳白色卵囊中的一个细胞；它想起自己蜕变成一只半透明的幼蚁，被那些勤劳的保姆轻轻衔起。它想起那种被关爱和呵护的感觉时，仿佛感到一阵微风从身上拂过。

接着，它想起了更多事。那些并不属于它自己，而是属于整个蚁族的事。比如在亿万年前空旷蛮荒的大地上，它们如何一次次在敌人的侵袭下死而复生，如何在沧海桑田的变化中趔趄前行。

蚁后被这些信息弄得烦躁不安。直到有一天，它的神经突触里突然有一阵电光闪过，它猛然明白了过来！那些从戈壁深处传来的信息素，其实是在发出一个召唤："蚁族结盟，恢复连接。"

那一天，马思齐和苏姆正在工地干活，四周突然一片黑暗，刚才还轰隆隆的机器声顿时停了下来。

自从上次他们修好了供电所的发电机之后，这还是头一回停电。建筑队的工作不得不暂停，队长让大家趁机休息一下。

不过，马思齐和苏姆不愿意留在这里等待，他俩商量了一下，决定去供电所看看。

他们到达供电所，发现那里已经聚集了一大群人，几个维修人员正在忙碌。马思齐见到了那个熟悉的刘师傅，他现在已经成了电力供应组的组长。苏姆冲他打了声招呼，问是怎么回事。

刘师傅一边继续低头摆弄着手边的那些设备，一边说道："没太大问题，主控制器上的一根U型管坏了，还有几个射频电子元件也需要更换。"

马思齐看了看那些交缠在一起的线路和管道，也看不太明白。

"应该很快能修好吧？"他问道。

刘师傅摇摇头："问题虽然不大，但一时还解决不了。试了几次用别的管材代替，型号都对不上。早知道上次就从发电厂带些配件回来了。"

听到这话，苏姆猛然叫道："我们去，把那些配件搬过来！"

刘师傅这才抬起头，看了看苏姆和马思齐，琢磨了一阵，点点头："你们上次去过那个仓库，知道那些配件放在哪里。这样吧，我让闫峰跟你们一起去。"

说着，他朝正聚在一起的维修工们喊了一声，一个身材高瘦的小伙子闻声直起身子。

刘师傅跟这个叫闫峰的小伙子叮嘱了一番，让他除了找到合适型号的U型管，还顺便带些其他的配件回来，以备不时之需。闫峰点头答应了，然后走出门去。

马思齐和苏姆连忙跟了上去。他们又坐上了那辆小货车，朝发电厂驶去。

当他们到达发电厂大门口时，马思齐发现，隔了一段日子没来，大门已经被沙砾掩埋了，车子没办法开进去。于是闫峰把车停在大门口，三个人下了车，步行进去。

刚走进厂区大门，马思齐就有种越来越不对劲儿的感觉，似乎有种低沉的嘈杂声在空气中弥漫，但一时又找不到声音的来源。他把这个情况告诉了苏姆，苏姆侧耳听了听，不以为然地说道："哪里有什么声音？"

这个发电厂里只有一条主干道，主干道的尽头是一个大厂房，仓库就在厂房后边。

他们沿着主干道走了十来分钟，来到了厂房前，再继续顺着右边的岔路往后面走去。但是，走到厂房的侧门时，马思齐无意中转头往里边看了看，不由得吃了一惊。

"你看，里边的那些机器呢？"他拉了拉苏姆的袖子，对他说。

苏姆看了看里边，说道："里边不就是个空厂房吗？"

马思齐摇了摇头："我记得很清楚，上次来的时候，这里边还有好几台大机床呢。"

听到他这么一说，苏姆的脸色也变得严肃起来："进去看看。"

走进厂房的侧门，出现在他们面前的是一座面积三四百米的空旷空间，地上还能看到很多安装机床的沟槽。

苏姆弯腰打量着那些沟槽，说道："你瞧沟槽上的这些痕迹，就好像用凿子凿出来的一样。看来，这些机器不是用正常的方式移走的。可是，谁会用凿子去凿开这些安装好的机器呢？"

马思齐四处看了看那些地面的痕迹，越看，他心里越有种熟悉的感觉。直到他来到一根裸露的金属立柱的残迹前时，他猛然明白了，顿时心里一沉，对苏姆说道："你还记得上次在苏干湖边看到的卫星残骸吗？现在这些机器，会不会也是被蚂蚁吞噬了？"

听他这么说，苏姆的脸色越来越凝重，猛地叫了一声："糟糕！要是仓库也被那些蚂蚁占据了，就麻烦了！"

两个人急匆匆地离开了厂房，朝仓库跑去。

闫峰已经提前到达了仓库前，正在使劲儿推那扇大铁门。

等大门打开后，马思齐往里边看了一眼，才松了一口气，因为仓库里还是上次他们看见的模样。

闫峰在那堆配件中翻找了一阵，然后举起一根金属管说："就是这个！"

"我们把这些配件都带回去吧，免得下次还要过来。"苏姆说着，弯腰拿了一些配件。

闫峰点点头，说道："可以。你们两个人多跑两趟，把这些配件搬上车。我再翻一翻，看能不能多找些有用的。"

马思齐和苏姆来回搬了两趟，等到他们再次回到仓库时，闫峰也搬着一堆配件走出来，对他们说："里边还剩下最后一些，你们再搬一趟，我在车子那里等你们。"

马思齐和苏姆点点头，走到仓库，把最后三根弯管和两把大钳子搬了出来。

当马思齐走到厂房的侧门前时，他放慢了脚步，朝正走过来的苏姆喊了一声："现在是最后一趟了，我们要不要再进去找找线索？"

苏姆点点头，把配件放在地上，走进了厂房。

两个人在空荡荡的房子里一直走到头，发现那里有一扇门。其实门早就没有了，只剩下一个光秃秃的门洞。

苏姆突然盯着那扇门洞下的地面，对马思齐说："你瞧！"

马思齐低头一看，地面上有不少闪着微光的金属碎屑，只是它们混合在沙砾中，所以原来没注意。

"看来，真的是那些蚂蚁干的！"马思齐这么说的时候，心里也有些发毛：如果这些大型机器被蚂蚁们分解成了碎屑，然后搬运走了，这该是一件多么可怕的事啊。

"走，我们顺藤摸瓜！"苏姆兴奋地说着，然后弯着腰，顺着地面的碎屑朝前走去。

他们沿着地面的线索蜿蜒前进，很快，就来到了发电厂的围墙边上。透过坍塌的围墙，能看到外面的沙海。

苏姆正想从坍塌处攀爬过去，突然愣在了原地。

"怎么啦？"马思齐连忙问道。

苏姆没有回答，只是动作僵硬地指着前方不远处。

马思齐抬眼朝前看去，顿时心头一阵狂跳，手脚也忍不住哆嗦了起来，仿佛某种期待已久却又让他恐惧不已的事物突然出现在了面前——

在他视线的前方，矗立着一座十来米高的椭圆形塔状建筑，在黯淡的白夜光芒的映照下，闪烁出点点微光。

那是在沙漠深处出现的无数蚁族城堡中的一座。

第十二章　地下城的庆典

在那阵席卷而过的迷雾过后，散布在沙海各个角落的蚁群出现了一种典型的趋同演化：它们体内分解酶的神奇变化，让它们对铁原子有了一种如痴如狂的嗜好。

所以，当行军蚁的族群建起了那座钢铁城堡之后，在戈壁中的其他各处，别的蚁群也在做着同样的事。

这些矗立在地表之上的钢铁城堡，就好像是安放在沙海中的一台台超大功率的无线电设备。只不过，它传送的不是无线电波，而是信息素。

于是，以这些钢铁城堡作为节点，蚁群之间的通信网络建立起来了，而且随着并入网络的节点的增加，网络的覆盖面也在逐步扩大。

地下城建成了。

这一天，所有的幸存者都满面喜色，大家聚集在一起，从地下城的入口斜坡鱼贯而入。

走过那条四五百米长的斜坡后，地下城高大巍峨的大门出现在众人面前。为了纪念被沙砾掩埋的小镇，地下城的大门处特意用水泥和岩石铸出了一座拱形门廊，与小镇出口处那座已经倒塌的弧形拱门一样。

马思齐和苏姆，还有赵妍、刘小菀，他们四个人又聚在了一起。现在，他们跟随着人群，一步步踏入了拱门。

虽然这段日子里，他们一直在参与地下城的建设，但此刻出现在眼前的景象，依然让他们心潮澎湃：

拱门的后边，一条宽阔的主干道向前延伸；主干道两侧，一个个房间排列整齐，里面都灯火通明；每隔一百米左右，还有一个小型休闲公园，里边有石砌的台子，旁边摆放着石凳，有柔和的光从石凳下投射出来，营造出一种舒适和梦幻的氛围。

马思齐感到一阵恍惚，如果不是有那些矗立在主干道中间的水泥支撑柱，他甚至都会忘了这是在深达上百米的地下。

他转头看看自己的同伴，发现赵妍和刘小菀的眼里也一片迷离，似乎被眼前的景象所陶醉，而苏姆则在不停地啧啧称叹。

他们继续跟随着人群，沿着主干道朝前行进。到了主干道尽头，出现在大家面前的是一个半圆形的场地。看着里边摆放的主席台和桌椅，马思齐估计，这大概就是以后的公共议事厅了。

"你爸爸在那里。"刘小菀提醒赵妍。

赵妍点了点头，有些不自在地朝主席台后那几个人瞟了一眼——她爸爸和几个管委会委员正坐在那里，似乎在等待着大家的到来。

"那么，接下来一定是一场充满激情的演讲了。"马思齐心里暗自琢磨。

他转头朝人群望去，看到了自己的奶奶，她坐在其他二十多位老人中间。这些老人个个脸上也都荡漾着喜悦。

果真，等人群纷纷落座后，镇长开始说话了。马思齐的心思还被四周的场景所吸引，并没有认真听镇长的演讲，但他还是听到了一段激情澎湃的话：

"在我担任镇长的这将近十年时间里，现在的这一刻是最辉煌的一刻！但这不仅是我一个人的辉煌，而是我们所有人的，是苦难造就了我们的辉煌！"

人群中响起一阵掌声和欢呼声。

庆典结束后，开始聚餐了。镇长说，作为进驻地下城的庆祝活动之一，这将是一次丰盛的聚餐，每人都能分到一小碗羊肉。

他的话音刚落，马思奇就听到自己的肚子一阵咕咕响。而他一旁的苏姆则努力吞咽着口水，眼睛不停地往议事厅右边望去——那里是公共食堂，有阵阵香味正从里边飘过来。

在等待分配食物时，镇长又补充说，聚餐结束后，将进行房间的分配。现在的地下城，建筑面积非常宽裕，所以大家不用再过集体生活了，可以像以前一样，以每家每户为单位分得相应的房间。

镇长的话才说完，议事厅前边的那群老人中就出现了一些躁动。一个爷爷站起来说："我们这些老人也吃不了什么，这些丰盛的食物就不用了，多给孩子们分一些吧。我们先回避难所，把生活物品搬过来。"

"叔，你瞧你急着收拾东西干吗？等吃完再去收拾也行，我可以让一些年轻人过去帮忙。"镇长说道。

那个老人摇摇头，呵呵笑着说："我们都是些老家伙，手脚又慢，又比较恋旧，在避难所住了那么久，总有些舍不得离开。你得给我们些时间，让我们和那个地方好好告别一番。"

说完，他朝身旁的同伴们看了看："该走了，老伙计们。"

那些老人一个个沉默着点点头，纷纷颤巍巍地站起身来。在那群老人中，马思齐看到了自己的奶奶，奶奶的目光也正在人群中搜寻着他。

马思齐连忙起身，小心地越过几排座位，走到奶奶身边，说："奶奶，我去帮忙吧。"

奶奶摇了摇头："卡勒玛，我的孩子，有些事总得自己做，别人再想帮，也帮不上忙的。"

马思齐愣了愣，才隐隐意识到这些日子里，奶奶说的话都有些奇怪。但到底怪在哪里，又说不清楚。

"你要记住奶奶以前跟你说过的话，不要害怕离别，只要你找得到那种隐藏的联系，再久远的离别，都只是暂时的。"

奶奶摸了摸马思齐的胳膊。她的手还是那么粗糙，就像一层砂纸。然后，她跟着其他老人一起，蹒跚着往外走去。

食物端上来了。马思齐一阵狼吞虎咽，把一碗肉吃光了，汤也喝得一滴不剩，然后又吃了一块馕和一把糖果。

聚餐快结束时，歌舞表演开始了。这一次，镇长甚至亲自上阵，唱起了一首《石油工人之歌》。据说这是冷湖镇的"镇歌"。他唱得有些跑调，但激情澎湃，引得众人一阵阵欢笑鼓掌。

再后来，不需要有人组织，每当一段表演结束，马上就有人自动站上前去，主动表演自己的拿手节目。

苏姆像喝醉了一样情绪亢奋，不管前台有人唱什么，他都扯着嗓子附和。而赵妍和刘小菀居然跟着另外几个女生一起，也上台演唱了一首歌。

马思齐好久没感受过这样的欢乐了。这种久违的热情，让身处其中的他也有种微醺的感觉。

聚会快进行到尾声时，坐在马思齐旁边不远处的一个中年男人突然说道："我家那个老太太还没有回来，这些老人怎么这么磨蹭？"

他的声音并不大，被淹没在喧闹声中，没有引起大家的注意，却被马思齐听见了。

马思齐猛然觉得有点儿不对劲儿，他连忙站起身，朝议事厅外面走去。

赵妍和刘小菀正在一旁嗑瓜子，就问他："你去干吗？"

"我去找找我奶奶，他们一个都没回来。"

马思齐严肃的神情引起了赵妍的警觉，她说："喊上苏姆，我们也一起去吧。"

他们走回主干道入口，又顺着斜坡往上爬去。看着外面黯淡的天光，马思齐才发觉已经到了午夜时分。他顾不上歇口气，拔腿就朝避难所跑去。

他们跑进了避难所，里边黑乎乎一片。

马思齐的心头一阵阵发沉，他继续朝奶奶和其他老人曾经居住的B区跑去——偌大的空间里，空荡荡一片。

"怎么回事，他们都去哪里了？"赵妍、刘小菀也追了过来。

马思齐心乱如麻地摇了摇头。他回想起奶奶离开前说的那些话，越回想，心头就越有一种不祥的预感。

这时，苏姆的声音从避难所门外传了进来："你们快来，我有发现！"

三个人急匆匆地跑到外面，发现苏姆正指着地上，神情严肃地说："你们看。"

借助着朦胧的天光，他们能清晰地看见，满地的沙砾中，残留着一串凌乱的脚印，却不是他们几个人的。脚印朝着镇子西边的方向一路延伸了过去。

"你别多想，我们跟着去看看。"赵妍轻声抚慰马思齐。

马思齐点了点头，大家沿着地上那些杂乱的脚印一路追寻过去。

脚印延伸到了镇子西边，在那座已经倒塌的弧形拱门外消失了。

马思齐突然感到体内一股气血上涌，在他体内沉寂了很长时间的那些神秘物质又一次躁动了起来，这让他感到一阵眩晕，身子控制不住地倒了下来。

马思齐不知道自己昏睡了多久。等他醒来后，他一抬眼，发现苏姆和赵妍、刘小菀正守在自己身边，而他正躺在一个陌生的房间里。

"你终于醒了！"刘小菀说道，"可把我们吓坏了。"

苏姆伸手拍了拍马思齐的肩膀，说道："你奶奶的事，你也不要太难过了……"

他刚说到这里，刘小菀急忙把手指竖在嘴边，猛地嘘了一声："你还真是哪壶不开提哪壶！"

赵妍叹了口气，说道："马思齐，你要勇敢些，我们都陪在你身边。"

马思齐无言地点了点头。

"这种事简直难以想象。"刘小菀悄声嘀咕道。

"要是在平常时期，恐怕性情再孤僻的老爷爷老奶奶，也做不出这样的事。但这个世界已经再也回不到从前了，他们做的事，我反而觉得能够理解。"赵妍说道。

"你脑子进……"苏姆爆了一句粗口，说到一半才停了下来。

赵妍认真地摇了摇头，说道："我曾经看过一本介绍人类文明的书，在人类历史上的一些非常时期，一些部落中的老人为了整个部落的生存，会主动牺牲自己。而现在，这些老爷爷老奶奶恐怕也是在做同样的事。"

说到这里，她抬头看着马思齐："我听我爸爸他们商量，说要在你奶奶和其他老人离开的地方立一块纪念碑，如果你愿意，可以参加立碑仪式。"

马思齐沉默了好一阵子，才摇了摇头："我不参加了。"

"你不参加？"赵妍有些吃惊。

"我奶奶走了，可能是在提醒我，接下来，我也应该离开这里。"

"什么？"刘小菀吃惊地喊了起来，"你疯了吗？难道你也想跟他们一样？"

"当然不是。我要去德令哈。"马思齐说。

"你是准备去找你爸妈？"赵妍问道。

马思齐点点头，又摇摇头："是。但也不光是去找他们。"

"你脑子里到底在想什么疯狂的事，快说来听听。"刘小菀急不可耐地问道。

"你们见过那些迷雾吗？就在耀斑爆发的那一天。"

赵妍和刘小菀对视了一眼，点了点头："我们后来还讨论了很久呢。

那天晚上，那些迷雾一直在戈壁里扩散，第二天才消失。"

"那些迷雾里有某种东西，就好像是病毒一样，"马思齐低声说道，"我吸入了那些雾气，它们进入了我的身体。"

"原来是这样！"刘小菀说道，"我还和赵妍说呢，你怎么这么容易就晕倒。你得赶紧去医疗队看病！"

"医疗队已经没有药了，连消炎药都用光了。"赵妍说着，叹了口气。

"我有种感觉，那不是普通的病毒，恐怕就算有药，也不见得对它们有作用。我总觉得，我体内的那些东西和蚁群的不寻常行为，还有传说中的沙丘魔怪，都有某种关系。"

"这么说，你想去找出真相？"苏姆问道。

马思齐点了点头："我也不知道自己能不能找出真相。但只要离开这里，听到更多的消息，也许离真相就近了一步。"

赵妍和刘小菀面色凝重地对视了一眼，苏姆则低着头在屋子里来回走了两圈。

过了一阵子，他在马思齐面前停下了脚步，说道："我决定了，我跟你一起离开。"

"你也去？"这一次，不光马思齐，赵妍和刘小菀也吃惊不已。

"我们两个可是最好的朋友。你走了，这么个破地方，我留下来还有什么意思？"苏姆说着，爽朗地笑了几声，"再说了，我怎么能让你一个人发现真相呢，好歹我也得抢占一份功劳！"

第十三章　蚁后的困惑

一条人工河渠从大柴旦穿城而过。在河渠东岸，同样耸立着一座钢铁城堡。

作为最早开始参与创建信息素网络的数百个蚁后之一，这个蚁后正端坐在它的城堡中，陷入神思状态。

自从那阵雾气侵袭之后，蚁后发现自己经常会进入神思状态。在这种状态中，它的智慧在一点点加深，所能领悟到的事物也越来越多。

现在，它遇到了一件让它困惑的事，需要再次借助神思，来寻找一点儿启示。

让蚁后困惑的事，与那些两脚兽有关。

一直以来，蚁后所在的这个种群，都在两脚兽建立的一座巨型城市边缘活动。灾难发生后，两脚兽们遭到了沉重的打击，死伤众多；而蚁后的种群，由于大部分都在地下巢穴中，所以躲过了这一劫。

后来，那阵雾气随风吹来，两脚兽和蚁群都被雾气中的某种神秘物质感染了。

谁都想不到，这次感染给蚁群带来了生机，使它们获得了提升，却给两脚兽带去了更多的死亡。

两脚兽的数量迅速减少后，城市逐渐变成了一座空城。所以这段日子，蚁群都很忙碌，要把两脚兽们的那座空城拆掉，把其中的钢铁变成蚁群正在兴建的城堡的建筑材料。

谨慎的蚁后让巡逻蚁们不停跟踪剩余的两脚兽。从传回来的消息看，两脚兽的数量还在持续减少。到了昨天，巡逻蚁们回来汇报：它们跟踪的最后一小群两脚兽越过了河渠，去了城市的另一边；到此为止，河渠东边成了蚁群的天下。

蚁后并没有为两脚兽感到悲伤。毕竟，两脚兽和蚁群是两个完全不同的种群，蚁后对两脚兽并没有感情。

但它却记得一件事：当年它还是一只飞蚁时，曾经从半空中见过两脚兽们的城市，那么辉煌壮观。

"为什么能建造那样辉煌的城市的两脚兽，居然会那么脆弱；而生命力如此顽强的我们，为什么一直只能匍匐在其脚下？"这个问题让蚁后困惑不已。

马思齐和苏姆在那个夜晚离开了。

离开之前，赵妍和刘小菀一直陪着他们聊了很久。刘小菀对于两个男生的计划非常感兴趣，她毫不掩饰自己的羡慕，却又对自己没办法跟着前往而感到沮丧。

赵妍则表现得很安静，跟往常一样。但从她眨动的眼睛里，从她不时流露出的沉思的神情里，马思齐感觉得到她的担忧，但或许除了担忧，还有一种隐藏得很深的向往。女孩子的心事总是这么复杂。

到了晚上十点多，他们离开了地下城。赵妍和刘小菀一直陪伴着他们走到镇子边缘。在那里，苏姆早在两天前就把摩托车和陆续收集到的旅途用品存放了起来，用杂物掩盖住了。

这辆摩托车是苏姆从一个厨师手上换来的，代价是他分配到的半斤牛肉干。比起之前那辆来，这辆摩托车显得很陈旧，开动时引擎发出的噪声也很大。但这辆摩托车的后座经过了改装，容量很大。

苏姆和马思齐把一个十公升的汽油桶捆在上面，上面再叠放着一桶同样十公升的水，又把一个装得鼓鼓囊囊的旅行包放上去，依然绰绰有余。

那个旅行包里装着两套替换用的防护服，剩下的就是食品。这些食品大部分是赵妍和刘小菀从自己的口粮里分出来的。

除此之外，在他们的背包里，还有一件很特别的东西。那是一台短波接收器，虽然看上去很普通，但它的接收范围覆盖了很广的波段。幸运的话，能接收到脉冲发射器的次谐波。或许这能在旅途中提供一些帮助，假如有人正好发射了无线电信号的话，虽然这种可能性不大。

马思齐和苏姆整理好随行物资后，苏姆戴上了他那个加装了防辐射装置的球形面罩，一加油门，引擎声轰鸣了起来。

马思齐回头看看赵妍和刘小菀说："我们走了，你们两个快回去吧。"

"等一等，差点儿忘了一件事。"赵妍大声说着，快步走上来，把一柄望远镜递给了马思齐，"这柄双筒望远镜是我十岁时的生日礼物，这些年一直珍藏着，送给你吧。"

说完后，她脸上现出一丝忸怩的神色，低声又补充了一句："外面充满了危险，你们可得处处小心。"

"你们可要平安回来，而且得给我们带很多很多的礼物回来。要不然，我们可不会饶了你们！"刘小菀尖声说道，"你们快走，要不然我要流眼泪了！"

马思齐点点头，骑坐在摩托车上。苏姆一加油门，摩托车朝着前方倾塌的弧形拱门驶去。在他们前方，就是他们即将开始的旅程。

马思齐从后座上转过头回望，在他的视线中，赵妍和刘小菀正相互依偎着往回走去，她们的身影显得那么瘦小。

而在她们前方，在无边的夜色中，地下城正透出微弱的灯光，就好像是茫茫大海中的一座孤岛。

现在，他和苏姆正准备离开孤岛，扬帆起航。

"出了这座拱门，我们就算正式离开冷湖镇了！"苏姆一边驾车，一边侧过头对马思齐大声说道。

马思齐看了看那座一闪而过的弧形拱门。它的顶部早已断裂，但两端还各有一截，顽强地伫立着，如同两个孤独的哨兵，伫立在夜色之中。

马思齐突然觉得眼眶一阵发热。

　　从冷湖镇到大柴旦才一百多公里。按照他们之前的盘算，大概接连开上三四个小时，就能够到达大柴旦了。

　　但这一路上却没他们想象的那么轻松。由于连续的沙尘暴，305国道大部分路段都被黄沙掩埋住了。如果不是有路边不时出现的界碑，他们很可能迷失在戈壁中。

　　比起黄沙覆盖，还有更麻烦的事——路面已经有很多处严重损毁。他们不得不把车速放慢，小心驾驶。

　　即使是这样，他们也还是出了状况。

　　苏姆没有注意到前方出现的一道断裂带，等到要刹车时，已经来不及了，他们连人带车摔倒在地，车后座上绑着的备用物品也散落一地。

　　等到他们七手八脚地把摩托车扶起来，又把物品重新绑好后，马思齐才发觉了更糟糕的一件事：他的防护服有几处被磨破了，左胳膊肘处被磨损得最严重，而暴露在外的地方，皮也被擦破了。

　　"等到了大柴旦，我们不仅要给车加油，还得找找消炎药。"苏姆说道。

　　这次状况之后，他们的速度更慢了。他们又遇到几次断裂带，大部分都还勉强能过去，但有一条断裂带，断裂面有七八米宽，而且非常深，把整个路面都完全切断了。他们只好离开公路，进入路旁的戈壁中，绕了很大一个弯，才终于顺利通过了。

　　直到夜晚将尽，他们才走完了前往大柴旦市一半的路程。

　　"看来，我们得调整计划，赶紧找一处可以遮蔽的地方，停下来休息。"马思齐看看正在逐渐变化的天色，对着苏姆说道。

　　苏姆只是哼了一声作为回应。看得出来，他已经被这段旅途折腾得精疲力竭了。

马思齐不时举起望远镜往四周瞭望，希望能找到合适的休息点。

但是，道路两旁都是一望无际的戈壁，连绵起伏的沙丘延伸到远方那些黑黝黝的群山脚下。

马思齐突然想到，在左边的那些群山中，有几家大型煤矿，或许在那里能找到歇息的场所。

但他看了看天色，马上发现这个想法不切实际：天边已经一片猩红，太阳似乎随时可能一跃而起；而从国道去往那些煤矿，恐怕最少还需要半个小时。

这样的话，他们在半路上就将遭遇太阳的毒手。

这个方案的可行性被排除之后，他更加焦急不安。

幸运的是，继续骑行了将近十分钟后，公路的左边，远远地出现了一座村落。

"我们快到那个村落去！"马思齐急切地对苏姆喊道，"离太阳出来只有几分钟了。"

苏姆点了点头，小心地拐上通往村落的道路，然后加快速度，朝那边奔去。

这个时候，太阳正一点点地浮出地平线，那携带着万千杀机的烈焰正在天边徐徐展开。

就在他们刚刚抵达村落前方的一座大教堂时，太阳从地平线上一跃而起，顿时，烈焰笼罩了整个天幕，热浪迅速形成，铺天盖地地袭来。

苏姆在即将撞上教堂大门时，才紧急刹车。坐在后面的马思齐控制不住，一下子从车上跌了下来，摔在地上。

苏姆也摔倒了，被摩托车压在下面。

马思齐连忙强忍着身上的疼痛，爬起来，用尽全身力气把摩托车扶了起来，然后和苏姆一起，把车推进了教堂大门内。

就在他们刚刚进入教堂时，他们身后"呼——"的一声，烈焰已经排山倒海般袭来了。

第十四章　沙海迷途

这些日子里，蚁后一直沉浸在神思之中，只是它的神思经常被那些侍卫蚁打断。那些侍卫蚁一直勤勤恳恳地为它清理表皮，把卵送往育婴室；然后再回来，把这套动作重复一遍。在它们的行动里，没有疲惫，也没有快乐，它们只是遵循着本能和职责，去做每一个动作。

"没错，就是本能，这就是一切问题的答案。"

蚁后的脑海里突然灵光一闪，紧接着，它的思路豁然开朗——

亿万年来，一代代的蚁群凭借着集体的力量，修筑巢穴、外出捕猎、采集真菌和养料、种植农场和牧场。这每一项工作，以它们那针尖般的大脑和微不足道的力量，都似乎难以完成。但它们还是做到了，因为隐藏在它们基因中的本能，驱使着它们数以万计、十万计地聚集在一起，凝成一股强大的力量。

但也是这种本能，让它们无法一步步地提升和超越。亿万年前，蚁族的祖辈就以这样的轨迹生活，亿万年后，还在继续。

蚁后又继续神思了很久，终于，它发出了一个前所未有的指令："模仿两脚兽的城市，建立一座蚁族的新城。"

马思齐和苏姆虽然及时找到了躲避物，但仍然惊魂未定。好长时间里，两个人瘫坐在地上，大口喘着气。

但外面世界的热度还在不停地从大门透进来。两个人打起精神，把车停好，把行囊卸下来，走到教堂深处。他们想简单地吃点儿喝点儿，然后睡上一觉。

正在这时，教堂深处黑黢黢的角落里传来一阵窸窣的声响。

"是谁？"苏姆大喊道，并警惕地站起身来。

一阵苍老的声音传了过来。听得出来，那是戈壁里的方言，马思齐对这种语言懂得并不多，但他从小就听奶奶说过，所以现在勉强听懂对方似乎在说："只是一个没有死去的老人，你们不要担心。"

马思齐稍微镇定了一点儿，用不熟练的戈壁语说道："麻吉，我们只是路过，想进来躲一躲。"

对方沉默了一阵，然后一个人影从黑暗中一瘸一拐地走了出来。

那确实是个老人，他穿着破旧的袍子，乱糟糟的白胡子遮盖了大部分面庞，手上还拄着一根拐杖。

但让马思齐和苏姆感到惊讶的是，老人的肩头站着一只猎鹰。猎鹰一动不动，如果不是它眼睛里透出的凶光，他们一定以为这是个雕塑。

老人有些激动地问道："孩子们，你们从哪里来？"

马思齐连比带画地说，自己和同伴从冷湖镇过来，想要到德令哈去；原本想在日出前赶到大柴旦，可时间已经来不及了，于是想在这里休息，等下一个夜晚来临后继续上路。

戈壁老人一直在凝神听着，浑浊的目光不停地在他脸上扫视。

等到马思齐停下来时，那个老人问道："孩子，你认识巴合提古丽吗？"

马思齐愣了一下，说道："那是我奶奶。"

老人布满皱纹的脸上露出欣喜的笑容："这实在是巧。你见到她时，就说古尔曼向她问好。"

"您……认识我奶奶？"

老人像个小孩一样，兴奋地拍了拍手："古尔曼和巴合提古丽是几十年的交情了。天下所有的戈壁人，哪怕一辈子只见过一次，也会相互记在心里。"

马思齐怎么也想不到，在这个陌生的地方居然会遇到自己奶奶的熟人："您是怎么看出来我跟她有关系的？"

老人伸手碰了碰马思齐的额头，说道："你一开口说话，我就从你脸上看出了巴合提古丽的轮廓。我们戈壁人的那种轮廓，不管传了多少代，都能认出来。"

苏姆听不懂老人说的口音浓重的戈壁方言，就问马思齐是怎么回事。马思齐把情况简单地告诉他，苏姆也不胜惊喜。

马思齐问古尔曼老人："村子里情况怎么样？"

老人摇摇头："都没了，他们都被神带走了。"

马思齐原本满怀期望，听到这话，不由得脸色黯淡下来。

苏姆在一旁看出异样，又追问马思齐是怎么回事。等到马思齐转述了老人的话后，苏姆耸耸肩，低声对马思齐说："要是真有神，那才怪了。"

不料，老人似乎听懂了他的话，使劲儿摇了摇头，然后急切地说了一大通。

他说得很快，马思齐并没有完全听懂，只是大概明白老人是说，在他们戈壁人的传说中，神真的存在。神的居所就在银河系的中央，在那里存在一个质量等于四百万个太阳的暗星。神并没有来过我们这里，但对这里了如指掌，因为神的使者一直生活在我们身边，亿万年来，使者一直在沙海里游荡。

"沙丘魔怪！"马思齐禁不住惊叫道。

"那是神的使者。"老人喃喃说着，"孩子，所有那些关于沙丘魔怪的传说，都是不信神的人说出来的。而信神的人，才看得到他们的真身，听得懂他们的声音。"

他们给老人分了一些水和牛肉干。吃完这顿简易的饭后，老人又回到自己的角落里，马思齐和苏姆也很快就睡着了。

这一觉睡得很沉，等马思齐醒来时，太阳已经落山，又是一个夜晚来临了。马思齐和苏姆打算继续他们的旅程了。

马思齐准备跟古尔曼老人告别，却发现老人所待的角落里只有一堆杂物，老人和他的猎鹰都不见了。

他正感到惊讶时，老人从教堂后面出现了。这时马思齐才发现，那里有一扇后门。

老人的手上拿着一些馕，递给马思齐，并说，这是刚才他去教堂后的厨房里烤出来的。

马思齐伸出手去接过那些馕。这时，站在一旁的苏姆惊讶地"啊"了一声，眼睛直勾勾地盯着马思齐的手臂。

"你的伤口怎么愈合得这么快？我有一次跟几个同学打篮球，也是胳膊上摔破了，整整三天后才结痂呢！"

他这么一说，马思齐也才留意到，自己在几个小时前摔伤的左胳膊肘，当时还流了很多血，而现在居然已经结出了一层黑色的痂，痂已经松动了，能看到下面新长出的皮肉。

古尔曼老人觉察到他们的异常，问是怎么回事。听完马思齐的简单描述，老人突然激动了起来，他一把抓住马思齐的胳膊，一边打量，一边喃喃说道："哈尔肯，哈尔肯！"

马思齐一边轻轻抽回自己的胳膊，一边问道："什么是哈尔肯？"

"是我们戈壁人的传说中的一个密语，里边包含着一个神秘连接的秘密。谁掌握了这个秘密，谁就能听得懂飞过天空的鸟儿的歌唱，听得懂吹过沙海的长风的述说。谁掌握了这个秘密，谁就能听见一切、看见一切，就能与居住在暗星上的神实现最终的连接。"

马思齐心里一动，他想起来，奶奶也曾经说过关于某种与万物的神秘连接的话。

这时，古尔曼老人转头朝身后的角落打了个呼哨。很快，黑暗里传来猎鹰翅膀扇动的声音和咕咕的叫声。

"孩子们，我会让我的猎鹰帮忙，把消息传递出去，传给其他同样生活在这片沙海中的动物。在你们接下来的路途上，它们都会看护着你们。"

马思齐被老人的话弄得晕乎乎的，他转头看看苏姆，苏姆也一脸茫然。他们就这样茫然地看着古尔曼老人对着猎鹰叨咕着几句话，看着猎鹰拍打着翅膀，从窗户飞了出去，消失在外面黯淡的天光中。

他们告别了古尔曼老人，骑着摩托车缓缓离开了院子，顺着村前小路拐上了305国道。

接下来，他们的行程顺利了很多。

或许是由于有了前一个晚上的折腾，苏姆的骑行技术更好了。很多时候，他能够凭借敏锐的感觉，提前发现前方掩埋在沙砾下的公路断裂带和陷阱，从而灵巧地避开。

他们还不时停下来查看路边的界碑，发现离大柴旦已经越来越近了。照现在这个速度，他们会在日出前两个多小时抵达大柴旦。

两个人兴致很高，一边继续骑行，一边商量着到达大柴旦后要做的事。苏姆说，那里应该能找到加油站，说不定还能找到一辆汽车，那样的话，他们就能换辆新车开了。

马思齐提醒苏姆，他还没有汽车驾驶证。

苏姆哈哈笑了起来："现在都什么时候了，难道还有警察在路上查车吗？我倒巴不得遇到一个大活人呢。"

两个人聊兴正浓时，一件意想不到的事发生了：在翻越一座斜坡时，摩托车彻底熄火了。

　　到达那座斜坡之前，这辆摩托车就已经如同一匹老马，在和茫茫沙海的持续奋战中，越来越力不从心，出现过几次熄火现象。但之前每次在苏姆捣鼓了一番之后，它都又重新向前奔跑起来。

　　可这一次，不管苏姆如何努力，一次次把油门加到底，都无法再次将它启动。

　　在持续折腾了将近半个小时后，苏姆彻底放弃了，他一屁股坐在地上，沮丧地说："麻烦大了，看来这辆车报废了！"

　　马思齐心头如同被浇了一盆凉水。他早就对照过了地图，这里离目的地还有十五公里左右的距离。

　　他抬头往四处看，现在他已经习惯了这无边无际的戈壁和笼罩着戈壁的白光。大柴旦还淹没在前方地平线上的一片朦胧之中。

　　他甚至试着把无线电短波接收器打开，但里边只传来一阵哐哐的噪声。

　　"看来，我们需要步行完剩下的这段路了。"他说道。

　　接下来，他们把行囊从车上取下，把那桶汽油拿出来，现在再也用不着它了。然后，他们把剩余的行李分成两个小包，一人背着一个。

　　他们开始沿着公路向前步行。

　　走了一个多小时后，按照地图的标志，他们离大柴旦只剩不到五公里了，在视野极为开阔的戈壁中，原本应该能看得到那座城市的轮廓；但奇怪的是，不论他们往哪个方向张望，都只看到蔓延的沙丘。

　　马思齐心里越来越往下沉。他开始怀疑他们可能走错路了。

　　他们怀着侥幸的心理，又前行了一段时间，希望能找到界碑的指引。

但他们搜寻了很久，都看不见任何一座界碑。

马思齐不得不接受一个事实：不知不觉间，他们已经偏离了国道。

这些日子里，他们经历了那么多的变故，但还是头一回感觉这样无助。

马思齐一边继续凭着感觉朝前走，一边抬头朝灰蒙蒙的天空望去。他耳畔又回响起古尔曼老人说的那番关于神的话。只不过，现在他感觉，迷失在银河系中心那漫无边际的荒凉和死寂中的，是他和苏姆。

苏姆就走在他旁边，呼哧呼哧的喘气声显得有些刺耳。马思齐不忍看苏姆如同死灰般的脸色，他估计此刻自己的脸色应该也差不多。

再后来，他们已经完全放弃了寻找方向的念头，只是木然地朝前走，就像迷失在茫茫沙海中的两只蚂蚁。

只要一阵风起，沙海出现哪怕一点儿轻微的波动，就能轻而易举地夺走他们的一切。

如果不是那只大鸟的出现，这两个孩子的旅程恐怕将再也无法继续下去。

第十五章　抵达大柴旦

一座蚁族城市正在拔地而起。

这不再是之前那座十来米高的钢铁城堡，而是一座真正的城市——以蚁后居住的巢穴作为中心，一座座钢铁城堡散落在四周，形成一片方圆数公里的蚁族城市。

与此同时，通过信息素网络，蚁后的指令源源不断地向四面八方传送出去。没过多久，附近的蚁群开始循着网络的指引汇聚过来了。

再后来，连戈壁深处的蚁群也源源不断地奔涌而来，就像一条条小溪汇聚成河，最终汇成一片汪洋。

谁也不知道，在这片没有生机的沙海里，居然会有数百万的蚁群。连蚁后也不知道。

但它知道，现在它成了参与联盟的所有蚁族中的首领，数百万蚁后中的最尊贵者：大蚁后。

那只大鸟孤单地在天空巡游。

有一瞬间，马思齐以为是自己因为疲惫至极而产生的幻觉。他低下头，闭目冷静了一下，再次抬头望去——

在满天闪烁的白光中，那只大鸟的身影正在不断逼近。

"那只猎鹰，真的出现了！"马思齐心里一阵激动。

这时，他猛然感觉，那些沉睡在自己体内的事物又苏醒了过来，似乎是那只大鸟翅膀扇动的微风惊醒了它们。

苏姆也远远地看到了那只鸟，但他怎么看都觉得那不像是一只猎鹰，更像一只秃鹫。

他正想把这一点告诉马思齐，一转头，发现马思齐的神情变得很怪异。

那只鸟发出一声长鸣，在他们头上兜了两个圈，然后飞走了。

马思齐的神情变得更加怪异，眼神直直地望着大鸟消失的方向，跟着跑了过去。

苏姆不由得暗暗叫苦，他猛地一跺脚，朝马思齐追了过去，一把拽住了自己伙伴的胳膊，使尽力气摇了摇，大叫道："你疯了吗？这样乱跑，我们都会死在这戈壁里的！"

马思齐朝苏姆转过头来，看了他一眼。

看到马思齐的眼神，苏姆的心里咯噔一声，愣在了原地。趁这个机会，马思齐挣脱了他的手，继续朝前跑去。

苏姆还在回想马思齐的眼神，那眼神里有种说不出的不对劲儿，就好像他明明身在此处，却又在很遥远的地方，隔着迷雾远远地眺望。

素来胆大的苏姆突然感到身上起了一阵鸡皮疙瘩。"不对，越来越不对！"他跺了跺脚，看着马思齐远去的身影，拔腿追了过去。

他们一前一后继续行进了一段路，苏姆感觉自己脚下越来越沉。那只大鸟早就不见了踪影，四面八方都是漫无边际的沙海，脚下的沙丘仿佛产生一种深深的吸引力，想把他和马思齐吸进去。

就在他们爬上一座沙丘时，斜坡处传来一阵咝咝的声响。

马思齐指着声音传来的地方，兴奋地叫道："响尾蛇！它来给我们指路了！"

说着，他朝斜坡冲了下去。

苏姆望了望前方，果真有一条响尾蛇，正快速地滑下斜坡，身后留下波浪形的痕迹。

他也只能咬着牙跟着去了。

他们追踪着那条响尾蛇前行了大约一公里，这时，前方出现了一片干枯的草甸。响尾蛇哧溜一下钻进草甸里，地面上再也找不到它留下的痕迹了。

很快，几只很少见的戈壁鼠兔从一簇干枯的莎草根部的洞穴里钻出来。它们扬起鼻子，在空气中嗅了嗅，然后朝着东北方向跳跃着离去。

追踪着那些鼠兔，他们逐渐从沙海中走了出来，踏上了一条小路。

苏姆放眼朝前望去，发现小路的前方就是一栋栋矗立在夜色中的楼群。

他不由得一阵狂喜："我们真的到了大柴旦！"但当他看着马思齐恍惚的眼神时，心头又变得沉甸甸的。

那几只鼠兔纷纷朝四周散开，各自消失在沙海之中。

苏姆还在朝那些鼠兔消失的方向看时，从小路前方传来一阵喊声："前面的人，你们是谁？"

苏姆抬头一看，发现小路前方被一道沙包堆砌的路障拦住了。路障边上，有两座二层小楼，就像两座碉楼，楼顶上有两个人正在朝他们这边喊话。

苏姆心里一沉，刚才的兴奋一下子消失了，因为他看到那两个人手上发出一阵阵的闪光，那是由枪械反射出的金属的冷光。

这时，他突然听到身旁的马思齐发出一阵轻微的呻吟。他刚一转头，就看到马思齐的身体摇晃了几下，然后软软地倒下。

"我的同伴晕倒了，快救救我们！"苏姆一边朝那些人大喊，一边赶紧弯腰，想要扶住马思齐。

几个人从路障后出现了，其中带头的是一个二十多岁的短发女人。她穿着和其他人一样的迷彩服，腰间也挎着一把枪。但那身衣服穿在她身上，却没显出咄咄逼人的气势。

"是两个孩子。"那个女人开口了，是对旁边的同伴说的。听得出来，她非常惊讶。

"你们是从哪里来的？"她问道。

"我们从冷湖镇过来的。"苏姆回答道。

短发女子带着两个同伴朝这边走过来。她走到苏姆和马思齐面前，看了一阵，转头对身旁的同伴说："快，把那个孩子带去休息。"

她的两个同伴抬起马思齐，往路障左边的那座碉楼走去。

短发女子朝苏姆伸出一只手，说："我们是大柴旦特别行动军。你们真是从冷湖镇过来的？"

在得到苏姆肯定的回答后，她摇头感叹道："这么久以来，我们还是头一回见到从别的地方过来的大活人，这实在是奇迹。"

然后，她朝苏姆伸出一只手说："我叫叶郁芳，你可以叫我叶子姐姐。"

说着，她转身往回走去。苏姆也连忙跟着她朝碉楼走去。

走到一半时，他心有余悸地回过头，朝沙海望去。在刚刚过去的这个夜晚，它差点儿吞噬了艰难跋涉的苏姆和马思齐，而现在，它的凶险被一片宁静所掩盖。

第十六章　宿主

盟友汇聚的消息和城市扩建的消息，不停地传递给大蚁后。

大蚁后再次进入神思之中。

这一次，它得到了一条新的启示：模仿是超越的第一步。

没错，虽然之前它们也曾建造过钢铁城堡，也曾拥有自己的牧场和田园，但这一次它做的事是前所未有的。因为它们在主动模仿两脚兽曾拥有的一种更高级，但已在走向没落的文明。

于是，在沉寂了数天后，所有的蚁群接收到了大蚁后释放出的新的指令："在河渠的岸边，有一座大房子的废墟，你们把它重建起来。"

几乎所有的蚁群都参与了这座房子的建设。它们并不懂得里边那个挂在十字架上的男人到底意味着什么，那些庄严的壁画，画上的天使与乞灵的信徒，对于它们都没有意义。

它们更多是被一种创造的激情所驱使。那股激情来源于蚁后释放的信息素，经过信息素网络的一个个节点，被一次次增强。

房子落成时，大蚁后并没有亲眼看到它的景象。但每一只蚂蚁都是它的眼睛，通过这一双双眼睛，它"看到"了那座房子的辉煌。

这让它陷入了更深的思索：如果说，这座房子的建造是蚁族一次成功的模仿，那么接下来，只有真正掌握两脚兽文明的秘密，蚁族才可能实现反超——但这一点该如何才能做到呢？

大蚁后陷入了长达数日的神思之中。它不吃不睡，甚至连产卵都顾不上了。

马思齐从昏迷中清醒过来后，叶子姐姐让两个同伴护送着马思齐和苏姆离开了碉楼，前往城市中心的安置处。

这一路上，出现在他们面前的是一座座倾塌的废墟。看来这座城市的情况并不比冷湖镇好多少。

他们到达了一个大门，两个守护在门边的持枪警卫为他们打开了大门。

接着，他们穿过门后一座宽敞的大院。

马思齐虽然身体虚弱，但还是敏锐地发现，大院里有不少被伪装起来的枪炮。还有四五十个人，那些人都和叶子姐姐一样，一身野战军的装扮。

他转头看看苏姆，苏姆也一脸严肃。看来，他也发现了这里的异常。

他们被带进大院后方一栋碉堡式的房子。进去之后他们才发现，这座房子其实是半掩埋在地下的，里边有着长长的回廊和很多房间，不时有人进进出出。

他们被带进一个小房间里。带他们过来的那两个人说，会有人过来照顾他们，同时叮嘱他们要守规矩，说完就离开了。

果真，很快就有人给他们送来了食物。其实就是两块馕，但多了一份羊肉汤。两个人一路上早已疲惫不堪，吃喝之后，就沉沉睡去了。直到夜幕降临，才醒过来。

他们刚想着怎么没人来找他们问情况时，那个叶子姐姐就推门进来了。

"我估摸着你们两个应该醒了，还真被我猜中了。"叶子姐姐微笑着说道，伸手拉过来一张椅子，坐了上去。

马思齐和苏姆对视了一眼，点了点头。

在接下来和叶子姐姐的交谈中，马思齐和苏姆告诉了她冷湖镇的情况。

听完他们的述说，叶子姐姐面色变得很凝重："看来，到处都是同样的状况。"

"大柴旦也是这样吗？"苏姆问道。

叶子姐姐简单地描述了大柴旦的情况。太阳耀斑同样几乎摧毁了整座城市，幸存者们零散地躲藏在一些废墟的角落里。而维持这座城市秩序的，是一支被称为"特别行动军"的组织。这座城市里的幸存者有一千多人。在聚集初期，有些人为了争夺生存资源，爆发过火并。于是，才有了这支特别行动军。这个规模将近两百人的半军事组织，就驻扎在以前的一处军事训练营里。现在他们所在的地方，就是特别行动军的大本营。

但是，叶子姐姐的描述让马思齐产生了一个困惑，他问道："为什么不叫治安队，而叫特别行动军？你们这个名字实在有些怪。"

叶子姐姐没有正面回答他的问题，而是反问道："在你们冷湖镇那边，有没有发现什么与蚂蚁有关的反常现象？"

"难道这里也发生了一样的事？"苏姆吃惊地叫道。

马思齐把之前遭遇过的那些与蚁群有关的事简略地说了一遍。

等他说完后，叶子姐姐眉头紧皱，很长时间都沉吟不语。过了好一阵子，她才轻轻吐口气，说道："我们这里发生的事情，比你们那边还要严重，严重到远远超出你们的想象。如果你们有兴趣，我可以带你们去亲眼看看。"

苏姆和马思齐正想到处去看看，于是连忙站起身来。

他们跟随着叶子姐姐离开了据点，在一栋栋残破的楼宇间穿行。马思齐注意到，除了据点附近的那几栋楼里传出人声外，其他的楼都一片死寂。

走了二十来分钟，一条干涸的河道出现在他们前面。

这时，叶子姐姐停住脚步，回头冲他们低声说道："你们注意看那座房子。"

马思齐顺着她手指的方向望去——在河道的对岸，矗立着一座教堂。

刚看到那座教堂时，马思齐就禁不住"啊"地惊呼了一声。

因为他有种似曾相识的感觉：在满天白光的映照下，教堂的墙体上闪烁着点点微光，应该是金属碎屑发出的光泽，就像他曾经见过的蚁群的钢铁城堡一样。

但那又确实是一座教堂，庄严的大门，门前的台阶，椭圆形的穹顶，一应俱全。

"你们知道那座教堂是谁建起来的吗？"。

马思齐转头看着叶子姐姐。他的心里有种强烈的预感，但他又觉得那种想法实在太过离奇，离奇得他自己都没勇气说出口。

"是那些蚂蚁。它们仿照我们人类的建筑模式，在那里建了一座教堂。"叶子姐姐的声音里带着一丝颤抖。

马思齐和苏姆不约而同地惊呼起来。虽然他们已经见过了蚂蚁们的钢铁城堡，但眼前所见的景象，和叶子姐姐所说的那些话，对于他们而言，依然像天方夜谭一般。

"难道蚂蚁居然也相信神？这实在太离奇了！"苏姆嚷道。

叶子姐姐叹了口气："不管它们是真的进入了我们人类历史上曾经出现过的宗教时代，还是它们仅仅就是无意识地建造而已，这都是一件越想越可怕的事。"

"这实在太可怕了！要是我们不赶紧行动，这些蚂蚁最后会占领整个地球的！"苏姆面色凝重地说。

"这场耀斑爆发，似乎让某种古老的事物复活了，进而感染了蚂蚁这个种族。但这场感染居然让蚂蚁发生了一种我们想象不到的变异——它们拥有了类似于人类的高级智慧。现在，蚁群建立的这栋房子，成了我们这些幸存者们的心头大事。"

一直沉默的马思齐突然发出一声低吟，那种蛰伏在他体内的物质又开始活跃起来了。

叶子姐姐发觉了他的异常，连忙一把扶住他，问道："你这种症状出现多久了？"

马思齐想开口，却发现有些力不从心。一旁的苏姆帮他回答道："有一段时间了，而且看起来一次比一次严重。"

叶子姐姐沉吟了一番，对苏姆说道："我们一起把他送去医院。我有一个在医院工作的闺密小刘，我可以让她安排做一次检查。"

苏姆和叶子姐姐一起架起马思齐，离开了河渠，去了据点后面的一所小型医院，推门走进了最里边的一间诊疗室。

一个二十多岁的戴着眼镜的女医生起身迎了上来。看来，那就是叶子姐姐的闺密——刘医生。

叶子姐姐和刘医生简单说了说情况，刘医生让马思齐在一旁的病床上躺了下来。

"不要担心，我先给你做几项基本检查，然后看看情况再说。"刘医生柔声说道。

检查很快就完成了，马思齐又躺着休息了一阵，直到感觉精力恢复了一些，刘医生让苏姆先送马思齐回房间休息，一个小时后再过来拿检查结果。

回到房间之后，苏姆看马思齐的情况稳定了，就说自己要去外面逛逛。苏姆离开后，马思齐迷迷糊糊地打了一会儿盹儿，不知什么时候，门外传来一阵急匆匆的脚步声。

马思齐睁眼一看，叶子姐姐和刘医生出现了。

马思齐一看她们的脸色，就感觉情况有些不对劲儿。

叶子姐姐的脸上有种故意掩饰出的平静，她对马思齐说："思齐，检查的结果出来了，没有什么大不了的，只是一些小问题。"

说完，她转头朝刘医生示意了一番。

刘医生点点头，晃了晃手上的一张检查单，说道："你的几项主要身体指标都不错，只是白细胞有些偏多。按理说，吃些消炎药应该就没事，不过……"

说到这里，她犹豫着停了下来，似乎不知道该如何开口。

"你就直说吧，刘医生，我又不是小孩子。"马思齐半开玩笑地说，但他心里有些不祥的预感。

刘医生又踌躇了一下，才开口道："你的血液里检测出了一种比较少见的细菌。但你别担心，到目前为止，这种细菌似乎还没有表现出太明显的致病性。"

"这应该不是什么大事。我们每个人的体内都生活着数不清的细菌呢，大部分细菌对人体都是有益的。"叶子姐姐在一旁补充道。

刘医生点了点头，一副欲言又止的神情。果真，过了一阵子，她接着说道："有点儿奇怪的是，我们在捕获到的蚂蚁体内，也检测出了这种细菌，但到目前为止，我们还没有收到其他人感染这种细菌的报告。"

马思齐先是愣了一下，紧接着仿佛听到心里的一块石头掉落了下去。很长时间里，他都有种预感，自己的病情和蚂蚁们发生的变化，这两者之间有某种联系。而现在，这种猜测终于被证实了，他反而感到一阵轻松。

"这是种什么样的细菌？"他问道。

"我用显微镜观察过几次，这些细菌的形状扁平，和我们现在所常见的球状、棒状以及螺旋形的细菌完全不一样，而且它们的膜脂等生化特性也和现在常见的细菌不同。"

马思齐猛然想起以前不知道在哪里看过的一些关于生活在高温热泉中的古老微生物的知识，一个词语脱口而出："古菌！"

"是有些像某种非常古老的细菌，但奇怪的是，古菌一般都是极度厌氧的，没办法生存在我们现在这种有氧的生态环境中。"刘医生皱着眉头说道。

叶子姐姐突然"啊"了一声，说道："我有个猜测，不知道对不对。耀斑爆发后，我们的大气层不是被严重削弱了吗？现在很多人都因为氧气含量不足而生病了。说不定这种古菌不是完全厌氧，而是只要氧气含量降低到一定幅度，它们就能生存。"

刘医生点了点头："科研所的刘博士也是这样认为的。他说，这种古菌可能是在原始地球时期出现的，后来随着地球大气环境的改变，它们无法正常生存繁衍，于是进入某种类似休眠的状态。直到这场耀斑爆发，改变了地球大气环境，它们才再次复活。"

马思齐的眼前又浮现出那堵长满霉菌的石墙。只不过这一次，他仿佛头一回看清，那并不是普通的霉菌，而是在经历了数亿年的休眠之后，重新开始生长起来的古老生命。

第十七章　监禁

在这次前所未有的漫长的神思之后，大蚁后有了一个更大胆的想法。

它召集了一支特别的队伍。这些成员都是从各个联盟蚁群中挑选出来的，是那些在信息素网络的运行中表现比较突出的蚂蚁。相比其他蚂蚁，它们有着更强的领悟能力。

大蚁后对这支特别部队下达了任务："进入河渠西岸的那栋椭圆形房子，寻找两脚兽文明的秘密。"

蚁群出发了，它们很顺利地越过了干涸的河渠，到达了那栋椭圆形房子。

这栋房子里边已经严重损毁，就和这里的大多数房子一样。不一样的是，这栋房子里四处散落着很多块状物体，这些块状物体由一张张叠放在一起的薄片组成，上面布满密密麻麻的符号。

当它们把这个发现通过信息素网络传递回去后，很快，新的指示传回来了：

"这些符号里边隐藏的，就是两脚兽文明的秘密，你们要把它们找出来。"

苏姆决定改变计划，他想留在大柴旦，加入特别行动军。

这几天看着特别行动军的训练，他心动不已。他觉得这才是一个热血男儿应该过的生活。尤其是在这样的乱世，只有拥有足够的力量，才能生存下去，也才能帮助别人。

他甚至梦想着有一天能够像特别行动军的首领一样，带着一支队伍，在成为废墟的世界上四处征战。

特别行动军的首领姓金，是个身材魁梧的四十多岁男人，大家都叫他"金将军"。

金将军确实是行伍出身。耀斑爆发前，他是某个连队的连长，因为回家探亲，才出现在大柴旦。灾难发生后，是他一手组建了这支队伍，维持了城里的秩序。所以在幸存者眼里，他是个带着光环的英雄人物。

苏姆期待着能够跟随金将军，成为他麾下的一名战士。

不过刚开始，他遇到了一点儿障碍。因为他才十四岁，金将军可不想把自己的军队变成一支童子军。直到苏姆一口气扛着一百多斤重的沙包跑了两百米，又展示了他的箭术后，金将军严厉的脸上才露出一丝满意的神色，破例答应了他的要求。

苏姆跟马思齐告别后，就搬去了部队里边住。接下来这段时间，他要参加为期十天的紧急训练。据他透露，行动军很快会有一场特别行动。

不过，马思齐却遇到了麻烦。

那天晚上，马思齐刚送走苏姆，就来了两个士兵，带他去了金将军的办公室。

等他到了那里之后，才发现刘医生也在那里。

马思齐有些不敢相信自己的眼睛。明明就在不久前，刘医生还和他们约定好要保守秘密的，怎么转眼间就把秘密说了出去？

刘医生看起来有些心虚，转头假装没看到马思齐询问的眼神。

"你叫马思齐？"金将军开口了，他的声音带着军人特有的威严。

被一屋子的士兵包围着，这让马思齐有些手足无措，他点了点头。

"我从刘医生那里了解到了，你生病了。而且据说和那些蚂蚁感染了同一种病毒。"金将军说到这里，沉吟了一番，"你也看到了，那些蚂蚁正在成为我们的心头大患，它们发展的速度惊人。如果我们视而不见，最后它们会迅速蔓延，控制整颗星球。"

"这……怎么可能？"马思齐惊叫道。

"听上去好像是一部拙劣的科幻电影的情节，是吗？但你睁眼往那边看看，看看那些蚂蚁们建的巢穴，它们甚至建了一座教堂。在我们人类遭遇劫难时，它们却快速发展。你看看这一切，就知道这个世界已经彻底变了，小伙子。"

说到这里，金将军用手使劲儿敲了敲面前的桌子。

马思齐不由得颤抖了几下。

"从现在开始，你要住在一个单独的房间，这是为了避免你传染给别人，这一点希望你理解。我们会好好保护你，同时你有什么情况，也要如实地向我们汇报。"

马思齐心里一沉："这是要把我隔离起来。"

金将军说完后，朝一旁的一个士兵喊了声："李湛江，从今天开始，你要一天24小时负责看护他。"

那个士兵敬了个礼，说道："是！"

然后，他迈着军步走到马思齐面前，说道："跟我来，我带你去休息的地方。"

马思齐心乱如麻，却只能木然地站起身，跟着那个士兵往门口走去。

经过刘医生身边时，一直沉默的刘医生开口了："思齐，你不用担心，这样做是为了你好，也是为了大家好……"

但她的声音听上去有些慌张。

马思齐点了点头，跟着士兵走出了门外。

　

他的新居所是一个与据点隔离开来的独立的小房间。里边除了一张床外，什么都没有。虽然看上去只是一个简陋的房间，但房门上有一个可以从外面推开的窥探孔，这表示他从此处于别人的窥视之中。

那个叫李湛江的士兵是个沉默寡言的人，把马思齐带进房间后，只说了一句："我就在门外，有事叫我。"然后就啪的一声把门带上了。

马思坐在床上，透过墙上一扇小小的窗户，呆呆地望着外面惨白色的天幕。他和苏姆历尽波折离开冷湖镇到了这里，没想到居然会遇到这样的变故。而苏姆和叶子姐姐估计都还不知道他遇到的事。

他感觉到心里一阵阵发凉。

在这阵阵袭来的凉意中，他想起了奶奶慈祥的面容，想起了离别时赵妍那欲言又止的神情，想起妈妈的唠叨，想起爸爸……还是头一回，他感觉到自己对他们无比思念。

　

不知什么时候，他被门外一阵熟悉的声音惊醒过来。

他侧耳一听，不由得感到一阵惊喜，连忙从床上爬了起来。房门打开了，叶子姐姐急匆匆地走了进来。

"思齐，我跟着后勤组去取水了，刚刚才回来，就听说了你的事，赶紧过来了。"叶子姐姐走过来，安慰地拍了拍马思齐的胳膊。

"叶子姐姐。"马思齐叫了一声。

"那个刘思楠，我把她当成最好的姐妹，没想到她会做出这样的事，我永远也不会原谅她。"叶子姐姐恨恨地说着，"他们没把你怎么样吧？"

马思齐摇摇头："这也不怪她。我后来也想明白了，我感染了那种病菌，她自然会有各种担心，所以才汇报给金将军。金将军说的那些，我也能接受。"

"你不怨恨就好，但我还是不能原谅她。"叶子姐姐眉头紧蹙，"其实，我心里很矛盾。身为特别行动军的成员，我要以大家的利益为重；但另一方面，虽然你才过来这里几天，但在我心里，你就是我的一个弟弟，我要保护好你。"

马思齐感到脸上一阵发烧，他嗫嚅着说："我……能保护好自己。"

叶子姐姐扑哧笑了一声："我是以姐姐的身份照顾你。但你是个男生，你当然要保护自己，说不定有一天你还要保护我这个姐姐呢。"

"叶子姐姐，那些蚂蚁的情况怎么样？"马思齐赶紧转移了个话题。

叶子姐姐沉吟了好一阵子，才开口道："这些日子里，我们一直在密切关注河渠的对岸，到目前为止，那些蚂蚁并没有表现出什么危险性。"

"我也是这样的感觉！"马思齐兴奋地说，"我曾经和蚁群有过直接的接触，从它们那里，我并没有感知到危险。"

叶子姐姐点了点头，似乎想说什么，却欲言又止。许久之后，她才长叹口气，说道："这段时间以来，我一直有个想法，从来没跟别人说起过。我总感觉，人类无法接受另一种原本只是生活在我们脚底下的昆虫的崛起，最后甚至跟我们平起平坐。正是这一点，激发起了大家的斗志。"

马思齐突然心里一动，他说道："叶子姐姐，或许我可以做一件事，但我也不知道能不能起到什么作用。"

"没事，你先说说看。"叶子姐姐看着马思齐。

"我和苏姆曾误入蚁群的包围中，或许是因为它们嗅出了我身上特殊的气味的原因，它们并没有对我们做什么。所以我想，或许我可以进入这里的蚁群城市，去了解更多的信息。"

"这太好了！"叶子姐姐兴奋地赞叹了一句，但很快她又一脸犹豫，"不过这样的话，你冒的危险太大了。我们曾经试着捕捉过一些蚂蚁，发现那些蚂蚁可不像我们之前认为的那样，它们的攻击能力非常强，动作敏捷，而且一般的捕捉工具都可以咬破，我们甚至见过它们啃掉一座不锈钢笼子，然后集体出逃。"

马思齐点点头："我不希望看到你们进攻它们，也不希望它们毁了我们的家园。我不知道自己能做什么，但我还是想试试。"

叶子姐姐沉吟了半晌，然后重重地点了点头："这样吧，我把你说的跟将军汇报下，然后我们再决定。"

然后，她起身离开了。

第十八章　闯入者

蚁群开始行动了。它们有的排列成符号的形状，力图找出其中的规律；有的坐在块状物体上陷入神思状态中，想借助神思得到启示；还有的把那些符号的形状发布到信息素网络中。

蚁群们还不知道，这栋椭圆形房子，曾经是大柴旦城里一个很特别的地方——市图书馆。里边摆放的那些块状物体，正是记载着人类文明的点点滴滴的书籍。

蚁群源源不断地把块状物体里面的符号上传到信息素网络。

大蚁后原本以为，它的种族联盟所包含的个体数目是整个天地间最大的数字，但现在它发现自己错了——两脚兽创造的这些符号简直无穷无尽。

大蚁后越来越坚信一点：如果不是与文明的秘密有关，两脚兽不会耗费那么多精力，来创造这些块状物体和这些无穷无尽的符号。

要破译两脚兽文明的秘密并不是一件容易的事，因为对于蚁族而言，这需要有一种截然不同的思维方式。

但大蚁后自有它的秘密武器，那就是蚁族联盟中数百万位跟它一样的蚁后，还有每个联盟单位里数百万甚至数千万的蚂蚁。

它们中的每一个，大脑都不过只有针尖大小，但当这么多的大脑都通过信息素网络连接起来时，就能迸发出超强的能量。

而现在，经过这段时间的持续改进，信息素网络已经得到充分的强化，它的信息处理能力也在一步步强大起来。

终于，在经历了数日的忙乱，并付出了数十万蚂蚁因为过于猛烈的信息轰炸而死亡的代价后，蚁族对符号的破译取得了关键的一步：它们发现那些符号虽然数量庞大，但其排列组合确实有规律可循。

当这些规律陆续被发现，并被传送到信息素网络中之后，蚁群沸腾了。在蚁族的城市里，大家欢呼雀跃，四处奔走相告。

而在王座之上，大蚁后也感到一阵欢愉。只不过很快，这种欢愉就被腹中的阵痛代替。

大蚁后现在产卵的间隔时间越来越长，它已经逐渐老去了。

大蚁后越来越明显地感知到来自两脚兽的威胁。有一天，一个加急信号通过网络传达给了大蚁后："有一个两脚兽闯入了蚁族城市。"

马思齐原本以为，金将军不会答应叶子姐姐的请求。但出乎他意料的是，金将军同意了，只不过提出一个条件：回来之后要把情况如实向他汇报。

在叶子姐姐和李湛江的陪同下，马思齐趁着夜色，再次来到了河渠边上。

叶子姐姐和李湛江停了下来，看着马思齐越过了河道。

现在，在马思齐的面前，是数千座蚁族的城堡，散布在大片荒原上。

城堡外壳上闪着的微光，如同深空中点点星光的闪烁。这让他有种很怪异的感觉，不是因为它诡异的美丽而迷醉，也不是因为它的独特而恐惧，而是一种深深的震撼。

他看不见那些蚂蚁。但他知道，此刻正有无数双眼睛在暗处盯着他的一举一动。想到这里，他的心里不由得颤抖了一阵。

"思齐，小心一点儿！"身后传来一声呼唤，那是叶子姐姐的声音。

马思齐再次朝前迈出脚步。

当他靠近这座蚁群城市边缘的第一座巢穴时，他就感知到了那阵熟悉的气息。当初在发电厂后的蚁巢边感受到的那种气息，又在他身边弥漫开来。

随着他一步步深入蚁群城市，那种气息越来越浓重。他甚至能感知到，那些气息就像一个个气泡，通过一张无处不在的网络传递过来。

与此同时，他再次感觉到了自己体内传来的悸动。那些沉睡在他体内的神秘力量已经渐渐苏醒。

他再次放眼往四周望去，那个网络在他眼前徐徐展开：它以一座座蚁巢为节点，覆盖着整座蚁族城市。

他所感知到的这一切，并不是靠鼻子嗅出来的，也不是靠眼睛，而是靠所有感官的集合。在体内那股神秘力量的作用下，这种感官的集合被往特定方向强化了数十、数百倍，从而接收到了那些生物化学信号。

与此同时，原本寂静的蚁族城市突然骚动起来：一大群蚂蚁如同潮水般从各个巢穴涌出，朝他包围过来。

这个时候，在他的身后，河渠的东岸，叶子姐姐和李湛江正紧张地注视着这一切。当蚁群朝马思齐蜂拥上去时，李湛江再也忍耐不住了，他抬起了手上的火焰喷射器，想要冲过去。

叶子姐姐一把拉住了他："不要去。他会没事的。要是有危险，他就不会那么安静地待在那里了。"

李湛江停了下来，但还是有些犹豫地说："会不会那些蚂蚁释放了什么麻醉剂，他被麻醉了，不知道反抗？"

叶子姐姐再次摇了摇头："再等等，他不会这么轻易出事的。"但她的脸色因为紧张和担忧而变红了。

就在他们两个紧张不安地等待时，那边有了新的动静：那些包围住马思齐的蚁群又如同潮水般退开，缩回周围的巢穴中，而马思齐正转身往回走。

叶子姐姐心里这才放松了下来，长长地出了口气。

马思齐再次见到了金将军。

"这么说，那些蚁族对我们并没有敌意？"金将军冷冰冰地问道。

马思齐点点头："它们不会越过河道。数百万年来，它们一直跟人类没有矛盾，也不存在资源的争夺。只有和它们种族类似的白蚁给人类造成过一些危害，而它们从来没有，今后也不会有。"

这是蚁后传递给他的信息，在来之前，他已经翻来覆去地背诵了不知道多少遍。

金将军没有回应。他的嘴反而抿得更紧，嘴角的皱纹让整张脸更加严肃。

过了好一阵子，他才开口，问站立在一旁的一个副官："说到白蚁，陈博士那边最近的进展如何？"

副官摇了摇头："听说不太顺利。对白蚁的基因进行改造，这一点很难做到。"

马思齐听得一头雾水，但在这严肃的氛围里，他也问不出口。

"武器准备得如何？"金将军又问道。

"现在大部分的火焰喷射器已经进行了升级，但还需要十天左右，才能一切准备就绪。"副官回答道。

马思齐心里一阵阵发沉，他声音颤抖地说道："将军，我刚才已经说过了，蚁后并不想和我们发生冲突。"

金将军的双眼如同刀子一般扫射到他身上，但过了一阵子，他突然收起了严厉的眼神，开口道："你还年轻，所以你还不太懂得，这个世界并不是处处充满温情的，这是一个充满着残酷的生存竞争的战场。"

说到这里，他的音量猛然提高了："如果以前你不懂，那很正常。可现在我们身处在一个什么样的世界，难道你还没看明白吗？"

马思齐心头一阵哆嗦。

"现在这个世界已经变成了这副模样，我们人类只有往前冲，才可能在资源日益稀少的环境中重生。"

马思齐咬咬牙，抗辩道："将军，即使是这样，那些蚂蚁也不会有危害呀？起码它们不是我们最大的问题。"

"一切有可能危及人类在地球上的地位和生存的，不管是外星人还是另外的物种，都是我们的问题！"

将军的声音如同阵阵雷霆，马思齐感觉自己的身体在瑟瑟发抖。

"数百万年来，我们人类在地球上生息繁衍，成为这颗星球的主宰，靠的不是仁慈，不是温情，而是在优胜劣汰的竞争中的一次次主动出击。如果有一天，我们不是毁灭在太阳的烈焰攻击中，而是毁灭在一种渺小得不值一提的虫子的手上，那是不是一个天大的笑话？我们不能任由人类在一个笑话中灭亡。"

说完后，他不再理会马思齐，而是转头命令叶郁芳："叶队长，请把这个孩子带回他的住所。"

叶子姐姐胸口剧烈地起伏着，看起来心里很不平静，但她还是举手敬了个礼，然后拉起马思齐，朝门外走去。

"叶子姐姐，那个陈博士的实验是怎么回事？"回到住所后，马思齐才把心头的这个疑问问了出来。

叶子姐姐眉头紧锁："陈博士正在研究白蚁，想对白蚁进行基因改造，激发它们的力量，然后把它们投放到蚁族城市，让它们进入蚁族的巢穴……"

"这样它们就可以和蚁群同归于尽！"马思齐勃然变色。

"他们曾经设想过制造纳米机器人，让机器人携带炸药进入蚁巢，但找不到足够的实验材料，没办法进行大规模量产。于是他们退而求其次，准备用白蚁做这件事。"叶子姐姐深深地叹了口气。

听了这话，马思齐忍不住大声惊呼。

已经快到了天亮时分，太阳的烈焰即将再次洒满大地。但马思齐却感觉心头一阵寒冷，仿佛笼罩在无边的黑暗之中。

第十九章　重逢

大蚁后一直在关注着闯入者的消息。

那个未成年人类居然能够与信息素网络实现连接，这是大蚁后从来没想象过的事情。

但在马思齐离开后，大蚁后总算想通了：只要是智能种族，总能找到一些具有这种特殊感应能力的个体；既然是这样，两脚兽这种智能水平一直很高的物种，更应该存在这种现象。

大蚁后产生了一丝希望，它希望那个两脚兽回去后，能如实地告诉他的种族和他们的王："蚁族已经踏上了提升之路，虽然长久以来驱动着我们的是生存竞争，但我们已经找到了替代的方式。现在，在我的眼里，生命有着崭新的面貌。"

但是，时间一天天过去，那个未成年两脚兽再也没有出现过；而他的族群里，战备工作还在持续进行。

"那个两脚兽一定没有成功。"大蚁后脑海里出现了这句话，然后把它发送到信息素网络中。

很快，从网络的各处传来了回应，那是其他联盟族群的蚁后发过来的，还有成千上万的蚁群集体的回应："蚁族请求进入战斗状态！"

大蚁后毫不犹豫地回绝了这个请求，它有自己的想法。

通过这段时间对两脚兽文明的破译，大蚁后发现，在两脚兽的文明中，曾经出现过寥寥可数的几位智者，他们主张一种慢的哲学，知道等待也是一种生存方式。只要能承受住漫长的等待，时间最终会站到它们那一边。

"我们蚁族在经历了数亿年的漫长时光后，才有了这一瞬间的快速进化。所以，慢和快是能够互相转化的。"大蚁后把这句指令发送了出去。

原本骚乱的网络开始逐渐平静了下去。

大蚁后把在腹腔中蠕动了很长时间的一串卵产了出来。这几乎耗尽了它所有的力气。它现在的生育能力衰退得很严重，产卵的间隔时间越来越长，产出的卵也瘦弱干瘪。现在，在侍卫蚁轻轻的拍打抚摸下，它感觉到阵阵睡意来袭。

在入睡之前，它再次发出了一个新的指令，只有简单的三个字：

"要忍耐。"

这几天里，马思齐一直在昏昏沉沉中度过。他不愿意再去想那些事情，河渠对岸日益繁盛的蚁族城市，住所外面的训练场上传来的训练声，那些闪着寒光的枪械，还有严密控制着这座废墟城市的军事管制，这一切他都不愿意去想。

他准备找机会离开这座城市。

他曾经小心翼翼地跟叶子姐姐谈起过这个话题。他告诉叶子姐姐，他准备继续自己的旅程，前往德令哈。

"你说得对，这里终究不是久留之地，只是你中途歇息的地点。"叶子姐姐说着，轻轻叹了口气，"其实，我们都只是过客而已。"

"叶子姐姐，你也想离开这里吗？"马思齐有些期待地问道。

叶子姐姐的眼眸里流露出一丝忧伤："我非常矛盾。一方面，我相信将军说的话，虽然我很平凡，但身为人类的幸存者，我有责任帮助人类扫除复兴之路上的障碍；可另一方面，我又被那座蚁族的城市所震撼。或许，它们正在创造一个进化史上的奇迹。面对这个奇迹，我们人类到底该扮演什么角色？我一直对这个问题感到犹豫，有时候想到脑袋发痛。"

马思齐也觉得心里沉甸甸的。

"思齐，你不用想这么多。姐姐会帮助你找机会离开。"

叶子姐姐说着，站起身来离开了。

就在他从蚁族城市回来后的第八天，又发生了一件事。

那天晚上，天快亮的时候，他照常在训练场上走了几圈步——经过这段时间的相处，李湛江对他已经很放心了，不再亦步亦趋地跟在他身后，而是远远地站在训练场边上等着他。

据点的军号声响了起来。住了这段时间，马思齐已经明白了各种军号所表示的指令。比如现在的军号声说明离太阳出山还有一个小时，所有人员回到房间，准备睡觉。

马思齐回到自己的住所准备睡觉，突然，他听到外面传来叶子姐姐的脚步声。

这段时间，叶子姐姐每天都会过来跟他聊聊天，有时候会陪着他在训练场上散步，还带了几本书给他看，并给他布置了阅读任务。但今天一直到马思齐散步结束，她都没有出现，这让马思齐有些失落。所以现在听到她的脚步声，马思齐不由得兴奋不已。

叶子姐姐推门而入，她一脸喜悦的表情，对马思齐说："我遇到一个人，可能你认识。我刚刚护送后勤组去取水回来时，经过哨所，那里停了一辆小货车。于是我走进去看看，看到了四五个人，也是从冷湖镇过来的，其中有个女孩子提起了你。"

听了这话，马思齐猛地站起身，问道："她有没有说她是谁？"

叶子姐姐摇摇头，一脸神秘的表情："当时我忙着赶回来，没有细问。那个女孩子梳着长辫子，个头大概到我肩膀这么高。"

"是赵妍！"马思齐兴奋地叫道，"不过，她为什么也来了？冷湖镇那边出了什么事吗？"

"这个我不清楚。这样吧，我跟李湛江商量下，看能不能带你去找他们。"叶子姐姐这么说着，转身朝门口走去了。

马思齐再次见到了赵妍。

赵妍和其他一群人一起，坐在哨所里边，看到马思齐冲进来，她马上站了起来，那双清澈得像一潭湖水的眼睛里透着盈盈笑意。

"又见到你了。"赵妍笑吟吟地说着。

"你怎么来了？"马思齐问着，并打量着她身后的人群。从冷湖镇过来的那群人都是以前的邻居，虽然平时都不是特别熟悉，此刻相见却感觉十分亲切。

"我跟大家一起来的。我们本来也想着去德令哈，中途到这里歇息，没想到你一直都在这里，我还以为你们早就到了德令哈呢。"她说道，"苏姆呢？"

马思齐简单地介绍了苏姆的情况，才猛然想起来没见到刘小菀。"刘小菀怎么没来？"

"小菀犹豫了很久，最后还是不愿意离开。"

听着赵妍沉重的语气，马思齐知趣地没有追问下去。

这时，一个军官模样的人走了进来。马思齐认得这个长着一张国字脸的军官，他是特别行动军的一名副官。

副官走到大家面前，敬了个礼，说道："刚才我把你们的情况汇报给了我们将军，他答应让你们在这里休息一个白天，等晚上可以继续启程。不过，我们这里即将展开一场战斗，如果你们愿意，也可以留下来见证我们的荣耀。"

"你们将军是这么说的？"一个身材高瘦的中年男人问道。

马思齐认得这个人，他是以前镇上汽车站的一个司机。看来，这一次开车载着大家的就是他。

副官点了点头。司机转头跟身边另外几个同伴商量了一阵，然后点了点头："我们商量过了，如果你们愿意给我们提供吃的和住的，我们不妨多留几天。当然，我们会参加你们的一些劳动，来换取这些。"

"我们不需要你们的劳动，我们只需要战士。"副官说道。

"那我们就没办法了。那你们还愿意容留我们吗？"司机问。

副官很肯定地点点头："你们可以带上随身物品，现在我带你们去住的地方。车也要开走，开到地下停车库里。"

　　一群人纷纷起身，朝停在外面的小货车走去，准备搬运行李。

　　赵妍也跟着过去了，她正想爬上车厢，马思齐拦住她，然后自己跳了上去，问她："哪个包是你的？"

　　赵妍踮起脚尖朝车厢里看了看，指着一个粉红色的旅行包。马思齐拎起包，把赵妍送进了她的临时住所。

　　等这些忙完后，看看天色，离日出已经只剩下半个小时了。

　　这时，赵妍走过来说："我们出去走走吧，我还是头一回来大柴旦，还没看过这座城市呢。"

　　他们在外面四处逛了逛，不知不觉走到了城市边缘。

　　"别再往前走了，再过一会儿，太阳就要出来了。"马思齐说道。

　　赵妍停下了脚步，抬头朝冷湖镇的方向远眺着，轻轻叹了口气。趁着这个机会，马思齐仔细地打量着赵妍：她还是跟以前一样，鬓角碎发茸茸，一条不长不短的马尾辫，上面戴着一个蝴蝶结。

　　"我想再看看冷湖镇，可是已经看不到了。"赵妍喃喃道。

　　"对了，你们为什么要离开冷湖镇？不是在那里住得好好的吗？"马思齐问出了这个一直藏在心里的问题。

　　赵妍低头沉吟不语，过了一会儿，才开口道："地下城刚建起来的那段日子，每天大家都过得很开心。但后来，慢慢发生了变化，城里不时发生打架斗殴的事，似乎很多人只有靠打架才能找到一点儿生活的乐子。更多的时候，大家都无精打采，整天闷在房子里大睡。有的人喝了酒之后，会跑出地下城，跑到太阳下面去。"

　　"怎么会这样？"马思齐惊呼起来。

　　赵妍摇了摇头，说："我也发觉，在那里待久了，会染上一种奇怪的昏睡病。这让我感到害怕。这时正好还有几个人也想离开，我就跟他们一起出来了。"

"那你爸爸知道吗？"马思齐问道。

赵妍又摇了摇头，满眼悲伤的神色："我不敢告诉他，他每天忙着应付地下城发生的各种问题，都累得够呛。我怕我再告诉他，他不但不会让我离开，还会更加烦恼。"

马思齐觉得，其实赵妍这样私下离开，她爸爸也一定很担心。但看看赵妍悲伤的表情，他又把这句话咽了回去。

"既然离开了，就不要再想那些事了，想想以后的事吧。"他说道。

赵妍终于抬起了头，脸上的悲伤在慢慢散去："是啊，想想以后吧。你还记得你说过的话吗？"

马思齐愣愣地看着赵妍，一时没反应过来。

"就是一起去看大海呀。你想到哪里去了？"赵妍瞪了他一眼。

"我当然记得，"马思齐连忙说，"你还说你想去海里抓水母呢。"

"我不光是要抓水母，我还想做很多事呢。我想站在礁石上吹海螺，我想在夜晚的沙滩上燃起篝火，围着篝火唱歌跳舞。"

听着赵妍的描述，马思齐忍不住笑出了声。

赵妍伸手整理了一下额角散乱的碎发，兴致勃勃地接着说道："等到海面平静时，我就泡在海水里，什么都不做，什么都不想。这时，说不定会有成百上千的水母出现在我身边，它们那长长的触须随波漂荡；我就和那些水母一样，融入波浪，融入无边的海洋中。"

马思齐还是头一回发觉，她的声音那么清脆和空灵，在空气中一点点扩散开来，如同雨点滴落在湖面，漾起一圈圈涟漪。

那一刻，从天边照射过来的太阳金色的光华，正笼罩在连绵起伏的沙海之中。即使在下一刻，它将变得面目狰狞，温暖的光华将化作烈焰，把大地变成一片死亡之地，也不能掩盖这瞬间的美好。

第二十章　大柴旦之战

大蚁后停止产卵了。

那些侍卫蚁还不能接受这一点，依然习惯性地轻轻拍打着它的腹腔，更加勤劳地为它清理身体。

但大蚁后知道，它三十多年的产卵生涯已经结束了。

大蚁后并不感到悲伤，在它短暂的一生中，它见证了其他历代蚁后所没见过的世间巨变；它亲手创建了覆盖这片沙海的信息素网络，终有一天，它将覆盖整个星球；它带领着蚁群，在那些古菌的作用下，迈上了提升之路。

它知道，以它现在无比尊贵的地位，即使它停止产卵，也可以继续高踞王座。它能感知到蚁群的想法，在那数以亿万计的蚁族子民眼里，它是神一般的存在。在很长时间里，不会有谁敢萌生出弑神的念头。

但就是这个判断，让它感到不安。

通过对两脚兽文明的破译，大蚁后深知一点：在两脚兽的文明发展中，强大的王始终是一个矛盾的聚合体。有时候他们能带来强大的凝聚力，有时候他们会给绝望中的族群带去光明；但很多时候，他们是一切残酷统治的根源。

"蚁族不能走上同样的路。"大蚁后的大脑里冒出这个念头。

但它依然不能确定，因为在蚁族数亿年的进化史上，也一直都有强大的"王"的存在。这个时候，大蚁后感觉自己的力量还是太弱小，它无法单凭自己的判断来扭转蚁族数亿年的进化方向。

大蚁后让侍卫蚁们退下去，不要为它清理身体，不要给它喂食。它要再次进入神思之中，从神思中得到更多的指引。

等它从神思中恢复过来时，已经是两天后。

从那些侍卫蚁们的焦急和慌张里，虚弱不堪的它知道自己已经快走到生命的尽头了。

大蚁后发布了一条前所未有的信息：

"从今以后，我将不再存在。一切尊贵的、显赫的身份，都不再存在。只有信息素网络是唯一尊贵的。所有的蚁族成员，都是信息素网络的一分子。"

然后，大蚁后集中全身最后一丝力气，将所有的智慧凝成一个半球形的信息素泡泡，释放到网络中。

这个信息素泡泡快速流经一个个网络节点。每经过一个节点，它的能量就被放大一次。现在的大蚁后已经无所不在，它存在于构成这个网络的每一个节点之中，在每一次信息的传播之中。整个无边无际的信息素网络的海洋，就是大蚁后意识的外化形式。

直到战斗开始的那一天，马思齐才再次见到苏姆。经过这些日子的训练，苏姆的举手投足间散发着一种英武的气概。他和其他上百位士兵一样，身穿防化服，背着一个沉重的火焰喷射罐。

马思齐和赵妍站在河渠边上，看着士兵们一个接一个地走下河道，朝对岸走去。等苏姆走过来时，马思齐和赵妍不约而同地和他打了声招呼。

苏姆看到赵妍，愣了一下，脸上浮现出欣喜的表情，但他并没有离队，而是继续跟随着队列前行。等来到他们身旁时，他对赵妍说："你怎么也过来了……等这一仗打完，我再去找你们详细聊！"然后朝马思齐点了点头，继续朝前走去。

"苏姆的变化真大！"赵妍看着苏姆的背影，眼中掠过一丝欣喜的神色。

不知道怎么回事，马思齐突然觉得心情有些复杂。或许正是从赵妍的眼里，他才突然感觉到，他和苏姆之间的差距越来越大了。

自从他们到达大柴旦之后，他们就开始走上了不同的道路。虽然他们还生活在同一座城市，但也正是在这里，他们之间的距离会越来越遥远。

这时，人群发出的嘈杂声打断了马思齐的思绪，他深吸了口气，暗自责怪自己怎么这么多思虑。

他一转头，发现大柴旦的幸存者们纷纷从城市的各个角落里钻出来，都拥到河岸边，一个个心情激动地望着对面。

马思齐也朝对岸望去，在那里，密密麻麻的蚁族城市，被一种死一般的寂静笼罩着。

这是硝烟弥漫前的寂静。

战斗开始了。

金将军威风凛凛地站在河渠西岸的一座高台上，他的眼神如同刀锋一般凌厉。在他面前，军队排成了两个方阵。

金将军一声令下，第一方阵的士兵形成整齐的队列，行进到蚁巢边上，打开枪栓，上百条火龙瞄准一座座蚁巢喷射而出，带着炙人的气息和可怕的呼呼声。

蚁巢的表面在烈焰的炙烤下，慢慢变得通红，仿佛在下一刻就会纷纷熔化，如同钢铁生产车间里火红的铁水。

但是，随着时间的延续，大家期待的那件事始终没有发生。

终于，金将军发布了新的号令："第二波攻击！"

火焰兵放下了手中的喷射器，排成队列纷纷后退；接着，等候在后方的第二方阵的士兵朝前行进。

他们每个人都带着防护面具，但赵妍还是从中认出了一个熟悉的身影。"你看，叶子姐姐也在那里！"她伸手指着士兵队列中的一个身影。

马思齐也认出了叶子姐姐。现在，她同身旁其他人一样，动作规范而机械，这个时候的她，只是这支队伍中的一员，不再是那个跟马思齐述说心事的姐姐。

马思齐注意到，叶子姐姐背上背着的不是喷射罐，而是另一种小型的方形筒。

看了一会儿之后，他忍不住惊呼出声："他们在喷有毒药剂！"

"原来是这样，就像用农药来对付害虫一样，现在他们准备用这个来杀死蚁群。"一旁的赵妍吓得捂住了嘴巴。

很快，一片灰蒙蒙的雾气笼罩在蚁族城市上空。

马思齐恍然明白，原来陈博士的基因改造实验没有成功，但他的实验室并没有停歇，因为那里在忙着制造类似神经毒素的药剂。

他忍不住颤抖起来，因为这个可怕的阴谋和让人不寒而栗的残忍。

毒药喷洒用了将近半个小时，然后那些生化士兵才从蚁族城市的深处撤出来。

"看来，他们完成了任务。"马思齐哀叹一声。但他感到非常奇怪，为什么那些蚁巢里没有一丝动静呢？难道所有的蚂蚁都在这两波攻击中静悄悄地死光了，连挣扎都来不及？

看来，大家都是这个想法。所以当生化士兵们撤退到河渠东岸时，岸边的观战者们发出一阵阵欢呼，夹杂着有些人的牢骚，说这简直算不上一场战斗，一点儿都不精彩。

马思齐也没有兴趣继续看下去了，而赵妍似乎也和他想到了一块儿。"这只是一场静悄悄的屠杀，我们回去吧。"她说道。

就在一瞬间，马思齐突然感觉到一丝异常，那沉寂已久的信息素网络似乎突然启动了。

他猛地一回头，正好看到让他不寒而栗的一幕景象：

成千上万、成百万上千万的蚂蚁正从每个巢穴中钻出来，迅速聚集成群，变换着各种形态，如同席卷天地的狂风，如同狂风下的滔天巨浪，如同巨浪击打在悬崖上溅起遮天蔽日的浪花，带着摄人心魄的力量，从天而降，淹没一切。

河渠这边的人群中，响起一阵阵尖叫声。这种魂飞魄散时的疯狂号叫，在那次太阳耀斑爆发时，马思齐就曾经听过，现在这种声音再次充塞了他的耳朵。

就在这混乱的时刻，金将军的声音如同雷霆般响了起来："喷射干扰剂！"

话音未落，只见在他身后排成整齐队列的那队士兵行动了。这时，马思齐才发现，在那些士兵身后，是一排类似小型高射炮的武器。

那些士兵纷纷启动了那排武器。顿时，伴随着阵阵爆破声，一道道光芒喷射而出，在蚁族城市上空绽放开来，如同一朵朵烟花。

"这是什么？"赵妍惊叫着。

刚开始，马思齐也没明白过来，但很快，他感知到蚁族的信息素网络出现了剧烈的变化，仿佛中了病毒一般，不同的信号在里边四处碰撞。紧接着，网络中开始出现了瘫痪的节点，而且瘫痪的面积在不断扩大。

与此同时，蚁族开始陷入了混乱。原本秩序井然的蚁族大军变得四分五裂。

"这是阻断和分解信息素网络的干扰剂。"马思齐猛然明白了这一点。看来，他从未谋面的那个李博士对蚁群的研究很深，所以才准备了这样一招。

马思齐努力让自己镇定下来，继续朝战场上望去。

就在一瞬间，战场上的形势又发生了巨大的变化：看到蚁族陷入混乱之中，金将军下令让火焰兵再次发动进攻。

于是，火焰兵们纷纷拿起手中的火焰喷射器，再次朝蚁群喷射出一条条火龙，所到之处，蚂蚁甚至来不及挣扎就化为灰烬。

河岸边发出一阵阵欢呼声。这声音让马思齐控制不住地颤抖起来。但他知道，事情远没有这么简单。

果真，被逼到死角的蚁族开始了反击。它们疯狂地朝火焰兵席卷过去。火焰兵的攻击范围逐渐缩小，到后来，他们只能手忙脚乱地应付着冲到自己面前的蚁群，手中的喷射器发出灼人的热量，甚至连河道对岸的旁观者们都能感受到。

但即便这样，他们的防线还是被突破了——伴随着一声痛苦的号叫，一个火焰兵扔掉了手上的喷射器，身子不停地颤抖、抽搐、挣扎，两只手忙乱地拍打着，想要把爬到身上的蚁群驱赶开来。

但他的挣扎徒劳无益，很快，他发狂一般倒在了地上，想要把防护服撕开。

战场形势再次大变，转瞬之间，哀号声此起彼伏。

马思齐目瞪口呆地看着这一切，他心里有个声音在迫切地呼唤他赶紧想办法，帮助他的同类们摆脱困境；但眼前的场景却仿佛一阵狂风，朝他吹袭过来，而他就像一根柔软的柳条，被狂风席卷着，飘来荡去……

直到一个熟悉的身影出现在他眼前，他才猛地惊醒过来：那是叶子姐姐。

叶子姐姐正和其他士兵一样，一边使劲儿拍打着身上的蚂蚁，一边想

2

朝河岸这边逃回来。但蚁群的黑影已经将她围困住了，不管她往哪个方向迈步，那些黑影似乎总能提前一步感知到，并及时将她的出路堵住。

马思齐不由得一阵颤抖。与此同时，从嘈杂的喊叫声中，他听出了苏姆的声音。马思齐从没听过苏姆发出这样的声音，这声音里充满了痛苦和狂怒，如同受伤的野兽。

猛然间，蛰伏在马思齐体内的神秘力量苏醒了过来。这一次，他仿佛看清了它们的模样，就像一条条疯狂生长的发光藤蔓，在他的体内缠绕、扭动、冲撞，急切地要冲出他的身体，与蚁族的信息素网络实现连接。

"蚁族恢复连接，停止进攻！"

马思齐用尽所有的力量，把这个想法传递给这些肆意生长的藤蔓。如同电流一般，意识在每一片藤蔓、每一个茎节之间被传递、被放大，最后，被释放到蚁族的信息素网络中。

原本残破不堪的信息素网络再次恢复了过来。

战斗结束了。

陷入疯狂的蚁群恢复了它们原本的秩序，如同潮水般迅速退了回去，回到一个个巢穴之中。只剩下金将军和他的士兵们，每个人都目瞪口呆，直愣愣地待在原地。

而他们身上的火焰喷射器和药雾喷射枪，全都化作了一堆碎屑或粉尘，在脚边散落一地。

金将军像一根石柱一样，一动不动地站在那里。他所准备的所有战术方案，在这种极度悬殊的力量对比面前，如同一个轻飘飘的笑话。

天地间是一片死一般的寂静，每个人似乎都魂魄俱飞。

良久之后，赵妍突然叹了口气，然后开口道："所有人……都被缴械了，这到底是怎么回事？"

她一边说，一边看着一旁的马思齐，但当她看清马思齐的神情时，她忍不住又是一声惊呼——马思齐的脸色苍白，眼神茫然，身子正在不停抽搐、颤抖。

"你没事吧？"她连忙问道。

马思齐摇了摇头："他们不该发动战争的……那不是我们以前所认为的蚁群，那是一种我们人类已经无法理解的全新物种……"

这句话还没说完，他的身子就倒了下去。

第二十一章　逃往德令哈

没有了蚁后的指引，蚁群还是在和两脚兽的战斗中轻松地取得完胜。

蚁后死了，它用自己的死消除了蚁族提升之路上最后的障碍。蚁族的智慧，那种两脚兽所无法理解的集体智能，得到了进一步的强化。现在，凭借着还在持续扩张的信息素网络，它们在这颗星球的各个地域都开始建立起自己的据点。总有一天，它们的网络将如同大气层，覆盖整颗星球。

同时，它们也破译了另一个秘密：导致它们踏上提升之路的是那些埋藏在戈壁深处的巨型胚囊。

那些胚囊不知道在那里沉睡了多久，或许在地球刚形成时，也或许是在第一个真核生物从原始海洋里诞生时，它们就已经在那里了。胚囊里边的那些古菌一直在等待着，直到这次超级猛烈的耀斑爆发，超强的宇宙射线激活了它们内部的基因链，它们才醒来，化作阵阵雾气，随风散播到各个角落。

蚁族知道，其实还有很多物种都感染了这种古菌，比如那个贸然闯入蚁族城市的两脚兽。他能够与蚁族的信息素网络连通，他在战斗的最后一刻，协助蚁族重新建立信息素网络。

但只有蚁族凭借着其他物种所不具备的集体智能，将之变成了整个种族的提升。

可是，那些巨型胚囊是怎么来的？是谁把它们放置在那里？蚁族还没弄明白。

它们只知道，在两脚兽文明中有不少关于沙丘魔怪和住在暗星上的神的传说。那些沙丘魔怪或者神，其实就是胚囊主人的形象，只是在一次次传说的转述中已经变了样子。

这个时候，在城市的另一头的军事基地里，金将军陷入了疯狂。

他把所有的士兵集合起来，要求所有人拿出赴死的气概，用尽一切办法攻克对岸的堡垒。他说这是人类面临的最大的危机，他不能忍受人类毁灭在这种小小的虫子手里。

接连两天，他不眠不休地对士兵训话，并准备建立临时军事法庭，对不愿意进行自杀式袭击的人进行审判。

最后，刘医生在三位中层副官的配合下，强行给他注射了镇静剂，据点里才没听到他狂躁的吼声。

已经没人再看管马思齐了，于是他搬去和从冷湖镇过来的那群人一起住。

大家都知道是马思齐平息了那场战斗，是他在战局最危险时化解了危机，反而对他有些敬而远之。

苏姆也出现了。在那次对蚁族的进攻中，他的左胳膊受伤严重，并引发感染。幸亏在经过医疗处理后，感染被控制住了。

他出现在大家面前时，受伤的胳膊上还缠着绷带。

马思齐和赵妍安慰了他几句，他悻悻地敷衍了一番，然后独自找了个角落待着，不愿意搭理别人。

赵妍一直没睡，她拉着马思齐，到据点外面的瞭望所的楼顶上。那里摆放着他们从冷湖镇带来的那台无线电短波接收器。

每天夜晚，她都要去那里，打开无线电接收器，想试试能否接听到外面的消息。

而这天晚上就和往常一样，接收器里边只是传来阵阵噪声。

正在摆弄着机器的赵妍突然抬头看着马思齐，神秘兮兮地说："我突然想明白了一件事。"

马思齐被她笑得有些莫名其妙，问道："什么事？"

"你和苏姆，你们两个人都很勇敢。"

马思齐愣了一下，耸耸肩："我还以为是什么事呢。我们当然勇敢啊，要不然也不会两个人一起骑着一辆破车，冒险离开冷湖镇。"

赵妍点点头，马上又摇了摇头："我说的是另一件事。勇敢有两种，第一种是敢于面对困难，困难越大，越是能激发斗志。苏姆就是这样的人。但现在我感觉，还有另外一种勇敢……怎么说呢，就好像是面对敌人，还能想办法去包容对方、理解对方，找出和对方相处的方式，同时还能不顾自己的危险，去帮助同伴。"

马思齐猛然明白过来，原来赵妍一直在琢磨那场和蚁族的大战中他的所作所为。他不由得一阵窃喜，又有些不好意思地说："嘿嘿，你说的是不是我？"

"瞧把你臭美的，原来你还这么自恋，谁说我是在说你了？"赵妍一脸鄙夷地奚落他。

马思齐忍不住笑了起来。赵妍刚开始还很严肃，后来也"扑哧"笑出了声。

等到安静下来后，赵妍徐徐舒了一口气，说："在我离开冷湖镇之前，我在一本书上看过一句话——只有在真正的灾难面前，那些闪耀在人性深处的光辉，那些人类应该拥有的勇敢和善良，才会显得无比珍贵。刚开始我不太理解，但经过这段日子，看过那么多人，也遇到过那么多事情后，现在我深深理解了。"

马思齐一边琢磨着这句话，一边抬头远眺着夜空。在天幕西边，出现了一道极光，如同一条丝带，在灰蒙蒙的时空中延伸。

过了一阵子，赵妍问道："接下来你有什么打算？"

"我要离开这里，去德令哈，找到我的爸爸妈妈。"

"然后呢？"赵妍轻轻瞥了他一眼。

马思齐一愣，猛然明白了过来："我们还要去海边呀，我们说好了的。放心，我一直记着呢。"

赵妍的眼神突然变得深邃起来："有时候，我会有种强烈的感觉，原来我是这么爱这个世界。"

说到这里，她略带着涩地笑了笑："你是不是觉得这样很傻？"

"你们这些女生，总要比男生多愁善感一些嘛。"

赵妍摇摇头："也许这是多愁善感吧……但该怎么说呢？我之前从来没有发现，我对这个世界的感情是那样深，那样浓烈。我深深地爱着我的爸爸，爱着冷湖镇的每一个邻居，还有遇到的每一个生命。这种爱让我有种说不出来的幸福感。可这些日子里，看着我深爱的一切都在慢慢瓦解，我感觉特别难受……"

马思齐心里一阵恸动。赵妍的话似乎把他隐藏在内心深处的，羞于去表达的一些事物说了出来。

正在这时，一个声音从身后传来："哟，你们在聊什么呢？"

马思齐和赵妍一转头，发现走过来的是叶子姐姐。

叶子姐姐带来一个好消息：军队的无线电接收设备，接收到了来自德令哈的消息。

"真的吗？"赵妍兴奋地叫了起来，又疑惑地看着自己面前的那台无线电短波接收器，"不过，为什么我们这里没接收到任何信号呢？"

"可能你们设备的功率太小了。要知道这片戈壁里很多地方都是无线电盲区，即便有信号也很微弱。我们的设备虽然接收到了有规律的音频信号，但也听不清楚对方说的是什么。"

"不管如何，起码说明那里有人。"赵妍的眼里燃起希望的光芒。

叶子姐姐缓缓地点了点头，脸上却流露出一丝忧郁的神色："我想清楚了，我也跟着你们一起离开这里，去德令哈。我不愿意看到蚁族霸占这座城市，也不愿意再看到我们对它们的进攻，只能选择离开。"

马思齐沉默不语，赵妍则紧紧拥抱着叶子姐姐，也沉默无言。

到了出发的时间，马思齐才明白，想要离开的不只是他们几个人，德令哈传来无线电信号的消息已经传开了。现在，幸存者们陆陆续续地从城市废墟的角落走出来，起码有一半人踏上了前往德令哈的路途。

在前方开路的是四辆越野车。这四辆车都经过了改装，轮胎进行了加固，车身加装了防辐射装置，车头的位置也加装了特制的保险杠。

在这四辆车的带领下，一个由二十多辆车组成的车队，浩浩荡荡地朝着两百公里以外的德令哈出发了。

随着车队离德令哈越来越近，马思齐也越来越想念自己的爸爸妈妈。他回想起上次见自己的妈妈的情景，不过是两个多月前的事，但现在却有种恍如隔世的感觉。

　　刚开始，他总是暗自告诉自己：爸爸妈妈一定会平安无事。但随着车队驶近德令哈，他越来越觉得心里没底。

　　因为他又感知到了那熟悉的气息。

　　没错，就是他在大柴旦的蚁族城市里感知到的信息素网络。只不过这一次的网络似乎更强大，里边的信息更加密集。

　　马思齐想尝试着与那张网进行连接，但一路的颠簸让他无法集中神智，每每到即将实现连接的一刹那，就断掉了。

　　他的焦躁不安被赵妍和叶子姐姐看出来了。叶子姐姐鼓励他："思齐，再坏的事情我们都经历过了，一切都会好起来的。"

　　不知不觉间，他们已经进入了德令哈。

　　当车队沿着一条主干道前行时，呈现在他们眼前的景象就和大柴旦一样：街道两旁都是一座座废墟，四下里寂静无声，只有满天闪烁的白光依然。

　　马思齐的心凉了一半。他转头看看其他人，大家也都面色凝重。

　　车队继续前行，马思齐还抱着一丝希望，希望能找到这座城市的幸存者，或许在那些人中，能找到自己的爸爸妈妈。

　　很快，他们来到了一条三岔路口。

　　"那是巴音河。"马思齐暂时抛开沉重的思绪，对赵妍说道。一边说，他一边伸手朝右前方指了指，但很快就愣住了：在他手指的方向，河道早已消失不见，原本应该绿树成荫的河岸上，只有几座石碑从遍地的沙砾中露出一角。

　　这时，他们乘坐的车猛然一阵颤动，然后停了下来。

　　司机从驾驶室里伸出头来，嚷了一句："轮胎坏了。"

　　几个人纷纷跳下车，苏姆和叶子姐姐帮司机卸下瘪掉的车胎，然后换上备胎。

马思齐朝前方不远处的一块石碑走过去。赵妍也跟着过去。

他们走到石碑前，借助着惨白的天光，辨认着石碑上的文字：

> 我把天空和大地打扫干干净净
> 归还一个陌不相识的人
> 我寂寞地等，我阴沉地等
> 二月的雪，二月的雨……

> 荒凉大地承受着荒凉天空的雷霆
> 圣书上卷是我的翅膀，无比明亮
> 有时像一个阴沉沉的今天
> 圣书下卷肮脏而欢乐
> 当然也是我受伤的翅膀
> 荒凉大地承受着更加荒凉的天空

马思齐心里突然有种说不清的失落感，他凝视着碑上的这首诗，仿佛看到了那个从未见过面的诗人，正在石碑的后面朝他看，眼露忧伤。

正在他思绪纷乱时，猛然间，"轰隆隆——"，城市上空响起一阵巨响。

马思齐被这突然的爆炸声吓得一哆嗦。他回神来，转头朝巨响传来的方向望去，发现位于他们南边的一个街区正燃起大火，熊熊火光映照着半空中昏黄的云层，让他觉得触目惊心。

马思齐的脸"唰"地变得苍白起来——那是他家所在的那栋楼的方向。

赵妍发觉了马思齐的异常，她低声问道："你爸爸妈妈，就住在那里吗？"

马思齐沉重地点了点头。

"不要担心。那可能是煤气管道残留物之类的原因引起的爆炸。你爸爸妈妈一定和城里的其他人一样，待在某个安全的地方。"赵妍低声安慰他道。

这时，司机的喊声传了过来："车修好了，上车啦！"

赵妍一边转身往回走，一边说道："叶子姐姐一路上都开着那台无线电接收器。那些无线电信号一定是来自城里的幸存者。我们跟着去，肯定能找到你的爸爸妈妈。"

马思齐心乱如麻，却也只能冲赵妍点点头，和她一起回到了车上。

司机加快速度，想要追上已经抛下他们很远的车队。

但正当他们到达这条路的尽头，转过一座耸立在路旁的高楼时，他们发现所有的车都停在那里，所有人都已从车里走了出来，仰头怔怔地望着前方。

马思齐朝那边望去，想看看又发生了什么异常。但他刚一抬头，就感觉到一股令人窒息的气息朝他迎面扑来。

他感觉到体内一阵气血翻滚，一种巨大的晕眩感就像无边的黑暗，裹挟着排山倒海般的力量，朝他席卷而来。

这么久以来，他都渴望着寻找到真相。而现在，真相陡然出现在他面前，狠狠地击中了他的心扉——

在他前方两三百米远处，矗立着一座直入云天的椭圆形建筑；建筑的基体庞大，往四面八方延伸出去，渐渐隐入灰蒙蒙的夜色之中，让一旁几栋残破的人类建筑相形见绌。

不仅是它的巨大让人产生压迫感，它的光泽也让人不安：墙体表层微光闪闪，如同一片星辰大海，散发出让人惶惑和迷醉的神秘。

马思齐有种强烈的感觉：这并不是人类的建筑，而是一座蚁族的网络基站。它不仅吸引着方圆数百公里的蚁族前来聚集，就连吸引着他们这些逃亡者前来的无线电信号，也是这座基站发出的。

在一阵阵加剧的恐慌中，一股久违的悸动从他身体里涌起。很快，那股悸动变成了一股洪流，在他的血管里奔涌。

整个世界都在摇晃。

那些在他体内潜伏了那么久的神秘物质，那些来自遥远星系的古菌，萌发出一条条透明的细丝，从他的每一寸肌肤下喷薄而出，在这摇晃的世界中生长、触探，就像海草在洋流中飘荡。

"古尔曼老爷爷说的话，起码有一句是对的。"如同一声悲吟，他的心里冒出一个念头。

是的，就像古尔曼老人说的一样，就在这一瞬间，他看到了一切。

他看到时光在亿万年的莽莽鸿沟里流淌，青涩的歌声从中飘过，那是生命的欢歌与哀歌，那么隐秘无声，却又响彻云霄。他看到海上风来，云层积聚，大雨倾盆而下，淋湿候鸟的羽毛，却掩盖不住它们翅膀上闪烁着的轮回的光芒。

伴随着一阵阵恐惧和欢愉交织的战栗，他感受到了那种最终的连接。那些从他体内绵延而出的古老生命，那些还在不断生长的菌丝体，那些在他意识里生长的透明细丝，正如同藤蔓缠绕大树一般，朝眼前的巨型建筑延伸过去，与信息素网络融合为一体。

仿佛是等待了亿万年的一刹那的相遇，以巨型建筑为中心，原本静止的网络猛然苏醒了过来，如同一道道绽放的闪电，向四面八方快速辐射开来，包围了整座城市，并向着这颗星球的其他部分蔓延出去。

而在那座建筑内部，在曾经属于最尊贵的蚁后的王座之上，当初在戈壁深处埋藏了不知道多少年的那些巨型胚囊，正整齐地排列在上面，接受着所有蚁族的膜拜。

尾声

15年后，赵妍仍然没等到马思齐开口，她嫁给了苏姆。

这个时候，苏姆已经成为人类防卫军中国战区的一名军团长。他没有实现儿时的梦想，成为一名探险家，而是成了一名军人。在他那只胳膊上，当年在大柴旦之战中留下的疤痕依然清晰可见。

赵妍答应苏姆的求婚时，提出的唯一条件是，要在大海边举行一场婚礼。

马思齐没有参加赵妍和苏姆的婚礼。这些年里，他把几乎所有的心思都放在地盘日益扩张的蚁族上面。

随着他越来越深地沉浸于与信息素网络的连接，他对蚁族文明的了解也越来越多。与此同时，他日益清醒地意识到：蚁族文明的提升速度远超过人类文明。它们的文明已经在快车道上急速飞驰，而人类文明还在慢车道上颠簸前行，两者之间的差距越来越大。

但他还是凭借着一己之力，在蚁族和人类政府之间奔走，使得双方达成了一个协议：蚁族和人类各自在已控制的地盘活动，互不干涉；作为条件，蚁族帮助人类获得相应的技术，来适应已经面目全非的地球环境。

马思齐成了人类的英雄，所到之处，民众夹道欢迎。只不过他心里清楚，这份和平协议注定是脆弱的，就和人类历史上签订过的所有类似协议一样。

20年后，人类实现了防辐射技术的突破，朝着太空人的方向迈进了一大步。当然，这是根据当初的和平协议，在蚁族的帮助下实现的。

自从超级耀斑爆发后，太阳陷入极不稳定的状态，太阳风的肆虐成了这颗星球上的常态，地球再也不是碳基生命种族的摇篮和温床。人类一直在寻找合适的解决方案，很多科研组织集中全力打造可与人类肌体实现有机连接的可穿戴式防辐射装备，还有科学组织在纳米技术方面进行努力。但蚁族提供了另一种方案：在人体的DNA链条上嵌入一种特殊质粒，以提高细胞膜的强度，提高细胞耐受性。

其实，人类也想过这种方案，但由于技术难度过大，被迫放弃了。而在蚁族的协助下，他们很轻易地实现了这一目标。

30年后，人类与蚁族的和平被打破，战争一触即发。双方已经说不清楚谁是冲突的挑起者。这只是很多摩擦持续累积的必然结果。

马思齐再次四处奔走，但局势依然无法挽回。这一次，人类的特别行动军摩拳擦掌，他们已经拥有了更加先进的军事技术，这种技术是在充分研究了蚁族的巢穴城市的基础上定向发展出来的。马思齐反而因为"投降派"的身份而遭受越来越多的攻击和谩骂。

战争爆发的前一天，马思齐才彻底放弃了。那天晚上，他彻夜不眠，一直守候在住所之外，等待着远方的炮声响起。

当第一阵爆炸声如同雷鸣般响彻天际时，他泪流满面地仰起头来。这时，在苍穹深处，他似乎望见一扇天空之门正在缓缓关闭。

或许，那是一扇可能开启人类提升之路的大门。

战争爆发后，马思齐失踪了。此后，他再也没有出现在大众的视野里。有人说他精神失常了，在某个精神病院里了此残生。也有人说曾在一片荒无人烟的偏僻海滩上见过他。

赵妍偶然听到了这个消息。那天晚上，她突然做了一个梦，梦见马思齐坐在海滩上，面前的篝火还未熄灭。一只大猫守护在他身旁，眼里闪耀着野性的光芒；一条响尾蛇正把身子盘成一团，咝咝地吐着信子；两只海雕蹲在被浪送上沙滩的浮木上。

在以前的世界里，这些生物从来不会以这样的方式出现在同一幅画面中；而现在，在这片海滩上，在这个残破世界的一隅，它们如此安静地依偎在一起。

在这幅画面不远处，一群蚂蚁正聚集在一起，变幻出一个少年的形态，在沙滩上跳跃飞奔。就像当年那个十几岁的少年，在梦中的海滩上赤脚奔跑。

阵阵海风吹来，马思齐迎着风举起了一只海螺。

海螺呜呜地鸣响着，声音在暗光浮动的天地间久久回荡。

后记

黄昏的光影

这是我的青葱岁月

和我青涩的思念

在你鬓角的茸茸碎发间流连

这是我乍暖还寒的春天

和落叶飘零的秋天

树叶在天空和大地的幻梦中旋转

这是我的君王

他的光芒足以照亮深渊里的黑暗

这是我走投无路的兄弟和姐妹

在旷野里呼告，无人听闻

而刽子手，在准备再一次盛装登场

这是我的荣归故里

这是我泪流满面的四处逃亡

不过都是时间深渊中

一个刹那的回响

如今，这里只有掠过荒原的飓风

吹拂过你，也吹拂过我

吹拂过一张张曾经年少的灿烂脸庞

火星冷湖

文 / 罗隆翔

海南，文昌。巨大的长征九号重型运载火箭点火升空，刺穿大气层，把大地和海洋抛在身后，扑向无边的宇宙。目的地：火星。预计飞行时间：三个月。

三个月之后，火星7号基地。

"老赵，请注意……沙沙沙……火箭载荷舱即将在火星大气层降落，请您……沙沙沙……"严重的沙尘暴让通信断断续续，老赵骂骂咧咧地扔下对讲机，地球指挥部那头在浪费他的时间。火箭载荷舱即将降落，地球方面原本不需要把时间浪费在这严重延时的通信上，基地的雷达早发现了它的轨迹。

"赵叔，载荷舱轨迹不太对劲儿。"小周走过来，对基地长老赵说。

老赵看着雷达上的光点。火星大气层比地球稀薄，常规的降落伞无法使用，载荷舱进入大气层后会迅速自动充气，变成一个巨大的球体，避免落地时撞伤舱内的精密设备。但是荒芜的火星表面一旦刮起狂风，那飞沙走石可真够瞧的，让老赵想起了年轻时，在地球上的冷湖小镇训练那阵子，柴达木沙漠扑面而来的沙尘暴。

小周的眼睛紧紧盯着雷达，说："受沙尘暴影响，火箭载荷舱估计无法正常降落，将会在距离基地150公里之外的地方坠毁。"

老赵说："别去管它，只是一个备用物资载荷舱。"

"但是，那个物资舱里，有很多我们需要的地球物资。"小周是半年前刚来到基地的新人，他看着慢慢偏离正常航线的物资舱，心有不甘。

老赵脾气急躁，大声说："我再说一遍，别去管它！谁都不许冒着生命危险去找物资舱！咱们基地里备用物资多的是！人命比物资贵重得多，犯不着为了一个物资舱冒险！"

这几十年来，火星开发计划被提上日程，每年都有大量物资从地球发送到火星，但是火星的风沙太大了，物资舱受大风影响偏离落点的事情时有发生。如果偏离得太远，往往会被人们放弃，毕竟物资并不太缺。

7号基地是人类迄今为止在火星上建造的最大的基地，占地两个多平方公里，由倒扣着的圆形防护罩中的大大小小上百个舱室和连接着各个舱室的密封式走廊组成，里面生活着三百多名工作人员和两百多台机器人。工作人员没有命令不许擅自离开基地，绝大多数的室外工作都由机器人完成。毕竟火星表面的温度低达零下几十摄氏度，空气稀薄，充满了令人窒息的二氧化碳，人类就算身穿密闭式防护服外出，在火星飞沙走石的环境中活动也是非常危险的。

火星基地不缺物资。这种极端环境下的基地非常重视物资储备，基地的地下仓库中储存了可供全基地所有人生活一年的物资，地球那头每隔几个月就又发送一批物资过来。小周失望之下，到基地的露天咖啡厅倒了一杯咖啡，坐在舒适的金属椅子上看着外面的沙尘暴。

所谓的"露天"咖啡厅，只是相对于其他舱段四面都是厚墙壁的房间而言，实际上它也笼罩在透明的防护罩中。火星表面经历了几十亿年的昼夜交替，无数次热胀冷缩让岩石粉碎成细细的尘土，被狂风卷起，在咖啡厅的透明防护罩外形成细水般的沙流，簌簌落下。小周看着天上被沙尘暴遮挡得昏黄的太阳，太阳偏北的地方有一道屏障般高耸的山脉，山脉的阴影，就是载荷舱即将落下的地方。

小周抬手看了一眼腕表，这个时间点，载荷舱也许已经被狂风裹挟着，落在火星干燥的沙漠上了。"加糖吗？"临时客串咖啡厅服务员的女工作人员问小周。

咖啡厅的透明防护罩外，是一望无际的太阳能电池板和风力发电机，数十台机器人正冒着沙尘暴，巡视检查太阳能电池板的工作情况，一旦发现破损，就立即维修。

小周说："糖和奶都加，谢谢。"基地里的糖大多是人工合成的葡萄糖，分子式很简单，只要有电力、水和二氧化碳就能合成；咖啡是人工合成的咖啡因加上一些咖啡味的香精；牛奶也是食品增稠剂加上牛奶味的香精。基地里有完善的食品合成工厂，虽然比不上地球上的天然食品，但是至少可以确保基本的食品供应。

一名工作人员问小周："要来一份戚风蛋糕吗？"做蛋糕的面粉是用电力、水、二氧化碳和氮气人工合成的，鸡蛋也是用人工合成蛋白质做成的人造蛋。

"谢谢，不用。"小周看着墙上的照片，突然觉得自己很想念地球上的蛋炒饭，用真正的鸡蛋与真正的米饭炒出来的蛋炒饭。墙上的照片是地球上的冷湖基地，它是火星模拟训练基地之一，大部分的火星基地工作人员都曾经在那儿进行过火星生存的模拟训练。小周记得，自己在那儿吃过踏上火星之前的最后一份真正的蛋炒饭。

地球上的一昼夜是24小时，火星上的一昼夜跟地球上差不多，仅仅多了几十分钟。小周手臂上的多功能电子通信器显示当前时间是火星日的深夜，同时也是北京时间的晚上8点。地球上的作息规律差不多可以照搬到火星上使用，根据基地的作息要求，所有的工作人员都要按照火星上重新划分的24小时进行作息，并各自错开实行三班轮值。

小周回到休息舱。舱壁传来火星沙尘暴吹打在舱外的呼呼风声，手臂上的多功能通信机——大家都把它简称为"手机"——突然收到一段文字信号："这里是物资舱，我偏离了预定着陆地点，距离基地约157公里，请求救援。"

"你是谁？"小周打字问对方。他记得物资舱里没有人，只有25吨飞船固体燃料、一台备用的核聚变反应炉、几吨厚度只有几毫米的太阳能电池板、一些建材、一批农作物种子和一些家畜的冷冻受精卵，还有半吨重的富余载荷，装满了地球上的家人给火星基地的工作人员捎带的小礼物。

基地考虑过建造一个真正的火星农场，取代人工食品合成工厂，这次的物资中就有建设火星农场所需的材料。但是这不重要，这批物资丢弃了，还会有下一批。地球方面可以重新发射物资舱。为了找回这个物资舱而冒生命危险，不值得。毕竟这已经不是火星基地刚刚建立时的艰难阶段了。

手机上很快跳出一段文字："我是'铁厨子'，地球冷湖基地火星训练营食堂的厨师型机器人。食堂换了新的机器人，派我到火星上服务。"

看来，"铁厨子"也是给工作人员捎带的小礼物之一。小周听说在祖辈的那个年代，航天发射成本很高，每一克的有效载荷都需要精打细算。但是随着技术的进步，现在的航天成本已经大幅度降低，地球那头什么奇奇怪怪的礼物都会一同塞进火箭载荷舱里，给火星基地送过来。上个圣诞节，基地的女医生赛丽娜还收到了一只红色的袜子，是的，只有一只。

小周的手机又跳出新的文字："请下达命令，我需要命令。"

小周叹气，回复了一段文字："你被放弃了，请自生自灭吧。"

新的文字又出现了："命令不正确，请下达和烹饪有关的命令。"

小周哑然失笑，对一个机器厨子来说，自生自灭是无法理解的命令。他无奈，只好下令："给我来一份蛋炒饭，要真正的鸡蛋炒真正的大米饭。"

新的文字又出现了："材料不足，需要建立厨房，需要生物大棚，需要种植水稻、驯养家畜以获取食材。"

小周回复："没关系，我可以等。"他并不指望铁厨子真能做出蛋炒饭，只是随手给它一个指令，让它有事情可忙。

小周等了半个小时，没有新的文字出现。他看了一眼休息舱的玻璃窗，沙尘暴相当大，大风卷着细沙，被挡在舱壁外，在墙角形成呼呼的旋风，一些细沙在墙边沉积下来，慢慢堆高，渐渐地漫到玻璃窗上。休息室被沙完全掩埋，星空看不见了，室内变得很昏暗。

火星的沙尘暴，一旦刮起来，短则几天，长则大半年，谁都不知道风什么时候会停。小周心想物资舱可能已经被风沙掩埋了，铁厨子大概也完蛋了。

风沙很大，比地球冷湖地区的沙尘暴还大。铁厨子缩在物资舱里，尝试着把舱门打开一道小缝，沙子一下子从缝隙中灌进来，它迅速关上舱门，一双电子眼在黑暗中，用远红外波段盯着细得像灰尘的细沙。这些沙是在常年干旱的火星表面，受狂风吹拂了数十亿年，变成粉末的岩石，富含铁、硅等元素，像极了地球上冷湖地区的细沙。

铁厨子的电子大脑在迅速思考：它需要做一份蛋炒饭，前提是搭建厨房，满足烹饪条件。但是物资舱里只有少量农作物种子和家畜受精卵，烹饪材料不足。

铁厨子搜索数据库中的消息，很快得出结论：它需要搭建一座生态大棚，种植水稻、驯养家畜以获取食材。生态大棚需要温暖的环境，需要人工照明，需要抵御风沙，一座像冷湖基地那样的生态大棚可以符合需求。

铁厨子见过冷湖基地的生态大棚，那是人类为了建设火星培训基地，在环境接近火星表面的冷湖沙漠深处搭建的，为将来在火星上建造生态基地做准备。

生态基地需要水和电力。铁厨子再次打开舱门，细沙又呼呼地灌进来，它给自己的机械臂接上一段钻探杆，朝地下钻探，才钻了三四米，探头就检测到沙石下厚厚的冰层。火星上有水，据说在非常遥远的以前，火星像地球一样有河流和海洋，后来气候变迁，火星表面的气温下降到零下几十摄氏度，水变成被风沙掩埋的地下冰层。

铁厨子启动物资舱中的备用电源，启动电热器，将冰层融化成水，水渗透到干燥的泥沙中，然后又冻结，变成坚硬的冰沙混合物，封堵住物资舱的缝隙。铁厨子给机械臂换上挖掘器，朝下挖，在物资舱的正下方挖掘出一个五米见方的地下冰窖，像极了它在冷湖基地当厨师时，老一辈的冷湖人提起过的，最早的石油工人们在戈壁滩上容身的地窝子。

铁厨子继续向下挖，挖穿了冰沙混合层，挖穿了含水岩石层，最终挖到一个冻成冰坨的湖。铁厨子疑惑地看着厚厚的地下冰层，在自己的数据库中找到了一段录音资料。那是他在地球的冷湖当厨师时，听到火星训练营的准航天员们吃饭时闲聊的对话："地球上只有一个冷湖，但是火星的沙层下却有很多冷湖，整个儿冻成冰的真正的冷湖。"

在零下数十摄氏度的低温下，冰比钢铁还硬，是很好的建筑材料。铁厨子在地下冰湖里把冰块切割成方方正正的冰砖，以冰层为地基，没日没夜地修建生态大棚。一个火星日过去了，两个火星日过去了，三个火星日过去了，一座冰筑的圆顶建筑出现在火星的沙漠中。圆顶建筑有十三四米高，其中有十二米埋在沙漠下，只在火星沙漠中露出低矮的冰砖顶部。

蛋炒饭、蛋炒饭，执行人类的命令就是机器人至高无上的使命。铁厨子需要竭尽全力，为蛋炒饭的诞生创造条件。铁厨子在生态大棚的内侧冰层安装了保温层，但是从大棚小小的顶部投下来的阳光太少，不足以让农作物生长，所以它安装了人工照明装置。现在需要的是更多的电力，物资舱的小型核聚变反应炉提供的电力很有限。

在火星上获取电力并不困难，铁厨子在物资舱中找到了太阳能电池板和风力发电机组。火星的大气层很薄，大气密度不足地球的百分之一，但是火星表面风速并不低，因此为火星环境设计的特殊风力发电机组可以很有效地工作。火星表面有时候光照条件也很好，也很适合太阳能发电。

铁厨子花了0.03秒思考到底要采用太阳能发电还是风力发电，然后丢下太阳能电池板，抱起风力发电机组，冒着狂风往外走。它记得地球的冷湖同样是既不缺强烈的阳光，也不缺充沛的风力，更记得冷湖的戈壁滩上那一望无际的风力发电机组，像是无数巨人般矗立在大风中。对冷湖的印象，很大程度影响了它选择的发电类型。

铁厨子把高高的金属杆插在沙漠中，插进沙石下的冰层里，然后爬上金属杆，安装发电机和扇叶。金属杆顶端风力很强，扇叶迎风带来的力量让铁厨子的机械臂差点儿握不住，它好不容易安装好第一座风力发电机，看着扇叶在沙尘暴中慢慢转动，终于有电了。

扇叶越转越快，发出嘎嘎的金属摩擦声，铁厨子看着机械手上的大轴承，这是发电机组多出来的零件。它努力对比安装说明书，思考是不是漏了什么零件。发电机突然解体，巨大的扇叶从空中坠落，切断了铁厨子的脑袋。沙尘暴吹着它的脑袋在沙漠中滚动，越滚越远。

火星7号基地，当地时间凌晨5点，昏暗的阳光吃力地穿透沙尘暴，从被风沙半埋的窗户照射进来。沙漠下的冰湖为火星基地提供了充足的水源，小周盥洗完毕，走到餐厅，对机器人说："来一份蛋炒饭。"

机器人穿着性感暴露的女仆装，胸口塞了两团鼓胀的旧抹布。女仆装是基地的日本同事从地球邮购的，等了小半年才送到火星。机器人按下自动烹饪机的按钮，烹饪机里人工合成的淀粉被压成大米的颗粒状，再加入一个人造蛋白质合成的人造蛋，翻滚后，用电力烘烤成类似蛋炒饭的金黄色颗粒，由机器人女仆端到小周面前。

火星基地其实不需要机器人女仆，这女仆原本是负责维修基地设施的工程型机器人，后来被人戴上假发涂了口红，大家觉得这样比较接近地球餐馆的感觉。蛋炒饭索然无味，既没有米饭的鲜嫩也没有鸡蛋的清香，小周很怀念地球上真正的蛋炒饭。

"我觉得我们应该把物资舱找回来，我受够这些人工合成食品了。"隔壁桌的同事抱怨说。

另一个同事说："等风沙小点儿再说吧，现在出去很危险，或者干脆等地球方面发射新的物资舱过来。"

人在封闭空间待久了，容易发生心理问题，这是早期的火星基地最常遇到的问题。小周听说过，以前曾经有实验人员实在受不了这里的憋屈，疯了，光着身子打开气密门跑到火星大地上，大声喊："不自由，毋宁死！"然后他就冻死在火星表面了。

"再跑一圈！坚持下去！"餐厅里传来健身教练的大嗓门，一群工作人员手臂上戴着测量心跳、血压等各项数据的仪器，跟着教练跑过一个又一个的舱段。占地两个多平方公里的7号基地有足够的空间给他们健身。他们研究火星，同时也被基地里的医生们研究。健身教练总是绞尽脑汁让大家活动起来，最好是人人都累得跟死狗一样，没空去感慨火星表面的孤独苍凉，避免谁实在憋不住了，打开气密门跑到外头送死。

基地里的心理医生想的却是别的方法。在基地图书室的走廊外，悬挂着很多描绘地球时代艰苦岁月的老照片，从新大陆拓荒，到工业化艰难的开局，再到加加林孤独地飞向太空。他认为幸福感是对比出来的，看看前辈们更艰难的生活，会让大家觉得眼前的困难并不算个事儿。

心理医生正在开导一名同事："伙计，听说你的祖辈参加过美国独立战争？那些衣衫褴褛光着脚踩踏在结冰的特拉华河上的大兵们，都是真正的勇士！"

同事伤心地说："我祖上是英军。"

透明的走廊外，一群机器人冒着沙尘暴踢球，这是最安全的"户外活动"方式：基地里的足球爱好者们遥控机器人，在充斥着高浓度二氧化碳的寒冷室外热火朝天地踢球。大批球迷聚集在走廊里，如痴如狂地为自己支持的队伍呐喊着。

"他们从哪里捡来的球？"基地长老赵皱眉看着机器人脚下那个脏兮兮的不规则球体，觉得有点儿眼熟。基地里没有足球，这些年轻人经常随便捡个外形接近球形的东西，就踢个起劲儿。

充当临时裁判的年轻人说："球赛暂停，让机器人把球捡回来看看。"

机器人抱着球，穿过气密门，基地长把这脏兮兮的球放在桌子上，擦去沾满沙尘的冰碴儿，一颗粗糙的机器人脑袋露了出来：金属的壳子，两个电子眼，还有用油墨笔画出来的黑粗的眉毛和上翘的嘴角，因为年代久远，已经有点儿掉色。

这是铁厨子的脑袋。基地里不少人来火星之前，都在地球的冷湖基地训练过，冷湖基地食堂里这个浓眉大眼的机器人大厨是很多人共同的回忆。

一个年轻的工作人员说："我小时候，第一次随当过宇航员的爸爸去冷湖旅游，这铁厨子就已经在食堂里工作了。那么多年过去了，铁厨子也该退休了吧？"

另一名工作人员反问他："机器人怎么退休？拆了卖废铁还是回炉重造？"

　　这两者都是不能接受的选项，所以冷湖基地换了新的机器厨子之后，铁厨子就被发送到火星基地，陪着大家。

　　女医生赛丽娜用绒布擦拭着铁厨子的脑门。她记得铁厨子脑门上有一块老式的电子显示屏，谁点了什么菜，就会在显示屏上显示菜名。脏兮兮的沙尘冰碴儿在绒布下脱落，显示屏上露出三个字：蛋炒饭。

　　在冷湖基地，蛋炒饭代表着一种生活习惯。据说，当初制造铁厨子的人就只会做蛋炒饭。

　　后来，基地里的工程师们终于吃腻歪了蛋炒饭，给铁厨子增加了一个开放式的菜谱录入功能，大家根据自己的喜好为铁厨子编写新的菜谱。但是由于蛋炒饭是第一个被输入的菜谱，所以它被排在了最前面。很多在那里受过训练的工作人员都知道，去食堂吃饭时，如果拿不准吃什么，跟铁厨子说"随便给我做个菜""啥都行""随意"，那么铁厨子端上来的必定是蛋炒饭。

　　在冷湖基地受训练的人，谁没有过累成狗懒得点餐，往食堂的椅子上一瘫，对铁厨子说"随便给我来点儿吃的"的时候？然后摆在面前的必然是一碟黄澄澄的蛋炒饭。慢慢地，这成了一种习惯，没在冷湖基地吃过蛋炒饭的，简直不算合格的受训人员。

　　赵基地长想起了他那一批受训人员结束培训后，大家给铁厨子穿上崭新的厨师围裙，戴上厨师帽，给它画了个浓眉大眼的妆，一起合影。

　　铁厨子是老一辈的受训人员用从废品堆里捡回来的机器人零件拼凑成的。它并不出众的厨艺，是很多在冷湖基地受过训练的同事们共同的回忆。

　　7号基地给铁厨子举行了一个简单的葬礼。他们站在基地的大厅里，看着透明防护罩外一墙之隔的火星大地上，由工程人员操纵的机器人在地面挖了一个坑，庄重地安葬了铁厨子的金属脑袋。

　　与此同时，157公里外简陋的生态大棚旁，铁厨子正在狂风中努力寻找自己的脑袋。它的机械臂摸索过附近的每一寸黄沙，细细寻找，找了好久好久，却怎么都找不到脑袋的踪迹。

　　算了，不找了，另外做一个吧。铁厨子返回物资舱，找到一个金属罐，用机械手指戳了两个孔，装上两个电子摄像头。它把金属罐套在脖子上，再照着镜子般反光的物资舱内壁，用油漆给自己画上浓眉大眼和笑容。脑袋对铁厨子来说不是必需的，但是对人类来说很重要，当初制造它的人就说过，没脑袋太不美观了。

　　铁厨子继续建造风力发电机。广袤的荒原上，发电机一座接着一座竖起来了。当它建造好最后一座发电机时，火星迎来了最灼热的中午，气温"高达"零下20摄氏度。

　　我要建造厨房，但是材料不足。铁厨子翻找着物资舱中的材料，回想着地球冷湖火星基地的建设布局。那座为了移民火星而建设的训练基地考虑过材料不足的问题，因为地球和火星终究是距离遥远，很多建材只能就地取材。它记得冷湖小镇的旧医院附近，有一座结构紧凑的实验型冶炼厂，用电力电解矿石获取铝、铁、铜等金属，同时还生产玻璃和混凝土，也可以将厨余垃圾裂解成乙炔，做成各种塑料。

　　物资舱中剩余的材料可以建造一座微型的冶炼厂。铁厨子记得自己在冷湖基地时，那些年轻的工程师带它看过冶炼厂的结构。他们说，将来火星基地的机器人必须是万能型的机器人，能维修基地、外出救援、给人做手术、下厨，甚至要能戴上假发穿上裙子像个小丑般娱乐基地的工作人员。

　　这些功能，年轻的工程师们都在铁厨子身上试验过，因为铁厨子是废旧零件拼凑成的，算是最廉价的试验品。但是他们说，铁厨子太陈旧了，不可能上火星。到时候人们会制造更先进的多功能机器人，代替它上火星。那时的人并没想到，铁厨子退休的年代，人类的航天技术迅速发展，发射成本大幅降低，使得铁厨子这种已经沦为废品的机器人也可以被发送到火星。

铁厨子造了一座移动型的微型冶炼厂，外形低矮得像个被拍扁的馒头，高五米、宽十米、长十五米。它拥有两条坦克似的金属履带，一张巨大的嘴巴，带着锯齿状的矿石粉碎颚，可以伸出舌头般的矿石传送带，背部有两个扣在玻璃罩中的特斯拉线圈，通过无线充电技术获取周围风力发电机的电力。当它运作时，电光闪闪的特斯拉线圈让它像极了趴在地上的萤火虫。

铁厨子给它起了个名字叫吞沙怪。吞沙怪共有十个电子眼，分布在身体四周，小如黄豆，远不如它的进料口上方那两盏硕大的车头灯显眼。铁厨子用油漆给这两盏硕大的车头灯增添了两撇霸气的眉毛，在额头上画了一个"王"字，还想把它的外壳涂成黄底黑条纹，可惜油漆不够了。

这种给机械涂上彩绘涂鸦的行为，铁厨子是从地球冷湖基地的受训人员那里听来的。据说火星上的工作人员无聊时就会做这种事，用来自娱自乐，打发枯燥的时间。

"请下达命令。"吞沙怪对铁厨子说。

"为了蛋炒饭而努力奋斗，这是人类的命令。"铁厨子挥舞着机械臂对吞沙怪说。

"请解释命令，什么是'蛋炒饭'？"吞沙怪问铁厨子。

铁厨子说："由碳、氮、氧和少量的微量元素组成的混合物，色泽金黄，通常装在由氧化铝和二氧化硅做成的陶瓷碟子里。"

在充沛的电力驱动下，吞沙怪开始吞噬沙子，利用电力提取沙中的微量元素，并吸取火星的空气，固定氮气，从二氧化碳中获取碳和氧，按照蛋炒饭的化学组成，"铸造"蛋炒饭。

过了一会儿，吞沙怪把做好的蛋炒饭从出料口吐出来，这是一份化学元素成分严格按照蛋炒饭的配比制造的"蛋炒饭"：由亮晶晶的金刚石晶体组成，里面充满无数气泡，锁定了大量的二氧化氮，封装在富含人体所需的铁、锌等微量元素的氧化铝和二氧化硅混合物中。外形和色泽都精密地复刻了蛋炒饭的外观。

铁厨子的电子眼盯着这份"蛋炒饭"，看了半晌，得出结论："这不是人类能食用的东西，尽管外观很完美。我们还是按照老方法，先建造厨房。但是在此之前，你要先建造一座生物实验室。"

"明白。"吞沙怪瓮声瓮气地回答，开始吞噬沙子制造砖头，按照铁厨子对冷湖镇的印象，制造生物实验室。那是一座建设于21世纪中期的实验室，目的是训练火星上的生物学家，培养从地球上带过去的物种，改良它们，让它们适应火星上的新环境。

铁厨子计划在实验室中，将物资舱中的家畜受精卵细胞培养成完整的动物，给厨房提供奶和肉。但是最重要的是培养几只老母鸡，给蛋炒饭提供新鲜的鸡蛋。

与此同时，半埋在地下的生态大棚已经工作了大半个月，在人造光源不分昼夜的照射下，在从火星大气中抽取的丰富二氧化碳的孕育下，在吞沙怪吸取空气中的氮气合成的氮肥的滋补下，农作物早已开始疯长，生长速度比地球上的快很多。

铁厨子将吞沙怪做的那份"蛋炒饭"抛向空中。它记得很多年前，在地球的冷湖基地火星训练营里，退休的老基地长经常这样和爱犬"斑驴"玩飞盘游戏。但是老基地长已经过世很多年了，他与当石油工人的长辈一同被安葬在冷湖的公墓中，坟头的梭梭树都已经很茂密了。

"蛋炒饭"被狂风裹挟着，摇摇晃晃飞向远方。

7号基地。小周值班，呆坐在对空监测站里，百无聊赖地玩手机。地球和火星之间通过一连串的中继卫星维持通信，数据延时经常超过1个小时，网速更是慢到了20世纪末拨号上网的蜗牛速度，能收发文字邮件就很不错了，下载个古老的街机游戏都需要几个小时，想跟地球上的好友们联机对战游戏更是不可能的。

"嘀嘀嘀！"警报声响起，小周猛地跳起，丢下手机，恨恨地咒骂这突如其来的警报葬送了游戏中主人公的性命。"警告！发现不明飞行物！"电子合成的警报声反复刺激着小周的耳膜，这意味着雷达发现的飞行物并非陨石或飞船这一类的物体，而是它无法识别，需要人工鉴别的东西。

小周睁大眼睛，看着屏幕上的神秘光点，他调动基地的光学望远镜，对准目标，目标在屏幕上逐渐清晰起来。他睁大嘴巴，难以置信地揉揉眼睛，又看了一眼，才拿起通信器，对安全部门说："我发现了不明飞行物！是的！飞碟！货真价实的飞碟！"

整个基地顿时紧张起来，安全部门打开枪柜，给所有人分发枪支和密闭式工作服，调动防陨石激光炮，瞄准不明飞行物，基地长老赵大声下令释放无人机，无人机随即冒着沙尘暴朝着飞碟飞去。

然后飞碟就被俘获了。

十分钟之后，基地全体安全人员集合，老赵铁青着脸，大声训斥小周："很好！咱们发现了飞碟！俘获了飞碟！货真价实的飞碟！整个基地鸡飞狗跳、虚惊一场！"老赵愤怒地把"飞碟"往地上一扔，"飞碟"滴溜溜地转了几圈，不动了。

小周心里仍不服气，小声嘀咕："一个碟子在天上飞，不叫飞碟还能叫什么？"

老赵命令大家解散，各自返回岗位继续工作，他捡起"飞碟"，放在桌上怔怔地看着。这是一盘蛋炒饭模型，外形和色泽都精密地复刻了蛋炒饭的外观，牢牢地粘在碟子上，只是非常坚硬，无法食用。

老赵问小周："你觉得在这火星上，谁会这么无聊，制造一碟不能食用的蛋炒饭模型？"

小周摇头，然后又说："这飞碟飞来的方向，是前些日子物资舱坠毁的方向。也许是地球基地那头，谁发送过来的小礼物被风刮走了？"

老赵说："看到这蛋炒饭，我就想起铁厨子。"

小周心想：我想起的倒是基地里那些自动烹饪机做出来的名为蛋炒饭，但色、香、味都乏善可陈的合成食品，放在地球上连喂猪都不配。

人老了，谈到私事有时会变得很唠叨。老赵终究是六十多岁的人，他到自动售货机中取了一瓶人工合成的啤酒，喝了几口，打开话匣子，唠唠叨叨地说着小周已经听过很多次的故事：老赵的曾祖父是打过仗的老兵，战场上条件艰苦，一把炒干的面粉加一口雪，就算是一餐饭，受伤了、生病了，一碗蛋花粥就算是病号的特殊待遇了。从战场撤回来之后，十八九岁的年纪就被国家派往沙漠寻找石油，玉门、大庆、敦煌、冷湖都去过。沙漠里缺水、缺粮食，受伤了、生病了，想熬碗蛋花粥都做不到，用小米磨成粉，加个鸡蛋做成小米炒饭，就算是优待了。后来到了祖辈，爷爷的童年是在冷湖度过的，日子终于稍微好过点儿了，但是大米饭也只有过年时才舍得吃，过年吃剩的冷饭，加个蛋，炒一炒，那就是最奢侈的享受了。

二十多岁的小周并不喜欢听老赵讲故事，他们之间有代沟。但是老赵是领导，小周也只能耐着性子听下去。

老赵喝得微醉，说："到了父辈时，一家终于搬离了沙漠。蛋炒饭？那是我爸小时候，爷爷奶奶都没空煮饭，他才会下厨炒的东西。他就只会做蛋炒饭。我爸是军迷，喜欢听我曾祖父说打仗的故事，但是我曾祖父总是眼睛一瞪，说：'你懂个屁！'直到那一年，航空母舰下水了，爸爸指着航空母舰的照片对我曾祖父炫耀说：'爷爷你看，这叫航空母舰！'曾

祖父又是眼睛一瞪：'老子看见航空母舰时，你爸都没出生呢！'

"曾祖父告诉爸爸：那时打仗，天上全是飞机，指导员叫大家一人扛一个炸药包，去把敌人机场给炸了。大家走了一整夜的山路，顺着飞机飞来的方向走，等到天蒙蒙亮，才发现竟然走到了海边，远处的海面上有一艘大船，数不清的飞机就在大船上起飞！这机场哪里炸得着？只能眼睁睁看着它们挂着炸弹，往咱们的阵地上空飞去。

"那时候，曾祖父指着爸爸的鼻子说：你爷爷我文盲一个，但是我知道这个国家不能没有工业、不能没有高科技！你给我认真读书考大学！挑科学含量最高的专业考！"

后来，老赵的爸爸就考了航天专业，毕业后赶上了火星探测计划。几经辗转，在老赵出生那年，又回到冷湖，在这座因石油枯竭而衰落的小镇外的沙漠里，建造模拟火星环境的实验基地。

老赵说："我第一次到冷湖，是小学五年级的暑假，跟着父母同事的孩子们一起去看望父母，我当时是年龄最小的。大家不知天高地厚，离开公路，在一望无际的戈壁滩上飙车，跟旁边的沙漠高铁比车速。开到一半，车抛锚了，好在车载的北斗系统有通信功能，我们向冷湖基地发出呼救。过了小半天，一台救援机器人出现了，它磨损得很严重，应该是救援过不少车辆。它拖着我们的车往前走，走了很长一段路，然后它也出故障了。冷湖基地又派出一台救援机器人，拖着我们的车，我们又拖着损坏的救援机器人，一长串往冷湖基地慢悠悠挪动。"

老赵说，到了冷湖之后，他们被父辈们怒不可遏地拖下车，狠狠地修理了一顿："你们这是不要命了！知不知道在以前，多少石油勘探人员为了找点儿水解渴、找点儿野菜充饥，在戈壁滩里迷路，渴死在沙漠里？"

骂完了，父辈们继续返回工作岗位，没日没夜地投入火星训练基地的建设中，毕竟火星探测计划已经启动，火星车已经在火星上收集数据，训练基地的建设进度不能拖了整个项目的后腿。

　　那时的冷湖镇已经不像父辈们小时候那样萧条了，蓬勃发展的基地建设让原本冷清的街道多了很多工人的匆匆身影。

　　行色匆匆，是父辈们留给年幼的老赵心里的印象。每天他们还没起床，父辈们就已经起床工作了；每天父辈们收工，食堂早已关门，他们只能随便找点儿吃的胡乱填饱肚子。以前只知道玩耍的老赵似乎一夜长大，知道要给早出晚归的父亲准备晚餐。

　　老赵对小周说："我只会做蛋炒饭，我在冷湖的整个暑假，我爸天天都吃蛋炒饭。后来我们在冷湖镇玩耍时，找到了一个堆满了废旧机器人的仓库，那里有报废的救援机器人、维修机器人、建筑机器人和抢险机器人。我不记得是哪位大哥哥先提议的：'这里什么都有，可惜没有厨师机器人。我们做个机器人厨师吧，这样食堂工作人员下班后，有机器人厨师值班，爸爸他们就不用吃冷饭了。'"

　　哥哥姐姐们说动手就动手，那时还是小学生的老赵只能站在旁边，看着已经是大学生和研究生的大哥哥大姐姐们一边寻找材料，一边讨论着该怎么设计。他们用废旧零件组装了一台厨师机器人，还给机器人画上浓眉大眼，起名叫铁厨子。

　　说到这里，老赵笑了，沉醉在童年的回忆中："那时候，我们说好每人输入一个自己最拿手的菜肴，作为给爸爸们的礼物。结果一看，大家输入的全都是蛋炒饭，大家都只会做蛋炒饭。"

　　老赵的故事结束了，他看着桌上这碟根本没法吃的"蛋炒饭"，说："我相信铁厨子还活着，这种奇怪的食物只有它做得出来。我离开大学，到冷湖基地接受训练时，同行的一个同学嚷着说要吃牛肉面，铁厨子找不到牛肉，就把我车上的牛皮坐垫切碎煮了。那玩意儿大概只有我曾祖父年轻时才吃得下去。"

小周说："我们去找铁厨子吧。"

老赵眯着眼睛说："年轻人就是太冲动。它活着又怎样？坠落点距离7号基地157公里，咱们基地里最远的车能跑多远？你给我说说。"

小周说："我们的载人火星车，最远行驶距离是300公里，通常只跑100公里，留100公里给返程，再留100公里的燃料应付意外情况。"

火星表面有七个基地，从1号基地到7号基地，每相邻两个基地之间的距离都在100公里以内，避免出现意外时难以救援。至于将来把七座基地连成一片、建设更遥远的新基地，甚至建立火星上的大城市、改造火星环境使之成为人类的第二家园，那都是未来的计划，目前是指望不上的。

小周说："如果我们稍微冒险一点儿，可以……"

"臭小子！不可以！"老赵睁大眼睛大声说，酒精让他的眼睛变得通红，"如果你为了更重要的事情去冒险，我会说你大胆去，出了事我负全责！但是铁厨子，那只是一个老旧的机器人，你们谁都不许冒险！出了意外我没法向你的亲人交代！"

老赵将啤酒瓶扔进资源回收桶，又取了一瓶啤酒，不停地喝着，站在透明的防护罩边，看着沙尘暴下昏沉的世界，看着物资舱坠毁的方向。如果他不是基地长，要肩负整个基地正常运行的责任，说不准他会第一个冲出去找铁厨子。

老赵说："现在出去太危险了，等风沙小点儿，我们就去找铁厨子。"

"风沙什么时候会变小？"小周来到火星基地一年了，这没日没夜的沙尘暴，一年到头没几天停歇的。

"偶尔，"老赵说，"偶尔会变小。"

"先生，请问需要吃点儿什么吗？"机器人服务员问老赵，在它的程序里，人类空腹喝酒并不是好习惯。

"来一份蛋炒饭，谢谢。"老赵说。

在物资舱坠落点，铁厨子还在为蛋炒饭而奋斗。流星雨来了，陨石摧毁了它建造的三号生态大棚，但是问题不大，它一共建造了七个生态大棚。这是因为地球上的冷湖火星训练基地就有七个生态大棚。

吞沙怪正在努力维修生态大棚，大棚里的动植物全冻死了，毕竟火星表面温度永远都在零度以下。

"生物尸体可以利用，植物粉碎作为饲料，动物冷冻作为备用食材。"铁厨子又新造了几台农业机器人，指挥它将冻死的动植物分门别类进行处理。冷库是结构最简单的设施，它仅仅是在沙下建个房间，把物资堆放进去，火星表面零下几十度的低温可以确保食材不会变质腐烂。

火星的大气层很薄，很难抵挡流星雨的袭击，铁厨子离开破损的生态大棚，冒着狂风行走在沙地中，远的7号基地不时有光束划破薄薄的天空，那是反陨石激光炮在工作。

哐当，拳头大小的陨石砸向铁厨子的左臂，把左臂砸断了。铁厨子看了一眼断裂的手臂，无奈地往回走，到机械修理室取出备用的手臂。

"三号大棚修理完毕，请下达下一步命令。"吞沙怪的信号传来。

铁厨子下令："建造一座陨石防护罩，修建冷湖镇的道路，完工之后修建冷湖镇招待所，然后修建基地食堂……稍后我会把冷湖镇的地图发给你。"铁厨子只知道不停复制它见过的冷湖小镇的建筑，那是它一生中唯一生活过的地球城镇。

这些工作又消耗了吞沙怪大半个月的时间。它建好了防护罩，照着地球冷湖小镇的布局修了笔直的公路，甚至把地球冷湖镇建设火星基地时，路面被载重车辆压坏的裂痕也复制了上去。"我需要一些骆驼刺和梭梭树，种在路边。"吞沙怪对铁厨子说。

铁厨子说："我这就把种子给你。"这些耐旱植物是人类实现改造火星环境这个宏大目标的过程中不可缺少的帮手。

　　深埋地下的一号生态大棚里，在室内的人造光源照耀下，水稻长势良好，铁厨子在大棚里养的母鸡也已经成年，咕咕咕叫着四处乱窜，准备下蛋了。铁厨子站在新造的农业机器人面前说："冷湖是生命之源，生态大棚所需水源就来自沙漠下冻结成冰的冷湖，要节约用水，不得污染地下水源。"

　　农业机器人忙着监测农作物长势，喂养牲畜。铁厨子大声说："我们的目标是——"

　　"蛋炒饭！"机器人们的回答永远整齐划一。

　　风沙终于慢慢变小了，从物资舱坠地到今天，已经过去了120个地球日。新的物资舱再过几天就能到达火星轨道，寻找157公里外的那个坠毁的物资舱已经没有意义了。

　　"一直没收到铁厨子的消息，大概是早已经死了吧。"午餐时间，同事们对老赵说。

　　基地里，曾经在地球冷湖基地受过训练的人为数不少，有些人甚至是冷湖第三代、第四代弟子。他们的祖辈挺进沙漠寻找石油，他们自己又重返冷湖并爱上了那片沙漠；有些人的父辈曾在冷湖的沙漠里建设火星训练基地，他们耳濡目染，也选择了航天这条路。如今，沙漠和航天这两条路的交会处，就是这满目狂沙的火星沙漠。

　　"铁厨子啊……"提到铁厨子，很多工作人员都心里有点儿悲伤。谁在冷湖基地训练时，没有过深夜下班到食堂找东西吃的经历？食堂工作人员都下班了，只剩下铁厨子仍然尽职地守在食堂里给大家送上热腾腾的饭菜。那些父辈和祖辈在冷湖工作过的孩子，谁没爬到铁厨子结实的金属背脊上玩耍过？

　　基地放飞了无人机，巡视大地，这是天气稍微放晴时，7号基地的例行工作。今天天气好，一些年轻人穿上密闭式工作服，背着氧气发生器，到基地外散步,享受这难得的晴天。

监控室里,小周的声音突然传来:"大家看!我发现了什么!"

枯燥的火星基地里,不管发现什么,都值得大家一窝蜂地挤过去凑热闹。基地监控室里,大家看到了无人机航拍的画面:遥远的地平线上,有一个巨大的穹隆式透明防护罩,倒扣着一个小镇,小镇里的一切都是如此熟悉。

"我先去探个究竟,你们等我好消息!"小周说完就开溜。

"小周你给我站住!先上报基地长!"同事们叫不住小周,这个毛毛躁躁的年轻人做事向来冲动,想到的事就马上动手去做,又往往考虑不周。

当基地长接到消息时,小周已经穿着密闭式工作服,背着氧气发生器,开着火星车跑了。目标距离基地157公里,火星车最大行程为300公里,考虑往返,最多只能跑150公里,剩下的7公里只能穿着厚重的防护设备,在沙子深可没膝的火星沙漠里徒步,这对任何人来说都是一场生死考验。

毕竟7号基地的建设地点是火星沙漠,不是21世纪初"好奇号""勇气号"火星车着陆的那种坚实的石头平原。

基地长老赵得知消息,火冒三丈,但是又不得不按捺住怒火。他黑着脸大声说:"大家不要急着出发!先做好万全的准备!我们不能因为救一个人再搭上几条性命!"

老赵也一直想去坠毁地点确认铁厨子的生死。那是他的哥哥姐姐们做的铁厨子,陪伴了他整个少年时代和大学毕业后在冷湖基地受训的日子。爷爷常说"人是铁,饭是钢",只要有铁厨子高大的身影在,不管什么时候都会有热腾腾的饭菜。

然而老赵更清楚自己是基地长,他不能为了自己的情怀让基地里的年轻人冒险。他在等更好的天气,想做更充分的准备,等新的物资舱带来行程更远、更安全的火星车。

但是毛躁的小周等不及了，那毕竟也是小周小时候，随着身为火星生态研究员的爸爸在冷湖生活时，在他的童年回忆里占据一席之地的铁厨子。小时候，铁厨子教会了他好东西要和朋友分享，然后他把最好吃的蛋炒饭塞进铁厨子嘴里，铁厨子就嘴冒浓烟病倒了，被拉去机器维修站进行修理，小周还伤心地哭了一天。

没法再等更先进的新火星车了！在老赵的指挥下，工程师们开始紧锣密鼓地对现有的火星车进行临时改装。此时，他们突然发现一台机器人摇摇晃晃地出现在地平线上，慢慢栽倒。老赵派了救援机器人把它拖回来，发现机器人的电力全部耗尽。计算机专家给机器人紧急充电，提取记忆，才知道它是被小周推下车的。

小周数学不错，他带了好几台机器人上车，边飙车边用机器人的电力给车充电，充得差不多了，就只给机器人留够返回基地的电量，一脚把它踹下车。这样一来，等到火星车到达目的地，车内的电量至少可以保证足够返回7号基地。

但是姜还是老的辣，面对同样的问题，老赵的解决方案是把火星车后备厢给拆了，多装几组电池，将行程提高到600公里，确保有更充足的余量保证安全。

"带齐急救物资、紧急通信设备，检查随身物品，出发！"老赵率先跳上火星车，一马当先，绝尘而去，好像回到了二十多岁天不怕地不怕的年龄。那时的他也曾在地球冷湖火星基地外的沙漠上飙车。

谁没年轻过？老赵年轻时，比小周还张狂。

一队火星车朝着坠落点的方向狂飙。火星的引力比地球小，轮胎偶尔碰到石头，会高高跳起，飞出老远才落地。火星车一路颠簸，车轮扬起的尘沙随着大风在空中飞舞。

白日西斜，长长的影子落在火星沙漠中，薄薄的天空隐约出现繁星的影子，地平线上慢慢出现了倒扣在防护罩中的小镇。

"停车，先想办法检测防护罩里的环境。"老赵叫停车队，无人机升空，盘旋在防护罩顶端，通过遥感技术检测里面的环境。所有人都惊呆了。大气压力：1个标准大气压；氧气含量：21%；生态环境：近乎地球沙漠小镇；城镇布局：与地球上的冷湖小镇高度相似……

他们发现小周的车停在防护罩的气闸门边，人已不见踪迹，气闸门有打开过的痕迹。

大家小心翼翼穿过气闸门。街边沙地的梭梭树下，几只咕咕叫的母鸡正在刨食草籽，斜阳下的小镇、黄沙中的公路，一砖一瓦一草一木都是如此熟悉。他们走过街角，穿过街道，看见了那座熟悉的食堂。

有几个在地球冷湖镇长大的年轻人已经忍不住奔跑起来，这很像童年时地球上的傍晚。铁厨子一定还活着！在大家的童年记忆中，只要有铁厨子在，就一定有美味的饭菜！

"让您久等了，这是您四个月之前预订的蛋炒饭。"食堂里，铁厨子给小周盛上一碟美味的蛋炒饭。小周狼吞虎咽，眼角闪着泪花，他很久没吃过用真正的大米和真正的鸡蛋做成的蛋炒饭了。

铁厨子比以前老了很多，火星的风沙在它的外壳上留下了一道道划穿防锈漆的痕迹，划痕周围在充满氧气的温暖环境里生成一道道铁锈，像极了老人的皱纹。

老赵怔怔地站着，看着食堂里的铁厨子，只觉得眼睛被泪水模糊了。只要有铁厨子在，就一定有美味的饭菜。

铁厨子看到了大家，挥舞着机械手臂说："孩子们，欢迎回到冷湖镇！"

这就是后来的火星8号基地"冷湖镇"的诞生，这是火星上第一个拥有生态大棚，能为大家供应可口的食物的基地。

遇乞录

文/刘啸

一

显道二年^①秋。

贺兰山，兴庆府^②。

朔风四起，夜色如墨，野利仁荣紧了紧紫色襕衫，微微佝偻着上身，匆忙走进崇文殿的西侧角门。门内云杉木曲廊两旁的锡架上各插着一排羊油蜡烛，星星点点的黯淡烛光落在他花白的头发上，像如雪的月色。

半个时辰前，将要入寝的野利仁荣在宁令府中接到宿卫军侍卫长传来的急令，国主深夜单独召见，命其即刻进宫。野利仁荣不敢怠慢，匆忙着装后与侍卫长一同出府门。此刻已是丑时，四下静寂无声，府外崇义街上漆黑一片，只有高处的藏书楼上仍亮着几点灯火。

进宫后宿卫军侍卫长告退，野利仁荣一人走过后花园的曲廊，绕过几

<hr />

① 显道二年即公元1033年。

② 兴庆府位于今宁夏银川，西夏的都城。

座嶙峋的假山，尽头是崇文殿后临河的一间三面封闭的凉亭。听闻脚步响起，门旁的红衣内侍趋步近前，一面恭敬地挑开竹帘，一面出声通禀：

"宁令大人到。"

野利仁荣稳行几步跨进门内。只见亭内布置极简，墙角花梨木榻上铺着锦席，枕旁一部《太乙金鉴诀》，榻旁一案放置笔墨，室中一桌两椅，桌上摆着一套灵武窑白釉黑花茶具。临河的窗前兀立一人，白色窄衫，红里毡冠，那桀骜的背影野利仁荣再熟悉不过，正是大白高国国主嵬名元昊。

"先生免礼，坐。"野利仁荣正欲行礼时，元昊已转过身来，伸手虚止。野利仁荣躬身谢过，抬眼看时，只见元昊脸带笑意，眼神平和，并不似以往凌厉如鹰的模样，不由心里微微诧异。

"先生，你我两家相识已有多年，不知先生可还记得当年猎虎的旧事？"

见元昊叙旧，野利仁荣更感意外，稍一沉吟，便微笑答道：

"如此妙事，臣自然不敢忘。国主勇武过人，箭射猛虎，回想起来，臣与遇乞当年真可谓有眼不识泰山哪。"

"哎，先生谦虚了。"元昊摆手道，"若不是遇乞定要分个高下，朕也不会结识爱妃玉蓉，两家缘分，着实天定，正是不打不相识啊。"

"遇乞当年一介幼童，口出稚子之言，多亏国主宽宏大量，不予追究。臣替遇乞谢过国主了。"

野利仁荣长身一揖，元昊哈哈大笑："先生坐，上茶。"

红衣内侍进屋倒茶后退出亭外。两人入座，元昊似不经意地问：

"十有二年了，遇乞也大了吧？听说他年少有为，能文能武，不知先生如何安排他的前程？"

"蒙国主夸奖。臣现命他在藏书楼上究典谟，通经文，修研史料，以记国之盛事。"

"国之盛事……"元昊点头沉吟，双目微闭，脸上竟露出一丝落寞神色，野利仁荣也没再多说。室内烛焰凝立，君臣二人静默良久，元昊才再次开口："此次急召先生前来，实有不解之疑，望先生为朕释之。"

"国主请讲。"见元昊谈到正题，野利仁荣反倒心下略宽。

"先生可知朕之志？"

野利仁荣闻之一凛，忙起身再揖，肃然道："为臣者，本不敢妄自揣测上意，但国主有惑，臣不可不分忧。老臣愿斗胆试言之。"

"不错。"元昊拊掌而笑，"朕就知道，先生有党项傲骨，绝不会像颇超、房当那几个家伙一样，猜来猜去，什么都不敢讲，生怕朕一怒之下砍了他们的脑袋。"

"畏国主天威，也是人之常情。"野利仁荣顺势接道，"老臣若有失言冒犯，也请国主恕罪。"

"先生勿虑，但说无妨。"

"国主志存高远，不在夏、绥、银、宥[①]，实在天下。"

"哦？"元昊眼中闪过一丝猎鹰般狡黠的神色，"为何？"

"国主以振我党项为任，兴农而营，举材而用，裁礼之九拜为三拜，革乐之五音为一音。励精图治，纵横捭阖，非回鹘、吐蕃之流可比。大夏之名，如日将升，国主有此志，实乃党项之福也。"

"果然还是先生知朕。不错！朕称青天子，正是为了立我大夏，让党项一族从此不再屈于人！"元昊击案而起，"先王当年西攻回鹘，南击吐蕃，历尽艰难才打下这一片疆土，如今到朕手里，岂能庸庸？朕秃发易服，弃李、赵而改姓嵬名，可恨知者少而怨者多，实教朕痛心啊。"

---

① 夏、绥、银、宥即夏州、绥州、银州、宥州，为党项族早期的领地。

野利仁荣默然。他知道元昊即位以来，大白高国这几年倒是真改了不少陈腐的老规矩，非但搬来了中原那套官位职级，还政令严苛，尚武重法，令各地酋豪时有不满。有闹将起来的，还被行事果决的元昊下狠手杀了。依野利仁荣对元昊一向的了解，这般言辞论志尚可，痛心……还真未必。

《论语注疏》云：'圣人之道深远，人不易知也。'自古皆如此，国主不必在意。"野利仁荣想了想，出言宽慰道。

"先生所言甚是。"元昊点头，重新缓缓落座，"朕所忧者，非在当下，乃在百年。今我大夏立国，如箭在弦，朕不敢有丝毫懈怠。可要是朕日后不在了，我大夏是仍屹立不倒呢，还是回归散沙一片，蛮荒千里？愿先生明示。"

烛焰啪一声爆出一星火花，室内空气陡然凝固，仿佛压得人透不过气来。面对国主尖锐一问，野利仁荣额上的皱纹更深了。他双眉紧锁，思之良久，忽然举步走至一旁，推开临河的窗户，顿时，秋夜的朔风冷冷涌入，一下灌满了这间小小的亭台。

"国主且容老臣一问。"淙淙水声中，野利仁荣平和的声音带着穿透力，"这滔滔白河，日夜奔腾向北。谁可曾见过水势倒流，逆行而上？"

"先生的意思是……？"

"治国若治水，在顺势而为。先前的党项族不知稼穑，土无五谷，乃是一潭死水。经先王、国主经营，若筑堤，若引渠，有耕无战，成之江河。一日千里，绝无回头。"

野利仁荣这番话虽半虚半实，可铿锵有力，元昊也凝神一霎，似在回味，片刻却又问：

"那先生以为，党项这条大河，该流向何方？"

"国主有志，老臣不敢谬言。然党项一族，不可尽效法汉地。秦有商鞅，赵有武灵，皆因势而变。取人之长，补己之短，方成大事。"

"然何为我大夏之短？"

"大夏之短，正是国主之忧，臣请再斗胆试书之。"野利仁荣拿起案头狼毫，饱蘸松烟墨，一手铺开银纸，一手挥毫落笔。他动作甚快，片刻，野利仁荣便将纸呈至元昊面前。

"先生何意？"元昊通吐蕃、汉文，可也不识纸上野利仁荣所书，疑惑道。

"党项人需要自己的文字。"野利仁荣沉声答道，"国主下秃发令，乃是示之我党项衣冠不类中原，然党项之文，至今不是从汉字，便是从吐蕃文，甚至从回鹘文、契丹大字。文不立则名不正，大夏欲国，岂能再居人下乎？老臣杜撰此一'文'字，正是此意。"

"不错，先生的确说中了朕的心事，不愧我大夏第一文臣！"元昊颔首赞许，却又喟然一声长叹，"可创制文字，谈何容易。国书即天道。朕曾令没藏家考察，卫慕家研习，争来争去，至今碌碌，叫朕好生心急。"

"仓颉之功，所耗经年，确非一人一家能独为。臣之小技，国主见笑了。"

"先生过谦。"元昊忽然郑重地说，"先生有大才兼大义，今大夏立国在即，此天道之事，还望先生博采众长而求之。朕在此替党项人谢过先生。"

元昊起身抚胸低首，肃然而行党项之重礼，野利仁荣惊惧之下，忙伏地还礼："国主所托，老臣必当尽心。"

二

黑暗的宇宙中，你永远不知道下一步会遇见什么。

半分钟前，冬眠的高平被紧急唤醒。只能容纳一人的冬眠舱像是突然立了起来，维生液堆在脚下的舱底，这种重力异常的感觉使得他立即意识到飞船正在急剧减速。他顾不得浑身酸麻的无力感，奋力掀开舱盖跨出来。维生液泼了一地，门外走廊上也有人连滚带爬。

他并不知道，同一时刻在舰队的五十三艘战舰里，被紧急防御系统一齐唤醒的还有上千名职级远比他高的军官，但绝大多数都来不及苏醒。自动运输系统已全速运转，高平刚跨进应急入口，便躺倒在令人眩晕的气垫管道里飞速滑行，四周迅速闪过的光环让他觉得自己仿佛正急剧坠入命运的深渊。

两分钟后，他滑入了飞船控制厅。厅内已有上百名衣着凌乱的各色军官先聚齐了，都被减速带来的巨大惯性压迫到墙角，嘈杂一片。厅中央有一个两米来高的全息红色警报窗口在闪烁，几十个刺眼的红色光团陆续出现在窗口中，整个大厅回荡着平淡的电子女声：

"警告，警告，舰队全体失联。已启用紧急制动转向，并按预案紧急唤醒在编舰队高层人员。重复，舰队全体失联……"

"一定是外星人的武装攻击！"人群中央，参谋长正指着显示屏咆哮，维生液从鬓角往下滴，"舰队航线都是规划过的！几亿公里范围内，除了恒星就没有其他大尺寸陨石。如果不是隐形力量偷袭，其他战舰怎么会全部失联？"

部分军官满脸惊诧地看着他，有人提出异议：

"我猜可能是叛乱。毕竟每艘战舰都是一个独立的社会，漫长的航行中容易出现不可控因素。我建议开启备用通信频段，先行了解叛乱方的诉求。"

"谁有能力在同一时间切断所有战舰间的通信？"参谋长反驳道，"哪怕是舰队总指挥都没有这个权力。"

"也许不是全部切断，而只是我们沙漠玫瑰号被意外隔离了呢？"

"那就要找出我们飞船上的肇事者！我建议，马上请求舰长唤醒治安军，以控制室为中心就近排查！"

减速的惯性稍缓，高平顾不上拧干湿漉漉的贴身衣裳，费力地撑住墙壁坐起。他注意到，在场的人员虽然有舰队高层，但相当一部分人的军衔并不高，包括他自己。

减速终于停止了。墙壁上的自动门一下子滑开，沙漠玫瑰号舰长劳伦斯坐着轮椅缓缓进入。他军服笔挺，不像在座刚被唤醒的军官们那样狼狈，但那皱纹密布的脸庞比起五十年前高平在大屏幕上见到他的样子又老了几分。舰长举手向军官们示意，镇定地开口说道：

"抱歉诸位，事态严重，不得不紧急召集大家。各位已经看见了，屏幕上标示的是舰队各艘飞船的相对位置，目前除了队尾的我舰，其余飞船已全部失联。"

尽管已经知晓，但情况由舰长亲口说出，军官们还是震惊不已，少数人在低声议论。

"大家一定很想知道事故原因。很遗憾，我掌握的情况并不比各位多。"轮椅朝军官们靠近了几步，人群分开，让出一条路来。舰长从高平身边经过，高平觉得舰长好像转头看了他一眼。

"刚才我也听到了各位的争论，其中也包括一些很有价值的精妙判断。我想说的是，无论是外星文明攻击，还是本舰叛乱，我们都务必要保持冷静。只有冷静，才能找出真相。"

人群又沉默下来。刚才那位提出叛乱意见的参谋急匆匆往前走了几步，高平认识他，他是上两届预备队毕业的学长吉田栩。

"舰长，按照航行冗余准则，其余所有战舰通信系统同时全部失效的概率几乎等于零，所以我才倾向于是我舰出现了通信故障，虽然我初步搜寻下来没找到故障点……"

"冷静，吉田先生。"舰长打断了吉田栩的话，"在你找到支持自己观点的证据之前，我想先问一个问题……"

舰长再次抬起手臂，指向人群后排的高平。

"请问这位先生，您是……？"

高平一愣，先是左右看了看，才确认舰长指的是自己。他赶紧站起来行了个军礼：

"语言学研究员，智囊预备二队士官高平报到。"

"哦，预备二队，是前哨舰尼乌塞尔老师曾经带的队伍吧？谢谢。"舰长随意回了一个礼，放下手臂环视四周，"这么多年，飞船上的年轻人我已经很多不认识了。大家有没有想过，飞船的唤醒紧急预案，为什么会连续唤醒上百人，甚至包括低层的预备队士官？"

"唤醒紧急预案是以整支舰队为基础的，并非只基于本艘飞船。"参谋长解释道。

"问题就在这里。按照正常准则，出现危急情况时，飞行应急系统会选择固定人数的决策人员进行唤醒，舰队中的所有最高层人员应当排在首位，之后按军衔顺序来。如果中间出现空缺，再从整支舰队中选择并候补。像我们飞船中一次唤醒数百人的情形，绝无仅有。"

"您的意思是说……？"参谋长似乎想到了什么，脸色发白。

"如果其他舰队是瞬时失联，我们飞船按照预案，只会唤醒包括我在内的四到五名高层人员进行应急决策。现在醒来的人数众多，只有一种可能：其余飞船的唤醒动作已全部失败，并且这种失败，在失联前反馈到了我舰。"

众人惊得目瞪口呆。舰长在手腕上的控制器上按了几下，屏幕上的红色光团一阵闪烁。

"我调出了刚才的回放细节，大家可以看一下，失联点是以从前到后的顺序出现的。也就是说，最前排的战舰在遇到危险时发出了全队唤醒警报，各舰立刻按额定人数唤醒本舰人员。可紧接着，前排战舰人员唤醒失败，于是舰队应急系统短时间内重新计算了应该唤醒的人数，并再次向后排战舰分派唤醒动作。再失败、再分配，前舰上反复出现类似过程，最终累积到我舰，才造成眼下这人数众多的现象。"

"为什么会连续唤醒失败？"吉田栩问。一种令人恐惧的气氛笼罩着整个控制厅。

舰长摇摇头，没有回答。他转过轮椅来到墙边，一阵低沉的嗡嗡声响起，控制厅的墙壁开始变得透明，片刻后成了一扇巨大的落地窗。从这个角度往飞船外看去，视野里一片漆黑，只有右前方亮着一颗带着些许蓝色的亮白恒星，像一盏昏暗的壁灯。探测结果显示前方最近的飞船在三百万公里外，舰上的人无法用肉眼看到其形状，只有模糊的光点在微弱地闪烁。参谋长像是明白了什么，赶紧启动了舰外的光学望远镜。几秒钟后，三百万公里外的图像被放大数十倍后投射到了中央全息屏上，那一瞬间闪现的景象令高平目瞪口呆：舰队中其余几十艘飞船已经消失，它们所在的位置上出现的是几个或白热或暗红的巨大金属熔堆，熔堆呈绽开的形状，像炼狱中溅出的朵朵血花。

死一样的寂静扼住了每个人的喉咙。许久，舰长才长叹了一口气，轻声道：

"这就是唤醒失败的原因。我想，我们可能撞上什么东西了。"

三

野利仁荣回到宁令府时天色已微亮。他并未歇息，而是径直登上藏书楼。顶楼门外一名打瞌睡的小书童被他的脚步声惊醒，惊慌失措，脚下打滑跌了一跤，楼板的灰尘扑扑直掉。野利仁荣叹了口气，推开书房门走了进去。室内果然空无一人，案上蜡烛已燃尽，案头与地面上散落着许多纸张，写满或者说画满了各种奇怪的符号。壁前一排书架，架上散乱堆放着一卷卷竹简、木牍、羊皮纸，不少还是摊开的状态。野利仁荣弯下腰拾起地面上的纸张摆在案头上，再席地坐下。屋外的小童已溜下楼，风里隐约传来三下清脆的铜铃声，不多时，楼梯噔噔响了几下，木门被再次咯吱推开，野利遇乞像一阵风一样跳了进来。

"大哥，又来检查工作了？怎么不提前说一声呢？令哥儿吓得说话都不利索，叫老拓跋家的听了去，又得说咱们欺负幼仆，不是马背上的英雄了。"

遇乞说着，在室内四下转了半圈，见散乱的字纸已被野利仁荣收拾妥帖，不由嘻嘻一笑，顺势也一屁股坐了下来。

"遇乞，我问你，读万卷书，行万里路，孰重孰轻？"

"啊，又打机锋？依我说，在外头跑时，自然是读书重要，可憋在这藏书楼上，那就得没事走两步了。其实吧，我觉着这两者不能随便割裂……"

"国主昨夜召见我了。"

"什么？难道要交作业？"遇乞一下跳了起来，"蕃书十二卷，咱们才完成天地、自然、经史三卷，造字之法也只有会意、反切，离交差还早得很。国主他真这么心急吗？"

"非也。"野利仁荣缓缓摇头，"国主要的不是蕃书，而是天道。"

"什么意思？"

野利仁荣叹了口气，摇了摇头，脸上现出愧疚之色：

"遇乞啊，以前我将你禁足于藏书楼，究典阅经，期盼能一起赶制蕃书，以迎立国之礼。现在想起来，这种想法实在是浅陋，浅陋啊。"

"哥啊，我怎么越听越糊涂了？你是说，国主嫌蕃书不好吗？"

"国主并不知蕃书之事，反倒是我们需要问问自己，这未成型的蕃书十二卷，是否符合天道，是否真正为国主、为党项族之根本所需？"

遇乞一时不知道如何回答，野利仁荣又慢慢站起身，疲惫地捶捶腰，又似自言自语道：

"禁足这事，日后就不必了。读万卷书，不如行万里路。天道之事，各方暗中较力者有之。然而，何谓天道，谁能知晓啊……"

野利仁荣整夜未眠，精神已很困倦，遇乞也不好多问，只轻声道：

"哥，你累了，先去歇息吧。什么天道地道，睡一觉再说。"

四

星光号前哨舰没有发回任何警报，这是最令人不解的地方。

漂泊的航程已经持续了三千年。已经加速到近百分之一光速的舰队始终保持略微错开的菱形编队飞行，相邻飞船斜向距离两百万公里，星光号小型前哨舰则在舰队前方一千五百万公里处领航，为整支舰队提供预警。高平所在的巨型护卫舰沙漠玫瑰号因为十二年前的一次故障整修而减速，导致落后并停留在队尾之后一亿五千万公里处，之后为节省燃料也没赶上来，想不到竟因此侥幸躲过一劫。

由于舰队中其他飞船遭遇灾难变为废墟停留在原处，沙漠玫瑰号与它们的距离缩短到三百万公里。飞船停留在那里，作为军衔最低的士官，高平被派去前往现场打探情况。两架小型无人探测器先行一步高速飞向现场，隔几分钟后，他乘坐的小型巡逻艇也驶离了母舰的阴影。随着角度的偏转，斜前方HD473703恒星的光斜着透过舷窗射入巡逻艇，却更让舱内弥漫着一股寒意。

　　HD473703是一颗略低于1.4倍太阳质量的铁核白矮星。它约八千摄氏度的表面辐射出略带蓝色的暗淡白光，近亿公里的距离抹掉了它散发出的热度，让它看起来像深山里一盏无力燃烧的灯笼。比起这颗点缀在漆黑的太空背景下的惨白色光球来说，前方废墟里翻滚弥漫的暗红色光芒占据了大部分的观测窗视野，尤其显得刺眼。高速驶向废墟方向的探测器远远跑在前方，已经看不见了，高平也开始加速，小心翼翼地朝废墟方向飞驰。

　　包括星光号前哨舰在内的所有飞船仍然没有消息。高平查了一下值勤记录，这六个月以来前哨舰的轮值舰长是智囊团高层尼乌塞尔中将。他年逾古稀，学识渊博，近十年来未曾冬眠，而是致力于给年青一代传授知识，因而在整支舰队中享有很高的威望。高平冬眠前所在的预备二队是他指导过的最后一届学生，之后他便登上星光号前哨舰轮值，至今也已接近半年。日志里，这半年星光号只有每日的常规广播，直到失联前也没有出现过任何异常。

　　约半小时后，前方的无人探测器发回低度危险警告，废墟里被炸毁的飞船残骸有一小部分朝这边飞来。从近距离的画面看，一闪而过的残骸大多是刚刚凝固的金属熔块，少数夹杂着部分陨石。高平正准备进一步仔细观察画面时，信号却哔哔几下断了。

　　"前方情况未知，注意安全。"通信器里传来劳伦斯舰长的指令。

　　"明白。"高平回答。

　　失去了无人探测器的位置信号，高平只能从望远镜里尝试追踪它。他瞪大眼睛努力搜索着，终于在光焰翻滚的背景上看到了刚刚抵达废墟区域的第二个探测器，可是它只微微闪了几下，便消失在杂乱无章的暗红色光团中。

　　"可视目标脱离追踪范围，继续靠近。"高平一边汇报，一边推动操纵杆加速。虽然心里忐忑不安,还有一丝恐惧,可直觉上,高平并不认为废墟里现在能有什么危险。轨迹分析也显示之前观测到的残骸碎片没有异常的运行状态,简而言之就是四散开花而已。

"也许只是一场莫名其妙的连锁大爆炸吧。"高平安慰自己,又想着另外几十艘飞船上的战友应该已经全部遇难,不禁黯然伤神。不过他也知道,目前的危险状况尚未解除,现在并不是哀悼的时候,于是打起精神继续瞪大眼睛观察。

就在离废墟还有约七千公里时,高平突然收听到一段急促的语音:

"前哨一级预警!请所有战舰立即紧急制动!重复,请所有战舰立即紧急制动!……"

高平一下子惊呆了。这抑扬顿挫的嗓音他再熟悉不过,正是尼乌塞尔老师的声音。

这竟是几小时前星光号发出的最高级警报!

五

半个月后的清晨,兴庆府城里稀疏地下了几滴雨,睡足觉的遇乞大摇大摆地走下藏书楼,背上书袋、弓箭,随便牵上一匹驽马,便出了宁令府,走过崇义街,从西边城门出城去。刚出门楼,只见路边聚着一群人,正围着墙上的告示议论纷纷。遇乞正欲拉紧缰绳一探究竟,身后却传来一阵呼喝,还有杂乱的牛皮靴蹬地的脚步声。回头看时,两小队身穿青绿号衣的家卫正在驱赶人群,几位书生打扮的行人被赶得连连躲藏。遇乞忙一拨马头上前隔开双方,还未开口,却又见另一队家卫簇拥着一名骑马的锦衣壮汉走过来。这汉子三角眼、塌鼻梁、腮上有痣、痣上有毛,遇乞认识,正是没藏家的二公子没藏讹庞。

"哟，这不是野利家的白丁吗？什么时候居然能出门逛了？"

遇乞一笑，诚恳答道："我现在虽无功名在身，可自幼也读过几年书，彼白丁之称，实不敢夺人所爱，还是原物奉还阁下为好。"

周围低低地响起一阵窃笑声，没藏讹庞有些不自在，恼怒地扫视一圈，笑声停了。这时有家卫上前，低声报告。

"哦，今日驱赶了二十七名？不错不错。上头召集贤士修文，还有大赏。这种好事怎么能缺了小爷我？——马上回禀家主，就说小爷我志在必得，且教人看看，谁才是读过书的。"

没藏讹庞后一句颇为大声，似乎专门说给遇乞听，遇乞扫了一眼告示，面带微笑不接话，只站在一旁。没藏讹庞见遇乞并没有针锋相对，便得意地哼了一声，带队擦肩而过。

遇乞也不停留，出城驱马往西南牛首山方向去。在细雨蒙蒙的狭窄山路上行进了三刻，遇乞忽地跳下马，放开缰绳，蹑手蹑脚走进路旁的沙枣林。林间尽头是一片临湖的草地，低处孤零零一间竹棚，一位衣着单薄、背影瘦削的年轻人正站在案旁低头挥笔写着什么。案上没有镇纸，纸卷右端搁着一支羌笛，左端随意压着一柄龙纹短剑，剑柄上刻有"卫慕"两字。

遇乞解下背上的弓，悄悄地折了一段枯枝，卡在弓弦上，随意一拉一放，嘣的一声，树枝远远地朝竹棚飞去。几乎是同时，那位白衣年轻人左手迅速抄起案头短剑，头也不回，随手朝身后一刺，正好将飞来的枯枝截为两段。

"好剑！"

遇乞高声大笑，从林间跳出，跑向竹棚。白衣年轻人右手笔势稍滞，一折一抖，收尾完毕，这才分别搁下笔和短剑，转过身来。遇乞几步抢近案头，一把抓过桌上纸卷。

"八月秋雨，天下……玛瑙？我说小华，你武练得挺好，可这字为何就……"

"玲珑二字，乃古回鹘文。"卫慕华平静地答道，"你研习形书，不识此音，也属正常。"

"嘿嘿。"遇乞讪笑两声，赶紧换个话题，"这下雨天的，都冷成这样了，你又没在练武，怎么穿这么少？不怕冻病吗？"

"一件貂裘，价值几何？"

"貂裘？大约百金吧，怎么啦？"

"可一帖风寒汤药只需三十个宝钱，这个账，怕是不识字的人都会算。"

"好有道理，我竟无言以对。"遇乞大笑，替卫慕华卷起笔墨书卷，"此地无茶无酒，走，去你处。"

"白日如此高调前来，你不怕被罚？"

"不用担心，我大哥已经不管我了。"遇乞得意地指指背上的书袋，"读万卷书，不如行万里路，其实，我今天是来跟你辞行的。"

卫慕华不禁惊讶万分。

"走？你要去何处？"

"你猜？"遇乞卖起了关子，"我正想听听你的想法。"

"近半个月里，宁令大人的动作不可谓不大。"卫慕华抬头半仰，似在回想，"招贤士、迎佛典、四处出榜，城中皆传言为仓颉大计。几大世家正闻风而动，不要告诉我你在躲这场麻烦。"

"为何不能躲？"遇乞又嘻嘻一笑，"我大哥把水搞浑了，我也头疼得厉害。刚来的路上我还遇见了讹庞，凶得很，一副志在必得的样子。国书倘若是他这种人写出，恐怕世上没人敢识字了。"

"那你心目中的国书该是什么样子？"

"又来。你我岂非早就辩论过？你擅音、我主形，谁也说服不了谁。现在兴庆府张榜公开征召大儒，等于告诉了天下人，说此处急需新文。到时候各路争斗四起，鬼才知道会闹出什么事来，我还是先躲为好。"

"所以你要远避而劳？"

"正是。创制文字，岂是人多热闹就能赢的？依我哥的脾气，他绝不会因为我是他弟弟，就按我提议的形法制定国书。他需要的是一个能说服国主、整个党项族的理由。如果我找不到这个理由，那就完蛋了。"

"宁令大人大公无私，令人钦佩。"卫慕华目光一闪，"听闻房当枢铭大人已献上房当书，颇超吕则①大人也欲呈上颇超文，这场戏虽然滑稽，但想必会很精彩。局外者清，你不欲陷其中，难能可贵，真真叫我佩服。"

"喂，你什么时候学会了奉承？这可不是你的风格。说正事。"

卫慕华也浅浅一笑，却继续分析道：

"诚然，国主立国，意在异于中原，故东、南宋地，不值一去。北辽交恶，亦不能去。如此看来，你能考虑的，只有西向了。"

"妙啊，英雄所见略同，我也是这么想的。"遇乞兴奋地拍了拍卫慕华的肩，"明天我就出发。今晚说好，咱俩不醉不休。"

六

十秒钟后，沙漠玫瑰号也收到了星光号迟到的警报。许多人和高平的第一感觉一样，觉得舰队可能掉入了时空混乱的区域，但如何个混乱法，谁也不确定。巡逻艇里的高平本能地拉下操纵杆减速，他不知道的是，这个动作后来救了他自己一命。

---

① 枢铭、吕则与文中的宁令、谟宁令一样，都是西夏官职名。

没过多久，像压抑许久后的井喷一般，来自星光号的画面源源不断地闪现在巡逻艇与沙漠玫瑰号的显示屏上，那几乎是一场惊天动地的浩劫。星光号尾部面向舰队的监控摄像头拍下了舰队毁灭的整个过程：中心畸变的画面里，第一艘飞船在星光号身后毫无征兆地炸开，约二十分钟后又有两艘飞船爆炸。后续飞船可能察觉到了事故的发生，迅速减速，但于事无补，五十三艘飞船相继被毁，爆炸产生的刺眼白光陆续绽放，又挨个熄灭，留下空荡荡坟场般的废墟。

第一艘飞船爆炸时星光号就已发出警报，但在百分之一的光速下，任何制动措施几乎都是徒劳。沙漠玫瑰号的中央计算机就星光号的画面与高平的近距离观测图像做了协同分析，发现从星光号角度呈现的各次爆炸的时间间隔相当长，完全不符合高速连续撞击的距离时间关系。吉田栩把这个疑点报告了舰长，也知会了巡逻艇里的高平。

"时间变慢？然而，我们的速度并不足以让相对论明显发挥作用。"高平听见舰长在分析情况，"我已安排唤醒部分学者参与决策。大家有什么看法？"

"建议立即撤退。"参谋长显然不愿意思考过多问题，只打算趋利避害。

"可尼乌塞尔老师还在星光号上。"高平忍不住发言。

"现在星光号下落不明，即使尼乌塞尔中将还活着，按航行准则我们也不应该消耗过多资源来实施营救。"

高平知道参谋长说的航行准则，可他仍不死心，准备再向前方仔细搜索。巡逻艇缓慢前进，高平忽然发现舱内开始发暗，像是照明设备供电不足。一瞬间高平以为自己眼花，朝舱外一看，视野一侧的HD473703变成诡异的深紫色，像蒙上了一层暗纱。还没等他反应过来，巡逻艇引擎又啪啪几声熄火了。

手忙脚乱的高平赶紧尝试通过控制系统重启引擎，却发现控制系统已经死机，怎么按键都没用。好在造巡逻艇时按冗余准则还备有一套机械传动控制装置，高平在智囊预备队学习时也受过这方面的培训，于是他摸索着拆面板，拧开关，折腾了半天才勉强将引擎重新启动。

"报告，这片区域的确有点儿不对劲儿。"高平在黑灯瞎火下一边拧螺丝一边汇报。

"马上停止前进，后退到安全区域。"

高平操纵巡逻艇掉头回辙。后退上百公里后，四周光线似乎又亮堂起来，背后的HD473703也恢复了冷冷的白色，更奇妙的是引擎的控制系统也重启，恢复正常了。高平把这些情况原原本本发回沙漠玫瑰号，又引起了一番讨论。

"这片危险区域可能充满了星际尘埃，既降低了能见度，又影响外置引擎工作。建议绕行。"

"星际尘埃不能解释电子控制系统故障以及星光号的延时，我认为是磁场或引力场变化带来的影响。"刚被唤醒的天体物理学家希尔诺夫发言。

"高平研究员，你最接近现场，你怎么看？"舰长问。

"我猜这片空间有一种能改变可见光波长的未知能量场，因为刚才HD473703的光产生了一定的蓝移，至于其他情况我暂时没有合理解释。"

正在这时，通信器又嘀嘀响起来，巡逻艇再次收到尼乌塞尔中将发来的一条简短信息：

"空间特性奇异，建议测量真空光速。"

七

贺兰山以西是无边无际的黄色沙海，一队人马正在烈日下艰难地爬上沙丘。一位少年解下腰间的羊皮水囊，挤出剩下的最后一股清水倒入干裂的口中，一丝清凉的感觉马上浇灭了喉间的焦渴，仿佛将冰块投入熔融的炽热铁水，眨眼间无影无踪。

不远处已是西凉府的城墙。三十多日前，这位少年在西行路上邂逅了这支黄头回鹘商队，便邀伴同行。他凭自己的一射之长在沙陀城以北吓跑过几个剪径的劫匪，在沙漠里遇到狼群袭击时还射杀过三头野狼。敬重勇士的回鹘人马上对这位擅于骑射的少年佩服有加。在他们眼里，这位少年的举动和平常旅者完全不同，他不光带了特别多的纸，而且在沙漠里清水极其宝贵的情况下，他居然每天还要匀出一点儿来磨墨！并且，纸这东西似乎也不像被他拿来卖的，反倒每天被涂画上各种不认识的符号，涂满后他也舍不得丢弃，而是小心叠好，还用防水的牛皮严密包裹，叫人看了好生费解。

这少年便是遇乞。在寻求"天道"的过程中，跋山涉水的游历似乎给他带来了莫名的灵感，令他在文字的想象力方面更进了一步。山川水势的变幻，在他眼中化成了一个个崭新的文字，他所做的只不过是把它们记下来，通过反切注上音，再用汉字或契丹大字写上其含义而已。每隔一段时间，遇乞都会把所造之字的详细信息编纂汇集好，同时誊抄一份，托附近驿站送回兴庆府野利仁荣处。不过由于近些日子行走于沙漠，这项工作久未实施了，遇乞正寻思着去前方的西凉驿整理一番，以免丢失。

西凉城外是红水河。在这里，商队洗去重重风尘，在浅滩上用沙子滤出清澈的河水，重新灌满各自的水囊。遇乞也喝饱了水，挥手和南去的商队告别，只身前往城外十里的西凉驿。

西凉驿站地处凉州道、青唐道路口，疏林映日，残碑积藓。由土石砌成的一溜十余间房屋，或敞或闭，不少旅客在此临时歇脚。驿丞是个热情且话多的西凉本地老军士，听说遇乞往西去，要借驿站一角暂用，便大赞一番，也不问缘由，只把最外一间空屋让出。遇乞道谢后掀帘进去，解下行囊、弓箭，拿出笔墨，开始在窗前誊抄。此时天色已晚，窗外渐暗，有小仆送上油灯。幢幢灯影中，四下一片安静，仿佛暴风雨即将来临的前夕。

戌时，门外忽然又传来驿丞的招呼声，接下来是一个人念佛的声音。片刻，草帘一掀，走进一位身披灰色僧袍的中年僧人。这僧人须眉如剑，双目炯炯有神，见遇乞在室内，当胸竖掌一礼，遇乞忙搁下笔，站起拱手还礼。

跟着进来的驿丞歉意地说：

"这位师父也是远道而来，不欲进城，想在驿站暂借一夜。别处都满了，劳烦两位挤挤？哎，这人来人往的客人非常多，也是托当今的福，好久不打仗，行路的、买卖的，打尖借宿，见天儿涨。不像前些年，天天除了送敕燃马牌①的，就见不着闲人。您包涵，包涵。"

党项崇佛，普通人对僧人都十分敬重。遇乞忙说：

"在下岂敢。彼此都是旅人，全凭驿丞安排。"

僧人也道了谢，往门边墙角摊开铺盖卷歇息。驿丞又送来一支蜡烛。遇乞见僧人器宇轩昂，不似平常和尚，不禁好奇问道：

"不知师父从何处来，往何处去？"

僧人听问，略有讶异：

"居士一开口，便颇具佛性，莫非也是向善之人？"

遇乞一愣，暗叫声惭愧：

"佛性之称不敢当。在下只是平日里和大哥打机锋打多了，出口竟成了习惯。师父见笑了。"

"原来如此。实不相瞒，小僧慧聪，自凤翔府来，正要去往兴庆府传经。"

---

① 敕燃马牌指西夏传达紧急军令时所用的信牌。

"在下野利遇乞。师父来自南边宋地？那，为何没有北行，反而绕行凉州道？"遇乞吃了一惊。

"说来滑稽。"僧人见遇乞问起，方苦笑道，"小僧本已近韦州，可入关隘处竟遇见匪盗横行。这群匪盗举止怪异，私设关卡，盘查往大白高国方向去的读书人，但凡谁携了书札、字纸，甚至认得几个字的，尽不许入境。小僧盘桓无法，这才自柔狼山一路向西。未曾想匪盗势力甚广，直至凉州道，小僧才见机而入，急行三日，方到此间。"

"什么？"遇乞几乎跳起来，"我大白高国正在招揽各方贤士，竟有人蓄意拦阻？手段还如此下作？要是教我遇见，定然一箭一个，统统解决！"

"彼匪盗皆黑巾蒙面，也不伤人命，其意难测。小僧被驱时，曾隐约听一匪提及'没藏大人'几字……"

"我懂了！"遇乞愤然道，"定是没藏讹庞那混蛋无疑。这家伙自己没本事，听说兴庆府召集贤士，他唯恐别人抢了他的风头，便私自派家卫去拦阻读书人入境，这要多蠢的人才会用这阴招？师父勿虑，如不嫌弃的话，在下明早愿护送师父一程。这朗朗乾坤，我不信这群恶徒还敢找师父麻烦。"

"不敢有劳。施主本自东来，小僧岂敢劳烦施主走回头路？"慧聪打量了一下遇乞，摇头道。

"哎，师父，你怎么知道我是从东边来的？"遇乞有点儿奇怪。

"施主行色匆匆，一身沙尘。而此地只东向有沙漠，故此……"慧聪抚须微笑。

"师父果然慧眼如炬，既然如此，师父不如再猜猜我要往何处去？"

慧聪又仔细看了一眼遇乞，再次摇头：

"去处不重要。恕小僧直言，施主似已着文字相，且沉迷已久。"

"此话怎讲？"遇乞低头看看案头，"若一见笔墨纸张便下此断语，那天下读书人，着相的岂不多了去了？"

"天下读书人皆驭文，而施主为文所驭，是不同也。"

遇乞压下心头的惊讶，试探着又问："那什么叫作为文所驭？愿听师父详解。"

"世间读书人，凡经史子集、诗词歌赋，皆以文言志。而施主一腔热勇，却不欲入现时文字，反倒另辟蹊径，纠结非常。小僧愚见，施主与大白高国招贤立文之举，似乎颇有关系。"

"师父说得不错。"遇乞笑道，"在下不才，确然想协立文字，以兴大夏。只是个中曲折实在一言难尽。我闻佛家依凭三宝，救度四生，师父有慈悲胸怀，可否指点迷津？"

"佛经有云：我法以心传心，不立文字。施主询小僧以文事，岂非问道于盲？"慧聪微微一笑。

"师父说笑了。如不立文，经何所传？师父跋涉千里，想必不是为了以一心传一心，好歹也得普度千儿八百个众生吧。"

两人一齐哈哈大笑。慧聪再度抚须道："施主快言快语，心性坦荡，小僧如顾左右而言他，反倒显得矫情了。不瞒施主说，小僧四处游方，也读过一众经书，略懂几国文字。此次传经之地既远离中原，吾上师言，为各族教化，必定有翻抄并译文之需，这才遣小僧前来。小僧愚见，这普天下文字之理皆是相通，施主如不嫌弃，小僧愿做抛砖之言。"

"求之不得，大师请讲。"遇乞不知不觉中改了称呼。

慧聪当下正襟危坐，有问有答，将遇乞胸中疑惑一一解开。遇乞越听越觉得慧聪学识极广，竟是平生所未见过的博学之人，其所言所指，连解自己造字中的诸多疑惑与死结，令蕃书隐然有自成一体之势。两人秉烛夜谈，越聊越起劲儿，完全忘记了睡觉。驿站地僻无更，这一席夜谈不知不觉已近拂晓，残烛所余无几，窗外树影婆娑。遇乞虽倦，但自觉获益良多，极是愉快，忍不住手舞足蹈，慧聪也拈须莞尔：

"今夕一谈，怕是施主日后要越发着相了。"

遇乞来回走了几步，忽然面对慧聪，诚恳地深施一礼：

"得大师指点，小子幸甚。遇乞斗胆替大白高国上下谢过大师。如蒙国主青眼，蕃书得选，遇乞定当禀报国主，以请大师之功。"

"不可。"慧聪正色道，"名利于度众生何用？今与施主聊文，乃是机缘。如施主大愿得偿，只望能以文载经，广结善缘，小僧所愿仅此而已。"

"大师高义，在下定当从命。"遇乞伏地而拜，慧聪忙伸手相扶。

突然，遇乞感到头顶上掠过一丝轻微而尖锐的破空音，紧接着身前一声闷响，一支短箭自窗外射入，正中慧聪咽喉。慧聪脸上的笑意尚未退去，身体便软软后倒，血如泉涌。这一切都在电光火石的刹那发生，遇乞大惊。但他反应极快，就地一滚躲入暗处，顺手抄弓、抽箭、填弦，闪身朝窗外树影抖动处射出一箭，只听低声闷哼，树上似乎有人中箭。

遇乞抢至慧聪前，见其已圆寂，脸仍带笑，顿时心中痛极。他大喝一声，卷起案头字纸，跳起蹿出屋外，纵马便追。

八

沙漠玫瑰号面临一个窘迫的局面：并没有什么现成的设备能够用来测量此处的真空光速。

在人类的理解里，真空光速几乎是宇宙中亘古不变的常量，在舰队未启航的远古时代，人类便已获得了它的精确值，更把它定义为国际长度单位基准。除了偶尔的校准需求外，现有的航程中并没有场合需要重复测量它。

希尔诺夫在飞船的知识库里翻出了古老的八棱镜光速测量法与齿轮测量法。其原理是用高速旋转的齿轮或八棱镜遮断光路，只有当其转速和光速有一定对应关系时，光路才畅通无阻，因此可以根据转速较为精确地测量光速。然而飞船上同样没有现成的八棱镜可用。吉田栩拿着图纸看了一阵，提议用抛光的六角螺母来代替，希尔诺夫拿笔粗略计算了一下，认为可行，于是两人来到真空室里开始动手。

飞船备件舱里有的是现成的小型高速电机以及六角螺母。吉田栩把高速电机装在底座上，把螺母卡上电机主轴，一接通电源就能飞速旋转。同时希尔诺夫找来一块镜子摆在远处，用一支绿色激光笔照射螺母的一面，让其反射至镜子，再反射回螺母另一面，然后再次反射，照在旁边的墙壁上形成一个绿色光点。接着，希尔诺夫启动电机，螺母开始加速旋转，绿色光点不见了。和吉田栩估算的结果一致，当螺母旋转速度持续提升到每秒三万转左右时，绿色光点重新出现。也就是说，每秒能跑三十万公里的光从螺母一面到达反射镜再回来到达螺母另一面，这一来一回的短暂耗时恰好等于高速旋转的螺母转过一个面所经历的时间。根据这个时间与距离，就能计算出此时的真空光速。

高平在巡逻艇里也没闲着，他看到了希尔诺夫与吉田栩的实验方案，决定用巡逻艇里的齿轮备件来做同样的事情。不过巡逻艇上并没有高速电机，只能用低速的遥控电机来代替。高平找了根接近三米长的导轨，一端卡上抛光的铝合金片充当反射镜，另一端装上电机、齿轮与一个能亮二十个小时的应急发光管，又在光线反射回来照射到齿轮另一面的地方粘了个光敏传感器，整个装置粗糙得很，精度完全无法测出每秒三十万公里这么快的光速。不过高平并不在意，他把导轨扛到气闸内，让巡逻艇拐着弯做了个机动抛物动作，把导轨旋转着甩向前方的外太空。

剩下的事情就是等待了。估摸着导轨差不多到达前方引擎失灵的区域后，高平遥控启动了电机，逐渐加速旋转，遥控器上显示的转速数字一个个往上跳。自从尼乌塞尔老师发回测量光速的要求后，高平便隐约明白了点儿什么。遥控的信号在延迟，又变得断断续续，四十分钟后，光敏传感器不可思议地上报了光照强度达到阈值的提示，高平看了一眼遥控器，此时上面显示的电机转速竟然只有每秒三百五十转！

希尔诺夫与吉田栩装配的高速电机光速测量装置也被固定在长长的一次性运载舱里送到异常区域。随着位置的缓慢深入，装置上报的螺母转速果然开始持续下降。众人屏住呼吸，看着转速从三万跌到一万、一千、一百，最终出乎意料地稳定在十二这个数字上。这些数据和高平的互相印证，结论已跃然纸上：前方的空间里真空光速在变慢，甚至慢到了无法想象的地步。舰队撞上的正是这样一片奇异区域。百分之一光速的飞船进入慢光速区域，等同于撞上无坚不摧的表面，没有任何材料或生命能够承受这样的强行减速。高速动能不仅直接气化了部分飞船船体，还触发了强烈的局部聚变反应，导致整个舰队瞬时化为乌有。好在因为撞击与毁灭的速度比神经元传导速度快得多，飞船上冬眠的乘员们死亡前不会感受到任何痛苦，这可以算灾难来临时唯一的安慰了。

沙漠玫瑰号陆续制作了更多的光速探测器。这批更加简陋但适合测量低光速的探测器从各个角度飞向废墟，光速数据不断传回来，整片奇异的空间逐渐在他们眼前展开。这是一个长、宽各接近八百万公里的正方形区域，光速随深度急剧递减到每秒一百二十公里并持续约两小时，之后又神奇般地恢复正常速度。慢光速区域厚度达六七十万公里，整片区域拦在飞船前进的航线上，像一堵不可逾越的障碍，希尔诺夫顺口把它叫作"光障"。

光障浅层有约两百公里厚的过渡区域，正是高平刚才闯入之处。如果当时高平没有提前减速，恐怕也难逃被撞毁的命运。光速降低导致巡逻艇的电子系统瘫痪，光波波长缩短也造成了高平见到的蓝移现象。星光号迟来的信号则很可能是因为其电磁波在光障中行进缓慢导致，想明白这一点后，星光号究竟在哪儿这个问题的答案已经昭然若揭。

至于星光号为什么能够穿透光障到达更远处，散落的探测器集群们很快也给出了提示：有一个探测器在光障内部穿梭时测到的光速值忽然从每秒一百二十公里突变到了正常的光速值每秒三十万公里。高平立即驾驶巡逻艇从外侧靠近观测点，并召集更多探测器进行密集测量。测量的结果表明，此处有个直径约四百公里的光速正常的区域，这个区域构成一个狭窄的孔洞，穿透了光障，直通星空深处，像一条看不见的隧道。高平壮着胆子将巡逻艇开到隧道口，同时发出最大功率的无线电信号呼叫星光号。

几分钟后，高平果然收到了尼乌塞尔老师的回应：

"感谢上帝！幸存者们，我终于找到你们了。"

九

宣化府，黑河岸。

经过三日的舍命急驰，疲累让遇乞几近晕倒。当时行凶者中箭受伤，自树上跳下骑马奔逃，遇乞便循地上血迹奋起直追，无奈驽马迟缓，始终只能影影绰绰看见凶徒背影，无法近身。那凶徒受伤后行动有碍，竟也无法摆脱遇乞，两人一前一后越胭脂山、涉山丹河、过宣化府，直至黑河岸边。那黑河崖峭水深拦住去路，遇乞见对方站在崖边无处可逃，情知有困兽之斗，便跳下马来，执弓搭箭，并不近身。

那凶徒也已下马，黑巾蒙面，腿上血斑已凝固，犹持刀强自站立，几片残甲与一支短弩抛在一旁。遇乞恨恨地喝道：

"没藏家的狗贼，竟敢行凶刺杀大宋高僧！快快束手就擒，小爷我饶你一条贱命。"

蒙面人似乎呆了呆，忽地仰头哈哈大笑。遇乞警惕地盯着他的一举一动，并不搭话，蒙面人笑了几声，见遇乞不理，便沙哑着嗓子道：

"我走投无路，你就不问我为何发笑？"

"你笑关我屁事！说！为何要杀慧聪师父？是受谁指使？"

"哦？他叫慧聪？"蒙面人一声冷笑，"你要的答案很简单，因为他该死。不光是他，你们都该死。"

"为什么？"遇乞箭指对方，双眼似要冒出火来。

"因为你们违背了天道！"蒙面人狂吼道，"文字乃天机，凡夫岂可染指！你不行，那秃驴更不行！"

"天道"二字，令遇乞心中一震，弓弦渐松，蒙面人见他不言，继续厉声道：

"你们胆大包天，恣意妄为，一定会给党项带来灭顶之灾！即便我无力阻止，也要诅咒你们被雄鹰啄眼，豺狼食肉！"

遇乞沉思片刻，忽有所悟，弓弦复一紧，喝道：

"看你一介武夫，这见识绝非出自你本意，说，你到底受谁指使？"

蒙面人又尖声大笑，笑声凄厉异常：

"看来，你也不算太笨。我家主人说，你若参不透便罢，你若参透这一点，他倒有兴趣让你死个明白。可是，你自身尚且难保，我怀疑你是不是真能熬到那一刻。"

"你想怎样？"

"如果不出意外，此刻，甘州军司的擒生军应该正在拘捕你的路上。罪名嘛，当然是刺杀大宋高僧了。你听。"蒙面人得意地冷笑，风声里，地面似乎隐约传来阵阵震动，像无数马蹄在敲击。

"你们竟然嫁祸于我？"遇乞一下明白过来，脸色巨变，"原来，你诱我来此，竟是圈套？贼子，拿命来！"

弓弦响处，箭如流星，正中对方肚腹。蒙面人一声痛呼，翻身栽倒，竟往崖下摔去。遇乞飞跑上前，只见黑河水流湍急，浪花中已不见人影。遇乞迅速回头检视地上蒙面人丢弃的东西，除残甲破弩之外，竟还有一块铜质腰牌。遇乞弯腰仔细一翻看，便捡起揣进怀里。他又伏地凝神聆听附近的马蹄声，片刻后，迅速翻身上马，朝西北方向飞驰而去。

十

透过隧道，高平终于在黑色的星海背景上隐约看到了星光号的身影。隧道的边缘存在光速突变，在视觉上造成一种奇异的畸形，高平甚至怀疑自己看到的只不过是几个小时之前的虚像。无线电波同样有慢有快，导致重复的片段混杂，通信器里噪声连连，像很多人在同时说话。

"星光号是幸运的，可这种幸运对整支舰队来说非常不幸。我作为星光号舰长，犯下了不可饶恕的严重错误。如果星光号能够提前一千五百万公里发出预警，后续的部分战舰或许能绕行或减速，从而保留下文明的种子。"当尼乌塞尔中将沉痛的声音响彻沙漠玫瑰号的控制大厅里的时候，所有人无不为之动容。

"您并没有错。"劳伦斯舰长说道，"我们遇到的意外超出了人类文明的想象，任何预警措施都是徒劳。"

"很高兴得知沙漠玫瑰号幸存的消息，我的罪恶感终于能够稍许减轻。当时星光号发现战舰撞毁后，我也打算制动掉头，可转向过程中机身遭到了严重损坏，通信中断，动力损失百分之七十，燃料损失一半。"

"可能蹭上了隧道壁。"巡逻艇里的高平心想。

"通信系统修复后，我开启全功率无线电持续呼叫幸存者并回传实时画面，可毫无音讯。星光号仿佛掉进了一个黑洞，任何信息都送不出去，也送不进来。动力损失后我关闭了引擎，漂流状态的星光号在HD473703的引力作用下已偏离原始航路，现在距离恒星约一千三百万公里。"

"光障厚度只有六十万公里，请您驾驶星光号沿原路返回，我们立即派人前往救援。"参谋长大声道。

"光障没有我们想象的那么简单。星光号低速漂流期间曾经三次进入黑暗状态，结合大家的探测结果来说，我认为光障不仅是一堵墙壁，还是一个迷宫，贸然闯入非常危险。"视频里，尼乌塞尔中将脸色凝重地说。

"我们可以制作五千个光速探测器，立即对光障展开全面探索。"希尔诺夫补充道。

"可以详细探索，但不要以挽救星光号为目的。我认为这种形状的光障不可能在我们宇宙中自发产生，只有高等级的文明掌握了能改造空间本身特性的科技，才能在此留下这处光障。它也许是纪念碑，也许是图书馆，也许要告诉我们一些什么东西。努力吧，只有尽力去获得对我们有用的一切，战友们才不会白白牺牲。"

"图书馆……"高平咀嚼着这几个字，不由得陷入了沉思。

劳伦斯舰长又下令唤醒了沙漠玫瑰号上的一批机械工程师，他们在希尔诺夫与吉田栩的指挥下，开始大量赶制光速探测器。一批批简陋的探测器阵列飞往光障，通过高平所在的隧道进入光障内部，像在头发里篦虱子①一样，将每一处测量所得的光速值发回沙漠玫瑰号。在观测员的整理汇总下，随着信号数据的累积，一座复杂的立体迷宫逐渐展现在所有人的眼前。用一个不恰当的比喻，它就像一座大楼，虽然外表还算光洁，但

---

① 篦子是一种密齿梳，从前的人们常用它来清理头发中的虱子和污垢。——编者注

里面地形错综复杂，阶梯、阁楼、夹层比比皆是。而且内部光速也不均匀，秒速从一百公里到两百公里不等，少数区域甚至接近零。沙漠玫瑰号又派出了两艘巡逻艇从光障外围高速绕行，从另外几个方向同时对光障展开探测。大量探测器阵列组成了一台无形的3D打印机，把光障的复杂模型逐步打印了出来。高平注意到，模型中央离星光号所在位置不远处有一道长长的慢光速区域，突兀如尖针般直指HD473703，像环形山底的中央峰。

　　全息模型显示在沙漠玫瑰号控制厅里，众人开始相信这个复杂但边缘规整的模型是高等文明的作品。舰长唤醒了更多的智囊团高层人士，打算从各方面研究光障。星光号也启动了引擎，开始按规划的安全航线缓慢返回，高平的巡逻艇则继续停留在隧道口，充当星光号与沙漠玫瑰号的通信中转站。他将模型数据也传了一份过去，屏幕上，尼乌塞尔中将正仔细观察着这座全息迷宫。

　　"如果光速的快慢代表一种特定条件下通过空间的难易程度，那么迷宫就表示了一条最优路线，或者，它是一张上古文明的藏宝图也说不定。"通信器里希尔诺夫开玩笑道。

　　"不对。这明明是一座堡垒。"耳边换成了参谋长急躁的声音，"某个高等文明碰上了强大的敌人，为了防御高速攻击，就在此构筑了这道光障，就像远古时代的城墙。"

　　"你们说的都有一定道理，可是……"尼乌塞尔中将沉吟着，忽然问道，"高平啊，你是我带过的最优秀的学生，也是沙漠玫瑰号上唯一进入过光障内部的乘员，你对现在的情形有什么看法？"

　　"我？"高平努力回想当时进入光障边缘的感觉，"我也没法完全解释，不过，我觉得我们可能想得太复杂了。"

　　"为什么？"

"或许光速的波动只是制造或测量的误差。如果抹掉这个因素来考虑，光障其实只有黑白两色。"高平在显示屏上点了几下，调出光障的几幅侧面投影，"我想到这一点时，马上记起了以前研究语言与古文字时曾经接触过的笔墨纸张，它们同样是黑白两色。蘸墨的毛笔在白纸上留下痕迹，和光障惊人地相似。"

"所以，你的意思是……"

"我猜，光障，其实是一个……字。"

十一

沙州城外。

遇乞觉得自己掉进了一个巨大的陷阱。

悄悄渡过黑河后，遇乞一度以为摆脱了擒生军的追击，可还未到肃州，忽地又有一队人马围追堵截上来。这批追击者看起来和之前抓人很有一套的擒生军并非同一拨，而且他们行军不快，有时遇乞明明觉得自己可能已经暴露在对方视野范围内了，对方竟也不加速追击，遇乞甚至怀疑他们只是西平军司在肃州与瓜州间的例行巡逻。然而他也不敢贸然停下，更不敢上前询问，就这样被驱赶着一路西行。及至瓜州，这批人不见了，却又出现一支铁鹞子军往玉门关外去。这支大白高国的精锐重装骑兵攻击力惊人，但知道"杀鸡不用牛刀"的遇乞反倒稍许安下心来。他小心谨慎地昼伏夜行，尽量与铁鹞子军保持一个安全的距离。

途中遇乞仍然抓紧时间钻研文字，闲时也会掏出蒙面人留下的腰牌仔细看看，希望能找到一点儿线索。腰牌背面刻了几个古回鹘文，像是地名。

"要是小华在就好了，他准能看懂。"遇乞一边在纸上照着描字一边嘀咕。

想起卫慕华，遇乞不觉又有一丝担忧。他觉得眼前的阴谋很可能针对的是所有参与创制文字的人，如果真是那样，卫慕华在兴庆府也未必安全。好在卫慕华身手不错，剑法出众，自保应该无虞，不像慧聪……

想到慧聪的惨死，遇乞忍不住又悲怒交加，加上忧思，七情如焚，直恨不得就此放马向西狂奔，一去不回。然而沙州城近在咫尺，遇乞不敢太过显露行迹，只能信马由缰，缓缓而行。向西只此一条路，路上稀稀拉拉有贩货的、拉水的、运粮的经过，城门门洞里黑黑的，不高的城墙上有手持铁戈与桑木弓的士兵在巡视。

遇乞下马，先四处张望了一番，见并没张贴画影图形之类的缉拿令，这才低头牵马跟着一辆粮车往城里走。进入城门后，遇乞猛地发觉，门内原来是一座瓮城，城墙边堆有土案，几名军士懒散地蹲作一圈，有人正在一一登记行人。

想退已来不及了，遇乞只能硬着头皮走上前去。土案边坐着一长衫老儒，向着行人边问边书，口内还不时吟诵：

"羌笛何须怨杨柳，春风不度……哎这位小兄弟，去往何处？可也是玉门关？"

遇乞迟疑着一时不知该如何回答，那老儒朝遇乞上上下下打量一番，见其衣衫脏乱，神情木然，便长叹道：

"小兄弟可怜哪，看你这模样本该年少有为，何料竟是痴哑之人，真可谓时运不济，命途多舛哉。"

遇乞哭笑不得。忽然灵机一动，掏出之前依铜牌文字描绘的纸片，胡乱比画了几下，便递到老儒面前。

"小兄弟要去苏干淖尔？那可有点儿距离啊。出沙州西边是玉门关，但小兄弟你得往南，出当金山口，再走上个近百里路才行。不过那边已非我大白高国国土，小兄弟须谨慎行路才是。"

遇乞喜出望外，朝老儒深深鞠了一躬。

十二

沉默笼罩着沙漠玫瑰号。参谋长最先发问：

"文字怎么可能是立体的？"

"我们人类是三维生物，只能操纵最多二维的文字。但如果有更高维度的文明存在，有理由相信它们掌握的文字能够达到三维。"高平回答。

"一个了解空间本身的特性，并且还拥有改造空间能力的文明，的确很可能站在更高的维度上。"希尔诺夫认同高平的观点，"不过，我的问题是，它们为什么要在这里堆起一个字来？"

"我猜，是为了留下重要的信息，而且它们希望这种信息能留存极长的时间，甚至超过宇宙的年龄。"

"超过一百亿年……"劳伦斯舰长一直静静地在一旁听着，此刻才开口，像自言自语。

"没错。面对百亿年级别的时间跨度，现有的任何已知物质都经不起考验。高等文明恐怕也意识到了这一点，才另辟蹊径，通过改造空间本身来达到目的。"

"如果只是写个字，那为什么要造这么大？"参谋长又问。

"不大能被发现吗？再说，可能光障也存在非常微小的扩散效应，两百公里的过渡区域大概就是扩散的结果。"希尔诺夫猜想。

"简单的一个字，又能容纳多少信息？"吉田栩的思虑比较周密，"一门完全陌生的语言，要靠一个字容纳足够的信息并且让观测者能够解读，实在是难以想象。"

"这正是我要说的：在高效的语言文字面前，信息量并不是障碍。像二维的巴比伦楔形文字或古汉语，寥寥十几个字就能传递一个完整的故事。"高平继续说。

"可那是有大前提的，好像是……"吉田栩挠挠头，一时想不起说什么。

"你是想说语素理论吧？语素是一门语言或文字中最小的有意义的单位。构成语素的方式对语言的复杂度以及表现力有很大影响。像英语这种拼音文字，其语素是单词或词根，构造方式是基于有限字母的一维延展。在要表达固定意义的前提下，字母或符号的数量越多，则语素长度越短。反之如果只有少数符号，那么即使是表达一小段信息，也需要很长的文字篇幅。"

"莫尔斯码。"吉田栩点点头。

"如果是二维的基于象形发展起来的文字，情况便不同。拿汉语来说，它的语素大部分是单个汉字，其构造方式是有限笔画的二维延展，其表现力或者说信息密度远远高于一维的拼音文字，因而整体来说更节省篇幅。"

"可是我觉得，维度高低，与拼音还是象形，并没有必然联系。"

"是没有。只不过拼音文字的音节组合数受物种自身的限制有个天花板，因此维度越高，象形符号的优势就越大。"

"所以三维文字的信息密度高于我们的一维、二维文字，原因就在于基于三维的象形语素数量更多。"

"是的。然而，语素构造方式越复杂，学习的难度也越高。能不能流行，取决于文明个体的智力与寿命等因素。在物种有分化的情况下，拼音文字与象形文字各有所长，都能自成一派。如果音节变化足够复杂，音形统一也不是没有可能。"

"看来光障文明如果有大脑的话，应该比我的聪明不少。"希尔诺夫自嘲地笑笑。

"信息密度大可以理解，但没有字典的话，如何才能解读它？"劳伦斯舰长问。

"自解释。"高平说出了自己的推论，"如果高维文明留下它是为了让访问者阅读的话，它必然带有逻辑自洽的语言规律，包括部分用于互相验证的冗余信息。这部分自解释信息未必能直接精准表意，但一定能够让阅读者将可以解释其表意的穷举可能性降低到可以接受的数量级。"

"然而，带上自解释属性后，一个字还能有你说的那么高的信息密度吗？"吉田栩发现了漏洞。

"很遗憾，不能。"高平回答，"所以我推想，光障周围一定还有其他字。也许它们的数量不会太多，但足以表达出完整的、可验证的文字信息。"

大厅内一片寂静，每个人仿佛都在思考。劳伦斯舰长把目光投向舷窗外，HD473703的光芒依旧冷冽，看不见的光障隐藏在黑暗中，嗡嗡声一直低沉地弥漫在通信器里，如耳鸣一般。

"要扩大搜索范围的话，所需资源与时间将成百上千倍地增加，我们无法负担。"参谋长的语气忽然严厉起来，"星光号还有二十四小时脱困，我建议沙漠玫瑰号与星光号会合后迅速撤离，以免夜长梦多。"

"好不容易有一次可能触及高等文明的机会，我们真要放弃吗？"希尔诺夫被高平的推理勾起了兴趣，"至少这二十四小时内，我们还能做点儿什么。说实话，如果可以的话，我真想把光障抠一块下来装到烧瓶里藏好，留着在以后的航程里慢慢研究——尤其是那一块光速几乎为零的区域。"

有人发出低沉的笑声。劳伦斯舰长摆摆手，做出了决定：

"保持现状吧。沙漠玫瑰号是舰队唯一的文明火种，我们不能再无谓地冒险或是消耗资源了。传令全舰尽量远离光障。高平，准备原地救援，等待牵引星光号。"

"是。"高平回答。

正在这时，大厅里的光障模型忽然闪了几下，好像信号又受到了干扰，通信器里也传来观测员的报告：

"有异常情况。九点钟方向第三百二十三号到四百六十号探测器集体失联，数据链路通信中断，怀疑有外部因素干扰。"

"干扰？难道有外星人在阻止我们测量光速？"参谋长最先做出反应，"武器系统准备！"

"三百号探测器的位置正是光障内壁，中央峰附近。"吉田栅指着模型说，"离星光号现在的位置二十万公里。"

舰长立即让高平就地观察可见光图像。透过隧道，只见星光号在太空深处艰难爬行。拉近的视野里，好几片探测器阵列反射着HD473703的光，光点和星海的背景融为一体，粗看上去不易分辨，但只要仔细观察，还是能注意到它们缓缓移动的轨迹。忽然，最外围一片阵列的光点相继消失，像烛焰在风中无力地熄灭，眨眼间失去踪迹。这种消失令高平再次回想起舰队毁灭那一刻，一种巨大的恐惧霎时笼罩了全身：

"不好！光障在动！"

十三

当金山常年积雪，山口关隘行人稀少，遇乞一路也没碰上什么阻碍。出关隘时，如棉的雪花纷纷飘落，遇乞想到自己为造字而寻找虚无缥缈的"天道"，历尽万难，身不由己远别家乡，如今还要离开大白高国，不由得心中五味杂陈。信步走出关外，此处已是回鹘地界，积雪渐薄渐稀，阴晦的天空下铅云低低地压住眼前荒凉的戈壁滩，怪石林立，遍地碎石间零星露出几丛骆驼草。遇乞走了两天，按当地人指引，傍晚终于找到了苏干淖尔。

"淖尔"在古回鹘文中是湖泊之意。苏干淖尔有大小两湖，水色深蓝如染，湖面上高高低低耸立着许多褐黄色石礁。那石礁皆层叠如书卷，除近水一段外都密布着坑洼孔洞，风卷过时呜咽如泣。遇乞听着这风声，往南环湖绕了半圈，不见人影，想了想，便下马削了根芦管做成哨子，扎上箭头，抽箭弯弓奋力朝湖面上空射去。那鸣箭尖锐的哨音响起，瞬间划破低沉的呜咽声，许久后才消失在远远的湖面。

鸣箭乃西域的搦战之礼。遇乞射出三支鸣箭后，远处果然响起几声诡异的羌笛，遇乞忙循声追去。又往西行了两里，地势稍陡，各式岩礁更多了，如断续的城墙，又像战场上的堡垒。此时天色已暗，黑云中隐隐传来闷雷，遇乞追着那忽强忽弱的羌笛爬上一座小山包，远远望去，坡下石滩起伏如海，似乎隐藏着重重杀机。

羌笛声戛然而止。遇乞忽然听到四周传来杂乱的脚步声，坡下出现三名手持弯刀的蒙面人，趁着夜色各自从遇乞的左右后三方迅疾包抄过来。遇乞早有准备，见这几人脚步虚浮，知道只是喽啰，不假思索张弓搭箭便射，弓弦响处，左方蒙面人中箭栽倒。余下两人见遇乞箭法精准，已有惧意。后面那人听得弓弦又响起，急往侧方一跳，不料这一响只是虚拨。对方身形刚落地，第二箭悄声而至，正中胸口。右方靠近的蒙面人越发惊惧，脚步一停，却狠力将手中弯刀向遇乞劈过来。但就在他的手臂抡圆向前甩出的一刹那，第三支箭破风而至，正中咽喉，那弯刀失却力气，当啷一下，甩落在遇乞身前十余步处。

头顶荡起一串连绵不绝的闷雷，一场暴雨即将来临。连毙三敌的遇乞忽地感到周围涌来一股浓烈的杀意，急忙挽弓扭头看时，闪电自半空亮起。电光中，一道黑影正悄无声息地逼近身前。

那黑影鬼魅般藏在愈来愈暗的夜色中，遇乞甚至看不清对方身形的轮廓。刹那间黑影已到遇乞身前十步，只听铮的一响，对方短剑出鞘，竟然迅捷无比地直袭遇乞咽喉。遇乞知对方武艺绝非刚才几个喽啰可比，脚下急退，同时匆忙还了一箭。这一箭劲道不足，那黑影手臂轻舒，横剑挡开射来的箭支，此刻半空中又一道闪电击下，遇乞清楚地看到电光下雪亮的剑身，不由大吃一惊。就在错愕的瞬间，剑锋已毒蛇般欺上，准确无误地削断了弓弦。

弓崩，胜负已分，眨眼间剑尖已抵上遇乞咽喉。遇乞顾不上反抗，瞪大眼睛惊叫：

"小华！怎么是你？"

十四

像鬼魅般潜藏在黑暗中的光障突然动了起来，这是谁都始料未及的。

根据探测器失联的时刻与距离值计算，光障的移动速度竟然达到了每秒近五百公里。这意味着星光号现在的情况极度危险。

星光号距隧道口约三百万公里，由于动力损失，只能以秒速三十公里左右前进。但在侧方短短的二十万公里外，光障壁正以每秒五百公里的高速逼近，预计不到十分钟后就会撞击星光号。

"老师，快转向，加速！"高平几乎喊了起来，"相对速度太高，被撞上就完了！"

巡逻艇附近的隧道口也开始沿着相同的方向动起来，高平一边迅速启动引擎努力跟上，一边心急如焚地继续呼叫尼乌塞尔老师。紧急时刻，近二十秒的通信延迟显得尤其漫长。沙漠玫瑰号整个大厅里的空气也仿佛全部凝固，每个人都明白，星光号的命运已经不可改变了。

"光障的相对安全速度是秒速四百公里。即使引擎未受损,星光号也做不到二十分钟内加速到安全速度,同时,乘员也无法承受这种超强加速。"劳伦斯舰长叹了口气,伸手摘下军帽,"我宣布放弃救援,沙漠玫瑰号即刻撤离。"

大厅内所有人肃穆地脱帽默哀,不光为星光号,也为了所有遇难的战友。绷在所有人心上的弦以一种失败的姿态松弛下来。不知道谁最先开始抽泣,接着低沉的哭声弥漫开去,感染了越来越多的人。希尔诺夫与吉田栩颓废地靠在墙角里,参谋长虽然挺直站着,眼角却也有泪光。

巡逻艇里的高平也明白了一切。不愿放弃的他使劲儿把操纵杆推到底,全然不顾前方可能的危险。巡逻艇在太空中飞驰,隧道口扭曲的星海背影在舷窗外移动,像命运的神秘画幅在不断展开收拢。两分钟后,屏幕上终于重新出现了尼乌塞尔老师的身影,与此同时,那抑扬顿挫的声音再一次在沙漠玫瑰号的大厅中回荡:

"情况已了解,非常遗憾不能再与大家继续共事。沙漠玫瑰号是舰队文明最后的火种,一切都拜托诸位了。

"从星光号坠入光障那一刻起,我就做好了遭遇不测的准备。我们舰队离开古老的家园已经三千年,航程中经历了无数磨难和牺牲。幸运的是,我们仍然活着。

"有句古话叫作'人固有一死',此刻,我们不畏惧牺牲,但我希望牺牲能带来最大的价值。我赞同高平关于光障的文字猜想。正如希尔诺夫同志说的那样,我们很可能正面临一次接触高等文明的绝好机会。现在,就让我来把握住这次机会吧。

"星光号右前方的中央峰垂直于光障壁,运行方向直指HD473703。我提前了解过这颗恒星,它是一颗铁核白矮星,质量略低于钱德拉塞卡极限,具有成长为Ⅱ型超新星的基础条件。星光号舰体铁含量为六千吨,如果星光号以近光速落入白矮星中央的话，增加的巨大铁质量必然触发小型的Ⅱ型超新星爆发。这场爆发释放的能量足以覆盖方圆数百亿公里，光障的其余部分将无处遁形。但同时，光障对光速的阻碍与扭曲效应又能极大地削弱爆发的破坏力，只要沙漠玫瑰号以光障中光速接近零的区域为掩体，便足以保证自身的安全。

"以上方案经过计算确定可行，星光号将在十分钟后撞击中央峰，请沙漠玫瑰号及时做好规避与记录准备。"

大厅里一片死寂，只有低低的键盘敲击声。少顷，希尔诺夫匆忙走上前，低声对劳伦斯舰长说道：

"舰长，中将说的没错。该方案经过我舰的计算机模拟核实，可行度超过百分之九十。"

劳伦斯舰长点点头，艰难地撑着扶手从轮椅上站起。他的全身力量都聚集在双手上，爬满皱纹的脸庞因为用力过度而显得微微扭曲。舰长低下头，对着星光号的方向深鞠一躬：

"谢谢你，老师。"

十五

雨声渐大。眼前黑暗中出现的正是卫慕华清瘦的脸，带着一丝平淡的笑意，仿佛只是再次与好友重逢。那柄龙纹短剑正抵在遇乞的咽喉处。

"三条性命才换得近你身前，看来这半年，你非但文有所成，武艺也精进了许多，教人佩服。"

"这是怎么一回事？"遇乞满脸震惊，"我一直以为是没藏讹庞那个坏家伙在捣乱，都追到这儿来了，怎么会是你？"

"为何不能是我？"卫慕华抬起眼睛，脸上依然浮着毫不在乎的笑意，

"国书即天道。你所寻找的，我也在寻找，整个兴庆府、整个大白高国都在寻找。你想听听这个故事吗？"

"你也在……？"遇乞的眼睛越瞪越大，"不对啊。如果说你也在参与创制大夏文字的话，我们完全可以一起研习，何必如此大费周章？"

"完全不可。"卫慕华摇摇头，"音形之争，势如水火。我不可能放弃以音成文，正如你不会放弃以形造字一般。我只能用我自己的办法。"

"可有分歧，并不等于不能交流讨论、取长补短。我觉得……"

"交流？"卫慕华微微冷笑，"这读书人的交流倘若都如现在兴庆府那样，那还不如噤声的好。"

"兴庆府那边怎么了？"

"拜宁令大人所赐，兴庆府的局势已经一片混乱。你走那天，房当与颇超论战初起，四天后演变成械斗。你能想象那些读书人抡起砚台互相殴打、血流如注的场景吗？创制国书足以流芳千古，这点儿虚名让读书人互相打得头破血流，至死互不相让。"

"所以你不忍见此，便欲自荐？"

"我亦欲创国书，但并非出于悲天悯人。那几日争斗后，我忽然明白了宁令大人的目的，他其实是在等待真正的国书脱颖而出。这个等待的过程艰难无比，甚至有人会流血，更有人会丢掉性命。不过我相信，这一切都在他的预料和掌控之中。"

"不，不会的，创制文字乃是国之盛事，不应该引起大乱的。"遇乞难以置信地喃喃自语。

"可事实就是如此。没藏讹庞的剪径只是争夺国书过程中的乱象一隅。他冷眼旁观房当与颇超之斗，企图坐收渔利，但又怕有外人再生枝节，故行此拦路下策。老实说，他那种粗莽之人，能想出这招，也算很对得起他的心智了。"

"可我大哥不管吗？"

"管？宁令大人不会出手干预的。房当与颇超两败俱伤，没藏粗鄙上不得台面，佛典虽显贵但皆旧文——失败者越多，最终成文的国书才能越发显得合乎天道。何况，他还有最后一颗棋子：你。"

"我？这一切与我何干？"遇乞不解。雨水顺着两人的头发、衣裳淌下，寒意透骨。

"只要各方争斗不休，你们野利家的蕃书就有机会上位，从你传回的资料看，我非常确信这一点。"

"你！你拦截了我的……？"遇乞又惊又怒。

"不错，你誊抄的每一份蕃书书稿都落在了我的手中。从它们身上，我感觉到了危险。"卫慕华脸色凝重，"我不得不承认，你的才能的确远胜于我。以形为字，既匀且方，蕃书集众所长，已隐然呈天道之势。即使我能顺利击败没藏、房当、颇超，我卫慕家所造的大夏音书也必败于蕃书。我不能不解决这个问题。"

"所以你就指使凶徒，刺杀了能帮助创制蕃书的慧聪？"

"慧聪只是个意外。"闪电亮起，卫慕华脸上出乎意料地露出歉意的神情，然而一闪而逝，"如果你不贸然下拜，他也不会中箭。我们最初的目标，其实是你。"

"我？"

"不错。要击败蕃书，最简单的办法便是杀掉你。宁令大人没了棋子，便无法阻挡卫慕家胜出。可惜……"

"可惜你们败露了行迹，于是便栽赃于我，逼我出境？"

"正是。在大白高国境内悄无声息地杀死宁令大人的弟弟并且不留线索，的确不是件很容易的事情。幸好我早有准备，杀手失手后我一收到密报，便调擒生诸军以巡视之名逼你西逃，又留下腰牌线索诱你来此。我知道，你擅于文字，定然不会无视那一串古回鹘文，你一定能找来此处。"

遇乞呆立半晌，似在沉思整件事的来龙去脉。冰凉的剑依然抵着咽喉，雨珠击打在剑身，炸裂天幕的闪电再一次亮起。

"你并非追逐名利之徒。既知卫慕文不如蕃书，为何还要处心积虑争夺国书？"

"因为信念。"卫慕华懒散的语调忽然多了一分坚决，"未来大同世界，流传天下的必定是音书！音无形之繁杂，而有习之便利。我大夏要传承百世，必行此路！"

"绝非如此。"遇乞正色道，"音形各有擅长之处，音虽入门易，却难免冗长。形则行文极简，千里传书，尺牍可尽言之。此利弊你我论战时早已阐明，为何你仍旧只见其一，不见其二？"

"你我果然谁都说服不了对方。然而，国书只有一种，我必须做出选择。我要用音书之便教化党项民众，令大夏五年内举国识文，全民奋起，如此方可立国不败。"卫慕华另一只手挥起，语调不疾不徐，"何况，音书不似汉字，国主或许更喜欢。所谓天道，当在人心，就看这个人到底是谁了。"

"所谓天道，当在人心……"遇乞不自觉地咀嚼着卫慕华的这几个字，一种失败的感觉渐渐占据了胸腔，不过他还是没有放弃，"你有没有想过，音形或许是能够统一的？如果大夏国书能够各采众长，并兼音形之便，那你我又何必反目？合力为天下先岂不更好？"

"你有新的思路？"

遇乞摇摇头。

"果然，我并没有看错你。"卫慕华露出钦佩之色，左手抚胸低头为礼，"如果换一个人，此刻定然扯谎，只求脱身保命为先。或许，只有你这样的心性，才能创制出睥睨天下的蕃书。我自愧不如。你放心，国书大成后，我必自裁以谢，绝不玷污我党项之名。"

遇乞忽觉得浑身没了力气，口中尽是苦涩，脖子上冰凉的剑锋似在黑暗中开始动作。遇乞缓缓仰头闭眼，头顶的雷声连绵不绝，大雨从暗黑的天幕泻下，仿佛决堤的银河。

十六

高平透过光障中移动着的隧道，目睹了星光号最后的身影。

舰体侧方的聚变发动机亮起蓝白色强光，尾部长长的等离子流如利剑般划破黑沉沉的太空。星光号转向七十度，带着一种举火焚天的悲壮，掉头冲向光障的中央峰。

在星光号一侧，巨大的无形光障壁如同一堵死亡的巨墙般压过来，近距离巡逻的数百个光速探测器相继被击碎，坠入凝滞的暗黑空间。短短八分钟内，不断加速的星光号跨过了两万公里的距离，径直撞上中央峰。中央峰与星光号的相对速度远大于内部的光速。星光号和中央峰边缘接触的一刹那，没有丝毫减速的船头像软泥般被飞驰的光障层层撕碎，迸出一丛丛闪亮的火花。在星光号最后传回的舱内的慢动作画面里，高平见到了这辈子永远难以忘记的奇异景象：飞船船头的舱壁像被巨兽利齿啮咬般裂开、崩起，露出一个黑色的圆洞，这个黑色圆洞迅速扩大，像一场无法抗拒的超级风暴，无情地擦除着舱壁与舱内的所有物体。控制台、变电箱、导轨等设备相继被这场风暴掠走，消失在洞口外的茫茫太空。画面里只有尼乌塞尔中将的背影，他正面对黑洞扑来的方向。不知道是不是因为摄像头帧率太快的缘故，他并没有做出什么明显的动作，甚至鲜血都来不及溅出一滴。下一个瞬间，他的身体只略微一晃便彻底破碎，像尘埃般消散在黑暗中。

中央峰带着几近光速的星光号残骸扎入HD473703正中央的铁核，骤然增加的质量超过了它的钱德拉塞卡极限两倍有余。大质量带来突然的引力坍缩，让恒星外层的硅、镁、碳等物质开始急速向中心收缩，引力势能的大量释放导致核心温度剧增，终于触发了这颗恒星史无前例的大爆发！

约二十小时后，第一波中微子流从恒星内部到达表面，没有任何阻碍地涌向四面八方。紧接着，伽马射线暴伴随着亮度极高的可见光出现，仿佛向全宇宙昭告着整颗恒星已被彻底点燃。此刻，HD473703是银河系中最亮的一颗星。

高平已经提前返回了沙漠玫瑰号。在等待超新星爆发的二十个小时时间差里，沙漠玫瑰号依赖光障的掩体成功地躲过了超新星爆发的第一波巨量辐射。接下来，恒星的表层物质在上亿公里见方的局促空间里四下炸开，像凭空出现了一团宏大无比的焰火。这团"焰火"所产生的高速喷流跨越数千万公里的距离蹿向光障，眨眼间减速、堆积、挤压，再次迸发出一轮极为耀眼的聚变光芒。这波光芒叠加在超新星爆发的可见光之上，逐步照亮了方圆数十亿公里内其他各处光障的形状，仿佛点燃了宇宙迷宫中的无数盏巨型长明灯。几小时后，更多的光障陆续显形了。穿透光障的光芒携带着无与伦比的能量，再次以正常的光速扑向茫茫太空。

"为什么光障会动？"沙漠玫瑰号上，高平满腹疑虑地问希尔诺夫。

"光障是空间本质发生改变的区域。实际上，它应该是不会动的。"希尔诺夫回答。

"那么，我们看到它动，是因为我们在动？"高平吃了一惊。

"是的。你一定记得那个物理学的笑话，地球上有人乘坐时间机器回到前一天，结果发现自己出现在外太空，然后就死掉了。"

"因为地球在移动，而他出现在一天前的原处？"

"是啊。静止从来都是相对概念，地球上的人们认为静止的物体实际上在自转，地球又带着它的卫星绕太阳公转，太阳系绕着银河系中央以两亿年为周期转动，银河系在更大尺度上以室女座超星系团为参照系移动。在我们传统的认知中，没有什么是绝对静止的。"

"可如果光障本质上属于空间的话，那不就有矛盾了？"

"确实是一种颠覆。也许光障所在的空间处于一种超越现有层次的新参照系，甚至等同于牛顿提出的'绝对空间'也不是没有可能。"

"绝对空间？你是说，我们遇见的这片光障，在整个宇宙中是居于绝对静止地位的？"

"很可能。绝对空间必然带来'绝对静止'，我们虽然和周围的环境处于相对静止的状态，可对于绝对空间来说，我们整个环境的绝对速度可能非常大，之前刚遇到光障时光障相对我们静止，纯属偶然。"

"这……太危险了。"

"没错。想象一下，宇宙中无规律地飘荡着这样一片幽灵空间，无情地击碎并吞噬一切快速接近的物质，再慢慢吐出。也许，我们要叫它'宇宙蚯蚓'才比较贴切。"希尔诺夫又习惯性地幽默了一把。

"还会有别的光障群吗？要如何才能观测到？"

"不清楚。光障的移动虽然可能导致观测者眼里恒星亮度的变化，但如果不是近距离接触，一般我们很难观测到它对光速产生的阻滞与折射效应，容易将其误判为普通星际尘埃。"

"那我们还是赶紧远离它为好。"

"好在这片光障群的形状我们已经记录下来了，希望按三维文字对它解读的工作能够进展顺利。我猜，这个未知高维文明所留下的文字中不光隐藏了绝对空间的奥秘，还可能涉及时空的变换，毕竟时空是一体的嘛。也许，刚才的那一轮爆发会波及亿万光年之外的远古或者未来，谁知道呢？"

十七

天色猛地亮起，恍若黎明。

卫慕华诧异地抬头四望，遇乞也睁开眼睛，只见黑沉沉的天幕仿佛忽然被泼了无数牛乳，奇异地泛出淡淡白光，像一幅巨大的白幕。紧接着，白幕之上闪现出许多耀眼的光带，横亘整个天空。那些光带似乎携带一种冲破天幕的威力，穿透了重重云层，直达极高极遥之处，看上去竟纵横数千里。这一幕突如其来的奇景令两人都呆了。更让人惊诧的是，那些光带并非杂乱无章，而是在炫目的光芒下拼成了一个奇怪的符号，那符号浮在海一般的乳白色光晕中，如刀、如笔，竟然隐约形成了一个巨大的——字！

"以形为字，既匀且方……"仰着头的卫慕华满脸惊讶，口中喃喃自语，剑锋在他手里一寸寸后退，"原来，天道，竟然真的在你这边。"

遇乞见此天降异象也呆了，一时间不知所措。只见天幕上的字在不断浮动，似有一股凡人无法窥探的力量在推动它们。文字越来越亮，也越来越清晰，带着一种压倒一切的气势笼罩在头顶，教人几乎无法呼吸。

"当啷"一声，卫慕华手里的剑掉在地上。遇乞见他满脸颓丧，双眼在雨水的刺激下瞪得发红。

"为什么会这样……"卫慕华似乎站不稳身子，整个人的精神正在萎靡，仿佛迅速衰老了一圈，"我原以为我的计划天衣无缝，只要蕃书无法出世，卫慕音书就志在必得。可你何德何能，竟然能得上天眷顾？人谋不如天意，我才是彻彻底底地败了。"

"小华，你……"遇乞跨出一步，想扶住卫慕华，卫慕华却又像见到鬼魅似的往后一退。

"杀你已经无用。此宏大天象，如昔日穆王之白虹十二道[①]，一播千里，非但沙州、瓜州、肃州能看个明白，甚至贺兰山那边也必能见到。蕃书文字现世，天道已成。后人从此只知大夏野利遇乞，不复知我卫慕华矣。"

头顶的巨大文字整整飘浮了一刻，才逐渐东移并淡去，天幕上的光带消失，紧接着乳白色的光晕也渐渐暗下来，终于复归沉沉黑夜。雨不知什么时候已经停了，卫慕华的身影消失在黑暗中，四周静寂一片，只留风声呜咽。遇乞捡起地上的龙纹短剑，独立良久，终也长叹一声，黯然离去。

尾声

大庆三年[②]，嵬名元昊建国大夏并称帝，建元天授礼法延祚，史称西夏。谟宁令野利仁荣献蕃书十二卷，元昊帝悦，遂为国书，又设蕃字院以作教习，佛经、官文、民间书信皆从。

遇乞回到兴庆府向野利仁荣交付蕃书书稿后，便弃文从武，自此为大夏连年征战，官至将军。军旅生涯中，遇乞也曾携带龙纹短剑四处寻找卫慕华的音信，但自苏干淖尔一别后，再也没有人见过他，他似已同卫慕音书一道无声无息地消失了。有时候，在沙场如雪的旷夜里，枕戈待旦的遇乞还会回想起那一夜惊人的际遇。那来自不知何处的光芒不仅拯救了他，也扭转了大夏的历史走向，甚至改变了他的一生。思考着的遇乞再一次把探索的目光投向遥远的天际，在他的想象里，冥冥中真有一种超越日月星海的神秘力量在拨动命运的轮回指针。这种力量他现在仍无法理解。也许，它来自卫慕华所说的未来大同世界；也许，它来自另一个未知的渺渺时空。

---

① 传说佛陀圆寂时周穆王曾见到天空中出现白虹十二道，这里用来比拟惊人的天象。

② 大庆三年即公元1038年。

赞神的宫殿

文 / 分形橙子

未知的未知

很多历史学家们都认为这只是一个巧合，但更多的人认为这是冥冥之中的宿命。2020年3月22日凌晨2点24分，位于中国青海省海西州茫崖市的冷湖天文台利用近地天体望远镜第一次发现了"拉玛"。

最初，"拉玛"只是一个在群星之中穿行的暗淡亮点，天文台的工作人员一开始以为"拉玛"是太阳系内的某个行星，差点儿将其忽略过去。但是一个细心的工作人员进行了简单的核实，发现"拉玛"的运行轨迹与任何一颗已知的行星都不相符。进一步的观测发现，"拉玛"位于太阳系之外，而且正向太阳系的方向迅速飞来。

这个现象引起了天文台的极大兴趣，天文台组织人员进行了仔细的核查，进一步发现"拉玛"的运行轨道与常见的小行星和彗星的椭圆形轨道不同，而是呈现一种陡峭的极端双曲线轨道，与黄道面呈30度角从海王星外围切入太阳系。这一下，问题变得似乎有点儿严重了。根据"拉玛"的亮度推算，这颗不明天体的体积也许和火星或者金星不相上下，如果它是一颗来自奥尔特云的彗星，那么它很可能会对地球造成极大影响。

经过谨慎的测算核实之后，冷湖天文台立即将此不明天体上报给中国国家航天局下属小行星观测中心。在结合紫金山天文台和中国国家天文台的交叉观测证实了数据的准确性之后，中国国家航天局下属小行星观测中心将此天体上报到国际小行星中心，并发起亚洲-太平洋小行星监测网对其进行跟踪观测。

几乎与此同时，位于智利的甚大望远镜（VLT）和位于西班牙加那利群岛拉帕尔马岛的威廉·赫歇尔望远镜也注意到了"拉玛"奇特的轨道。

3月23日，泛星巡天望远镜的观测证实了"拉玛"的存在。

4月1日，从卡特林那巡天系统的回溯发现中，人们注意到"拉玛"的踪迹，它正沿着一个陡峭的极端双曲线轨道以每秒100公里的速度向太阳系袭来。

起初，人们以为"拉玛"是一颗没有被发现的彗星。众所周知，经常会有一些奥尔特云中的彗星以奇异的轨道接近太阳，然后匆匆离去，就像每76年就会回归一次的"哈雷"彗星一样。但是VLT的叠加影像发现该天体没有任何彗发[①]的迹象。同时，对"拉玛"的轨道分析和光学观测表明，"拉玛"的确是一颗来自太阳系之外的天体。黑暗的宇宙空间中存在着一种不隶属于任何行星系的流浪行星。这些行星很可能是在行星系形成初期被抛出了所在行星系，成为独自流浪在黑暗冷寂的宇宙空间中的"独狼"行星。

4月4日，美国国家航空航天局（NASA）行星防御协调办公室（PDCO）发布最新通报："拉玛"很可能是一颗闯入太阳系的流浪行星，质量可能与火星不相上下。一时间，舆论哗然。

[①]　彗发指彗星周围的云状蒸发物，是彗星的特征之一。——编者注

　　4月5日，PDCO向国际小行星预测网所有成员国发布了紧急预警，地面上所有的天文望远镜都被动员起来开始追踪"拉玛"的轨迹。太空中的哈勃二号和斯皮策望远镜也调转了角度，将镜头对准了"拉玛"袭来的方向。

　　4月7日，NASA喷气推进实验室根据汇总的数据进行了计算，建议将"拉玛"定为五级威胁，并且首次发布了都灵危险指数橙色预警。①

　　科学界早已考虑到会出现小行星或者彗星撞击地球的情况，据此建立了国际小行星预测网，用以协调遍布在全球和太空的观测站。2017年10月，人类首次观测到了造访太阳系的系外天体——一个叫作"奥陌陌"的长条状小行星。但是与"拉玛"相比，"奥陌陌"只是一片小小的碎屑，对太阳系没有造成任何可感知的影响。而"拉玛"的到来让人类社会猝不及防，人类从未有过针对流浪行星的预警计划。

　　科学家们都知道，"拉玛"本身并不是最严重的威胁。"拉玛"被发现的时候，早已穿过了奥尔特云，闯入了柯伊伯带和离散盘。

　　如果"拉玛"真的是一颗质量与火星相当的流浪行星，那么它很可能会为地球带来灭顶之灾。首先，"拉玛"从奥尔特云穿过，它产生的引力扰动会破坏彗星轨道，可能导致大量长周期彗星偏离轨道向太阳系内部飞来。其次，"拉玛"闯入柯伊伯带和离散盘，很可能带来大量短周期彗星。如果计算无误，这一次可不会像1994年苏梅克–列维9号彗星撞击木星那么简单了，也许会有大量彗星越过木星轨道，冲向内行星。即使只有一颗彗星撞击地球，也足以毁灭地球表面生命圈。最坏的情况当然是"拉玛"与地球直接相撞，那么地球将彻底被摧毁，变成一片烈火和岩浆肆虐的地

---

① 橙色预警：有近地物体接近，可能会带来区域性的严重破坏，但未能确定是否必然发生。天文学家需要极度关注，并判断是否会发生撞击。如果该天体10年内可能撞击地球，各国政府可被授权采取紧急应对计划。

狱，连细菌都无法存活。即使拉玛与火星或者金星相撞，溅射的巨量碎片也足以毁灭地球表面的所有生命。

即使彗星和"拉玛"没有击中任何一颗内行星，流浪行星的巨大质量也足以对内行星的轨道造成改变。而对处于生命宜居带的地球来说，轨道的任何轻微改变都可能造成严重后果。如果地球离太阳再近一点点，那么温度上升就会导致严重的温室效应；如果地球离太阳再远一点点，那么地球很可能迎来前所未有的冰期。更不用提还有月球这个不可控的因素。不管如何，按照目前的观测，所有的可能都指向了一个黑暗的结果：地球将遭遇灭顶之灾。

4月13日，国际天文学联合会正式以阿瑟·克拉克作品中的"拉玛"为之命名，编号为2I/Ramah。

有一些委员对这个命名表示了反对，他们认为克拉克小说中的"拉玛"是智慧生命的造物，而这个不速之客显然不同。支持者则认为这个名字非常合适，他们希望这颗流浪行星最好就像阿瑟·克拉克爵士笔下的"拉玛"一般，在几个月内就离开太阳系，一去不回头。

很快，随着斯皮策传回来最新的观测数据，争吵戛然而止。

观测数据显示，"拉玛"不是一颗流浪行星——它的直径大约只有40公里，连一颗矮行星也算不上。这让科学家们松了一口气，至少它的引力扰动不会带着几百上千颗彗星对太阳系进行狂轰滥炸了。国际小行星预警中心随即下调了"拉玛"的威胁等级，将其都灵指数降为三级，由橙色预警下调为黄色预警。

但更多的未解之谜出现了。如果"拉玛"的直径只有40公里，那么根据它惊人的反射率推断，它一定有着一个极其光滑的表面。斯皮策的观测数据也证实了这一点。另外一个让科学家们困惑的问题是，"拉玛"几乎没有光度变化。换句话说，"拉玛"很可能不自转，或者是完全对称的，可是任何自然形成的天体都不太可能出现这种情况。

"这是一艘直径达40公里的外星飞船，"NASA喷气推进实验室的一位专家评论道，"它有光滑的金属外壳，所以才会有那么高的反射率。而且它的舰首一直对准太阳系，所以亮度没有任何变化。"

"我们必须派出探测器，"欧洲空间局的一名专家强烈建议，"不管'拉玛'是什么，我们不能等它飞到我们头顶之后再有所行动。"

"现有的证据依然无法证明'拉玛'是一个人造天体，"一位来自中国国家航天局的专家谨慎地说，"但我们不能排除这个可能性。如果'拉玛'真的是恶意的外星飞船，那么它的威胁性绝不亚于一颗流浪行星。"

"那是一颗中子星！"还有一位俄罗斯科学家一语惊人，"一颗高密度、大质量的中子星闯入了太阳系，在它身后肯定跟随着大量彗星群。"

"我认为这不是一艘外星飞船，我依然坚持它是一颗流浪行星，现在的数据肯定是错误的，没有必要把已知的已知变成已知的未知[①]！"一名情绪激动的英国天文学家在英国广播电视上嚷道。

在争吵声中，"拉玛"已经越过了天王星的轨道，在太阳的引力下以一条极度弯曲的曲线向太阳系中心猛扑过来。全世界的天文学家们都在计算着"拉玛"的轨道，他们发现到目前为止，"拉玛"的轨道都严格遵循着经典力学定律，人们还没有发现任何非引力修正项。这也让持自然天体说的学者们欢欣鼓舞，他们认为，"拉玛"只是一个特殊的系外小行星闯入者，和2017年掠过太阳系的奥陌陌没有本质区别。

经过国际小行星中心的短暂而激烈的讨论之后，人类社会决定使用深

---

① 原话出自美国前国务卿拉姆斯菲尔德："据我们所知，有'已知的已知'，即有些事，我们知道我们知道。我们也知道，有'已知的未知'，也就是说，有些事，我们现在知道我们不知道。但是，同样存在'未知的未知'——有些事，我们不知道我们不知道。"

空探测器近距离对"拉玛"进行探测。游弋在土星轨道上的中国深空探测器"精卫"号成为最佳候选者。"精卫"号是中国国家航天局发射的一个探测土卫六的航天器，此时它也是距离"拉玛"最近的可变向航天器。接到酒泉控制中心的指令后，"精卫"号放弃了本身的任务，点燃发动机，调转方向，向天王星轨道飞去。

经过两个月的航行，"精卫"号来到了距离"拉玛"一万公里的地方。"精卫"号上携带了3个相机，一个远望相机ONC–T和两个宽角相机ONC–W1、ONC–W2，最高可以拍摄到精确到几米的照片。"精卫"号不负众望，很快就传回了第一批高清照片。

争吵声再次戛然而止。照片显示，斯皮策的观测无误，"拉玛"不是彗星，也不是流浪行星，更不是中子星，而是一颗银白色天体，光滑的金属质地表面反射着明亮的太阳光。

照片中的"拉玛"呈标准的圆球状，直径约40公里。这是让首批观测到它的天文学家感到困惑的地方：绝大多数小行星和彗星由于个头较小，形状大多是不规则的。由岩石组成的类地行星，一般只有直径大于1 000公里的时候，才会在自身重力的作用下变成近似的球形。而直径仅40公里的"拉玛"，与其说是一颗流浪行星，不如说是一块大石块，很难在自然条件下形成规则浑圆的结构。

已经几乎可以确认了，"拉玛"既不是已知的已知，也不是已知的未知，而是未知的未知：它是一艘来自遥远星系的外星飞船。

但依然有天文学家认为不能排除"拉玛"是一颗由特殊物质构成的小行星的可能性，也许它是由一颗爆裂的行星的镍铁内核的一部分形成的一颗特殊的金属小行星，但这种说法没有得到广泛的支持。

由于相对速度过快，"精卫"号无法更接近"拉玛"，它们会在高速中交错，最近距离约8 000公里。"精卫"号继续传回了大量高清照片，但每一张照片都显示"拉玛"是一个标准的浑圆银白色球体。球体光滑，完美无缺地映射着诸天星辰，没有任何可辨识的细节，甚至看不出它是否在自转。

这是一个直径40公里的标准银白色球体，绝不可能是自然形成的物体，就连最激烈的怀疑者都闭上了嘴巴。随后，"精卫"号发射了一个分离式观测仪沿着计算好的轨道向"拉玛"飞去，如果一切顺利，观测仪将从100公里之外掠过"拉玛"上空，以获取球体表面更多的细节。

观测仪成功地从距离"拉玛"100公里之外的地方掠过，同时利用携带的ONC-T相机拍下了数以千计精确到厘米级的照片。但是每一张照片上的"拉玛"都一模一样，它依然是一个银白色的光滑的标准球体，看不出任何细节，亮度也没有任何微弱变化。这种情况不禁让人联想到了阿瑟·克拉克的《2001太空漫游》中严格按照1:4:9的长宽高比例制造的黑色石碑，又让人联想到刘慈欣的《三体》中放大数百万倍依然光滑无痕的水滴。外星文明以这种神一般的技术狂妄地展示着自己的力量。

国际小行星预警中心已经无法为"拉玛"定级了。"拉玛"可能是冷漠的过客，也可能是善意的使者，但更可能是一个远道而来的毁灭者。

观测仪并非毫无所获，它穿过了"拉玛"微弱的重力场。根据描绘出的轨道曲线，人们得知，此"拉玛"和克拉克笔下的"拉玛"有着共同之处——它们都是空心的。

6月30日，"拉玛"已经越过天王星的轨道，开始接近土星的轨道。随着它日益逼近太阳，"拉玛"的速度还会继续攀升。

根据"拉玛"目前的轨道预测，如果它只受引力影响，那么它会在8月21日抵达近日点，然后从木星身边掠过，经过巨大的木星引力弹弓效应折一个角度向太阳系外飞去。如果它是有"人"操控的飞船，那么它的轨道必然会发生变化。

从发现"拉玛"的那一刻起，外星智慧生命探索计划"突破聆听"就宣布将使用世界上最先进的平方千米阵（SKA）监听它是否发出无线电信号。同时，位于中国贵州的"天眼"、位于美国新墨西哥的VLA（甚大阵，由多架天线组成的阵列）以及位于智利沙漠的阿塔卡马大型毫米波/亚毫米波阵列等所有射电望远镜都开始对"拉玛"进行全频带监控。但是，"拉玛"却没有发出任何信号，一直保持着不祥的冰冷和沉默。

"毫无疑问，'拉玛'已经在太空中飞行了至少数百万年，有理由相信，里面的驾驶员都已经死了。"一位牢骚满腹的NASA科学家在电视节目中发表评论，"但以人类目前的技术实力无法拦截它，甚至无法像《与拉玛相会》中描述的那样完成登陆，我们只能眼睁睁地看着'拉玛'从人类家门口离去，这是全体人类的耻辱。想想吧，我们登月的时候，NASA所有计算机的运算能力加起来都不如现在一个手机，而阿波罗11号飞船的计算机处理能力还不如一台计算器，代码是纯手写的，摞起来有10英尺高。只凭这些简陋的技术，我们伟大的先辈们就完成了登月的壮举！当时所有人都乐观地认为人类在20世纪末就能移民火星，但是半个多世纪过去了，甚至还没有一个人能登上火星，登陆'拉玛'更是痴人说梦！这是造物主给我们送来的珍贵礼物，但我们却一无所获！这是在先辈们的祭坛上撒尿！白宫里的那些衣冠楚楚的先生们必须为今天这个结果负责！"

"它是来毁灭我们的，"一名宗教领袖在集会上斩钉截铁地说，他阴沉地暗示，"它是上帝派来的最终审判者，世界将被烈火和洪水毁灭！来吧，只有回归神的怀抱，才能得到最后的救赎。"

"现在下任何结论都为时尚早，"中国著名物理学家王淼评论道，"至少'拉玛'解决了困扰人类多年的费米悖论，它的到来让我们知道了人类在宇宙中并不孤独。即使'拉玛'只是一个过客——当然最好如此——它也足以对人类的历史造成深远的影响。"

　　"'拉玛'的到来是一个警告,"中国著名科幻作家何慈康发表评论,"人类必须加快迈向太空的脚步,如果下一次到来的真是一颗流浪行星甚至微型黑洞,我们该怎么办?"

　　"我想,下一年国会的先生们在审批NASA的预算申请时,可能会多考虑那么几分钟吧,如果我们明年还有机会提交的话。"一名NASA的官员讥讽道。

　　……

　　不管争吵声多么激烈,在一点上所有人都达成了共识,即不管"拉玛"是偶然经过还是有目的地来袭,一切都将在8月21日揭晓:"拉玛"在8月21日会经过近木点,如果"拉玛"的目的地是地球,那是它最好的变轨时机;如果"拉玛"不进行变轨,它将被木星的引力弹弓效应弹出太阳系,从火星上方掠过,成为一个转瞬即逝的过客。

　　面对这个未知的未知,在此之前,除了继续观察和徒劳地呼叫,人类似乎束手无策。专家们向各大太空强国发布警告,面对"拉玛"的来袭,什么都不做也许才是最明智的选择。如果"拉玛"真的是一个毁灭者,人类微不足道的反击根本无济于事;如果"拉玛"是一个观察者或者过客,人类的反应也许会激怒它。

　　就在"拉玛"正式被确认为外星智慧生物制造的飞船之后的第二天,沈延卿递上了调动报告。一个星期后,在离开了冷湖30年之后,沈延卿作为冷湖天文台的工作人员绕道敦煌回到了冷湖镇,回到了这片让他魂牵梦萦的土地。

雪域归途

　　最后一段旅程的前夜,沈延卿站在敦煌的星空下,在繁星中搜寻了很久，但直到天色微明，他都没有看到"拉玛"。

2020年6月20日，中国，青海省海西州，冷湖镇。

从早上就开始刮的沙尘暴已经进入了尾声，但天空依然是令人不安的昏黄色。不过，这种天气反而给了沈延卿一种安定的熟悉感。沈延卿一大早就从敦煌出发，在沙海戈壁和群山中颠簸了五个多小时，直到晌午才接近冷湖老基地。

接近冷湖老基地时，车窗外的色调也从青绿逐渐变成灰黄。许是近乡情怯，沈延卿不由自主地放慢了车速，远远地望去，一片低矮的建筑物横亘在壮阔的阿尔金山的背景下。荒野里有几个被遗弃的磕头机[①]，就像沉默的钢铁卫士。这是一片荒凉冷寂的土地，起伏的灰黄色土丘上点缀着一丛丛灌木和灰白色的盐碱，天空中看不见一只飞鸟，只有遥远的风声在荒野中呼啸，就像幽灵在上古荒原上吹响一只陶埙。

车子开进了冷湖老基地，仿佛开进了一片史前文明的废墟。在被细细的沙尘掩埋的主干道上，沈延卿停下了车子。如果没有认错，他现在应该停在团结路和兴湖路的交叉路上。沈延卿打开车门走下车，站在贯穿冷湖老基地的大街上，感受着脚底的碎石和沙砾，眼前既熟悉又陌生的景象显得苍凉而悲壮，一种恍如隔世的感觉扑面而来。

啊，冷湖，父辈们的冷湖……沈延卿的眼角有些湿润，时隔30年，他终于又回到了这片让他牵挂的土地。

在童年的沈延卿眼里，冷湖镇是一个神奇的地方。这里有传说中幽灵游荡的坟场和长着绿幽幽眼睛的狼群穿行的无尽旷野。镇子之外的旷野里遍布着高大的钢铁巨人，在暮色的黄昏中发出隆隆的巨响。在红色的俄博梁深处藏着一个魔鬼城，风沙肆虐的夜里，旷野中会传来凄厉的声音，仿

[①] 磕头机，即抽油机，一种开采石油的机器设备。——编者注

佛俄博梁的雅丹土丘化身怪兽，发出嚎叫。在童年的沈延卿的想象中，每到深夜，黑风四起之时，魔鬼城的大门就会轰然开启，旷野里的山丘就动了起来，化身怪兽向镇子冲去，而钢铁巨人们则伸展身躯，和怪兽展开大战。而每一次，都是正义的钢铁巨人战胜了邪恶的怪兽。天亮之后，怪兽们退回红色的荒原，重新变成了低矮的山丘。但是等到黑夜，它们会再次化身怪兽向小镇发起冲击，正义与邪恶的战争永无休止。

　　此时，当沈延卿重新站在这片记忆中的土地上时，幼时的神奇世界如同阳光下的肥皂泡一般破灭了，童年的奇异波函数坍缩成枯燥的现实——记忆中辽阔的、仿佛永远走不到尽头的大街其实只是一条坑坑洼洼的柏油马路；记忆中的高楼大厦其实只是一些残破的二层小楼，在刺眼的阳光下露出脱落的瓷砖下的斑驳红砖；而记忆中高大的钢铁巨人，只是一些高不过四五米的磕头机。深夜里怪兽的嚎叫声不过是旷野中穿过雅丹地貌形成的风声，魔鬼城其实是奇形怪状的红色雅丹丛。而记忆中幽灵游荡不息的坟场则是长眠着400多名石油人的墓园，在其中一个小小的土堆下面，就躺着沈延卿的父亲。

　　一想到父亲，沈延卿的脑袋里顿时刺痛了一下。这么多年来，关于父亲的记忆一直都是不可触碰的雷区，只要一想到关于父亲的事情，沈延卿就会陷入剧烈的头痛，意识也会尖叫着四处逃散……他强行将记忆的触角从雷区边缘移开。

　　一阵旷野中很常见的小旋风从沈延卿眼前掠过，无数细小的沙尘被旋风卷起，在风中轻盈欢快地舞动，仿佛是来自未知世界的精灵。高原上有一个动人的传说，称每一阵旷野中凭空出现的旋风都是一个因为有未曾完成的心愿所以不肯转世而流连于世间的亡灵。沈延卿有些出神地盯着那阵小小的旋风，直到它耗尽了能量，消散在空中，裹挟的沙尘纷纷扬扬落下，他才迈步走开。

　　沈延卿走过矿区贸易公司，这里曾经是冷湖人最喜欢的地方。沈延卿记得里面卖的4角钱一盒的蜜饯，那是冷湖孩子们心中最好吃的美食，一口下去，甜到心里。但此时的贸易公司只剩下一片残垣断壁，只有"矿区贸易公司"六个暗红的大字还挂在门上方。他走过一段低矮的砖墙，砖墙上的拱门已经残破不堪，但依然完整。他依稀记得自己曾经和小伙伴们在这座拱门下穿梭嬉闹，但沈延卿已经不记得哪怕其中一个孩子的名字了。

　　沈延卿又来到了五号基地，这里也已经成为一片废墟，曾经的繁华景象一去不复返，只剩一片残墙矗立在这片仿佛亘古不变的荒原上。在一面只剩下一半的残墙上，沈延卿看到五个雄浑的大字：为人民服务。

　　沈延卿走进油矿子弟学校看了看，操场已经被沙石掩盖，教室只剩下残垣断壁，只有黑板还残留在残墙上，上面有一些后来者的涂鸦。他又路过老电影院，此时的老电影院早已失去了往日的繁华，只剩下一段掩埋在细沙中的残墙，墙上依稀残留着一行毛主席语录。

　　沈延卿心里一动，他记得这条路，这是一条神奇之路。在这条路上，沈延卿第一次见到了赞神接引亡灵前往天上的火光。

　　他轻轻闭上眼睛。时光流转，光影变幻，他仿佛回到了五岁那年和父母一起在老基地电影院看完电影《焦裕禄》之后回家的路上。

　　那是一个寒冷的冬夜，小沈延卿和父母随着散场的人流走出了五号基地的电影院，往家的方向走去。尽管穿着厚厚的大衣，戴着绒线帽子，沈延卿还是感觉到彻骨的寒气无处不在。那天的月光很亮，甚至在地面上照出了人们的影子，夜空中散落着稀疏的群星，路边是镇上的点点星火。依然沉浸在悲壮剧情中的人们激动地低声谈论着。月光把沙石铺就的路面镀上了一层银色，看起来像是无波的水面，沈延卿和父母就在这无波的水面上行走。万籁俱寂，他们的脚步在细细的沙尘和砾石上摩擦出的沙沙声清晰可闻，远远地从生产基地传来的轰隆声也显得异常空灵寂寥。

　　幼小的沈延卿仿佛正行走在一个童话世界里，远处的阿尔金山在月光下仿佛是一群匍匐着的巨兽。他想象着，无数高大的钢铁巨人们正守卫着这个孤独的小世界，镇子外面无边的旷野中有无数的怪兽正蠢蠢欲动，而眼前的这条银白色的路似乎永远也走不到尽头。他的双手分别握在父亲和母亲温暖的手中，就像一只鸟儿张开了翅膀，正要顺着这条银白色的路飞向远方，飞向星空，飞上无形的阶梯，飞向灿烂的银河。

　　就在小沈延卿沉浸在无边的遐想中时，远方的黑暗之地突然腾起几束乳白色的光线，直刺苍穹，使璀璨的群星黯然失色。几片薄薄的云彩在光线的映射下，显现出奇异的七彩颜色，一团团暗红色的光晕在高空中飘荡。黑色的阿尔金山脉在光芒的映照下影影绰绰，仿佛有了生命般活动了起来，一座雪山的山峰被光芒照亮，而底部还处于黑暗之中，以至于看起来像是悬浮在夜空中。

　　"爸爸！那是什么？"沈延卿挣脱父亲的手，指着远方的奇景惊呼道，他的心脏怦怦直跳。

　　多年以后，沈延卿早已经忘记了父亲或者母亲给了他什么答案，他只记得父母和周围的人们仿佛早就习惯了那种光芒的存在，就像北欧人早就习惯了极光的存在一样。绚丽神秘的光芒很快就消失了，阴影如潮水般重新吞没了群山，仿佛一切都未曾真正发生过。但沈延卿直到现在还记得那个令人激动的夜晚，躺在小床上的他久久未能入睡，不止一次偷偷从床上爬起来，望向光芒出现过的方向。但那一夜，光芒却再也没有出现。当他睡熟之后，他梦见自己来到了红色的俄博梁，来到了一个神奇的梦幻世界，这个世界五颜六色，一个五岁的孩子能够想象到的一切都在这个超现实的世界里随处可见……

　　长大之后，沈延卿查阅了大量关于地光的资料。但随着对地光这种现象了解的深入，他心中的疑云却越来越强烈。主流观点认为，这种奇异的闪光是地质运动产生的，是一种自然现象，但始终没有出现一个被科学界广泛认可的理论来解释它。沈延卿逐渐意识到，出现在冷湖地区的地光和文献中记载的地光似乎不是一回事儿，冷湖的地光可能是一种全新的未知现象。

最后，沈延卿终于来到了自己曾经的家附近，他停下车，踩着高低不平的沙石走进废墟。自从来到这里，他一直有一种奇异的感觉，自己仿佛走在一片末世的废墟里。文明的痕迹终有一天会被大自然抹去，也许有一天，整个人类世界也会变成这样，曾经繁华的城市终将化为废墟，在大自然的侵蚀下迅速变成无人的旷野。

风沙已经入侵了五号基地，在一片金色的细沙中，沈延卿看见了自己的家。和其他的建筑物一样，他的家也只剩下了残墙，被半埋在金色的流沙之中。看到家的那一刻，他的心脏猛地加快了跳动。

他环视四周，努力将回忆中的画面和现实所见重叠在一起。他分明记得父亲曾经带自己去过俄博梁，红色干旱的大地上矗立着形状奇异的土堡和土丘，一切都显得那么深邃和神秘，以至于幼小的沈延卿觉得这些土丘都是活的，在夜晚会变成怪兽。但是母亲却坚持说，沈延卿从未去过俄博梁。

儿时的记忆总是不可靠的。稍大一些后，沈延卿第一次在画册上看到了关于火星表面的图像。幼时所见的画面和火星的表面重叠了，以至于他的记忆产生了一些错乱，让他以为自己真的去过火星。在沈延卿当时的脑袋里，人类社会似乎已经进入了星际时代，他以为人类去火星就像去德令哈或者敦煌一样方便。长大以后，沈延卿才知道人类还未曾登上过火星。

沈延卿跨过遍地的碎石瓦砾，走进了曾经的家。在曾经的客厅的一堵砖墙下面，沈延卿发现了一些玻璃碎片，他认出那是父亲的鱼缸。遥远的记忆逐渐从黑暗中浮现出来。也许是因为思念家乡，沈延卿的父亲曾经托人从西宁带来了一个鱼缸和几条金鱼，父亲也成了也许是冷湖镇唯一养金鱼的人。沈延卿记得自己最喜欢看父亲给鱼缸换水，因为没有加氧棒和过滤装置，每个月父亲都要为鱼缸换一次水，不然那几条珍贵的金鱼就会被污浊的水给毒死。

他蹲下身，用手轻轻拂开流沙，在下面发现了更多的鱼缸碎片。自从父亲去世后，就没有人来管那几条可怜的金鱼了，它们很快就死了。一个清晨，沈延卿惊恐地发现金鱼们漂浮在腥臭浑浊的水面上，再也不复曾经的活泼灵动，鱼缸里只剩下一片死亡的气息。

在父亲的葬礼上，沈延卿没有哭，但当他看到死去的金鱼时，沈延卿却放声大哭。

在父亲的葬礼一个月之后，母亲带着沈延卿离开了冷湖镇，离开了海西州，离开了青海。那一年，沈延卿六岁。

沈延卿走出家门，又来到了记忆中格桑爷爷的花园所在的地方，却只看到一片废弃的居民小屋，没有发现半点儿花园的痕迹。他怀疑自己找错了地方，又围着五号基地转了几圈，却什么都没有发现。他的脑袋又开始隐隐作痛了，于是最终放弃了寻找，回到车子里，发动了汽车，向远处的群山开去。

一个小时后，在冷湖天文台的观测室里，沈延卿见到了赵永生。

赵永生和沈延卿同龄，但是外表看起来却比沈延卿大了十岁。没有过多寒暄，两个人的手紧紧地握在了一起。

赵永生退后两步，爽朗地说道："王台长说过会有个新人来，我没想到来的会是你。"

沈延卿笑笑："怎么？不欢迎？"

"哪敢哪敢，"赵永生大笑，他转过头对站在身后笑脸盈盈看着他们的一个年轻姑娘说，"许橙，这是沈延卿，叫他老沈就成。他是我小时候的玩伴，后来回了内地，现在在南京紫金山天文台工作，是高级研究员。"

"不再是了，"沈延卿摇着头纠正他，"我临走前已经打了调动报告，如果没有意外的话，以后我就是冷湖天文台的人了。刚才我已经见过王台长了，他这边没有什么意见，我会暂时在观测组工作。"

赵永生惊奇地瞪圆了眼睛："你……别乱开玩笑……"

沈延卿认真地说："这可不是玩笑，老赵，你以后可就是我的领导了，还请多多关照。"

赵永生顿时明白了，他感慨地拍了拍沈延卿的肩膀："现在很多人都离开了天文台，你是第一个要求调进来的，可能也是最后一个……"

沈延卿有些严肃地打断他："你们不是还没走嘛！"同时向许橙点了点头。沈延卿一进来就注意到了这位被称为许橙的姑娘，她很年轻，浑身都荡漾着青春的气息。沈延卿走进门的时候，一束夕阳正洒在她的身上。她穿着灰色的工作服，遮住了窈窕的曲线，微微卷曲的发梢垂落在肩膀上，在夕阳下显出一种奇异的酒红色。

不知道为什么，沈延卿一眼看出这是一位来自江南的姑娘，她的身上似乎充盈着一种只有在江南水乡长大的姑娘身上才有的灵气。从水汽氤氲的江南水乡来到了这片干旱荒凉如火星的高原，是什么样的信念支撑她在这个时刻依然留在冷湖呢？

他的第一感觉是，这个姑娘不属于冷湖。但马上他又觉得这个想法很荒唐，谁又是属于冷湖的？他想起了十几万从内地聚集到冷湖的建设者们，想起了位于冷湖基地外围的公墓里长眠的400多名牺牲者，想起了他和赵永生的父辈们，谁又真的属于冷湖呢？

啊，冷湖，父辈们的冷湖……

沈延卿一时有些恍惚，直到许橙清脆的声音把他拉回了现实。

"沈工好，"许橙落落大方地走上前，同时伸出手，甜甜地微笑着，"我是许橙，还请多多指教。"

"你好，"沈延卿向许橙点点头，和她握了握手，触手柔软冰凉，"怎么样？还习惯冷湖吧？"

"刚来的时候不太习惯，空气太干燥，每天早上都会流鼻血，现在还好了。"许橙浅浅一笑，她指指头顶的射电望远镜，"你能来简直太好了，现在我们很缺人手，只能保证最基本的观测活动。当然，我们目前也就只能做这些。"

"许橙是南大天文系的研究生，"赵永生站在一旁介绍，"可别小看她，年纪轻轻可是跑过不少地方。来冷湖之前，她去过智利VLT做访问学者，现在她是国家天文台长驻冷湖天文台的观察员。"

"这个时候还能坚守在冷湖，可不简单啊，"沈延卿发自内心地说，他又问，"听说前一阵有不少人来台里参观？"

赵永生有些无可奈何地摊开双手："你都看到了，很多人把冷湖天文台当成了圣地，也有很多人痛恨这里。来朝圣的人大失所望，宣称要来泄愤的人大概还没在地图上找到冷湖镇吧。"

三人不禁大笑。笑完之后，沈延卿问道："现在天文台还有多少人？"

"本来天文台的在编人员有限，大多数研究员都是其他天文台派来的短期人员。自从那件事儿之后，大部分人都撤离了，要不是许橙还在坚守，我就真的变成光杆司令了。观测组现在就我俩，不，是三个人了。难怪王台长会那么爽快地答应你来，其他组走的人更多，再这样下去，天文台连基本的运转都维持不了了。"

"你呢？"沈延卿知道赵永生的父母从未离开冷湖，他长大后，去北京读了大学，大学毕业之后就回来了。

"我能走到哪儿去？这里是我的家。"赵永生大笑一声说道。

"这也可以理解，"沈延卿若有所思地点点头，"我们还是低估了人们的心理承受能力，很多人都相信'拉玛'是来毁灭我们的。"

"的确。不过我还是很难相信，人类遇到的第一个外星文明就是一个冷冰冰的毁灭者。"听了沈延卿的话，赵永生的面色凝重起来，对于他们这些天文工作者来说，"拉玛"已经成为一个绕不开的话题，"但是这也可能是宇宙的真实生态，不同的文明之间很难做到和平相处。"

"也许它们不是故意的，"沈延卿说，"当两个文明相遇，不管是选择战争还是和平，都有一个必要的条件，就是它们必须察觉到对方。如果它们选择毁灭对方，那么在此之前它们必须感受到来自对方的威胁。"

"这是当然的，"赵永生有些困惑，"这有什么不对吗？"

"我明白了，"许橙一下子就明白了沈延卿的意思，"沈工的意思是，不同的文明之间要选择战争或者和平，首先要是可交流的，对吗？"

"没错，察觉和威胁这两种行为的本质就是一种交流。"沈延卿赞许地朝许橙点点头。

"所以这意味着什么呢？"赵永生看起来还是很困惑，"你们俩在打什么哑谜？"

"很简单，老赵，不同的文明未必是可交流的。"沈延卿打了个响指，"宇宙那么浩瀚，文明之间形态差异巨大，很可能碳基生命在宇宙中根本就不是普遍的生命形式。所以，发展路径相似、相互之间能够意识到、相互有所了解的文明少之又少，根本构不成可交流的条件。更大的可能是，不同路径发展起来的文明之间根本无法获知对方的存在。"

"我明白了，你的意思是，"许橙有些出神地看着沈延卿，眼神很清澈，"如果存在一个超级文明，它们很可能掌握着不可思议的技术，对宇宙的了解和洞察都是超出人类想象的。和人类相比，这种外星智慧生命已经和神灵无异了，我们根本不存在交流的可能性，就像鱼根本想象不出什么是相对论，什么是虚拟现实和可控核聚变。在它们眼里，我们可能和一群蚂蚁一样。"

沈延卿却摇摇头："人类与蚂蚁之间的关系是一种单向的交流。单向的交流也是一种交流，但是还有另外一种更黑暗的可能，也就是连单向的交流都不存在。如果外星智慧生物是一种我们完全不了解的生命形式，两者见面之后根本没有认出对方是一种生命，这样的话，即使一方不小心毁灭了另一方，也根本不会有任何察觉。想想看，如果有一种由暗物质组成的生命形式闯入太阳系，它们根本不知道还可能存在碳基生命这种生命形式。在它们眼里，地球可能和火星一样荒凉，完全看不到生命的迹象。它们的一个很微小的举动就可能无意中摧毁地球的生命圈，但它们可能完全意识不到自己做了什么。"

沈延卿的描述让许橙不禁打了一个寒战，她勉强笑笑："沈工，那你觉得'拉玛'是什么啊？"

"我现在还不知道，"沈延卿坦率地说，"我们可以观测到它，就意味着我们已经初步实现了单向交流，至少我们已经比蚂蚁强多了。但我认为'拉玛'并不是一个毁灭者，如果它要毁灭人类文明，它根本不必现身。想想看吧，一个能够穿越数千数万光年的文明如果想要摧毁人类文明，完全可以做到在人类毫无察觉的情况下摧毁地球。"

"这么说，你是一个过客论者喽？"赵永生轻轻摇摇头，准备结束这场谈话，"我想没这么简单吧。"他指指天空，他们的头顶是射电望远镜的巨大穹顶："根据计算，今天晚上，我们应该就能看到它了。"

当夜，他们没有用望远镜进行观测，三个人一起走出天文台，站在观察室之外的小广场上，望向夜空。这里地处高海拔地区，远离繁华城市，没有光污染，是地球上最佳的观星点之一。今夜没有月亮，繁星点点，猎户座的三颗星形成的"腰带"在夜空中清晰可见。

起初，他们什么都没看见。但是很快，沈延卿就在东南方的摩羯座看到了那颗暗淡的亮点，许橙和赵永生随后也看见了它。

在同一个时刻，地球上正处于夜晚的地方，无数人都抬起头望向天空。这是一个被载入史册的夜晚，人类第一次用肉眼看到了"拉玛"。

此时此刻，"拉玛"正以130公里/秒的速度向太阳系内行星带袭来。

天快亮的时候，沈延卿和赵永生送许橙下山回家。看着许橙的身影消失在单元楼里之后，沈延卿发动汽车，开车来到一个能看到地平线的地方，然后将车子熄了火。远方的阿尔金山脉在青灰色的背景下呈现出黑色的剪影，太阳已经快升起来了。

两人心照不宣地在车里坐了一会儿，赵永生点着了一支烟。

"老沈，你可要想清楚了。"赵永生的声音里透出一丝疲惫。用望远镜看到"拉玛"是一回事儿，用肉眼亲自看到"拉玛"又是一回事儿，两者带来的心理压力是完全不同的。用肉眼亲自看到"拉玛"的那一刻，所有人才意识到，这一次可真不像在电影院看一场外星人摧毁地球的好莱坞大片那么轻松了，狼真的来了。赵永生说道："你和我不一样。我是独生子，父母就在冷湖，我肯定是要回来的。但你可不一样，调进来容易，调出去可难了。"

"给我一支。"沈延卿接过赵永生递过来的软白沙点燃，深深地吸了一口，然后缓缓地吐出一股浓重的烟雾，"喝过冷湖水的人，总有一天会再回到冷湖。"

"少扯淡，"赵永生把车窗摇下一条缝，朝窗外吐了一口浓烟，"你去五号了？"

"嗯，"沈延卿点点头，"还去了老基地。"

"那两个地方可都没人了，"赵永生的声音里有一股掩饰不住的低落，"听说现在市里正在搞什么废墟游，前几年有不少摄影爱好者跑来拍片子什么的，主题叫什么文明的残骸来着，还火了一阵儿。不过，自从俄博梁的火星模拟基地建成之后，冷湖镇已经成了著名的火星小镇，每年都有不少人来旅游。也有不少基地的工作人员和家属来到冷湖，不过他们基本都住在四号。五号和老基地已经不可能恢复到以前的状态了。"

"我知道，"沈延卿说，"冷湖已经不是以前的冷湖了。"

"你去过四号公墓了？"赵永生问。

沈延卿摇摇头，两个人都各怀心事，车里一度陷入了沉默。香烟很快就燃尽了，沈延卿把烟头从窗户缝里丢了出去。

"你母亲身体还好吧？"赵永生打破沉默。

"去年年初去世了，肺癌。"沈延卿再次点燃一支烟，深吸一口，缓缓吐出一个不太规则的烟圈，"一辈子不抽烟的人却得了肺癌，命运真是这个世界上最让人捉摸不清的东西。"

赵永生轻叹了一口气："你没结婚？"

"谈过几个，都崩了。后来就没谈了，现在更没心思谈了，她们都说我的精神有问题……"沈延卿自嘲地笑笑。

"妈的，"赵永生猛地啐了一口，"现在这些姑娘连分手的理由都不会找了？你可是北大的高才生！"

沈延卿微微摇摇头："老赵，别老说我了，你呢？"

"去年离婚了。"赵永生猛吸了一口烟，"她回了上海，幸亏我们还没来得及要孩子。她说她不愿意待在一个一年能老十岁的地方。"

"这倒是真的。"沈延卿侧过脸看着赵永生，赵永生的脸色黑红，皱纹密布，只有一双眼睛还算明亮，高原的紫外线和风沙是时间最好的帮凶，"我记得那会儿冷湖的女人们一天到晚都戴着口罩和面纱，你没给她买一副？"

"没有，等我想起来的时候已经晚了，"赵永生大笑，他把烟头顺着窗户缝弹了出去，然后转过脸看着沈延卿，"说说吧，你到底回来干什么。"

"如果我说这是冥冥中的注定，你一定会嘲笑我矫情。"沈延卿再次点燃一支软白沙，吐了一个烟圈，看着圆形的烟圈逐渐扭曲变形，消散在空气中，化成一团模糊的烟雾，"但说实话，我也不知道自己为什么会回来，可能真的是注定吧。我总感觉心底有个声音一直在呼唤我，告诉我，我迟早有一天会回到冷湖。"

沈延卿话语里的庄重让赵永生无法再继续开玩笑，他沉默了一会儿，才说道："我不知道你到底是怎么想的，但是要我说，如果'拉玛'是来毁灭世界的，冷湖倒是一个适合迎接世界末日的地方。"

"万物有生有死，文明也不例外。"沈延卿把烟灰弹出窗户外，"人类文明也迟早有死去的一天，即使'拉玛'不来毁灭人类，按照人类现在这情况，也挺不了多久。制造核武器的技术门槛越来越低，气候的极端变化，两极冰川融化，基因武器的威胁，超级火山和小行星的撞击威胁，恐怖主义泛滥，贫富严重分化……人类又能躲过哪一个？很多科学家都预言人类的末日丧钟早就敲响，人类可能正在撞上大过滤器。或许，在飞出地球之前，人类就会永远丧失向星空进发的能力，早晚会死在地球上。"

"恐怕已经丧失了。"赵永生有些担忧地说，"我们这一代人出生之前，美国人就登月了，我们小的时候都以为，到了21世纪，去火星的人类居住地会像从冷湖去西宁一样方便，谁能想到现在连月球都不想登了。"

"这是由文明本身的性质决定的。人类文明在内卷化，极端思想依然在很多地区横行。而在科技最发达的地区，资本的力量却控制了一切。如果不是为了和苏联进行军备竞赛，美国人根本不会去登月。资本是逐利的，在那个年代，只有政治和恐惧才能压过资本的力量。但是在和平时期，就没有什么能抵挡住资本的力量了。想要依靠好奇心和雄心壮志去不计成本地发展太空科技，太难了。NASA的预算一减再减，多少振奋人心的太空计划都死在了国会，资本家和政治家联合起来扼杀了人类的未来。"

沈延卿有些沉重地说，"1969年，美国人就登月了，现在看起来就像坐在洗衣盆里横渡大西洋！现在呢，按照人类的技术水准和人力物力，要是想登陆火星，也不是什么难事。但是看看吧，一辆探测车在火星上的成功登陆引起的网络热度还不如一个明星出轨的热度高。人类已经丧失了挑战太空的勇气和向星空进发的进取心。"

"也用不着这么悲观吧，"赵永生拍拍他的手臂，"美国人不去，我们去！冷湖火星模拟基地可不是白建的。"

"就怕来不及了。"沈延卿再次吐出一个烟圈，"如果人类在'二战'之后就停止内耗，把所有的资源和科技都集中起来，没准儿现在人类的飞船早就到达比邻星了，也根本不至于在'拉玛'面前丝毫没有反抗之力。"

"说得容易。"赵永生笑笑，"我前几天还看到一个论点，说人类应该停止劳民伤财地探索太空。反正再怎么努力都没办法突破光速，还不如集中资源开发虚拟现实技术，将人类的意识集体上传到虚拟世界里。这样，每个人都能成为虚拟世界里的神祇，想干吗干吗，金钱美女、荣华富贵唾手可得，还能随意调整时间流速，永生不死。你还别说，这种观点还真挺有吸引力的。"

"现在，他们的梦该醒了。"沈延卿指指头顶，冷冷地说。

赞神

7月21日，冷湖天文台。

早上六点，沈延卿走出天文台。尽管时值盛夏，但身穿薄羊毛衫的他依然在清晨高原的凉风中打了一个寒战。

赛什腾山位于柴达木盆地北部，属祁连山西段支脉，犹如一条盘踞在柴达木盆地中的巨龙：龙首在西北，起于冷湖，向东南方向绵延上百千米，龙尾止于吐尔根达坂山。山峰险峻，怪石嶙峋，几乎不生草木，巨石随处可见，冷湖天文台就建在龙首之巅的山峰上。

沈延卿在天文台的台阶上坐下，望向东方，阿尔金山的轮廓在青釉色的天际线上形成一片黑色的剪影。就像已经过去的亿万个平常的日子一样，今天的太阳依然会照常升起。沈延卿点燃一支烟，陷入了思索。

他来到天文台已经一个多月了，从繁荣的内地回到这片苍凉孤寂的土地后，他的生活也变得简单起来。自从四个月前发现了"拉玛"之后，这个籍籍无名的年轻天文台瞬间成了全世界的焦点。"拉玛"的发现者是一个年轻的实习生，据说是一个坚定的"毁灭论"者。自从"拉玛"被确认是一艘来自外星的飞船后，他就和很多人一样离开了冷湖，从此杳无音信。作为最重要的发现者，这个年轻的实习生很快就淹没在历史的浪花之中，没有留下任何印迹。

自从"拉玛"被确认为一个来自外星文明的造物之后，人们的反应大致分为两种。一种是认定"拉玛"是一个远道而来的毁灭者，这种人会撕下道德的伪装，暴露出更多的兽性，也是各国当局重点打击的对象。一种则认定"拉玛"只是一个过客，这种人占了大多数，他们更像是把脑袋埋进沙堆中的鸵鸟（尽管这个传说本身是无稽之谈），不愿意正视"拉玛"的存在。还有少数人，比如沈延卿，自从确认"拉玛"是文明造物之后，他的生活反而变得简单起来，除了"拉玛"，似乎一切都无法再引起他的兴趣。

不知道为什么，当沈延卿第一次在新闻里看到近距离拍摄的"拉玛"照片时，他顿时呆住了。说起来非常奇怪，沈延卿觉得他不是第一次见到"拉玛"。画面上，黑暗的太空背景下的银白色圆球有一种超现实的梦幻感，也有一种异常熟悉的感觉。当他闭上眼睛时，他分明看到脑海中出现一幅异常清晰的画面，一个银白色的圆球在星海中穿行，泛起一片片涟漪。

在每个能观测到"拉玛"的夜里，沈延卿几乎都彻夜不眠地一直盯着"拉玛"。在镜头中，"拉玛"已经不再是刚被发现时的一个暗淡的亮点了，它的亮度已经快接近6等，在晴朗的夜空中清晰可见。此时"拉玛"已经越过了土星轨道，距离地球大约8个天文单位。随着它愈加深入太阳系引力井，它的速度还会继续增加。和刚发现时的100公里／秒相比，"拉玛"此时的速度已经增加了大约30%，早已经成为太阳系里运行速度最快的天体。每一天，"拉玛"都能前进1 000万公里。按照这个速度，一个月后"拉玛"就将抵达理论上的变轨点。到时候，人们就能知道"拉玛"是一艘无人操控的幽灵船还是前来地球的访客了。

不知不觉中，香烟已经燃尽，沈延卿丢掉烟头，再次望向东方。东方的鱼肚白已经被清亮的玛瑙红取代，几团云就像节日里的藏族姑娘们盛装时脖子上挂着的红珊瑚宝珠。远处的群山也渐渐显出灰白的颜色，那些裸露的沙石和山岩已经数千万年没有大的变化了。从沈延卿坐着的地方可以远眺到一片荒废的建筑，那里曾是冷湖石油基地留下的废墟。曾经有上万名充满激情的石油工人怀着"我为祖国献石油"的伟大抱负在那里挥洒过青春和热血。但是如今，冷湖老基地和五号基地都已经成为一片废墟。沉默的群山见证了冷湖由于地底的石油从荒芜走向繁华，又从繁华走向荒芜。但是这片土地承载的历史远远比人们想象的要厚重。在更早的年代，唐朝的军队和吐蕃的军队曾经在这里鏖战；再往前，慕容吐谷浑的部落曾经从这里路过，在南方的高原建立了雄踞青藏高原的吐谷浑帝国；上古时代，古羌人的一支告别了兄弟部落，勇敢地走向了太阳升起的方向，成为辉煌璀璨的华夏文明的一部分；而在更遥远的年代，从非洲走出的智人的一支从这里经过，前往东方，消灭了其他人种，然后继续前进，越过西伯利亚大陆桥，穿过当时还是陆地的今白令海峡，抵达美洲大陆；在更早之前，这片距离陆地最远的世界第三极在一亿年前曾经是一片波涛汹涌的大海。

在漫长到难以想象的时光面前，没有什么是永恒的。如果群山是一种可感知时间快慢的生命，那么在它们眼里，人类也许只是转瞬即逝的风沙。沈延卿的脑海里不禁浮现出卡尔·萨根的名言：所有我们的欢乐和痛苦，所有言之凿凿的宗教、意识形态和经济思想，所有猎人和强盗，所有英雄和懦夫，所有文明的创造者和毁灭者，所有的皇帝和农夫，所有热恋中的青年情侣，所有的父母、满怀希望的孩子、发明者和探索者，所有精神导师，所有腐败的政治家，所有"超级明星"，所有"最高领导人"，所有圣徒和罪人，都如风沙般转瞬即逝，没有留下一丝痕迹。

天空已经变成了青白色，启明星正在隐去，这颗夜空中最亮的星星已经照耀了地球数十亿年之久。在它的照耀下，第一个猿人点燃了火把，罗慕路斯铺下了罗马城的第一块砖石，古埃及人将最后一块巨石安装在大金字塔上，南太平洋的波利尼西亚人第一次驾着独木舟走进茫茫大海，西周的军队举着如林的长戈挺进朝歌……但用不了多久，它的地位就会被取代。地球上的人们在晴朗的黑夜里已经能够用肉眼看到"拉玛"了。当它到达近日点时，它将成为人类可见的第三亮的星体——仅次于太阳和月亮。尽管许多人都认为"拉玛"会像奥陌陌一样是太阳系短暂的过客，但沈延卿知道，不管"拉玛"的目的是什么，都将对人类已知的历史产生重大影响。即使"拉玛"真的只是一个无意中路过太阳系的过客，它也永久地改变了人类对宇宙的认知。

这时，一阵轻盈的脚步从他身后传来，沈延卿不用回头就知道是许橙来了。

"沈工，还没回去？"许橙走到沈延卿身边坐下，一股若有若无的清香随着高原的冷风钻进沈延卿的鼻孔。

"不着急，"沈延卿掐灭烟头，"先休息一下，这块儿安静。"

"你没必要每天晚上都来天文台的。"许橙有些欲言又止，"反正'拉玛'就在那里……"

"没事，反正我也无处可去，"沈延卿笑笑，"小许，你怎么还没走呢？你就不怕万一'拉玛'真的是来摧毁我们的吗？"

"我不知道，"许橙曲起双腿，双手环绕，把下巴放在膝盖上，有些出神地望着远方，"我觉得你的说法也有道理，'拉玛'如果真的是毁灭者，根本没必要这么大张旗鼓地冲过来。但又有很多事情想不通……"

"我是说，你怎么不回家，我听说你的父母一直在催你回去。"沈延卿轻轻打断她，"而且，那么多人都走了……"

"本来我是要走了。"许橙俏皮地一笑，她侧过脸看着沈延卿，几束碎发垂落在她的侧脸，"不过，我改变主意了！"

沈延卿心中微微一动，他笑着说："我知道了，你一定是想亲眼看到'拉玛'离开太阳系。"

年轻的姑娘没有吭声，只是笑了笑。

在第一缕阳光越过群山之巅之前的几秒钟，沈延卿的余光仿佛捕捉到身后的一丝转瞬即逝的闪光。他转过身去，却什么都没有发现，在他的后方依然是一片如大地褶皱般的群山，群山的后面是寂静的草场和荒原。是地光吗？沈延卿眯着眼睛望向那个方向，却没有看到任何光芒。

"怎么了？"许橙注意到沈延卿的脸色，关切地问道。

"你没看到吗？"沈延卿指指身后，那是俄博梁的方向。

"什么？"许橙站起身，和他一同望着远方。从这个方向望去，俄博梁在朦胧的雾气中呈现出一片若有若无的暗红色，她问道："你看到什么了？"

"没什么，可能是眼花了，"沈延卿自嘲地笑笑，他捡起地上的烟头，用卫生纸包好放进口袋，"小许，我先走了，下午见。"

"好，下午见！"许橙朝他摆摆手。

沈延卿走到停车场，坐进车里，却没有马上发动汽车。他靠在椅背上，眯着眼睛，总感觉心神不安。过了好一会儿，他才意识到不安的源头来自哪里——地光。

自从回到冷湖，他所有的注意力都被"拉玛"吸引，几乎已经将地光遗忘了。但是刚才的幻觉似乎激发了某些深藏在他内心的东西，一些遥远的冰封记忆从深处慢慢涌了上来。他逐渐想起了格桑爷爷家的花园和格桑爷爷曾经讲过的一个故事。

在五号基地，藏族老人格桑爷爷有一个花园，那个花园也许是整个冷湖镇绿色最多的地方。在沈延卿的记忆里，那个花园有一个带着尖刺栅栏的铁门，不过那道铁门在孩子们面前形同虚设。精力和好奇心同样旺盛的孩子们总有办法突破那道铁门。沈延卿记得自己总是跟在一群大孩子身后，用手刨开大铁门下面的浮沙，很轻易地就能进入花园。

现在回忆起来，那个孩子们记忆中巨大的绿色花园其实可能只是一个小型的菜园，那扇记忆中的大铁门，其实只比普通的房门宽了不到一半。沈延卿从未见过格桑爷爷发火，在没有沙尘暴的日子里，格桑爷爷总是在干完活之后，坐在墙根下晒太阳。当孩子们围着老人的时候，总是穿着一身传统藏袍的格桑爷爷用带着浓重口音的汉语给他们讲藏族的神话传说。从格桑爷爷那里，沈延卿第一次知道了卓玛和赞神的故事。

"卓玛是一个美丽的小姑娘，但是很不幸的是，她的父母很早就死了，她的叔叔和婶婶收养了她。但是婶婶对卓玛非常不好，她让卓玛每天都去放羊，却没有一顿饭让她吃饱。卓玛每天天不亮就要起床，赶着羊群到草滩上放羊。她最喜欢的事情就是坐在溪边的石头上逗弄可爱的羊羔，最害怕的事情是小羊羔被狼叼走。

"有一天晚上，让卓玛最害怕的事情发生了，她清点羊群时发现少了一只。卓玛发誓她一直盯紧了每一只羊，她急得快哭了。但她没有时间哭泣，她四处寻找，却一无所获。直到月亮都升起，她才怀着极大的恐惧回到了家。不出所料，婶婶用皮鞭狠狠地把卓玛抽了一顿，然后勒令她不准进屋。夜晚很寒冷，小卓玛吃了冰冷的剩饭，又累又饿，只能睡到羊圈里，怀里搂着一只小羊羔取暖。

"第二天，天还没亮，卓玛就被凶恶的婶婶用皮鞭抽醒，婶婶命令她继续上山放羊。卓玛只好饿着肚子继续上山放羊。这一天，她时刻都盯紧着每一只羊，眼睛都不敢眨一下，每过一段时间，她就仔细地把羊群数一遍，一直到太阳快要落山的时候，羊群都没有少一只。卓玛一天没吃饭，又累又饿，她实在支撑不住，不知不觉就闭上眼睛睡了一小会儿。惊醒后，她胆战心惊地赶紧把羊群再数了一遍，可是让她最害怕的事情又出现了，又有一只小羊羔不见了。她吓得哭了起来，赶紧四处寻找，但是一直找到了半夜都没有找到丢失的小羊羔。卓玛害怕剩下的羊也会丢，于是她胆战心惊地赶着羊群回到了家。果然，迎接她的又是劈头盖脸的怒骂和皮鞭。当晚，她连冰冷的剩饭都没有了，只能又累又冷又饿地睡在了羊圈里。

"第三天，婶婶恶狠狠地告诉卓玛，如果再丢羊，就不要回来了。卓玛抹干眼泪，战战兢兢地赶着羊群继续到草原放羊。这一天，她更警觉了，如果困了，她就掐自己的胳膊。她紧紧地盯着每一只羊，一刻都不敢放松。但是当太阳快要落山时，卓玛最后一次数了一遍羊，她绝望地发现，又少了一只小羊羔。她哭了很久，非常害怕，最后，她做了一个决定。卓玛擦干眼泪，把羊群悄悄赶回羊圈，然后离开了家。走出去很久，她还能听到家里传来的咒骂声。

"卓玛要去北方，从来没有人敢去的北方群山。在没有月亮的夜晚，北方的群山中会有光芒闪耀，据说那是住在山中的赞神的宫殿开启的大门。赞神是居住在红色群山之巅的山神，它是群山的保护神。它守护着这片土地，赐予草原以融化的雪水，赐予人们赖以生活的乳汁……但赞神的性情有时候也是喜怒无常的，它容易被激怒；它也不是无私的给予者，人们需要用洁白的哈达和雪白的乳酪，最强壮的牦牛头骨和新生的羔羊，供养它……卓玛认为是赞神取走了羔羊，只有神灵才会在一个女孩敏锐的目光下将羔羊带走。

　　"在这个没有月光的夜晚，卓玛独自向沉默的群山走去。天空中没有月亮，也没有群星，只有一颗散发着银白色光辉的星星陪伴着她。卓玛从来没有见过这么亮的星星，这颗明亮的星星几乎能在地上照出她的影子。有几次，她听到远处传来草原狼的啸声，也听到了草丛里窸窸窣窣的声音，她吓得愣在原地，不敢抬脚，仿佛下一刻就会有几匹饥肠辘辘的饿狼从草丛中跃出，撕开她的喉咙。但是夜空中的星星闪烁了几下，照亮了她眼前的地面，卓玛的眼前突然出现了一条银白色的小路，就像一条圣洁的哈达，从卓玛的眼前一直延伸到远方。狼嚎声远去了，草丛也恢复了安静，卓玛抬脚走上银白色的小路。小路平整圆润，散发着银白色的微光，卓玛踏着这条小路，走进了群山深处。

　　"银白色的小路在群山之中消失了，卓玛走到了小路的尽头，站在一座美轮美奂的宫殿之前。这座宫殿由黄金和美玉建成，散发着美丽的光芒。卓玛走到宫殿门口，宫殿的大门是朱红色的，镶嵌着珍贵的玛瑙和珊瑚。她正在犹豫时，却听到了一声微弱的咩咩声从大门后面传来。卓玛想起了姐姐扭曲的面容，她鼓起勇气，推开了大门，走进了宫殿。"

　　……

　　沈延卿皱起眉头。宫殿后面是什么？沈延卿怎么想也没有想起来，他甚至不记得格桑爷爷有没有把这个故事讲完。毕竟已经太久远了，那时沈延卿还只是个四五岁的孩子。

　　但是除了这些，还有一些别的，更奇怪的画面闯入他的脑海，一些隐秘的东西似乎正在慢慢苏醒……沈延卿仿佛看到一群人打着手电筒朝自己奔来，自己在黑暗中瑟瑟发抖，无边的黑暗和恐惧包裹着他……他似乎又化身卓玛，独自走在银白色的小路上，奔向俄博梁……

　　等回过神来之后，沈延卿点燃一支烟，他苦笑着想，那些姑娘大概没有说错，自己的精神可能是有点儿问题。他强行将自己的注意力从混乱的记忆旋涡中抽离。那些姑娘们总是说，在约会的时候，沈延卿经常会陷入一种突发性的意识空白状态，且眼神沉郁苍凉。

　　沈延卿本以为对冷湖镇的记忆早已经消失殆尽，但回到冷湖之后的这些日子，沈延卿发现，其实这片土地早已用它特有的方式给自己打下了深深的印迹。

　　沈延卿微微叹了口气，发动了汽车。

异常光波辐射

　　沈延卿开车下山回到了冷湖镇，清晨的路上行人很少。沈延卿驱车拐进天文台家属院，回到他的单身公寓，简单洗漱一番，就躺在床上睡着了。但是他睡得并不安稳，他梦见自己在银白色的小路上奔跑，像鸟儿一样飞向群星，双手上还残留着父母的温暖痕迹……转眼间，"拉玛"像《独立日》中的外星飞船一样飞临冷湖小镇上空，伴随着一阵炫目的闪光，山崩地裂，烟尘四起，整个世界在一片火海中化为虚无……他在梦中惊慌逃跑，却误入一片红色荒原，一个壮丽的宫殿缓缓开启了朱色大门，一个声音对他说道："卓玛，准备好对抗恶魔了吗？"卓玛似懂非懂地点点头……场景突然变换，小沈延卿出神地看着父亲给鱼缸换水，父亲把所有的金鱼都捉了出来，但并没有把它们放回去，而是表情痛楚地将它们放在手心递给沈延卿，神情悲戚地说："来不及了，卿卿，来不及了……"沈延卿定神望去，只见四条美丽的金鱼都早已死去，只剩下四条腐烂的尸体……

伴随着一声压抑的惊叫，沈延卿从梦中醒来，发现泪水早已打湿了枕巾。

简单地吃了晚饭之后，沈延卿重新发动车子，前往天文台。走进天文台控制室后，沈延卿惊讶地发现许橙和赵永生早就在控制室里了。两个人正围着光谱分析仪低声讨论着什么。

"老赵，你怎么也来了？"沈延卿好奇地问道，"你不是夜班吗？"

"光谱分析仪出现故障了，"许橙抬头看了沈延卿一眼，显得有些忧心忡忡，"数据显示，望远镜检测到了异常光波辐射。"

"奇怪的是，硬件和软件都显示正常，"赵永生也皱着眉头，"真见鬼……"

"异常光波辐射？"沈延卿的心里一动。

"没错，"许橙指指电脑屏幕，困惑地摇摇头，说，"检测到了冷湖地区向太空发射了未知的光波辐射，可咱们天文台根本没有条件发射光波信号。"

"没错，"赵永生看了沈延卿一眼，"天文台没有发射激光信号的条件，这一定是误报，我建议先密切观察，不必上报，如果故障重现了，再上报检修。"

沈延卿明白赵永生的意思，要是对望远镜进行检修，势必会停止工作一段时间，但是在"拉玛"到来的这个节骨眼上，没人愿意错过这个历史性的时刻。

赵永生是组长，他说的话当然就是最终决定了。

"我同意。"许橙也赞同道。

沈延卿也不想扫兴，他点点头："不过，有数据记录吗？"

"当然啦，都在这儿。不过都是些乱码，看起来没什么价值。"许橙快速站起身，给沈延卿让出位置。

沈延卿移动鼠标，调出观测记录。他发现系统总共记录了连续两次光波辐射脉冲，其中第一次发生的时间是凌晨两点32分48秒，第二次发生的时间是——沈延卿的眼睛眯了起来——今天早上6点21分22秒。那正是沈延卿坐在观测台外面的台阶上抽烟的时候。

沈延卿相信巧合，但不相信如此精确的巧合。

"老赵，好消息是，我现在就可以确认设备没有问题，"略微思索之后，沈延卿转过头看着赵永生和许橙，缓缓地说，"不好不坏的消息是，这种异常光波辐射恐怕是真的。"

"什么？"赵永生不解地看着他。

"啊？"许橙也颇有兴致地看着沈延卿。

"还记得老冷湖人都知道的'地光'吗？"沈延卿用手指关节轻轻地敲击着桌面，指指屏幕说，"我想，我亲眼见到了第二次光波辐射。时间完全能对应上，我现在来查一下方位。"

"啊！"许橙大吃一惊，"你是说真的有人向太空发射了光波信号？"

沈延卿摇摇头，他知道许橙在想什么。地球上有很多天文台都曾经向太空发射过电磁波信号，但还未曾有天文台向太空发射光波信号。沈延卿知道，早在20世纪90年代，就有科学团队用10兆瓦的能量制造出了脉冲宽度为万分之一秒的激光，这些高能量的激光比太阳还要亮5 000倍。将钠原子蒸汽云利用磁场约束起来，可以制造出玻色-爱因斯坦凝聚态，经过激光照射处理之后，再用一束短波长的脉冲光照射蒸汽原子云，就能够捕捉光子，从而将信息存储到脉冲激光中，向太空发射。这种技术虽然理论上可行，但是在越来越多的科学家（包括霍金在内）不断发出警告之后，人类意识到贸然向宇宙中发送人类本身的信息是欠成熟的行为，科学界就谨慎了许多。即使有天文台选择向太空发送信息，也还是倾向于使用传统的经济省力的电磁波束。

"冷湖天文台没有向太空发射光波信号的能力，"赵永生也慢慢地回忆起来了，他转向许橙，"是我忘了，其实这种现象在冷湖地区很常见，只是一种就全球而言比较罕见的地光现象。"

"地光？"许橙大吃一惊，"你——你们以前见过？"

"当然，老冷湖人都见过。"沈延卿随口说道。

许橙不禁倒吸了一口凉气，她失声喊道："你们知道地光意味着什么吗？"

沈延卿摇摇头，他知道许橙在想什么："地光和地震之间的联系并没有确凿的科学证据，不过我倾向认为这种联系是不存在的。如果地光就意味着地震，那冷湖肯定是一个不适合生存的地方。"

"那也许不是地光？"许橙坚持道，"可能是某种大气放电现象？"

"大气放电？"赵永生显然是站在沈延卿这边的，"你可别忘了，不管是红色精灵还是蓝色喷流[1]，都发生在积雨云之上，可是这个季节的冷湖哪有积雨云？再说了，即使真的是高空大气放电，也不可能产生这种强度的光波。怎么说呢，这种现象在冷湖地区非常常见，很可能在远古的时候就有了，很多藏族的神话传说里都提到了这种地光，人们认为这种地光是赞神接引亡灵上天时点燃的引路火把。"

"赞神是什么？"许橙好奇地瞪大双眼。

"远古的藏族神话和其他民族的神话一样，都有泛神灵的特征。他们认为万物皆有灵，山峰、湖泊、河流甚至天上的风都有神灵主宰。我想你应该见过野外的玛尼堆和经幡，藏人们在高处挂起经幡，风吹动经幡，为无处不在的神灵念诵经文。他们认为每一座山峰都是一个神灵，几乎每一

---

[1]　红色精灵和蓝色喷流均为罕见的大气放电现象。

座雪山都有一段美丽的传说，比如比较有名的神山有阿尼玛卿、冈仁波齐、念青唐古拉等。"沈延卿把视线从屏幕前移开，看向许橙，许橙正瞪大了眼睛看着他，显然她对藏族文化不是非常了解。沈延卿笑笑，然后指指窗外："赛什腾山也不例外，在藏族文化里面，俄博梁居住着一种叫作赞的山神。"

"赞？很奇怪的名字……"

"赞是山神的一种，赞神本身也分了很多种，但大多与灵魂有关。传说冤死的、不屈的灵魂会变成赞神，守护着一方土地。赞神是红色的，也喜好红色，相传红色的山崖就是赞神居住的地方……"沈延卿继续说道。

"俄博梁是红色的！"许橙恍然大悟。

"没错，据说本地的赞神就居住在红色的俄博梁，这种地光就是赞神接引亡灵走上天国时点燃的火把。"谈话间，沈延卿打开系统记录的两次光波辐射信息数据，进行对比分析。如果假设两次光波辐射都是真实存在的，而信号是由位于天文台主望远镜西南侧的山峰上的辅助光学望远镜捕捉到的，那么结合信号强度来看，发出信号的地点应位于……俄博梁？那正是沈延卿的余光瞥见的方位。

俄博梁是一片红色的雅丹荒原，仿佛一片苍茫仙境，到处都矗立着奇诡的土堡和土丘，无人敢深入其中。那里就像火星一样荒凉，即使是当年的石油勘探队，也要通过严格的审批才敢深入其中。近年来新建的火星模拟基地也只是在俄博梁的外围占用了一片小小的区域。俄博梁的深处，是连绵不断的戈壁和雅丹土堡，是万年不变的景色，是生命的禁区，是传说中的魔鬼之城……

沈延卿的脑袋又有些隐隐作痛，他分明记得父亲曾经带他去过俄博梁，但似乎只有他自己记得这件事情。他到底有没有去过俄博梁？

赵永生摆摆手，打断了沈延卿的思绪："这种地光虽然罕见，但也没那么玄乎，以前冷湖镇就有不少人见过。第一代石油建设者们第一次见到地光时，也感到非常奇怪，但是本地的藏族人早已见怪不怪了。当时的工程师们也进行了一番解释，说很可能跟俄博梁地底的岩层构造有关，也许是天然气泄漏后自燃引起的，还有人猜测在冷湖地底存在着一个巨大的石英矿，但这些说法都没有得到证实。"

"看起来可不太像，"许橙的好奇心完全被勾了起来，"他们不感到好奇吗？为什么这么多年都没有人认真研究一下？"

"在那个年代，除了石油，他们没有精力去关心这些事情。"沈延卿轻轻摇摇头，"况且，整个科学界对地光的成因都还没有搞清楚。"

"我还是觉得……这么明显的异常现象，为什么不上报呢？很可能会是科学史上的重大发现……这好像不太负责啊……"

"小许啊，这么想可不太公平，"赵永生对许橙说，"那个年代，祖国需要大量的石油，你知道有多少人离开自然条件优越的内地来到这片不毛之地吗？在那个年代，在冷湖，好奇心本身就是一种奢侈品。"

听了赵永生的话之后，许橙有些赧然，脸颊飞上了两朵红霞，"对不起，我只是……"

"没什么，"沈延卿摆摆手，他指指头顶的望远镜，"不过，我们倒是无意中获得了关于地光的数据记录，也算无心插柳了。如果以后有机会，倒是可以认真研究一下。"

两人听出了沈延卿的言外之意：如果"拉玛"是毁灭者的话，他们就没有机会研究什么地光了。

"不过，你们是否想过，也许这根本就不是什么地光……"许橙斟酌着语句，"根据你们的描述，这种现象和科学界公认的地光可不一样。不管你们承不承认，但是地光的另外一种叫法就是地震光……"

"这不是地光，至少不是地震前经常看到的那种地光，"赵永生肯定地说，"这种地光不会引发地震，不然天文台也不会建在这里。"

三个人都笑起来。关于地光的记载，他们都了解一些，在绝大多数目击地光的案例中，紧随而来的就是大地震。如果冷湖的地光会引发地震的话，冷湖地区的地质活动一定非常强烈，也就根本不会有冷湖天文台了。

这时，夕阳的光芒从穹顶的一道裂缝中斜着射进观察室，一道血红色的光条出现在地板上。灰尘在光带中如有生命的精灵般飞舞，三个人不约而同地陷入了沉默。一切看起来都非常祥和，就像已经过去的无数个普通的日日夜夜。

这时，许橙打破了沉默，她轻声问道："沈工，听说你出生在冷湖？"

沈延卿点点头："我的父亲曾经是冷湖的石油工人，他死于一场火灾。自从他死后，母亲就带我离开了这里。"

赵永生用一种奇怪的眼神看着沈延卿，似乎欲言又止，但最终还是没有开口。

"对不起……"许橙却显得有些手足无措，"我不知道……"

"没什么，都是很早以前的事情了。"沈延卿摆摆手，示意许橙不必在意。

一时间，房间里再次陷入沉默，只听到控制室里的计算机发出嗡嗡的轻响。

"这里好安静，"许橙轻轻地说，仿佛是害怕打破这片寂静，"今夜，应该能看到银河。"

安静，是啊，这里真的很安静。沈延卿望向窗外，现在的冷湖镇只有四号基地还有一些居民，新建的火星模拟基地的工作人员也选择居住在四号基地。冷湖老基地和五号基地都已经被废弃了，几乎已经没有恢复的可能。

可是冷湖以前并不安静，那时，冷湖是喧闹的。最多的时候，有十几万人在这里挥洒着热血和青春。沈延卿和赵永生的父辈们在这里披荆斩棘，建起了一座石油城。有一些废弃的油罐被摆放在镇子里，居然成了孩子们简陋的游乐场。沈延卿记得自己和小伙伴们最喜欢沿着油罐上的梯子爬上爬下。尤其是油罐上还有一圈低矮的栏杆和开启油罐顶部开口的圆环把手，幼时的沈延卿经常爬到这里，手握圆环，想象着自己是在开一辆坦克或者一艘军舰。有一个夜晚，父母皆未归来，五岁的沈延卿独自爬上油罐，又玩起了开军舰的游戏。他抬头望去，只见繁星璀璨，一条银河横亘在无垠苍穹中，整个星空显得深邃而神秘。五岁的沈延卿入神地盯着星空，整个身体开始颤抖，在这个万籁俱寂的夜里，幼小的沈延卿第一次体会到什么叫作震撼，这是生命对宇宙和星空本能的敬畏。沈延卿贫乏的语言没有办法描述这种感觉，他似乎觉得自己正驾驶着一艘飞船在星辰大海里穿行。直到后来他读到《野性的呼唤》，才明白了这种感觉：正如巴克属于荒野，有些人是注定属于星空的。高考填报志愿的时候，沈延卿毫不犹豫地填报了天体物理系。

　　沈延卿感慨道："1994年，美国洛杉矶遭遇大停电，市天文台和警局接到了数千个报警电话，惊慌的人们报警说天上出现了一个奇怪的带子，还有人声称外星人入侵地球，其实那只是银河罢了。现在的人总是忙于各种琐碎的事情，大多数人只在电视和图片里看过银河，但是只有亲眼看到银河，才会知道人类有多么渺小，所有的烦心事儿都算不上什么了。"

　　许橙抿着嘴笑了："不过，现在可不一样了。据说现在望远镜都脱销了，至少望远镜厂家要感谢'拉玛'，它们可是'拉玛'到来的第一批受益者呢。"

　　"大多数人不是对星空感兴趣，只是想亲眼看到'拉玛'罢了，这叫什么？说好听点儿是眼见为实，说难听点儿就是不见棺材不掉泪，"沈延卿笑了笑，不管他们在谈论什么，每一次的话题总是不可避免地转向"拉玛"，"这个社会的大部分年轻人和我们父辈那一代比起来，几乎是另外一个世界的人了。他们对梦想和牺牲嗤之以鼻，热衷于美食和明星八卦，即使去旅游也只去网红景点打卡拍照，对手机屏幕以外的世界漠不关心。他们所有的吃穿住行和娱乐都几乎可以在手中那块小小的屏幕上完成操作。但是'拉玛'出现之后，这些人又摇身一变，变成了各种阴谋论的传播者，唯恐天下不乱……"

"已经快乱了，"赵永生凝重地说，"你们看新闻了吗？很多大城市都发生了严重的骚乱，巴黎、纽约、伦敦、开罗、墨西哥城……"

"我还是觉得，'拉玛'不像是一个毁灭者……"沈延卿轻轻摇摇头，不知道为什么，他一直觉得自己忽略了什么东西。

"那么，它到底是来干什么的？一个远道而来的朋友？"赵永生摇摇头，"为什么它会对人类的呼唤视而不见？老沈，恕我直言，这种事儿上，还是少用点儿直觉吧。"

许橙说："或者，'拉玛'的船员都死光了，路过太阳系的只是一艘幽灵船……"

"我喜欢这种假设，这也是大多数人真正希望的。"赵永生说，"如果'拉玛'是一艘鬼船，那是最好的结果了。到目前为止，好像还没有观测到'拉玛'有任何变轨行为，而且'拉玛'对人类的呼唤没有做出任何回应，这也不符合常理……"

"常理？"沈延卿大笑一声，"老赵，是谁太依赖自己的直觉？这可是人类历史上第一个来访的外星飞船，哪有什么常理可循啊。"

赵永生不好意思地笑笑："你说的没错，但是如果人类将来能飞到一个星球旁边探测它，难道不会监听来自这个星球的信息吗？"

"监不监听是一回事儿，回不回复又是一回事儿，"沈延卿耸耸肩，"也可能是不屑于回复呢。"

"你们太悲观啦，也许它们是使用引力波或者中微子进行通信的，所以没听到人类的呼唤罢了……"许橙说。

"这简直是一定的。一个能够进行星际旅行的文明，甚至可能已经拥有了超越光速的通信手段，但这不是问题的关键。"沈延卿点点头，"如果科学家要和海豚交流，我们会直接开口问吗？不，我们会先研究清楚海豚的沟通方式，学会它们的语言，然后用它们的语言去和它们沟通。所以，如果'拉玛'真的来自科技远远超越人类的外星文明，它们肯定有能力对人类的呼叫发出回应。"

"这么说，如果'拉玛'不是一艘鬼船的话，它肯定有能力对人类的呼叫进行回应，而它却选择了沉默。"赵永生说，"这更说明它可能是一个无情的毁灭者，完全没有和人类沟通谈判的兴趣。"

"哎呀，赵工，你怎么那么悲观啊，"许橙抗议，"这不正说明它是一艘鬼船吗？"

三个人都笑起来。

"不过，我听说NASA和欧洲空间局都在紧急部署带有核弹头的火箭，"沈延卿的手指在桌面上敲了敲，"如果'拉玛'的目标是地球，这些火箭就会携带核弹头向'拉玛'发动攻击。"

"我也听说了，俄罗斯人也没闲着。"赵永生轻轻摇摇头，"太空中没有空气，核武器就制造不出冲击波，只靠热能和辐射恐怕对直径40公里的'拉玛'造成不了什么破坏。人类引以为傲的最强大的武器，可能在真正的星际战争中完全没有毁灭性。"

"没想到它们真的在那里……"许橙的视线仿佛穿透了天文台的穹顶，望向浩瀚星空，她情不自禁地握紧了双手，"很多人不相信宇宙中还有其他生命存在，包括许多主流科学家也是这么认为的，他们认为要解释费米悖论很简单，那就是生命只在宇宙中出现过一次。"

"这是典型的地球特异论,"沈延卿说,"但我不赞同这种说法。如果在一片旷野中一直没有找到一棵草,那么'这片旷野中没有草'的结论就不能轻易排除。但是只要在旷野中找到一棵草,就可以几乎百分之百地确定还有其他草的存在。"

"沈工,生命是一回事儿,智慧生命又是一回事儿。从简单的生命发展到智慧文明,中间可是得经过无数次概率很小的飞跃才行。打个比方,从单细胞生命到多细胞生命就是难以跨越的一步,而智慧的产生更是概率非常小的事件,"许橙似乎却有不同的看法,"智慧生命的出现,本身就已经是跨越了好几个大过滤器的结果。"

"没错,"沈延卿说,"现在我们都知道了,它们已经来了,人类并不是宇宙中唯一的智慧生命。不过,也可能很早就有外星人来过地球了,没准儿现在还有伪装成人类的外星人生活在我们中间,观察着我们的一举一动……"

"老沈,你是不是该改行写科幻小说,"赵永生扶了扶额头,有些无奈地说,"我记得有个美国人叫什么丹尼肯来着,就是说金字塔里发现了人造心脏的那个,前几年还到德令哈那个外星人遗址来了,说德令哈是古代外星人的太空基地……"

"'拉玛'的出现就已经足够科幻了,"沈延卿不置可否地耸耸肩,"你们有没有想过这样一种可能性,如果地球上真的存在来自外星的观察者,即使它们站在我们面前,我们人类也永远无法察觉到它们的存在。就像BBC为了拍摄野生动物纪录片制作的虚假动物模型,动物们要么对它视而不见,要么会很自然地将其当成自己的一员,但绝不可能意识到它是人类的观察者……"

"就像——间谍小猴?"许橙问。

"没错,"沈延卿点点头,"猴群很快就接纳了间谍小猴,它们不觉得间谍小猴有什么异常，直到小猴不小心被某只猴子从树干上推落到地面上，它们以为小猴死了。它们可能会隐约感觉到间谍小猴有些不对劲儿，但永远无法意识到间谍小猴其实是人类精心制作的窥探器。它们更不知道小猴的右眼是一个高清摄像头，将猴群的一举一动都拍了下来。这当然不能怪猴群，这种情况超出了猴群的理解范围。想想看，假如间谍小猴身上装着一个强辐射源，就会让猴群全部灭绝，猴群直到全部死光都意识不到灾难之源就在身边。"

"然后有一只猴子发现了真相，它试图告诉猴群，这个间谍小猴是带来死亡的魔鬼，之后它就被烧死在了火刑柱上……"赵永生给他们的讨论加了一个绝妙的注脚，"而猴群直到全部死光都没有意识到那位猴子先驱是对的。我倒希望这只猴子赶紧出现，至少现在已经没有火刑柱了。"

"太晚了，猴群已经看到走来的狮子了，"沈延卿耸耸肩，"不过它们还不知道这只狮子是来用餐的还是来打招呼的。"

这时，观测室里的电话响了。许橙走过去接了起来，她听了一会儿，挂断了电话，却没有作声。沈延卿和赵永生转过头看向她，只见许橙面无血色，脸色苍白。

"怎么了？"赵永生问道，他和沈延卿不由自主地对视了一眼，都从对方眼里看到了一丝不祥的预感。

"是来自国家天文台的紧急通知，'精卫'号探测器发现了'拉玛'身后的彗星群。"许橙慢慢说，"狮子来了。"

阿雷西博信息

不久之后，冷湖天文台就接到了正式的通知文件。"精卫"号探测器与"拉玛"擦肩而过后，耗尽了燃料，失去了动力，向太阳系外飞去。但是探测器上的摄像机还在太阳能板的能源输送下正常工作着。中国国家航天局的一名工作人员从探测器传回来的图像上看到了数个模糊的光点，经过光谱分析后，确认了其中三颗位于最前方的彗星，但是不排除有更多的彗星尾随在后面。

国家航天局立即将此信息向国际小行星中心进行了通报，"拉玛"身后尾随着彗星群的消息很快就传遍了全球各地的天文台。很快，消息被进一步证实了，位于太空中的哈勃二号和斯皮策望远镜也看到了尾随"拉玛"袭来的彗星群。

"拉玛"的面目再次变得狰狞起来，而它对人类发出的各种频段的呼应依然置之不理。"拉玛"本身的质量是无法搅动奥尔特云、柯伊伯带和离散盘中的彗星群的。几乎已经可以肯定，"拉玛"既不是一个冷漠的过客，也绝非一个善意的使者，它是一个即将为地球带来毁灭天火的恶魔。

随着时间的推移，"拉玛"身后的彗星群越来越清晰，直到地面上的天文台也可以看到彗星群的到来。经过紧急计算，国际小行星预警中心宣布，彗星群由至少20颗彗星组成，其中最大的一颗直径达到10公里，最小的直径也有2公里，这些彗星已经越过了土星轨道，目标很显然是地球。科学家们无法理解"拉玛"是怎么驱动这些彗星的，这些彗星如同一串在太空中飞行的项链，又如一支沉默的军队，尾随在"拉玛"身后，向地球袭来。

自从彗星群的信息被证实之后，人类文明的生存时间就进入了倒计时。和大多数科幻电影中的描述不同，面对真实的世界末日，人类文明立即就走到了崩溃的边缘。许多国家都陷入了无政府状态，绝望的人成群结队地像兽群般移动，攻击着眼前的一切，平时积累的对富人和政府的仇恨都无所顾忌地爆发出来。非洲和南美的许多城市都遭遇了大规模的断电，纵火、劫掠、强奸、杀人等罪行层出不穷，有些城市燃烧的浓烟甚至在卫星云图上都清晰可见。

"该死的新闻界要为这场灾难负责,"有人愤怒地说,"'拉玛'还没来,人类就先把自己给毁了。看看吧,平时衣冠楚楚的人都变成了野兽,所有发生的一切都在帮'拉玛'证明它的所作所为是正确的!"

美国、欧盟以及俄罗斯都在孤注一掷地准备核弹头,准备向"拉玛"发动绝望的反击。但谁都知道,以人类当前的技术水平,能有一颗核弹击中"拉玛"就不错了。但更大的危机并不在此,没有能力向太空发射反击的国家将仇恨的目光转向了世仇的邻居,据说印度和巴基斯坦都在公然准备核弹头,准备将对方的首都从地球上抹去。印度和巴基斯坦的形势也让大国们互相猜忌,谁也不知道俄罗斯会不会绝望地将核弹头先送到华盛顿的上空。

难以理解的暴行在全球各地上演,许多大城市都呈现出一片末日景象。

"已经没有什么疑问了,"在天文台紧急召开的会议上,王台长语调沉重地宣布了这条信息,"人类没有能力摧毁哪怕其中一颗彗星。"

人们交换着沉重的目光。作为专业人员,在场的人们都清楚,即使只有一颗彗星撞到地球上,都足以使人类灭绝,更何况是一个彗星群。第一颗彗星撞击到地球上,就足以引起上千米高的海啸和改变整个地貌的地震,大规模的超级火山会喷发,人类完全无法从这场浩劫中存活下来。接下来的彗星连番撞击,也许不至于让整个地球解体,但可能只有隐藏在地层深处的单细胞生命才可能存活下来。对于大型生物体,地球上没有一个地方是安全的,甚至连月球都难以从这一轮的天地大冲撞中幸免,人类将无处可逃。

而科幻电影中的桥段在现实之中是不可能发生的,人类根本没有将核弹运送到彗星上并且钻孔引爆它的技术力量。即使真的这么做了,也很难将彗星击毁。很多人以为彗星是一个坚实致密的大雪球,一颗深埋其中的核弹就能将其炸成毫无威胁性的碎片，但其实很多彗星都像充满孔洞的蜂窝煤，它们会最大限度地吸收爆炸的能量，而且太空中没有空气，无法产生剧烈的冲击波，即使核弹在它们内部爆炸，它们也很可能毫发无损。

一时间，会场上陷入了一片死寂。

"同志们，"神情憔悴的王台长伸手摘下帽子，露出一头花白的头发，"感谢你们这段时间的坚守，感谢你们的工作和付出。这个世界很快就要变得更不一样了，赶紧回家吧，去陪陪你们的家人，剩下的时间可能不多了……"

在一片死寂中，逐渐有桌椅碰撞的声音传来，有人站起身，走了出去。更多的桌椅碰撞声和摩擦地板声响起，更多的人走了出去。

沈延卿也站起身，一言不发地走了出去。他走出会议室，沿着走廊走出天文台。已经是北京时间晚上十点了，但是夕阳还未完全落下。大地的阴影从东方蔓延过来，已经淹没了群山。一阵寒风吹来，沈延卿不禁打了一个寒战。他望向西方，血红的太阳已经看不见了，地平线上只剩下几片薄薄的残云，远处的雪峰上还残留着一丝血色。

难道自己错了？沈延卿思忖着，难道"拉玛"真的是一个沉默的毁灭者？难道宇宙的真实图景真的是黑暗森林？但即使是黑暗森林，人类一直以来也太高看自己了，根本用不着什么光粒打击，也用不着什么二向箔，只要轻轻推动几颗彗星就足以将人类文明从地球上抹去……

他摸出烟盒，点上了一支烟，深深地吸了一口，随着烟雾顺着气流袅袅地飘上天空，沈延卿的心也和全人类的命运一样滑进深深的深渊。"拉玛"对人类的呼唤一直置之不理，现在，人们也知道了它并不是一艘幽灵船。它就像埃及神话中的阿波菲斯，凶狠地向地球扑来，它将吞噬大地和天空，吞噬一切生命，让一切的一切都化为火海中的虚无……

人类文明留下的唯一痕迹大概就是最近100年来有意或无意泄露出去

的无线电波。可叹的是，即使未来有外星文明收到了这些信息，它们可能也不知道人类文明已经不在了。

"小沈啊，"一个苍老的声音在他身后响起，"你这烟瘾可不小，都快赶上你爸了。"

沈延卿一惊，站起来转身向后望去，只见一名身穿蓝色清洁工制服的老人正扶着一把长扫把笑吟吟地看着他。沈延卿连忙踩灭了烟头，不好意思地朝老人笑笑："您好，您是？"

"你肯定不认识我了。我叫刘元，是你爸的老同事，你小时候我还抱过你呢，"老人的声音宽厚亲切，给了沈延卿一种安定感，他仔细端详着沈延卿，感慨道，"已经这么多年了，都长这么大了，你和你爸长得真像。我早就听说你回来了，但是知道你在做重要的工作，就一直没打扰你。"

"刘叔好，"沈延卿的心里涌出一股暖流，他看着这位明显是天文台里的清洁工的老人，有些好奇，"您这是？"

"我一直在四号基地工作，前些年就退休了，"刘元知道沈延卿想问什么，他拍拍扫把，"孩子在上海安了家，前几年把我接过去了。可是去了以后我老生病，三天两头往医院跑，医生说是什么醉氧引起的并发症，给开了一大堆药，也没啥用。年纪大了，身体调整不过来了，和孩子们住着也不习惯，我就又回来了。说来也怪，一回到冷湖，身体就好了，看来这辈子哪儿都去不了咯。忙惯了，人也不能闲着，这不，就在天文台找了个杂活干着。这人啊，不能闲着，一闲下来就出问题。"

沈延卿望着这位前辈，一时间竟不知道说什么好，他有些手足无措："真没想到，还能在这儿见到您，我还以为……"

"冷湖地底还有石油，只是太难开采了，开采成本已经大于开采收益了，"刘元摆摆手，"但还是有一些人留了下来。小沈，你怎么回来了？我听说你母亲她……"

沈延卿的眼神暗淡下来："她去年去世了。"

刘元走到他身边，叹了口气，安慰道："看开点儿，小沈。这人啊，都有这么一天，这就是老天爷给地上的活物安排的命啊，谁都躲不过。在生死面前，人才是平等的。"

沈延卿点点头，脑海中却有一种奇怪的想法：人和人之间真的是平等的吗？他记得一位科幻作家曾经声称，第一位永生者可能已经出现了。这位永生者一定非常富有，他有充足的财力将最先进的医学手段应用于自身，并且能够一直追赶新技术出现的步伐，最终赶上将意识上传到计算机的技术突破，实现某种意义上的永生。姑且不论将意识上传这种技术是否真的可行，但在资本的面前，老天爷安排的平等也早就被打破了，富人的平均寿命早已远远超过了穷人。

沈延卿的沉默让老人有些不安，他有些歉意地说："对不起，我不该提你的母亲……"

"没什么，刘叔，"沈延卿轻轻摇摇头，"您说的没错，每个人都会有这么一天的。"

刘元微微点头，他把扫把放在一边，坐在沈延卿身边的台阶上："你是为天上那个家伙来的？"

沈延卿下意识地摇摇头，但马上又点点头。

"其实在哪里都能看到它吧，"老人说，"不过，冷湖这下可出名了，前一阵子可来了不少记者。"

沈延卿从老人的话语中没有听到担心，反而听出了一丝兴奋。老人还不知道"拉玛"身后跟随着彗星群的消息，可能他也不认为"拉玛"是毁灭者，但沈延卿不打算告诉老人这个爆炸性的新发现，就让这位老人晚一点儿再听到这个坏消息吧。

"您是怎么看的？"沈延卿突然想知道这位历经沧桑的老人是怎么看

待"拉玛"的，他指指天空，"您觉得它是什么东西？"

"还能是什么东西，"出乎沈延卿的意料，老人反过来安慰起沈延卿来了，"我一把老骨头了，也不太在乎它是来地球干什么的。不过，我知道咱们人类没有办法对它做什么，要是它铁了心是来毁灭我们的，那就是老天爷的安排了。该怎样就怎样，没必要哭也没必要闹，更没必要到处打砸抢，都没啥用。只要明天太阳还会升起来，就要继续过日子，别让别人看了咱们的笑话。再说了，我还真不相信那些外星人跑那么老远，是来专门毁灭地球的，咱们在地球上好好待着，也没招谁惹谁不是？说实话，它们要是想毁灭地球，随便丢几个彗星过来不就得了，就像灭绝恐龙的那种……干吗还要亲自跑一趟？没必要嘛。"

沈延卿没想到从老人的嘴里说出这么一番朴实而又有哲理的话，老人的观点与他的不谋而合。

"那您觉得，它们是来干什么的？"他饶有兴趣地追问道。

"我不知道，我哪知道，"老人坦率地摇摇头，"不过我觉得现在很多人都想得太多了，喜欢把事情想得太复杂。其实世间万物的道理都是相通的，外星人怎么了？它们那里 1 + 1 就不等于 2 了？外星人也是要讲道理的嘛，何况已经有那么高的科技了，咋还会像野蛮人一样话都不说就直接开战？当年就连日本鬼子侵略我们时，不还找了个借口吗？"

听了老人的话，沈延卿隐约觉得脑海深处有道灵光一闪，有些一直抓不住的东西似乎被老人的这番话触动了。到底是什么呢？他到底忽略了什么？

老人拍拍沈延卿的肩膀，然后站起身，郑重地说："小沈，我和你父亲认识很久了，你父亲是个好人，我今天说这些，你可别见外。我知道你们遇到事情了，可能有更坏的推测，但我要告诉你，半个世纪前，我和你的父亲都是第一批来到冷湖的石油人。那个时候，咱们贫油国的帽子还没摘掉，国际上没有人相信我们能在这片鸟不拉屎的荒地下面找到石油，后来我们做到了，我们真的在冷湖地下发现了石油，你知道为什么吗？"

沈延卿也站了起来，老人话语中的庄重打动了他，他问道："为什么？"

"心气儿啊，干什么都别丢了心头那口气儿，"老人说，"心气儿这种东西虽然看不见摸不着，但肯定在哪里都有。我看到很多人都没了心气儿，有的人整日酗酒，还有人跳楼自杀，还有人打砸抢。你说，杀死他们的是外星人吗？都不是，杀死他们的是他们自己。等外星人来到地球一看，嚯，我还没说我要来干什么呢，地球人就被吓得变成一群野兽了……你说说，这算个什么事儿？说实话，我也不知道外星人是来干什么的，但我知道，啥时候都别认怂，这可不是我们的作风。换句话说，要是真的会死，咱们也应该站着死。"

老人话语中的力量让沈延卿肃然起敬。他郑重地对着老人点点头，坚定地说："放心吧，刘叔，我记住您的话了。"

刘元走后，沈延卿陷入了深深的沉思。所谓大道至简，是不是面对这个前所未有的未知，所有人都把它想象得太复杂了，以至于忽略了什么？

沈延卿轻轻闭上眼睛，他想象自己走在一片旷野上，远方有一个白蚁丘，而这个白蚁丘很可能会对他的生存造成威胁。如果他决定去摧毁它，他会怎么做？

和白蚁丘对话？不，没有必要。

走上前去摧毁白蚁丘？不，他完全不必这么做，他有各种手段可以消灭这个白蚁丘。投掷汽油弹，散播专门针对白蚁的瘟疫，甚至发射一颗钻地导弹……相信这些白蚁在毁灭来临之际都不知道真正的毁灭者是什么。

退一万步讲，即使他一时兴起，想去白蚁丘现场杀灭白蚁，也没有必要绕一个弯子……

是的，没错，沈延卿突然睁开了眼睛，也许世间道理就是如此简单，只是人们把整个事情都想得太复杂了。沈延卿望向天空。是的，他喃喃自语着，答案再简单不过了，我会径直走上前，去烧毁它，摧毁它，而不是绕一条奇怪的弯路……

他终于在这个想法溜走之前抓住了它。"拉玛"的奇怪行为还有另外一个被所有人忽视的解释，它的目标真的是地球吗？

沈延卿冲回了会议室。这里的人已经不多了，除了王台长还有许橙和赵永生。赵永生完全无视了墙壁上大大的禁烟标志，一根接一根地抽着烟。

沈延卿走过去，一把夺过赵永生嘴里的烟扔到地上踩灭："老赵，还没到世界末日呢，你怎么开始带头违反禁烟规定了？"

"让他抽吧，"王台长无力地摆摆手，"到这时候了……只要不违法，想干啥就干点儿啥吧……"

"你到现在还不相信'拉玛'是毁灭者？"赵永生又从烟盒里掏出一支烟，"老沈，我欣赏你的乐观精神，可是彗星群肯定是'拉玛'用非自然的手段带来的。别骗自己了，正视现实并没有那么难……"

"不不不，你们听我说。"沈延卿转向王台长和许橙，许橙好像刚刚哭过，眼睛里还有泪光闪烁，沈延卿的心里不禁一痛，"我问你们，'拉玛'的轨道为什么不一开始就对准地球？"

"这有什么关系？"赵永生说，"即使'拉玛'再先进，从几千光年外的地方飞来，也可能开始时瞄不准。"

"是啊，"王台长也说道，"我明白你的意思，'拉玛'的目标如果是地球，在它进入太阳系的时候，它的轨道终点就应该是地球。但这说明不了任何问题，再高明的水手都不可能在一开始就设置好航线。"

"没错，但'拉玛'可不是操纵独木舟的水手，而是一个远超人类想象的超级文明。"沈延卿严肃地说，"可是彗星呢？查一下彗星轨道吧，我敢打赌，它们的目标肯定不是地球。你们可别告诉我，'拉玛'从柯伊伯带带来的彗星也需要进行轨道校正。"

许橙的眼睛亮了起来，而王台长则苦笑着看了沈延卿一眼："小沈，你是不是真的觉得这个世界上有超级英雄啊？你真的以为就你一个人想到了这一点吗？"

"什么？"不仅仅是沈延卿，许橙和赵永生也将惊讶的目光投向了王台长。

"你们还不知道吧，自从'拉玛'出现以后，早就有很多国家的科学小组计算了它的轨道，当然还有彗星群的轨道。没错，它们的轨迹的确不是对准地球的，如果'拉玛'和彗星群不在越过木星轨道后进行变轨，它们就会冲向火星。"王台长说，"但是谁会相信'拉玛'穿越上千光年来到太阳系，目标居然不是地球？看看吧，早就有科学小组试图在联合国大会上向各大国说明此事，但你们都看到了，即使各国政府相信，这个世界上的人有几个会相信？和平时代就有人相信美国51区藏着外星人，火星和月球背面藏着外星城市，地球其实是平的，埃及金字塔是由现代水泥造的……你们太高估人类的理智了。这个时候了，谁还会相信政府？"

"如果有证据呢？"沈延卿喘着粗气，直视着王台长。

"证据？除非'拉玛'亲自向人类说明。"王台长摆摆手，"但是你们也看到了，'拉玛'对人类的呼叫从来都是置之不理。"

"我会找到证据的。"沈延卿脱口而出，他说出这句话之后也愣住了，他不知道为什么自己会这么说……但不知道为什么，沈延卿隐隐地觉得证据就在眼前。

"好吧，希望你还有足够的时间。"王台长点点头，站起身向外走去，经过沈延卿时，王台长拍拍他的肩膀，"小沈，我认识你的父亲，他是个好工人，也是个好兄长，你身上这股韧劲儿很像他。"

沈延卿沉默着没有说话，王台长叹了口气，抬脚走了出去。

"老沈，歇歇吧！"赵永生劝道。

"是啊，沈工，哪里能找到什么证据啊？"许橙也红着眼睛说。

沈延卿一言不发，拔腿就走。他需要证据，而且必须是具有说服力的证据。沈延卿的心脏怦怦直跳，他知道现在的每一分钟都变得无比珍贵，谁也不知道群体性的疯狂什么时候会引燃第一颗核弹。如果有第一颗核弹爆炸，那么人类文明的命运就提前确定了。

证据，证据，能让人类文明重回理智的证据，到底在哪里？

当沈延卿回过神来的时候，他发现自己正坐在观测室里，眼前的电脑屏幕上正显示着上一次异常光波辐射的数据。不知道为什么，他已经回到了观测室，而且不知不觉打开了异常光波辐射的数据。

异常光波辐射……

不知道为什么，沈延卿的心底涌出一股冲动，也许俄博梁深处真的有赞神的宫殿？

这个念头一出现，沈延卿自己都被吓了一跳。俄博梁深处……一些模糊的画面闯进他的脑海，他不确定自己到底有没有去过俄博梁。沈延卿站起身，走出天文台。在冷风中，他望向俄博梁的方向，那里没有地光，只有一片化不开的黑暗。

沈延卿回到观测室，跌坐在椅子上，渐渐沉入梦乡，很快他就做了一个梦：

一个赤着脚的小男孩在荒野中奔跑，向着远处群山的光芒，脚下是一条银白色的小路。他不知疲倦地奔跑着，一头红色的巨兽拦住了他。

"站住！"红色巨兽像小山一样高，小男孩认识它，它是矗立在俄博梁荒原上的一个红色土堡。白天的时候，它和其他土堡一样，是趴伏在荒原上的死物，当夜晚来临，这个土堡就站起身，在黑夜中伸展开自己的身躯。此时，它就站在小男孩的前方，挡住了小男孩的去路。

小男孩有些惊慌，他停住了脚步，小小的身体被红色巨兽投下的阴影淹没。

这时，另外一个声音出现了。一个巨大的钢铁巨人从他身后走来，越过小男孩的头顶，向红色巨兽冲去。两个巨物很快就缠斗在一起，小男孩趁机从它们身边溜过，继续前进。一路上，无数的红色巨兽出现，每一次都有钢铁巨人保护他。

不知道过了多久，小男孩终于走到了光的尽头，那是一座由黄金和绿玉打造的宫殿。宫殿的红色大门上镶嵌着玛瑙和珊瑚，小男孩推开了大门。

大门后面什么都没有，除了黑暗，只有一片虚空。大门在他身后关闭了，发出沉重的声响，小男孩转过身，大门也消失在了一片黑暗中。小男孩害怕了，他伸出手去摸近在咫尺的大门，却什么都没有摸到，大门消失了。

小男孩想往前走，但地板也消失了，他飘浮在黑暗的虚空之中。他失去了方向感，分不清上下左右，也不知道自己身处何处。小男孩害怕了，他张开嘴，正要哭出声时，黑暗中有什么东西出现了。起初是一些微弱的光点出现在他的四周，但很快，模糊的光芒就变得更加清晰了，小男孩忘记了恐惧，他惊奇地瞪大了眼睛。虚空中到处都是奇异的光点，远处有无数的光点聚集成像草帽和螺旋一样的形状在缓缓地旋转。

他看见黑暗的虚空中到处都是美丽的光点，这是光的大海，他仿佛身处星空之中。啊，这一定是银河，小男孩想起自己曾经在楼顶看见的那条美丽的光带。这是银河啊，那条银白色的小路真的把自己带到了银河中。

小男孩张开手臂，他感觉自己向前飞去，无数的光点从他身边掠过，他欢笑着在星海中畅游飞舞。

……

一个星系被拉近，那是一颗拥有四颗行星的淡黄色太阳。小男孩惊奇地瞪大双眼，他看见其中一颗星球是蓝色的，在阳光下熠熠发光，像一颗晶莹脆弱的玻璃弹球。他不由自主地向那颗星球飞去，只见黄绿相间的大陆上飘浮着朵朵白云，两极白色的冰冠就像晶莹的钻石般闪耀。沈延卿的视角和小男孩重合了，他也惊奇地瞪大了眼睛，这不是地球，但无疑是一颗生机勃勃的生命星球。

他甚至看到了大陆上有城市和道路，头上长着奇异触角的生灵们在广场上载歌载舞。突然，一片阴影如潮水般涌来，生灵们惊恐地望向天空，只见一颗巨大的小行星遮住了它们的太阳，而且向这颗星球极速冲了过来。

星球上的生灵们惊恐地四处逃散，但它们却注定无路可逃。小男孩看着那颗小行星闯进了蓝星的大气层，变成一团熊熊燃烧的火球。伴随着一声震耳欲聋的爆炸，火球分崩离析，毁灭的天火从天而降，落在远离陆地的海洋里。从太空中能看到高达数千米的巨浪组成的圆环形"死亡之墙"向四周扩散开去。死亡之墙很快就撞击了陆地，宏伟的城市像沙滩上的城堡般被淹没了。但这不是全部，小行星撞击到了海床，甚至直接撞裂了地壳，岩浆喷射而出，冲进大气层，然后化为覆盖全球的陨石雨重新落回地面。全球的火山都开始剧烈喷发，毒气四散，这个祥和美丽的世界在瞬间就变成了火海地狱。

小男孩惊恐地转身逃离，不知道过了多久，他看到了另外一个星系，一个绿色的海洋星球围绕着一颗散发着温暖光芒的红色恒星转动。这个星球没有陆地，一种看起来纤细脆弱的绿色生物在海底建立起了巨大的城市，无数绿色生物在阳光下的海水里嬉戏欢唱。但距离这颗行星十光年以外的一颗超新星爆发了，袭来的宇宙射线和高能粒子吹散了大气层，吹干了海洋，所有的生命都在宇宙射线的洗礼下变成了灰烬……

小男孩飞过一颗又一颗有生命的行星，看着它们一颗又一颗地毁灭，每一个文明的死亡过程都不相同。甚至有一个行星被闯入本星系的黑洞吞噬，进入视界的行星被拉成了长条状，小男孩惊恐地看到行星上还有生命尚未死去，一个母亲抱着它的孩子恐惧地望着天空，不甘的眼神永远定格了，和它们惊恐的面容一起永远凝固在扭曲的时间之中。

小男孩不禁放声大哭，他感受到生命最原始的感情，即使一个黏菌都有的本能——对死亡的恐惧。

但是更多的星球并不是毁于宇宙灾变。场景倏然变换，沈延卿发现自己正走在一片巨大的废墟之中。无疑，这是一个外星城市，高耸入云的银色高楼如丝线般直插云霄，和同步轨道上的巨大结构相连接，数不清的建筑被密封的圆环轨道几乎连成一片。然而此时，这个城市已经被遗弃，紫色的藤蔓缠绕着大楼，破碎的轨道早已断裂，无力地垂落着。

沈延卿走过一个个荒无人烟的星球，一片片文明的废墟无声地诉说着这些文明曾经的辉煌，他甚至看到一个巨大的人造城市悬浮在一颗行星的同步轨道上空，但透明的防护罩早已支离破碎，没有任何灯光，只剩一片黑暗的死寂。

毁灭，到处都是毁灭之后的废墟，就像地球上让科学家百思不得其解、突然放弃城市遁入丛林的玛雅文明留下的废墟，又像冷湖老基地……

冷湖？意识倏然苏醒，30年的时光交错，小男孩的身影和沈延卿的身影重叠在一起……

沈延卿睁开眼睛，观测室里刺眼的灯光一时让他没有回过神来。过了好一会儿，沈延卿才从这个荒诞的梦里回到了现实。

他移动鼠标，已经黑掉的屏幕亮了起来，不知道为什么，沈延卿突然觉得，这些看起来杂乱无章的数据里一定隐藏着什么。他工作了整整一夜，天亮后，满眼血丝的沈延卿给王台长打了个电话。电话一接通，沈延卿就简单地说："我想，我已经找到证据了。"

半个小时后，闻讯赶来的王台长在观测室见到了沈延卿。

"什么证据？"一进门，王台长劈头就问。

"王台长，我需要你先回答我几个问题。第一，你知道地光吗？"沈延卿先反问道，王台长注意到他虽然神情憔悴，但两只眼睛却炯炯有神，"我是指冷湖的地光。"

"当然知道，"王台长点点头，急切地说，"和地光有什么关系？"

"那么，这种地光是主流科学界描述的地光吗？"沈延卿抛出第二个问题。

"不，"王台长果断地摇摇头，"这不是地震光，这是一种未知的自然现象。"

"第三个问题，这种现象真的是自然的吗？"沈延卿再次问道。

王台长惊奇地看着沈延卿："你到底想说什么？"

沈延卿从桌子上的一堆资料中抽出一张写满了编码的纸，递给王台长："前几天早上，我看到了异常光波辐射从俄博梁的方向射出，我本来以为是错觉，但仪器可不会撒谎，天文台记录了这次的数据。看看吧，我都发现了什么？"

王台长接过白纸，只扫了一眼，就大为惊骇地抬起头看向沈延卿，脱口而出："阿雷西博信息?！"

"没错，"沈延卿点点头，他加重了语气，"有'人'在俄博梁深处发射了阿雷西博信息。"

火星

王台长惊骇地坐直了身体："这不可能！"

"台长，你已经看到了，"沈延卿指指那张纸，"这就是事实，这个编码和阿雷西博信息的编码方式完全一致，区别就在于，这条信息标示的不是地球，而是火星！"

阿雷西博信息是1974年阿雷西博天文台为了庆祝天文台完成改建，以25 000光年以外的球状星团M13为目标发射的编制信息。发射的信息中包含了一段地球坐标的信息，其中位于第三位的地球被抬升了一格，以表示此信息来自地球。但沈延卿破译的这段信息中的一段和阿雷西博信息稍有不同，地球的位置没有被抬升，反而是位于第四的火星被抬升了一格。

"可是如果这是真的，这意味着什么，你知道吗？"王台长喃喃自语。

"这意味着俄博梁深处藏着一个'拉玛'超级文明的信息发射基地！"沈延卿斩钉截铁地说。

"可是这说不通啊，"王台长抓着自己的头发，"这种地光可是在古代就有了……"

"很简单，发射基地一直都在那里。"沈延卿打断他，"凭什么认为发射基地是最近新建的？"

"即使你说的是真的，'拉玛'人为什么要使用阿雷西博编码方式？"

"第一，'拉玛'人收到了人类发射的阿雷西博信息；第二，'拉玛'人希望我们看到这条信息，它们在试图用这种方式和我们对话！"沈延卿的双眼闪闪发亮。

"我还是觉得，这也太邪门了。"王台长还是觉得难以置信，"如果'拉玛'人想和人类对话，它们为什么不直接现身，为什么要绕这么大的弯子？"

"我不知道。"沈延卿摇摇头，他有些激动地说，"王台长，你一定要相信我，上一次的数据记录并不完整，我只能破译出这条信息。我们不能用地球人的思维去揣测一个超级文明的举动。这就是证据，它们的目的地确实是火星，它们根本不会变轨的！"

"我会把数据发给上级，我现在就给中科院打电话。"王台长一咬牙，立即站起身，"都这会儿了，被当成疯子也无所谓了，相不相信就看上面怎么看了。"

"谢谢你，王台长。"沈延卿激动地握住王台长的手，"他们一定会相信的，一定会的。"

"最后一个问题，"临走前，王台长看着沈延卿，问道，"你为什么会想到这么做？"

"我不知道，"沈延卿说，"我不知道自己为什么会跑来分析这些数据，要是你非要知道一个答案，那只能说是直觉吧。"

"直觉？你的直觉可能已经拯救了这个世界。"王台长点点头，"如果你是对的，沈延卿，历史会记住你的，我们要赶紧在人类玩死自己之前把这条信息公布出去！"说完，王台长就急匆匆地走了。

沈延卿顿时瘫软在椅子上，他的脑海里却一直在想，真的是直觉吗？为什么他会跑来分析这些看起来明显无用的杂乱数据？是不是潜意识里，他自己早就怀疑俄博梁深处藏着什么？

头痛又袭来了，沈延卿紧紧地抱着脑袋。到底怎么了，为什么一想到俄博梁深处，他就头痛欲裂？他困倦地拖来一张睡袋，钻进去，很快就睡着了。

当他被王台长摇醒的时候，天已经大亮了。

"没人相信你。"王台长焦躁地说，沈延卿的心顿时沉到了谷底，"所有人都认为这只是巧合，没有人相信俄博梁深处藏着一个超级文明的发射基地。"

"可是那些编码，你看到了……"沈延卿几乎跳起来。

"巧合，这几行编码是从数万行数据中寻找到的，他们认为这只是巧合。"王台长摆摆手，"所有的数据都发给了中科院，中科院很重视这个消息。本着负责任的态度，我们马上就把所有的数据和你的分析结论发给了所有的国际小行星中心成员国，但是希望不大，看起来不会有多少人支持你的结论。"

沈延卿绝望地看着他，喃喃地说："可是它们就在那里啊……"

"好消息是，一个小时前召开的联合国紧急会议已经做出了决议。虽然没人认为你是对的，但全世界的政府都会采用这个结论，向全世界进行权威发布，"王台长说，"至少，你可能制止了人类的自我毁灭。"

"拉玛"和彗星群的目标不是地球，而是火星，这个消息迅速由各国官方向社会公布，顿时引起了轩然大波。

但科学界还是不太明白，如果"拉玛"是来征服太阳系的，为什么会选择火星？如果驾驶"拉玛"的外星智慧生命体的身体是适应火星环境的，那么那些彗星又是什么目的？难道火星上真的存在不为人知的秘密，以至于给外星人造成了巨大的威胁？但不管怎么样，按照人类目前的技术水平，显然不可能与这种外星智慧生命体进行对抗。

同时，各大国纷纷宣布进入紧急状态，各大城市都开始了宵禁。各国武装力量纷纷走上街头，开始使用之前从未使用过的暴力手段控制局势。渐渐地，席卷全球的恐慌被平息了下去，城市里此起彼伏的爆炸声和点燃汽车的硝烟也逐渐消失了。但是互联网上的阴谋论和流言却依然甚嚣尘上，世界末日论者们拒绝相信官方的声明，他们宣称联合国安理会常任理事国以及日本和德国等大国早在多年前就知道"拉玛"来袭，而且已经建立起了秘密庇护所。甚至还有更耸人听闻的说法，有人宣称"拉玛"其实是耶和华的审判之剑，审判日即将到来。

在此之后，各大天文台都给出了同样的测算结果，佐证了冷湖的光波信息："拉玛"和它身后的彗星群的目的地的确是火星。根据最新修正的数据，如果"拉玛"和彗星群不进行变轨，"拉玛"将成为火星的卫星，而彗星群将轮番撞击火星。一时间，关于火星的阴谋论沸沸扬扬，相信官方通报的人们在庆幸地球不是目标的同时普遍认为，火星上一定存在某些让外星人忌惮的东西。关于火星的科幻小说再度开始畅销起来。火星曾经是最令地球上的人们着迷的行星，在古老的时代里，火星神秘的红色和飘忽不定的轨道让古人感到不安。埃及人将其视为农耕之神，中国人将其视为不祥的象征，希腊和北欧人则认为它是战神的化身。夏帕雷利用望远镜观测到了火星上存在大量的"火星运河"和因为季节而变换颜色的植被；在乔治·威尔斯的笔下，从火星飞来的驾驶着三足机器的火星人几乎摧毁了整个人类文明；在雷·布拉德伯里的《火星纪事》中，火星是充满诗意和浪漫之情的世界；而斯坦利·罗宾逊的《火星三部曲》则展现了一部波澜壮阔的火星征服史。

从20世纪60年代人类开始进行火星探测之后，人类已经发射了数十个探测器接近这颗地球的兄弟行星，其中有六辆探测车成功在火星表面着陆，并且发回了大量信息。但是，火星对人类来说，还依然充满了谜团，除非人类自己登陆这颗古老的行星，否则人类很难彻底揭开这颗行星的秘密。很多科学家都坚信，几十亿年前的火星曾经有过一个拥有潮湿大气和海洋的时期，生命曾经在火星上萌芽，而且即使在今天，火星的深处仍然可能存在着生命。

火星，这颗充满魅力的红色星球，再次成为全人类的焦点。

冷湖旧梦

一天，赵永生告诉沈延卿："许橙走了。"

"啊？走了？"沈延卿一时没有反应过来，他下意识地问，"去哪儿了？"

"她的父母来了，"赵永生叹了口气，"把她带回扬州了，但她说她还会回来的。"

"什么时候的事？"沈延卿的心里突然感到空荡荡的，他这才意识到，今天没有在观测室里看到许橙。自从沈延卿回到冷湖，这个江南姑娘是天文台最亮的一抹色彩，让冷冰冰的现实多了一丝温暖的颜色。自从发现彗星群之后，剩下不多的来自内地的工作人员也陆续离开了，并不是所有人都相信"拉玛"和彗星群的目的地是火星。但是许橙却从来没有透露出想要离开的想法，沈延卿也从未开口询问过，也许他的潜意识里害怕许橙离开……

"昨天，"赵永生说，"她是悄悄走的，她说不想惊动任何人。"

沈延卿沉默了几秒钟，开始扒拉起桌上的一沓沓资料和照片。他对赵永生说道："我一直在推算彗星群的质量，我越来越相信我的推断是正确的。老赵，你知道吗，很多科学家都提出过火星地球化的改造方法？如果想快速地改造火星，最快的方法就是牵引大量含水的彗星撞击火星，但是只有彗星是不够的，你看看这个——"沈延卿从桌子上的一叠图片中找出一张，指着上面的一颗亮点说："我今天早上在彗星群里发现了这个。这不是彗星，它和其他彗星不一样，它没有彗尾，很可能是一颗含有氨的巨大冰冻小行星，这颗小行星的撞击会释放大量的温室效应气体，加速火星海洋的形成……"

赵永生把手放在沈延卿的肩膀上，止住了他的话。他看着沈延卿日益消瘦的脸庞，只有一双眼睛还算明亮，说："老沈，休息下吧，不管'拉玛'真正的目的地是哪里，你提出的火星假说显然被上头采纳了。你能想到这个可能，已经非常不容易了。"

"可是没有人相信我的结论，你也看到了，"沈延卿苦笑道，"他们采纳我的结论，不代表他们相信，只是这个结论可以被用来稳定局势。说实在的，我自己都开始怀疑这些信息真的有可能是巧合。如果'拉玛'的目标其实还是地球，那么我这么做就太残忍了，亲手给了人类一个希望，又把它打碎……"

"你想太多了，老沈。"赵永生拍拍他的肩膀，"没人能当什么救世主。不管怎么样，秩序正在恢复，至少我们不会自己毁灭自己了……"

"说实话，你相信俄博梁深处藏着'拉玛'人的发射基地吗？"沈延卿打断他。

让沈延卿失望的是，赵永生沉默了一会儿，最终还是摇了摇头："对不起，老沈，我不想骗你，我也觉得这只是巧合……"

"没事，我知道。"沈延卿颓唐地摆摆手，"毕竟，'拉玛'人用这个飞船和一系列彗星来改造火星的说法也太……荒唐了。很早之前，NASA曾经进行过火星地球化的评估，得出的结论至少也要数千年的时间才可能把火星改造成适合人类生活的环境。而且，改造火星的重点是它的内核。火星的内核已经冷却了，至少已经停止转动了，所以火星没有磁场。没有磁场，火星就没有办法抵御太阳风的侵袭，大气层会被不断剥离。如果解决不了磁场的问题，所有的改造就都是在沙滩上建造高楼。火星变成今天这样，可不只是表面出了问题，这颗行星从里到外都出问题了，现在人类还没有想到任何可行的方法来重启火星地核。我真不知道'拉玛'要怎么做，也不知道它为什么要改造火星，我真担心自己的一切推测都是错的……我不断地说服自己，又不断地推翻先前的结论，我都要发疯了。"

"它们是'拉玛'，是一个能够建造直径40公里的飞船，而且能进行恒星际旅行的文明，"赵永生说道，"它们很轻易地就调动了大量彗星群，这说明'拉玛'拥有人类无法理解的技术。也许对于它们来说，改造一颗行星根本就是举手之劳。"

"你说得对，"沈延卿沉思了一会儿，才说道，"是我钻牛角尖了。我们不了解'拉玛'，不了解它们的思维方式，不了解它们的价值观，历史上也没有任何可以借鉴的例子……我们不能用人类的思维去揣测'拉玛'的行为……"

"为什么不想想好的一面呢？彗星群的发现至少说明了'拉玛'不是毁灭者，它们想摧毁地球，只需要稍微改变一下彗星的轨道就可以了，"赵永生再次拍拍沈延卿的肩膀，"就像你一开始提到的，如果'拉玛'是毁灭者，它根本没必要如此大费周章。"

"时间不多了，我们很快就会知道了。"沈延卿叹了口气，愣愣地盯着眼前的照片。老赵说得没错，"拉玛"距离火星还有不到一个月的路程，距离变轨点已经只剩下12天。如果"拉玛"的目标不是火星，那么12天后，"拉玛"将变轨，飞向地球。但沈延卿始终觉得，自己是对的，他也在等待着。但等待的现象不在天空，而在俄博梁。

人类又开始了新一轮的等待，但是这一次，人们的心态有了很大改变。不管怎么样，"拉玛"的到来已经开始将人类文明的方向扭转了，有不少团体和官员认为人类应该大力发展太空技术，不应该再沉迷于娱乐中故步自封。甚至有激进团体要求政府取缔虚拟现实游戏，将更多的资金注入SpaceX等公司，并扶持更多的民间太空公司，重启人类的太空时代。

而彗星群的出现也让各个暗中备战的太空大国的准备失去了意义，人类连"拉玛"都没有把握摧毁，更不用说它身后庞大的彗星群了。而且彗星群的出现更是排除了"拉玛"是幽灵船的可能，联合国已经正式做出了2231号决议，禁止任何国家擅自发动对"拉玛"的攻击行为。

没有等到变轨点的到来，沈延卿却再一次等到了地光。

这一次的光波辐射异常强烈，天文台的主望远镜和三个辅望远镜都记录下了这次的辐射。不仅如此，冷湖镇的人们也都看到了。凌晨两点半，很多人被窗户外的强烈光线照醒。光线是如此猛烈，以至于很多人以为太阳提前升起了，还有人以为"拉玛"和彗星群已经进入了大气层。

好奇的人们纷纷走出家门，他们看到了让人终生难忘的景象。光线并不是来自天空，而是从赛什腾山脚下射出，直射苍穹，有如极光般在天幕涌动，整个冷湖地区如同白昼。

　　正在天文台值守的沈延卿和赵永生也发现了异常，观测室里也突然充满了奇异的光线。但是这一次的光波辐射持续时间并不长，仅仅过了三分钟，光线就突然消失了，仿佛是有人关掉了开关。这一次的光线是如此猛烈，以至于同步轨道上的卫星都清晰可见。但是这一次地下发射的不仅仅是可见光，不管是地面的天文台还是轨道上的卫星，都同时监测到了大量看不见的伽马射线。

　　"天啊！"赵永生走到窗前，看着天幕上涌动的光线，剧烈的光从俄博梁的方向发出，射向苍穹，天际的云层在光波的照射下疯狂地涌动着，"怎么和我记忆中的不一样？"

　　沈延卿也震惊地走到窗前，只见强烈的光芒从群山背后射出，照射在云层上，整个云层都被地光照亮，又被反射回大地。冷湖镇似乎一夜之间进入了白昼，远远望去，甚至可以清晰地看到冷湖老基地和五号基地的废墟也沐浴在一片银色的光辉之中。沈延卿以前见过地光，但是从未见过如此强烈的地光。如果说之前的地光是微弱的萤火之光，那么眼前所见则是一团爆裂的火焰。

　　但这不是结束。突然，一道蓝白色的光柱从群山后面升起，直射苍穹。事后，沈延卿不确定自己是不是听到了声音，但他分明感觉到一股不属于人间的力量在地层深处涌动，耳边传来黄钟大吕般的轰鸣。那一刻，沈延卿似乎感受到了整个大地都在律动。光柱仅仅持续了不到一秒钟就消失了，视网膜上的残影却持续了许久。光柱消失之后，地光渐渐地微弱下来，也很快就消失了，大地重新回到了一片黑暗之中。过了好一会儿，云层散开，人们才重新看到裂缝中的群星。

　　"这……"赵永生也瞪圆了双眼，"有人在俄博梁放烟花吗？"

光谱分析仪几乎要瘫痪了，这一次，所有的望远镜和探测仪都记录下了光波辐射。

绚丽的光波虽然已经在现实中消失了，但仍在沈延卿的脑海中回放。他有些恍惚，一时间还没有从刚才的震撼中缓过来。某些最隐秘的记忆被触发了，无数的记忆碎片从记忆之海的深处翻涌上来，他见过这种场景，但已经分不清是幻梦还是现实。他突然想起了那个解开密码的夜晚做的梦，那真的只是一场梦吗？

更多的记忆在复苏，他能清晰地察觉到记忆之海的坚冰在破碎。

"我以前好像见过这种景象……"沈延卿慢慢地说。

"废话，我也见过啊。那次看完《焦裕禄》回家的路上，很多人都见过啊。"赵永生说。

"不，"沈延卿有些焦躁，"不是那一次，我是说，后来我好像又见过一次……"

"什么？"赵永生困惑地看着他，"我怎么不记得了？"

"我是说，我还见过一次……"沈延卿努力回忆着，一些记忆碎片突破了意识的封锁浮出水面，"那不是梦……"是的，沈延卿慢慢想起来了，那一次看完电影回家的路上看到的地光，是他第一次见到地光，但不是最后一次。

破解密码的那个夜里做的梦，真的只是一场梦吗？会不会是缺失的记忆？他渐渐想起来，睡梦中的自己惊醒了，他钻出被窝，趴在窗台上兴奋地看着远方的地光……

但是后来发生了什么，他却什么都不记得了。他只记得第二天没有去幼儿园，家里多了很多叔叔阿姨，还有妈妈流着泪的脸……

等等，妈妈流着泪的脸……沈延卿悚然一惊，妈妈为什么会哭？那天晚上到底发生了什么？

　　也许是看到沈延卿的表情不对，赵永生拍拍他的肩膀说："老沈，别硬撑着了，你先休息一会儿。"

　　沈延卿没有应答。他面无血色，冷汗直冒，无数的记忆碎片从他的脑海深处泛起，虚虚实实，六岁时的记忆混杂了多少梦境和瑰丽的想象？那个梦境是如此真实，那种在宇宙中穿行的感觉如此逼真美妙，那些被摧毁的画面又是那么清晰可见，还有那个永恒的不甘的眼神充满了对生的渴望和留恋，仿佛是对宇宙发出的拷问……沈延卿不禁浑身一抖，简直太真实了。他不禁开始怀疑，为什么他对星空如此着迷，为什么高考时他毫不犹豫地填了与天文学相关的专业，为什么会回到冷湖，为什么会下意识地去分析那些数据……难道这一切都是因为六岁时的那次经历？难道刚才所回忆的根本不是一场幻梦，而是曾经发生过的真实？是不是他潜意识里知道俄博梁深处藏着什么？为什么他能精确地从浩如烟海的数据中提取出有价值的信息，并且用阿雷西博编码进行破解？

　　这么多年来，沈延卿一直回避着那个记忆之海中的雷区，但他知道，在他的记忆之海中深藏着什么秘密。虽然这个秘密被他的潜意识封锁在一扇钢铁大门之内，但是，一些碎片还是顽强地从大门的缝隙里钻出来，影响着他的生活，甚至影响着他的人生……

　　真的是冥冥之中命运让他回到了冷湖吗？真的是命运让他选择了天文学作为一生的追求吗？

　　沈延卿靠在沙发上，闭着眼睛，十指却深深地抓进沙发里，甚至将皮革都扎破了，他的额头上也出现了豆大的汗珠。

　　"永生，你还记得格桑爷爷家的花园吗？"沈延卿艰难地问道。

　　赵永生很担忧地看着沈延卿，过了好一会儿，他才慢慢地说，声音中透着浓重的关切："老沈，我早就知道你有一些精神上的问题，看起来地光就是刺激源。我看你先去南京吧，我马上给你订票，冷湖——"

"回答我，"沈延卿粗暴地打断他，"快回答我！"

"老沈，"赵永生的声音充满了无奈，"哎，基地里喝的水都不够，哪有什么花园啊！"

听到老赵的话，不知道为什么，沈延卿的鼻子一酸，眼泪差点儿滚落下来。原来根本没有花园，没有什么格桑爷爷，也没有卓玛的故事，一切都是他幻想出来的。可是，他为什么要幻想出这一切呢？一定是从雷区泄露出来的记忆让他的潜意识感到困惑，为了自圆其说，幼小的沈延卿在大脑里虚构出了辅助的情节，随着时间的推移，逐渐变成了他脑海中确信不疑的"真实"记忆……

"那卓玛的故事呢？"沈延卿再次问道，"我明明记得格桑爷爷给我们一起讲过卓玛的故事，卓玛连续三天丢了羊，然后去了赞神的宫殿，然后……"

看着沈延卿希冀的目光，赵永生还是摇摇头："我不知道这个故事。老沈，没有什么格桑爷爷的花园，也没有格桑爷爷的故事。"

"原来是这样，"沈延卿喃喃地说，"原来所有的一切都是我想象出来的……"但更多的疑惑从他脑海里浮现，他突然急切地问道："我父亲……他是怎么死的？"

赵永生移开了目光，仿佛不太愿意谈论这个话题。"火灾，"他简单地说，"你知道的……"但是他闪烁不定的目光出卖了他。

"火灾……"沈延卿仿佛是在自言自语。没错，在他的记忆里，父亲死于一场火灾，一个储存石油的油库起火，父亲端着水盆冲进了火海，再也没有出来……

一直以来，沈延卿都对这个记忆深信不疑，父亲是一位死于救火的英雄。但现在，封存的记忆大门再次被推开一个小缝隙，沈延卿不禁开始怀疑：油库起火，怎么会端着水盆去救火？这明显是违反常识的。这个让他深信不疑的细节很明显是一个幼稚的孩子对救火的最直接的想象。

父亲真的是死于火灾吗？沈延卿的信念大厦出现了一条难以弥补的裂痕，裂痕慢慢扩大，如蛛网般迅速布满了大厦全身。

他浑身颤抖了一下，直视着赵永生："老赵，别骗我了，告诉我，我的父亲是不是死于火灾……"

赵永生叹了口气，目光里充满了同情，他似乎终于下定了决心，也加重了语气："沈延卿，我可以告诉你，但你千万保持冷静，不要激动，那不是你的错……"

沈延卿点点头，他充满希冀地看着赵永生，心底却泛起一丝冰冷的恐惧。

"你六岁那年的事情，我也听说了。那是1990年，北京开亚运会那年。不知道为什么，你在半夜离家出走了，很多人都出去找你，天快亮的时候才在俄博梁方向的镇子外面的荒野里发现了你。所有人都以为你在镇子里的某个角落，他们找遍了电影院、学校……只有你父亲认为你去了俄博梁……事实证明，他是对的……"

轰然一声巨响，记忆的闸门被彻底打开，被隐秘封锁的记忆如冲破堤坝的洪水喷涌而出，将沈延卿这么多年来一直虚构的记忆冲得粉碎。

沈延卿终于想起来了。那个夜晚，赤脚的小男孩沈延卿看到了俄博梁深处发出的绚丽地光，兴奋地冲出门，向俄博梁奔去。奇怪的是，按理说，一个六岁的孩子即使奔跑一整夜也跑不了多远，更何况荒野里还可能有游荡的孤狼。但是沈延卿分明记得自己跑到了群山之中，走近那片奇异的光，但下一个记忆就是自己在离五号基地不远的荒野里游荡，一群人打着手电筒向他跑来，但那其中没有父亲……

没有人相信他的话，他反复告诉大人们，他看见了地光，他沿着银白色的小路在钢铁巨人的护卫下走进了赞神的宫殿……但是没有人相信他，直到母亲愤怒地揪着他的耳朵让他闭嘴！人们把他带回了家，但是父亲却一直没有回来。他又冷又怕，独自蜷缩在小床上睡着了。

"后来……"赵永生似乎不太情愿谈起这个话题，"大家都说你的精神不太正常了，你跟所有人都说你去了赞神的宫殿，还去了天上之类的话……"

"我的父亲，"沈延卿轻轻打断了赵永生，"他是不是死在了找我的路上？"

赵永生沉重地点点头："你别自责，那不是你的错，你那时候只是个六岁的孩子……"

"他迷路了，遇到了狼群，对吗？"沈延卿自顾自地问道，更多的坚冰碎裂，记忆的洪流从裂缝中喷涌而出。他逐渐想起来了，根本就没有发生什么火灾。

沉默了一会儿，赵永生才慢慢说："按理说当时的冷湖镇周围应该没有狼群了，狼群是怕人的，但是谁也不知道那群狼是从哪里冒出来的。伯父他……"他犹豫了一下，才继续说下去："天亮之后，大人们才找到他……他的遗骸。"

原来是这样，原来这才是真相。沈延卿终于想起来了。第二天，他看到母亲流着泪的脸，人们的窃窃私语和看向他的目光，有同情，有冷漠，还有怨恨——来自母亲的怨恨的目光。小沈延卿隐约知道发生了什么，他却一直倔强地没有哭，甚至在父亲的葬礼上，沈延卿也紧紧地闭着自己的嘴巴。在接下来的一个月里，沈延卿没有说一句话，也没有掉一滴眼泪。直到母亲带他离去的前一天，沈延卿看到父亲养的金鱼漂在腥臭的水面上，他才放声大哭。

从此以后，沈延卿就自我封闭了这段记忆。随着年龄的增长，他真的把这段可怕的记忆遗忘了，并且在脑中虚构出了一段记忆来填补这块空白。以至于多年以后，沈延卿对自己"虚构"出来的这段记忆深信不疑。

他终于明白了为什么周围的人从来不提及父亲的事情，原来是他害死了自己的父亲。如果不是他在半夜跑出家门，父亲也不会……

多年积累的悲伤之潮从他的脚底升起，沈延卿紧紧地捂着脸，任凭悲伤的潮水把自己淹没。过了好一会儿，沈延卿的情绪才稍微平复了一些，理智慢慢地回到了他的脑海，他终于真正意识到发生了什么。

仿佛一道闪电撕破云层，沈延卿突然全都明白了。

如果那不是梦，他的精神没有问题，六岁的沈延卿说的那些话就不是撒谎。他真的走进了赞神的宫殿，他走进了"拉玛"的发射基地！他真的看见了星辰大海……

"我不是疯子，我不是疯子……"沈延卿突然站起身在地板上来回地奔跑，又哭又笑，嘴里一直重复着，"我不是疯子，都是真的，我真的看到了，我没有撒谎……"赵永生顿时被吓坏了，他起身拦住沈延卿："老沈，你……你没事吧……"

沈延卿却突然站住了，他愣愣地看着赵永生，没头没脑地说了一句："加氧棒。"

"什么？"赵永生更担忧了，看起来沈延卿好像真变成了一个疯子。

"我是说，上次的数据不是巧合，俄博梁真的有'拉玛'的发射基地，"沈延卿说道，目光沉静，"因为我去过。"

赵永生张大了嘴巴："你说什么？"

"没错，它们一直存在于地球上，只是我们从来都没有意识到它们的存在。"沈延卿抓着赵永生的肩膀，快速说道，"30年前，我曾经到过那里。它们用某种我们无法理解的方式为我展示了宇宙的真实图景，我真的看到了星海和银河，我看到了无数个文明的毁灭，那就是'拉玛'想让我看到的。我真的看到了，那不是梦。只是对于一个六岁的孩子来说，那时的所见所闻是不可理解的，所以它们封闭了我的记忆。但是刚才，我的记忆被唤醒了，是它们在呼唤我。看到刚才的地光了吗？那是超级文明'拉玛'——随便怎么叫它们吧，总之，那就是它们给我们这个大鱼缸里安置的加氧棒，现在，鱼儿察觉到加氧棒了。"

"老沈！听我的，别多想了，先回去睡一觉，好好休息一下。"赵永生深深地叹了口气。

"我知道你不会相信的。"沈延卿冷静地说。他放开赵永生，继续在地板上来回走动着，眼神明亮，思维也前所未有地清晰，所有的碎片和线索就像一套早已经准备好的拼图，直到今天才开始显现出完整的图像："不过这是可以理解的，毕竟这种说法太过离奇，一个超级文明怎么会选择一个六岁的小男孩作为沟通的桥梁呢？但我知道这是真的，尽管我不知道为什么它们选择了我。当然，这很可能是一个巧合，也有可能我并不是唯一一个被选择的。听着，这一次的地光发射强度和我六岁那年不相上下，这是俄博梁的超级文明向拉玛发射的信号，但这一次的数据都被天文台记录下来了。如果你们认为上次的数据是巧合的话，就分析一下这次的数据吧，我相信这一次的数据更完整，包含了更多的信息！"

说到这里，沈延卿突然站住了。"你一定觉得我疯了，不过没关系。"沈延卿摆摆手，"我也觉得我疯了，不过，我会证明我没有疯的。"说完，沈延卿就大步走了出去。

沈延卿在门口遇到了正准备推开观测室大门的王台长。

沈延卿朝他简单地点了点头，然后就大笑着走了。王台长走进观测室，看见赵永生正呆立在地板上，他指着沈延卿离去的方向说："沈延卿是怎么回事？"

"你都看到了？"赵永生说，他指指窗外，"地光。"

"我就是为这个事情来的。"王台长说，"小沈是怎么回事？"

　　赵永生叹息一声，然后给王台长讲述了沈延卿小时候的经历，最后他说："不管这种地光是什么，沈延卿都坚持说六岁那年他看到了地光，还有什么来自赞神的呼唤之类的胡话。沈延卿是一个尽责的科学工作者，可是他的精神状态实在是不太适合继续……"

　　"你认为他在胡说？"王台长打断他。

　　"还能是什么呢？"赵永生扬起眉毛，"他六岁那年的经历——让他一直潜意识里认为是他害死了他的父亲，这事儿在当时的冷湖挺有名的。我以前听长辈说过，他那年是在离基地不远的地方被发现的。当然了，一个六岁的孩子能跑多远？他根本就没有跑到俄博梁，更不可能走进什么赞神的宫殿，这都是一个孩子为了逃避那段可怕的记忆自己编造出来的谎言。你不会真的认为一个六岁的孩子走进了俄博梁的外星人基地吧？"

　　"我不知道。"王台长坦率地说，"但是这么多的巧合一起发生，就必定不是真正的巧合了。如果沈延卿说的是真的，如果他真的走进过发射基地，是不是就能解释他为什么能够破译密码了？因为只有他潜意识里知道那些数据里潜藏着什么。"

　　赵永生的面色也凝重起来，此时的他终于意识到这件事情的严重性。

　　"如果沈延卿说的都是真的，那么很好验证，"他指指头顶，"相信这一次记录下了更多的光波辐射数据。"

　　"没错，我会安排这件事情的。"王台长严肃地说，"如果我们能再次找到上一次沈延卿发现的密码的话……"

　　赵永生点点头，说："我去看看他，先把他送下山。"说完，就急匆匆地走了出去。

　　赵永生走出天文台，只听到一阵汽车引擎的轰鸣声，沈延卿已经开车离开了。赵永生在寒风中呆立一会儿，不禁为这位童年好友感到深深的担忧。

观察者

第二天一大早，赵永生就被急促的手机铃声吵醒了。他接起电话，手机里传来了王台长略显焦躁的声音："老赵，快看电视，冷湖又上新闻了。"

赵永生心中一凛，立即翻身下床。他随便披了一件衣服，打开电视。中央新闻台正在播放特别新闻，留着短发的主持人正在播报着关于冷湖发现异常光波辐射的消息。

这一次出现的地光强度之大，前所未有，即使远在太空同步轨道上的气象卫星都侦测到了冷湖地区出现的剧烈闪光。一时间，众说纷纭，流言四起。西方各国也都注意到了发生在冷湖地区的异常光波辐射现象。各大知名新闻媒体都已经发布了关于冷湖异常光波辐射的紧急新闻：CNN怀疑中国军方在西部冷湖地区部署了激光武器，疑似进行了太空武器实验。BBC则认为中国冷湖火星模拟基地发生了爆炸事故。甚至还有个别媒体认为中国开展了新一轮地面核试验，但这一点很快就被否认了，因为没有一个地震台监测到核试验会引发的震波。路透社则注意到冷湖地区恰好是发现"拉玛"的天文台所处的位置，认为中国人正在试图用激光联系"拉玛"。

中国官方很快就发布了正式声明。新闻发言人在记者发布会上正式澄清，此次冷湖地区的异常光波辐射并非激光武器测试，与火星模拟基地也毫无关系。相反，此次事件属于未知事件，中国是一个负责任的大国，中华文明是人类文明的重要组成部分，中国政府绝不会绕过人类社会单方面试图联系外星智慧生命。鉴于此次事件的异常和冷湖地区的敏感性，中国科学院和国家航天局将组成联合科考队前往冷湖进行考察，考察结果会第一时间向全世界公布。同时，欢迎各国派出官方考察队和观察员进行监督调查。

　　新闻很快就结束了。赵永生关掉电视，他心里当然清楚，"地光"肯定不是什么赞神的宫殿，但也肯定不是科学界主流认知中的"地震光"。当然，如沈延卿所说的"地光"是超级文明在地球上安置的"加氧棒"更是无稽之谈。冷湖天文台是第一个发现"拉玛"的地方，在这个敏感的时刻、敏感的地点，如此强烈的异常光波辐射难免会引起不明真相的人们的各种猜想。

　　"这是明面上的说法，"王台长的声音从手机里传来，"现在很多人都开始相信俄博梁真的藏有外星基地了。你赶紧收拾下，和沈延卿一起来天文台，他的电话打不通。"

　　"好。"赵永生挂了电话，心底腾起一股隐隐的不安。俄博梁里有外星人基地这个说法太匪夷所思了，他还是觉得异常光波辐射是一种未知的自然现象，就像古代的人们看到极光，也会给这种自然现象赋予许多神话传说，比如中国古人认为极光是掌管着日夜的烛龙。他开始拨打沈延卿的手机，却只听到自动语音提示：您拨打的电话不在服务区。

　　赵永生挂掉电话，心中更加不安。他突然意识到自己可能犯了一个错误，昨晚不应该让沈延卿一个人待着。来不及多想了，赵永生很快走出门，一路小跑着来到沈延卿的宿舍楼，他飞快地爬上黑漆漆的楼梯，来到了沈延卿的单身宿舍门口。一阵猛烈的敲门之后，门内一片安静。一种不祥的预感从赵永生的心底升起，他快步走到单元楼道的窗户前向下望去，顿时心里猛地一沉，沈延卿的帕萨特不见了。

　　沈延卿走了，甚至没有打一声招呼。他是什么时候离开的？连夜走的还是早上走的？为什么手机显示不在服务区？赵永生的心底产生了一丝愧疚和不祥的预感，这个童年老友放弃了内地的一切回到冷湖，却被当成一个精神病人。昨夜他得知了父亲遇难的真相，万一一时想不开……

　　赵永生不敢再想下去，他开始自责起来。在前往天文台的路上，赵永生一遍一遍地拨打着沈延卿的手机，但回应始终是冰冷的"不在服务区"。

　　他走进观测室的时候，仍旧心神不宁，以至于没有注意到王台长和几个技术人员已经在那里了。

　　"沈延卿呢？没和你一起来？"王台长看到赵永生失魂落魄的样子，心里已经凉了半截。

　　赵永生这才注意到王台长。"他走了……"赵永生嗫嚅着说。

　　这时，王台长注意到赵永生手里的手机，他也摇摇头："我也没打通他的电话，我还以为他跟你在一起。现在看起来，他这是不辞而别了。"

　　赵永生没有说话，默认了王台长的说法。

　　"刚才我们收到了国际小行星预警中心直接发来的斯皮策和哈勃的确认信息，"王台长表情严峻，"异常光波辐射发射的目的地就是当时'拉玛'所处的位置。"

　　"什么？"赵永生大吃一惊，"这是巧合吧？"

　　"巧合？巧合？"王台长瞪着赵永生，有些严厉地说，"你认为所有的一切都是巧合吗？你这是一个科学工作者应该有的态度吗？"

　　王台长前所未有的严厉态度让赵永生猛然醒悟，他意识到自己可能犯了一个科研工作者很容易犯的错误。他记起自己曾经在一本书里看到过一段话：对于一个超越当前科学框架的假说，只有两种人会去接受它。一种是无知的路人或者阴谋论者，一种则是能轻易跳出现有框架和思维定式的真正的天才。赵永生不禁自嘲地想到，自己看起来是落入了俗人一类了。

　　"我明白了，我不该那么早就下定论。"赵永生有些惭愧地点点头，"我现在就去联系交警队，查看一下沈延卿的车子是什么时候离开冷湖的。不管怎么样，要先把老沈找回来。"

　　"很好，我立刻就安排人走访一下老冷湖人和本地藏族同胞，"赵永生的话提示了王台长，他果断地说，"最好能统计到这种强度的光波辐射有没有规律性。"

赵永生很快就到了交警队，出示了证件后，办事的警察马上就调出了早上的监控录像。

"奇怪，"年轻的警察是一个叫尼玛多杰的藏族小伙子，有着一头卷曲的黑发和黑红的脸膛，他疑惑地看了赵永生一眼，"你说的这辆车根本没有出现在出冷湖镇的路上，是不是搞错了？"

赵永生的心里一紧，他问："能不能查查去俄博梁的方向的摄像头？"

"这个季节去俄博梁？"警察有些奇怪，但他还是调取了另外一份记录，然后他的面色凝重起来，"你看看，是不是这辆车？"他转动显示器，指着屏幕让赵永生看。

赵永生看到了沈延卿那辆熟悉的帕萨特，我的老天，他在心里呻吟一声，他早该想到的。沈延卿下山之后，根本就没有回宿舍，而是直接开车去了俄博梁，就像他30年前做过的那样。

赵永生失魂落魄地回到天文台，向王台长汇报了这个消息。沈延卿是一个成年人，失踪不到24个小时，警方是不会立案的。王台长当机立断，立即通过天文台官方渠道联系了警方，要求警方立即参与搜寻工作。他们都知道这个季节去俄博梁意味着什么，一旦遇到沙尘暴，非常容易迷失在广袤的雅丹丛里，而一旦迷路，就基本没有生还的可能了。

"都怪我，"赵永生不停地自责着，"昨天晚上我就该想到了，我不该让他一个人待着……"

"你也别多想，沈延卿是一个成年人了，应该为自己的行为负责。"王台长摆摆手，示意赵永生不必自责，"不过，他六岁那年，有没有可能真的去了俄博梁？"

"没有，"赵永生肯定地说，"我听说，他当时是在离五号基地不远的地方被发现的。"

"有没有可能，俄博梁深处真的有一个外星人基地，它们劫持了沈延卿，然后把他送了回来？"王台长若有所思地说，"昨天晚上，我想了一夜，越来越觉得沈延卿的经历可能是真实的。"

"当然有这个可能，"赵永生说，"如果在这一次获得的数据中还能找到阿雷西博信息，那至少能说明沈延卿的判断是对的。"

"那就这样吧，立即组织人员对这一次异常光波辐射事件的数据进行分析整理，务必在调查组到来之前做好准备。至于沈延卿——"王台长有些苦恼地摸摸下巴说，"和警局保持好沟通，告诉他们，沈延卿是一位很重要的科学家，务必要找到他。"

冷湖天文台再次陷入了忙碌之中，与此同时，冷湖地区的异常光波辐射发射的目的地是"拉玛"的消息被新闻媒体披露出来之后，顿时引起了轩然大波。中国官方再次发布了紧急声明，中国科学院以及国家天文台、紫金山天文台的相关科学家紧急组成的调查组将前往冷湖进行调查，同时欢迎各国的科学家和政府观察员参加调查组。

让天文台的众人感到意外的是，仅仅三天后，就有一名重量级的不速之客——中国科学院知名物理学家王淼来到了冷湖天文台。

"不休息了，不休息了，"王淼教授今年不到50岁，一头稀疏的头发已经盖不住头顶了，他精神十足，似乎完全没有被高原的气候影响，一到天文台，就立即要求召开紧急会议，"时间紧迫啊，赶紧介绍一下情况吧。"

"王教授，所有的数据都已经共享给了中科院和天文台，"王台长提醒王淼，"您看，这一次的数据和上次的数据相比多了不止一个数量级，我们天文台不是专门的数据分析机构，也没有懂密码学的人员，这……"

"数据已经收到了，现在有专门的科学组正在处理，先讲讲光波辐射事件吧，"王淼急切地说，"我对这种现象本身非常感兴趣。"

王台长立即召集了天文台所有人员参加会议。会上，王台长首先向王森教授介绍了当前的情况，并且展示了天文台采集的关于此次异常光波辐射的数据。

"我有一个问题，"王淼举起手，"这种异常光波辐射事件，最早能追溯到什么时候？"

"我们走访了本地的藏族同胞，关于赞神居住于俄博梁的传说至少可以追溯到唐代，"王台长早有准备，"也就是说，这种异常光波辐射出现的时间可能不会晚于1 500年前。"

王台长的话引起了一片窃窃私语。王淼追问道："为什么之前没有人注意到这种现象？"

"这很好理解，"王台长解释道，"首先，冷湖地区位置偏远，长期游离于中原王朝管辖之外，在古代很少有汉人会到这里定居。我们还不了解像前几天那种强度的光波辐射发生的频率，但是有一点是肯定的，这种异常光波辐射出现得并不频繁，最近100年里也只发生过两次。在交通和信息极度不发达的古代，即使少数民族的人们发现了这种光波辐射，也只会将其和神话传说联系起来，难以将其大规模地传播。"

"也就是说，自从冷湖天文台建立以来，这一次的异常光波辐射事件是首次被科学地记录下来，对吗？"王淼若有所思地问。

王台长点点头："没错，不过，在两个月前也曾经有过一次数据记录。那一次的光波辐射非常微弱，大概没有人目击到。我们本来以为那一次是系统误报，现在看来那一次可能才是第一次记录。"

"也就是说，这种光波辐射的强度其实并不是每次都像前几天那样强烈到能被很多人看到，"赵永生补充道，"第一代冷湖人也曾经见过这种现象，他们把这种现象称为地光，和主流学界的地震光混为一谈。现在看来，这种光波辐射明显和地震光是不同的。但在那个年代，开采地下的石油才是重中之重，所以那时能有这种科学的解释已经是一种进步了。"

在座的与会者们纷纷点头。王淼问："上一次出现能被人肉眼见到的光波辐射是什么时候？"

"大概30年前，"赵永生犹豫了一下，才说道，"没错，就是30年前。那一次五号基地的电影院播放了电影，很多人正好走在散场的路上，大概是晚上11点半左右……"

"能不能寻访到目击者？"

"我就是，"赵永生说，"那年我六岁。那一次的光波辐射很强烈，所以我的印象才那么深刻。"

"持续了多久，还记得吗？"

"不记得了，"赵永生有些歉然地看着王淼，"太久远了。但时间肯定不长，可能只有一分钟，甚至更短。"

"前几天的光波辐射持续了48秒。"王台长补充道。

"这么说，这30年里，光波辐射只出现过两次，对吗？"王淼不停地拿着笔在笔记本上写写画画。

"这……"赵永生犹豫了一下，他的目光和王台长隔空对视，终于还是下定了决心，"30年前那次目击事件之后，很可能一年后又发生了一次，但那一次的目击者可能只有一个六岁的孩子……"

"谁？"王淼手中的笔停止了转动。

"沈延卿。"

"听起来你好像不太确定？沈延卿在哪儿？"王淼皱起眉头，他的目光在人群中搜寻着，看起来似乎认识沈延卿的样子。

"您认识沈延卿？"王台长试探着问道。

"当然，现在谁不认识他？"王淼有些惊奇地看了王台长一眼，"我们反复核对了他上次的分析结果，认定这基本不可能是巧合，要么就是有人在恶作剧，要么就是真的有一座外星人基地藏在俄博梁。但是现在，我个人更倾向于后者了。"

"啊，您是说，您也认为俄博梁真的有外星人基地？"王台长有些兴奋地问道。

"都这个时候了，任何假设都是允许的。"王淼点点头，"我了解沈延卿，他虽然有时候有些神经质，但绝不会搞学术造假那一套。对了，我曾经是他的研究生导师，他人呢？"

"对不起，王教授，沈延卿可能独自去了俄博梁，"赵永生满脸通红，"我们已经报警了，警方正在搜寻，这都怪我……"

王淼抬手制止了赵永生，面色严峻："到底怎么回事？"

"不知您是否知道沈延卿童年时的那次经历和他父亲的事情？"王台长试探着问。

"我只知道他幼年丧父，"王淼说，"这么说，还发生过其他事情？"

"这件事情有些离奇，还牵扯沈延卿父亲的死，"赵永生终于说出了更多，"事实上除了沈延卿，没有人声称看到了那夜的光波辐射……"他讲完之后，王台长补充道："警方还在尽力搜寻，他们在俄博梁外围找到了沈延卿的车，看起来他独自进了俄博梁，情况不是很乐观。他没有做任何的准备，而俄博梁这个地方很容易迷路，一旦迷路……"

沉默了一会儿，王淼从随身的皮包里掏出一支烟斗，叼在嘴里，有些含糊不清地说，"说说你们的看法，你们认为沈延卿是不是真的走进了外星人基地？"

"我认为是有可能的，"王台长说，"但需要进一步的证实。如果在这一次的数据里还能发现阿雷西博编码，就说明沈延卿没有撒谎。"

"很好，"王淼点燃烟斗，"让我们来梳理一下。'拉玛'的出现已经证实了超级文明是真实存在的。前几天，沈延卿坚持认为俄博梁有外星人基地，异常光波辐射就是外星人基地发出的信息，而且他真的从信息中破解出了阿雷西博编码，也的确发现了关于火星的字眼，佐证了'拉玛'和彗星群的轨道。这一次的光波辐射让沈延卿想起了尘封的记忆，他坚持认为自己六岁那年的确去了俄博梁深处，进入了赞神的宫殿或者说'拉玛'人发射辐射的基地，没错吧？"

"没错，"王台长点点头，"情况大概就是这样。"

"这么多的巧合可能会同时发生吗？"王森在水晶烟灰缸里磕磕烟斗，"我认为俄博梁必然存在一个超级文明的基地。所以沈延卿的经历是非常关键的，我们必须找到他，必须知道他六岁那年到底在俄博梁经历了什么。"

赵永生皱着眉头："也许他已经告诉我们了，他曾经反复跟我提到一个没讲完的故事……"

"什么故事？"王森停止了磕烟斗的动作。

"沈延卿幻想出来的一位叫格桑爷爷的藏族老人讲了一个故事，卓玛是一个放羊女，每天都会不知不觉丢失一只羊，然后她为了寻找丢失的羊，沿着一条银白色的小路走进了山里，走到了赞神的宫殿。"赵永生有些难为情，"但是根本没有什么格桑爷爷，也没有什么花园，可能我不该说这些……"

"不不不，非常有必要。如果我们要认真对待沈延卿的观点，就要尽可能地知道所有信息。"王森示意他接着说下去，"这个故事的下半部分呢？"

"没有下半部分了，沈延卿说他已经不记得了下半部分了。"赵永生摇摇头说，"但我们现在都知道了，这个故事是沈延卿臆想出来的，虽然也有可能包含了一些真实成分。"

"有可能。"王森点点头，他又吸了一口烟，才说道，"既然这条路走不通，那么就让我们反过来思考吧——我们假设沈延卿是对的，超级文明很早就在地球上设置了观察基地，'拉玛'人一直以观察者的身份观察着地球，这种异常光波辐射就是超级文明向母星或者游弋在宇宙中的母舰发射的某种信息，30年前的那一次被广泛目击到的光波辐射也许是基地发射了召唤'拉玛'的信息，前几天的光波辐射是基地给'拉玛'发射了最后的定位信息。"

"可是，如果它们一直都在冷湖，我们为什么从来没发现过它们？"王台长还是觉得有些匪夷所思。

"鱼缸里的鱼永远意识不到眼前的加氧棒。"赵永生心里一动，接着说道，"而且地球上的确出现过很多关于UFO的目击事件。据我了解，青海西部是UFO的高发目击区之一，以至于很多人都相信青海西部的群山中隐藏着UFO基地。"

"加氧棒，我喜欢这个比喻。"王淼赞许地向赵永生点点头，继续说道，"让我们回到这个假设本身吧。很久以前，一个来自外星的超级文明在冷湖区域建造了人类无法察觉的基地，时不时地向母星或者母舰发出关于地球的信息。偶尔会出现可见光，被远古的人们看到，于是形成了关于群山中的山神传说。30年前发生了两次异常光波辐射事件，但看到了第二次事件的只有六岁的沈延卿。沈延卿被某种未知的力量吸引到了光波辐射的源头，超级文明和他进行了某种形式的交流，然后又将他送回了五号基地外围。但是由于他父亲的意外，这个孩子陷入了极大的自责和害怕之中，所以他的大脑启动了自我保护机制，虚构出一个格桑爷爷的花园，将真实的经历转变成从格桑爷爷嘴里讲出的神话故事。对于父亲的意外，他强行虚构出父亲是死于一场火灾的记忆，久而久之，这些记忆都被当成了真实的记忆。但是潜意识里，沈延卿知道一切都是虚假的。你们不觉得很奇怪吗？沈延卿完全没有任何理由回到冷湖。如果只是为了观测'拉玛'，冷湖天文台除了是'拉玛'的第一个发现地之外，在设备和技术上并没有明显的优势。以沈延卿的能力，如果只是为了想更好地观测'拉玛'，他完全有能力去条件更好的天文台。也许真的是潜意识的记忆让沈延卿回到了冷湖，或者说，某种冥冥之中的力量……"

听了这段话，大家都沉默了。赵永生突然想到沈延卿刚回到冷湖时的那场谈话，沈延卿说，是命运让他回到了冷湖。

"可是，王教授，如果你的假设是真实的，这个超级文明到底要干什么？现在所有的观测信息都表明，'拉玛'和彗星群的目的不是地球，而是火星。"赵永生有些苦恼地说，"他们为什么会选择一个六岁的孩子作为沟通的桥梁呢？如果他们想和地球文明接触，为什么不去找联合国，为什么不和官方联系？"

"恕我直言，你还没有脱离传统的思维定式。"王淼不太客气地说，"你觉得，在一个超级文明眼里，我们是什么？"

"亚马孙丛林中的原住民部落？"赵永生有些涨红了脸。

王淼摆摆手："你也太高看人类文明了，在超级文明眼里，也许人类社会连猴群都不如。那么，人类的动物学家研究猴群的时候，需要直接和猴王进行沟通吗？不不不，根本没这个必要。相反，从一个六岁的孩子身上反而能发现这种生物最纯真、最深层的本性。"

他的话顿时让会议室里的人茅塞顿开。他抽了一口烟斗，继续说道："同志们，这是人类历史上第一次接触到外星超级文明，没有任何先例可循，一定要打破固有的思维，任何大胆的设想都可以提出来。"

"我同意这一点。"王台长点点头，他若有所思地说，"事实上，这种不同的文明之间的对撞不是没有发生过。西班牙人第一次到达南美的时候，南美的印加人以为西班牙人是来自神话传说中的神祇，是来自神国的救世主，但是后来发生的事情我们都知道了。"

"这个比喻并不恰当，印加文明和西方文明之间的差距不比两个猴群之间的差距更大，区别在于一个猴群学会了使用棍棒和石头，而另外一个猴群还只会使用自己的爪子和尖牙。"王淼再次磕磕烟灰，发出清脆的当当声，"不过，如果超级文明想要毁灭我们，可能根本不会给我们意识到危险来临的时间和机会，这种能够进行星际旅行的文明几乎肯定已经掌握了我们无法想象的毁灭性武器。不要被西方的科幻电影迷惑了，一个敌对的超级文明根本不屑于登陆地球和人类巷战，随便引导一颗小行星或者彗星就能摧毁地球，这还是用我们能够理解的方式。更大的可能性是超出我们的想象力的。"

"所以，您也认为'拉玛'不是来毁灭我们的？"赵永生小心地问。

王淼点点头："如果'拉玛'想要毁灭我们，我们现在早就变成一团飘散在宇宙里的尘埃了。"

"沈延卿也是这么认为的，"赵永生扶了一下自己的额头，"他一直说'拉玛'不是毁灭者，也不是过客，肯定有更复杂的目的，可是我们一直没有认真对待他的话。"

"所以，我们必须找到沈延卿。"王淼严肃地说，"如果有必要，就联系军区，让军队帮忙搜山。我们不能失去沈延卿，他可能是第一个和超级文明接触的人类使者。"

王台长点点头："好，没问题，我立即和军方联系。"

"那么，现在让我们聊聊上一次记录下来的光波辐射数据吧，"王淼点点头，"你们有没有发现任何规律性的东西？"

王台长摇摇头："很遗憾，我们已经整理出了光谱分析仪记录下来的数据，绝大部分都是无意义的白噪声，当然也可能是我们的技术水平有限，识别不出来其中编码的信息。值得一提的是，大部分辐射频段都落在了不可见的红外线区，只有少部分落在了可见光区。我们也尝试了去寻找阿雷西博编码，但还没有结果，这一次的光波辐射非常强烈，数据比上一次要多至少几个数量级。"

王淼笑了笑："其实，中科院已经通过天河计算机对数据进行了专项分析，我们已经从光波辐射中发现了有规律的信号，基本可以确认这种信号不是自然形成的，的确有非自然编码的痕迹。时间紧迫，作为负责任的大国，我国政府已经将这些数据共享给了各大国的科研机构。目前，全球最顶尖的太空学家、密码学家和相关领域的专家都在紧急进行信号的破译工作。"

听了王淼抛出的这个重磅消息，会议室里的人们都大惊失色。他们终于明白了为什么王淼会那么肯定地认为沈延卿的经历是真实的，原来他已经知道了异常光波辐射的源头可能真的是超级文明。

"这也太邪门了，"王台长喃喃地说，"原来外星人早就在地球上了，而且就潜伏在冷湖。它们到底想干什么？"

"一只间谍小猴，"赵永生感到一阵眩晕，"它们在观察人类社会，但人类社会一直没有察觉到它们的存在。"

"没错，它们在远古时期就来到了地球，很可能比我们想象的要更久远，"王淼说，"他们一定是发现了人类这种智慧生物，然后在地球上设置了观察点。这种观察点很可能是一种自动化装置，当人类社会发展到一定程度时，就会触发某种条件，于是观察装置就开始向超级文明的母星或者母舰发送信息。'拉玛'收到了信息之后，开始向地球航行，30年后，终于抵达了太阳系。"

"你是说，30年前的光波辐射是观察装置发送的信息？"

"非常有可能，但也可能更早。"王淼说，"仔细想想，如果站在外星人的视角，你们认为，人类文明的发展阶段中，最值得引起注意的时刻是什么？"

众人沉默了。

"我认为，最容易引起注意的时刻是20世纪中叶：人类发明了计算机和核武器，第一次拥有了毁灭自身的能力，苏联第一次将人类送进外太空，美国第一次将人类送上月球，冷战剑拔弩张，古巴导弹核危机是人类迄今为止最接近毁灭边缘的一次，这么多密集的事件就集中在短短的几十年内发生……对于观察者来说，一个数千年的观察周期里，这数十年的时间是一个非常短暂的时期，也是一个非常值得注意的时刻。"

"你说的没错，王教授，"王台长点点头，"如果将人类的发展阶段画成一条曲线，那么在20世纪中叶，这条曲线出现了一个前所未有的拐点。"

王森总结道："没错，这个拐点的方向可能将人类变成一个星空种族，也可能将人类彻底摧毁。就让我们拭目以待吧，我真的想知道，这个观察者到底想对我们做什么。"

前往俄博梁的搜索队搜遍了整个俄博梁区域，却一无所获。如王森所料，不仅搜索队没有发现任何外星文明观察装置的踪迹，连沈延卿也似乎消失在了茫茫的俄博梁雅丹丛深处。

但是已经没有多少人在乎沈延卿的失踪了，因为有一件更重要的事情正在发生：拐点临近了，"拉玛"的目标到底是火星还是地球，很快就要揭晓了。

深度撞击

当这个人类历史上最重要的时刻到来时，全人类都屏住了呼吸，所有能观测到"拉玛"的望远镜都将镜头对准了那颗已经非常明亮的银白色亮点。

当拐点的时刻过去几分钟后，斯皮策传来了一个好消息，"拉玛"没有减速，也没有变轨，而是沿着既定的轨道继续前行。按照现在这个速度和角度，"拉玛"将成为火星的卫星。聚集在街头的人们欢呼起来，他们互相拥抱着，歇斯底里地庆祝着全人类的绝处逢生。

中国科学家提出的猜测终于得到了证实——"拉玛"的目标真的不是地球。这个消息被发布出来之后，全世界都陷入了劫后余生的狂欢，但科学家们一刻都不敢放松，各大科技强国都在争分夺秒地对异常光波辐射信号进行破译。不久之后，科学家们观测到跟随在"拉玛"身后的彗星群也陆续通过拐点，向火星飞去。

万众瞩目之下，三天后，"拉玛"抵达了火星轨道，成为火星的第三颗卫星。一个星期后，第一颗彗星撞击到了火星上，准确地说，第一颗直径达到10公里的彗星以每秒20公里的速度撞击在了火星的北极冰原上。运行在火星轨道上的"火星快车"探测器拍下了这一次壮观的撞击事件。这是人类第一次亲眼看见一颗类地行星被彗星撞击。巨大的撞击掀起了尘土的巨浪，固态的大地像潮水一般涌动，地震波以每小时200公里的速度横扫整个火星，巨大的山峰纷纷倒塌，淹没在尘土之中。太阳系中最高的山峰——高达21 000米的奥林匹斯山连同它巨大的盾状火山基座一起被淹没在尘埃之中。从撞击发生的初期画面来看，此次撞击也揭开了人类一直想知道的一个事实：火星地底的确隐藏着巨量的水冰。彗星的撞击不仅带来了巨量的水，而且也将火星地表之下蕴藏的水冰和二氧化碳干冰释放出来。但火星快车很快就什么都拍不到了，火星表面的一切都淹没在前所未有的尘暴之中。在接下来的几个星期里，持续而来的彗星群轮番对火星进行了轰击，其中一个直径达20公里的彗星狠狠地撞击在了水手谷的位置，溅出的一块直径达一公里的碎片甚至脱离了火星引力，沿着一条扭曲的轨道向太阳的方向飞去。

经过紧急计算，这块碎片将于三天后撞击地球。准确地说，这块来自火星的碎片会直接撞击大巴黎区，至少会造成数百万人当场丧生，爆炸声会让欧洲和北非的数亿居民瞬间失聪，引发的地震和海啸以及尘埃云会在数十年内杀死至少10亿人。

欧盟立即启动了紧急疏散预案，对大巴黎区进行了人类历史上最大的疏散行动。但疏散行动仅仅启动了一个小时就戛然而止，因为那块碎片已经悄无声息地改变了轨道，返回了火星，并且在17个小时33分钟之后重新撞击在火星上。整个人类社会都松了一口气，无数人在电视屏幕前热泪盈眶。可以肯定的是，是"拉玛"用人类无法理解的力量扭转了碎片的轨道，拯救了数百万人的生命。这个消息也让人类社会彻底安心下来，看来"拉玛"确实不是一个毁灭者。

撞击开始的一个星期后，一颗含有大量氨的冰冻小行星撞击在位于塔尔西斯高原中央部分的高度超过14 000米的帕弗尼斯山上。强势的冲击直接摧毁了这座巨大的盾状火山，巨量的碎片喷射而出，又纷纷落回地面，在火星表面下起了一场壮丽的陨石雨。同样位于塔尔西斯高原的太阳系第二高山奥林匹斯山也受到余波重创，盾状结构边缘的巨大悬崖纷纷崩落。冰冻小行星几乎击穿了火星地壳，大量的岩浆喷涌而出，从塔尔西斯高原向洼地流去。数百亿吨的硫被释放到空中，形成一层厚厚的云，包裹住了整个火星。在整整一个月的时间内，人类都不知道这颗行星上正在发生什么。科学家预计这一层由激起的尘埃和硫酸组成的云层将持续数十年甚至数百年才会逐渐消散。

但科学家们的预言失败了，"拉玛"再次展示出了神迹一般的力量。仅仅一个星期之后，所有的尘埃都散去了，重新露出了饱经重创的火星表面。这颗古老的行星已经在前所未有的轰击下面目全非。位于西半球的塔尔西斯高原被至少三颗彗星击中，形成了一片深至数千米的撞击坑，预计将来会形成一片北方深海。

太阳系最大的峡谷——水手谷已经不复存在，巨量的熔岩将它的大部分填平。埃律西姆山火山群也已经荡然无存，代之以一片熔岩填平的黑色平原。

但一切都尚未结束，人类惊恐地发现一颗直径达500公里的矮行星正在进入火星轨道。科学家们立即就明白了"拉玛"正在做什么：在神一般的力量的作用下，这颗矮行星将成为火星的第三颗自然卫星，在它的巨大引力作用下，火星的内核将重新转动，消失的磁场会重新笼罩这颗行星，成为保护火星免遭太阳风和宇宙射线侵袭的保护层。同时，科学家们也认出了这颗矮行星，它正是2019年被发现的位于太阳系最远处的星体——一颗名为法拉特的矮行星，与太阳的距离相当于冥王星与太阳距离的三倍。"拉玛"以神迹一般的力量将法拉特从遥远的太阳系外围移动到了火星。人类对此过程居然毫无察觉！

科学家们认为，"拉玛"实施了某种奇异的力场，止住了肆虐整个火星表面的尘暴。同时，位于太空中的轨道望远镜观测到火星上正在迅速发生着不可思议的事情，火星的温度已经升高到可以留存液态水的程度。人类第一次看到了火星上出现了降雨和河流，干涸了数十亿年的峡谷里再一次充满了河水。整个火星上都下起了瓢泼大雨，雨水汇集成河流，沿着远古的河道流向低地，数以千计的湖泊以不可思议的速度出现在火星表面。随着水量的增加，火星北半球的湖泊开始相互连接，一个广阔的海洋已经出现雏形。在初生的火星海洋上方，火星的新卫星——巨大的法拉特正在庄严地运行。

而这一切，距离彗星的第一次撞击只有不到一个月的时间，科学家们在这种神迹面前目瞪口呆。有科学家甚至认为，"拉玛"很可能改变了火星表面的时间流速，将数百年甚至上千年才能完成的自然进程缩短到几十天。

这并不是结束。紧接着，湿润的火星大地上开始出现褐色和绿色的斑点，科学家们认为那是"拉玛"投放的植物。很快，褐色和绿色的斑点就像培养皿中的霉菌一样扩散开来，连成大片的绿色。几乎是在一夜之间，火星就走完了数百年甚至上千年的时间，红火星成为历史，一颗蓝绿色的火星出现在地球的夜空中。根据对火星大气层的光谱分析，火星大气中的氧含量每一天都在持续增加。

科学家们欣喜地发现，"拉玛"改造火星的过程就是人类曾经提过的火星地球化过程，但即使是人类最乐观的计划，要将火星改造到这种程度，也要花费上千年的时间，况且人类根本没有重启火星地核的技术能力。科学家们相信，法拉特的作用是维持火星地核的运转，进而产生磁场，但它不是火星地核启动的原因。"拉玛"必定是使用某些人类无法理解的力量首先启动了地核。

仅仅不到两个月，火星就完成了波澜壮阔的地球化历程。探测器发现，火星的平均气温已经由之前的零下55摄氏度上升至零下10摄氏度左右，其中赤道的平均气温已经上升到10摄氏度。火星表面的1/3已经被平均深度达1 000米的海洋所覆盖，和地球不同，火星海洋大都分布于北半球，海洋呈现出一种奇异的淡黄色。据分析，这种奇异的颜色是火星大气散射和海洋中的藻类共同作用的结果。而在南半球的陆地上，大片的草原和森林也已经覆盖了整个大陆。奥林匹斯山上出现了远在太空都能看到的雪冠，在阳光下熠熠发光。降雨、洋流和季风等气象都已出现，此时的火星已经完全具备了人类生存的条件。

三个月后，火星终于恢复了平静。此时，火星已经由一个荒芜干旱的生命禁区变成了一个生机盎然的世界。新月亮法拉特在一条明显被精心设计过的轨道上运行，巨大的引力稳定了火星的轨道，同时引发了火星的规律性潮汐，也照亮了火星的夜晚。

而一切的始作俑者"拉玛"却依然对人类的呼叫毫无反应。做完这一切之后，"拉玛"继续在环绕火星的轨道上运行。由于"拉玛"表面的超高反射率，即使在黑夜，火星表面也被"拉玛"的光辉笼罩，其亮度甚至能照出物体的影子。尽管火星表面所有的人类探测器都在这场波澜壮阔的改造过程中灰飞烟灭，但科学家们依然通过理论设想向人们描绘了火星之夜的奇景。在火星的夜里，人们有机会见到四个"月亮"同时出现在夜空中：火卫一、火卫二、"拉玛"以及直径500公里的法拉特。

很多人认为，"拉玛"已经将火星改造完毕，下一步一定是移民。人们相信"拉玛"飞船里装载着庞大的外星移民，虽然不知道为什么"拉玛"没有将地球作为移民的目的地，但人类社会已经做好了迎接一个新邻居的准备。"拉玛"展示出来的天神一般的力量让人类彻底放弃了与"拉玛"为敌的想法，但是"拉玛"却迟迟没有动静。做完这一切之后，"拉玛"依然停留在火星轨道上静静地运行着。

目睹了如此神迹之后，甚至有科学家提出，也许数十亿年前，地球也是被这样改造过的，但这种说法已经无法证实了。火星上发生的事情深刻地影响了地球社会，人类终于意识到宇宙中的确存在掌握了神一般力量的超级文明，它们对火星施展的手段无异于传说中的开天辟地，重整日月。人类社会陷入了一片惶恐不安之中，联合国紧急召开了数次会议，都没有形成任何有效的决议。美国、中国、欧盟都提出要尽快开启火星探测，但是俄罗斯、日本、印度以及其他大部分国家都强烈反对，它们认为火星已经成为"拉玛"的领地，人类对火星贸然的探测行为很可能会被"拉玛"认为是侵略行为。不仅如此，这些国家还强烈要求联合国通过决议，禁止所有的太空计划，尤其是所有关于火星的探测计划，以免激怒近在咫尺的"拉玛"。

正当人类争吵不休的时候，一个好消息传来，对异常光波辐射的破译产生了突破性进展。专家们从浩如烟海的光波辐射数据中再次发现了阿雷西博编码的痕迹，并且提取出了有人工调制痕迹的信号。而这一次，专家们从中不仅发现了"火星"，而且发现了数字、构成DNA的元素、核苷酸和双螺旋结构信息等，这方面与阿雷西博信息完全一致。但是，在表示人类资料的信息中却有不同之处。在原阿雷西博信息中，表示人类资料的信息中包含了一段表示1974年全人类人口数量的数字：4 292 853 750，但是在这段被"拉玛"重新编译过的信息中，这个数字变成了0。还有一些信息则采用了未知的编码方式，短时间内无法破译。

"拉玛"人使用了阿雷西博信息编码，毫无疑问，这条信息本来就是发给人类的。但是科学家们还不了解这个数字的意义，如果它的含义没有变化的话，那么这个数字意味着人类的数量变为0，也就是人类的整体灭绝。可是问题在于，如果这是一条威胁信息，到目前为止，整个事情都说不通了。从火星上发生的事情来看，不管"拉玛"来自哪里，"拉玛"人的技术水平都超越了人类社会至少数千年，如果它们想灭绝人类，根本不需要发送什么威胁信息，只需要稍微改变几颗彗星的轨道，让它们撞击地球就可以了。但是它们并没有这么做，相反，在碎片可能撞击地球时，它们还改变了碎片的轨迹，保护了地球。

不过，有一点已经没有疑问了：沈延卿的判断完全正确，青海省海西州冷湖地区的确隐藏着超级文明的发射基地。一时间，来自各国官方和私人组织的科考队蜂拥而至，中国政府秉持着完全开放包容的态度为各国科考队提供了充分的协助。短短几个星期内，冷湖镇就涌入了几万人，所有的宾馆都人满为患，有很多无处可住的人们干脆在曾经的老基地和五号基地等废墟里搭起了连绵不绝的营帐。这个冷清的火星小镇成为全世界的焦点，每天还有更多的车队涌进冷湖镇，也有更多的车队涌入俄博梁深处，试图寻找超级文明的发射基地。

"很久没有看到冷湖这么热闹了。"站在天文台的台阶上，赵永生感慨道。最近这些日子，有许多知名科学家来天文台访问。作为第一个发现

"拉玛"和记录异常光波辐射信号的天文台,冷湖天文台已经成为世界上最知名的天文台之一。

这些天来,很多自发的车队深入俄博梁区域,这些热情高涨的"外星猎人"们几乎搜遍了整个俄博梁区域,无数双眼睛在这片酷似火星的雅丹丛中搜寻着,但他们什么都没有发现。甚至有一些队伍还前往德令哈外星人遗址,他们认为这个外星人遗址一定是"拉玛"人在数千年前兴建的第一个基地,而冷湖俄博梁则是第二个。

"找不到沈延卿。"王台长面色沉重地说,"我们给所有进入俄博梁的考察队都通报了寻找沈延卿的消息。这么多天了,这些考察队已经寻遍了俄博梁的每一个角落,他们也的确发现了几名遇难者的尸骸,但没有沈延卿。他现在是活不见人死不见尸,我怀疑他根本不在俄博梁。"

"那怎么解释他的汽车在俄博梁的外围被发现?"赵永生问。

"如果他要去俄博梁深处,为什么在俄博梁外围就弃车呢?"王台长反问道,他叹了一口气,"军队已经搜索了弃车点方圆50公里的区域,范围已经远远超出了一个成年男人在没有准备的情况下能走出的最远距离,沈延卿很可能已经死了。"

"我不知道他在哪里,但他肯定没有死。"一个声音从他们身后传来,是叼着烟斗的王淼,他走到两人身边,和他们一同望着俄博梁的方向,"我相信他六岁那年真的走进了'赞神的宫殿'。瞧瞧这个。"

王淼递给王台长一本书。

王台长接过来,这是一本名叫《金玉凤凰》的书,紫色的封面上有一个身穿藏袍的小伙子,正高举双手,凝望着一只落在大树上的金碧辉煌的凤凰。

"这是?"王台长有些意外,他知道王淼不会无缘无故地给他们看这本书。赵永生也凑过来,认出了这本书,欣喜地说道:"这本书如今比较少见了,这里面收录了不少藏族的神话传说。"

　　"既然光波辐射在远古就存在了，那么一定能在神话传说中找到一些踪迹。"王淼在旁边的石阶上磕了磕烟灰，"昨天上午，我出于好奇，去冷湖镇转了转，在新华书店里找到了这个。幸运的是，我翻到了那篇关于卓玛的故事，沈延卿那个故事不是自己编的，我看到了故事的后半部分。"

　　"啊？"赵永生惊讶地喊出了声，"真的有这个故事？"

　　"没错，"王淼点点头，"我相信沈延卿将真实的经历和这个故事混淆在了一起。从这个故事里，也许我们可以推断一下沈延卿到底遇到了什么。这个故事里，卓玛在赞神的宫殿里遇到了赞神，得知了赞神为了将卓玛吸引到宫殿里，才利用神力偷走了卓玛的羊。赞神见到卓玛之后，将羊归还了卓玛，但是也告诉了卓玛一个秘密。"

　　"什么秘密？"

　　"一个来自黑暗之地的魔鬼将吞噬卓玛的村庄，赞神的力量也不足以对抗这个恶魔，所以赞神需要卓玛的帮助，代价是卓玛需要献出自己的灵魂。但是这个村庄值得卓玛献身来拯救吗？卓玛是一个孤儿，叔叔和婶婶对她并不好，这个村子对卓玛也充满了恶意。"王淼抽了一口烟，望着青灰色的天空，"但这是一个关于献身和英雄的故事，卓玛选择了牺牲自己，成为新的赞神，和旧神一起击败了魔鬼，拯救了村庄。而卓玛从此以后就代替了旧的赞神，成了新的守护神。"

　　"这真是一个悲伤的故事，"王台长若有所思，"这个故事到底在暗示什么？"

　　"你们不会当真吧？"赵永生摇摇头，他敏锐地察觉到了这个故事中黑暗的一面，"之前我们认为沈延卿是将真实的经历扭曲成一个藏族的神话故事，所以这个神话故事可能蕴藏着真相。但现在你们都看到了，这个故事并不来自沈延卿，小时候的沈延卿一定听过这个故事，所以他把这个故事加进了他的妄想……"

"可是沈延卿成功预言了'拉玛'的目标是火星，也成功预言了'光波辐射'的目标是'拉玛'，还成功预言了俄博梁存在着一个超级文明的基地，不是吗？"王淼再次磕磕烟灰，"所有这些都是巧合吗？并不尽然，到现在为止，我们对于沈延卿的遭遇进行的假设全部应验了。这说明沈延卿是一个信使，所以他肯定没有死。"

"我相信这个故事肯定不是被无缘无故挑中的，"王台长点点头，"任何可能都是存在的，沈延卿很可能真的是一个信使。换作半年前，如果有人告诉我俄博梁藏着一个超级文明，它在30年前向太空发射了信息招来了'拉玛'，并且挑中了一个六岁的孩子作为信使，我一定会认为这个人是个疯子。但是，我现在觉得，什么离奇的事情都可能发生，最近这半年发生的离奇事件还少吗？"

"你们都知道了破解出来的信息。如果我没有猜错，那是来自'拉玛'的警告，人类将遭遇一场灭绝，就像故事里赞神给卓玛的警告：魔鬼即将吞噬村庄。"王淼说，"但魔鬼到底隐喻着现实中的什么东西，我们还不得而知。"

听罢王淼的一席话，几个人都沉默了。

"不用继续找沈延卿了，我有预感，他很快就会出现了。"王淼打破沉默，肯定地说，"我们很快就会知道'拉玛'的真实目的和故事的结局了。"

自从密码被破解之后，沈延卿很可能是超级文明选中的信使的说法也流传开来。在互联网上，世界各地的人们谈论着关于沈延卿的一切，30年前那场离奇的灾难也充满了奇异的色彩。人们逐渐知道，沈延卿就是那个成功地预言了"拉玛"的目的地是火星，并预言了光波辐射是超级文明发往"拉玛"的信息的人。而现在，沈延卿消失在俄博梁深处的消息更是传遍了全世界。一些人认为，沈延卿是救世主，他将引领人类战胜即将吞噬整个地球村的魔鬼，就像故事中的卓玛那样。也有人认为沈延卿是一个伪装成人类的外星人，真正的沈延卿在六岁那年就死在了俄博梁，现在的沈延卿不过是个冒牌货罢了。而且他也不会再出现了，他已经完成了自己的使命，返回了"拉玛"。

群山依然沉默着，严守着它们的秘密。

哥白尼原则

三天后，一个来自以色列的搜索队伍在俄博梁深处发现了沈延卿。此时，距离沈延卿失踪已经过去了整整三个月。

所有搜索队员的手中都有沈延卿的照片，以色列人马上就认出了沈延卿，他们立即将沈延卿带回了冷湖镇。沈延卿看起来并无异状，完全不像是一个在戈壁里生存了三个月的人，甚至头发和胡子都和三个月前比起来没有什么变化。

被搜索队发现时，沈延卿丝毫没有惊奇的表情，而是神情自若地任由搜索队将自己带回了冷湖镇。一路上，沈延卿未发一言，用一个以色列队员的话说："此人脸上的表情就像一个刚从天国归来的圣徒。"

沈延卿返回了冷湖镇之后，立即被狂热的媒体记者们包围了。他不卑不亢地接受了众人的围观，脸上始终保持着一种淡然自若的表情。沈延卿没有回答记者们抛出的问题，对他这三个月的消失也避而不谈，但他对火星上发生的一切似乎了若指掌，虽然也没有发表任何评论。沈延卿只提了一个要求，他要在联合国大会上向所有国家的首脑发布一次演讲，演讲必须进行全球同步直播。

沈延卿的要求立即被应允了。两天后，沈延卿站在了纽约联合国大厦主会场的主席台上，台下坐满了各国首脑和全世界的科学精英。沈延卿拿出一块看起来很平常的玻璃碎片，展示给各位首脑。

秘书长的眼神顿时充满了敬畏，他小心问道："沈先生，请问这是'拉玛'文明给人类的礼物吗？"尽管这块弧形的不规则的透明物体酷似一块玻璃碎片，但众人还是充满敬畏地看着它。

"不，这只是一块普通的鱼缸碎片，它曾经是一个完整的鱼缸的一部分。这种鱼缸在中国北方很常见，花鸟鱼虫市场里大概……嗯，30元一个。这个鱼缸里养过一些金鱼，但没有热带观赏鱼，那些名贵的鱼都很难适应冷湖的环境。"沈延卿开口说道，"我小的时候生活在中国青海省海西州冷湖镇。我父亲大概是镇上唯一一个养鱼的人，他大概每个星期都会为鱼缸换一次水。如果水不够，换水的间隔时间可能会更久。水被污染了，可以重新换，但是如果鱼缸坏了，即使每天都换水，也无济于事。"

说完之后，沈延卿随手把这块碎片递给了秘书长。"留着它吧，秘书长先生。这是一个礼物，来自我的私人礼物——小心别扎到手。"

秘书长在众人艳羡的目光中小心翼翼地接过玻璃碎片，一时不知道把它放在哪里好。过了几秒钟，他脱下名贵的西装，小心地将玻璃碎片包裹起来收好。

"沈先生，"美国总统迫不及待地问道，"我们都非常好奇这些天你都经历了什么。我们最关注的一个问题是，您真的是'拉玛'的信使吗？"

没有任何迟疑，沈延卿点点头，他的举动顿时引起了一片哗然。沈延卿说道："如果按照人类对信使的定义，我的确是一个信使。但我没有任何特殊之处，任何人都可能被选中成为信使，请不要为我添加任何不属于我的光环。"

"我们都明白。"秘书长抢着说道，他压抑着自己的狂喜，问出了第二个人们最关心的问题，"请问，'拉玛'是否要毁灭人类文明？"

这一次，依然没有丝毫迟疑，沈延卿摇摇头，然后他环视着会场里的各国首脑们，说了一句石破天惊的话："恰恰相反，'拉玛'是来拯救人类的，人类文明将在100年之内走向灭亡。"

这句话再次引起了一片哗然，整个会场都骚动起来，无数问题组成的浪潮将站在主席台上的沈延卿淹没。沈延卿默默地等待着，直到会场平息下来。

"我不太明白，沈先生，"秘书长小心地问道，"这个结论，是谁得出的？我们都知道人类虽然面临很多威胁，但距离灭亡……"

"哥白尼原则。"沈延卿吐出一个名词。

在场的科学家们顿时都恍然大悟，会场上响起了一片窃窃私语声。一些政治家们则困惑地看着沈延卿，他们都没听懂沈延卿在说什么。一个来自NASA的科学家探头对困惑的美国总统轻声解释道："总统先生，哥白尼原则是物理学和哲学的一条基本法则：没有一个观测者有特别的位置。"

总统更困惑了，他低声问道："这是什么意思？"

科学家低声解释道："简单来说吧，总统先生，哥白尼原则是一种预测论，它最出色的运用是1969年美国普林斯顿大学教授高特参观柏林墙时做出的预言，这座墙还能够存在最多24年。事实证明，他的预言非常精准，柏林墙在20年后倒塌了。哥白尼原则有许多运用场景，如果把哥白尼原则运用于人类文明本身，就会得出这样的结论：我们的文明必然会在未来一段时间内灭绝，准确率高达95%。"

"哥白尼原则预测人类文明还能至少存续5 100年到780万年，"沈延卿的声音响起，会场重新安静下来，"但这个原则有个前提，那就是人类成功地跨过面前的大过滤器，成为一个星空种族。我要告诉各位的是，在'拉玛'文明的认知中，哥白尼原则是具备普适性的，但是需要进行一些修正。按照人类文明当前的状态，人类已经落入了哥白尼原则中概率最小的一个深坑，人类文明将在100年内灭亡，概率超过99%。"

"我们需要更进一步的说明，沈先生。"一位首脑说道。

"可以，诸位应该首先了解一个显而易见的事实：人类的科技已经近乎停止发展了，"沈延卿点点头，"对于这个结论，诸位是否认同？"

这句话引起了一阵小范围的骚动，有些人微微点头表示认同，也有些人面露怀疑之色，但大多数人都默然不语。

"看来，诸位对这个结论有不同的看法。"沈延卿扫视会场，将人们的神情尽收眼底，他注意到微微点头的大多是科学家，而面露怀疑之色的则大多是政治家。

"我不这么认为。"一个小国首脑坦率地说，他指着眼前的智能手机，"20世纪末，我的第一台手机是摩托罗拉公司生产的……大概有这么大……价值4 000美元。但是短短几十年，只要几百美元就能买到一台几乎是微型电脑的智能手机，而且还能玩最新的电脑联网游戏……"

"信息技术爆炸带来的假象罢了。"沈延卿点点头，"基础理论的积累制造了大量一伸手就能摘到的果子，信息技术无疑是最大最红的那一颗。到今天，基础理论已经很久没有出现突破性进展，而我们一抬手就能摘到的果子都已经摘得差不多了，我们甚至懒得去摘更高的果子了。"

更多的人在微微点头，也有很多人陷入了深思。"对不起，我想我还是不太明白……"这位首脑谨慎地说。

"1970年，美国波音公司生产出的第一架波音747，只用了8小时就从纽约飞到了伦敦。50年过去了，这个时间记录依然是8小时。载人航天器的最快时速是3.9万千米/小时，创造于1969年，也就是半个世纪之前。如今所有的太空探测器依然使用着化学燃料，和纳粹德国V–1导弹的原理并无二致，甚至和古代中国的烟花也并没有本质区别。半个世纪前，大学的物理讲师就自信地说可控核聚变和第一个火星移民地将在半个世纪内实现，而今天的大学讲师依然是这么说的。再看看能源方面吧，不管是蒸汽机还是核电站，原理都是烧热水，可控核聚变依然遥遥无期，最先进的太阳能板的光电转化率还不如一片大自然中随处可见的绿叶。我们已经将半个世纪前积累的基础理论能榨取的科技果实摘得差不多了，但新的基础理论却迟迟没有突破。先生们、女士们，这不是科技大爆炸，这只是信息技术大爆炸，是信息技术的飞速发展造成了科技大爆炸的假象。"

沈延卿的话让整个会场变成一片死寂。

"再看看我们的太空计划吧。以2017年的美国为例，NASA的太空预算是195亿美元，而同期美国的军费预算是5 780亿美元，是NASA的近30倍。而仅仅是阿富汗战争，就让美国花费了超过13万亿美元！人类重返月球的计划也依然遥遥无期，新的国际太空站建设还只存在于蓝图上。如果把军费投入到太空技术中，今天的人类早就飞出太阳系了。我们不是做不到，而是资本阻止了我们这么做。容易摘到的果子已经摘完了，需要费些力气才能摘到的果子又懒得去摘，这就是现状。再看看我们的孩子吧，我们这一代，很多人小时候的理想都是成为科学家，而现在的孩子的梦想是什么？是当网红、游戏主播……这个世界上最耀眼的明星是演员和歌手，而我们最杰出的科学家获得的诺贝尔奖奖金甚至买不起北京的一套房子，这是自我标榜为科学文明的我们的耻辱。"

沉寂了一会儿，一名来自南美的国家首脑举起手："您说的这些，我相信都是有数据可查的。但我相信人类文明有强大的自愈能力，这些并不足以说明人类正走在自我毁灭的道路上。"

"第一次世界大战之前，欧洲的政治家们都乐观地认为战争已经远去。但接下来的50年内，人类就爆发了史上最残酷的两次世界大战，给政治家们扇了一个响亮的耳光。"沈延卿继续说道，"谁能保证第三次世界大战不会在100年内爆发？谁又能保证核武器不被滥用？容我提醒诸位，爱因斯坦预言第四次世界大战的武器将是棍棒和石块。随着科技的发展，核武器的制造门槛越来越低，美国一个12岁的少年只花费了一万美元就在家里的车库里制造出了小型核反应堆。谁能保证下一个战争狂人不会轻易获得核武器？而且，在座的政治家们恐怕比谁都更了解真正的战争，人类真的能驾驭战争吗？战争这个恶魔一旦被释放出来，就会脱离人类本身的意志，不消耗完本身的能量，它是不会停止的。'二战'后期，纳粹和日本都已经明知必败，但连他们自己也无法阻止战争的继续，直到柏林变成一片瓦砾，直到核武器摧毁广岛和长崎，阿南惟几还差点儿烧毁天皇的停战诏书！各位尊敬的先生们、女士们，如果不幸的'三战'爆发了，战争何时才能结束？人类文明又将付出怎样的代价？战争恶魔一定会释放出人类所有的破坏力，只有收取足够的灵魂祭品才会停止！讽刺的是，根据人类历史的走向来看，所有的新发明都几乎先用于战争，而几乎所有的创新性发明最初都是为战争服务的，喷气式飞机、火箭、互联网、计算机……而人类文明已经经不起下一次战争了！"

"但这不是全部，地球上的物种正以超过自然条件下 1 000 倍的速度加速灭绝。环境污染、能源枯竭、温室效应、极端气候、超级火山的威胁、小行星撞击威胁、超级瘟疫、基因武器、全球性饥荒、淡水短缺、海平面上升、人工智能失控……任何一个看起来微不足道的威胁都足以将人类文明扼杀在这颗脆弱的蓝色星球上。人类所处的这个摇篮已经四处漏水，但人类却沉迷于越来越发达的享乐文化，这个世界上最强大的公司不停地开发着越来越逼真的游戏、虚拟现实、陌生人社交……人们宁愿在虚拟游戏里穿越星海，也不愿意走出家门抬头看看真正的星空。人类文明变得越来越短视，丧失了进军太空的雄心壮志，越来越多的人在虚拟游戏中消沉。美国国会一次次地削减太空预算，人类不再登陆月球，移民火星的计划也一再推迟，只剩下一些民间组织微弱的呼喊。'我们的征途是星空大海'早已成为一句空洞可笑的口号。现在，一切都晚了，在过去的半个世纪里，人类已经错过了成为星空民族最后的机会，我们的文明没有通过这个大过滤器，人类这个物种将被永远地困在这颗蓝色星球上，并走向消亡。苏联航天之父康斯坦丁·齐奥尔科夫斯基曾经说过，地球是人类的摇篮，但是人类不能永远生活在摇篮里！然而，人类早就忘记了这位伟人曾经说过的话，人类文明正在摇篮里含着精英们制造的奶嘴，沉迷于美梦中，并慢慢死去。"

沈延卿说完这段话之后，整个会场顿时鸦雀无声。片刻之后，秘书长才轻轻地问道："沈先生，这个结论是来自您，还是来自'拉玛'？"

"是它们。"沈延卿回答道，"'拉玛'是一个来自银河系以外的超级文明，它们很早就注意到了这颗蓝色星球。宇宙并没有我们想象得那么空旷，相反，光是银河系里就有数亿颗行星发展出了不亚于地球人类的智慧文明，但它们中的绝大部分在成为星空种族之前就消亡了，这才是对费米悖论真正的解释。而我们，正在走无数个已经毁灭的文明走过的老路。"

"这么说，'拉玛'改造火星，是为了给人类创造一个新家园？"一名首脑兴奋起来，"'拉玛'要将所有人都转移到火星，然后让地球恢复自然生态？"

这个问题，沈延卿没有马上回答，他沉默了一会儿，才说道："请允许我先向各位介绍一下'拉玛'文明。'拉玛'是一个历史悠久的文明，很可能是本宇宙最早诞生的一批文明之一，也很可能是唯一一个延续至今的太古文明。'拉玛'早已经将技术发展到了极限，能随意穿梭本宇宙的所有维度。用人类的语言无法描述它们是怎样的一种存在，就像我们无法用蚂蚁的气味信息来描述现在的人类文明。'拉玛'可能已经超过了人类对超级文明的最大胆的想象，与人类文明相比，'拉玛'早已经和神灵无异。'拉玛'不希望看到人类文明毁于自身，它们早在数百万年前就在地球上设置了观察站和触发条件，并一直潜伏在地球上——不要怀疑这一点，对于一个已经存续了比时间还要久远的文明来说，时间和空间早已被它们随意玩弄在手中。就像它们在火星上做的事情一样，它们能够随意操纵时间的流向和速度，所以仅仅用了几个月的时间，'拉玛'就完成了对火星的地球化。"

"我注意到你使用了'本宇宙'这个词，"一名美国科学家谨慎地问道，"这是否意味着还存在其他宇宙？"

"先生，宇宙大爆炸之前是什么样子？"沈延卿立即反问道。

沉默半晌，发问的美国科学家才说道："很抱歉，我明白了，你的意思是这个问题是没有意义的。"

"对人类的三维大脑来说，这个问题的确没有任何意义，"沈延卿点点头，"我可以继续吗？"

"请继续，谢谢。"

"人类文明是幸运的，在第一个猿人学会使用火的时候，'拉玛'就注意到了人类文明。'拉玛'观察了人类的崛起、文明的萌芽，见证了无数帝国的兴亡，见证了人类文明的一切。观察者认为人类文明已经到了生死存亡的关键时刻，所以它们的天体召唤了'拉玛'。'拉玛'实际上是一个无人操控的行星改造器，也是一个母舰，甚至就是'拉玛'人本身。它们将火星改造成了第二个地球，但不会有什么移民计划，一切都要靠人类自己。"

沈延卿停了下来，他的这番话引起了人们深深的思考，现场一片死寂。

良久，一个中国科学家才打破沉默："我明白了，这是一次考验，对吗？"

沈延卿点点头，他环视着大厅里这个星球上最有权势的人们，说道："不仅仅是考验，还是一个机会，还需要进一步说明吗？"

"不了，已经很明白了，"这位来自中国的科学家摇摇头，"非常感谢你的转达。"

"我不太明白，"一个来自西亚的国家首脑有些困窘地举起手，"你是说，我们要自己去火星？"

"是的，"沈延卿点点头，"人类要靠自己的力量移民火星，但这只是第一步。人类要加快开发太空技术，学会使用蕴藏在土星和木星的巨大能量，人类要学会恒星际宇宙航行的能力，因为太阳系也只是一个更大的摇篮，人类文明必须成为真正的星空种族，才可能在险恶的宇宙中存续下去。如果我们做不到，那么人类文明就没有在宇宙中生存下去的资格。即使没有宇宙级别的灾变来毁灭我们，人类文明也会消亡在摇篮里。"

在一片死寂中，沈延卿最后补充道："鱼缸的环境日益不适合生存，有人为鱼缸里的鱼挖了一个新池塘，如果鱼有能力跳进新的池塘，就有前往大海的希望。"

新人类

在一个无人知晓的时刻，运行在火星同步卫星轨道上的"拉玛"悄无声息地消失了。没有一架望远镜看到"拉玛"离去，它好像启动了某种跃迁机制，瞬间就离开了太阳系。而青海省海西州冷湖的异常光波辐射也已经成为历史，"拉玛"和隐藏在俄博梁地区的观察站都已经完成了自己的使命，离开了太阳系，后面的一切都要靠人类自己了。

沈延卿在一个清晨回到了冷湖。虽然沈延卿并不认为自己在"拉玛"眼中是一个特殊个体，但联合国依然授予了他人类首位星际大使的荣誉称号。沈延卿拒绝了各大太空机构抛出的橄榄枝，依然坚持回到冷湖。冷湖天文台已经成为火星前进基地的一部分，将在未来的火星移民任务中起到重要作用。

联合国大会上的演讲结束之后，许多科学家纷纷向沈延卿询问关于"拉玛"文明的更多细节。但沈延卿只是解释说，名字只是一个代号，"拉玛"文明的真正名字其实毫无意义。"拉玛"文明确实已经离去了，如果人类成了真正的星空种族，将来在星海深处还会再见到"拉玛"。他暗示说，很可能真的存在一个"拉玛"主导的泛银河系甚至超银河系的星际联盟，人类如果想要加入联盟，就必须先活下去、走出去。但必须依靠自己的力量，"拉玛"文明不会向人类传授任何技术。如果人类文明在自我毁灭之前无法走出太阳系，成为真正的星空种族，那么就没有资格加入联盟。

一个崭新的时代来临了，人类将致力于消灭战争、贫困、环境污染以及提升应对未知灾难的能力。同时，各大太空强国都已达成共识，将大力发展太空技术和基础科学，预计在50年内建立第一座火星城市。而在火星上，将不存在任何国界线。

此时的冷湖已经发生了巨大的变化。俄博梁的火星模拟基地正在扩建，中国政府已经正式宣布，冷湖火星小镇将成为中国最大的火星前进基地和发射场，中国将在不影响国民的基本生活的基础上投入更多的资源到新一轮的太空计划中。这个消息发布后不久，数以万计的首批建设者再次涌入冷湖，就像数十年前脱下军装来到这片不毛之地的石油建设者一样。这片古老的土地曾经因为石油而繁荣，又因为石油枯竭而荒芜，但现在，这片土地将因为火星而重新焕发出勃勃生机。

同时，联合国正在讨论由中国发起的各大国削减军费和进行太空技术共享的议题，各大国都给予了积极的响应。如无意外，一个由中国、美国、欧盟、俄罗斯主导的联合太空探索机构将在不久后成立，而冷湖火星小镇也将成为全球性的火星前进基地系统之一。人类的火星移民军团将从位于各大洲的原太空发射基地前往火星。

远远地，沈延卿就看到了站在冷湖天文台的石阶上的那个纤细的身影。一开始，他以为自己出现幻觉了，他低下头看看脚下，再次抬头望去，那个婀娜的身影在夕阳下形成一个黑色的剪影，一头如瀑的长发在风中轻轻飘扬着。沈延卿不由自主地加快了登山的脚步，走上最后一个石阶，他终于看清楚了，那真的是许橙。

"沈大使，"许橙微笑着看着沈延卿，"你终于舍得回来啦。"

"喝过冷湖水的人，总有一天会再回到冷湖。"沈延卿觉得眼角有点儿发潮，"你也回来了？"

"自从知道了'拉玛'的目标是火星之后，我父母就放我回来了，"许橙笑靥如花，"我以后就是冷湖天文台的正式工作人员啦！"

沈延卿的胸口有一股热流在涌动："欢迎回来。"

"这样才对嘛！都别走啦，就在冷湖安家吧！"一个熟悉的声音从他们身后响起，紧接着是一阵爽朗的大笑声，许橙面色微红地垂下眼睑，沈延卿抬眼望去，只见刘元正站在不远处笑吟吟地看着他们。

"刘叔好。"沈延卿向他打个招呼。

刘元的脸上笑容更盛，他竖起大拇指："小沈啊，从小就看你有出息，你看你，还跟外星人搭上线了……了不起！"

沈延卿的眼神暗淡下来，他有些苦涩地说："这只是巧合罢了，我反复声明过，我没有什么特殊之处，被它们选中只是非常偶然的事情。"

刘元察觉到自己的失言，一时不知道该说什么。许橙敏锐地察觉到了沈延卿的苦涩，她轻声安慰道："延卿，不管你怎么想，历史已经把你放到了这个位置，别多想，做好眼前的事情才是最重要的。"

"小姑娘说得对，"刘元给许橙投来一个感谢的眼神，"小沈，不管怎么样，历史已经选择了你，既然外星人给了我们一次机会，那就要看咱们有没有这口心气儿了。"

"是啊，"沈延卿点点头，"这不只是一次机会，还是一场考试，这场考试只能靠我们自己了。"

三人随意说了会儿话。临走前，刘元斟酌再三，还是开口说道："你父亲……会为你感到骄傲的。"

沈延卿默默地点点头："谢谢你，刘叔。"

刘元微笑着点点头，然后转身离去，身影慢慢消失在山下的阴影里。

"老赵呢？"沈延卿问道。

"他去五号基地了，"许橙说，"说是去拍一些照片。建筑队正在推平那些废墟，说是要重新规划，听说还要建一座机场……不过他听说你回来了，他晚上会回来。"

"我没想到冷湖会以这种方式复活。如果你去过那些废墟，相信你也会和我有相同的感觉，"沈延卿感慨道，"没有人会相信老五号基地还会有今天……"

"世事难料，不是吗？这正是这个世界的奇妙之处，你永远不知道明天会发生什么。"许橙轻声说，"你知道吗，有一段时间，我一直沉迷在因果决定论里。如果在宇宙大爆炸的那一刻，所有的参数都已经固定好，宇宙只能按照已经定好的轨道前行，所有的一切都是宿命，那我们就都是命运的玩偶，没有自己的自由意志，想想就觉得挺绝望的……不怕你笑话，有一段时间，我都要走火入魔了。后来，当我知道上帝掷骰子之后，我才松了一口气，我很高兴世界上根本没有宿命这种东西。"

"不，我们有的。"沈延卿转过头看着许橙，许橙的瞳孔里弥散着夕阳的余晖，格外夺目，沈延卿感觉心里某个最柔软的地方被轻轻触碰了一下，"只是，我们可以自己选择自己的宿命。"

入夜了，沈延卿、许橙和赵永生三人坐在他们第一次用肉眼看到"拉玛"的石阶上，在群星中寻找到了火星。

"老沈，很多人好奇你这三个月到底去了哪里。如果只是传递那些信息，根本用不了三个月吧？很多人猜测'拉玛'把你带去了外星球，就像'拉玛'的母星什么的……"赵永生终于问出了很多人想问的问题。

沈延卿微微一笑。事实上这个问题早就有人问过了，但他今晚的答案似乎有些与众不同："时间和空间是不可分的，很多人虽然知道这个事实，但从未想过这其中蕴含的实际意义。没错，我是看到了很多不可思议的东西，但我不知道自己是否真的去了外星球，我可能旅行到了宇宙边缘，也可能一直在俄博梁。"

"你见到'拉玛'人了吗？"许橙好奇地问道。

"哈勃曾经说过，人类凭着自己的五官感受探索周遭的宇宙，并称这样的探险为科学。"沈延卿没有正面回答许橙的问题，而是温和地说，"即使我真的见到了'拉玛'人，那也只是我的大脑能给我看到的信息。我们人类被局限于眼耳鼻舌身五感之中，我们能感受到的远非真实的世界。我们身体的进化是朝着最节能和高效的方向进行的，我们看不到也感受不到与我们的生存无关的信息。也许将来，当我们大大地拓展了我们的生存空间和环境的时候，我们自然就能看到了。"

许橙似懂非懂地点点头，她接着问："那么，'拉玛'人真的全部都走了？"

"我不知道，"沈延卿摇摇头，"也许它们还在这个世界的某个角落看着我们，也许它们就生活在我们中间，在这里，在城市最不起眼的角落，在我们意识不到的地方，看着我们。"他指指山下冷湖镇的方向，此时的冷湖镇已经不再是一片黑暗，而是灯火辉煌。机械的施工声远远地传来，这片土地正以肉眼可见的速度重新焕发生机。

"我还是担心，如果人类找到了意识上传虚拟世界的方法，还会继续实行太空计划吗？毕竟探索太空可不只是发射几个探测器那么简单，对先驱者们来说意味着牺牲，对普通人意味着降低生活水准，而且我们这一代人可能都看不到第一个火星城市的建立。"赵永生说。

"我也问过'拉玛'人这个问题，它们没有跟我说细节，只是告诉我意识上传是不可能实现的，意识和物质之间的关系远比我们想象的复杂，人类的科学框架还远未触及这个秘密的边缘，这个秘密可能是宇宙中更深层的秘密之一。在很长的一段时间内，人类都难以进行窥探。"沈延卿说。

"没错，"许橙由衷地感叹，她看向星空，黑色的瞳孔里散射着无数星光，"很多人一方面否认着灵魂的存在，否认能把灵魂传输到最合适的载体，一方面却又轻松地把灵魂换成意识这个名词，认为意识可以上传到冷冰冰的机器里，这本身就是充满了矛盾的。人类在彻底破解意识或者灵魂的秘密之前，是不可能做到将灵魂上传到机器的。"

沈延卿点点头："我们需要学习的还有很多。"

"还是有很多人不相信'拉玛'人是真心帮助我们，"赵永生也抬头望着星空，"有很多人认为这是一个陷阱或圈套。"

"老赵，你认为一个文明在宇宙中最大的敌人是什么？"沈延卿问道。

"其他文明？毕竟宇宙的资源是有限的……"赵永生试着回答道，不过他马上摆摆手，"我不知道……"

"至少就'拉玛'的所作所为来看，宇宙的真实图景并不是黑暗森林那么简单，"许橙轻轻摇摇头，"如果把每种文明都定义为一种生命，将宇宙比作地球，那么这些生命也生存于地球的不同环境之中，就像有的文明生活在落叶下面，有的生命生活在树上，有的生命翱翔在天空，有的生命深潜在海底。许多生命注定终其一生无法和其他生命产生交集，就像深潜海底的鱼儿意识不到鸟儿飞过天空。有些生命即使相对而过，也意识不到对方的存在，就像蚂蚁意识不到一个男孩从蚁丘上走过……"

"没错，"沈延卿赞许地点点头，"你们记不记得我之前说过，黑暗森林成立的基石是文明必须是可交流的，但我忽略了一个更重要的前提条件，那就是必须有足够多的可交流文明发展出太空科技。但这个假设很难成立，大部分文明都在发展出太空科技之前消亡了。正如地球上存在着最简单的病毒和细菌，也存在着蚂蚁和蜜蜂，宇宙中的生态环境更加复杂，不是每个文明都能幸运地发展出跨星系旅行的能力，遇到能意识到对方存在甚至能够进行沟通交流的其他文明更是极端的小概率事件。文明最大的敌人不是其他文明，而是险恶的宇宙环境，严酷的低温、真空、星体撞击、一个超新星的爆发就足以摧毁一个文明，还有我们尚不了解的其他宇宙灾变……宇宙本身就是生命和文明最大的敌人。只有建立更广泛的合作，才能帮助文明更好地生存下去。"

"合作？"赵永生有些不解地看着沈延卿。

"没错，合作很可能是唯一对抗宇宙的模式。单细胞生命合作成为多细胞生命，细胞和寄生细菌的合作形成线粒体共生结构，植物细胞和蓝细菌的合作形成叶绿体共生结构。人类最开始是通过简单的血脉组成的家族进行个体合作，众多的血脉家族组成了更大的部落，部落组成了更大的部落联盟，文化认同又让我们组成了国家，国家与国家的合作组成了联合国，现在我们正走在更紧密的合作这条道路上。而现在，我们知道了还有更大的合作可能，从不同的星球上发展出的不同的文明可以进行更广泛的合作，共同对抗严酷的宇宙。"

沈延卿站起身，抬头望着星空。在璀璨的星光下，沈延卿的胸中有一股澎湃的激情在燃烧。

"许橙，你曾经说我们人类是一个智慧和理性的物种，你说人类不像动物一样依然依靠本能行事。但你错了，每一个人类个体都认为自己是理智的，果真如此吗？实际上，绝大多数人类都是本能的奴隶。如果把人类文明看作是一个整体，那么人类文明更谈不上是一个智慧和理性的物种，整个人类社会都还被本能绑架着，资本就是人类这个物种的本能的终极体现形式。资本四处逐利，目光短浅，人们只愿意为能够给自己带来舒适和愉悦的商品花钱，于是资本就满足了他们，流向游戏产业、喜剧产业、互联网社交产业、虚拟现实产业、快餐递送产业……唯独绕开了不能产生短期利益的太空产业。能让人类走出地球的太空科技发展得极度缓慢，人们不愿意在这上面花钱，对星空和宇宙的好奇心是和我们作为动物性的本能相悖的。"

"你们一定很好奇，为什么'拉玛'人那么肯定地认为人类将在100年内灭亡，"沈延卿停顿了一下，才继续说道，"事实上'拉玛'人可能已经从更高的维度上看到了人类的命运：人类没有灭亡于自然灾变，没有灭亡于小行星撞击地球，更没有灭亡于超新星爆发，太阳也依然温暖，人类最终灭亡于一场不可避免的战争。战争的怪兽被释放出来以后，就不以人类的意志为转移了，只有亿万的灵魂才能填饱这头来自地狱深处的恶魔的口腹。战争就是赞神告诉卓玛将毁灭村庄的恶魔，如果这个恶魔返回了地狱，人类文明就会遭受不可逆转的重创，永远无法回归正常的文明轨道，只能在无尽的灾难和黑暗中消亡。"沈延卿苦笑一声，继续说："没有人意识到，我们这一代人正在经历的时代很可能就是人类文明的巅峰了。"

沈延卿描绘的恐怖景象让赵永生和许橙不寒而栗。

"太不可思议了……"赵永生喃喃地说。

"延卿，这些你都跟各国政府首脑们说过了？"许橙轻声问道。

沈延卿点点头："他们都知道了，但是我们的文明是一个整体，我们每一个个体都是人类文明这个巨大生命体的组成部分，要每个人都行动起来，不能只依靠社会的上层。只有大多数人都意识到人类不能再像动物一样完全被本能控制，人类文明才能真正得到升华。"

"看看乐观的一面吧，"沈延卿动情地说，"'拉玛'的到来改变了人类，至少让人类这个群体意识到了自己仍然被动物性的本能支配着。只有意识到这一点，才有改变的可能。人类要想成为真正的星空种族，必须摆脱本能的支配，成为一个真正成熟理智的文明。毕竟，我们的征途是星辰大海啊。"

沈延卿张开双臂，他轻轻闭上眼睛，仿佛回到了那个遥远的夜晚。小男孩的双手分别被父母温暖的大手牵着，他像鸟儿一样张开翅膀，沿着银白色的小路飞向星辰大海。

那将是人类的新征途。

尾声

30年后，青海冷湖城已经成了全亚洲最大的太空发射场，几乎每天都有新火箭满载着货物和开拓者们拖着长长的尾迹从冷湖发射场升空，前往国际空间站，然后在特定的时间窗口从国际空间站前往0.5个天文单位之遥的火星。在火星东半球赤道附近的克里斯海边，一座名字也叫作冷湖城的火星城市正在崛起。

人们戏称，这是一段从冷湖到冷湖的旅程。地球上的旧冷湖是一个起点，但人们都明白，火星上的新冷湖绝不是一个终点。

两个冷湖，连接起了人类的命运。

同时，地球上的冷湖城已经成了著名的旅游景点，俄博梁酷似原来火星的环境更是成为全世界游客都向往的火星怀旧胜地。当火星还是一片荒芜的时候，没有人类踏上过火星；当火星已经变了模样之后，人们只能在俄博梁找到昔日火星的痕迹。

偶尔还有探险者来到俄博梁，他们坚信"拉玛"基地并没有离去，而是依然隐藏在俄博梁深处的某个地方。曾经有探险者信誓旦旦地说，在某个深夜，在俄博梁深处，他们见到了一座由黄金和美玉建成的宫殿……但当地的老人们都说，那是赞神的宫殿。

红色的雅丹丛严守着它的秘密。

第二届冷湖科幻文学奖获奖名单

中篇

一等奖：

《宿主》程婧波

二等奖：

《赞神的宫殿》分形橙子

《蝼蚁之城》马传思

短篇

一等奖：

（空缺）

二等奖：

《火星冷湖》罗隆翔

《风城玫瑰》沈屠苏

三等奖：

《无时之丘》山濛

《高考侠》王诺诺

《遇乞录》刘啸